U0060744

NEW
GEPT

新制全民英檢

10回試題完全掌握最新內容與趨勢！

中級 **聽力&閱讀**
題庫大全

◦ **解析本** ◦

全民英語能力分級檢定測驗的問與答

　　財團法人語言訓練中心（LTTC）自 2000 年全民英檢（General English Proficiency Test, GEPT）推出至今，持續進行該測驗可信度及有效度的研究，以期使測驗品質最佳化。

　　因此，自 2021 年一月起，GEPT 調整部分初級、中級及中高級的聽讀測驗題數與題型內容，並提供成績回饋服務。另一方面，此次調整主要目的是要反映 108 年國民教育新課綱以「素養」及「學習導向評量（Learning Oriented Assessment）」為中心的教育理念，希望可以透過適當的測驗內容與成績回饋，有效促進國人的英語溝通能力。而調整後的題型與內容將更貼近日常生活，且更能符合各階段英文學習的歷程。透過適當的測驗內容與回饋，使學生更有效率地學習與應用。

Q 2021 年起，中級測驗的聽力與閱讀（初試）在題數與題型上有何不同？

試題結構調整如下：

	調整前	調整後
中級聽力	■ 第一部分 看圖辨義 15 題 ■ 第二部分 問答 15 題 ■ 第三部分 簡短對話 15 題 共 45 題	■ 第一部分 看圖辨義 5 題 ■ 第二部分 問答 10 題 ■ 第三部分 簡短對話 10 題 ■ 第四部分 簡短談話 10 題 共 35 題
中級閱讀	調整前 ■ 第一部分 詞彙和結構 15 題 ■ 第二部分 段落填空 10 題 ■ 第三部分 閱讀理解 15 題 共 40 題	調整後 ■ 第一部分 詞彙 10 題 ■ 第二部分 段落填空 10 題 ■ 第三部分 閱讀理解 15 題 共 35 題

調整重點：

1. 聽力第三部分「簡短對話」增加圖表題（2 題），且題數減為 10 題。

2. 聽力增加第四部分「簡短談話」，其中含圖表題 2 題。

3. 閱讀第一部分「詞彙和結構」，改為「詞彙」。

4. 閱讀第二部分「段落填空」增加選項為句子或子句類型。

5. 閱讀第三部分「閱讀理解」增加多文本、圖片類型。

Q 考生可申請單項合格證書

另外，證書核發也有新制，除了現在已經有的「聽讀證書」與「聽讀說寫證書」外，**也可以申請口說或寫作的單項合格證書**，方便考生證明自己的英語強項，更有利升學、求職。

Q 何謂 GEPT 聽診室 ─ 個人化成績服務？

「GEPT 聽診室」成績服務，提供考生個人化強弱項診斷回饋和實用的學習建議，更好的是，考生在收到成績單的一個月內即可自行上網免費閱覽下載，非常便利。其中的內容包括：

1. **能力指標的達成率**─以圖示呈現您（考生）當次考試的能力表現
2. **強弱項解析與說明**─以例題說明各項能力指標的具體意義。
3. **學習指引**─下一階段的學習方法與策略建議。
4. **字彙與句型**─統計考生該次考試表現中，統整尚未掌握的關鍵字彙與句型。

※ 以上內容整理自全民英檢官方網站。

Q 英檢中級的聽力需要達到什麼程度？其運用範圍為何？

中級考生須具備基礎英文能力，並能理解與使用淺易的日常用語，其參考單字範圍以「教育部基礎 2000-5000 字」為主，而聽力測驗考生必須聽出這 5000 字以內的詞彙。通過中級檢定者，在日常生活中，能聽懂一般的會話，以及聽懂公共場所廣播、氣象報告及廣告等。在工作時，能聽懂簡易的產品介紹與操作說明。能大致聽懂外籍人士的談話及詢問。

Q 英檢中級的閱讀需要達到什麼程度？其運用範圍為何？

閱讀測驗考生必須能認出 5000 個單字以內的詞彙，並且掌握短文主旨與部分細節、釐清上下文關係與短文結構，並整合與歸納兩篇文本的多項訊息。通過中級檢定者，在日常生活中，能閱讀短文、故事、私人信件、廣告、傳單、簡介及使用說明等。在工作時，能閱讀工作須知、公告、操作手冊、例行的文件、傳真、電報等。

Q 英檢中級初試的通過標準為何？

級數	測驗項目	通過標準
中級	聽力測驗 閱讀測驗	兩項測驗成績總和達 160 分，且其中任何一項成績不得低於 72 分。

本書特色與使用說明

1

依 2021 年最新改版英檢初級題型編排設計，精心撰寫 10 回聽力&閱讀模擬試題，可以作為準備全民英檢中級以及學測使用，也適合在家自修，老師課堂測驗與練習使用！

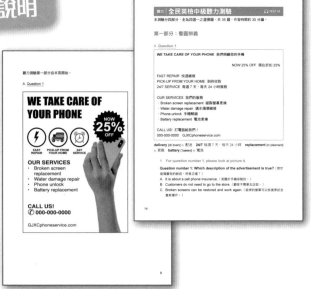

2

可剪下作答紙，方便考生實際練習，並檢視與記錄自己的測驗結果。將你得到的成績，用黑點（●）標示在表格上，就能感受到自己分數的進步。

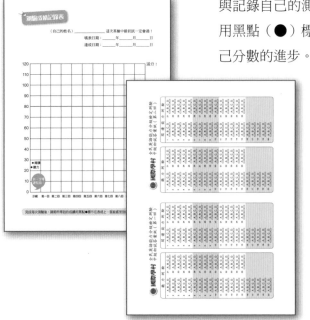

3

依 2021 年最新改版英檢中級題型編排設計，提供長篇聽力圖片題、長文填空、雙篇文章閱讀題型。

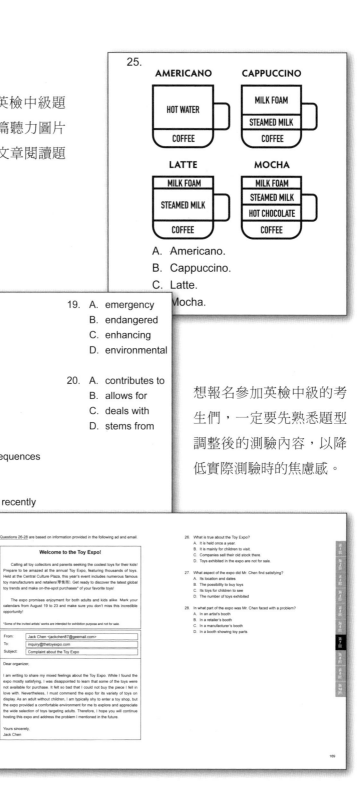

16.
A. rapid
B. hasty
C. eager
D. vague

17.
A. decision
B. fortune
C. difference
D. comeback

18.
A. is not without consequences
B. can be seen as an achievement
C. has been declining recently
D. leads to a wea[...] people

19.
A. emergency
B. endangered
C. enhancing
D. environmental

20.
A. contributes to
B. allows for
C. deals with
D. stems from

25.

AMERICANO
HOT WATER
COFFEE

CAPPUCCINO
MILK FOAM
STEAMED MILK
COFFEE

LATTE
MILK FOAM
STEAMED MILK
COFFEE

MOCHA
MILK FOAM
STEAMED MILK
HOT CHOCOLATE
COFFEE

A. Americano.
B. Cappuccino.
C. Latte.
[...] Mocha.

想報名參加英檢中級的考生們，一定要先熟悉題型調整後的測驗內容，以降低實際測驗時的焦慮感。

Questions 26-28 are based on information provided in the following ad and email.

Welcome to the Toy Expo!

Calling all toy collectors and parents seeking the coolest toys for their kids! Prepare to be amazed at the annual Toy Expo, featuring thousands of toys. Held at the Central Culture Plaza, this year's event includes numerous famous toy manufacturers and retailers(零售商). Get ready to discover the latest global toy trends and make on-the-spot purchases* of your favorite toys!

The expo promises enjoyment for both adults and kids alike. Mark your calendars from August 19 to 23 and make sure you don't miss this incredible opportunity!

*Some of the invited artists' works are intended for exhibition purpose and not for sale.

From: Jack Chen <jackchen87@geemail.com>
To: inquiry@thetoyexpo.com
Subject: Complaint about the Toy Expo

Dear organizer,

I am writing to share my mixed feelings about the Toy Expo. While I found the expo mostly satisfying, I was disappointed to learn that some of the toys were not available for purchase. It felt so bad that I could not buy the piece I fell in love with. Nevertheless, I must commend the expo for its variety of toys on display. As an adult without children, I am typically shy to enter a toy shop, but the expo provided a comfortable environment for me to explore and appreciate the wide selection of toys targeting adults. Therefore, I hope you will continue hosting this expo and address the problem I mentioned in the future.

Yours sincerely,
Jack Chen

26. What is true about the Toy Expo?
A. It is held once a year.
B. It is mainly for children to visit.
C. Companies sell their old stock there.
D. Toys exhibited in the expo are not for sale.

27. What aspect of the expo did Mr. Chen find satisfying?
A. Its location and dates
B. The possibility to buy toys
C. Its toys for children to see
D. The number of toys exhibited

28. In what part of the expo was Mr. Chen faced with a problem?
A. In an artist's booth
B. In a retailer's booth
C. In a manufacturer's booth
D. In a booth showing toy parts

4

史上最詳盡！「答題解說」+「字詞解釋」+「破題線索與各選項詳細解說」。每一題的解析讓你從這道題目中學習相關的必考重點文法或句型，真正讓你培養實力，為下一級數與階段做準備！

★「答題解說」給你最正確的解題觀念與步驟，且讓你了解錯誤選項錯在哪裡！

---

1. The engineer found the software program did not work properly, so he ＿＿＿＿＿ the settings to fix the problem. （工程師發現軟體運作不正常，所以他調整設定來解決問題。）

   A. adopted
   B. adjusted
   C. accepted
   D. attended

   答題解說

   答案：（B）。句子前半提到軟體運作不正常，後半用連接詞 so 帶出結果，也就是對問題的處置。空格部分要填入動詞，而且後面有表示目的的 to 不定詞 to fix the problem（為了解決問題）。選項中適合接 settings（設定）當受詞，而且可以解決問題的 B. adjusted（調整）是正確答案。C. accepted（接受）雖然也可以接 settings 當受詞，但沒有改變的意思，所以沒辦法解決問題。如果要使用選項 A. adopted（採用），應該改成 adopted different settings（採用不同的設定），語意上才恰當。

   字詞解釋

   engineer [ˌɛndʒəˋnɪr] n. 工程師　software program 軟體　properly [ˋprɑpəlɪ] adv. 恰當地，正確地　setting [ˋsɛtɪŋ] n. 設定　adopt [əˋdɑpt] v. 採用　adjust [əˋdʒʌst] v. 調整　accept [əkˋsɛpt] v. 接受　attend [əˋtɛnd] v. 出席

★符號說明

n. 名詞｜v. 動詞｜adj. 形容詞
adv. 副詞｜prep. 介系詞

5

提供一整回的 QR 碼線上音檔，沒有光碟播放器也能練習聽力測驗。

聽力 全民英檢中級聽力測驗 🎧 TEST 01

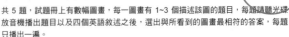

本測驗分四部分，全為四選一之選擇題，共 35 題，作答時間約 30 分鐘。

第一部分：看圖辨義

共 5 題，試題冊上有數幅圖畫，每一圖畫有 1~3 個描述該圖的題目，每題請聽光碟放音機播出題目以及四個英語敘述之後，選出與所看到的圖畫最相符的答案，每題只播出一遍。

例：（看）

（聽）

Look at the picture. What is the woman doing?
A. She is looking at a sculpture.
B. She is appreciating a painting.
C. She is picking up a handbag.
D. She is entering a museum.

6

書中所附的 MP3 分為三種版本：整回分割、同題型分割、單題
分割，方便考生們的任何運用。用電腦打開光碟片中的檔案
時，你會看見以下 3 個資料夾：

**全書音檔
下載連結**

1. **整回分割（complete）**：內容是 Test01.mp3、Test02.mp3 ...
   有 10 個「整回分割」的音檔。此音檔可供實際模擬測驗使
   用，播放時從第一題到最後一題，中間不會切割，以確實模擬實際考試狀
   況。

2. **同題型分割（part）**：
   每一回測驗都有四種題型各部分：「看圖辨義」、「問答」、「簡短對
   話」、「簡短談話」，此版本每個音檔即代表一個題型（檔名是 Test01_part1.
   mp3、Test01_part2.mp3 …）。若考生想針對特定的題型來訓練則可使用此版
   本。

3. **單題分割（single）**：
   也就是一題一個檔案，每一回有 35 個檔案（檔名是 Test01_part1_01.mp3、
   Test01_part1_02.mp3 …）。此版本方便考生針對單題不斷練習。使用此版本
   的音檔，就不需要為了找特定題目按快轉鍵或倒退鍵按來按去，或是用滑鼠
   在時間軸上面點來點去、拉來拉去，直接按到那個音檔就是那個題目，高興
   重複練幾次都可以。

CONTENTS

目錄

NEW GEPT
新制全民英檢中級聽力 & 閱讀題庫大全

測驗成績記錄表

（自己的姓名）＿＿＿＿＿＿＿＿＿ 這次英檢中級初試一定會過！

填表日期：＿＿＿＿年＿＿＿＿月＿＿＿＿日

達成日期：＿＿＿＿年＿＿＿＿月＿＿＿＿日

120		滿分！
110		
100		
90		
80		過關了！
70		
60		
50		
40		
30	●閱讀	
20	●聽力	
10	我一定要過英檢！	
0		

示範　第一回　第二回　第三回　第四回　第五回　第六回　第七回　第八回　第九回　第十回

完成每次測驗後，請將所得到的成績用黑點●標示在表格上，就能感受到自己分數的進步。

01

GEPT
全民英檢

中級初試
中譯＋解析

本測驗分四部分，全為四選一之選擇題，共 35 題，作答時間約 30 分鐘。

第一部分：看圖辨義

A. **Question 1**

WE TAKE CARE OF YOUR PHONE 我們照顧您的手機

NOW 25% OFF 現在折扣 25%

FAST REPAIR 快速維修
PICK-UP FROM YOUR HOME 到府收取
24/7 SERVICE 每週 7 天、每天 24 小時服務

OUR SERVICES 我們的服務
· Broken screen replacement 破裂螢幕更換
· Water damage repair 遇水損壞維修
· Phone unlock 手機解鎖
· Battery replacement 電池更換

CALL US! 打電話給我們！
000-000-0000　GJXCphoneservice.com

---

delivery [dɪ`lɪvərɪ] n. 配送　**24/7** 每週 7 天、每天 24 小時　**replacement** [rɪ`plesmənt] n. 更換　**battery** [`bætərɪ] n. 電池

1. **For question number 1, please look at picture A.**

Question number 1: Which description of the advertisement is true?（對於這個廣告的敘述，何者正確？）
A. It is about a cell phone insurance.（是關於手機保險的。）
B. Customers do not need to go to the store.（顧客不需要去店面。）
C. Broken screens can be restored and work again.（破掉的螢幕可以恢復原狀並重新運作。）

D. It is free to get a new battery.（取得新電池是免費的。）

第1回
第2回
第3回
第4回
第5回
第6回
第7回
第8回
第9回
第10回

答題解說

答案：（B）。在題目播放之前應該快速瀏覽一遍內容。從 TAKE CARE OF YOUR PHONE（照顧您的手機）、replacement（更換）、repair（維修）等詞語，可以看出這是手機維修業者的廣告。廣告的其中一個標誌寫著 PICK-UP FROM YOUR HOME（到府收取），表示可以到顧客的家收取需要維修的手機，所以 B. 是正確答案。A. D. 在廣告中沒有提到。C. 要留意選項中使用的是 restore（修復，使恢復原狀），會用在「把破損的家具恢復原狀」、「修復文物」之類把破損的東西恢復原狀的情況，而不是把舊的東西換成新的，和廣告中的 replacement（替換）不符合。而且，正常來說，破掉的螢幕也不太可能被 restore 成原來的樣子。

字詞解釋

insurance [ɪnˋʃʊrəns] **n.** 保險　　**restore** [rɪˋstor] **v.** 使復原（修復到原來的樣子）

B. **Questions 2 and 3**

↑ Duty Free Shop　免稅商店	→ Baggage Claim　行李提領處
← Visa Office　簽證辦公室	→ Immigration　入境審查
∩ Transfer　轉機	

2. **For questions number 2 and 3, please look at picture B.**

Question number 2: Tom has to take a connecting flight to his destination. According to the sign, which direction should Tom take?（Tom 必須搭轉接航班到他的目的地。根據這個指示牌，Tom 應該走哪個方向？）
A. Turn right.（右轉。）
B. Go straight.（直走。）
C. Turn left.（左轉。）
D. Go back.（往回走。）

答題解說

答案：（D）。從 Baggage Claim（行李提領處）、Transfer（轉機）可以看出，這是下飛機後、入境之前會看到的標示牌。當圖片列出一些項目的時候，很有可能會出和「哪一個」有關的題目，所以要先看清楚每個項目的內容。題目說 Tom 要搭 connecting flight（轉接航班），意思是搭完一趟飛機之後，接著搭往另一個

目的地的飛機，而標示牌 Transfer（轉機）標示的方向是往回走，所以 D. 是正確答案。

字詞解釋

connecting flight 轉接航班　**destination** [ˌdɛstəˈneʃən] n. 目的地

相關補充

機場常看到的設施名稱還有：
departures 出境大廳　arrivals 入境大廳
check-in 登機報到處
terminal 航廈　gate 登機門
currency exchange 貨幣（外幣）兌換處
lounge （高級旅客使用的）休息室
car rental 租車處

3.

Question number 3: Please look at picture B again. What can passengers do in this area?（請再看一次圖片 B。乘客在這個區域可以做什麼？）
A. Check in their baggage.（託運行李。）
B. Buy some gifts.（買禮物。）
C. Have their credit cards renewed.（信用卡續卡。）
D. Take a shuttle bus.（搭接駁車。）

答題解說

答案：（B）。因為答案通常不會和圖片中的文字相同，而是以其他方式表達（例如這一題是在圖片中列出的設施可以做的事），所以要了解圖中每個項目的意義才能作答。Baggage Claim 是下飛機後拿回託運行李的地方，Immigration 是查驗證件的地方，Duty Free Shop 販賣免稅商品，Visa Office 是處理簽證事務的地方（例如在抵達的機場領取事先申請的落地簽證），Transfer 是轉搭其他飛機的地方。選項中的 B. 可以在 duty free shop 進行，是正確答案。

字詞解釋

check in 託運（行李）；登機前報到；辦理入住飯店手續　**renew** [rɪˈnju] v. 更新，續約　**shuttle bus** 接駁車

Let's Celebrate Christmas! 我們一起慶祝聖誕節吧！

Santa Claus Appearance 聖誕老公公登場
Free gifts for the first 100 children every time!
每次提供免費禮物給前 100 名小朋友！
7 & 9 p.m. on selected Saturdays 特定週六的晚上 7 點和 9 點

| Dec. 2 | Dec. 9 | Dec. 16 | Dec. 23 | 12 月 2, 9, 16, 23 日 |

Make a Wish & Decorate the Tree 許願並裝飾聖誕樹
Scan the QR code and see things come to life on your mobile screen! In this AR experience, you can enter your wish and see what kind of decoration it turns into on our Christmas tree. Try it for free!
掃描 QR 碼，看東西在你的手機螢幕上活起來！在這個 AR 體驗中，你可以輸入你的願望，並且看它在我們的聖誕樹上變成什麼樣的裝飾。免費試試看！

SAGA Department Store | Taipei SAGA 百貨，台北

---

mobile [ˋmobl] n. 手機（= **mobile phone**）　　**AR**（**augmented reality**）擴增實境（讓虛擬圖像和現實世界互動的技術）

4. **For questions number 4 and 5, please look at picture C.**

Question number 4: Which description of the Santa Claus event is true?
（哪個關於聖誕老人活動的敘述正確？）

A. People of all ages can get free gifts.（所有年齡的人都可以得到免費禮物。）
B. Santa Claus shows up every Saturday in December.（聖誕老人在 12 月的每個星期六都出現。）
C. People can see Santa Claus in the evening.（人們可以在晚上看到聖誕老人。）
D. It is held by a non-profit organization.（是由非營利組織舉辦的。）

答題解說

答案：（C）。首先要注意到廣告上有兩個活動項目，兩者是各自獨立的。這一題問的是 Santa Claus event（聖誕老人活動），也就是第一項活動，上面標明的時間、地點、數字等等都是需要快速掌握的部分。因為活動時間是 7 & 9 p.m.（晚上 7 點和 9 點），所以 C. 是正確答案。A. 禮物是送給 the first 100 children（前 100 位小朋友），選項敘述不正確。B. 活動是在 selected Saturdays

（特定的週六）進行，而且活動日期中沒有 12 月 30 日，並不是每個週六都有聖誕老人，選項敘述不正確。D. 在廣告中沒有提到。

字詞解釋

non-profit 非營利的

5.

Question number 5: Please look at picture C again. What should people do to participate in the "Make a Wish & Decorate the Tree" event?（請再看一次圖片 C。人們應該做什麼來參加「許願並裝飾聖誕樹」活動？）
A. Use a smartphone.（使用智慧型手機。）
B. Sign up in advance.（事先報名。）
C. Prepare a decoration.（準備裝飾品。）
D. Pay a fee.（支付費用。）

答題解說

答案：（A）。這一題問的是第二項活動 Make a Wish & Decorate the Tree（許願並裝飾聖誕樹）。關於參加活動的方法，活動說明的第一句 Scan the QR code and see things come to life on your mobile screen!（掃描 QR 碼，看東西在你的手機螢幕上活起來！）表示需要掃描 QR 碼並且看螢幕，所以 A. 是正確答案。B. 沒有提到。C. 文中提到 see what kind of decoration it turns into（看它〔許下的願望〕在我們的聖誕樹上變成什麼樣的裝飾），並不是指真的裝飾品，而是在手機上看到的畫面。D. 最後提到 Try it for free!（免費試試看！），表示這個活動不用花錢，選項敘述不正確。

字詞解釋

sign up 報名　**in advance** 預先

第二部分：問答

6. I can't put up with my colleague's typing noise any longer.（我再也受不了我同事的打字噪音了。）

A. You can request for a hearing test.（你可以申請聽力檢查。）
B. There are various types of noise.（有多種不同的噪音。）
C. You should inform them politely.（你應該禮貌地告知他們。）
D. Tell them to lower their voice.（告訴他們降低說話音量。）

答題解說

答案：（C）。對於非問句的題目，有各種可能的回應方式，常見的對話模式包括「提供新資訊－詢問細節」、「反應問題－提出建議」等等。不過，最重要的還是選擇語意上最相關的答案，並且小心避開看似有關，實際上卻不符合題意的答案。說話者反應自己受不了同事的 typing noise（打字噪音），所以說應該禮貌告知這個問題的 C. 是正確答案。A. 打字噪音應該不至於引起需要做聽力檢查的問題（例如聽力減退）。B. 是用同樣的單字製造的陷阱選項，而且選項中的 type 是名詞「類型」的意思。D. voice 是指聲帶發出的聲音，例如說話或唱歌，而不能指打字聲。

字詞解釋

put up with 忍受…　　**request** [rɪˋkwɛst] v. 要求，請求　　**inform** [ɪnˋfɔrm] v. 通知，告知　　**lower** [ˋloɚ] v. 降低

7. **Every time I bake a cake, it turns out too dry and dense.**（每次我烤蛋糕，結果都太乾、太密實。）

A. There is a bakery nearby.（附近有一間烘焙坊。）
B. Turn on the air conditioner, then.（那就把空調打開啊。）
C. If I were you, I'd change the recipe.（如果我是你的話，我就會改變食譜。）
D. Fortunately, no one cares.（幸好沒人在乎。）

答題解說

答案：（C）。說話者提到自己 bake a cake（烤蛋糕）時遇到的問題，是蛋糕變得 too dry and dense（太乾、太密實），所以建議改變 recipe（食譜），也就是改變做法的 C. 是正確答案。A. B. 並沒有對烤蛋糕失敗的問題做出相關的建議。D. 看起來很像是正確答案，但措詞錯誤。如果要表達「大家不會在意你做的蛋糕失敗」，應該說 no one would mind（沒有人會介意），表示「儘管失敗也會接受」的意思。至於 no one cares，則是「沒人在乎」→「大家根本不看在眼裡」的意思，也就是沒人期待這個蛋糕好不好吃，在這裡有藐視的意味，是很失禮的回應。

字詞解釋

turn out 結果…　　**dense** [dɛns] v. 密集的　　**air conditioner** 空調　　**recipe** [ˋrɛsəpɪ] n. 食譜　　**fortunately** [ˋfɔrtʃənɪtlɪ] adv. 幸好

8. **Would you say Taiwan is a digitally advanced country?**（你會說台灣是數位先進國家嗎？）

A. Yes. It is recognized for its technology.（是的，它因為〔科技〕技術而獲得認可。）

B. Yes. Big data is efficient and helpful.（是的，大數據既有效率又有幫助。）

C. No. They're not supported by evidence.（不，它們沒有證據支持。）

D. No. There was no notice in advance.（不，事先沒有通知。）

答題解說

答案：（A）。這是助動詞 Would 的問句，可以用 Yes/No 回答是否贊成「台灣是數位先進國家」，同時也要注意 Yes/No 之後使用的代名詞是否和問句符合。A. 回答 Yes 表示贊成，並且說台灣（it = Taiwan）is recognized for its technology（因為〔科技〕技術而獲得認可）來支持自己的回答，是正確答案。B. 只是在說大數據科技的特色，而不是說台灣利用大數據的情況如何，所以不是恰當的回答。C. 代名詞 they 無法對應說話者句子中的任何名詞，不知道是指什麼；如果把 they're 改成 it's 的話，則可以理解成「台灣是數位先進國家這件事沒有證據支持」，而成為可能的答案。D. 是用同樣的單字製造的陷阱選項，而且選項中的 in advance 是「預先」的意思。

字詞解釋

digitally [ˋdɪdʒɪtəlɪ] **adv.** 數位地　**advanced** [ədˋvænst] **adj.** 先進的　**recognize** [ˋrɛkəgˌnaɪz] **v.** 認可　**technology** [tɛkˋnɑlədʒɪ] **n.** 技術，科技　**big data** 大數據（處理並分析大量數據的技術）　**efficient** [ɪˋfɪʃənt] **adj.** 有效率的　**evidence** [ˋɛvədəns] **n.** 證據　**in advance** 預先

9. **Do you know how long an NBA basketball game lasts?**（你知道一場 NBA 籃球比賽時間多久嗎？）

A. It continues for six months.（它持續六個月。）

B. Good things won't last forever.（好的事物不會永遠持久。）

C. The game itself is forty-eight minutes.（比賽本身是 48 分鐘。）

D. Some games have longer break time.（有些比賽的休息時間比較長。）

答題解說

答案：（C）。對於 Do you know...? 這種問句，通常不會只回答 Yes 表示「我知道」，而會回答間接問句所詢問的內容（在這裡是 how long 之後的部分。），所以回答了比賽長度的 C. 是正確答案。A. 如果問的是 an NBA season（NBA 賽季），這就有可能是正確答案了。B. D. 沒有回答最基本的比賽長度問題。

字詞解釋

last [læst] v. 持續

10. **Which streaming service do you use to keep yourself entertained?**（你用什麼串流服務來娛樂自己？）

A. It's the best smart television.（這是最好的智慧電視。）
B. I run a YouTube channel.（我經營一個 YouTube 頻道。）
C. Managing a service isn't easy.（管理一個服務並不容易。）
D. Actually, I don't use any one.（事實上，我什麼也沒有使用。）

答題解說

答案：（D）。雖然對於問 Which streaming service（哪個串流服務）的問題，可以直接回答串流服務的名稱，但這一題出現服務名稱的選項反而是錯的，正確答案是表明自己沒有使用串流服務的 D.。A. C. 沒有回答自己使用什麼服務。B. 雖然提到 YouTube，但說的是自己 run a YouTube channel（經營一個 YouTube 頻道），是為別人提供娛樂，而不是娛樂自己。

字詞解釋

streaming service 串流服務　　**entertain** [ˌɛntɚˋten] v. 娛樂　　**manage** [ˋmænɪdʒ] v. 管理

11. **How can I find someone to exchange thoughts about my favorite art movies with?**（我要怎樣才能找到人來分享我對自己最愛的藝術電影的想法呢？）

A. Which horror movie do you like best?（你最喜歡哪部恐怖電影？）
B. You can join online communities.（你可以加入網路社群。）
C. Change your thoughts about movies.（改變你對於電影的想法。）
D. Turn right there and you'll see it.（在那裡右轉你就會看到了。）

答題解說

答案：（B）。說話者用 How 詢問 find someone to exchange thoughts（找到人分享想法）的方式，而且他想要討論的是 art movies（藝術電影）。選項 B. 建議 join online communities（加入網路社群），暗示在網路社群可以找到志同道合的人，是正確答案。A. 沒有回答問題，詢問的也不是說話者提到的電影類型。C. 不是找到人討論的方法。D. 是對於問路的回答，而且代名詞 it 無法對應問句中的名詞。

字詞解釋

exchange [ɪks`tʃendʒ] v. 交換　**art movie** 藝術電影　**horror movie** 恐怖電影
community [kə`mjunətɪ] n. 社區，社群

12. I just started learning Japanese at the community college.（我剛開始在社區大學學日語。）

A. What degree did you receive?（你獲得了什麼學位？）
B. What inspires you to keep learning?（是什麼激勵你持續學習？）
C. You must speak Japanese very well.（你日語一定說得很好。）
D. It's really hard to get into college.（進入大學真的很難。）

答題解說

答案：（B）。說話者說自己剛開始在 community college（社區大學）學日語，這是已經離開學校的社會人士繼續學習的地方，所以反問為什麼持續學習的 B. 是正確答案。A. C. 因為 just started learning（剛開始學習），所以不可能已經得到學位，也不能推測日語已經說得很好了。D. 是說透過考試或申請進入一般的大學很難，但社區大學通常是不設入學門檻的，任何人都可以去上課。

字詞解釋

community college 社區大學　**degree** [dɪ`gri] n. 學位　**inspire** [ɪn`spaɪr] v. 激勵

13. Is it possible to order a tailor-made suit here?（這裡可以訂購訂製西裝嗎？）

A. Certainly. It takes four weeks to make.（當然。需要四週的時間製作。）
B. Every woman dreams of having one.（每個女人都夢想擁有一件。）
C. You can order any dish on the menu.（你可以點菜單上的任何菜色。）
D. It does not suit every person.（它不適合每個人。）

答題解說

答案：（A）。對於可不可以、能不能這種問題，除了回答是或否以外，通常還會補充其他訊息，而且補充的訊息才是判斷答案的關鍵。說話者問這裡可不可以 order a tailor-made suit（訂購訂製西裝），A. 用 Certainly（當然）代替 Yes，並且補充製作的時間，是正確答案。B. 和能不能訂做沒有關係。C. 重複使用 order 的陷阱選項，如果沒聽懂題目中 order 的是衣服而不是食物，就有可能誤選。D. 把題目中的 suit（西裝）當成動詞「適合」使用的陷阱選項。雖然可以理解成「訂購訂製西裝不適合每個人」，但訂製西裝本身就是為了符合每個人不同的體型而製作的，所以應該沒有不適合的問題。

字詞解釋

tailor-made [ˋteləˏmed] **adj.** （衣服）訂製的

14. I heard Janet won a year's supply of beauty products. （我聽說 Janet 贏得了一年份的美妝產品。）

A. It doesn't matter which team wins. （哪一隊贏並不重要。）
B. How can I apply for it? （我可以怎麼申請呢？）
C. Wow! How lucky she is! （哇！她真是幸運！）
D. I'm curious how beautiful they are. （我很好奇它們有多美。）

答題解說

答案：（C）。說話者提到，自己聽說 Janet won a year's supply of beauty products （Janet 贏得了一年份的美妝產品）。因為是很大的獎項，所以說話者應該是期望聽者感到驚訝，用感嘆句型表達 Janet 非常幸運的 C. 是正確答案。A. B. 和說話者所說的事情無關。D. 代名詞 they 只能理解成說話者提到的 beauty products，但在這個情況裡「美妝產品有多美」是無關緊要的事情。

字詞解釋

supply [səˋplaɪ] **n.** 供應品　　**beauty product** 美妝產品

15. Does your college offer online courses? （你的大學提供線上課程嗎？）

A. No. We have to meet on the Internet. （沒有。我們必須在網路上會面。）
B. No. There isn't any special offer. （沒有。沒有任何特別優惠。）
C. Yes. It's convenient to shop online. （有。在網路上購物很便利。）
D. Yes. They are more flexible for me. （有。它們對我來說比較有彈性。）

答題解說

答案：（D）。選項呈現典型的 Yes/No 題型，除了注意 Yes/No 表示「提供／不提供線上課程以外」，也要注意是否和後面的回答內容一致。D. 回答 Yes，表示提供線上課程，並且說線上課程（They = online courses）比較有彈性，是正確答案。A. 回答 No，表示不提供線上課程，後面卻說必須在網路上會面，前後矛盾。B. 把說話者所說的 offer（提供）當成名詞「優惠」使用。C. 動詞 shop「購物」和線上課程無關，如果改成 learn 的話就是合適的答案了。

字詞解釋

flexible [ˋflɛksəbl] **adj.** 有彈性的

第三部分：簡短對話

16.

M: Hello? I can't hear you clearly.

W: I apologize. I just got disconnected. Can everyone hear me now?

M: It looks like you're breaking up. You should check your Internet connection, or you might miss the poll about our marketing strategy later.

W: It seems I have to leave for a moment to get some help. I'll be right back.

Question: What are the speakers doing?

A. Chatting on the phone.

B. Playing an online game.

C. Having a web conference.

D. Fixing the Internet connection.

英文翻譯

男：哈囉？我聽不清楚你的聲音。

女：抱歉。我剛被斷線了。現在大家聽得到我嗎？

男：你似乎斷斷續續的。你應該檢查你的網路連線，不然就會錯過稍後關於我們行銷策略的投票。

女：我似乎得暫時離開去找人幫忙了。我馬上回來。

問題：說話者們正在做什麼？

A. 在電話上聊天。

B. 玩網路遊戲。

C. 進行網路會議。

D. 修理網路連線。

答題解說

答案：（C）。從選項可以得知這是關於「正在做什麼」的題目，所以要特別注意兩人說話的情境。從 I can't hear you clearly（我聽不清楚你的聲音）、I just got disconnected（我剛被斷線了）、You should check your Internet connection（你應該檢查你的網路連線）等部分可以知道，兩人正在透過網路進行對話。不過，真正能決定答案的是男子後面提到的 the poll about our marketing strategy（關於我們行銷策略的投票），表示正在進行商務會議，所以 C. 是正確答案。D. 是女子要請人幫忙做的事，而不是兩位說話者正在做的事。

第 1 回

第 2 回

第 3 回

第 4 回

第 5 回

第 6 回

第 7 回

第 8 回

第 9 回

第 10 回

字詞解釋

disconnect [ˌdɪskə`nɛkt] 使分離，斷開（連線） **connection** [kə`nɛkʃən] n. 連接，連線 **poll** [pol] n. 投票 **marketing** [`mɑrkɪtɪŋ] n. 行銷 **strategy** [`strætədʒɪ] n. 策略 **web conference** 網路會議

17.

W: What's going on? You look worried.

M: I just got a notice from my landlord. I have no idea on what to do.

W: What's it about?

M: He decided to raise the rent.

W: That's a shame. How much higher will it be?

M: 30%. I just can't afford that. Maybe I should consider moving elsewhere.

Question: What is the man worried about?

A. Higher housing expense.

B. Longer rental contract.

C. Rising product prices.

D. The trouble of moving.

英文翻譯

女：怎麼了？你看起來很擔心。

男：我剛收到房東的通知。我不知道該怎麼辦。

女：是關於什麼的？

男：他決定提高房租。

女：真遺憾。會高多少呢？

男：30%。我沒辦法負擔。或許我應該考慮搬到別的地方。

問題：男子擔心什麼？

A. 較高的住宅花費。

B. 較長的租約。

C. 上升中的物價。

D. 搬家的麻煩。

答題解說

答案：（A）。選項是住宅花費、租約、物價等詞語，可以推測題目將會詢問對話中談論的事物，也要注意聽和這些選項有關的細節。題目問男子擔心的事，他

提到 He (= my landlord) decided to raise the rent（房東決定提高房租），以及 I just can't afford that（我沒辦法負擔），所以把 rent 改用 housing expense（住宅花費）來表達的 A. 是正確答案。雖然最後也提到考慮搬家，但沒有提到搬家有多麻煩，所以 D. 不是正確答案。

landlord [ˋlændˏlɔrd] **n.** 房東　　**afford** [əˋford] **v.** 付得起　　**housing** [ˋhauzɪŋ] **n.** 住房 **expense** [ɪkˋspɛns] **n.** 費用　　**rental** [ˋrɛntl] **adj.** 租賃的

18.

M: Oh, gosh. I'm just so tired today.

W: You must have stayed up watching TV last night, right? I told you not to spend so much time watching those dramas.

M: It's not because of that. I worked a night shift last night. It's much more exhausting than doing a daytime job.

W: Why don't you try some relaxation techniques? I think that might help.

Question: Why is the man feeling tired?

A. He stayed up watching dramas.

B. He worked late at night.

C. He just shifted to a new job.

D. He has been too nervous.

男：噢，天啊。我今天好累。

女：你昨晚一定是熬夜看電視了，對吧？我跟你說過不要花那麼多時間看那些電視劇了。

男：不是那個原因。我昨晚上了夜班。那比做白天的工作累多了。

女：你何不試試一些放鬆技巧呢？我想可能會有幫助。

問題：男子為什麼覺得累？

A. 他熬夜看電視劇。

B. 他在深夜工作。

C. 他剛換到新工作。

D. 他這陣子太過緊張。

答題解說

答案：（B）。選項是某個男性做過的事，所以要注意對話中男子提到自己做了什麼（或者其他男性做的事）。男子在討論自己 tired today（今天很累）這件事，女子認為他一定是 stayed up watching TV（熬夜看電視），但男子否認，說 I worked a night shift last night（我昨晚上了夜班），所以 B. 是正確答案。C. 是使用 shift 製造的陷阱選項，對話中的 shift 是名詞，表示「值班工作時段」，但在選項中則是動詞「轉移」的意思。

字詞解釋

stay up 熬夜　**drama** [ˋdrɑmə] **n.** 戲劇　**night shift** 夜班　**daytime** [ˋdeˌtaɪm] **n.** 白天　**relaxation** [ˌrilæksˋeʃən] **n.** 放鬆　**technique** [tɛkˋnik] **n.** 技巧

19.

W: How may I help you, Sir?
M: My laptop is so slow recently.
W: It might be a hardware problem. It takes some time to check, though.
M: How long will it take to fix? I must finish the draft for my presentation this afternoon.
W: Usually one day. It still works, so I recommend that you keep it for now and come back another time.

Question: What is most likely to happen next?
A. The woman will check the laptop.
B. The woman will keep the laptop.
C. The man will give a presentation.
D. The man will take back the laptop.

英文翻譯

女：有什麼我可以幫忙的呢，先生？
男：我的筆記型電腦最近很慢。
女：可能是硬體問題。不過，要花一些時間檢查。
男：要花多長時間修好？我今天下午必須完成簡報的草稿。
女：通常一天。電腦還能用，所以我建議您暫時留著電腦，改天再回來。

問題：接下來最有可能發生什麼事？
A. 女子會檢查筆記型電腦。

B. 女子會把筆記型電腦留著。

C. 男子會發表簡報。

D. 男子會把筆記型電腦拿回去。

答題解說

答案：（D）。選項都是未來發生的事，可以推測這一題要問的是接下來會發生什麼，要特別注意關於未來的敘述。男子帶筆記型電腦送修，但他想知道要花多長時間修好，因為他必須 finish the draft for my presentation this afternoon（在今天下午完成簡報的草稿）。女子回答通常需要一天，暗示如果送修的話，男子今天下午就無法使用電腦，所以建議男子 keep it for now and come back another time（暫時留著電腦，改天再回來）。按照女子的建議，表示拿回電腦（暫時不送修）的 D. 是正確答案。B. 是男子做的事才對。C. 男子今天下午需要完成的是 the draft for my presentation（簡報的草稿），還沒到要發表簡報的時候。

字詞解釋

hardware [ˋhɑrdˏwɛr] n. 硬體　**draft** [dræft] n. 草稿　**presentation** [ˏprɛzənˋteʃən] n. 簡報

20.

M: Wow! The reception room of your company is fantastic.

W: The designer changed the overall color scheme and lighting. The atmosphere is totally different now.

M: Are the walls covered with real marble?

W: Yes, it's imported from Italy.

M: Isn't it costly?

W: Not really. It's done by one of my relatives. I got a good bargain.

M: That's nice.

Question: What are the speakers discussing?

A. The business of a company.

B. Building construction.

C. Interior decoration.

D. A relative.

英文翻譯

男：哇！你公司的接待處真棒！

女：設計師改變了整體的配色和照明。現在氣氛完全不一樣了。

男：牆壁貼了真的大理石嗎？

女：是的，這是義大利進口的。

男：那不會很貴嗎？

女：不會。這是我的一個親戚做的。我得到了很划算的交易。

男：真好。

問題：說話者們在討論什麼？

A. 公司的事業。

B. 建築工程。

C. 室內裝潢。

D. 一位親戚。

答題解說

答案：（C）。選項是一些不同主題的關鍵詞，可以推測題目和談話主題有關，所以要注意對話中提到哪些相關的內容。男子先是稱讚女子公司的 reception room（接待處）很棒，女子回應 The designer changed the overall color scheme and lighting（設計師改變了整體的配色和照明），然後男子又問 Are the walls covered with real marble?（牆壁貼了真的大理石嗎？）。這些討論都和室內裝潢有關，所以 C. 是正確答案。

字詞解釋

reception [rɪ`sɛpʃən] n. 接待　**designer** [dɪ`zaɪnɚ] n. 設計師　**overall** [`ovɚ͵ɔl] adj. 整體的　**scheme** [skim] n. 計畫，組合　**lighting** [`laɪtɪŋ] n. 照明　**atmosphere** [`ætməs͵fɪr] n. 氣氛　**marble** [`mɑrbl] n. 大理石　**bargain** [`bɑrgɪn] n. 便宜的東西

21.

W: Do you still exercise after work?

M: I just gave up. It's so hard to work out after a busy day.

W: I understand, but it's for your health. Hey, I have a yoga class tomorrow. Do you want to join me?

M: Sounds good, but isn't that just for registered members?

W: Everyone can try one class for free. If you want to continue, you only need to pay for the remaining classes.

Question: What is true about the man?

A. He exercises every day.

B. He is a member of the gym.

C. He can learn yoga for free tomorrow.

D. He will register for the yoga course.

英文翻譯

女：你下班後還運動嗎？

男：我才剛放棄。在忙碌的一天之後運動很困難。

女：我了解，但這是為了你的健康。嘿，我明天有瑜伽課。你想要跟我一起嗎？

男：聽起來不錯，但那不是只給註冊會員上的嗎？

女：每個人都可以免費試上一堂課。如果你想要繼續的話，只需要付剩下的課堂的費用。

問題：關於男子，何者正確？

A. 他每天運動。

B. 他是健身房的會員。

C. 他明天可以免費學瑜伽。

D. 他會註冊報名瑜伽課程。

答題解說

答案：（C）。選項的主詞都是 He，雖然問的是男子的情況，但這一題有些不同，答案的線索是出現在女子所說的話中。兩人先是討論了男子放棄運動的事，然後女子邀請男子明天一起去上瑜伽課。男子問 isn't that just for registered members?（那不是只給註冊會員上的嗎？），女子回答 Everyone can try one class for free（每個人都可以免費試上一堂課），暗示男子明天可以免費上一堂瑜伽課，所以 C. 是正確答案。A. B. D. 都不能從談話的內容中確定為正確。

字詞解釋

work out 鍛鍊，做運動　　**yoga** [ˋjogə] n. 瑜伽　　**register** [ˋrɛdʒɪstɚ] v. 註冊，登記　　**remaining** [rɪˋmenɪŋ] adj. 剩下的

22.

M: How was the party yesterday?

W: It was great. Every colleague was extremely inventive. They were all dressed up.

M: I believe Aileen was the best of them, right?

W: You bet. Her glowing devil horns drew everyone's attention.

M: How about you? You said you would dress like a witch.

W: Yup, I wore a black robe with a pointed hat, and I did a special makeup to look old.

Question: What kind of party was held yesterday?
A. Cocktail party.
B. Costume party.
C. Fashion party.
D. Business dinner party.

英文翻譯

男：昨天的派對怎麼樣？

女：很棒。每位同事都非常有創意。他們都盛裝打扮。

男：我相信 Aileen 是他們之中最棒的，對嗎？

女：當然。她發光的惡魔頭角吸引了每個人的注意。

男：那你呢？你說你會穿得像個巫婆。

女：是啊，我穿了黑色的長袍和尖尖的帽子，還做了特殊化妝讓自己看起來很老。

問題：昨天舉辦了哪種派對？

A. 雞尾酒派對。

B. 變裝派對。

C. 時尚派對。

D. 商務晚宴。

答題解說

答案：（B）。選項是四種不同的派對類型，所以要注意對話中關於派對細節的描述，看看他們討論的是哪一種派對。對話中有許多關於裝扮的細節，包括 glowing devil horns（發光的惡魔頭角）、dress like a witch（穿得像個巫婆）、a black robe with a pointed hat（黑色的長袍和尖尖的帽子）、did a special makeup to look old（做了特殊化妝讓自己看起來很老），都是萬聖節變裝派對可能出現的，所以 B. 是正確答案。

字詞解釋

extremely [ɪkˋstrimlɪ] **adv.** 極度地　　**inventive** [ɪnˋvɛntɪv] **adj.** 發明的，有創意的　　**dress up** 盛裝打扮　　**You bet.** 當然。　　**glow** [glo] **v.** 發光　　**devil** [ˋdɛvl] **n.** 惡魔　　**horn** [hɔrn] **n.** （頭上的）角　　**robe** [rob] **n.** 長袍　　**pointed** [ˋpɔɪntɪd] **adj.** 頂端尖尖的　　**makeup** [ˋmek͵ʌp] **n.** 化妝

相關補充
派對的類型
housewarming party 喬遷派對（邀請朋友到新家的派對）
baby shower 準媽媽派對（在預產期大約一個月前舉辦）
bachelor/bachelorette party （婚前的）告別單身男／女派對
retirement party 退休慶祝派對

23.

W: It's official. Our institute will host the International Conference on Environmental Pollution.

M: What great news! How much will it cost, though?

W: About $30,000. The grant from the government will not be enough, and it's my job to seek financial support from enterprises.

M: You can try to get in touch with Starlight Engineering. Its CEO has been a student here.

Question: What is the woman responsible for?

A. Finding sponsors.

B. Planning events.

C. Inviting participants.

D. Keeping records of the money.

英文翻譯

女：這是正式消息。我們研究所將會舉辦國際環境污染會議。

男：真是好消息！但會花多少錢呢？

女：大約 30,000 美元。來自政府的補助金不夠，我的工作是尋找企業的財務支持。

男：你可以試著跟 Starlight Engineering 公司接觸。它的 CEO 曾經是這裡的學生。

問題：女子負責什麼？

A. 尋找贊助者。

B. 計畫活動。

C. 邀請參加者。

D. 做金錢的紀錄。

答題解說

答案：（A）。選項都是和舉辦活動有關的工作，所以可以預期題目會問某人負責什麼，並且要注意關於工作內容的敘述。女子提到將要舉辦會議，而男子詢問要花多少錢。女子回答金額之後，說 it's my job to seek financial support from enterprises（我的工作是尋找企業的財務支持），也就是尋求贊助的意思，所以 A. 是正確答案。

字詞解釋

official [əˋfɪʃəl] **adj.** 官方的，正式的　　**institute** [ˋɪnstətjut] **n.** 學院，研究所　**conference** [ˋkɑnfərəns] **n.** 會議　**environmental pollution** 環境污染　**grant** [grænt] **n.** 補助金　**financial** [faɪˋnænʃəl] **adj.** 財務的　**enterprise** [ˋɛntɚˏpraɪz] **n.** 企業　**get in touch with** 和…聯絡／接觸　**sponsor** [ˋspɑnsɚ] **n.** 贊助者　**participant** [pɑrˋtɪsəpənt] **n.** 參加者

24.

Photo-Editing Apps 相片編輯應用程式

	Picazzo	SnapPeel	Camphor	VFace
Landscape Editing 風景編輯	●	●	●	
Human Portrait Editing 人像編輯	●			●
Pricing 定價	$12.99 per month 每月 $12.99	$11.99 per month 每月 $11.99	Free 免費	Free 免費

For question 24, please look at the table. 第 24 題請看表格。

M: Your Instagram photos look so beautiful. What camera do you use?

W: Actually, I only use my phone. It's the photo-editing app that does the trick.

M: Sounds interesting. How does the app work?

W: It's specially designed to make sceneries more beautiful. It analyzes a photo and automatically adjusts the exposure and contrast. It also makes flowers and autumn leaves more colorful.

M: Is it free to use?

W: Yeah, there's no need to pay monthly fees.

Question: Which app does the woman use?

A. Picazzo.

B. SnapPeel.

C. Camphor.

D. VFace.

男：你的 Instagram 照片看起來好美。你用什麼相機？

女：事實上，我只用我的手機。是照片編輯 app 有用。

男：聽起來很有趣。這個 app 怎麼運作？

女：它是特別設計讓風景更美的。它會分析照片，並且自動調整曝光與對比。它
也會讓花朵和秋天的葉子更鮮艷。

男：它是免費使用的嗎？

女：是啊，不需要付月費。

問題：女子使用哪個 app？

A. Picazzo。

B. SnapPeel。

C. Camphor。

D. VFace。

答題解說

答案：（C）。這是顯示四個照片編輯 app 的功能與定價的圖表，所以要注意對
話中提到什麼功能，以及收費或者免費。關於女子使用的 app，她說 It's specially
designed to make sceneries more beautiful（它是特別設計讓風景更美的）、there's
no need to pay monthly fees（不需要付月費），所以有風景編輯功能、免費的 C.
是正確答案。

字詞解釋

do the trick 有效，起作用　**scenery** [`sinərɪ] n. 風景　**analyze** [`ænə͵laɪz] 分析
automatically [͵ɔtə`mætɪkəlɪ] adv. 自動地　**adjust** [ə`dʒʌst] v. 調整　**exposure**
[ɪk`spoʒɚ] n. （照相）曝光　**contrast** [`kɑn͵træst] n. 對比

25.

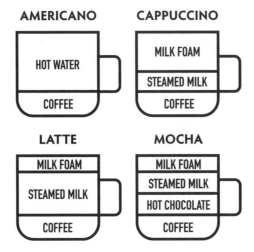

For question 25, please look at the illustration. 第 25 題請看圖解。

M: I'll have an Americano. How about you?

W: I'm not sure, maybe something with milk.

M: You can choose either Latte or Cappuccino. The only difference is the amount of milk foam. It makes the coffee taste smoother.

W: I think I'll go for the one with more foam, then.

M: If you want something sweet, you can try Mocha.

W: Well, I don't feel like having chocolate now.

Question: Which type of coffee will the woman most likely order?

A. Americano.

B. Cappuccino.

C. Latte.

D. Mocha.

英文翻譯

男：我要喝杯美式咖啡。你呢？

女：我不確定，或許有牛奶的。

男：你可以選拿鐵或卡布其諾。唯一的不同是奶泡的量。它會讓咖啡喝起來比較滑順。

女：那我想我會選有比較多泡沫的。

男：如果你想要甜的，可以試試摩卡。

女：嗯，我現在不想喝巧克力。

問題：女子最有可能點哪種咖啡？
A. 美式咖啡。
B. 卡布其諾。
C. 拿鐵。
D. 摩卡。

答題解說

答案：（B）。圖表中呈現了四種咖啡的成分比例，所以要從對話中關於咖啡成分的敘述篩選答案。女子說她想要 something with milk（有牛奶的〔咖啡〕），男子建議可以選擇 Latte 或 Cappuccino，女子則回應 I'll go for the one with more foam（我會選有比較多泡沫的），所以兩者之中奶泡比較多的 B. 是正確答案。

字詞解釋

foam [fom] n. 泡沫　**steam** [stim] v. 蒸

第四部分：簡短談話

26.
There are some ways you can save energy at home. For example, you can replace old-style bulbs with LED light bulbs, which use much less electricity and last longer. In addition, you can also unplug home appliances when they're not in use, or set your air conditioner at higher temperature. By making small changes in your daily life, you can make a positive impact on the environment.

Question: What is the speaker mainly talking about?
A. Reducing energy waste.
B. Choosing energy-efficient devices.
C. Having an economical lifestyle.
D. Eliminating environmental pollution.

英文翻譯

有一些你可以在家節省能源的方法。例如，你可以把舊式燈泡替換成 LED 燈泡，它們耗電少得多，而且壽命比較長。另外，你也可以在家電沒在使用的時候把它們的插頭拔掉，或者把你的空調設定在比較高的溫度。藉由在日常生活中做

出小小的改變，你可以對環境產生正面的影響。

問題：說話者主要在談論什麼？
A. 減少能源浪費。
B. 選擇能源效率好的設備。
C. 擁有經濟（省錢）的生活方式。
D. 消除環境污染。

答題解說

答案：（A）。選項是一些不同的行為，所以能預期題目會問談話內容和何者相關，同時也要留意和選項中的關鍵詞有關的內容。說話者一開始就表示要談論的是 some ways you can save energy at home（一些你可以在家節省能源的方法），之後介紹了 replace old-style bulbs with LED light bulbs（把舊式燈泡替換成 LED 燈泡）、unplug home appliances（把家電的插頭拔掉）、set your air conditioner at higher temperature（把你的空調設定在比較高的溫度）這三種節約能源的方法，所以 A. 是正確答案。B. 只符合「替換燈泡」這個方法，不是貫穿整段話的主題。C. 要小心不要把 economical（經濟的，省錢的）誤認為是 eco-friendly（環保的）的意思。

字詞解釋

bulb [bʌlb] n. 燈泡　**electricity** [ˌilɛkˈtrɪsətɪ] n. 電　**unplug** [ˌʌnˈplʌg] v. 拔掉⋯的插頭　**home appliance** 家電　**in use** 使用中的　**air conditioner** 空調（冷氣）　**impact** [ˈɪmpækt] n. 影響

27.

Hello, this is your captain speaking. Welcome aboard. We apologize for being over 20 minutes late due to the heavy snow strike. We're currently flying at 37,000 feet. We expect to land in Paris about 10 minutes later than planned. To show our apology, we'd like to provide you with free drinks. The cabin crew will be coming in 10 minutes to serve you.

Question: What will happen in 10 minutes?
A. The plane will take off.
B. The plane will arrive at Paris.
C. Passengers will get drinks.
D. The crew will get on the plane.

第 1 回
第 2 回
第 3 回
第 4 回
第 5 回
第 6 回
第 7 回
第 8 回
第 9 回
第 10 回

哈囉,這是機長廣播。歡迎登機。我們要為因為大雪來襲而晚超過 20 分鐘(起飛)道歉。我們目前在 37,000 英尺(高度)飛行。我們預期比預定晚約 10 分鐘在巴黎降落。為了表示我們的歉意,我們想要提供各位免費飲品。機組人員將在 10 分鐘後服務各位。

問題:10 分鐘後會發生什麼事?
A. 飛機將會起飛。
B. 飛機將會抵達巴黎。
C. 乘客將會得到飲料。
D. 機組人員將會上飛機。

答題解說

答案:(C)。選項都是和飛機有關的內容,而且是未來式,所以能推測這一題要問的是「接下來會發生什麼事」。關於 10 分鐘後會發生的事,說話者在最後提到 The cabin crew will be coming in 10 minutes to serve you(機組人員將在 10 分鐘後服務各位),他們要做的事則是上一句提到的 provide you with free drinks(提供各位免費飲品),所以 C. 是正確答案。B. 注意說話者說 land in Paris(在巴黎降落)的時間是 10 minutes later than planned(比預計晚 10 分鐘),而不是 10 minutes later(10 分鐘後)。

字詞解釋

captain [ˋkæptɪn] **n.** 機長;船長　　**aboard** [əˋbord] **adv.** 在船/飛機/列車上　　**apologize** [əˋpɑləˌdʒaɪz] **v.** 道歉　　**apology** [əˋpɑlədʒɪ] **n.** 道歉　　**cabin** [ˋkæbɪn] **n.** 機艙　　**crew** [kru] **n.** 全體人員

28.

The qualification for voting is under debate recently. Currently, citizens in Taiwan have the right to vote when they turn 20. According to the civil law, however, a person is considered an adult at 18. Many consider that these regulations are not consistent, and they argue that people aged 18 to 20 should be allowed to vote as well.

Question: What is the speaker talking about?
A. Voting age.
B. Generation gap.
C. Medical research.

D. Qualification for being elected.

英文翻譯

投票的資格最近受到了討論。目前，台灣公民滿 20 歲時擁有投票權。但根據民法，一個人在 18 歲時被認為是成年人。許多人認為這些規定不一致，而他們主張 18 到 20 歲的人也應該被允許投票。

問題：說話者在談論什麼？
A. 投票年齡。
B.（世代間的）代溝。
C. 醫學研究。
D. 被選舉的資格。

答題解說

答案：（A）。從選項的內容來看，這一題應該會問說話內容的主題是什麼。說話者一開始說，最近有關於 qualification for voting（投票的資格）的討論，之後提到 citizens in Taiwan have the right to vote when they turn 20（台灣公民滿 20 歲時擁有投票權）、Many... argue that people aged 18 to 20 should be allowed to vote as well（許多人主張 18 到 20 歲的人也應該被允許投票），這些都是關於投票年齡的討論，所以 A. 是正確答案。

字詞解釋

qualification [ˌkwɑləfəˈkeʃən] **n.** 資格　**debate** [dɪˈbet] **n.** 辯論　**citizen** [ˈsɪtəzn̩] **n.** 公民　**civil law** 民法　**regulation** [ˌrɛgjəˈleʃən] **n.** 規定　**consistent** [kənˈsɪstənt] **adj.** 連貫一致的

29.

Nico in lane 5 swims like a fish, and Adam in lane 3 is right behind him. They all appear to be flying. Yeah! After the heated competition, world record holder Adam qualifies for the 50m breaststroke final by winning his semi-final in 27.03 seconds. He is the only one finishing under the 30-second mark this morning.

Question: What does the speaker believe about Adam?
A. He should swim faster.
B. He is good at flying a plane.
C. He won the race by chance.
D. He is an outstanding swimmer.

5 號水道的 Nico 游得像魚一樣（快），3 號水道的 Adam 緊跟在後。他們都像是在飛一樣。耶！在激烈的競賽之後，世界紀錄保持人 Adam 用 27.03 秒贏得 50 公尺蛙式準決賽，取得了決賽的資格。他是今天上午唯一不到 30 秒游完全程的人。

問題：關於 Adam，說話者相信什麼？
A. 他應該要游得更快。
B. 他擅長開飛機。
C. 他是憑運氣贏得比賽的。
D. 他是出色的泳者。

答題解說

答案：（D）。選項都是關於 He 的描述，在聽到題目前，還不能確定是說話者或者別人，但可以推測談話內容會和游泳比賽有關。關於 Adam 這個人，說話者提到他是 world record holder（世界紀錄保持人），而且 He is the only one finishing under the 30-second mark this morning（他是今天上午唯一不到 30 秒游完全程的人），表示他維持了出色的游泳速度，所以 D. 是正確答案。

字詞解釋

lane [len] **n.** 游泳水道；跑道　　**qualify for** 取得…的資格
breaststroke [ˈbrɛstˌstrok] **n.** 蛙式游泳　　**semi-final** 準決賽

30.
Hi, Steven. I just wanted to leave you a quick message about a jazz concert on June 10th. It features the legendary Lucas Williams. What is special is that it takes place in the open air in Schroder Park. There will be professional dancers dancing to the music, and the audience is free to move around and move to the beat. Each ticket costs just $10. Tell me if you'd like to join me.

Question: What is correct about the concert?
A. It takes place on the street.
B. Musicians and dancers will perform together.
C. People must sit on assigned seats.
D. It is free to attend.

英文翻譯

嗨，Steven。我只是想簡短留言告訴你 6 月 10 日的一場爵士音樂會。它主打傳奇名人 Lucas Williams。特別的是，音樂會在 Schroder 公園露天舉行。那裡會有職業舞者隨著音樂跳舞，而且觀眾可以自由到處移動並隨著節拍舞動。每張票只要 10 元。告訴我你是否想跟我一起去。

問題：關於音樂會，何者正確？
A. 在街頭舉行。
B. 樂手和舞者會一起表演。
C. 人們必須坐在被指派的座位上。
D. 是免費參加的。

答題解說

答案：（B）。選項是一些關於活動的描述，可以推測這一題要問的是哪個關於活動的描述正確。因為選項描述了各種不同方面的細節，所以每個句子都要注意聽，看看有什麼符合或不符合的地方。說話者開頭說有一場 jazz concert（爵士音樂會），之後介紹它的細節。其中，說話者提到 There will be professional dancers dancing to the music（那裡會有專業舞者隨著音樂跳舞），表示舞者會在演奏音樂的同時跳舞，所以 B. 是正確答案。A. 關於舉行地點，說話者說 it takes place in the open air in Schroder Park（它在 Schroder 公園露天舉行），雖然是露天舉行，但不是在街上，選項敘述不正確。C. 關於觀眾，說話者提到 the audience is free to move around（觀眾可以自由到處移動），也就是不必坐在指定的位子，選項敘述不正確。D. 關於入場費用，說話者提到 Each ticket costs just $10（每張票只要 10 元），並不是免費的，選項敘述不正確。

字詞解釋

feature [ˋfitʃə] v. 以…為特色；由…主演　**legendary** [ˋlɛdʒəndˌɛrɪ] adj. 傳說的　**in the open air** 露天，在戶外　**professional** [prəˋfɛʃənl] adj. 職業的　**move to the beat** 隨著節拍舞動

31.

Attention, shoppers. It's now 9:30 p.m. We close at 10 o'clock, and the front door will be locked at that time. Please make your final selections and check them out at one of the registers. In case you finish you purchase after ten, you can only exit through one of the two side doors. Thank you for shopping with us. Good night.

Question: What will happen if a customer does not leave the store before 10 o'clock?
A. They will have to pay a fee.
B. They will be locked in the store.
C. It will not be possible to check out.
D. Using the front door will be prohibited.

英文翻譯

各位購物客請注意。現在是晚上 9:30。我們 10 點打烊，到時候前門將會上鎖。請做出最後的選擇，並且在我們的其中一個收銀台結帳。萬一您在 10 點後完成購買，就只能從兩扇側門之一離場。感謝您在此購物。晚安。

問題：如果顧客不在 10 點前離開這家店，會發生什麼事？
A. 他們將必須付一筆費用。
B. 他們會被鎖在店裡。
C. 將會無法結帳。
D. 使用前門將會被禁止。

答題解說

答案：（D）。選項是一些未來式的句子，而且和商店、結帳有關，可以推測將會聽到關於商店的內容，而且會問接下來會發生什麼事。關於 10 點會發生的事，說話者提到 We close at 10 o'clock, and the front door will be locked at that time（我們 10 點打烊，到時候前門將會上鎖），所以表達「禁止使用前門」的 D. 是正確答案。A. 沒有提到。B. C. 後面提到 In case you finish you purchase after ten, you can only exit through one of the two side doors（萬一您在 10 點後完成購買，就只能從兩扇側門之一離場），顯示 10 點之後還是有可能結帳的，而且即使正門鎖上了，還有側門可以出去，不會被鎖在店裡。

字詞解釋

shopper [ˈʃɑpɚ] n. 購物者　**selection** [səˈlɛkʃən] n. 選擇　**check out** 結帳
register [ˈrɛdʒɪstɚ] n. 收銀機　**in case** 萬一…　**prohibit** [prəˈhɪbɪt] v. 禁止

32.
Hi, Mr. Kevin Jordan. This is Sparkle Dentist Clinic calling to confirm Leona Jordan's appointment with Dr. Bernstein. The appointment is scheduled for 10:30 a.m. on Wednesday, September 5th. Since it's her first time here, please bring her dental records. We also need your insurance card if it covers your

kid's dental care. If you need to reschedule, please call back at 808-1234.

Question: What can we assume about Leona Jordan?

A. She will see a dentist tomorrow morning.

B. She has never seen a dentist.

C. She has her own insurance.

D. She is Kevin's daughter.

英文翻譯

嗨，Kevin Jordan 先生。這裡是 Sparkle 牙醫診所，打電話確認 Leona Jordan 和 Bernstein 醫師的預約。預約的時間是 9 月 5 日星期三上午 10:30。因為這是她第一次在這裡（接受診療），所以請攜帶她的牙醫診療紀錄。如果您的保險包括您孩子的牙齒醫療，我們也需要您的保險卡。如果您需要重新安排時間，請回電 808-1234。

問題：關於 Leona Jordan，我們可以推斷什麼？

A. 她明天早上會看牙醫。

B. 她從來沒看過牙醫。

C. 她有自己的保險。

D. 她是 Kevin 的女兒。

答題解說

答案：（D）。選項都是關於某個女性的敘述，在聽題目之前還不知道是說話者還是其他人，但大致可以確定會聽到關於看牙醫的內容。說話者一開始提到 Kevin Jordan 和 Leona Jordan 兩個人，雖然要找的是 Kevin，但要確認的是 Leona Jordan's appointment with Dr. Bernstein（Leona Jordan 和 Bernstein 醫師的預約）。關於這兩個人的關係，後面提到 We also need your insurance card if it covers your kid's dental care（如果您的保險包括您孩子的牙齒醫療，我們也需要您的保險卡），顯示 Leona 應該是 Kevin 的小孩，所以 D. 是正確答案。A. 說話者只有提到預約是星期三，但我們不知道明天是不是星期三。B. 說話者提到的 it's her first time here（這是她第一次在這裡），只是表示她第一次在這間診所接受診療，不代表她從來沒看過牙醫。C. 沒有提到。

字詞解釋

clinic [ˈklɪnɪk] n. 診所 **appointment** [əˈpɔɪntmənt] n. 會面的約定 **schedule** [ˈskɛdʒʊl] v. 安排時間 **dental** [ˈdɛntl] adj. 牙齒的，牙科的 **insurance** [ɪnˈʃʊrəns] n. 保險 **reschedule** [riˈskɛdʒʊl] v. 重新安排時間

33.

Good day, everyone! My name is Evans. Welcome to Wagner's World. The performance will begin in ten minutes. You will see our knights riding their horses and fighting the enemy with their weapons on the field. After the show, you can also enjoy our many other attractions and exciting rides, or have ice cream, cotton candy and other treats at our food court.

Question: What kind of facility is Wagner's World?
A. A horse farm.
B. An amusement park.
C. A department store.
D. A performance hall.

英文翻譯

大家好！我的名字是 Evans。歡迎來到 Wagner's World。表演將在 10 分鐘後開始。各位將會看到我們的（中世紀裝扮的）騎士在原野上騎著馬，用他們的武器和敵人打鬥。在表演之後，各位也可以享受我們其他許多景點和刺激的乘坐設施，或者在我們的美食廣場吃冰淇淋、棉花糖和其他小零食。

問題：Wagner's World 是哪一種設施？
A. 馬場。
B. 遊樂園。
C. 百貨公司。
D. 表演廳。

答題解說

答案：（B）。選項是一些地點的名稱，可以推測題目將會問談話進行的場所是什麼，所以要注意談話中關於當地設施的內容。說話者先是歡迎大家來到 Wagner's World，然後說 performance（表演）即將開始，內容是 knights riding their horses... on the field（騎士在原野上騎著馬）。另外，也提到 our many other attractions and exciting rides（我們其他許多景點和刺激的乘坐設施）和 food court（美食廣場）。所以，最有可能同時擁有這些表演和設施的 B. 是正確答案。C. D. 因為提到 on the field（在原野上），所以屬於室內空間的百貨公司和表演廳不可能是正確答案。

字詞解釋

performance [pə`fɔrməns] n. 表演　　**knight** [naɪt] n. （中世紀的）騎士　　**enemy**

[`ɛnəmɪ] **n.** 敵人　**weapon** [`wɛpən] **n.** 武器　**attraction** [əˈtrækʃən] **n.** 吸引力；吸引人的景點　**ride** [raɪd] **n.** 供人乘坐的遊樂設施　**amusement park** 遊樂園

34.

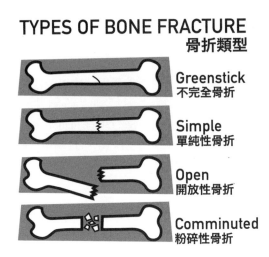

For question number 34, please look at the illustrations. 第 34 題請看圖解。

Good morning, Mr. Paine. Please take a look at your X-rays. You can see your leg bone broken into multiple pieces, rather than a simple crack. They need to be put back together and held in place, so surgery will be necessary. I know this must be difficult for you, but please understand that it takes longer than usual to recover. Don't worry, I'll help you through the process.

Question: What kind of injury does Mr. Paine have?

A. Greenstick fracture.

B. Simple fracture.

C. Open fracture.

D. Comminuted fracture.

英文翻譯

早安，Paine 先生。請看一下您的 X 光片。您可以看到您的腿骨碎成許多片，而不是一個簡單的裂縫。它們需要被重新組合在一起並固定，所以手術將會是必要的。我知道這對您來說一定很困難，但請理解它要花平比常更長的時間恢復。別擔心，我會在整個過程中幫助您。

問題：Paine 先生受了哪種傷？

A. 不完全骨折。

B. 單純性骨折。

C. 開放性骨折。

D. 粉碎性骨折。

答題解說

答案：（D）。圖片呈現了四種骨折的類型，所以要注意說話者對於骨折情況的描述，包括骨頭折斷或破裂的情況，以及是否提到骨折穿破皮膚。說話者提到 your leg bone broken into multiple pieces, rather than a simple crack（您的腿骨碎成許多片，而不是一個簡單的裂縫），所以呈現骨頭斷成許多小碎片的 D. 是正確答案。

字詞解釋

fracture [ˋfræktʃɚ] **n.** 骨折　**multiple** [ˋmʌltəpl] **adj.** 多個的　**crack** [kræk] **n.** 裂縫　**surgery** [ˋsɝdʒərɪ] **n.** 外科手術　**recover** [rɪˋkʌvɚ] **v.** 恢復　**process** [ˋprɑsɛs] **n.** 過程

35.

BPS's First Online Concert BPS 首次線上演唱會
"Hero's Journey" 「英雄之旅」

Taipei	Paris	New York	Los Angeles
7 a.m.	11 p.m.	6 p.m.	3 p.m.
Nov. 2	Nov. 1	Nov. 1	Nov. 1
Saturday	Friday	Friday	Friday

Ticket open @ 門票販售於 bpsonlineconcert.com

$30 per person 每人 30 美元

Get a ticket and stream live worldwide! 購買門票並且在全世界串流播放！

For question number 35, please look at the ad. 第 35 題請看廣告。

Hello, Lauren. As you may already know, BPS will have an online concert next month. Isn't it amazing that we can enjoy our favorite group's show in different countries at the same time? I know it'll be a weekday there in America, but I remember your office hours are from 8 to 5, so you should be able to watch it right after work. See you online then!

Question: In which city does Lauren possibly live?

A. Taipei.

B. Paris.

C. New York.

D. Los Angeles.

第1回
第2回
第3回
第4回
第5回
第6回
第7回
第8回
第9回
第10回

英文翻譯

哈囉，Lauren。你可能已經知道了，BPS 下個月將會舉行線上演唱會。我們可以在不同的國家同時享受我們最愛團體的表演，這不是很棒嗎？我知道在美國那裡會是平日，但我記得你的辦公時間是 8 點到 5 點，所以你應該可以在下班後就看演唱會。到時候網路上見了！

問題：Lauren 可能住在哪個城市？

A. 台北。

B. 巴黎。

C. 紐約。

D. 洛杉磯。

答題解說

答案：（C）。廣告中有四個不同的城市和日期、時間，可以確定日期和時間就是判斷答案的關鍵，其他細節就沒有那麼重要了。關於 Lauren 所在的地方，說話者提到 it'll be a weekday there in America（在美國那裡會是平日），所以在美國（而且是星期五）的 New York 和 Los Angeles 是可能的答案。然後說話者又提到 your office hours are from 8 to 5, so you should be able to watch it right after work（你的辦公時間是 8 點到 5 點，所以你應該可以在下班後就看演唱會），所以演唱會開始的時間在她下班時間 5 點之後的 C. 是正確答案。

第一部分:詞彙

1. _____ people are expected to donate their fortune to charities rather than just buying luxury goods for themselves.(富有的人被期望捐出財富給慈善機構,而不是只買奢侈品給自己。)

   A. Ambitious
   B. Graceful
   C. Productive
   D. Wealthy

   答題解說

   答案:(D)。空格要填入形容人的詞彙,句子中提到他們被期望 donate their fortune(捐出財富)而不是 just buying luxury goods for themselves(只買奢侈品給自己),所以能形容人擁有許多財富的 D. Wealthy(富有的)是正確答案。其他選項和是否富有沒有必然的關係。

   字詞解釋

   donate [ˋdonet] v. 捐獻   **fortune** [ˋfɔrtʃən] n. 財富;運氣   **charity** [ˋtʃærətɪ] n. 慈善機構   **luxury goods** 奢侈品   **ambitious** [æmˋbɪʃəs] adj. 有野心的   **graceful** [ˋgresfəl] adj. 優雅的   **productive** [prəˋdʌktɪv] adj. 有生產力的   **wealthy** [ˋwɛlθɪ] adj. 富有的

2. _____ popular belief that he is stingy, Mr. Johnson actually lends money to his friends in need.(和普遍認為他很吝嗇的想法相反,Johnson 先生實際上會借錢給他有需要的朋友。)

   A. Contrary to
   B. Surprised at
   C. In addition to
   D. Speaking of

   答題解說

   答案:(A)。選項是一些表示句子前後邏輯關係的詞語,所以要觀察前後內容

的相關性再作答。句子前半提到一般認為他很吝嗇，後半則說他偶爾會借錢給別人，後半的內容否定了一般人對他的印象，所以表示前後內容相反的 A. Contrary to（和…相反）是正確答案。B. 是分詞構句，可以嘗試理解為 Because Mr. Johnson is surprised at...（因為 Johnson 先生對…感到驚訝），但後半的 actually（實際上）表示這是對事實的客觀描述，而不是因為別人的評價才做出的反應，前後語意的銜接不順。C. In addition to（除了…以外）表示後半的內容是前半的補充，D. Speaking of（談到…）表示後半是對於前半主題的討論。

字詞解釋

stingy [ˋstɪndʒɪ] **adj.** 吝嗇的　**actually** [ˋæktʃʊəlɪ] **adv.** 實際上　**contrary to** 和…相反　**In addition to** 除了…還有　**speaking of** 談到…

3. The new president's approval rating declined because he has difficulty _____ his campaign promises.（新任總統的支持率下滑，因為他很難履行他的競選承諾。）

   A. abandoning
   B. restricting
   C. implementing
   D. foreseeing

答題解說

答案：（C）。空格是 have difficulty doing...（做…遇到困難）中的動名詞，並且接 his campaign promises（他的競選承諾）當受詞，表示這個人（總統）仍然無法對競選承諾做某件事。前面提到他的支持率下滑，所以表示「沒有實現競選承諾」的 C. implementing（履行，實施）是正確答案。

字詞解釋

approval rating 支持率　**have difficulty doing** 做…遇到困難　**campaign** [kæmˋpen] **n.** 競選活動　**abandon** [əˋbændən] **v.** 拋棄　**restrict** [rɪˋstrɪkt] **v.** 限制　**implement** [ˋɪmpləmənt] **v.** 履行，實施　**foresee** [forˋsi] **v.** 預見

4. When a boss _____ their power to bully certain employees, they can create fear among the staff and make them less productive.（當老闆濫用權力來霸凌特定員工時，可能會造成員工的恐懼，並且降低他們的生產力。）

   A. conceals
   B. evaluates

49

C. abuses

D. surrenders

答題解說

答案：（C）。空格是動詞，後面接 power（權力）當受詞，而且後面接了表示目的的 to 不定詞 to bully certain employees（霸凌特定員工）。選項中，能達成「霸凌特定員工」的結果，表示「濫用權力」的 C. abuses 是正確答案。

字詞解釋

bully [`bʊlɪ] v. 霸凌　　**employee** [ˌɛmplɔɪˋi] n.（受雇的）員工　　**productive** [prəˋdʌktɪv] adj. 有生產力的　　**conceal** [kənˋsil] v. 隱藏　　**evaluate** [ɪˋvæljʊˌet] v. 評價　　**abuse** [əˋbjus] v. 濫用　　**surrender** [səˋrɛndɚ] v. 放棄，交出

相關補充

這一題使用了「單數 they」（singular they）的用法，也就是對於性別不確定的第三人稱單數，使用 they 來代表，而不是依照傳統的文法使用 he 或 he or she。近年來，由於性別平等意識與非傳統性別認同的興起，這種「單數 they」逐漸變成廣為接受的一般用法。

5. It was not until he _____ his identity to me that I knew he was a famous radio host.（直到他對我透露自己的身分，我才知道他是有名的廣播主持人。）

A. faked

B. revealed

C. exploited

D. analyzed

答題解說

答案：（B）。這個句子使用 not until ... that ~（直到…才~）的句型，表示句子後半敘述的內容，一直到前半的事情發生後才實現，所以前半是後半發生的條件。空格後面接 identity（身分）當受詞，而這樣的行為使說話者終於 knew he was a famous radio host（知道他是有名的廣播主持人），所以表示「透露」的 B. revealed 是正確答案。

字詞解釋

identity [aɪˋdɛntətɪ] n. 身分　　**fake** [fek] v. 偽造，假裝　　**reveal** [rɪˋvil] v. 揭露　　**exploit** [ɪkˋsplɔɪt] v. 剝削，利用　　**analyze** [ˋænəˌlaɪz] v. 分析

6. The internet security software identifies _____ threats and prevent

them from happening.（這個網路安全軟體會發現潛在的威脅並預防它們發生。）

A. liberal
B. mutual
C. potential
D. conservative

答題解說

答案：（C）。句子的主詞是 internet security software（網路安全軟體），並且有兩個動詞片語。空格在 identifies ... threats（發現威脅）中形容名詞 threats，and 後面則是接下來的行為「預防它們（threats）發生」。預防威脅發生，也就表示威脅還沒有發生，所以用來表達「還沒發生，但有可能發生」的 C. potential（潛在的）是正確答案。

字詞解釋

security [sɪ`kjʊrətɪ] **n.** 安全　**software** [`sɔft͵wɛr] **n.** 軟體　**identify** [aɪ`dɛntə͵faɪ] **v.** 發現，認出　**threat** [θrɛt] **n.** 威脅　**prevent** [prɪ`vɛnt] **v.** 預防　**liberal** [`lɪbərəl] **adj.** 自由主義的　**mutual** [`mjutʃʊəl] **adj.** 相互的　**potential** [pə`tɛnʃəl] **adj.** 潛在的　**conservative** [kən`sɝvətɪv] **adj.** 保守的

7. We must _____ the whole article to ensure there is not any spelling mistake.（我們必須看完整篇文章，以確保沒有任何拼字錯誤。）

A. go through
B. skim over
C. hold on to
D. put up with

答題解說

答案：（A）。空格要填入片語動詞，後面接 the whole article（整篇文章）當受詞，而且後面有表示目的的不定詞片語 to ensure there is not any spelling mistake（確保沒有任何拼字錯誤）。要確保沒有任何錯誤，必須仔細閱讀整篇文章，所以表示把文章從頭到尾看完的 A. go through 是正確答案。go through 本來只是「走過…（的全程）」的意思，但在不同的情況下，有可能解讀成各種不同的意思，例如這裡的對象是一篇文章，「走過文章的全程」就是從頭到尾讀完它。B. skim over（把…略讀過一遍）雖然也可以接文章當受詞，但它的意思是「大略閱讀某些部分，跳過其他地方」，這樣有可能錯過某些錯誤的地方，而無法成為

「確保沒有任何拼字錯誤」的方法。

字詞解釋

ensure [ɪn`ʃʊr] v. 確保　**skim over** 把…略讀過一遍　**hold on to** 抓住…　**put up with** 忍受…

8. You need to take a rest once in a while. _____, you may burn out and collapse in the end. （你需要偶爾休息一下。不然，你最後可能會筋疲力竭並且倒下。）

A. Nonetheless
B. Absolutely
C. Furthermore
D. Otherwise

答題解說

答案：（D）。除了 B. Absolutely（絕對地；當然）以外，其他都是可以表示前後句邏輯關係的連接副詞。第一個句子建議對方 take a rest once in a while（偶爾休息一下），第二個句子則說對方有可能 burn out and collapse（筋疲力竭並且倒下），兩者的關係是如果不休息的話，就會筋疲力竭，所以能表示如果不做某件事，就會發生另一個結果的 D. Otherwise（否則）是正確答案。A. Nonetheless（儘管如此）表示儘管有前述的情況，後面提到的事卻和預期不同，C. Furthermore（而且）表示延續上一句的內容，做進一步的補充。

字詞解釋

once in a while 偶爾　**burn out** 筋疲力竭　**collapse** [kə`læps] v. 倒塌；（人）累得倒下

9. A bird can use its _____ to gather food, feed its babies or clean itself. （鳥可以用它的喙來收集食物、餵食幼鳥或者清潔自己。）

A. beak
B. crown
C. feather
D. poultry

答題解說

答案：（A）。空格是 use（使用）的受詞，後面有表示目的的 to 不定詞，表示用空格中的名詞可以收集食物、餵食幼鳥或者清潔他們自己。選項中，具有這三

種功能的 A. beak（喙）是正確答案。

字詞解釋

beak [bik] n. 喙　**crown** [kraʊn] n. 王冠；（鳥類頭頂上的羽毛）頭冠　**feather** [ˈfɛðɚ] n. 羽毛　**poultry** [ˈpoltrɪ] n. 家禽，家禽肉

10. **There has been a _____ increase in the population in urban areas, resulting in extremely high demand for housing and public transportation.** （都會區的人口有顯著的增加，造成對於住宅與大眾運輸非常高的需求。）

    A. slight
    B. glorious
    C. tolerable
    D. significant

答題解說

答案：（D）。這個句子使用分詞構句的結構，後半的 resulting in 可以理解為 and it（= _____ increase）resulted in...。也就是說，前半所說的都會區人口增加，造成了住宅與大眾運輸需求非常高的結果。要造成非常高的需求，人口增加幅度應該相當大，所以 D. significant（顯著的）是正確答案。

字詞解釋

population [ˌpɑpjəˈleʃən] n. 人口　**urban** [ˈɝbən] adj. 城市的，都會的　**extremely** [ɪkˈstrimlɪ] adv. 極度，非常　**demand** [dɪˈmænd] n. 需求　**housing** [ˈhaʊzɪŋ] n. 住房，住房供給　**public transportation** 大眾運輸　**slight** [slaɪt] adj. 些微的　**glorious** [ˈglorɪəs] adj. 光榮的　**tolerable** [ˈtɑlərəbl] adj. 可忍受的　**significant** [sɪgˈnɪfəkənt] adj. 顯著的

第二部分：段落填空

The James Webb Space Telescope (JWST, also known as "Webb") is the largest and most powerful space telescope ever built. It **was named after** James Webb, who led the Apollo program—the **mission** to land the first humans on the Moon.

"Webb" has special cameras designed to **capture images of objects** in the dust of space. The cameras are able to **detect** the heat radiation given off by hidden objects in space through the dust. **Thanks to** "Webb", it is possible for scientists to observe the formation of stars and planets, as well as monitor the weather conditions on the planets and their moons.

字詞解釋

telescope [ˈtɛləˌskop] n. 望遠鏡　**name after** 以…的名字命名　**mission** [ˈmɪʃən] n. 任務　**land** [lænd] v. 使登陸；使降落　**capture** [ˈkæptʃə] v. 捕捉　**dust** [dʌst] n. 灰塵　**detect** [dɪˈtɛkt] v. 發現，偵測到　**radiation** [ˌredɪˈeʃən] n. 輻射；發光；發熱　**give off** 發出（光、熱等）　**Thanks to** 多虧有…　**observe** [əbˈzɝv] v. 觀察　**formation** [fɔrˈmeʃən] n. 形成　**monitor** [ˈmɑnətə] v. 監測　**condition** [kənˈdɪʃən] n. 情況；環境　**moon** [mun] n. （行星的）衛星

中文翻譯

詹姆斯‧韋伯太空望遠鏡（JWST，又稱為 Webb）是曾被建造的最大、最強的太空望遠鏡。它以領導阿波羅計畫——讓第一批人類登陸月球的任務——的詹姆斯‧韋伯為名。

Webb 有設計成能在宇宙塵埃中捕捉影像的特殊攝影器。這些攝影器能夠偵測到太空中隱藏的物體穿過宇宙塵埃的熱輻射。多虧有 Webb，科學家能夠觀察恆星與行星的形成，以及監測行星與其衛星的天氣狀況。

答題解說

11. A. was named after　　　　B. served as
　　C. resulted from　　　　　D. comes along with
　　答案：（A）。空格要填入片語動詞，主詞是 It（James Webb 太空望遠鏡），受詞是 James Webb 這個人。望遠鏡和人是一樣的名字，所以表示「被以…的名字命名」的 A. was named after 是正確答案。

第1回

第2回

第3回

第4回

第5回

第6回

第7回

第8回

第9回

第10回

字詞解釋

serve as 作為…，有…的作用　**result from** 起因於…，是…這件事造成的結果
come along with 伴隨…而來

12. A. resolution　B. limitation　C. strategy　D. mission
答案：（D）。Apollo Program（阿波羅計畫）後面用破折號接以空格為核心的
名詞片語，說明它是什麼樣的計畫，破折號前後的內容是對等的關係。空格後面
接表示目的的 to 不定詞，表示它的目的是讓人登陸月球，所以表示「任命某人
達成某個目標」的 D. mission（任務）是正確答案。A. resolution（決心）表示
「個人想達成某件事的意志」，但 program 是正式的計畫，兩者不能說是相同的
事物。C. 相對於 program 是「達成某個目標的計畫」，strategy（策略）則是達
成目標的方法。

字詞解釋

resolution [ˌrɛzə`luʃən] n. 決心　**limitation** [ˌlɪmə`teʃən] n. 限制　**strategy**
[`strætədʒɪ] n. 策略

13. A. remain crystal-clear 保持水晶般清晰
    B. capture images of objects 捕捉物體的影像
    C. find non-human beings 找到非人類的生命體
    D. travel here and there 四處移動
答案：（B）。空格是表示目的的 to 不定詞片語的內容，表達望遠鏡被設計用來
做什麼。要選出適合的答案，需要參考後面的內容。後面提到望遠鏡可以偵測到
物體的熱幅射，而且科學家可以用它觀察星體的形成與天氣狀況，所以這一段都
和望遠鏡能觀測到什麼有關，B. 是最合適的答案。C. 的意思是找到其他生命
體，但文章內容沒有提到。

14. A. trap　B. detect　C. inherit　D. retrieve
答案：（B）。空格後面接 heat radiation（熱幅射）當受詞，從前後文來看，這
是一種觀測星體的方法，所以表示「發現，察覺」的 B. detect 是正確答案。D.
retrieve 是表示「取回」或者「用電腦存取儲存的資料」。

字詞解釋

trap [træp] v. 把…困住　**inherit** [ɪn`hɛrɪt] v. 繼承　**retrieve** [rɪ`triv] v. 取回，存取
（資料）

15. A. Thanks to　B. Contrary to　C. According to　D. In addition to
答案：（A）。空格是一些片語形式的介系詞，後面都可以接名詞。這裡後面接
的是望遠鏡 Webb，接下來的內容則是說科學家可以用它來做什麼，所以表示

「因為有…，所以能做到某件事」的 A. Thanks to（多虧有…）是正確答案。

字詞解釋

contrary to 和…相反　**according to** 根據…　**in addition to** 除了…以外（還有…）

Questions 16-20

The output and consumption of palm oil saw **rapid** growth in recent years. Therefore, some tropical countries, such as Indonesia and Malaysia, made a **fortune** by cultivating palm trees. The economic growth brought by palm oil production, however, **is not without consequences**. In order to plant more palm trees, farmers have burnt vast areas of forests, which are home to many **endangered** species, such as the orangutan. Its populations have declined by at least 25% over the past 10 years. Oil palm farming also **contributes to** climate change because palm trees release more carbon into the atmosphere than natural forests do.

字詞解釋

output [ˋaʊtˏpʊt] n. 產量　**consumption** [kənˋsʌmpʃən] n. 消耗（量）　**palm** [pɑm] n. 棕櫚　**tropical** [ˋtrɑpɪkl] adj. 熱帶的　**make a fortune** 發大財　**cultivate** [ˋkʌltəˏvet] v. 栽種　**economic** [ˏikəˋnɑmɪk] adj. 經濟的　**production** [prəˋdʌkʃən] n. 生產　**consequence** [ˋkɑnsəˏkwɛns] n. 後果　**vast** [væst] adj. 廣闊的　**endangered** [ɪnˋdendʒɚd] adj. 瀕臨絕種的　**species** [ˋspiʃiz] n. 物種　**orangutan** [oˋræŋuˏtæn] n. 紅毛猩猩　**population** [ˏpɑpjəˋleʃən] n. 人口；（生物的）族群　**decline** [dɪˋklaɪn] v. 減少，下降　**contribute to** 促成…　**climate change** 氣候變遷　**release** [rɪˋlis] v. 釋放　**carbon** [ˋkɑrbən] n. 碳　**atmosphere** [ˋætməsˏfɪr] n. 大氣；氣氛

中文翻譯

　　棕櫚油的生產與消費近年來快速成長。所以，有些熱帶國家，例如印尼與馬來西亞，靠著種植棕櫚樹賺了大錢。然而，棕櫚油生產帶來的經濟成長，並不是沒有後果的。為了種更多棕櫚樹，農民燒掉了廣大範圍的森林，而這是許多瀕危物種的家，例如紅毛猩猩。紅毛猩猩的族群在過去 10 年減少了至少 25%。油棕農業也促成氣候變遷，因為棕櫚樹釋放到大氣中的碳比天然森林多。

答題解說

16. A. rapid　B. hasty　C. eager　D. vague
　　答案：（A）。空格形容 growth（成長），所以適合表示成長速度的 A. rapid

（快速的）是正確答案。B. hasty（匆忙的）是表示人的行為為了趕快而草率的
樣子。C. eager（急切的）是表示人非常想做某件事的樣子，不適合用來修飾
「成長」這個現象。

字詞解釋

hasty [`hestɪ] **adj.** 匆忙的　　**eager** [`igɚ] **adj.** 熱切的　　**vague** [veg] **adj.** 模糊的

17. A. decision　B. fortune　C. difference　D. comeback
答案：（B）。空格後面有表達方法的 by cultivating palm trees，表示藉由種植棕
櫚樹，這些國家做到了某件事。因為下一句提到 The economic growth brought by
palm oil production（棕櫚油生產帶來的經濟成長），所以這一句話的內容應該也
和經濟成長有關，能和 make a 構成慣用語「發大財」的 B. fortune 是正確答案。
C. make a difference 通常是用來表達因為做了某件事，而正面地改變了現狀，但
這段文章對於種植棕櫚樹的態度是偏負面的，所以不適合。

字詞解釋

make a decision 做決定　　**make a difference** 造成（好的）改變　　**make a**
comeback 回歸

18. A. is not without consequences 不是沒有後果
B. can be seen as an achievement 可以被視為一項成就
C. has been declining recently 最近在下降
D. leads to a wealth gap between people 導致人們的貧富差距
答案：（A）。首先注意到這個句子裡有 however（然而），表示相對於上一
句，這一句的敘述有了轉折。上一句提到靠種植棕櫚樹發大財，這一句的主詞也
是 economic growth（經濟成長），所以空格部分應該是經濟成長的負面影響，A.
C. D. 是可能的答案。不過，下一句談到為了種棕櫚樹而焚燒森林，和 C. D. 與
經濟相關的內容不連貫，所以沒有表明是哪種後果（留到下一句才說明）的 A.
是正確答案。

字詞解釋

achievement [ə`tʃivmənt] **n.** 成就　　**wealth gap** 貧富差距

19. A. emergency　B. endangered　C. enhancing　D. environmental
答案：（B）。空格修飾 species（物種），後面還舉了 orangutan（紅毛猩猩）的
例子，提到族群減少的情況，所以表示動物瀕臨絕種的 B. endangered 是正確答
案。

字詞解釋

emergency [ɪˋmɝdʒənsɪ] **n.** 緊急情況　**enhance** [ɪnˋhæns] **v.** 提高，提升
environmental [ɪnˏvaɪrənˋmɛntl] **adj.** 環境的

20. A. contributes to　　B. allows for　　C. deals with　　D. stems from
　　答案：（A）。空格要填入片語動詞，主詞是 Oil palm farming（油棕農業），受詞是 climate change（氣候變遷），前者是後者的原因，所以 A. contributes to（促成…）是正確答案。雖然 contribute 主要是表示「貢獻，捐獻」等正面的意思，但用 contribute to 表示因果關係（不管好壞）的用法也很常見。

字詞解釋

allow for 考慮到…　　**deal with** 處理…　　**stem from** 源自…

第三部分：閱讀理解

Questions 21-22

中文翻譯

一生難得的機會

　　今年最大的流星雨將於 8 月 3 日至 14 日活躍，高峰大約在 8 月 10 日。預期每小時將會產生 100 至 150 個肉眼可見的流星。從 8 月 7 日至 13 日，城市公園將會每晚舉行觀賞派對。幾位自願的教師將會教參加者如何用望遠鏡看流星。要免費預約，請上社區中心的網站 EPTcommunitycenter.org。

21. 這段文章的主要目的是什麼？
　　A. 報導關於太空的發現
　　B. 提供關於新恆星的細節資訊
　　C. 宣布一項教育性的活動
　　D. 邀請人們參加社交聚會

22. 關於派對的敘述，以下何者正確？
　　A. 需要入場費。
　　B. 出席者必須帶自己的望遠鏡。
　　C. 是由一些教師舉辦的。
　　D. 將會在一週之內每天舉行。

字詞解釋

文章　**meteor** [ˋmitɪɚ] **n.** 流星　**meteor shower** 流星雨　**active** [ˋæktɪv] **adj.** 活躍的　**peak** [pik] **n.** 高峰　**shooting star** 流星　**visible** [ˋvɪzəbl] **adj.** 可見的　**naked eye**（不靠觀看工具輔助的）肉眼　**volunteer** [ˏvɑlənˋtɪr] **adj.** 自願的　**participant** [parˋtɪsəpənt] **n.** 參加者　**telescope** [ˋtɛləˏskop] **n.** 望遠鏡　**reservation** [ˏrɛzɚˋveʃən] **n.** 預約　**community** [kəˋmjunətɪ] **n.** 社區
第 21 題　**discovery** [dɪsˋkʌvərɪ] **n.** 發現　**educational** [ˏɛdʒʊˋkeʃənl] **adj.** 教育的　**gathering** [ˋgæðərɪŋ] **n.** 集會，聚會
第 22 題　**entrance fee** 入場費　**attendee** [əˋtɛndi] **n.** 出席者

答題解說

21. 答案：（C）。這段文章的前半介紹 The biggest meteor shower of this year（今年最大的流星雨），後半則是介紹觀賞流星雨的 watch parties（觀賞派對）。相對於一般的文章在開頭就表明主旨或目的，這段文章則是先提供關於流星雨的背景資訊，後面才提到活動內容。因為活動內容包括 teach participants how to see the shooting stars（教參加者如何看流星），可以說是一種教育性的活動，所以 C. 是正確答案。A. 流星雨發生的期間是可預期的，所以不會說是一種 discovery（發現）。B. 文章中提供的是流星雨的細節，而不是一顆 new star（新恆星）的細節。D. social gathering 是以社交為目的的聚會，例如聚餐、慶生會等等。

22. 答案：（D）。問「何者正確」的題目，必須在文章中逐一找出和每個選項有關的部分，核對是否符合選項的敘述。A. 最後關於參加活動的方法，提到 make a free reservation（進行免費預約），並沒有提到會收費，選項敘述錯誤。B. 雖然提到 using a telescope（使用望遠鏡），但並沒有說是參加者自己帶的望遠鏡，選項敘述錯誤。C. 雖然提到 volunteer teachers（自願的教師），但沒有提到活動是他們舉辦的，選項敘述錯誤。D. 關於活動舉辦的日期，文中提到 From August 7th to 13th, watch parties will be held every night（從 8 月 7 日至 13 日，將會每晚舉行觀賞派對），這段時間剛好是 7 天，選項敘述正確。

Questions 23-25

中文翻譯

未來科技工作坊

各位好：

　　我們邀請本大學所有講師報名參加關於未來科技的工作坊。這次活動的目標，是增進大家對於創新科技發明以及它們在業界應用方式的了解。在五天的工作坊中，大家將會向多種領域的專家學習，例如雲端運算、人工智慧、物聯網（IoT）等

等。而且，你還可以帶一位 12 歲以上的朋友或家人一起參加。我們期待在工作坊看到您！

報名表

姓名：＿＿＿＿＿＿＿＿　電話：＿＿＿＿＿＿＿＿

電子郵件：＿＿＿＿＿＿＿＿＿＿＿＿＿＿＿＿

您會帶訪客嗎？ □會　□不會　訪客姓名：＿＿＿＿＿＿＿＿

選擇您會出席的場次：

□ 2 月 20 日：雲端運算

□ 2 月 21 日：人工智慧

□ 2 月 22 日：虛擬實境

□ 2 月 23 日：區塊鏈

□ 2 月 24 日：物聯網（IoT）

*所有場次都是晚上 7 點至 9 點在第 3 會議室進行

23. 這次工作坊的目的是什麼？
    A. 讓學生知道最新的趨勢
    B. 提供機構內的訓練
    C. 雇用專家擔任大學講師
    D. 鼓勵科技發明

24. 根據這則公告，關於工作坊，何者正確？
    A. 持續整整五天。
    B. 只有這所大學的講師可以參加。
    C. 參加者可以選擇他們想要學習哪些主題。
    D. 報名費隨著選擇的場次數而不同。

25. 誰最有可能在工作坊講課？
    A. 網站平面設計師
    B. 電腦維護技師
    C. 智慧裝置的開發者
    D. 大學的人事主任

字詞解釋

文章　**workshop** [ˋwɝkˌʃɑp] n. 工作坊（專題討論會）　**technology** [tɛkˋnɑlədʒɪ] n. 技術，科技　**instructor** [ɪnˋstrʌktɚ] n. 講師　**register for** 註冊參加…

groundbreaking [`graʊnd͵brekɪŋ] **adj.** 開創性的　**invention** [ɪn`vɛnʃən] **n.** 發明　**application** [͵æplə`keʃən] **n.** 應用　**industry** [`ɪndəstrɪ] **n.** 工業；行業　**cloud computing** 雲端運算　**artificial intelligence** 人工智慧　**internet of things** 物聯網　**virtual reality** 虛擬實境　**block chain** 區塊鏈　**session** [`sɛʃən] **n.**（授課等的）一段時間

第 23 題　**in-house** 機構內部的

第 24 題　**participant** [pɑr`tɪsəpənt] **n.** 參與者　**registration** [͵rɛdʒɪ`streʃən] **n.** 註冊，登記　**vary** [`vɛrɪ] **v.** 變化，不同

第 25 題　**graphic designer** 平面設計師　**maintenance** [`mentənəns] **n.** 維護，保養　**technician** [tɛk`nɪʃən] **n.** 技師，技術人員　**developer** [dɪ`vɛləpə] **n.** 開發者　**smart device** 智慧裝置　**human resource** 人力資源，人事　**officer** [`ɔfəsə] **n.** 高級職員

答題解說

23. 答案：（B）。關於工作坊的目的，文章的第二句提到 The aim of this event is to improve your understanding of groundbreaking technological inventions and their applications（這次活動的目標，是增進大家對於創新科技發明以及它們應用方式的了解），但光從這句話還不足以判斷答案。第一句說 All instructors of our university are invited（我們大學的所有講師受邀），表示這主要是讓大學裡的講師了解新科技的活動，所以表示「對機構內的人員進行訓練」的 B. 是正確答案。A. 的對象（students）錯誤。

24. 答案：（C）。問「何者正確」的題目，必須在文章中逐一找出和每個選項有關的部分，核對是否符合選項的敘述。A. 雖然報名表的部分列出了 5 個日期，但最後的說明提到 All the sessions run from 7 to 9 p.m.（所有場次都是晚上 7 點至 9 點進行），並不是 whole day（一整天），選項敘述錯誤。B. 雖然一開始提到邀請大學的講師，但後面提到 you can bring a friend or family member（你還可以帶一位朋友或家人），還要填寫訪客名字的格子，所以和講師有關係的其他人也可以參加，選項敘述錯誤。C. 在報名表的部分，出現了 Choose the session(s) you will attend（選擇您會出席的場次），表示以下五個不同主題的場次可以自由選擇參加與否，選項敘述正確。D. 文章中完全沒有提到報名費用，所以不能選擇這個答案。

25. 答案：（C）。誰會在工作坊講課，可以從工作坊的主題判斷。除了標題的 new technologies（新科技）以外，報名表的部分也列出了詳細的主題。選項中，符合主題的是 C.，因為 smart device（智慧裝置）的一項特色是可以連上網路，符合 Internet of things（物聯網）的概念，也就是裝置之間可以透過網路串連在一起。B. 只是從事電腦的維修和保養的人，和新科技的開發較無關聯。

第 1 回　第 2 回　第 3 回　第 4 回　第 5 回　第 6 回　第 7 回　第 8 回　第 9 回　第 10 回

中文翻譯

Global Village 牛排館
顧客滿意度調查

感謝您在本店用餐！請填寫這張表，讓我們知道您對我們食物與服務的想法。

來店日期：2023 年 10 月 29 日　□午餐　■晚餐
食物 ■優秀　□良好　□普通　□不好
服務 □優秀　□良好　□普通　■不好
環境 □優秀　□良好　■普通　□不好

您的意見
我的太太和我來這裡慶祝（結婚）23 週年。我們對於你們合宜的價格和美味的牛排印象深刻，但我們等了 30 分鐘食物才上來。餐廳員工就只是讓我們等，沒有給我們任何解釋。

姓名：Robert Smith　■男性　□女性
年齡：53　**電子郵件**：robert99@ggmail.com

寄件者：manager@globalvillagesteakhouse.com
收件者：robert99@ggmail.com
主旨：來自 Global Village 牛排館的道歉

親愛的 Robert Smith 先生：

我對於您上個月在本餐廳遭遇的不便很抱歉，我很感謝您讓我們注意到這個問題。我們的第一優先是訓練員工待人親切並樂於幫忙，所以我們非常認真看待您的意見。您的回饋將幫助我們改善服務品質。

為了表示我們的歉意，我們想要在您下次來店時提供你們每位一份免費的開胃菜。您可以和我們下個月即將提供的 23 週年特餐一起享用。感謝您的諒解，我們期待很快歡迎您再度光臨本餐廳。

Jeremy Lamb

經理
Global Village 牛排館

26. 根據調查表，關於 Robert，何者正確？
　　A. 他對於這家餐廳不合理的價格感到驚訝。
　　B. 他不滿意員工對待他和妻子的方式。
　　C. 他和妻子在進入餐廳前等了半小時。
　　D. 他 53 年前結婚。

27. 關於 Global Village 牛排館，我們可以推斷什麼？
　　A. 只提供晚餐服務。
　　B. 提供免費的一餐給不滿意的顧客。
　　C. 是在 Robert 結婚的那年開幕的。
　　D. 現在正在慶祝（開幕）週年。

28. Jeremy 在電子郵件中暗示他會做什麼？
　　A. 請 Robert 提供關於他經驗的更多細節
　　B. 為餐廳雇用更多員工
　　C. 提醒員工更加注意自己的服務
　　D. 在 Robert 到餐廳的時候親自歡迎他

字詞解釋

文章 1　**satisfaction** [ˌsætɪsˈfækʃən] n. 滿意　**survey** [ˈsɝve] n. 調查　**dine** [daɪn] v. 用餐　**anniversary** [ˌænəˈvɝsərɪ] n. 週年紀念　**impress** [ɪmˈprɛs] v. 使印象深刻　**affordable** [əˈfɔrdəbl] adj. 可負擔的　**staff** [stæf] n. （全體）員工　**explanation** [ˌɛkspləˈneʃən] n. 解釋

文章 2　**apology** [əˈpɑlədʒɪ] n. 道歉　**inconvenience** [ˌɪnkənˈvinjəns] n. 不便　**appreciate** [əˈpriʃɪˌet] v. 感謝；欣賞　**priority** [praɪˈɔrətɪ] n. 優先事項　**feedback** [ˈfidˌbæk] n. 回饋（意見）　**improve** [ɪmˈpruv] v. 改善　**regret** [rɪˈgrɛt] v. 後悔；道歉　**appetizer** [ˈæpəˌtaɪzɚ] n. 開胃菜

第 26 題　**unreasonable** [ʌnˈriznəbl] adj. 不合理的
第 28 題　**detail** [ˈditel] n. 細節

答題解說

26. 答案：（B）。在兩篇文章的題組開頭，會標明 Questions 26-28 are based on information provided in the following A and B，其中的 A 和 B 是下面兩篇文章的類型，例如這個題組是 form 和 email。題目提到「根據 form」，所以要從第一篇文

章尋找答案。從這張由 Robert Smith 填寫的調查表，我們可以注意到，他對 Service（服務）的評價是 Poor（不好），並且提到 The staff just kept us waiting without giving any explanation（餐廳員工就只是讓我們等，沒有給我們任何解釋），所以把 service 改用 how the staff treated him and his wife（員工對待他和妻子的方式）表達的 B. 是正確答案。A. 文中提到 your affordable prices（你們可負擔的價格），不符合選項敘述。C. 關於等待，文中提到 waited for over 30 minutes before our food was served（等了 30 分鐘食物才上來），而不是進場之前等了 30 分鐘。D. 53 是他的年齡，不是結婚的年數。

27. 答案：（C）。這一題要參考兩篇文章的內容來回答。在餐廳經理 Jeremy 所寫的電子郵件中，提到 our 23rd anniversary special, which will be available next month（我們下個月即將提供的 23 週年特餐），表示餐廳即將慶祝 23 週年。剛好 Robert 在調查表中也提到 our 23rd anniversary（我們〔結婚〕的 23 週年），由此可知餐廳開幕和 Robert 結婚是同一年發生的事，所以 C. 是正確答案。A. 調查表上有 Lunch（午餐）的選項，並不是只供應晚餐。B. 對於 Robert 的投訴，餐廳提供 a free appetizer（免費的開胃菜）作為補償，而不是提供完整的一餐。D. 因為 23 週年特餐是下個月提供，所以並不是現在正在慶祝週年。

28. 答案：（C）。在電子郵件中，Jeremy 提到 we take your opinion very seriously（我們非常認真看待您的意見）、Your feedback will help us improve the quality of our service（您的回饋將幫助我們改善服務品質），表示 Robert 關於服務的投訴，將會促使餐廳改善服務品質。選項中，能夠做到這一點的 C. 是正確答案。

Questions 29-31

中文翻譯

電動車的數量近年來迅速增加。越來越多人選擇電動車而不是燃油車，有許多原因。首先，因為它們靠電運作，所以車主可以在家充電，並且避開去加油站的麻煩。第二，不像使用汽油引擎的傳統車，電動車需要的保養比較少，而且開起來比較平順、安靜又簡單。而且，各國政府提供稅額減免或補助金給購買電動車的人，使得它們比以前容易負擔。

雖然電動車被視為汽車的未來，但仍然有一些要克服的挑戰。例如，在家將電動車充滿電要花幾個小時，而且在鄉間仍然缺少充電站點。此外，儘管有政府提供的獎勵和最近的減價，電動車仍然要花比較多錢購買。

不過，隨著製造商和政府持續處理這些不利因素，預期將有更多顧客擁抱電動車。而且，為了減少碳排放，許多政府已經決定在未來禁止傳統的燃油車，這很可能進一步增加對電動車的需求。

29. 以下何者不是電動車的優勢？
　　A. 可以在家充電
　　B. 保持良好狀態所需的工作較少
　　C. 比較好的駕駛體驗
　　D. 比燃油車低的價格

30. 哪種情況下可能很難把電動車當成交通方式？
　　A. 通勤上下班
　　B. 去市中心購物
　　C. 在某人的家接他
　　D. 在鄉間旅遊一週

31. 文中提到什麼政府鼓勵購買電動車的方式？
　　A. 提供財務上的支持
　　B. 強迫製造商降價
　　C. 對傳統車的車主增稅
　　D. 降低電價

字詞解釋

文章　**vehicle** [ˋviɪkl] n. 車輛　**numerous** [ˋnjumərəs] adj. 許多的　**electricity** [ˌilɛkˋtrɪsətɪ] n. 電　**hassle** [ˋhæsl] n. 麻煩　**gas station** 加油站　**maintenance** [ˋmentənəns] n. 維護，保養　**tax credit** 稅額減免　**subsidy** [ˋsʌbsədɪ] n. 補助金　**affordable** [əˋfordəbl] adj. 可負擔的　**automobile** [ˋɔtəməˌbɪl] n. 汽車　**challenge** [ˋtʃælɪndʒ] n. 挑戰，困難　**overcome** [ˌovɚˋkʌm] v. 克服　**rural** [ˋrʊrəl] adj. 農村的，鄉村的　**incentive** [ɪnˋsɛntɪv] n. 刺激，獎勵　**price cut** 降價　**manufacturer** [ˌmænjəˋfæktʃərɚ] n. 製造業者　**disadvantage** [ˌdɪsədˋvæntɪdʒ] n. 不利條件　**embrace** [ɪmˋbres] v. 擁抱　**eliminate** [ɪˋlɪməˌnet] v. 排除　**carbon emission** 碳排放　**ban** [bæn] v. 禁止　**conventional** [kənˋvɛnʃənl] adj. 常規的，傳統的　**demand** [dɪˋmænd] n. 需求

第 29 題　**advantage** [ədˋvæntɪdʒ] n. 有利條件，優勢　**possibility** [ˌpɑsəˋbɪlətɪ] n. 可能性

第 30 題　**mode** [mod] 方式　**transportation** [ˌtrænspɚˋteʃən] n. 運輸　**countryside** [ˋkʌntrɪˌsaɪd] n. 鄉間

第 31 題　**financial** [faɪˋnænʃəl] adj. 財務的　**tax** [tæks] n. 稅 v. 徵稅　**lower** [ˋloɚ] v. 降低

答題解說

29. 答案：（D）。關於電動車的好處，主要在第一段提到，其中的 charge them at

65

home（在家充電）對應 A.，require less maintenance（需要較少的保養）對應 B.，smoother, quieter, and easier to drive（開起來比較平順、安靜又簡單）對應 C.。雖然也提到 more affordable than before（比以前容易負擔），但看到第二段，就會發現 electric cars still cost more to purchase（電動車仍然要花比較多錢購買），並沒有比燃油車便宜，所以 D. 是正確答案。

30. 答案：（D）。關於使用電動車會遇到的問題，第二段提到 takes several hours to fully charge... at home（在家充滿電要花幾個小時）和 a lack of charging spots in rural areas（鄉間缺少充電站點）。在選項中，D. 因為長時間在鄉間旅遊，很可能遇到沒有地方可以充電的問題，所以是正確答案。

31. 答案：（A）。government（政府）在這篇文章中出現了好幾次，其中包括第一段提到的 governments offer tax credits or subsidies（各國政府提供稅額減免或補助金）以及第二段的 incentives provided by governments（政府提供的獎勵），這些都是金錢上的支持，所以 A. 是正確答案。雖然第二段提到了 price cuts（降價），但沒有提到是政府要求的，所以不能選 B.。

Questions 32-35

中文翻譯

　　串流服務改變了我們看電視的方式。我們現在不用等待節目在特定時間播出，而可以在任何想要的時間看節目的任何一集。然而，這樣的便利造成了新的問題：「瘋狂觀看」，意思是一坐下就看了許多集節目，或者在很短的時間內看許多集節目。「binge」這個詞指的是過度做某件事的情況，例如吃得過量或飲酒過量，所以稱某人為「瘋狂觀看者」也暗示他們不能控制自己不停看影音內容的行為。

　　有一個心理上的因素導致瘋狂觀看。當我們看電視節目的時候，大腦會釋放多巴胺，它會使我們感到快樂。為了讓這個正面的感覺繼續下去，我們可能一集一集接著看下去，而導致瘋狂觀看的行為。然而，我們持續看得越久，我們對多巴胺釋放的耐受性就越強，這意味著我們最後可能變得比較不興奮，甚至在停止時會感到沮喪。

　　除了對我們情緒的負面影響以外，瘋狂觀看也可能造成身體與社會方面的後果。長時間坐著看電視可能導致體重增加及其他健康問題，也有可能減少我們進行社交活動的時間，結果對我們的人際關係造成負面影響。所以，在看螢幕的時間和其他活動之間尋求平衡是很重要的。

32. 「瘋狂觀看」這個詞指的是什麼？
　　A. 一次看一集節目
　　B. 沒有自制地看電視

C. 看電視時很愛批評

D. 看電視時吃太多或喝太多酒

33. 串流服務是怎樣讓瘋狂觀看變得可能的？

A. 它們會秀出使用者花在看電視的時間。

B. 它們用特別優惠獎勵瘋狂觀看的人。

C. 它們在線上提供節目的所有集數。

D. 它們在每一集之間製造休息時間。

34. 關於多巴胺，何者正確？

A. 是快樂的感覺的結果。

B. 效果會持續很長的時間。

C. 在我們持續看電視時，效果會變得比較弱。

D. 太多多巴胺可能導致沮喪。

35. 什麼不是瘋狂觀看的負面影響？

A. 沮喪

B. 想太多

C. 超重

D. 社會孤立

字詞解釋

文章 **streaming** [ˋstrimɪŋ] n. （影音）串流 **specific** [spəˋsɪfɪk] adj. 特定的 **episode** [ˋɛpəˌsod] n. （節目的）一集 **convenience** [kənˋvinjəns] n. 便利 **give rise to** 引起，造成… **binge-watching** 瘋狂觀看（連續看影音內容看個不停，包括但不限於「追劇」） **multiple** [ˋmʌltəpl] adj. 多個的 **binge** [bɪndʒ] n. 無節制的狂熱行為 **extreme** [ɪkˋstrim] adj. 極端的 **overeat** [ˋovəˋit] v. 吃得過多 **overdrink** [ˋovəˋdrɪŋk] v. 喝得過多，過度飲酒 **imply** [ɪmˋplaɪ] v. 暗示 **behavior** [bɪˋhevjə] n. 行為 **consume** [kənˋsjum] v. 消耗，花費；吃，喝 **psychological** [ˌsaɪkəˋlɑdʒɪkl] adj. 心理學的 **factor** [ˋfæktə] n. 因素 **lead to** 導致 **dopamine** [ˋdopəˌmin] n. 多巴胺 **tolerance** [ˋtɑlərəns] n. 寬容；耐受性 **depressed** [dɪˋprɛst] adj. 沮喪的 **impact** [ˋɪmpækt] n. 衝擊，影響 **physical** [ˋfɪzɪkl] adj. 身體的 **relationship** [rɪˋleʃənˌʃɪp] n. 關係，人際關係

第 32 題 **critical** [ˋkrɪtɪkl] adj. 批判的

第 33 題 **reward** [rɪˋwɔrd] v. 獎賞，酬謝

第 34 題 **continuously** [kənˋtɪnjυəslɪ] adv. 連續地 **depression** [dɪˋprɛʃən] n. 沮喪

32. 答案：（B）。瘋狂觀看的定義說明在第一段，其中提到 "binge-watching", meaning watching multiple episodes of a show in a single sitting or over a short period of time（「瘋狂觀看」，意思是一坐下就看了許多集節目，或者在很短的時間內看許多集節目），以及 calling someone a "binge-watcher" also implies that they cannot control their behavior of consuming video content non-stop（稱某人為「瘋狂觀看者」也暗示他們不能控制自己不停看影音內容的行為），所以 B. 是正確答案。

33. 答案：（C）。關於串流平台與瘋狂觀看的關係，第一段提到 Such convenience... has given rise to a new problem: "binge-watching"（這樣的便利造成了新的問題：「瘋狂觀看」），其中的「便利」是指上一句的 we can now watch any episode of a show whenever we want（我們現在可以在任何想要的時間看節目的任何一集），所以用 provide all episodes of a show（提供節目的所有集數）來表達的 C. 是正確答案。

34. 答案：（C）。關於多巴胺的說明在第二段，其中提到 the longer we keep watching, the higher our tolerance becomes to the dopamine release, which means we may feel less excited in the end（我們持續看得越久，我們對多巴胺釋放的耐受性就越強，這意味著我們最後可能變得比較不興奮），也就是多巴胺效果會隨著我們看電視的時間長度而遞減，所以 C. 是正確答案。A. 文中提到 dopamine, which makes us feel happy（多巴胺，它會使我們感到快樂），所以多巴胺是感覺快樂的原因，而不是結果。B. 文中沒有提到，而且關於「為了讓正面的感覺持續而一直看下去」、「停止看時會感到沮喪」的敘述，暗示多巴胺的效果並不會延續下去。D. 文中的 we may feel... depressed when we stop（當我們停止〔看電視〕時，可能會感到沮喪），依照之前的敘述，沮喪的原因應該是停止看電視使得多巴胺不再產生，而不是因為有太多的多巴胺。

35. 答案：（B）。關於瘋狂觀看的負面影響，第二段提到 depression（沮喪），第三段提到 weight gain（體重增加）和 decrease our time for social activities（減少我們進行社交活動的時間），分別對應 A. C. D.，所以沒提到的 B. 是正確答案。

02

GEPT 全民英檢

中級初試
中譯＋解析

本測驗分四部分，全為四選一之選擇題，共 35 題，作答時間約 30 分鐘。

第一部分：看圖辨義

A. **Question 1**

SUMMER BASEBALL CAMP 棒球夏令營

9AM - 4PM 上午 9 點到下午 4 點
August 20-24 8 月 20 至 24 日
At TPEG Stadium 在 TPEG 體育場

FREE 免費
Boys & Girls 男孩和女孩（性別不限）
Ages 6-12 6-12 歲

If you love baseball, join us! 如果你喜愛棒球，加入我們！
In the summer camp, you will: 在夏令營中，你將會：
· Learn basic pitching skill 學習基本投球技巧
· Learn basic batting skill 學習基本打擊技巧
· Participate in practice/games 參與練習／比賽

For more information: 洽詢更多資訊：
☎1234-5678 / bbcamp@littleathle.com

---

summer camp 夏令營　**stadium** [ˋstedɪəm] n. 體育場　**pitching** [ˋpɪtʃɪŋ]（棒球）投球　**batting** [ˋbætɪŋ] n. 打擊　**participate** [pɑrˋtɪsəˌpet] v. 參與

1. **For question number 1, please look at picture A.**

Question number 1: Which description of the summer camp is true?（對於這個夏令營的敘述，何者正確？）
A. Children younger than six cannot join.（年紀小於 6 歲的小孩不能加入。）
B. It takes $12 to join this camp.（加入這個夏令營需要 12 元。）

C. The campers should have some experience playing baseball.（參加夏令營的
人應該要有一些打棒球的經驗。）

D. It will take place in July.（將會在 7 月舉行。）

答題解說

答案：（A）。廣告中條列了許多關於棒球夏令營的細節，在題目播放之前應該
快速瀏覽一遍。Ages 6-12 表示夏令營的對象是 6-12 歲的人，所以未滿 6 歲的人
不能參加，A. 是正確答案。B. 廣告中的 FREE 表示免費，選項敘述不正確。C.
廣告中沒有提到，也請注意助動詞 should（應該）是表示對參加者經驗的要求，
而不是表示參加者「將會得到打棒球的經驗」。D. 廣告中的 August 20-24 顯示
是在 8 月舉行，選項敘述不正確。

字詞解釋

camper [ˋkæmpɚ] 露營者；夏令營參加者　　**take place** 舉行

B. **Questions 2 and 3**

FASHION x FOOD x MUSIC 時尚 x 食物 x 音樂

Second-Hand Clothes Flea Market 二手衣跳蚤市場

✓Open-air café 露天咖啡店

✓Live band performance by JUNE DAY 「JUNE DAY」的現場樂團表演

✓Chance to win an Eye-Phone for all attendees 所有參加者都有贏得 Eye-Phone 的機會

September 22 (Sat.) and 23 (Sun.) 9 月 22 日（六）及 23 日（日）

1 p.m. to 8 p.m. 下午 1 點到晚上 8 點

---

second-hand 二手的　　**flea market** （交易二手物品的）跳蚤市場　　**open-air** 露天
的　　**performance** [pɚˋfɔrməns] n. 表演　　**attendee** [əˋtɛndi] n. 出席者，到場者

2. **For questions number 2 and 3, please look at picture B.**

Question number 2: Which description of this event is true?（關於這個活動
的敘述，何者正確？）

A. It is organized by a coffee shop.（是一家咖啡店籌辦的。）

B. It is an indoor event.（是室內活動。）

C. It takes place on a weekend.（在週末舉行。）

D. It is open until midnight.（開放到午夜為止。）

答案：（C）。圖片中的字數不多，更需要看清楚每個細節的關鍵詞，才能在聽到選項時立刻做出判斷。從圖中可以看到活動日期是 22（Sat.）and 23（Sun.），在星期六和星期日舉行，也就是週末，所以 C. 是正確答案。A. 從圖片的內容無法判斷。B. 因為有 Open-air café（露天咖啡店），所以這不是室內的活動。D. 活動只進行到 8 p.m.（晚上 8 點），不是 midnight（午夜 12 點左右），小心不要聽到「night」就以為是正確答案。

字詞解釋

indoor [ˋɪnˌdor] **adj.** 室內的

3.

Question number 3: Please look at picture B again. What can every attendee of this event do?（請再看一次圖片 B。這個活動的每位參加者可以做什麼？）

A. Shop for some brand new clothes.（選購全新的衣服。）
B. Learn to make coffee.（學習沖咖啡。）
C. See some musicians.（見到音樂人。）
D. Get a free Eye-Phone.（獲得免費的 Eye-Phone。）

答題解說

答案：（C）。圖片中的 Live [laɪv] band performance 表示「現場樂團表演」，也就是樂團到現場演出，所以用 See some musicians（見到音樂人）來表達可以看到音樂人本人的 C. 是正確答案。A. 這個活動是 Second-Hand Clothes Flea Market（二手衣跳蚤市場），所以不能買到 brand new clothes（全新的衣服）。B. 從圖片的內容無法判斷。D. 圖片中的 Chance to win an Eye-Phone（贏得 Eye-Phone 的機會），表示參加活動有機會得到 Eye-Phone，但因為題目問的是 every attendee（每位參加者）可以做的事，而實際上並不是每個人都可以 Get a free Eye-Phone（獲得免費的 Eye-Phone），所以這不是正確答案。

字詞解釋

shop for 選購⋯ **brand new** 全新的 **in person** 當面（見到人），親自（做某事）

第1回

第2回

第3回

第4回

第5回

第6回

第7回

第8回

第9回

第10回

C. **Questions 4 and 5**

---

5 五樓
Restaurant 餐廳 | Bar 酒吧

4 四樓
Rooms 客房 401-406 | Gym 健身房 | Swimming Pool 游泳池

3 三樓
Rooms 客房 301-312

2 二樓
Rooms 客房 201-212

1 一樓
Lobby 大廳 | Business Center 商務中心

B 地下室
Parking 停車場

---

4. **For questions number 4 and 5, please look at picture C.**

   Question number 4: Where can you see this sign?（你可以在哪裡看到這個告示牌？）

   A. At a department store.（在百貨公司。）
   B. At a museum.（在博物館。）
   C. At an elementary school.（在小學。）
   D. At a hotel.（在飯店。）

   答題解說

   答案：（D）。圖片中列出的設施有餐廳、酒吧、健身房等等，雖然百貨公司可能也有這些設施，但在 2 樓到 4 樓有許多的 Rooms，所以能確定這裡是飯店而不是百貨公司，正確答案是 D.。

5.

   Question number 5: Please look at picture C again. Where can people work out in this building?（請再看一次圖片 C。人們可以在這棟建築物的哪裡運

73

動？）

A. At the first floor.（在一樓。）

B. At the fourth floor.（在四樓。）

C. At the fifth floor.（在五樓。）

D. At the basement.（在地下室。）

答題解說

答案：（B）。雖然這題比較簡單，只要看到 Gym（健身房）就知道 B. 是正確答案，但如果不知道題目中說的 work out 是「鍛鍊身體，做運動」的意思，就無法判斷答案了，所以學習這種常見的慣用語也是很重要的。

第二部分：問答

6. **Why were you absent from the math class this morning?**（你今天上午為什麼缺席數學課？）

A. It is my favorite class.（那是我最喜歡的課。）

B. I had a bad headache.（我頭痛得很厲害。）

C. The English teacher is boring.（英語老師很無聊。）

D. No, I usually walk to school.（不，我通常走路上學。）

答題解說

答案：（B）。Why 問句要求回答理由，必須考慮回答的內容和缺課是否有關。had a bad headache（頭痛很嚴重）是缺課的合理原因，所以 B. 是正確答案。A. 如果是 favorite（最喜愛）的課，應該會避免缺課才對。C. 提到 English teacher（英語老師），和數學課沒有直接關係。D. Wh- 問句不能用 Yes/No 回答。

字詞解釋

scold [skold] v. 罵

7. **I messed up on the final exam.**（我期末考搞砸了。）

A. I'm sorry to hear that.（我很遺憾聽到這件事。）

B. Sure, I passed it.（當然，我通過了。）

C. Your parents will praise you, right?（你的爸媽會稱讚你，對嗎？）

D. It's on next Friday.（那是在下禮拜五。）

第 1 回
第 2 回
第 3 回
第 4 回
第 5 回
第 6 回
第 7 回
第 8 回
第 9 回
第 10 回

答題解說

答案：（A）。這一題的重點也是在於了解慣用語的意思。題目中的 mess up，原意是把什麼東西或地方弄亂，引申為把事情「搞砸」的意思。對方在抒發難過的心情並尋求安慰，所以用 I'm sorry 表達遺憾（在這裡並不是「抱歉」的意思）的 A. 是正確答案。B. 請注意 passed 雖然發音和 messed 有點像，但意思完全不同，不要因為搞混而選錯了。C. 並不是搞砸考試後會得到的結果。D. 對方表達已經考了期末考，所以回答未來的日期並不合理。

字詞解釋

mess up 弄亂；搞砸

8. **Is there a car accident at that intersection?**（那個路口是有車禍嗎？）

A. No, they didn't get hurt.（不是，他們沒有受傷。）
B. Yes, he is a careful driver.（是的，他是個謹慎的駕駛人。）
C. No, that's my dad's car.（不是，那是我爸爸的車。）
D. Yes, some people are there to help.（是的，有些人在那裡幫忙。）

答題解說

答案：（D）。這個問句用 be 動詞開頭，可以用 Yes/No 回答，表示「有車禍／沒有車禍」，同時也要注意 Yes/No 之後的內容是否表達了恰當的意思。D. 回答 Yes 表示「有車禍」，後面補充說有人在現場幫忙，可以想像一些人在進行車禍善後的情況，所以是正確答案。A. C. 的 No 應該表示「沒有車禍」，但後面的內容和「沒有車禍」無關（如果沒有車禍的話，應該沒有受傷與否、或者車屬於誰的問題）。B. 的 Yes 應該表示「有車禍」，但後面說某個人是 careful driver（謹慎的駕駛人），傳達了相反的情況。

字詞解釋

car accident 車禍　　**intersection** [ˌɪntəˈsɛkʃən] n. 交叉路口

9. **You know what? My brother won the singing contest without practicing!**（你知道嗎？我哥哥沒練習就在歌唱比賽獲勝了！）

A. All credit to his dance teacher.（全都要歸功於他的舞蹈老師。）
B. Practice makes perfect.（熟能生巧。）
C. I'd say he has the talent.（我會說他有這種天分。）
D. It's all because of their teamwork.（全都是因為他們的團隊合作。）

答題解說

答案：（C）。對方提到沒有練習就贏了歌唱比賽的第三者，這時候應該評論那個人的歌唱能力，或者詢問歌唱比賽相關細節作為回應。C. 的 talent 是指「歌唱的天分」，呼應了題目中的 won... without practicing（沒練習就獲勝），是恰當的回應。A. D. 提到和歌唱比賽無關的 dance（舞蹈）和 teamwork（團隊合作；對方並沒有提到組隊參加比賽的情況），不是恰當的回應。B. 通常是在別人提到做某件事的技巧還不夠好時，用來鼓勵對方只要多練習就會進步。

字詞解釋

contest [ˈkɑntɛst] n. 比賽　　**all credit to** 全都歸功於…　　**teamwork** [ˈtimˋwɝk] n. 團隊合作

10. **Have you arrived at the station yet? I don't see you here.**（你已經到車站了嗎？我在這裡沒看到你。）

A. I'm just a few minutes away.（我只要幾分鐘就到了。）
B. I'll be more careful next time.（我下次會更小心的。）
C. He's on his way to the station.（他在往車站的路上。）
D. I thought you'd be on time.（我以為你會準時。）

答題解說

答案：（A）。說話者問回答者是否已經到車站，又說在那裡沒看到人，可以推測這是在電話上說的，目的是要求對方對於自己赴約到車站的情況進行說明。A. 的 just a few minutes away（在僅僅幾分鐘的距離之外）表示自己只要再幾分鐘就會到車站，暗示對方再等一下，是恰當的回應。B. 比較適合用在不小心弄壞東西或犯錯時賠罪的情況。C. 應該要到車站的是自己，卻提到不相干的 He，應該改成 I 才是恰當的回應。D. 的 I thought（我以為…）表示實際情況和自己的預期不同，但對方實際上的確已經到車站了，而且對方準時和自己還沒到車站其實沒有什麼關係。

字詞解釋

on one's way to 在往…的路上

11. **Where are we going to meet before the movie?**（我們在電影開始之前要在哪裡見面？）

A. I'm going to eat some popcorn.（我會吃一些爆米花。）
B. How about the bus stop nearby?（〔電影院〕附近的公車站怎麼樣？）

C. 20 minutes before the movie starts. （電影開始的 20 分鐘前。）

D. At the meeting in Miami. （在邁阿密的會議上。）

答題解說

答案：（B）。有疑問詞的問題，必須聽清楚疑問詞是什麼，例如把 Where 聽成 When，就很有可能誤選回答「時間」的答案。這裡問 Where are we going to meet，表示兩個人約好了要見面，但不知道見面的地點，可能是要請對方提出建議，或者是忘了地點而要對方提醒。B. 用 How about（…怎麼樣？）提議在電影院附近的公車站見面，是恰當的回應。A. 如果把題目中的 going to meet 聽成 going to eat，就有可能誤選這個答案。C. 如果把 Where 聽成 When，誤以為是問時間，就有可能誤選這個答案。D. 雖然回答了地點，但「看電影前在會議上見面」並不是合理的回答。

12. **My fiancé and I are planning to go to a beach resort for honeymoon.** （我的未婚夫和我正在計畫到海岸度假村度蜜月。）

A. Oh, what a pity! （噢，真可惜！）

B. Is holding a wedding expensive? （舉辦婚禮很貴嗎？）

C. How long did you stay there? （你們在那裡住宿了多久？）

D. Does your room have ocean view? （你們的房間有海景嗎？）

答題解說

答案：（D）。說話者用 planning to 表示計畫在未來做的事情，是到海岸度假村度蜜月，所以另一方應該從度假村或度蜜月等方面延續對話。D. 針對海岸度假村這一點，詢問住宿房間的細節，是恰當的回應。A. 的 what a pity!（真可惜！）是針對令人失望的事情表示遺憾的用語。B. 對方要談度蜜月，卻反問婚禮花費，不是恰當的回應。C. 對方說的是未來的計畫，這裡卻說成已經發生了。把 did 改成 will，才是恰當的回應。

字詞解釋

resort [rɪˋzɔrt] n. 度假村　　**honeymoon** [ˋhʌnɪ͵mun] n. 蜜月　　**ocean view** （例如住宿房間的）海景

13. **How do you keep fit after having three children?** （你在生了三個小孩後是如何保持健康／身材的？）

A. They drive me crazy every day! （他們每天都把我逼瘋！）

B. Fortunately, they're all born healthy. （幸好他們生下來都很健康。）

第 1 回　第 2 回　第 3 回　第 4 回　第 5 回　第 6 回　第 7 回　第 8 回　第 9 回　第 10 回

C. We watch our spending on them.（我們小心注意在他們身上的花費。）

D. Nothing's better than regular exercise.（沒有什麼比定期運動更好。）

答題解說

答案：（D）。這一題的重點在於聽懂題目中的慣用語 keep fit，除了表示「保持健康」以外，也經常有「保持好身材」的意味。D. 用 Nothing's better than...（沒有什麼比…更好）表達「定期運動是最好的方法」的意思，提供了保持健康的方法，是適當的回應。A. B. C. 的內容都是關於小孩，和媽媽保持健康／身材無關。

字詞解釋

keep fit 保持健康／身材　　**drive someone crazy**（誇張的說法）把某人逼瘋
fortunately [ˈfɔrtʃənɪtlɪ] **adv.** 幸運地，幸好

14. **Leo has difficulty choosing a gift for his mother's birthday.**（Leo 選擇給媽媽的生日禮物時遇到困難。）

A. Did you give him some suggestions?（你給他建議了嗎？）

B. I don't think his mother will like it.（我不認為他的媽媽會喜歡。）

C. It can be a life-changing choice.（這有可能是改變人生的選擇。）

D. His mother bought him a new bike.（他的媽媽買了一輛新的單車給他。）

答題解說

答案：（A）。說話者提到另一個人 Leo 選擇給媽媽的生日禮物時遇到困難，表示 Leo 曾經和他提起這件事。A. 針對 Leo 曾經和對方談過這一點，反問對方聽到這件事的時候，是否給了建議，是恰當的回應。

字詞解釋

have difficulty doing 做…時遇到困難，很難做到…　　**suggestion** [səˈdʒɛstʃən]
n. 建議　　**life-changing** 改變人生的

15. **Can someone explain why the vase is broken?**（有人可以解釋花瓶為什麼破掉了嗎？）

A. Yes, I put it there.（是的，我把它放在那裡了。）

B. Tom was playing around there.（Tom 在那裡玩耍。）

C. I don't like the pattern on it.（我不喜歡它上面的花樣。）

D. I poured too much water in it.（我在裡面倒太多水了。）

答題解說

答案：（B）。說話者用 Can someone explain why...?（有人可以解釋為什麼…嗎？），要求聽者說明花瓶破掉的原因。B. 回答「Tom 在那裡玩耍」，暗示是 Tom 在玩的時候把花瓶打破的，是恰當的回應。A. 的 Yes 在這裡應該表示 Yes, I can explain（是的，我能解釋）的意思，但後面接的 I put it there（我把它放在那裡了）本身並不是花瓶破掉的原因。C. D. 也不是會直接造成花瓶破掉的行為。

字詞解釋

pattern [ˋpætɚn] **n.** 花樣，圖樣　　**pour** [por] **v.** 倒（液體）

第三部分：簡短對話

16.

M: Did you see the news? There is a typhoon coming next week.

W: Sure. It's your first year in Taiwan, so that must be new for you, right?

M: Yeah. What should I do before the typhoon arrives?

W: Store sufficient food and drinking water at home. Also, you should prepare a flashlight in case the power goes off.

M: I'll follow your advice. By the way, I see some people taping their windows. Should I do that too?

W: I don't think it's necessary. It doesn't protect your windows from breaking.

Question: In the woman's opinion, what does not help before a typhoon comes?

A. Having some food at home.

B. Storing drinking water.

C. Preparing a flashlight.

D. Putting tapes on windows.

英文翻譯

男：你看到新聞了嗎？下禮拜有颱風會來。

女：當然。這是你在台灣的第一年，所以這對你而言一定是新的經驗，對嗎？

男：是啊。在颱風來之前，我應該做什麼？

女：在家中儲備充足的食物和飲用水。你也應該準備手電筒，以備萬一停電時使用。

男：我會照你的建議去做。對了，我看到有些人在窗戶上貼膠帶。我也應該那樣做嗎？

女：我不認為有必要。那樣不會保護你的窗戶避免破掉。

問題：依照女子的意見，在颱風來之前，什麼行為沒有幫助？

A. 在家裡儲備一些食物。

B. 儲備飲用水。

C. 準備手電筒。

D. 在窗戶上貼膠帶。

答題解說

答案：（D）。從選項可以推測談話內容和颱風或颶風有關，也要特別注意關於這些對策的說明。男子問在颱風來之前應該做什麼，女子回答 Store sufficient food and drinking water（儲備充足的食物和飲用水）和 prepare a flashlight（準備手電筒），對應選項 A．B．C．。至於男子說他看到 some people taping their windows（有些人在窗戶上貼膠帶），女子則回應 I don't think it's necessary（我不認為有必要），所以 D．是正確答案。

字詞解釋

sufficient [səˋfɪʃənt] **adj.** 充足的　　**drinking water** 飲用水

the power goes off 停電　　**protect A from B** 保護 A 免於 B

17.

W: What do you plan to do to enjoy the Mid-Autumn Festival?

M: We've decided to have a barbecue party. How about you?

W: We used to have outdoor barbecue, but this year we're going to do it in our kitchen.

M: In the kitchen? How is that possible?

W: We bought an electric griddle. Just plug it in and you can barbecue food without building a fire.

M: Sounds convenient! I'll recommend it to my family.

Question: What will the man recommend his family to do?

A. Have a barbecue party.

B. Gather with the woman's family.

C. Buy an electric griddle.

D. Build a fire.

英文翻譯

女：你們計畫做什麼來享受中秋節？

男：我們已經決定開烤肉派對了。你們呢？

女：我們以前都在戶外烤肉，但今年我們會在廚房烤肉。

男：在廚房？怎麼有可能辦到呢？

女：我們買了電烤盤。只要插電，不用生火也可以烤食物。

男：聽起來很方便！我會推薦給我的家人。

問題：男子會推薦家人做什麼？

A. 開烤肉派對。

B. 和女子的家人聚會。

C. 買電烤盤。

D. 生火。

答題解說

答案：（C）。從選項可以看出，兩人應該會討論和烤肉有關的事情，也要注意聽和這些選項有關的細節。題目問男子會推薦家人做的事，對話中也出現了 I'll recommend it to my family（我會推薦給我的家人）。it 指的是前面女子介紹的 electric griddle（電烤盤），所以 C. 是正確答案。A. 男子一開始提到 We've decided to have a barbecue party（我們已經決定開烤肉派對了），表示開烤肉派對是已經決定好的事情，所以男子未來不需要再建議家人做這件事。

字詞解釋

Mid-Autumn Festival 中秋節　**barbecue** [ˋbɑrbɪkju] **n.** 烤肉 **v.** 燒烤　**used to do** 以前習慣做⋯　**electric** [ɪˋlɛktrɪk] **adj.** 電的　**griddle** [ˋgrɪdl] **n.** 烤盤　**build a fire** 生火　**recommend** [ˌrɛkəˋmɛnd] **v.** 推薦

18.

W: Which one do you think looks better on me? The yellow blouse or the white one?

M: I would choose the yellow one.

W: Um... but it's actually a little tight. The white one fits me better.

M: How about the blue dress? It looks gorgeous, and it seems like your size.

W: Let me check. Mm... $300? That's a lot more expensive than the blouses!

M: Well, you should go for the blouse you're more comfortable with, then.

W: That's what I think.

Question: What will the woman probably buy?
A. The yellow blouse.
B. The white blouse.
C. The blue dress.
D. Both of the blouses.

英文翻譯

女：你覺得哪一件在我身上比較好看？黃色上衣還是白色的？
男：我會選黃色的。
女：嗯⋯但它其實有點緊。白色的對我而言比較合身。
男：那件藍色洋裝怎麼樣？看起來很美，似乎是你的尺寸。
女：讓我看看。嗯⋯ 300 美元？比上衣貴多了！
男：嗯，那你應該選你覺得比較舒服的上衣。
女：我也是這樣想。

問題：女子可能會買什麼？
A. 黃色上衣。
B. 白色上衣。
C. 藍色洋裝。
D. 兩件上衣都買。

答題解說

答案：（B）。選項是一些衣服，可以預期對話中會提到這些衣服，而且很可能是問要選擇哪一個。在對話中，女子提到 The white one fits me better（白色的〔上衣〕對我而言比較合身）。之後雖然也看了藍色洋裝，但因為太貴，所以男子建議 go for the blouse you're more comfortable with（選你覺得比較舒服的上衣），女子回應 That's what I think（我也是這樣想），表示自己意見相同，所以比較合身的 B. 是正確答案。

字詞解釋

gorgeous [ˈgɔrdʒəs] adj. 華麗的，很美的

19.

W: It's been a long time since I saw you! Have you already adapted to living alone?

M: Almost. Except for dealing with trash.

W: Oh, really? Why?

M: I haven't taken out trash before, but now I have to, and I realized we are required to put recyclable and non-recyclable waste in different trucks. It's a bit of a hassle to sort the trash before taking it out.

W: It is, but that's what we should do to protect the environment.

Question: Why does the man find it troublesome to deal with trash?

A. He has to sort the trash.

B. He hates going outside.

C. He wants to protect the environment.

D. Garbage trucks come on different days.

英文翻譯

女：我好久沒看到你了！你已經習慣一個人生活了嗎？

男：幾乎習慣了。除了處理垃圾以外。

女：噢，真的嗎？為什麼？

男：我以前沒有把垃圾拿出去丟過，但現在我必須丟了，而我發現我們必須把可回收和不可回收垃圾丟到不同的垃圾車。丟垃圾之前把垃圾分類有點麻煩。

女：是麻煩沒錯，但為了保護環境，這是我們應該做的。

問題：為什麼男子覺得處理垃圾很麻煩？

A. 他必須把垃圾分類。

B. 他討厭出門。

C. 他想要保護環境。

D. 垃圾車（分別）在不同的日子來。

答題解說

答案：（A）。選項提到和垃圾、垃圾車、出門有關的事情，可以推測這將會是一段關於處理垃圾的對話。題目裡的關鍵詞是 troublesome（麻煩的），對話中用 hassle（麻煩的事）來表達。男子提到 It's a bit of a hassle to sort the trash before taking it out（丟垃圾之前把垃圾分類有點麻煩），所以 A. 是正確答案。

字詞解釋

adapt [əˋdæpt] **v.** 適應　　**deal with** 處理　　**be required to do** 被要求／必須做⋯
recyclable [rɪˋsaɪkləbl] **adj.** 可回收的　　**non-recyclable** 不可回收的　　**hassle**
[ˋhæsl] **n.** 麻煩的事　　**troublesome** [ˋtrʌblsəm] **adj.** 麻煩的

20.

W: How do you feel now?

M: Much better. The doctor said my wound recovered well.

W: Do you have insurance?

M: No, I've never thought about that. But fortunately, before the police figured out who to blame, the driver promised he would pay all the medical expenses for me.

W: That's kind of him! Then you can take a good rest without worrying about the money you should pay to the hospital.

M: That's true, even though my bike is broken beyond repair.

Question: What most likely happened to the man?

A. He caught a disease.

B. He drove carelessly.

C. He was hit on the road.

D. A repair shop damaged his bike.

英文翻譯

女：你現在覺得怎麼樣？

男：好多了。醫生說我的傷口恢復得很好。

女：你有保險嗎？

男：沒有，我從來沒想過。但幸運的是，在警方釐清誰有錯之前，那個駕駛人就承諾會為我支付所有醫療支出。

女：他的人真好！那你就可以好好休息，不用擔心應該付給醫院的錢了。

男：是啊，即使我的單車已經壞到無法修理了。

問題：男子最有可能發生了什麼事？

A. 他得了一種病。

B. 他開車不小心。

C. 他在路上被撞了。

D. 一家修車店損壞了他的單車。

答題解說

答案：（C）。選項都和 he 有關，所以要注意對話中關於男子遭遇的描述。對話中提到 wound（傷口）、the driver promised he would pay all the medical expenses（那個駕駛人承諾會支付所有醫療支出）、my bike is broken beyond repair（我的單車已經壞到無法修理了），可以推測男子騎單車時和一輛車發生車禍而受傷，所以 C. 是正確答案。A. 對話中的 wound（傷口）並不是疾病造成的。B. 男子的交通工具是 bike（單車），所以他在車禍發生前的動作不是 drove（駕駛），而是 rode（騎）。

字詞解釋

insurance [ɪn`ʃʊrəns] n. 保險　**figure out** 弄明白，搞清楚　**medical** [`mɛdɪkl] adj. 醫療的　**expense** [ɪk`spɛns] n. 支出　**beyond repair** 無法修好

21.

W: Good afternoon, Mr. Lee. It's my honor to have you here today!

M: Good afternoon. It's been a long time since we last met.

W: More than five years, I think! Shall we talk about your latest work, *One-Shot Wedding*?

M: Sure. It really took me a lot of efforts to direct this film, but I'm glad that I have a talented cast. I believe the audience will be impressed by their acting skills.

W: Which actor on this film is your favorite?

M: I love Jennifer Lorenzo. She's professional as usual.

Question: What are the speakers most likely doing?

A. Having an interview.

B. Talking about business.

C. Reviewing a movie.

D. Discussing in class.

英文翻譯

女：下午好，Lee 先生。今天很榮幸邀請到您！

男：下午好。離我們上次見面已經很久了。

女：我想超過五年了吧！我們要不要談談您最新的作品《One-Shot Wedding》呢？

男：當然。導演這部電影真的花了我很多工夫，但我很高興擁有富有才華的演員陣容。我相信觀眾會對他們的演技印象深刻。

女：這部電影的哪位演員是你最喜歡的？

男：我愛 Jennifer Lorenzo。她就像往常一樣專業。

問題：這兩位說話者最有可能在做什麼？

A. 進行訪談。

B. 談論生意。

C. 評論電影。

D. 在課堂上討論。

答題解說

答案：（A）。選項是一些用現在分詞表達的情境，可以推測這一題可能是要問兩人正在做什麼。女子說 Shall we talk about your latest work（我們要不要談談您最新的作品呢），請對方談談自己的新作，於是男子說 It really took me a lot of efforts to direct this film（導演這部電影真的花了我很多工夫），接著也提到 cast（演員陣容）、acting skills（演技）等等。從這些內容可以得知，男子是電影導演，而女子在詢問關於電影的問題，所以他們正在進行訪談，**A.** 是正確答案。interview 除了表示「面試」以外，也可以表示「訪談」。**C.** 的 review 是「評論」的意思，是評論家或者觀眾做的事情。

字詞解釋

honor [ˋɑnɚ] n. 榮譽，榮幸　　**talented** [ˋtæləntɪd] adj. 有才華的，有天分的　　**cast** [kæst] n. 演員陣容　　**impress** [ɪmˋprɛs] v. 使印象深刻　　**professional** [prəˋfɛʃənl] adj. 專業的　　**review** [rɪˋvju] v. 評論

22.

W: Your room is a mess. Stop watching TV and clean it up now!

M: Just a moment. Let me finish this episode.

W: You've promised me to tidy things up a million times, but you never kept your word.

M: Fine, I'll do it now.

W: Thank you. Actually, it's not the mess that I'm mad at. It's about not carrying out what you say you'll do.

M: I know. I'll be more responsible in the future.

Question: According to the woman, what is the main reason she got angry?

A. The room is a mess.

B. The man keeps watching TV.

C. The man does not keep his promise.

D. The man carries nothing with him.

英文翻譯

女：你的房間看起來一團亂。不要再看電視了，現在就清理乾淨！

男：等一下。讓我看完這一集。

女：你跟我保證一百萬次會收拾好東西了，但是你從來不守承諾。

男：好啦，我現在就做。

女：謝謝。其實，我生氣的不是房間很亂，是你不實踐你說會做的事。

男：我知道。我未來會更負責的。

問題：根據女子的說法，她生氣的主要原因是什麼？

A. 房間很亂。

B. 男子一直看電視。

C. 男子不守承諾。

D. 男子沒帶任何東西。

答題解說

答案：（C）。這題比較難的地方，在於大部分的選項是事實，但題目要求的不止是選出符合事實的答案，而是 According to the woman（根據女子的說法），她生氣的主要原因是什麼，所以要完全掌握她的態度才能選出正確答案。在對話最後的部分，女子說 it's not the mess that I'm mad at. It's about not carrying out what you say you'll do，明確表示她不是因為房間很亂而生氣，而是因為男子不實踐自己說會做的事，所以 C. 是正確答案。對話中使用的 keep one's word、carry out what someone say he/she will do，以及選項中的 keep one's promise，都是類似的意思。D. 選項中的 carry（攜帶）和對話中的 carry out（實踐）雖然字面類似，卻是不一樣的意思。

字詞解釋

episode [ˋɛpəˏsod] n. （電視節目的）一集　**tidy up** 收拾整齊　**keep one's word** 遵守承諾　**carry out** 實踐

23.

M: We're about to arrive at the next stop, the gift shop. We'll stop there for 30 minutes. Let's meet on the tour bus later.

W: Can I ask a question?

M: Of course.

W: I'd like to buy some souvenirs for my family, but I don't know what is famous here. Can you give us some recommendations?

M: This city is known for making chocolates, and the brand Diva is considered the most famous.

Question: Who is the woman talking with?

A. A receptionist.

B. A travel agent.

C. A tour guide.

D. A chocolate shop clerk.

英文翻譯

男：我們即將抵達下一站，禮品店。我們會在那裡停留 30 分鐘。我們之後在遊覽車上集合。

女：我可以問問題嗎？

男：當然。

女：我想為我的家人買些紀念品，但我不知道這裡什麼有名。你可以給我們一些建議嗎？

男：這個城市以製造巧克力聞名，而 Diva 這個牌子被認為是最有名的。

問題：女子在跟誰說話？

A. 接待員。

B. 旅行社員工。

C. 導遊。

D. 巧克力店店員。

答題解說

答案：（C）。選項是一些職業，可以推測這一題應該會問某人的身分是什麼。從男子所說的 Let's meet on the tour bus（我們在遊覽車上集合），以及女子詢問 souvenirs（紀念品）、男子回答當地的名產是巧克力，可以得知答案是 C.。注意 travel agent（旅行社員工）雖然名稱裡有 travel，做的事情卻和 tour guide 不一樣。

字詞解釋

tour bus 遊覽車　**souvenir** [`suvəˌnɪr] n. 紀念品　**recommendation** [ˌrɛkəmɛn`deʃən] n. 推薦　**receptionist** [rɪ`sɛpʃənɪst] n. 接待員　**travel agent** 旅行社員工　**tour guide** 導遊

相關補充

agent 的意思是「替人代辦業務的人」，所以 travel agent 主要的工作內容是代替顧客打理好簽證（visa）、航班（flight）、住宿（accommodation）等等和旅遊有關的事情。「旅行社」的英文則是 travel agency。

24.

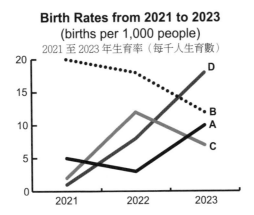

Birth Rates from 2021 to 2023
(births per 1,000 people)
2021 至 2023 年生育率（每千人生育數）

For question 24, please look at the chart. 第 24 題請看圖表。

W: Compared to Johnstown, the other three cities in this area had lower birth rates in 2021. What did they do to encourage more people to have babies?

M: Canton and Bridgeport increased the amount of money they give to new parents every month, which resulted in significantly higher birth rates in 2023.

W: How about Westville?

M: It also tried to give financial support to parents, but stopped doing so in the beginning of 2022 due to lack of budget. That's why its birth rate fell after the rise in 2022.

Question: Which of the cities represent Westville?

A. City A.
B. City B.
C. City C.
D. City D.

英文翻譯

女：和 Johnstown 比起來，這個區域的其他三個城市在 2021 年的出生率比較

低。它們做了什麼來鼓勵更多人生小孩？

男：Canton 和 Bridgeport 增加了每個月給新手父母的金額，使得 2023 年的出生率明顯較高。

女：那 Westville 呢？

男：它也嘗試為父母提供財務支持，但因為缺少預算而在 2022 年初停止這麼做了。那就是它的出生率在 2022 年上升之後下降的原因。

問題：哪一個城市代表 Westville？

A. 城市 A。

B. 城市 B。

C. 城市 C。

D. 城市 D。

答題解說

答案：（C）。這是顯示出生率變化的圖表，要從其中的四個城市選擇一個，除了注意關於出生率高低的描述以外，也要注意每一年上升或下降的情況。一開始女子說的 Compared to Johnstown, the other three cities... had lower birth rates in 2021（和 Johnstown 比起來，其他三個城市在 2021 年的出生率比較低），顯示 2021 年出生率最高的 B. 是 Johnstown。然後男子提到 Canton 和 Bridgeport 有 significantly higher birth rates in 2023（在 2023 年顯著較高的出生率），但因為圖表上另外三個城市在 2023 年的出生率都比 2021 年高，也沒有說明兩者的差別，所以無法確定哪兩條線代表這兩個城市。最後他們談到 Westville 的情況，男子說 its birth rate fell after the rise in 2022（它的出生率在 2022 年上升之後下降），圖片中呈現這種情況的只有 C.。因為題目問的是 Westville，所以 C. 是正確答案。在談到許多對象的題目中，要問的那個對象通常會在後半部提到。

字詞解釋

birth rate 出生率　**new parent** 新手父母　**significantly** [sɪgˋnɪfəkəntlɪ] adv. 顯著地　**financial** [faɪˋnænʃəl] adj. 財務的　**budget** [ˋbʌdʒɪt] n. 預算

25.

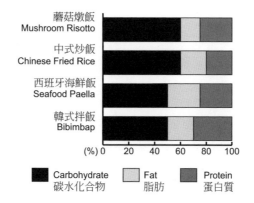

For question 25, please look at the chart. 第 25 題請看圖表。

M: Wow, there are so many kinds of rice meals to choose from!

W: I like rice, but I'm on a diet. I don't want to eat too many carbohydrates.

M: They made a graph showing nutrient proportions of the dishes. Two of them are lower in carbs.

W: They really make my life easier by providing the information. Besides lowering carbs, I want to increase my protein intake.

M: Well, now it must be obvious what you should have, then.

W: You're right.

Question: Which dish will the woman probably have?

A. Mushroom risotto.

B. Chinese fried rice.

C. Seafood paella.

D. Bibimbap.

英文翻譯

男：哇，有好多種米飯餐點可以選！

女：我喜歡米飯，但我在節食。我不想吃太多碳水化合物。

男：他們做了呈現這些菜色營養比例的圖表。其中兩道的碳水比較低。

女：他們提供這些資訊，真的讓我輕鬆了些。除了減少碳水以外，我還想增加蛋白質攝取。

男：嗯，那現在你應該吃什麼肯定很明顯了。

女：你說得對。

問題：女子可能會吃什麼？

A. 蘑菇燉飯。

B. 中式炒飯。

C. 西班牙海鮮飯。

D. 韓式拌飯。

答題解說

答案：（D）。圖表中呈現了四種食物的營養成分比例，所以要從對話中關於營養素含量的敘述篩選答案。女子說 Besides lowering carbs, I want to increase my protein intake（除了減少碳水以外，我還想增加蛋白質攝取），所以碳水較低、蛋白質較高的 D. 是正確答案。雖然圖表中的料理名稱可能不太熟悉，但並不妨礙判斷答案；carbohydrate（碳水化合物）是比較難的單字，但只要想成「一種叫 carbohydrate 的營養素」，並且和對話中聽到的 carbohydrates/carbs 連結起來，仍然可以解答問題。

字詞解釋

carbohydrate [ˌkɑrbəˈhaɪdret] n. 碳水化合物（= **carb**）　**graph** [græf] n. 圖，圖表　**nutrient** [ˈnjutrɪənt] n. 營養素 adj. 營養的　**proportion** [prəˈporʃən] n. 比例　**protein** [ˈprotiɪn] n. 蛋白質　**intake** [ˈɪnˌtek] n. 攝取

第四部分：簡短談話

26.

Hello, Emily? This is Alice speaking. I'm calling to tell you that I'll be late for the dinner today. I have to submit the report I've been working on for a week. I thought the deadline was tomorrow, but it's actually due today by 6 p.m., so I have to finish it now. I'm almost done, but still need some time to add finishing touches. I may be 15 minutes late, so you can order first when you arrive at the restaurant.

Question: Why will Alice be late for the dinner?

A. She forgot she'll meet Emily.

B. She missed a deadline.

C. She forgot to write a report.

D. She has to finish a report.

英文翻譯

哈囉，Emily。我是 Alice。我打電話是要告訴你，我今天晚餐會遲到。我必須交我做了一個禮拜的報告。我以為截止期限是明天，但其實是今天下午 6 點截止，所以我必須現在完成。我快做完了，但還需要一些時間來做最後潤飾。我可能會晚 15 分鐘，所以你到餐廳的時候可以先點。

問題：Alice 為什麼晚餐赴約會遲到？
A. 她忘了要跟 Emily 見面。
B. 她沒趕上截止期限。
C. 她忘了寫報告。
D. 她必須完成報告。

答題解說

答案：（D）。選項是一些關於報告和截止期限的內容，所以能預期會聽到關於這些的事情。雖然題目問的是遲到的原因，但同時也必須排除看起來好像正確，卻和事實有出入的選項。說話者 Alice 先說 I'll be late for the dinner today（我今天晚餐會遲到），然後表明理由是 I have to submit the report I've been working on for a week（我必須交我做了一個禮拜的報告），而且 I have to finish it now（我必須現在完成），所以 D. 是正確答案。B. 是「錯過＝沒趕上期限」的意思，但現在還沒超過交報告的期限，所以不對。如果要說「搞錯期限」，可以用 misunderstand the deadline 或 get the deadline wrong 來表達。C. 說話內容中提到 I've been working on for a week（我做了一個禮拜），既然已經在做了，就不能說是忘記寫了。

字詞解釋

head to 前往…　**work on** 進行，處理…　**deadline** [ˈdɛdˌlaɪn] n. 截止期限
finishing touches 最後的潤飾

27.

It's my second year in college. For me, everything was new in the first year since I'd never lived in the south. The weather here is warmer than in the north. Besides, the food here is quite different from that in my hometown. I found that the food here is made with more sugar, which I was not used to at first. However, now I'm in love with this city and enjoying the lifestyle here.

Question: Which description about the speaker is true?
A. He is a freshman in college.

B. He does not like the south.

C. It is warmer in his hometown.

D. He experienced a culture shock.

英文翻譯

我現在大學二年級。對我來說，第一年一切都很新鮮，因為我從來沒在南部生活過。這裡的天氣比北部暖。而且，這裡的食物和我家鄉的相當不同。我發現這裡的食物用比較多的糖製作，我一開始對這點不習慣。不過，現在我愛上了這座城市，也享受這裡的生活方式。

問題：關於說話者的描述，何者正確？

A. 他是大學一年級生。

B. 他不喜歡南部。

C. 他的家鄉比較溫暖。

D. 他遭受了文化衝擊。

答題解說

答案：（D）。四個選項提到的層面各不相同。像這樣沒有什麼特定主題的聽力題目，在英檢不是很常見。因為和選項有關的內容可能分散在各個部分，所以更需要聚精會神聆聽並對照。說話者提到 I found that the food here is made with more sugar, which I was not used to at first（我發現這裡的食物用比較多的糖製作，我一開始對這點不習慣），像這樣對文化差異的不適應，可以說是 culture shock（文化衝擊），所以 D. 是正確答案。A. 說話者提到 It's my second year in college（我現在大學二年級），不符合選項的敘述。B. 說話者提到 now I'm in love with this city（現在我愛上了這座城市），和選項敘述相反。

字詞解釋

hometown [`hom`taun] n. 家鄉　　**lifestyle** [`laif,stail] n. 生活方式　　**freshman** [`frɛʃmən] n. 大學一年級生　　**culture shock** 文化衝擊

相關補充

要表達是大學幾年級，除了說 be in the first/second/third/fourth year in college 以外，也可以說 be a freshman/sophomore/junior/senior。

28.

As winter approaches, the weather is getting colder. Accordingly, the flu is going to spread faster. Please remember to layer up when you go out to work or school. To prevent getting the flu, it is also important to drink plenty of water and eat enough fruit and vegetables. If unfortunately you've got the flu, please avoid going to crowded places to help stop the spread.

Question: What is main topic of the speech?
A. Weather report.
B. Balanced diet.
C. Medical research.
D. Disease prevention.

英文翻譯

隨著冬天接近，天氣漸漸變冷了。因此，流行性感冒將會傳播得比較快。上班或上學時請記得多穿衣服。為了預防得到流感，喝許多水並且吃足夠的水果和蔬菜很重要。如果您不幸得了流感，請避免到擁擠的地方，協助阻擋流感的傳播。

問題：這段話的主題是什麼？
A. 天氣報告。
B. 均衡飲食。
C. 醫學研究。
D. 疾病預防。

答題解說

答案：（D）。從選項的內容來看，這一題應該會問說話內容的主題是什麼。從 Please remember to layer up（請記得多穿衣服）、To prevent getting the flu（為了預防得到流感）等內容來看，最符合這段話的主題是 D.。雖然也提到了飲食方面的建議，但那只是預防流感的其中一項建議而已。

字詞解釋

approach [ə`protʃ] v. 接近　　**accordingly** [ə`kɔrdɪŋlɪ] adv. 因此　　**flu** [flu] n. 流感　　**layer up** （為了保暖）穿多層衣服　　**prevent** [prɪ`vɛnt] v. 預防　　**unfortunately** [ʌn`fɔrtʃənɪtlɪ] adv. 不幸地　　**prevention** [prɪ`vɛnʃən] n. 預防

29.

When I was young, I didn't like learning things. It was not until I met David that I changed my mindset. David and I were in the same class for three years. One day, after a long talk with him, I was awaken to the truth that parents would not stay with us forever, so I made up my mind to be a hard-working and independent person. Now we have graduated and settled into our own jobs, but we are still very good friends.

Question: What was the relationship between David and the speaker?
A. They were classmates.
B. They were teacher and student.
C. They were colleagues.
D. They were doctor and patient.

英文翻譯

在我年輕的時候，我不喜歡學習。直到我遇見 David，我才改變了自己的心態。David 和我同班三年。有一天，在跟他長談之後，我醒悟了父母不會永遠和我們在一起的事實，所以我下定決心當個努力並且獨立的人。現在我們已經畢業並適應了各自的工作，但我們還是非常好的朋友。

問題：David 和說話者曾經是什麼關係？
A. 他們是同學。
B. 他們是老師和學生。
C. 他們是同事。
D. 他們是醫生和患者。

答題解說

答案：（A）。選項的動詞都是過去式 were，所以可以確定這一題是要問某兩個人過去的關係。關於過去的關係，說話者提到 David and I were in the same class for three years（David 和我同班三年），以及 Now we have graduated（現在我們已經畢業了），可知兩人曾經是同學，所以 A. 是正確答案。

字詞解釋

mindset [ˈmaɪndˌsɛt] n. 心態　　**awake** [əˈwek] v. 覺醒，使覺醒 adj. 清醒的　　**make up one's mind** 下定決心　　**graduate** [ˈɡrædʒʊˌet] v. 畢業　　**settle into** 適應…　　**colleague** [ˈkɑliɡ] n. 同事

30.

Are you suffering from bad breath in the morning? Do you feel embarrassed about your stained teeth and afraid of showing your smile? Good oral health plays an important role in making a positive first impression, and our new product "White Touch" can help. It contains ingredients that work together to eliminate bad breath and give you a fresh, confident smile. Simply use it after each meal, and you'll see the difference in one week.

Question: What most likely is "White Touch"?
A. Toothpaste.
B. Diet pill.
C. Air freshener.
D. Skin whitening cream.

英文翻譯

您為早晨的口臭所苦嗎？您對自己染黃的牙齒感到尷尬，害怕展露笑容嗎？良好的口腔健康，在製造正面的第一印象方面扮演重要角色，而我們的新產品「White Touch」可以幫上忙。它含有能夠共同減少口臭並且給您清新、自信笑容的成分。只要在每餐飯後使用它，您在一週後就會看見不同。

問題：「White Touch」最有可能是什麼？
A. 牙膏。
B. 減肥藥。
C. 空氣芳香劑。
D. 肌膚美白霜。

答題解說

答案：（A）。從選項列出了產品種類來看，可以預期題目應該會問談話中介紹了什麼產品，所以要特別注意關於產品特色與效果的敘述。從 bad breath（口臭）、stained teeth（染黃的牙齒）、oral health（口腔健康）等等關鍵詞，可以得知「White Touch」應該是口腔清潔與美白用品，所以 A. 是正確答案。

字詞解釋

suffer from 受…所苦，因…而困擾　　**bad breath** 口臭　　**embarrassed** [ɪm`bærəst] **adj.** 尷尬的　　**stained** [stend] **adj.** 染色而髒汙的　　**oral** [`orəl] **adj.** 口腔的　　**play an important role** 扮演重要角色　　**ingredient** [ɪn`gridɪənt] 原料，成分

31.

My grandma has a dog called Bruno. She does everything for Bruno herself, such as washing him once a week and feeding him medicine when he's sick. She enjoys Bruno's company so much that she's afraid he won't be with her forever. He's already thirteen years old. Therefore, my grandma is considering adopting a cat so she won't feel too sad when he passes away.

Question: Why does the speaker's grandmother want to adopt a cat?
A. Her dog may die soon.
B. It is easier to keep a cat.
C. She likes cats better than dogs.
D. She wants to find her dog a friend.

英文翻譯

我的奶奶有一隻叫 Bruno 的狗。她親自為 Bruno 做每件事，例如每週洗他一次、當他生病時餵他吃藥。她很喜歡 Bruno 陪伴，所以很怕他不會永遠和她在一起。他已經 13 歲了。所以，我的奶奶正在考慮領養一隻貓，這樣在他過世的時候，她就不會覺得太難過了。

問題：為什麼說話者的奶奶想要領養一隻貓？
A. 她的狗可能很快會死。
B. 養貓比較簡單。
C. 她喜歡貓勝過狗。
D. 她想幫她的狗找個朋友。

答題解說

答案：（A）。選項提到了一位女性和貓狗的事情，可以預期談話中會有這方面的內容。因為每個選項都是完整的敘述，所以在聽的時候核對是否有符合選項的內容，有可能還沒聽到題目就能確定答案。在談話中，提到 she's afraid he won't be with her forever（她害怕他不會永遠和她在一起），是暗示她怕狗會死掉的委婉說法，He's already thirteen years old（他已經 13 歲了）也顯示狗的年齡相當大了。之後提到奶奶想要領養貓，目的是 so that she won't feel too sad when he passes away（讓她在他死的時候不會覺得太難過），所以 A. 是正確答案。其他選項在談話中都沒有提到。

字詞解釋

company [ˋkʌmpənɪ] n. 陪伴　　**pass away** 過世

32.
I like serving others, and I feel satisfied every time they say "thank you" to me. That's why I love my job. I like my previous job at a restaurant, too, but I'm even happier in my current one because I can fly to different countries while I'm

working. I dreamed of traveling around the world when I was young, and now it's like a dream come true for me.

Question: Who most likely is the speaker?
A. A pilot.
B. A waiter.
C. A travel agent.
D. A flight attendant.

英文翻譯

我喜歡服務別人,每次當他們對我說「謝謝」的時候,我覺得很滿足。這就是為什麼我喜歡我的工作。我也喜歡我之前在餐廳的工作,但我在目前的工作更快樂,因為我可以在工作的時候飛到不同的國家。我年輕的時候夢想環遊世界,現在對我來說就像夢想成真一樣。

問題:說話者最有可能是什麼人?
A. 飛行員。
B. 服務生。
C. 旅行社員工。
D. 空服員。

答題解說

答案:(D)。選項是職業名稱,所以要注意聽關於工作內容、性質的描述。說話者提到 I like serving others... That's why I love my job(我喜歡服務別人…這就是為什麼我喜歡我的工作),可知目前從事服務業。而對於目前的工作,又提到 I can fly to different countries while I'm working(我可以在工作的時候飛到不同的國家)。在選項中,會面對服務對象(因為常常聽到他們說「謝謝」),而且一邊工作一邊飛行的 D. 是正確答案。

字詞解釋

satisfied [ˋsætɪsˌfaɪd] **adj.** 滿足的   **previous** [ˋpriviəs] **adj.** 先前的   **pilot** [ˋpaɪlət] **n.** 飛行員   **flight attendant** 空服員

33.

Let me explain how you'll be evaluated in this semester. There won't be any exams, so your grades will be based on your assignments, including several written papers and a group project, which you need to finish by the end of the semester. The group project is worth 50% of your final grade, and I'll evaluate it based on the quality of research and your ability to work together as a team.

Question: What is mentioned about the group project?
A. It is due before the final exam.
B. There are several projects to do.
C. Half of the grade is determined by it.
D. Everyone should do it independently.

英文翻譯

讓我說明這個學期你們的分數如何評鑑。不會有任何考試，所以你們的分數會以作業為基準，作業包括幾份書面報告和一次小組作業，你們必須在學期結束前完成小組作業。小組作業佔總成績的 50%，我會依照研究品質和你們團隊合作的能力來評分。

問題：關於小組作業，提到了什麼？
A. 期限在期末考之前。
B. 有幾次小組作業要做。
C. 成績有一半取決於小組作業。
D. 每個人都應該獨立製作。

答題解說

答案：（C）。選項中提到了作業、成績等等，可以預期說話內容和課程的作業與評分方式有關。同時也可以看出，這是需要對照選項內容是否為事實的題目，所以在題目開始播放前，最好先大致掌握每個選項的內容。關於 group project（小組作業），說話者提到 The group project is worth 50% of your final grade（小組作業佔總成績的 50%），所以改用 half of the grade（成績的一半）來表達的 C. 是正確答案。

字詞解釋

evaluate [ɪ`væljʊˌet] v. 評價　**semester** [sə`mɛstə] n. 學期　**assignment** [ə`saɪnmənt] n. 作業　**group project** 小組作業

34.

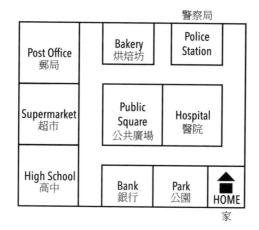

For question number 34, please look at the map. 第 34 題請看地圖。

Every morning, I jog for 30 minutes in the park next to my apartment. And then, I will walk to work and buy some bread on the way. The bakery is right across the street from where I work, so I always get my breakfast there before reaching my office. After work, I will buy some groceries in the supermarket between our office building and the high school, and then take another route back home.

Question: Where does the speaker work?

A. At the police station.
B. At the post office.
C. At the high school.
D. At the bank.

英文翻譯

每天早上，我在我公寓旁邊的公園慢跑 30 分鐘。然後，我會走路上班，並且在路上買些麵包。烘焙坊就在我工作處的對街，所以我在到辦公室之前總是在那裡買我的早餐。下班後，我會在我們辦公大樓和高中之間的超市買食品雜貨，然後走另一條路線回家。

問題：說話者在哪裡工作？

A. 警察局。
B. 郵局。
C. 高中。

第1回
第2回
第3回
第4回
第5回
第6回
第7回
第8回
第9回
第10回

D. 銀行。

答題解說

答案：（B）。選項是地圖上的地點。在描述位置時，經常用到 next to、across from 等等使用介系詞的表達方式，所以這些表達方式是聆聽時的重點。說話者在敘述自己上下班的路線，上班時他會先買麵包，下班後則會去超市買東西再回家。因為 The bakery is right across the street from where I work（烘焙坊就在我工作處的對街），而且說話者提到 the supermarket between our office building and the high school（在我們辦公大樓和高中之間的超市），所以說話者在 post office（郵局）工作，B. 是正確答案。

字詞解釋

grocery [ˋgrosərɪ] **n.** 食品雜貨　　**route** [rut] **n.** 路線

相關補充

建築物位置的常用表達方式整理如下：

next to 在…旁邊

adjacent to 緊鄰…

across (the street) from 在…對面（對街）

behind 在…後面

in front of 在…前面

between A and B 在 A 和 B 之間

35.

W Restaurant / September
W 餐廳 / 九月

Sun.日	Mon.一	Tue.二	Wed.三	Thu.四	Fri.五	Sat.六
				1	2	3
4	5	6	7	8	9	10
11	12	13	14	15	16	17
18	19	20	21	22	23	24
25	26	27	28	29	30	

Open 5 to 8 p.m. (weekday) / 12 to 9 p.m. (weekend)

下午 5 點至晚上 8 點（平日）/ 中午 12 點至晚上 9 點（週末）營業

□：Available 可預約　　■：Fully booked 預約已滿

For question number 35, please look at the calendar. 第 35 題請看月曆。

Hello, Ruby. This is Daniel. You work at W Restaurant, right? September 15 is the first anniversary of my girlfriend and me. We wants to celebrate at your restaurant, which is very popular these days. We know it's not easy, but still want to get a reservation for a date before our anniversary. I work from 2 to 10 p.m. on weekdays, and I'm free on weekends. Please let me know which days are still available for us.

Question: When will the speaker and his girlfriend most likely eat at W Restaurant?

A. On September 7.
B. On September 11.
C. On September 18.
D. On September 19.

英文翻譯

哈囉，Ruby。我是 Daniel。你在 W 餐廳工作，對吧？9 月 15 日是我女朋友和我交往一週年。我們想要在你們的餐廳慶祝，它最近很受歡迎。我們知道這不容易，但還是想要預約我們週年紀念日之前的日期。我平日下午 2 點到晚上 10 點工作，週末不上班。請告訴我還有哪些日子是我們可以預約的。

問題：說話者最有可能什麼時候和女朋友在 W 餐廳吃飯？
A. 9 月 7 日。
B. 9 月 11 日。
C. 9 月 18 日。
D. 9 月 19 日。

答題解說

答案：（B）。月曆中有一些白色和灰色的日期，下面的說明顯示白色是 available（可利用的／可預約的），灰色是 fully booked（預約滿的），選項則是四個白色的日期，所以要注意聽說話者會如何從餐廳四個可以預約的日期中做選擇。他提到 September 15 is the first anniversary（9 月 15 日是一週年紀念日），而且 We... want to get a reservation for a date before our anniversary（我們想要預約我們週年紀念日之前的日期），符合條件的是 7 日和 11 日。然後他又說自己 work from 2 to 10 p.m. on weekdays（平日下午 2 點到晚上 10 點工作），週末不上班，而月曆下面標示的平日營業時間和他的工作時間重疊，所以只能選擇週末的 11 日，正確答案是 B。

第一部分：詞彙

1. The engineer found the software program did not work properly, so he
_____ the settings to fix the problem.（工程師發現軟體運作不正常，所以他調整設定來解決問題。）

　A. adopted
　B. adjusted
　C. accepted
　D. attended

答題解說

答案：（B）。句子前半提到軟體運作不正常，後半用連接詞 so 帶出結果，也就是對問題的處置。空格部分要填入動詞，而且後面有表示目的的 to 不定詞 to fix the problem（為了解決問題）。選項中適合接 settings（設定）當受詞，而且可以解決問題的 B. adjusted（調整）是正確答案。C. accepted（接受）雖然也可以接 settings 當受詞，但沒有改變的意味，所以沒辦法解決問題。如果要使用選項 A. adopted（採用），應該改成 adopted different settings（採用不同的設定），語意上才恰當。

字詞解釋

engineer [ˌɛndʒəˋnɪr] n. 工程師　**software program** 軟體　**properly** [ˋprɑpəlɪ] adv. 恰當地，正確地　**setting** [ˋsɛtɪŋ] n. 設定　**adopt** [əˋdɑpt] v. 採用　**adjust** [əˋdʒʌst] v. 調整　**accept** [əkˋsɛpt] v. 接受　**attend** [əˋtɛnd] v. 出席

2. If you _____ being rude to others, no one will want to be your friend.（如果你一直對別人無禮，就沒有人會想當你的朋友。）

　A. end up
　B. put off
　C. give up
　D. keep on

答題解說

答案：（D）。這個句子使用 If + 現在簡單式的條件子句，表示有可能發生的事件和結果。其實這個句子用 If you are rude to others...（如果你對別人無禮）來表達，意思也可以成立，所以空格能填入的應該是能加強語意，又不改變基本意義的表達方式，正確答案是表示「持續」的 D. keep on。keep on doing 的意思和 keep doing 基本上是一樣的，只是 keep on 感覺比較口語，持續的感覺也稍微強一點。A. end up（結果…）通常用在因為先前做了什麼事，或者遇到什麼狀況，而導致某種結果的情況，但對別人無禮是自主的行為，所以不適合接在 end up 後面。

字詞解釋

rude [rud] **adj.** 無禮的　**end up** 結果…　**put off** 延後…　**give up** 放棄…　**keep on** 繼續

相關補充

雖然四個選項後面都可以接 Ving，但文法性質有所不同。put off 和 give up 基本上是接名詞（事物）當受詞，所以 Ving 的性質是動名詞。end up 和 keep on 後面接補語，所以 Ving 的性質是現在分詞；end up 後面也可以接介系詞片語當補語，但 keep on 後面只能接現在分詞。

3. **Socially active students like to _____ in various clubs and make new friends.**（社交生活活躍的學生喜歡參加各種社團並且交新朋友。）

   A. observe
   B. surrender
   C. participate
   D. concentrate

答題解說

答案：（C）。這一題的重點在於 socially active（社會上活躍的→社交生活活躍的），這樣的人對於社交活動參與度高，所以表示「參與」的 C. participate 是正確答案。其他選項在語意上和「社交活躍」的關聯相對較低。

字詞解釋

socially active 社交生活活躍的　**observe** [əb`zɝv] **v.** 觀察　**surrender** [sə`rɛndə] **v.** 投降，臣服　**participate** [par`tɪsə‚pet] **v.** 參與　**concentrate** [`kɑnsən‚tret] **v.** 專注

4. Elder people with mobility issues may have difficulty getting on and off the _____ while it is moving at high speed. （行動不便的老人，在手扶梯高速移動時，可能很難上下電扶梯。）

A. vehicle
B. elevator
C. staircase
D. escalator

答題解說

答案：（D）。雖然這一題有些比較難的單字，但其實只要看後面的 getting on and off the _____ while it is moving at high speed（在…高速移動時搭乘以及下來）就可以判斷答案。在選項中，唯一可以在快速移動的同時搭上以及下來的是 D. escalator（電扶梯）。A. vehicle（車輛）和 B. elevator（電梯）都要停下來才能載人。

字詞解釋

elder [ˋɛldɚ] adj. 比較年長的　**mobility** [moˋbɪlətɪ] n. 行動能力　**issue** [ˋɪʃʊ] n. 問題　**have difficulty doing** 做…有困難　**vehicle** [ˋviɪkl] n. 車輛　**elevator** [ˋɛləˏvetɚ] n. 電梯　**staircase** [ˋstɛrˏkes] n. 樓梯　**escalator** [ˋɛskəˏletɚ] n. 電扶梯

5. A recent survey shows that the _____ of voters are not satisfied with the current government, suggesting that the governing party will lose the election. （最近一項調查顯示，大多數的選民對現在的政府不滿意，暗示著執政黨將會在選舉中落敗。）

A. authority
B. majority
C. minority
D. priority

答題解說

答案：（B）。題目是分詞構句，後半的 suggesting... 意思相當於 and/so the survey suggests（而／所以這個調查暗示…）。因為調查結果暗示執政黨會輸掉選舉，所以這個調查的結果應該是大多數的人對政府不滿意，正確答案是 B. majority（大部分）。

字詞解釋

survey [ˋsɚve] n. 調查　**voter** [ˋvotɚ] n. 投票者，選舉人　**be satisfied with** 對…

滿意　**suggest** [sə`dʒɛst] v. 暗示　**governing party** 執政黨（＝**ruling party**；
↔ **opposition party** 反對黨／在野黨）　**election** [ɪ`lɛkʃən] n. 選舉　**authority**
[ə`θɔrətɪ] n. 權力　**majority** [mə`dʒɔrətɪ] n. 大多數　**minority** [maɪ`nɔrətɪ] n. 少數
priority [praɪ`ɔrətɪ] n. 優先

6. To be _____ adult, you should make decisions carefully and take
    responsibility for your actions.（要當個成熟的大人，你應該謹慎做決定，並
    且對你的行為負責。）

    A. a radical
    B. a mature
    C. an ancient
    D. an experienced

    答題解說

    答案：（B）。題目用表示目的的 to 不定詞開頭，後面則是達成這個目的需要做
    的事。在選項中，最能形容「謹慎做決定」並且「對行為負責」的 B. mature
    （成熟的）是正確答案。如果要使用 D. experienced（有經驗的，熟練的），則
    應該說明如何累積經驗，例如 try new things（嘗試新事物）或者 keep practicing
    （持續練習）等等。

    字詞解釋

    take responsibility for 對…負責任　**radical** [`rædɪkl] adj. 激進的，極端的
    mature [mə`tjʊr] adj. 成熟的　**ancient** [`enʃənt] adj. 古老的　**experienced**
    [ɪk`spɪrɪənst] adj. 有經驗的，熟練的

7. The landslide resulting from the severe typhoon caused _____ damage
    to the mountain villages.（強烈颱風引起的山崩，對山區的村落造成相當大的
    損害。）

    A. competitive
    B. comparative
    C. countable
    D. considerable

    答題解說

    答案：（D）。空格修飾 damage（損害），因為是 landslide（山崩）造成的，所
    以能形容損害規模很大的 D. considerable（相當大的）是正確答案。

字詞解釋

landslide [ˈlænd͵slaɪd] **n.** 山崩　**severe** [səˈvɪr] **adj.** 嚴重的　**competitive** [kəmˈpɛtətɪv] **adj.** 競爭的，有競爭力的　**comparative** [kəmˈpærətɪv] **adj.** 比較的　**countable** [ˈkaʊntəbl] **adj.** 可計數的，可數的　**considerable** [kənˈsɪdərəbl] **adj.** 相當大的，相當多的

相關補充

countable（可數算的）如果改成 uncountable（難以計數的），可以用來形容數目很多，但如果是形容規模很大，或者形容不可數名詞的話，則應該用 immeasurable（難以計量的）來表達。

8.　The two parties reached an agreement on the terms and conditions of their contract after several months of _____.（在幾個月的協商之後，雙方對於合約的條款與條件達成了一致的意見。）

A. recognition
B. negotiation
C. participation
D. interpretation

答題解說

答案：（B）。after 後面接空格中的名詞，在這個名詞代表的行為之後，雙方 reached an agreement（達成了一致的意見），所以選項中能表示努力達成一致意見的 B. negotiation（協商）是正確答案。

字詞解釋

party [ˈpɑrtɪ] **n.** （契約的）一方　**agreement** [əˈgrimənt] **n.** 意見一致　**terms and conditions** （合約的）條款與條件　**contract** [ˈkɑntrækt] **n.** 合約　**recognition** [͵rɛkəgˈnɪʃən] **n.** 承認，認可　**negotiation** [nɪ͵goʃɪˈeʃən] **n.** 協商，談判　**participation** [pɑr͵tɪsəˈpeʃən] **n.** 參與　**interpretation** [ɪn͵tɝprɪˈteʃən] **n.** 詮釋；解讀

9.　If you encounter any problem when you use this product, feel free to _____ our customer service staff.（如果您在使用這項產品時遇到任何問題，請隨時諮詢我們的客服人員。）

A. recall
B. consult
C. instruct

D. persuade

答題解說

答案：（B）。題目前半是 If + 現在簡單式的條件子句，後半是祈使句，表示如果 encounter any problem（遇到任何問題）的時候，要請產品使用者對 customer service staff（客服人員）做什麼，所以意味著「詢問解決問題的方法」的 B. consult（諮詢）是正確答案。另外，也請小心不要把 A. recall（回想起）看成表示「打電話」的 call。

字詞解釋

encounter [ɪnˋkaʊntɚ] v. 遇到　**feel free to do** 隨意做…　**customer service** 顧客服務（客服）　**staff** [stæf] n. 工作人員（總稱）　**recall** [rɪˋkɔl] v. 回想起　**consult** [kənˋsʌlt] v. 諮詢　**instruct** [ɪnˋstrʌkt] v. 指示；教導　**persuade** [pɚˋswed] v. 說服

10. **My sister speaks Japanese very well, so I can _____ her when we travel to Japan.**（我的姊姊日語說得非常好，所以我們到日本旅遊的時候，我可以依靠她。）

    A. run into
    B. count on
    C. look after
    D. get along with

答題解說

答案：（B）。日語說得非常好是在日本旅遊時助益很大的能力，選項中能表示「依靠她的能力」的 B. count on（依靠）是正確答案。片語動詞的意思，往往和其中使用的動詞有很大的差別，必須特別記憶。

字詞解釋

run into 偶然遇到　**count on** 依靠（某人）　**look after** 照顧　**get along with** 和…相處融洽

第二部分：段落填空

On August 8, 2022, a heavy rainfall **struck** Seoul, the capital city of South Korea, breaking the record of the past 80 years. It caused flooding in many areas and **resulted in** unimaginable destruction. Because of the flood, **the traffic was disrupted**. Many roads and subway stations were under water, making it impossible to commute. **Moreover**, there was a family that died when their semi-basement home was flooded. An employee in Korea Meteorological Administration said, "It's hard not to consider the possibility that climate change causes this kind of drastic rainfall, which seems to be much more frequent than before." To prevent more casualties and help the flooded areas recover as soon as possible, the government stated that they will put all efforts on disaster relief, and provide temporary **accommodations** and relief supplies to the victims.

字詞解釋

rainfall [ˈrenˌfɔl] n. 降雨　**break the record** 破紀錄　**flooding** [ˈflʌdɪŋ] n. 淹水　**unimaginable** [ˌʌnɪˈmædʒɪnəbl] adj. 難以想像的　**destruction** [dɪˈstrʌkʃən] n. 破壞　**disrupt** [dɪsˈrʌpt] v. 使中斷，擾亂　**commute** [kəˈmjut] v. 通勤　**semi-** [ˈsɛmɪ] 半⋯　**meteorological** [ˌmitɪərəˈlɑdʒɪkl] adj. 氣象的　**administration** [ədˌmɪnəˈstreʃən] n. 管理；政府機構　**possibility** [ˌpɑsəˈbɪlətɪ] n. 可能性　**climate change** 氣候變遷　**drastic** [ˈdræstɪk] adj. 極端的; 劇烈的　**frequent** [ˈfrikwənt] adj. 頻繁的　**casualty** [ˈkæʒjʊəltɪ] n. 傷亡人員　**disaster** [dɪˈzæstɚ] n. 災害　**relief** [rɪˈlif] n. 緩和；救助　**temporary** [ˈtɛmpəˌrɛrɪ] adj. 臨時的　**accommodation** [əˌkɑməˈdeʃən] n. 住處　**victim** [ˈvɪktɪm] n. 受害者，受災者

中文翻譯

2022 年 8 月 8 日，強降雨侵襲南韓首都首爾，破了過去 80 年的紀錄。它造成了許多地區淹水，也導致難以想像的破壞。因為淹水的關係，交通中斷了。許多道路和地鐵站在水面下，使通勤變得不可能。此外，還有一家人在水淹進他們半地下室的家時死亡。韓國氣象廳的一位員工說：「很難不考慮氣候變遷造成這種極端降雨的可能性，極端降雨似乎比以前頻繁得多。」為了預防更多傷亡並幫助淹水地區儘快恢復，政府表示將全力進行救災，並且提供臨時住處與救災物資給受災者。

答題解說

11. A. struck　B. aroused　C. dominated　D. stimulated

答案：（A）。空格的主詞是 heavy rainfall（強降雨），受詞是受到降雨影響的 Seoul（首爾），選項中適合表達致災性天氣狀況對某地造成影響的 A. struck（strike「襲擊」的過去式）是正確答案。

字詞解釋

arouse [əˋraʊz] v. 喚醒；引起　**dominate** [ˋdɑməˌnet] v. 統治，主宰　**stimulate** [ˋstɪmjəˌlet] v. 刺激，激勵

12. A. called for　B. resulted in　C. sought after　D. fell prey to
答案：（B）。句子的主詞 It 是指上一句的 heavy rainfall（強降雨），空格中的片語動詞後面接受詞 unimaginable destruction（難以想像的破壞），所以表示「造成」的 B. resulted in 是正確答案。

字詞解釋

call for（某個狀況）需要…　**seek after** 尋求，追求　**fall prey to** 成為…的獵物／受害者

13. A. gasoline prices were falling 汽油價格當時在下跌
    B. the traffic was disrupted 交通中斷了
    C. it kept raining for a whole day 雨持續下了一整天
    D. people took the subway instead 人們改搭地下鐵
    答案：（B）。空格前面的子句 Because of the flood（因為淹水）表示原因，所以空格是淹水的結果，而且下一句 Many roads and subway stations were under water, making it impossible to commute（許多道路和地鐵站在水面下，使通勤變得不可能）應該是對空格內容的進一步說明，所以表示淹水造成交通受到影響的 B. 是正確答案。A. 和淹水沒有直接關係。C. 應該反過來說「因為下雨而淹水」才合乎邏輯。D. 雖然看起來是淹水可能的結果，但下一句說「地鐵站在水面下，不可能通勤」，自然也不能搭地下鐵了。

14. A. However　B. Moreover　C. Therefore　D. Nevertheless
    答案：（B）。空格要填入連接副詞，表明前後句子的邏輯關係。前面的內容是淹水造成交通中斷、無法通勤，後面則提到有一家人被淹死了，這兩件事都是大雨淹水的結果，只是發生在不同的領域，兩者之間並沒有因果關係或語氣上的轉折，所以表示補充、追加的 B. Moreover（而且，此外）是正確答案。

15. A. addresses　B. advantages　C. acquaintances　D. accommodations
    答案：（D）。空格和 relief supplies（救災物資）都是政府要提供給 victims（受災者）的東西，所以選項中表示「住處」的 D. accommodations 是正確答案。

字詞解釋

address [`ædrɛs] n. 地址　**advantage** [əd`væntɪdʒ] n. 優點，好處　**acquaintance** [ə`kwentəns] n. 相識的人

Questions 16-20

"I've never thought what is written in history books is happening in this modern society..." a victim under Russia-Ukraine war said in an interview. Since the beginning of 2022, Ukrainians have been forced to **witness** the brutal destruction caused by the war. Not only did the war leave Ukraine in ruins, its impact also **spread through the whole world**. The halt of export from Russia and Ukraine, which are rich in natural gas, grain, and fertilizer, made the global **shortage** of food and fuel even worse, resulting in serious inflation around the world, especially in countries that heavily **rely on** imported goods. **Accordingly**, central banks raised their interest rates in an effort to fight inflation, but consumer prices remained high.

字詞解釋

be forced to do 被迫，不得不⋯　**witness** [`wɪtnɪs] v. 目擊　**brutal** [`brutl] adj. 殘忍的　**destruction** [dɪ`strʌkʃən] n. 破壞　**ruins** [`rʊɪnz] n. 廢墟　**impact** [`ɪmpækt] n. 衝擊，影響　**halt** [hɔlt] n. 停止，暫停　**natural gas** 天然氣　**grain** [gren] n. 穀類　**fertilizer** [`fɝtə͵laɪzɚ] n. 肥料　**global** [`globl] adj. 全球的　**shortage** [`ʃɔrtɪdʒ] n. 短缺　**fuel** [`fjʊəl] n. 燃料　**inflation** [ɪn`fleʃən] n. 通貨膨脹　**rely on** 依賴　**accordingly** [ə`kɔrdɪŋlɪ] adv. 因此（因為所處情況而採取適當的方式）　**central bank** 中央銀行　**interest rate** 利率　**in an effort to do** 為了努力做到⋯　**consumer price** 消費者物價

中文翻譯

「我從來沒想過寫在歷史書裡的事情就發生在現代社會⋯」俄羅斯－烏克蘭戰爭的一位受害者在採訪中說道。從 2022 年初開始，烏克蘭人就被迫見證戰爭造成的殘忍破壞。戰爭不僅讓烏克蘭遍地廢墟，它的影響也傳播到全世界。盛產天然氣、穀類、肥料的俄羅斯與烏克蘭停止出口，使得全球食物與燃料的短缺更加嚴重，造成全世界嚴重的通貨膨脹，尤其在非常依賴進口貨品的國家。因此，各國中央銀行為了對抗通膨而提高利率，但消費者物價仍然很高。

答題解說

16. A. refuse　B. exploit　C. witness　D. liberate
　　答案：（C）。空格接在慣用表達方式 be forced to（被迫⋯）後面，而且有受詞 the brutal destruction caused by the war（戰爭造成的殘忍破壞），整個句子的主詞

則是 Ukrainians（烏克蘭人），所以能表示「見到戰爭的破壞」的 C. witness（見證）是正確答案。A. refuse（拒絕）是用在別人提供某個事物，或者提出要求的情況。

字詞解釋

exploit [ɪk`splɔɪt] v. 剝削，濫用　**liberate** [`lɪbə͵ret] v. 解放

17. A. became visible in Russia 在俄羅斯變得顯而易見
B. made the country unstable 使得這個國家不穩定
C. weakened as time went by 隨著時間過去而減弱了
D. spread through the whole world 傳播到全世界
答案：（D）。選擇一段文字的題目，應該考慮和前後內容的連貫性來作答。這個句子使用 not only..., (but)... also...（不僅…而且…）的句型，所以空格部分應該表達除了烏克蘭以外，impact（影響）所及的其他地方。再加上後面的內容提到全球因為這場戰爭而遭遇通貨膨脹，所以表達戰爭除了影響烏克蘭，更波及全世界的 D. 是正確答案。

18. A. usage　B. shortage　C. percentage　D. disadvantage
答案：（B）。這個句子相當複雜，但主要的部分是 The halt of export from Russia and Ukraine ... made the global _____ of food and fuel even worse（俄羅斯與烏克蘭停止出口，使得全球食物與燃料的 _____ 更加嚴重），其他部分則是作為這個主要部分的補充內容。選項中，B. shortage（短缺）可以表達因為停止出口而造成的結果，是適當的答案。D. disadvantage 表示「不利條件」，意思是所處的狀況比較差，而使結果不如其他比較對象來得成功；在這個句子裡，意思會是「食物和燃料本身的處境不利」，而不是利用食物和燃料的人處境不利，所以不適合使用。

字詞解釋

usage [`jusɪdʒ] n. 使用，用途　**percentage** [pə`sɛntɪdʒ] n. 百分率
disadvantage [͵dɪsəd`væntɪdʒ] n. 不利條件

19. A. rely on　B. abide by　C. look into　D. deal with
答案：（A）。前面提到全球食物與燃料的短缺更加嚴重，造成全球的通貨膨脹，而空格部分接在 especially（尤其）的後面，表示這部分所說的國家，遭遇的通膨特別嚴重。這些國家是 countries that heavily _____ imported goods（非常…進口貨物的國家），所以表示「依賴」的 A. rely on 是正確答案。

字詞解釋

abide by 遵守　**look into** 調查　**deal with** 處理

第1回
第2回
第3回
第4回
第5回
第6回
第7回
第8回
第9回
第10回

20. A. However　B. Hopefully　C. Fortunately　D. Accordingly

答案：（D）。空格中填入的副詞，應該表明前後句子的關係。上一句提到戰爭造成全球性的通貨膨脹，這一句則說各國中央銀行為了對抗通膨而提高利率（注意 central banks 是複數，表示許多國家的中央銀行），也就是針對上個句子提到的狀況採取解決策略，所以意味著「因為所處情況而採取適當的方式」的 D. Accordingly（所以）是正確答案。C. Fortunately（幸好）表示雖然情況不好，但出現了好的結果；然而在這個句子的最後，提到 but consumer prices remained high（但消費者物價仍然很高），表示靠著升息來對抗通膨的努力並沒有立即見效，也就是情況沒有好轉，所以不適合加上 Fortunately。

字詞解釋

hopefully [`hopfəlɪ] 懷抱希望地（做某事）；但願（希望某事會發生）
fortunately [`fɔrtʃənɪtlɪ] adv. 幸運地，幸好

第三部分：閱讀理解

Questions 21-22

中文翻譯

列車系統營運規定

12. 緊急情況時的退款
如果列車系統因為天災或其他緊急情況而停止服務，乘客可以獲得補償，而不會產生額外費用。持有單程車票或來回車票、團體票者，應該在兩週內到任何車站要求退款。對於持有定期票者，到期日將自動延長。如果您發現您定期票的到期日沒有更新，請打電話聯絡我們的客服部。

21. 在什麼情況下，乘客可以不用付額外費用就獲得退款？
　　A. 當服務停止時
　　B. 當服務不令人滿意時
　　C. 當乘客遇到緊急狀況時
　　D. 當乘客有定期票時

22. 對於定期票持有者，以下何者不正確？
　　A. 他們獲得的處理方式和其他乘客不同。
　　B. 他們不必親自申請補償。

C. 他們會自動獲得退款。

D. 他們需要時可以打電話到客服部。

第1回
第2回
第3回
第4回
第5回
第6回
第7回
第8回
第9回
第10回

字詞解釋

文章　**operation** [ˌɑpəˈreʃən] n. 營運　**regulation** [ˌrɛgjəˈleʃən] n. 規定　**refund** [ˈriˌfʌnd] n. 退款　**emergency** [ɪˈmɝdʒənsɪ] 緊急情況　**natural disaster** 天災　**compensation** [ˌkɑmpənˈseʃən] n. 補償　**incur** [ɪnˈkɝ] v. 招致，引起　**additional** [əˈdɪʃənl] 額外的　**single ticket** 單程票　**return ticket** 來回票　**group ticket** 團體票　**periodic ticket** 定期票　**expiration** [ˌɛkspəˈreʃən] n. 期滿，到期　**automatically** [ˌɔtəˈmætɪkəlɪ] adv. 自動地　**extend** [ɪkˈstɛnd] v. 延長　**update** [ʌpˈdet] v. 更新　第 21 題　**suspend** [səˈspɛnd] v. 使中止　**satisfactory** [ˌsætɪsˈfæktərɪ] adj. 令人滿意的

答題解說

21. 答案：（A）。這段文章是列車系統營運規定的一部分，段落的標題是 Refunds under emergency situations（緊急情況時的退款），而且第一句就表明 If the train system is out of service... passengers can get compensations without incurring additional charges（如果列車系統停止服務…乘客可以獲得補償，而不會產生額外費用），所以不用付額外費用就獲得退款的情況是 A.。選項 D. 之所以不正確，是因為後半部分提到 those holding periodic tickets（持有定期票者）的時候，只說 expiration dates will be automatically extended（到期日會自動延長），但沒有提到可以 get a refund（得到退款）；可以得到退款的，是持有其他票種的人。

22. 答案：（C）。問「何者正確／不正確」的題目，必須在文章中逐一找出和每個選項有關的部分，核對是否符合選項的敘述。A. B. 關於補償方式，文中分為 Those who hold single tickets, return tickets or group tickets（持有單程車票或來回車票、團體票者）和 For those holding periodic tickets（對於持有定期票者）兩個部分來敘述，前者要到車站申請退款，後者則是 the expiration dates will be automatically extended（到期日將自動延長），也就是不需申請，選項敘述正確。C. 看起來很像是對的，但文章內容其實只有提到定期票到期日將自動延長，沒有提到持有人可以 get their money back（得到退款），選項敘述錯誤，所以是正確答案。D. 文中提到 If you find the expiration date of your periodic ticket is not updated, please call our customer service（如果您發現您定期票的到期日沒有更新，請打電話聯絡我們的客服部），表示定期票持有人需要時可以打電話給客服，選項敘述正確。

中文翻譯

馬

　　馬是長久以來被用於運輸的四條腿動物。因為有長腿、精瘦的身材與強壯的肌肉，所以牠們天生就是迅速的跑者。長長的頭形與很大的牙齒也是牠們的特色。牠們偏好群體生活，也會和彼此建立很強的社會關係。

　　即使牠們對我們而言如此熟悉，還是有一些關於馬的事實可能會讓我們驚訝。舉例來說，多虧了位於頭部兩側的眼睛，馬有將近 360 度的視野範圍。不過，牠們看不到頭部正後方與鼻子下方的東西。幸好牠們的嗅覺很好，這使得牠們即使沒看見頭部下方的東西，也能分辨那是什麼。

23. 我們最有可能在哪裡看到這篇文章？
　　A. 在旅遊指南中
　　B. 在書評中
　　C. 在生物課本中
　　D. 在運動雜誌中

24. 根據這篇文章，什麼能幫助馬跑得快？
　　A. 苗條的體型
　　B. 長長的頭
　　C. 廣闊的視野
　　D. 對於群居的偏好

25. 關於馬的視覺，以下何者正確？
　　A. 牠們可以看到周圍的每件事物。
　　B. 牠們看不到前面的東西。
　　C. 他們眼睛的位置是視野廣闊的原因。
　　D. 他們依靠嗅覺多過於視覺。

字詞解釋

文章　**transportation** [ˌtrænspɚˋteʃən] n. 運輸　**lean** [lin] adj. 精瘦的　**muscle** [ˋmʌsl] n. 肌肉　**characterize** [ˋkærəktəˌraɪz] v. 是…的特徵　**relationship** [rɪˋleʃənˌʃɪp] n. 關係　**familiar** [fəˋmɪljɚ] adj. 熟悉的　**vision** [ˋvɪʒən] n. 視力，視覺　**thanks to** 多虧有…　**position** [pəˋzɪʃən] v. 擺放…（的位置）　**fortunately** [ˋfɔrtʃənɪtlɪ] adv. 幸運地，幸好
第 23 題　**travel guide** 旅遊指南　**review** [rɪˋvju] n. 評論　**biology** [baɪˋɑlədʒɪ] n. 生

物學　**textbook** [ˈtɛkstˌbʊk] **n.** 課本

第 24 題　**preference** [ˈprɛfərəns] **n.** 偏好

第 25 題　**position** [pəˈzɪʃən] **n.** 位置　**contribute to** 對…有貢獻（是某個正面事實的原因）

答題解說

23. 答案：（C）。開頭就可以看到標題 Horse（馬），內容也介紹了馬的特徵，所以 C. 是正確答案。要注意選項 B. 中的 book review 是「關於一本書的評論＝書評」，如果誤以為這個選項的意思是 in a book（在一本書裡）的話，就有可能選錯。

24. 答案：（A）。題目的關鍵詞是 run fast，提到這一點的是第一段的 Having long legs, lean body, and strong muscles, they are born to be fast runners（因為有長腿、精瘦的身材與強壯的肌肉，所以牠們天生就是迅速的跑者），其中 lean body 對應的選項 A. 是正確答案。

25. 答案：（C）。關於馬的視覺，是在文章的第二段裡描述的。文中提到 horses have a range of vision of nearly 360 degrees, thanks to their eyes that are positioned on the sides of their head（多虧了位於頭部兩側的眼睛，馬有將近 360 度的視野範圍），thanks to（多虧有…）表示後面接的事物是某個正面事實的原因，所以是眼睛的位置使馬的視野很寬廣，選項 C. 是正確答案。A. B. 文中的 they cannot see things right behind their head or below their nose（牠們看不到頭部正後方與鼻子下方的東西），表示並不是周圍的任何東西都看得到；關於看不見的部分，只提到了頭部後面和鼻子下面，沒有說看不到前面。D. 文章的最後雖然提到用嗅覺補足視覺，但沒說比較依賴嗅覺。

Questions 26-28

中文翻譯

SnowChat 推出新的家長控制功能

　　家長控制功能被加到了 SnowChat app 最新發行的版本中，它是去年成長最快的社交媒體 app。根據一項最新的調查，高達 71% 的青少年正在使用 SnowChat，它開放 13 歲以上的人使用。

　　除了文字傳訊以外，使用者可以在 SnowChat 上分享照片及短影片。由於缺乏監管，裸露及暴力的內容可以很容易在這個平台上看到。因為它的大部分使用者是青少年，所以平台面臨了控制這種內容的傳播，以及讓父母知道小孩在線上如何和其他人互動的責任。

　　所以，SnowChat 特別為憂心的家長推出了這個新的功能。13-18 歲小孩的家

長，現在可以看到他們小孩在和哪些帳戶傳訊息，如果他們發現有帳號在傳送不恰當的內容，可以向 SnowChat 舉報。SnowChat 表示，它希望確保一個讓年輕人玩樂而不會暴露於有害內容的健康環境。

寄件者：Penny.wang@qmail.com
收件者：service@snowchat.com
主旨：請幫忙！

敬啟者：

我很感謝你們推出了讓父母看到孩子如何使用你們 app 的功能。不過，我發現這個功能有個漏洞。小孩可以藉著用假的出生日期註冊而輕易迴避它的控制。在我兒子的年紀，他可以使用你們的 app，但他應該要受到新功能的監督。然而他在註冊時假裝是 20 歲，讓我沒辦法查看他的活動。請告訴我該如何解決這個問題。

Penny Wang

26. 文章的主要目的是什麼？
    A. 為了強調禁止不恰當內容的重要性
    B. 為了揭露有多少青少年在使用 SnowChat
    C. 為了介紹 SnowChat 的新功能
    D. 為了宣傳新的社交媒體 app

27. 根據文章內容，以下何者正確？
    A. SnowChat 不受青少年歡迎。
    B. 使用者不能在 SnowChat 上傳影片。
    C. 年紀不到 13 歲的小孩不能使用 SnowChat。
    D. 父母可以用 SnowChat 的新功能直接封禁帳戶。

28. 關於王小姐，我們可以推知什麼？
    A. 她的兒子未滿 18 歲。
    B. 她對這個 app 謊報年齡。
    C. 她認為新的功能很實際。
    D. 她對於兒子在網路上的活動抱持開放的心態。

字詞解釋

文章 1 **introduce** [ˌɪntrə`djus] v. 引進，採用　**parental** [pə`rɛntl] adj. 父母的　**feature** [`fitʃɚ] n. 特色　**release** [rɪ`lis] n. 發行（的事物）　**social media** 社交媒體　**survey** [`sɝve] n. 調查　**message** [`mɛsɪdʒ] v. 傳訊息　**short clip** 短影片　**monitor** [`mɑnətɚ] v. 監控　**nude** [njud] adj. 裸露的　**violent** [`vaɪələnt] adj. 暴力的　**content** [`kɑntɛnt] n. 內容　**platform** [`plæt͵fɔrm] n. 平台　**majority** [mə`dʒɔrətɪ] n. 大多數　**responsibility** [rɪ͵spɑnsə`bɪlətɪ] n. 責任　**distribution** [͵dɪstrə`bjuʃən] n. 分發，散播　**interact** [͵ɪntɚ`rækt] v. 互動　**inappropriate** [͵ɪnə`proprɪɪt] adj. 不適當的　**state** [stet] v. 陳述，聲明　**ensure** [ɪn`ʃʊr] v. 確保　**expose** [ɪk`spoz] v. 使暴露　**harmful** [`hɑrmfəl] adj. 有害的

文章 2 **flaw** [flɔ] n. 缺陷　**get around** 避開　**register** [`rɛdʒɪstɚ] v. 註冊　**be supposed to** 應該…　**pretend** [prɪ`tɛnd] v. 假裝

第 26 題 **forbid** [fɚ`bɪd] v. 禁止　**reveal** [rɪ`vil] v. 揭露　**promote** [prə`mot] v. 宣傳

第 27 題 **upload** [ʌp`lod] v. 上傳　**ban** [bæn] v. 禁止，封禁

答題解說

26. 答案：（C）。在兩篇文章的題組開頭，會標明 Questions 26-28 are based on information provided in the following A and B，其中的 A 和 B 是下面兩篇文章的類型，例如這個題組是 article 和 email。題目問的是 article 的主要目的，所以要從第一篇文章尋找答案。文章標題就寫著 SnowChat Introduces New... Feature（SnowChat 推出新功能），內容則是推出新功能的背景與功能說明，所以 C. 是最適當的答案。

27. 答案：（C）。依照題意，這一題仍然要看第一篇文章的內容來比對答案。第一段的最後提到 SnowChat, which is available for those who are 13 years of age or older（SnowChat 開放 13 歲以上的人使用），表示未滿 13 歲不能使用，所以 C. 是正確答案。A. 不符合第一段的 up to 71% of teenagers are using SnowChat（高達 71% 的青少年正在使用 SnowChat）。B. 不符合第二段的 users can share... short clips（使用者可以分享短影片）。D. 第三段只有提到 they（parents）can report to SnowChat（父母可以向 SnowChat 舉報），沒有提到可以直接封禁帳戶。

28. 答案：（A）。Wang 這個姓出現在第二篇文章（電子郵件）的最後，也就是電子郵件的寄件人。她提到 At my son's age, he can use your app, but he is supposed to be monitored with the new feature（在我兒子的年紀，他可以使用你們的 app，但他應該要受到監督），但沒有說明可以使用 app、應該受到監督的年齡範圍，所以還需要參考第一篇文章的內容。第一篇文章的第一段提到 SnowChat, which is available for those who are 13 years of age or older（SnowChat 開放 13 歲以上的人使用），而第三段說明新功能的時候，則提到 Parents of children aged 13-18 can now see which accounts their children are messaging with（13-18 歲小孩的家長，現

在可以看到他們小孩在和哪些帳戶傳訊息）。綜合這些內容，可以得知 Penny 兒子的年齡在 13-18 歲之間，所以 A. 是正確答案。

Questions 29-32

中文翻譯

遠距學習的概念已經存在很多年了，但讓它成為常態的是 COVID-19 疫情。作為實施社交距離並減慢病毒傳播的方法，學校關閉並且改為提供線上課。

許多學生覺得在家舒服地學習比較沒壓力，但有些人在家學習時覺得不快樂。由於缺少和同學及老師的當面互動，學生可能會覺得被孤立，並且比較沒有動力參與上課。這樣的影響有可能提高學生的憂鬱症風險。

遠距學習的結果也證明大致上效果比較差。學生覺得專注在電腦螢幕上很難，結果就學得比較少。這樣的情況對於高中最後一年的學生特別負面，因為他們最後在學業上可能會對大學準備不足，並且很難跟上。

為了處理這個問題，大學設立了目標在於將學生銜接到高等教育的夏季課程。這些課程拯救了疫情的許多「受害者」，因為它們能強化這些人在線上沒學好的科目的技能。

29. 這篇文章的主要目的是什麼？
    A. 為了回顧疫情的那些年
    B. 為了提出新的學習方法
    C. 為了討論遠距學習的不利之處
    D. 為了提升大眾對於學習障礙的認知

30. 根據這篇文章，關於遠距學習，何者正確？
    A. 是在疫情期間發明的。
    B. 必須透過社交距離達成。
    C. 是面對面學習的替代方法。
    D. 能改善學生的學業表現。

31. 以下何者不是文中提到學生線上學習時遇到的情況？
    A. 比較差的學習結果
    B. 畢業有困難
    C. 不願意學習
    D. 心理問題

32. 最後一段的單字「victims」指的是誰？

 A. COVID-19 患者

 B. 高中輟學者

 C. 學業表現不好的學生

 D. 有憂鬱症的學生

字詞解釋

文章　**remote** [rɪ`mot] adj. 遙遠的，遠距的　**pandemic** [pæn`dɛmɪk] n.（疾病的）大範圍流行　**norm** [nɔrm] n. 常態　**measure** [`mɛʒɚ] n. 措施　**social distancing** 保持社交距離　**stressful** [`strɛsfəl] adj. 壓力大的　**comfort** [`kʌmfɚt] n. 舒適　**in-person** 當面的　**interaction** [ˌɪntɚ`rækʃən] n. 互動　**isolated** [`aɪsəˌletɪd] adj. 被孤立的　**motivation** [ˌmotə`veʃən] n. 動機，動力　**engaged** [ɪn`gedʒd] adj. 忙於⋯的　**depression** [dɪ`prɛʃən] n. 沮喪，憂鬱症　**prove to** 結果證明⋯　**in general** 大致上　**end up** 結果變得⋯　**academically** [ˌækə`dɛmɪkəlɪ] adv. 學術上；學業上　**unprepared** [ˌʌnprɪ`pɛrd] adj. 沒有準備好的　**bridge** [brɪdʒ] v. 銜接　**higher education** 高等教育　**victim** [`vɪktɪm] n. 受害者　**strengthen** [`strɛŋθən] v. 強化

第 29 題　**disadvantage** [ˌdɪsəd`væntɪdʒ] n. 不利條件　**awareness** [ə`wɛrnɪs] n.（對於議題的）意識　**disability** [ˌdɪsə`bɪlətɪ] n. 殘疾，障礙

第 30 題　**alternative** [ɔl`tɝnətɪv] n. 可作為替代的事物

第 31 題　**outcome** [`aʊtˌkʌm] n. 結果　**reluctance** [rɪ`lʌktəns] n. 不情願　**mental** [`mɛntl] adj. 心理的

第 32 題　**dropout** [`drɑpˌaʊt] n. 中輟生　**struggle** [`strʌgl] v. 掙扎，處於困境

答題解說

29. 答案：（C）。一般而言，文章的目的會在第一段表明，但這篇文章的第一段只是提供遠距學習盛行的背景說明，第二段以後才是主要的內容。第二段說明遠距教學產生的負面心理影響，第三段提到學習效果較差，第四段則是補救的措施，所以整體而言是以說明遠距學習的負面影響為主，正確答案是 C.。選項 D. 中的 learning disabilities（學習障礙），是指因為個人因素而產生的學習困難狀態，不是這篇文章的主軸。

30. 答案：（C）。關於遠距學習的基本介紹，主要集中在這篇文章的第一段。schools shut down and provided online classes instead（學校關閉並且改為提供線上課）的部分顯示，是因為學校關閉了，才改為提供線上課，所以線上課是實體課的替代方式，用 alternative to in-person learning（面對面學習的替代方法）表達的選項 C. 是正確答案。A. 第一段的 The idea of remote learning has been around for many years（遠距學習的概念已經存在很多年了）表示遠距學習並不是新的概念，當然也不是疫情時才發明的。B. 遠距學習可以實現社交距離（implement

social distancing），但社交距離不是遠距學習的必要條件。D. 第三段的 Remote learning also proved to be less effective in general（遠距學習的結果也證明大致上效果比較差）顯示，遠距學習反而會讓學生的表現變差。

31. 答案：（B）。關於學生在線上學習時遇到的狀況，主要在文章的第二段和第三段說明。第二段的 lower motivation to be engaged in class（比較沒有動力參與上課）對應選項 C，feel isolated（覺得被孤立）和 risk of depression（憂鬱症的風險）對應選項 D，第三段的 less effective（效果比較差）和 learn less as a result（結果學得比較少）對應選項 A。所以，沒有提到的 B. 是正確答案。

32. 答案：（C）。最後一段的最後一句出現了 victims（受害者）這個單字，後面說 they can strengthen their skills on subjects they have not learned well online（它們〔夏季課程〕能強化這些人在線上沒學好的科目的技能），所以這些「victims」是比喻在線上沒學好某些科目的人，正確答案是 C.。

Questions 33-35

中文翻譯

　　隨著越來越多人意識到自己食物的選擇對環境與動物福利的影響，素食與純素主義越來越流行。兩種飲食都避免肉、魚和海鮮，但素食主義者可以吃一些動物產品，例如蛋和乳製品。另一方面，純素主義者則儘量避免各種動物產品。也有一些人是因為宗教信仰而選擇植物性飲食，他們的宗教信仰對於食物選擇有各自不同的限制。

　　不管一個人為什麼成為素食或純素主義者，都應該要有特別著重於蛋白質攝取的均衡飲食計畫，蛋白質從水果和蔬菜中是比較難攝取的。需要特別注意營養的人，例如孕婦和小孩，在從飲食中排除肉類之前應該特別謹慎。

　　儘管有營養失調的風險，但只要經過妥善計畫並且提供必要的營養素，植物性飲食也可以是對健康有益的。多項研究顯示，過重、糖尿病、心臟疾病之類的健康問題在不吃肉的人之中比較少見。隨著更多研究者研究這個主題，我們可以預期在未來看到更多植物性飲食的好處。

33. 這篇文章最適合的標題是什麼？
　　A. 無肉飲食如何成為主流
　　B. 要當素食還是純素主義者，這是個問題
　　C. 無肉飲食：衡量風險與益處
　　D. 植物性飲食：終極的健康解決辦法

34. 素食與純素主義者的差別是什麼？

A. 素食主義者每天吃蛋。

B. 素食主義者偶爾可以吃肉。

C. 純素主義者的飲食有比較多限制。

D. 純素主義者比較可能有宗教信仰。

35. 根據這篇文章，以下何者正確？

 A. 不吃肉的人蛋白質攝取量比較可能偏低。

 B. 植物性飲食對於孕婦和小孩特別有益。

 C. 糖尿病和心臟疾病患者可以藉由不吃肉治好自己。

 D. 只有少數研究者對於無肉飲食的好處有興趣。

字詞解釋

文章 **conscious** [ˋkɑnʃəs] **adj.** 意識到的　**impact** [ˋɪmpækt] **n.** 衝擊，影響　**welfare** [ˋwɛlˏfɛr] **n.** 福利　**vegetarianism** [ˏvɛdʒəˋtɛrɪənɪzəm] **n.** 素食主義　**veganism** [ˋvigənɪzəm] **n.** 純素主義　**popularity** [ˏpɑpjəˋlærətɪ] **n.** 普及，流行　**consume** [kənˋsjum] **v.** 消耗；吃，喝　**dairy** [ˋdɛrɪ] **n.** 乳製的　**religious** [rɪˋlɪdʒəs] **adj.** 宗教的　**restriction** [rɪˋstrɪkʃən] **n.** 限制　**intake** [ˋɪnˏtek] **n.** 攝取　**protein** [ˋprotiɪn] **n.** 蛋白質　**obtain** [əbˋten] **v.** 取得　**nutrition** [njuˋtrɪʃən] **n.** 營養　**pregnant** [ˋprɛgnənt] **adj.** 懷孕的　**eliminate** [ɪˋlɪməˏnet] **v.** 排除　**risk** [rɪsk] **n.** 風險　**malnutrition** [ˏmælnjuˋtrɪʃən] **n.** 營養失調　**beneficial** [ˏbɛnəˋfɪʃəl] **adj.** 有益的　**nutrient** [ˋnjutrɪənt] **n.** 營養物質　**multiple** [ˋmʌltəpl] **adj.** 多個的　**overweight** [ˋovɚˏwet] **n.** 超重　**diabetes** [ˏdaɪəˋbitiz] **n.** 糖尿病　**prevalent** [ˋprɛvələnt] **adj.** 盛行的，普遍的　**researcher** [rɪˋsɝtʃɚ] **n.** 研究者　**benefit** [ˋbɛnəfɪt] **n.** 益處

第 33 題 **meatless** [ˋmitlɪs] **adj.** 無肉的　**mainstream** [ˋmenˏstrim] **n.** 主流　**ultimate** [ˋʌltəmɪt] **adj.** 終極的

答題解說

33. 答案：（C）。這篇文章的第一段簡單介紹和 vegetarianism（素食）和 veganism（純素）兩種植物性飲食，第二段提醒植物性飲食要注意蛋白質的攝取，第三段則是討論植物性飲食的好處，所以包括了這些主題的選項 C. 是正確答案。選項 A. 是強調無肉飲食流行的契機，B. 著重於素食與純素的區分，D. 則是對植物性飲食的評價過於正面，忽略了文中對於風險的警示。

34. 答案：（C）。素食與純素主義者的差別，是第一段討論的內容，其中提到 vegetarians can consume some animal products, such as eggs and dairy products. Vegans, on the other hand, try their best to avoid all kinds of animal products（素食主義者可以吃一些動物產品，例如蛋和乳製品。另一方面，純素主義者則儘量避免各種動物產品），所以兩者的差別是對於蛋、奶等非肉類的動物產品，素食者可

以吃，純素主義者不吃，後者限制比較多，選項 C. 是正確答案。注意不要把 dairy（乳製的）看成 daily（每天），而誤以為是「每天吃蛋」的意思。

35. 答案：（A）。這一題的選項主要和第二、第三段的內容有關。第二段提到 they should have a well-balanced diet plan with special focus on the intake of protein, which is harder to obtain from fruits and vegetables（素食者或純素主義應該要有特別著重於蛋白質攝取的均衡飲食計畫，蛋白質從水果和蔬菜中是比較難攝取的），暗示採取植物性飲食的人容易缺乏蛋白質，所以 A. 是正確答案。B. 關於孕婦和小孩，第二段提到 Those who need special attention to their nutrition, such as pregnant women and children, should be especially careful before eliminating meat from their diet（需要特別注意營養的人，例如孕婦和小孩，在從飲食中排除肉類之前應該特別謹慎），表示他們不應該貿然停止食用肉類，而沒有提到這種飲食對他們特別有益。C. 雖然第三段提到不吃肉的人當中，糖尿病和心臟疾病患者比較少，但沒有提到得了這些病的人可以藉由不吃肉就 cure themselves（把自己治好）。D. 在文章中沒有提到。

03

GEPT
全民英檢

中級初試
中譯＋解析

本測驗分四部分，全為四選一之選擇題，共 35 題，作答時間約 30 分鐘。

第一部分：看圖辨義

A. **Question 1**

Class Schedule 課表

	Monday 星期一	Tuesday 星期二	Wednesday 星期三	Thursday 星期四	Friday 星期五
8-10	Math 數學	Science 科學	English 英語	Social Studies 社會	History 歷史
10-12	P.E. 體育	Music 音樂	Art 藝術	Geography 地理	Computer 電腦
Lunch Time 午餐時間

P. E. (= physical education) 體育（課）

1. **For question number 1, please look at picture A.**

Question number 1: Patty will give a presentation on literature tomorrow morning. She will compare different types of novels. What day is today?
（Patty 明天上午會發表關於文學的簡報。她會比較不同類型的小說。今天是星期幾？）
A. Monday.（星期一。）
B. Tuesday.（星期二。）
C. Wednesday.（星期三。）
D. Thursday.（星期四。）

答題解說

答案：（B）。圖片中的資訊只有每天不同的科目，能用來判斷答案的主要線索在錄音內容中。give a presentation on literature tomorrow morning（明天上午發表關於文學的簡報）提供了關於時間（明天上午）與科目（文學）方面的線索，下一句的 compare different types of novels（比較不同類型的小說）也和文學有關。在英語國家的學校科目中，English 除了學習英語本身以外，也涉及英語文學的賞析，所以 Patty 應該是在星期三上午的英語課發表簡報。因為題目說是「明天上午」，所以今天是星期二，B. 是正確答案。

字詞解釋

literature [ˋlɪtərətʃɚ] n. 文學

B. **Questions 2 and 3**

5-DAY FORECAST 五日預報

DAY星期	Mon.	Tue.	Wed.	Thu.	Fri.
WEATHER 天氣	☂	☂	⛅	⛅	☀
CHANCE OF RAIN 降雨機率	80%	70%	40%	30%	10%
MAX TEMP. 最高氣溫	15°C	20°C	15°C	25°C	30°C
MIN TEMP. 最低氣溫	11°C	14°C	11°C	20°C	27°C

2. **For questions number 2 and 3, please look at picture B.**

Question number 2: What shows a downward trend in the table?（表格中的什麼呈現下降驅勢？）

A. Weather condition.（天氣狀況。）

B. Chance of rain.（降雨機率。）

C. Maximum temperature.（最高氣溫。）

D. Minimum temperature.（最低氣溫。）

答題解說

答案：（B）。表格中有許多數字，所以除了注意天氣圖示以外，也要大概看一下各欄位的數字，尤其是較高、較低的數字，以及是否呈現某種趨勢。在三組數字中，逐漸減少的是 CHANCE OF RAIN（降雨機率），所以 B. 是正確答案。至於天氣狀況（晴天或下雨），因為並不是量化的數據，所以不適合用 downward（向下的）或 upward（向上的）來描述。

字詞解釋

downward [ˋdaʊnwɚd] adj. 向下的　　**trend** [trɛnd] n. 趨勢

3.

Question number 3: Please look at picture B again. According to the table, what is the best thing to do when you go out on Friday?（請再看一次圖片 B。根據表格的內容，當你星期五出門時，最好的措施是什麼？）

A. Bring an umbrella.（帶雨傘。）
B. Wear short sleeves.（穿短袖。）
C. Prepare warm clothes.（準備溫暖的衣服。）
D. Dress in layers.（多層次穿搭。）

答題解說

答案：（B）。星期五的天氣狀況是晴天，降雨機率 10%，最高、最低氣溫是 30°C 和 27°C，所以這是偏熱、應該不會下雨的一天，正確答案是 B.。

字詞解釋

short sleeves 短袖　　**dress in layers** 多層次穿搭（穿多層衣服，以便溫度高低變化時可以增減衣物）

C. **Questions 4 and 5**

Opening Party 開幕派對

Wendy's Glam Studio

Welcome 歡迎
Saturday, October 15 十月十五日星期六
3:00 PM 下午三點
13 Rolly Avenue, Panorama City
Panorama 市 Rolly 大街 13 號

Free Entry | Free Parking | Food and Music
免費入場 | 免費停車 | 食物與音樂

Services: Hair Styling, Skin Care, Body Waxing, Nail Care　　Phone: 2222-2828
服務項目：頭髮造型、護膚、熱蠟除毛、指甲護理　　　　　　　電話：2222-2828
Open MON-SAT, 9AM-5PM
週一至週六上午 9 點至下午 5 點營業

---

body waxing 熱蠟除毛（在想要除去毛髮的部位塗上一層蠟，然後把蠟連同毛髮一起拔除）

For questions number 4 and 5, please look at picture C.

Question number 4: What type of business is Wendy's Glam Studio?
（Wendy's Glam Studio 是什麼類型的業者？）

A. A clothing store.（服飾店。）

B. An art studio.（藝術工作室。）

C. A music pub.（音樂酒吧。）

D. A beauty shop.（美容工作室。）

答題解說

答案：（D）。這張傳單開頭的大部分都在介紹開幕派對的細節，所以不能用這些內容來判斷 Wendy's Glam Studio 是什麼。最後小字的部分才出現了 Services（服務項目），從裡面包括頭髮造型、護膚、蜜蠟除毛、指甲護理等項目來看，可以得知這是一家美容工作室，所以 D. 是正確答案。

5.

Question number 5: Please look at picture C again. Which description about Wendy's Glam Studio is true?（請再看一次圖片 C。關於 Wendy's Glam Studio 的敘述，何者正確？）

A. It begins doing business at 3 p.m. every day.（它每天下午 3 點開始營業。）

B. Its services are free on October 15.（它的服務在 10 月 15 日是免費的。）

C. It earns money by selling food.（它透過賣食物賺錢。）

D. It is closed on Sundays.（它每週日不營業。）

答題解說

答案：（D）。和上一題一樣，要小心傳單的大部分內容都是派對的細節，和 Wendy's Glam Studio 本身無關。A. 的下午 3 點是派對開始的時間，而不是營業開始的時間；B. free on October 15（在 10 月 15 日免費）的東西是 Free Entry（免費入場）和 Free Parking（免費停車），但沒有提到是否提供免費服務；C. 相關的部分是 Food and Music（食物與音樂），這也是指派對上有食物和音樂，而不是說這家店賣餐飲。在傳單的最後一行，Open MON-SAT 顯示這家店從週一到週六營業，所以星期日不營業，D. 是正確答案。

第二部分：問答

6. How long does it take to get to the museum?（到博物館要多久？）

A. I've been driving since I was 20.（我從 20 歲就開始開車了。）
B. It won't be long until the bus arrives.（公車不久就會到了。）
C. About 30 minutes by car.（開車大約 30 分鐘。）
D. You'll see your destination on the right.（你會在右邊看到你的目的地。）

答題解說

答案：（C）。說話者用 How long 詢問到達博物館所需的時間長短，所以應該選擇有時間長度的答案。C. 回答用汽車這種交通工具所需的時間是 30 分鐘，是正確答案。A. 小心不要看到數字就以為是正確答案。B. 雖然回答了「不會太久」，但事實上是指公車不久就會出現在這裡，而沒有回答到博物館要多久，所以不對。D. 回答找到目的地的方式，和問題無關。

字詞解釋

destination [ˌdɛstəˈneʃən] **n.** 目的地

7. Why did you leave the party early last night?（為什麼昨晚你提早離開派對？）

A. The party was a hit.（派對很成功。）
B. I didn't see it coming.（我沒料到會發生這種事。）
C. It made me exhausted.（它讓我精疲力盡。）
D. I felt excited going there.（我去那裡覺得很興奮。）

答題解說

答案：（C）。說話者用 Why 詢問對方提早離開派對的理由，這種情況並沒有固定的回答句型，只能看每個選項的理由是否合理。C. 用 exhausted（精疲力盡的）表示自己待在派對感覺很累，是合理的早退理由，所以是正確答案。A. a hit 在口語中表示「成功的事物」。B. 是表達「事先沒有預料到某事會發生」的慣用口語說法。D. 對派對做出正面的評價，不是合理的早退理由。

字詞解釋

exhausted [ɪgˈzɔstɪd] **adj.** 精疲力盡的

8. Has Peter signed the contract with Harrison's Firm?（Peter 簽了和

第 1 回
第 2 回
第 3 回
第 4 回
第 5 回
第 6 回
第 7 回
第 8 回
第 9 回
第 10 回

Harrison 公司的合約嗎？）

A. Well, I think that's a good sign.（嗯，我想那是好的跡象。）
B. The contract number has been changed.（合約號碼已經被變更了。）
C. Yes, its design is really excellent.（是的，它的設計真的很優秀。）
D. No, he still needs time to review it.（還沒，他還需要時間檢視。）

答題解說

答案：（D）。這個問句用完成式助動詞 Has 開頭，可以用 Yes/No 回答，表示「已經簽約／還沒簽約」，同時也要注意 Yes/No 之後的內容是否表達了恰當的意思。D. 回答 No 表示「還沒簽約」，並且說明理由是需要時間檢視，是恰當的答案。A. 是使用 sign 當名詞的意義之一「跡象」的陷阱選項。B. 合約號碼變更和是否簽約無關，沒有回答問題。C. 談到 design（設計），和合約完全無關。

字詞解釋

sign [saɪn] v. 簽署 n. 跡象

9. **I think it's the perfect bed sheet we're looking for.**（我想這是我們在找的完美床單。）

A. I agree. It's made of finest cotton.（我同意。它是用最精緻的棉花製成的。）
B. No, I haven't paid for it.（不，我還沒付這個的錢。）
C. Maybe we need to check other bed frames.（或許我們需要看看其他的床架。）
D. Yeah, it's not too firm or too soft.（是啊，它不會太硬也不會太軟。）

答題解說

答案：（A）。說話者用 I think（我認為）表達自己的想法，說某個床單是 the perfect bed sheet we're looking for（我們在找的完美床單），所以可能是跟另一個人看他們要用的床單，並且徵詢他的意見。A. 用 I agree（我同意）表示意見和對方相同，並且進一步以床單使用的材料作為理由，是恰當的回應。B. 對方的意思應該是在購買前徵詢意見，所以「還沒付錢」是不相干的回應。C. 對方說的是 bed sheet（床單），這裡卻談到不相關的 bed frame（床架）。D. firm（堅實的，堅硬的）這個形容詞通常用來描述可以在一定程度上抵抗外力的東西，例如床墊、土地，或者說某個東西很穩固，例如椅子，所以不適合用來形容軟而薄的床單。

字詞解釋

bed sheet 床單　　**bed frame** 床架（用來放置床墊的底座）

10. **Why is the meeting with Mr. Brown canceled?**（為什麼和 Brown 先生的會議取消了？）

A. He has booked another venue.（他訂了別的場地。）
B. He has a scheduling conflict.（他有行程衝突。）
C. We have achieved the goal.（我們達成目標了。）
D. We want to make it more productive.（我們想讓會議更有生產性。）

答題解說

答案：（B）。說話者用 Why 詢問和 Brown 先生的會議取消的原因，可能是因為他個人的因素，也有可能是其他的考量。B. 回答他有 scheduling conflict（行程衝突），也就是原本排定開會的時間還有別的行程，不能同時做兩件事，所以把會議取消，是恰當的答案。A. 的「訂了別的場地」、C. 的「達成目標了」、D. 的「讓會議更有生產性」都不是和某人取消開會的直接理由。

字詞解釋

venue [ˋvɛnju] n. 場地　**scheduling conflict** 行程衝突　**productive** [prəˋdʌktɪv] adj. 有生產性的，富有成效的

11. **Do you know how to get to the train station?**（你知道怎麼到火車站嗎？）

A. Yes, I will visit one of my friends.（是的，我會拜訪我的一位朋友。）
B. The train will come in thirty minutes.（列車 30 分鐘後會來。）
C. Go straight and turn left at the corner.（直走並且在街角左轉。）
D. You can buy the tickets there.（你可以在那裡買票。）

答題解說

答案：（C）。雖然助動詞開頭的問句可以用 Yes/No 回答，但 Do you know...?（你知道…嗎？）這種問題，重點並不是「你知不知道」，而是 know 後面要詢問的事項，所以很少回答 Yes/No，而是直接提供資訊，或者說 I'm sorry. I don't know.（抱歉，我不知道）。這裡的說話者想要知道的是 how to get to...（如何抵達…），也就是前往目的地的方式。C. 回答前往火車站的走法，是正確答案。A. 回答 Yes（知道），但後面說的「拜訪朋友」和問題無關。B. D. 提供了列車時間、買票等和搭火車有關的資訊，但都沒回答如何到火車站，所以不能因為內容好像有關係就隨便選。

第 1 回
第 2 回
第 3 回
第 4 回
第 5 回
第 6 回
第 7 回
第 8 回
第 9 回
第 10 回

12. **What are you going to do with your old books?**（你要怎麼處理你的舊書？）

A. I read books in my leisure time.（我在休閒時間讀書。）
B. I can donate them to a charity.（我可以捐給慈善團體。）
C. I can finish it in an hour.（我可以在一小時內完成那個。）
D. The old books are on sale.（舊書在特賣中。）

答題解說

答案：（B）。do（what）with 是「（如何）處理…」的意思。以題目所說的書而言，是指如何處理書這個東西本身，例如丟掉、送人或者賣掉，而比較不像是閱讀書的內容之類的。B. 回答可以處理的方式是捐出去，是正確答案。A. 回答讀書的習慣，和對方所問的那些書如何處理無關。C. 雖然也可以理解成「我可以在一小時內讀完那本書」，但這並不是「處理」的方法。D. 是重複使用 old books 的陷阱選項，對方所問的 old books 應該是指手頭上擁有的書，而不是店裡特賣的書。

字詞解釋

leisure [ˋliʒɚ] adj. 空閒的　　**donate** [ˋdonet] v. 捐獻　　**charity** [ˋtʃærətɪ] n. 慈善團體

13. **Miss Yang's flight will arrive at 8 p.m. tomorrow.**（Yang 小姐的航班會在明天晚上 8 點抵達。）

A. She failed to catch the plane.（她沒能趕上飛機。）
B. The flight number should be corrected.（航班編號應該被更正。）
C. I can pick her up if you're busy.（如果你忙的話，我可以去接她。）
D. I want to delay our flight.（我想要延後我們的航班。）

答題解說

答案：（C）。和說話內容本身比起來，說話的動機有時是更重要的。例如這個題目想要表達的不止是 Yang 小姐的飛機哪時候到，還暗示對方思考到時候應該怎麼接待她等等。C. 回答在 Yang 小姐抵達的時候，可以代替對方 pick her up（接她），是正確答案。A. 目前航行時間最長的航班大約 19 小時，而現在時間離明天晚上 8 點至少也有 20 小時，所以說這些話的時候航班應該還沒起飛，也沒有是否趕上的問題可言。B. D. 談到的航班相關細節，和 Yang 小姐明天的抵達無關。

字詞解釋

pick someone up 開車或騎車載某人

14. **I heard that Sherry is in charge of the new project.**（我聽說 Sherry 負責新的專案。）

A. She is not available tomorrow night.（她明天晚上沒有空。）
B. I believe she will handle it well.（我相信她會處理得很好。）
C. We need some help with the project.（我們需要對於這個專案的一些幫忙。）
D. She didn't reply to my message.（她沒有回覆我的訊息。）

答題解說

答案：（B）。說話者提到自己 heard that（聽說…）的消息，是 Sherry 負責新的專案，應該是期望對方針對這件事分享意見。B. 說相信她會把專案處理得很好，提供了對於她負責這個專案的意見，是正確答案。A. D. 雖然提到 She，但和對方提到的事情無關。C. 雖然提到專案，但沒有談到關於 Sherry 負責專案這件事的意見。

字詞解釋

in charge of 負責…的　**project** [ˋprɑdʒɛkt] n. 專案　**available** [əˋveləbl] adj.（人）有空的

15. **Who will be the new manager of the department?**（誰會成為這個部門的新經理？）

A. The manager will hold a party.（經理會舉辦派對。）
B. The department store isn't open yet.（百貨公司還沒開始營業。）
C. It will hire some new employees.（它會雇用一些新員工。）
D. Mr. Johnson has a great chance.（Johnson 先生機會很大。）

答題解說

答案：（D）。說話者用 Who 詢問可能成為經理的人，所以答案有可能是特定的人。D. 回答 Johnson 先生 has a great chance（機會很大），意思是他很有可能成為經理，是恰當的答案。A. 重複使用 manager 這個詞，但沒有回答對方的問題。B. 將 department（部門）變成 department store（百貨公司），內容也變得不相關。C. 沒有回答對方的問題。

字詞解釋

employee [ˌɛmplɔrˋi] n. 員工，受雇者　**chance** [tʃæns] n. 機率，可能性

第三部分：簡短對話

16.

M: Look at this picture. Sarah and I are sitting at the beach.

W: Wow. The scenery is really beautiful.

M: Yeah. The sea looks so blue, and the sand is so white. I want to go back there again.

W: Where is it located?

M: It is an island off the shore of the Philippines.

W: Oh, maybe I can go on a honeymoon with my husband there.

Question: What are the two speakers doing?

A. Planning for their summer vacation.

B. Talking about a tourist spot.

C. Searching for some information.

D. Exploring a gorgeous island.

英文翻譯

男：看這張照片。Sarah 和我坐在海邊。

女：哇。風景真美。

男：是啊。海看起來很藍，沙子很白。我想要再回到那裡。

女：這在哪裡？

男：這是菲律賓海岸外的島。

女：噢，或許我可以和我老公去那裡度蜜月。

問題：兩位說話者在做什麼？

A. 計畫他們的暑假。

B. 談論旅遊景點。

C. 搜尋資訊。

D. 探索美麗的島嶼。

答題解說

答案：（B）。選項是一些和旅遊有關、以現在分詞表示的行為，可以預期題目將會問「正在做什麼」。從開頭的 Look at this picture（看這張照片）可以得知，他們正在看一個地點的照片，而不是實際在那個地方。兩人討論了這裡的風景，以及它所在的位置，最後女子說 maybe I can go on a honeymoon with my husband

第1回
第2回
第3回
第4回
第5回
第6回
第7回
第8回
第9回
第10回

there（或許我可以和我老公去那裡度蜜月），表達了想去那裡的心情。綜合這些內容，可知 B. 是最恰當的答案。A. 兩人並不是要一起去這個地方玩。D. Exploring 表示實際去這個地方探索，而不是看著照片討論。

字詞解釋

located [ˈloketɪd] **adj.** 位於…的　**off the shore** 在海岸外

honeymoon [ˈhʌnɪˌmun] **n.** 蜜月

17.

W: Hey, John. Have you tried that fancy restaurant?

M: You mean the one that opened last month?

W: Yeah, I heard the food there is excellent.

M: My family and I went there to celebrate my son's birthday last Friday.

W: Really? Tell me more about it.

M: Well, I think it was not as impressive as people say.

W: Why?

M: The meal was indeed delicious, but we were kept waiting for too long, and it was too crowded there.

Question: What does the man say about the restaurant?

A. Its prices are reasonable.

B. The waiters served very well.

C. It didn't meet his expectations.

D. He went there to celebrate his birthday.

英文翻譯

女：嘿，John。你試過那間高檔餐廳嗎？

男：你的意思是上個月開的那間嗎？

女：是啊，我聽說那裡的食物非常好。

男：上禮拜五我和我的家人去那裡慶祝我兒子的生日。

女：真的嗎？多跟我說說那裡的事。

男：嗯，我認為它不像大家說的那麼令人印象深刻。

女：為什麼？

男：那裡的餐點的確很美味，但我們被迫等太久了，而且那裡也太擠了。

問題：關於這家餐廳，男子說什麼？

A. 價格很合理。

B. 服務生的服務非常好。

C. 不符合他的期待。

D. 他去那裡慶祝他的生日。

第1回 第2回 第3回 第4回 第5回 第6回 第7回 第8回 第9回 第10回

答題解說

答案：（C）。從選項可以看出，這些可能是關於一家餐廳的敘述，並且要注意對話中是否有符合這些選項的內容。在對話的開頭，女子問男子是否試過一家 fancy restaurant（高檔餐廳），接下來男子談到在那裡的經驗，提到 I think it was not as impressive as people say（我認為它不像大家說的那麼令人印象深刻），並且解釋理由是 we were kept waiting for too long, and it was too crowded there（我們被迫等太久了，而且那裡也太擠了），所以表示餐廳沒有預期中好的 C. 是正確答案。A. B. 在對話中沒有提到。D. 男子是 went there to celebrate my son's birthday（去那裡慶祝我兒子的生日），而不是慶祝他自己的生日。

字詞解釋

fancy [ˈfænsɪ] **adj.** 別緻的，高級的   **impressive** [ɪmˈprɛsɪv] **adj.** 令人印象深刻的

indeed [ɪnˈdid] **adv.** 的確   **reasonable** [ˈrizənəbl] **adj.** 合理的   **expectation** [ˌɛkspɛkˈteʃən] **n.** 預期

18.

W: Good morning, this is Dr. Williams' office. How can I help you?

M: Hi, this is Bentley Peterson. I would like to cancel my appointment.

W: OK, let me check your appointment time first.

M: I remember it's at 11 on Thursday morning.

W: Yes, it is. Would you like to make another appointment?

M: No, thank you. I'm not sure when my project will be finished, so I'll call another day.

Question: Why does the man say he will call another day?

A. He still has work to do.

B. He does not trust the doctor.

C. He has a date with his co-workers.

D. He is on a business trip.

英文翻譯

女：早安，這裡是 Williams 醫師的辦公室。有什麼我能幫您的呢？

男：嗨，我是 Bentley Peterson。我想要取消我的預約。

女：OK，先讓我看看您的預約時間。

男：我記得是星期四上午 11 點。

女：是的。您想要另外預約嗎？

男：不用，謝謝。我不確定我的專案什麼時候完成，所以我會改天再打電話。

問題：男子為什麼說他會改天再打電話？

A. 他還有工作要做。

B. 他不相信醫生。

C. 他和同事有約會。

D. 他正在出差中。

答題解說

答案：（A）。選項都是 He 開頭的敘述，所以題目應該是問男性說話者或某個男性人物的狀況，聽錄音內容時要特別注意。男子打電話取消和醫師的預約，女子最後問他是否要 make another appointment（另外預約），而他拒絕了，原因是 I'm not sure when my project will be finished（我不確定我的專案什麼時候完成），所以要 call another day（改天再打電話），也就是等專案完成再打電話預約。從這些內容來看，他要等之後再打電話，是因為現在還有工作（專案）要做，暫時不能預約時間，所以 A. 是正確答案。

字詞解釋

appointment [ə`pɔɪntmənt] **n.** 會面的約定，（看診的）預約

co-worker [`ko͵wɝkə] **n.** 同事　　**on a business trip** 出差中的

19.

M: The article says that music can be associated with our feelings.

W: I've heard about that before.

M: Really?

W: Yeah, and I feel the same way, too.

M: What do you mean? Do you have any experience with that?

W: Well, after breaking up with my ex-boyfriend, I feel depressed when I hear the music we often listened to.

Question: What are the two speakers talking about?

A. The reason for a breakup.

B. The meaning of a saying.
C. The types of music they like.
D. Psychological effect of music.

英文翻譯

男：這篇文章說音樂可以和我們的情感有關聯。
女：我以前聽過這個說法。
男：真的嗎？
女：是啊，而且我也有同樣的感覺。
男：什麼意思？你有這樣的經驗嗎？
女：嗯，當我和前男友分手之後，我聽到我們經常聽的歌就會覺得沮喪。

問題：兩位說話者在討論什麼？
A. 分手的理由。
B. 一句俗話的意義。
C. 他們喜歡的音樂類型。
D. 音樂的心理影響。

答題解說

答案：（D）。選項是一些不同的主題，可以推測題目應該會問兩人在討論什麼。男子開頭就說到一篇文章的內容，是 music can be associated with our feelings（音樂可以和我們的情感有關聯），而女子則表示贊同，並且分享自己和前男友分手後的經驗：I feel depressed when I hear the music we often listened to（我聽到我們經常聽的歌就會覺得沮喪），所以表示音樂和心理有關的 D. 是正確答案。

字詞解釋

associate [əˋsoʃɪˏet] **v.** 聯想，聯結　**saying** [ˋseɪŋ] **n.** 俗話，（一種）說法
depressed [dɪˋprɛst] **adj.** 沮喪的　**breakup** [ˋbrekˏʌp] **n.** 中斷；分手
psychological [ˏsaɪkəˋlɑdʒɪkl] **adj.** 心理的

20.

M: Crown Girls are going to hold a concert on April 7 at City Arena.
W: Who's that?
M: You don't know who they are?
W: Actually, no. Why should I care about them?
M: They're the most popular Korean girl group now, so I must catch the show.
W: Sounds interesting. Can I join you to see the concert?

M: Sure, but it'll be hard to get a ticket because the demand is high. Let's check out when the tickets will go on sale and prepare to get them fast.

Question: What will the man probably do next?

A. Find out the location of the concert.
B. See if there are tickets available.
C. Learn about when ticket sale begins.
D. Pay for the tickets he has ordered.

英文翻譯

男：Crown Girls 4 月 7 日會在城市體育場舉辦演唱會。
女：那是誰？
男：你不知道她們是誰嗎？
女：事實上，我不知道。我為什麼該關心她們呢？
男：她們是現在最受歡迎的韓國女團，所以我一定要看到這場表演。
女：聽起來很有趣。我可以和你一起看這場演唱會嗎？
男：當然，但票會很難買，因為需求很高。我們看看票什麼時候會開賣，並且準備搶票吧。

問題：男子接下來可能會做什麼？
A. 查看演唱會的地點。
B. 看看是否有票可以買。
C. 了解票開賣的時間。
D. 付他所訂的票的錢。

答題解說

答案：（C）。選項都和演唱會、門票有關，而且可以推測可能是「接下來會做什麼」的題型。男子提到 Crown Girls 將會 hold a concert（舉辦演唱會），接下來兩人討論 Crown Girls 是誰，而男子說他 must catch the show（一定要看到這場表演），女子則問 Can I join you to see the concert?（我可以和你一起看這場演唱會嗎），表達和男子一起看演唱會的意願。最後，男子提到門票不容易買到，並且說 Let's check out when the tickets will go on sale and prepare to get them fast（我們看看票什麼時候會開賣，並且準備搶票吧），表示要了解票開賣的時間，並且準備搶票，所以接下來會做的事情是 C.。

字詞解釋

concert [ˈkɑnsət] n. 音樂會，演唱會　arena [əˈrinə] n. 競技場，體育場　**demand** [dɪ`mænd] n. 需求　**go on sale** 開始販售

21.

M: Good morning, Rebecca. How are you today?

W: Well, not so good.

M: What's wrong?

W: I didn't sleep well because I had a terrible nightmare last night.

M: Poor you. I've read an article about nightmares. It says that sometimes bad dreams reflect the reality.

W: Yeah, I think that's the case for me.

M: What do you mean?

W: Recently I was assigned a tough task, and that makes me stressed all the time.

Question: In the woman's opinion, what may have caused her to have a nightmare?

A. Pressure from her work.

B. Lack of sleep.

C. Physical health issues.

D. Bad performance at work.

英文翻譯

男：早安，Rebecca。你今天好嗎？

女：嗯，不太好。

男：怎麼回事？

女：昨晚我沒睡好，因為我做了可怕的惡夢。

男：真可憐。我讀到一篇關於惡夢的文章。它說惡夢有時反映現實。

女：是啊，我想我是這種情況。

男：什麼意思？

女：最近我被分配到困難的工作，那讓我一直很有壓力。

問題：在女子看來，可能是什麼造成她做了惡夢？

A. 工作壓力。

B. 缺乏睡眠。

C. 身體健康問題。

D. 工作表現不好。

答題解說

答案：（A）。選項是一些工作與健康方面的問題，所以談話內容可能和這些主題有關，也要注意這些主題是否被提到。女子說自己 had a terrible nightmare（做了可怕的惡夢），男子則提到自己讀過的文章，說 sometimes bad dreams reflect the reality（惡夢有時反映現實）。女子回應 I think that's the case for me（我想我是這種情況），表示她自認是「惡夢反映現實」的情況，並且解釋說 I was assigned a tough task, and that makes me stressed all the time（我被分配到困難的工作，那讓我一直很有壓力），所以她認為是工作壓力讓她做惡夢，正確答案是 A。

字詞解釋

nightmare [ˋnaɪtˌmɛr] n. 惡夢　　**reflect** [rɪˋflɛkt] v. 反映　　**reality** [rɪˋælətɪ] n. 現實　　**it is the case** 情況就是（某個說法所說的）那樣　　**assign** [əˋsaɪn] v. 分配

22.

W: Look, we've got a letter.

M: No, it's not for us. It's addressed to Sally Andrews.

W: Who is Sally Andrews?

M: I don't know, but the address on the envelope is ours.

W: How about we open the envelope and read the letter?

M: I think we'd better bring it back to the post office. We don't want to get ourselves in trouble by opening someone else's mail.

W: You're right. I shouldn't be so curious to open it.

Question: What will the speakers probably do next?

A. Bring the letter to Ms. Andrews.

B. Send the letter to the right address.

C. Return the letter to the post office.

D. Open the envelope to read the letter.

英文翻譯

女：你看，我們收到一封信。

男：不，那不是給我們的。它的收件人是 Sally Andrews。

女：誰是 Sally Andrews？

男：我不知道，但信封上的地址是我們的。

女：我們打開信封讀信怎麼樣？

男：我想我們最好把它帶回郵局。我們不想要因為開別人的郵件而惹上麻煩。

女：你說得對。我不該好奇到打開它。

問題：說話者接下來可能會做什麼？

A. 把信拿給 Andrews 小姐。

B. 把信寄到對的地址。

C. 把信退還給郵局。

D. 打開信封讀信。

答題解說

答案：（C）。選項是對於信件的處理方式，可以推測題目應該會問如何處理某一封信。對話中，兩人收到一封給 Sally Andrews 的信，他們不知道那是誰，雖然 the address on the envelope is ours（信封上的地址是我們的）。關於如何處理這封信，女子提議 How about we open the envelope and read the letter?（我們打開信封讀信怎麼樣），但男子說 I think we'd better bring it back to the post office（我想我們最好把它帶回郵局），並解釋不想因為看別人的信而惹上麻煩，女子也說 You're right 表示認同，所以 C. 是正確答案。

字詞解釋

address [əˋdrɛs] v. 在…上寫收件人的姓名和地址，寫（信）給…

23.

M: Hi, Amber. It's Peter. Can you give me a ride?

W: What happened?

M: I'm in a hurry for an important meeting, but my tire blew out on my way to the train station, and I have my car towed to a repair shop.

W: OK, but can you wait for 20 minutes? I'm in a traffic jam.

M: 20 minutes will be OK. My train is about 40 minutes later.

W: Where are you now?

M: I'll text you my location.

W: All right. I'll see you later.

Question: Why does the man need a ride from the woman?

A. He is late for a meeting.

B. He got lost on the way.

C. His car needs to be repaired.

第 1 回
第 2 回
第 3 回
第 4 回
第 5 回
第 6 回
第 7 回
第 8 回
第 9 回
第 10 回

D. He has missed his train.

英文翻譯

男：嗨，Amber。我是 Peter。你可以載我一程嗎？

女：發生什麼事了？

男：我趕著要去一場重要的會議，但我的輪胎在往火車站的路上爆胎了，我已經請人把我的車拖吊到修車廠。

女：OK，但你可以等 20 分鐘嗎？我正在塞車中。

男：20 分鐘可以。我的列車大約是 40 分鐘後。

女：你現在在哪裡？

男：我會把我的地點傳給你。

女：好。待會見。

問題：為什麼男子需要女子載一程？

A. 他參加會議遲到了。

B. 他在路途中迷路了。

C. 他的車需要修理。

D. 他沒趕上列車。

答題解說

答案：（C）。選項都是男性遇到的狀況，所以要注意對話中的男性遇到什麼問題。男子開頭就說 Can you give me a ride?（你可以載我一程嗎），然後解釋是因為 my tire blew out on my way to the train station, and I have my car towed to a repair shop（我的輪胎在往火車站的路上爆胎了，我已經請人把我的車拖吊到修車廠），也就是他的車因為爆胎送修，現在不能使用，所以 C. 是正確答案。A. D. 男子提到 My train is about 40 minutes later（我的列車大約是 40 分鐘後），表示他要搭的列車還沒開，而會議時間顯然在列車抵達目的地的時間之後，所以他還沒遲到，也還趕得上列車。

字詞解釋

give someone a ride 載某人一程　**blow out** （輪胎）爆胎　**tow** [to] v. 拖吊（汽車）　**location** [loˋkeʃən] n. 位置

24.

Sapphire Gym Yearly Membership Plans 年度會員資格方案			
	Basic Equipment 基本設備	Swimming Pool 游泳池	Personal Training Classes 個人訓練課
Standard $300	●	✕	✕
Silver $500	●	✕	5
Gold $800	●	●	5
Platinum $1000	●	●	10

For question 24, please look at the table. 第 24 題請看表格。

W: I'm interested in signing up for a membership here. What do you recommend?

M: For just $300, you can use our weight-training equipment for a whole year. It's the most economical option.

W: But I'm also interested in using your swimming pool, and I don't mind paying more for that. What is the difference between the plans that include pool usage?

M: They're different in the number of free personal training classes. You can buy more after using them up.

W: I don't know if I need the classes. Maybe just 5 will do for me.

Question: Which plan will the woman most likely choose?

A. Standard.

B. Silver.

C. Gold.

D. Platinum.

英文翻譯

女：我有興趣報名這裡的會員。您推薦什麼？

男：只要 300 美元，您可以使用我們的重量訓練設備一整年。這是最經濟的選

擇。

女：但我也對使用你們的游泳池有興趣，我不介意為這個多付錢。有游泳池使用權的兩個方案，差別是什麼？

男：它們的免費個人訓練課堂數不同。課用完之後，您可以買更多。

女：我不知道我是否需要訓練課。或許我 5 堂課就夠了。

問題：女子最有可能選擇哪個方案？

A. Standard。

B. Silver。

C. Gold。

D. Platinum。

答題解說

答案：（C）。表格中有三個欄位，其中 Basic Equipment（基本設備）在四個方案中沒有任何差別，Swimming Pool（游泳池）在比較高級的方案中有提供，Personal Training Classes（個人訓練課）則是提供課堂數的差別，所以聽的時候要特別注意和後兩者有關的內容。關於女子想要的，她說 I'm also interested in using your swimming pool（我也對使用你們的游泳池有興趣）、I don't know if I need the classes. Maybe just 5 will do for me.（我不知道我是否需要訓練課，或許我 5 堂課就夠了），所以可以使用游泳池、有 5 堂課的 C. 是正確答案。

字詞解釋

membership [ˋmɛmbɚˏʃɪp] **n.** 會員資格　**recommend** [ˏrɛkəˋmɛnd] **v.** 推薦
weight training 重量訓練　**economical** [ˏikəˋnɑmɪkḷ] **adj.** 經濟的，節約的
usage [ˋjusɪdʒ] **n.** 使用

25.

Salesperson Training Sessions 銷售員訓練課

Date 日期	Topic 主題	Speaker 講者
Thu., July 28	Presentation skills 簡報技巧	David Thompson
Tue., August 9	Customer relations 顧客關係	Ellie Hamilton
Fri., August 19	Selling skills 銷售技巧	Ben Johnson
Wed., August 24	Time management 時間管理	Jim Walter

For question 25, please look at the table. 第 25 題請看表格。

W: Welcome to Anderson Automobile Sales! I'm Sarah.

M: Nice to meet you, Sarah. Can I ask a question about the training sessions?

W: Of course.

M: I'm told that all newcomers have to take at least two classes by the end of August, but I haven't taken any yet.

W: It's August 15th today, so there are still two you can take.

M: I have team meetings on Friday mornings, so there is only one class I can attend.

W: Maybe you can just take that class and ask the management if you are allowed to take another class in September.

Question: Whose class will the man most likely attend?

A. David Thompson.

B. Ellie Hamilton.

C. Ben Johnson.

D. Jim Walter.

英文翻譯

女：歡迎來到 Anderson 汽車銷售公司！我是 Sarah。

男：很高興見到你，Sarah。我可以問關於訓練課的問題嗎？

女：當然。

男：有人告訴我，所有新人都必須在 8 月底前上至少兩堂課，但我都還沒上過。

女：今天是 8 月 15 日，所以還有兩堂你可以上的。

男：我每週五上午有小組會議，所以只有一堂是我可以出席的。

女：或許你可以就上那堂課，並且問管理層你是否可以在 9 月上另一堂課。

問題：男子最有可能上誰的課？

A. David Thompson。

B. Ellie Hamilton。

C. Ben Johnson。

D. Jim Walter。

答題解說

答案：（D）。表格中的四堂課，除了主題的差別以外，還要注意日期、星期的不同。關於男子可以上的課，女子說 It's August 15th today, so there are still two you can take（今天是 8 月 15 日，所以還有兩堂你可以上的），所以可能的答案是 8 月 15 日之後的兩堂課其中之一。之後男子說 I have team meetings on Friday mornings, so there is only one class I can attend（我每週五上午有小組會議，所以只有一堂是我可以出席的），所以排除星期五的課，剩下 D. 的課是正確答案。

字詞解釋

automobile [ˈɔtəməˌbɪl] n. 汽車　**newcomer** [ˈnjuˋkʌmə] n. 新來的人
management [ˈmænɪdʒmənt] n. 管理階層

第四部分：簡短談話

26.
Speaking of smartphones, people always talk about better cameras or bigger screens, but let's be honest: they're not as important as you may think. If you're used to watching dramas or playing games on the phone for hours every day, you know battery life is what you really care about. With our latest model, you can enjoy 16 hours of use on a single charge. Visit our stores and check it out!

Question: What is mentioned about the latest model of smartphone?
A. It is on discount.
B. It has a bigger screen.
C. Its battery life is long.
D. It is not available online.

英文翻譯

說到智慧型手機，人們總是談論更好的相機或更大的螢幕，但我們誠實說吧：它們可能沒有你所想的那麼重要。如果你習慣每天在手機上看戲劇或者玩遊戲許多小時，你知道電池續航力是你真正在乎的事。有了我們最新的機種，你充一次電就能使用 16 小時。來我們的店裡看看吧！

問題：關於這款最新的智慧型手機，提到了什麼？
A. 正在折扣中。
B. 螢幕比較大。
C. 電池壽命很長。
D. 網路上買不到。

答題解說

答案：（C）。從選項可以判斷可能是關於電子產品的敘述，而且應該是關於「何者正確」的問題，所以要注意談話內容是否有提到這些。在這段關於智慧型手機的介紹中，說話者雖然提到 people always talk about better cameras or bigger screens（人們總是談論更好的相機或更大的螢幕），但他主張 battery life is what you really care about（電池續航力是你真正在乎的事），並且說 With our latest model, you can enjoy 16 hours of use on a single charge（有了我們最新的機種，你充一次電就能使用 16 小時），所以電池續航力長是它最大的特色，正確答案是 C.。其他選項沒有提到。

字詞解釋

model [ˋmɑdl] **n.** 款式，機種

27.

Diana, I want to thank you for your commitment to making our company a great place to work. The training you launched last month has not only greatly improved employees' performance, but also made our company more productive overall. I believe that we could further improve our company by rethinking our team meeting structure. What do you think?

Question: What is the speaker doing?
A. Responding to Diana's request.
B. Saying farewell to Diana.
C. Giving a presentation to Diana.
D. Giving feedback on Diana's work.

英文翻譯

Diana，我想要謝謝你投入於讓我們的公司成為很棒的職場。你上個月開始的訓練不僅大大改善了員工的表現，也讓公司整體更有生產力。我相信我們可以藉由重新思考小組會議的架構，進一步改善我們的公司。你覺得如何？

問題：說話者在做什麼？
A. 回應 Diana 的要求
B. 向 Diana 道別
C. 對 Diana 發表簡報
D. 對於 Diana 的工作提供回饋意見

答案：（D）。四個選項都有 Diana 這個人，所以要注意說話內容中和 Diana 有關的部分，以及說話者和 Diana 的關係。開頭用 Diana, I want to thank you 表達對 Diana 的感謝，然後說明感謝的原因是 The training you launched last month（你上個月開始的訓練）對公司帶來的效益，最後則針對未來可以進一步進行的工作提出建議：we could further improve our company by rethinking our team meeting structure（我們可以藉由重新思考小組會議的架構，進一步改善我們的公司）。由這些內容可以得知，說話者是針對 Diana 的工作提供回饋意見，所以 D. 是正確答案。

字詞解釋

commitment [kə`mɪtmənt] n. 投入　**launch** [lɔntʃ] v. 開始，發起　**performance** [pə`fɔrməns] n. 表現，業績　**productive** [prə`dʌktɪv] adj. 有生產力的　**overall** [`ovə,ɔl] adv. 整體上　**rethink** [ri`θɪŋk] v. 重新思考　**structure** [`strʌktʃə] n. 結構　**request** [rɪ`kwɛst] n. 要求　**farewell** [`fɛr`wɛl] n. 告別　**presentation** [,prɛzən`teʃən] n. 簡報　**feedback** [`fid,bæk] n. 回饋意見

28.

The first hairdryer was invented in the late 19th century. It was so large that carrying it around was not convenient. In the early 20th century, smaller hairdryers appeared on the market, and they soon became very popular. People started to use the little machine to dry their hair and create different hairstyles. Now in the 21st century, many hairdryers are equipped with features such as heat settings and ionizers, making it easier to improve the health of the hair.

Question: What is the main topic of the speech?

A. The evolution of hairdryers.

B. The popularity of hairdryers.

C. The first hairdryer in the world.

D. The functions of hairdryers.

英文翻譯

第一支吹風機是在 19 世紀晚期發明的。它太大了，所以攜帶它並不方便。在 20 世紀初，比較小的吹風機出現在市場上，它們很快就變得非常普及。人們開始用這小小的機器吹乾頭髮並創造不同的髮型。現在到了 21 世紀，許多吹風機配備熱度設定和負離子生成器等功能，使得改善頭髮健康更加容易。

問題：這段話的主題是什麼？

A. 吹風機的進化。

B. 吹風機的普及。

C. 世界上第一支吹風機。

D. 吹風機的功能。

第1回 第2回 第3回 第4回 第5回 第6回 第7回 第8回 第9回 第10回

答題解說

答案：（A）。說話者說的三句話，分別提到 19、20、21 世紀的吹風機，以及隨著時間而在尺寸、功能等方面實現的改良，所以用 evolution（進化）來總括這些改變的 A. 是正確答案。B. C. D. 都只是內容的一部分，不能說是整段話的主題。

字詞解釋

hairdryer [ˋhɛrˏdraɪə˗] n.（頭髮用的）吹風機　**invent** [ɪnˋvɛnt] v. 發明　**hairstyle** [ˋhɛrˏstaɪl] n. 髮型　**equip** [ɪˋkwɪp] v. 裝備，配備　**feature** [fitʃə˗] n. 特徵，特色　**ionizer** [ˋaɪənaɪzə˗] n. 負離子生成器　**evolution** [ˏɛvəˋluʃən] n. 進化，發展　**popularity** [ˏpɑpjəˋlærətɪ] n. 普及，流行　**function** [ˋfʌŋkʃən] n. 功能

29.

Hi, Nancy. Catherine here. Polly and I are planning a picnic on the third weekend of September, and we would love for you to join us. We will be making sandwiches, desserts, and drinks the day before the picnic. I know you enjoy this kind of activity, and we think it would be a lot of fun to have you there. Can you let me know if you will be available? Looking forward to hearing from you.

Question: What does the speaker want to confirm?

A. The activities to be prepared.

B. Things to bring to the picnic.

C. Whether Nancy is interested.

D. Whether Nancy will have free time.

英文翻譯

嗨，Nancy。我是 Catherine。Polly 和我正在計劃 9 月第 3 個週末的野餐，我們很希望你加入我們。我們會在野餐前一天做三明治、甜點和飲料。我知道你喜歡這種活動，我們也認為有你加入會很有趣。你可以告訴我你會不會有空嗎？期待得到你的回覆。

問題：說話者想要確認什麼？

A. 要準備的活動。

B. 要帶去野餐的東西。

C. Nancy 是否有興趣。

D. Nancy 是否會有空。

答題解說

答案：（D）。選項中有「要準備的活動」、「要帶到野餐的東西」，還有兩個用 Whether 開頭、和 Nancy 有關的確認事項，可以看出說話內容應該和與 Nancy 野餐有關，也要注意和選項有關的內容。說話者可能是傳了語音留言給 Nancy，告知她未來野餐的計畫，以及野餐前的準備事項。最後說話者問 Can you let me know if you will be available?（你可以告訴我你會不會有空嗎？），will be free 就是 will have free time（會有空閒時間）的意思，所以要跟 Nancy 確認的事項是 D.。C. 並不是說話者想要確認的，因為內容中提到 I know you enjoy this kind of activity（我知道你喜歡這種活動），也就是已經認為 Nancy 會有興趣的意思。

字詞解釋

look forward to 期待…　　**hear from** 收到…的回覆

30.

Welcome to Alexander Cinema. Please turn off your cell phone or switch it to silent mode before the movie begins. We also request that you refrain from making unnecessary noise during the movie. Outside food is not permitted, as it may disturb other audience members. Additionally, we ask that you put all trash in the garbage bins. Thank you for your cooperation.

Question: According to the announcement, why are customers not allowed to bring outside food?

A. To promote in-theater food service.

B. To prevent littering in the cinema.

C. To ensure a pleasant viewing experience.

D. To prepare for a talk after the movie.

英文翻譯

歡迎來到 Alexander 電影院。電影開始前，請關閉您的手機，或者切換到靜音模式。我們也要求您在電影放映時，不要製造不必要的噪音。外食是不被允許的，因為可能會打擾其他觀眾。此外，我們也請您將所有垃圾丟進垃圾桶。謝謝您的

配合。

問題：根據這段公告，顧客為什麼不被允許攜帶外食？
A. 為了宣傳戲院內的食物服務。
B. 為了預防在電影院亂丟垃圾。
C. 為了確保愉快的觀影經驗。
D. 為了準備電影放映後的座談會。

答題解說

答案：（C）。選項是一些以 to 不定詞表示「目的」的內容，而且和電影院有關，所以可以預期說話內容是關於電影院的說明。這是一段電影放映前的公告，裡面提到將手機關閉或靜音、避免發出噪音、不允許外食、將垃圾丟到垃圾桶等等，但要等到最後聽到題目 why are customers not allowed to bring outside food?（顧客為什麼不被允許攜帶外食？）才會知道要問的是哪個部分，所以需要稍微記憶聽到的內容，屬於比較難的題目。Outside food is not permitted, as it may disturb other audience members 這句話提到，不允許外食的原因是可能打擾其他觀眾，所以選項中符合「不打擾觀眾」的 C. 是正確答案。A. 雖然從常理來判斷，也是一個可能的原因，但因為公告內容並沒有提到，所以不能選。

字詞解釋

cinema [ˋsɪnəmə] n. 電影院（通常是英式英語的說法）　　**switch** [swɪtʃ] v. 切換　**refrain from** 避免（做…）　　**unnecessary** [ʌnˋnɛsəˌsɛrɪ] adj. 不必要的　　**permit** [pəˋmɪt] v. 允許　**disturb** [dɪsˋtɝb] v. 打擾　**bin** [bɪn] n.（垃圾）桶　**cooperation** [koˌɑpəˋreʃən] n. 合作，協力　　**litter** [ˋlɪtɚ] v. 亂丟垃圾

31.

Last Sunday, I decided to clean my room because it was a mess. When I was sorting my clothes, however, I found a photo album at the bottom of the closet. Out of curiosity, I flipped through the photo album, which reminded me of my high school days and my old friends. I found myself so absorbed in the pictures that I forgot about cleaning my room.

Question: How did the speaker's cleaning go?

A. It was done efficiently.
B. It was done with some friends' help.
C. It was interrupted by something else.
D. It was forgotten and not started at all.

上週日，我決定打掃我的房間，因為它亂成一團。不過，當我在整理衣服的時候，我在衣櫃的底部發現一本相簿。出於好奇心，我翻閱了這本相簿，它讓我想起高中的時光和我的老朋友。我發現自己全神貫注於照片，而忘了打掃房間的事。

問題：說話者的打掃進行得怎麼樣？
A. 很有效率地完成了。
B. 靠著一些朋友的幫忙完成了。
C. 被別的事情打斷了。
D. 被忘記而根本沒有開始。

答題解說

答案：（C）。選項是一些 It was 開頭的句子，而且從選項內容可以推測 It 是指某件工作，所以要注意聽和工作進行狀況有關的內容。一開始，說話者說 I decided to clean my room（我決定打掃我的房間）、I was sorting my clothes（我在整理衣服），但在 however（然而）之後，內容變成 I found a photo album（我發現一本相簿），並且說這本相簿如何勾起了回憶，最後的結果則是 I forgot about cleaning my room（我忘了打掃房間的事）。在選項中，能夠表達一開始有打掃，中途卻因為別的事而沒做完的 C. 是正確答案。D. 很容易因為聽到 forgot about cleaning 而誤選，但說話者實際上是打掃到一半才「忘了掃房間的事」，而不是因為忘記而根本沒做。

字詞解釋

curiosity [ˌkjʊrɪˋɑsətɪ] **n.** 好奇心　**flip through** 快速翻閱　**absorbed** [əbˋsɔrbd] **adj.** 全神貫注的　**efficiently** [ɪˋfɪʃəntlɪ] **adv.** 有效率地

32.

In Taiwan, college students are required to do certain hours of volunteer work to graduate. Volunteering seems unrelated to their academic performance, but it is a great chance to gain experience that cannot be learned through textbooks. For example, students can not only learn about animal welfare in an animal shelter, but also the proper way to treat animals, which is hard to teach in the classroom.

Question: What is mentioned about college student volunteers in Taiwan?
A. They all volunteer on their own will.

B. They volunteer after graduating.

C. They get good grades in academic subjects.

D. They get the chance to learn outside class.

英文翻譯

在台灣，大學生被要求必須從事特定時數的志工服務才能畢業。志工服務似乎和他們的學業表現無關，但這是很好的機會，可以獲得無法透過課本學到的經驗。舉例來說，學生在動物收容所不但能了解動物福利，還能了解對待動物的適當方式，而這是在教室中很難教導的。

問題：關於台灣的大學生志工，提到了什麼？

A. 他們全都是自願從事志工服務的。

B. 他們在畢業後從事志工服務。

C. 他們在學業科目中得到好成績。

D. 他們得到在課堂外學習的機會。

答題解說

答案：（D）。選項都是關於 They 的描述，所以要注意談話中關於某一群人的內容，是否和選項符合。在談話的開頭聽到 In Taiwan, college students，應該就能猜到 They 是指台灣的大學生。談話中提到他們 are required to do certain hours of volunteer work to graduate（被要求必須從事特定時數的志工服務才能畢業），而說話者的意見則是 it is a great chance to gain experience that cannot be learned through textbooks（這是很好的機會，可以獲得無法透過課本學到的經驗），所以改用「得到在課堂外學習的機會」來表達的 D. 是正確答案。A. 說話者並沒有說他們是 on their own will（自願地），而且因為是被要求做志工服務才能畢業，所以可能有一些人是不情願的。

字詞解釋

be required to do 被要求必須做… **volunteer** [ˌvɑlənˈtɪr] **n.** 志工服務 **v.** 從事志工服務 **unrelated** [ˌʌnrɪˈletɪd] **adj.** 無關的 **academic** [ˌækəˈdɛmɪk] **adj.** 學術的 **welfare** [ˈwɛlˌfɛr] **n.** 福利 **shelter** [ˈʃɛltɚ] **n.** 收容所 **proper** [ˈprɑpɚ] **adj.** 適當的 **on one's own will** 出於自己的意志，自願

33.

Excuse me. I became separated from my mother in the central square, and I'm hoping you could help me. My mother's name is Jennifer Hudson, and she's wearing a white dress and a pair of high heels. I'm sure she's worried about me and trying to find me. If it's not too much trouble, could you please make an announcement for me? I believe she will come and find me when she hears it.

Question: What does the speaker ask the listener to do?

A. Broadcast a message.
B. Confirm his mother's name.
C. Take him to the central square.
D. Send people to find his mother.

英文翻譯

不好意思。我在中央廣場和我媽媽走散了，我希望您能幫我的忙。我媽媽的名字是 Jennifer Hudson，她穿著白色洋裝和高跟鞋。我很肯定她在擔心我，並且試圖要找到我。如果不會太麻煩的話，可以請您幫我公告嗎？我相信她聽到的時候就會來找我。

問題：說話者要求聽者做什麼？
A. 廣播訊息。
B. 確認他母親的名字。
C. 帶他去中央廣場。
D. 派人去找他的母親。

答題解說

答案：（A）。選項是四個不同的行為，而且出現了 his mother（他的母親），所以談話中應該會有相關的內容，並且要注意是否提到了選項中所說的行為。說話者先是表明 I became separated from my mother（我和我媽媽走散了），請對方幫忙，然後說明他母親的名字、穿著，最後則是要求 could you please make an announcement for me?（可以請您幫我公告嗎？），所以用 broadcast a message（廣播訊息）代替 make an announcement 的 A. 是正確答案。D. 因為有 find his mother（找他的母親），所以很容易誤選，要注意說話者並沒有要求 send people（派人），而是說 I believe she will come and find me when she hears it（= announcement）（我相信她聽到〔公告〕的時候就會來找我），所以這不是正確答案。

字詞解釋

high heels 高跟鞋　　**announcement** [əˋnaʊnsmənt] n. 公告

34.

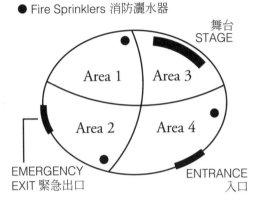

For question number 34, please look at the floor plan.
第 34 題請看樓層平面圖。

Hello, Mr. Jackson. This is Alison Stark from the Inspection Department. I'm calling to tell you the results of the routine inspection of the dome theater. Everything seems fine, except that some of the fire sprinklers are not working. The sprinklers I'm talking about are near the entrance, so it's potentially dangerous if fire breaks out during a performance. You can find them beside the stage. Please check and see how you can fix the problem.

Question: Where are the broken fire sprinklers located?

A. In Area 1.

B. In Area 2.

C. In Area 3.

D. In Area 4.

英文翻譯

哈囉，Jackson 先生。我是檢查部門的 Alison Stark。我打電話是要告訴你圓頂劇場的例行檢查結果。一切似乎都還可以，除了有些消防灑水器故障以外，我說的灑水器在入口附近，所以如果在表演時發生火災，可能會很危險。你可以在舞台旁邊找到它們。請去檢查並看看你可以如何解決這個問題。

問題：壞掉的消防灑水器在哪裡？

A. 在第 1 區。

B. 在第 2 區。

C. 在第 3 區。

D. 在第 4 區。

答題解說

答案：（D）。選項是平面圖上的區域。平面圖上除了分區以外，也標示了舞台、入口、緊急出口和消防灑水器的位置，所以聽的時候要留意相對於這些設備的位置說明。說話者提到 some of the fire sprinklers are not working（有些消防灑水器故障），而關於這些消防灑水器的位置，則提到 The sprinklers I'm talking about are near the entrance（我說的灑水器在入口附近）、You can find them beside the stage（你可以在舞台旁邊找到它們），符合這兩個條件的灑水器在 Area 4，所以 D. 是正確答案。

字詞解釋

inspection [ɪnˋspɛkʃən] **n.** 檢查　**routine** [ruˋtin] **adj.** 例行的　**dome** [dom] **n.** 圓屋頂　**sprinkler** [ˋsprɪŋklɚ] **n.** 灑水器　**potentially** [pəˋtɛnʃəlɪ] **adv.** 潛在地，可能地

35.

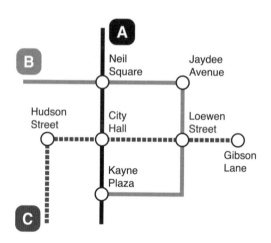

For question number 35, please look at the map. 第 35 題請看地圖。
Due to the damage caused by the storm, the trains on Line C will go directly to Gibson Lane after stopping at City Hall. Passengers transferring to Line B should transfer at City Hall to Line A, which provides access to two transfer stations connecting to Line B. Please check the route map or ask our staff to determine the best route for your journey.

Question: Currently, trains will not stop at which transfer station?
A. Neil Square.

B. City Hall.

C. Loewen Street.

D. Kayne Plaza.

第1回 第2回 第3回 第4回 第5回 第6回 第7回 第8回 第9回 第10回

英文翻譯

由於風暴造成的損害，C 線的列車在市政府停靠後將直接前往 Gibson Lane。要轉乘 B 線的旅客，請在市政府轉乘 A 線，A 線可以通往兩個連接 B 線的轉乘站。請查看路線圖或者問我們的工作人員，決定您旅程的最佳路線。

問題：目前列車不會停在哪個轉乘站？

A. Neil Square。

B. City Hall。

C. Loewen Street。

D. Kayne Plaza。

答題解說

答案：（C）。地圖上標示鐵路的路線和車站，而選項都是轉乘站的名稱，所以解題的線索可能和轉乘有關。廣播的開頭提到 Due to the damage caused by the storm, the trains on Line C will go directly to Gibson Lane after stopping at City Hall（由於風暴造成的損害，C 線的列車在市政府停靠後將直接前往 Gibson Lane），其實從這句話就可以得知在 City Hall 和 Gibson Lane 之間的 Loewen Street 是列車不停靠的車站。因為列車不停靠這個通往 B 線的轉乘站，所以廣播接下來說明先轉乘 A 線再轉乘 B 線的替代方案。正確答案是 C.。

字詞解釋

due to 由於…　**transfer** [træns`fɝ] v. 轉乘　**access** [`æksɛs] n. 接近，進入　**route** [rut] 路線　**journey** [`dʒɝnɪ] n. 旅程

第一部分：詞彙

1. The famous museum _____ historic objects of ancient Egypt.（這間知名的博物館以古埃及的歷史物件為特色。）

   A. features
   B. supports
   C. attracts
   D. encloses

   答題解說

   答案：（A）。空格部分要填入動詞，主詞是博物館，受詞是展出的物品。在選項中，適合接博物館展覽品當受詞，表示「以…為特徵／特色」的 A. features 是正確答案。D. enclose 有兩種意思，一種是圍牆之類的東西「圍住」某個地方，另一種則是隨信「附上」某個文件，兩種意思都不適合用來表達博物館收藏展示品。

   字詞解釋

   historic [hɪs`tɔrɪk] **adj.** 有歷史意義的　　**ancient** [`enʃənt] **adj.** 古代的　　**feature** [`fitʃɚ] **v.** 以…為特徵／特色　　**support** [sə`port] **v.** 支持　　**attract** [ə`trækt] **v.** 吸引　**enclose** [ɪn`kloz] **v.** 圍住，隨信附上

2. Even though James _____ a lot of challenges, he worked hard to overcome them and achieved success.（儘管 James 面對許多挑戰，但他努力克服它們並達到成功。）

   A. heard of
   B. came up with
   C. was faced with
   D. took advantage of

   答題解說

   答案：（C）。句子用 Even though（儘管）連接，表示前半和後半有意義上的轉折。另外，也要注意到後半的 them 是指前面的 challenges（挑戰）。後半說

overcome them（克服它們），那麼前半應該是和「克服」相對的內容，選項中能表示「遇到」的 C. was faced with（面對〔困難等〕）是恰當的答案。B. 應該改為 came across（遇到）較為恰當。D. took advantage of（利用⋯）表示善用某個對自己有利的事物，但後面說要克服它們，表示挑戰的存在並不是有利的，如果使用這個選項的話，邏輯上說不通。

字詞解釋

challenge [`tʃælɪndʒ] n. 挑戰　**overcome** [ˌovəˈkʌm] v. 克服　**hear of** 聽說⋯
come up with 想出（點子等）　**be faced with** 面對（困難等）　**take advantage of** 利用⋯

3. The ＿＿＿＿＿＿ provides a list of required ingredients for making pancakes, along with detailed instructions on the steps of the process.（這份食譜提供製作鬆餅的必要食材列表，以及過程中步驟的詳細說明。）

   A. receipt
   B. recipe
   C. catalog
   D. agenda

   答題解說

   答案：（B）。在這一題，句子的內容可以視為空格（主詞）的定義，只要從每個選項的基本特質來思考就可以判斷答案。能夠提供 required ingredients for making pancakes（製作鬆餅的必要食材）和 the steps of the process [of making pancakes]（〔製作鬆餅〕過程的步驟）的 B. recipe（食譜）是正確答案。

   字詞解釋

   ingredient [ɪnˈgridɪənt] n. 原料　**pancake** [`pænˌkek] n. 鬆餅　**detailed** [`diˈteld] adj. 詳細的　**instruction** [ɪnˈstrʌkʃən] n. 指示，說明　**process** [`prɑsɛs] n. 過程　**receipt** [rɪˈsit] n. 收據　**recipe** [`rɛsəpɪ] n. 食譜　**catalog** [`kætəlɔg] n.（例如商品的）目錄　**agenda** [əˈdʒɛndə] n. 議程

4. Proper nutrition and regular exercise are ＿＿＿＿＿＿ to maintaining physical health.（適當的營養與規律的運動，對於維持身體健康是很根本的。）

   A. luxurious
   B. fundamental
   C. literary

D. insignificant

答題解說

答案：（B）。空格要填入形容詞，而這裡的句型是在「be + 形容詞」後面加上介系詞片語 to maintaining physical health 作為對形容詞的進一步說明，也就是這個形容詞的描述是「對於維持身體健康而言」。對於維持身體健康而言，營養和運動是必要的，所以 B. fundamental（根本的）是正確答案。D. insignificant（無關緊要的）雖然也能使用在「be + 形容詞 + to + 名詞」的結構中，但意義和題目所表達的內容相反。

字詞解釋

proper [ˋprɑpɚ] **adj.** 適當的　**nutrition** [njuˋtrɪʃən] **n.** 營養　**physical** [ˋfɪzɪkl] **adj.** 身體的　**luxurious** [lʌgˋʒʊrɪəs] **adj.** 奢侈的　**fundamental** [ˌfʌndəˋmɛntl] **adj.** 基礎的，根本的　**literary** [ˋlɪtəˌrɛrɪ] **adj.** 文學的　**insignificant** [ˌɪnsɪgˋnɪfəkənt] **adj.** 無關緊要的

相關補充

除了 important 以外，還有很多單字可以表示「重要的」：
essential（必要的）、necessary（必要的）、crucial（至關重要的）、vital（必不可少的）、key（關鍵的）
這些單字都可以用在「X is _____ to doing something」（X 對於做某事很…）的結構中。

5. **Having worked all day without eating anything, Sabrina is _____ now.**
（工作了一整天而沒吃任何東西，Sabrina 現在非常餓。）

A. charming
B. cherishing
C. starving
D. stitching

答題解說

答案：（C）。空格要填入表示 Sabrina 狀態的現在分詞。句子的前半是現在分詞引導的分詞構句，表示後半句主詞 Sabrina 主動做的事，並且和後半的內容有因果或前後關係。前半句說 Sabrina 已經工作了一整天而沒吃任何東西，所以現在應該是飢餓的狀態，C. starving（非常餓）是正確答案。

字詞解釋

charming [ˈtʃɑrmɪŋ] **adj.** 迷人的　　**cherish** [ˈtʃɛrɪʃ] **v.** 珍惜　　**starve** [stɑrv] **v.** 挨餓，（口語，常用現在分詞）非常餓　　**stitch** [stɪtʃ] **v.** 縫紉

6. Some influencers have mental health problems due to the negative _____ they receive on social media. （由於在社交媒體上收到的負面評論，有些網紅有心理健康問題。）

   A. comments
   B. commissions
   C. consultants
   D. connections

答題解說

答案：（A）。空格要填入名詞，而空格後面有省略受格關係代名詞的關係子句（which）they receive on social media（他們在社交媒體上收到的）修飾。會在社交媒體上收到，而且和心理健康有關的 A. comments（評論）是正確答案。

字詞解釋

influencer [ˈɪnfluənsə] **n.** 有影響力的人（常指網路上的「網紅」）　　**mental** [ˈmɛntl] **adj.** 心理的，精神的　　**negative** [ˈnɛgətɪv] **adj.** 負面的　　**social media** 社交媒體　　**comment** [ˈkɑmɛnt] **n.** 評論　　**commission** [kəˈmɪʃən] **n.** 佣金　　**consultant** [kənˈsʌltənt] **n.** 顧問　　**connection** [kəˈnɛkʃən] 連接，（可以在業務上往來的）熟人

7. Jerry's interest in fashion design _____ his childhood experience of watching his mother sewing clothes for him. （Jerry 對時裝設計的興趣，源自看他母親為他縫製衣服的兒時經驗。）

   A. relies on
   B. stems from
   C. gives in to
   D. puts up with

答題解說

答案：（B）。空格要填入「動詞 + 介系詞」的表達方式。主詞是 interest in fashion design（對時裝設計的興趣），（介系詞的）受詞則是 his childhood experience of watching his mother sewing clothes for him（看他母親為他縫製衣服的兒時經驗），後者是前者產生的原因，所以表示起源、原因的 B. stems from

（源自…）是正確答案。A. relies on（依賴）表示需要某個人或事物才能實現或成功，但對於時裝設計的興趣並不一定需要兒時經驗的支持，而且就算有兒時經驗也不一定能讓興趣持續下去，所以用這個表達方式並不恰當。

字詞解釋

rely on 依賴⋯　　**stem from** 源自⋯　　**give in to** 屈服於⋯　　**put up wih** 忍受⋯

8. **Even the most experienced doctors cannot _____ of the success of every surgery, as there are always risks involved.**（就算是最有經驗的醫師，也無法保證每次手術的成功，因為總是會有風險。）

   A. assure
   B. approve
   C. be accused
   D. be composed

答題解說

答案：（A）。空格要填入後面接「of ＋ 名詞」補足意義的動詞表達方式。主詞是 the most experienced doctors（最有經驗的醫師），受詞是 the success of every surgery（每次手術的成功），而且動詞前面有否定的 cannot（不能）。一般人都期望醫生能成功執行所有手術，但這裡使用了 even（就算是⋯），而且是否定的句子，所以應該是要表達「不能保證成功」的意思，A. assure（保證）是最恰當的答案。

字詞解釋

experienced [ɪkˋspɪrɪənst] adj. 有經驗的　　**surgery** [ˋsɝdʒərɪ] n. 手術　　**risk** [rɪsk] n. 風險　　**involve** [ɪnˋvɑlv] v. 牽涉　　**assure（someone）of** （向某人）保證⋯　　**approve of** 贊成⋯　　**be accused of** 被指控⋯　　**be composed of** 由⋯構成

9. **After a heated discussion, the jury finally reached the _____ that the man was innocent.**（在激烈的討論之後，陪審團最終達成了那名男子無罪的結論。）

   A. objective
   B. achievement
   C. status
   D. conclusion

答題解說

答案：（D）。空格要填入 reached（達到，達成）的受詞，而且空格後面有 that 子句 that the man was innocent（那名男子無罪的）修飾。因為 that 子句是某種判斷的內容，所以空格應該是和判斷有關的名詞。而且，因為是 After a heated discussion（在激烈的討論之後）、finally reached（最終達成）的東西，所以表示討論的最後結論的 D. conclusion（結論）是最恰當的答案。

字詞解釋

heated [ˋhitɪd] adj.（討論等）激烈的　**jury** [ˋdʒʊrɪ] n. 陪審團　**innocent** [ˋɪnəsənt] adj. 無罪的　**objective** [əbˋdʒɛktɪv] n. 目標　**achievement** [əˋtʃivmənt] n. 成就 **status** [ˋstetəs] n. 地位，狀態　**conclusion** [kənˋkluʒən] n. 結論

10. Taking notes is an effective _____ for students to remember what is taught in class.（做筆記是讓學生記住課堂上教了什麼的有效策略。）

    A. tragedy
    B. strategy
    C. penalty
    D. modesty

答題解說

答案：（B）。空格要填入的名詞，除了前面有形容詞 effective（有效的）以外，後面還有 for students（對於學生）、to remember what is taught in class（記住課堂上教了什麼）修飾，所以空格中的名詞應該是指學生記住課堂上教了什麼的「方法」，B. strategy（策略）是最恰當的答案。

字詞解釋

effective [ɪˋfɛktɪv] adj. 有效的　**tragedy** [ˋtrædʒədɪ] n. 悲劇　**strategy** [ˋstrætədʒɪ] n. 策略　**penalty** [ˋpɛnḷtɪ] n. 處罰　**modesty** [ˋmɑdɪstɪ] n. 謙虛

165

第二部分：段落填空

Australia is a popular tourist destination for those seeking the beauty of nature. **As the number of tourists increases**, however, it becomes challenging to maintain its popularity and primitive charm at the same time. For instance, the Great Barrier Reef attracts many visitors to **appreciate** its stunning coral formations and diverse marine life, but they may also pollute or break off parts of the reef, causing stress to the corals. Although there are **guidelines** on responsible tourism, which most people try to follow, it is still inevitable that some will harm the environment, either accidentally or **on purpose**. Therefore, it is important for the **administration** to take steps to minimize the impact of tourism on the environment, such as enforcing stricter laws and promoting eco-tourism. By doing so, it is possible that we preserve the environment while allowing tourists to enjoy nature.

字詞解釋

tourist [`tʊrɪst] adj. 旅遊的 n. 觀光客　**destination** [ˌdɛstə`neʃən] n. 目的地
challenging [`tʃælɪndʒɪŋ] adj. 挑戰性的，困難的　**popularity** [ˌpɑpjə`lærətɪ] n. 流行，
受歡迎　**primitive** [`prɪmətɪv] adj. 原始的　**charm** [tʃɑrm] n. 魅力　**appreciate**
[ə`priʃɪˌet] v. 欣賞　**stunning** [`stʌnɪŋ] adj. 非常迷人的　**coral** [`kɔrəl] n. 珊瑚
formation [fɔr`meʃən] n. 形成，（地形）構造　**diverse** [daɪ`vɝs] adj. 多樣的　**marine**
life 海洋生物（總稱）　**reef** [rif] n. 礁　**guideline** [`gaɪdˌlaɪn] n. 指導方針
responsible [rɪ`spɑnsəbl] adj. 負責任的　**tourism** [`tʊrɪzəm] n. 觀光，旅遊
inevitable [ɪn`ɛvətəbl] adj. 不可避免的　**accidentally** [ˌæksə`dɛntəlɪ] adv. 意外地
on purpose 故意地　**administration** [ədˌmɪnə`streʃən] n. （常加 the）政府監管部門
take steps 採取措施　**minimize** [`mɪnəˌmaɪz] v. 最小化　**impact** [`ɪmpækt] n. 衝擊，
影響　**enforce** [ɪn`fors] v. 執行（法律等）　**strict** [strɪkt] adj. 嚴格的　**promote**
[prə`mot] v. 宣傳，促進　**eco-tourism** 生態旅遊　**preserve** [prɪ`zɝv] v. 保存

中文翻譯

　　對於尋求自然美的人，澳洲是很受歡迎的旅遊目的地。然而，隨著觀光客人數增加，同時維持它受歡迎的程度與原始的魅力就變得困難。舉例來說，大堡礁吸引許多到訪者欣賞它令人驚豔的珊瑚構造與多樣的海洋生物，但他們也可能污染或折斷部分的珊瑚礁，對珊瑚造成壓力。雖然有負責任旅遊的指導方針，大部分的人也努力遵守，但還是難以避免有些人傷害環境，不管是意外或者故意的。所以，政府監管部門採取措施將觀光對環境造成的衝擊降到最低，是很重要的，例如執行比較

嚴格的法律與宣導生態旅遊。藉由這樣的作法，我們就有可能同時保護環境又容許觀光客享受自然。

答題解說

11. A. Due to its declining popularity these years 由於它近年來下降的人氣

　　B. As the number of tourists increases 隨著觀光客人數增加

　　C. Because of its distance from other continents 因為它和其他大陸的距離

　　D. When it comes to the benefits of tourism 說到觀光的好處

　　答案：（B）。在上一句，提到澳洲是 a popular tourist destination（受歡迎的旅遊目的地），但這一句出現了表示語氣轉折的 however（然而），並且提到 it becomes challenging to maintain its popularity and primitive charm at the same time（同時維持它受歡迎的程度與原始的魅力變得困難），之後則是討論觀光對自然環境造成的負面影響。所以，B. 是最合適的答案，因為「觀光客人數增加」延續了上一句澳洲受觀光客歡迎的事實，同時也是引起觀光地自然環境破壞的原因。

字詞解釋

decline [dɪ`klaɪn] **v.** 下降，減少　**when it comes to** 說到⋯　**benefit** [`bɛnəfɪt] **n.** 好處

12. A. appreciate　B. encounter　C. interpret　D. suspect

　　答案：（A）。空格是接在 the Great Barrier Reef attracts many visitors（大堡礁吸引許多到訪者）後面的 to 不定詞中的動詞。這個 to 不定詞的部分表示「吸引到訪者去做的事」，其中的受詞有 stunning coral formations（令人驚豔的珊瑚構造）和 diverse marine life（多樣的海洋生物），是觀光客會想特意去看的東西，所以 A. appreciate（欣賞）是正確答案。B. encounter 是「偶然遇到」的意思，但「吸引到訪者去做的事」應該是到訪者可以主動去做的行為，而不是取決於機運的「偶然遇到」。

字詞解釋

encounter [ɪn`kaʊntə] **v.** 偶然遇到　**interpret** [ɪn`tɜprɪt] **v.** 詮釋　**suspect** [sə`spɛkt] **v.** 懷疑

13. A. feedbacks　B. guidelines　C. implications　D. circumstances

　　答案：（B）。空格要填入名詞，而且後面有表示「關於⋯」的介系詞片語 on responsible tourism（關於負責任旅遊的），responsible tourism 是指尊重觀光地的環境、文化，以負責任而不造成傷害的態度進行旅遊活動。接下來還有一個作為說明的關係子句 which most people try to follow（大部分人努力遵守），同時修飾

並說明空格中的名詞，所以能夠規定行為守則，並且被遵守的 B. guidelines（指導方針）是正確答案。

字詞解釋

feedback [ˋfid͵bæk] n. 回饋意見　　**implication** [͵ɪmplɪˋkeʃən] n. 暗示
circumstance [ˋsɝkəm͵stæns] n. 狀況

14. A. in vain　B. at ease　C. on purpose　D. without fail
答案：（C）。空格和副詞 accidentally（意外地）用 or（或者）連接，表示 harm the environment（傷害環境）的兩種不同情況。相對於「意外地」，C. on purpose（故意地）表示刻意去做某事，意義上正好相反，是最適當的答案。

字詞解釋

in vain 徒勞無功地　　**at ease** 自在地　　**without fail** 一定，必定（做某事）

15. A. department　B. organization　C. management　D. administration
答案：（D）。這是使用虛主詞 it 的句子，真正的主詞是 to take steps to minimize the impact of tourism on the environment（採取措施將觀光對環境造成的衝擊降到最低）這件事，而這件事對於空格中的名詞是很重要的。句子的後面用 such as 舉出「採取措施」的例子，其中一項是 enforcing stricter laws（執行比較嚴格的法律）。在選項中，能夠執行法律的只有可以表示「政府監管機關」（總稱）的 D. administration。A. department 雖然也有可能是政府的「部」，但不能像 the administration 一樣表示比較籠統的對象，而必須是某個特定的部門，但從這篇文章的內容又無法確定是什麼「部」，所以不是恰當的答案。

字詞解釋

department [dɪˋpɑrtmənt] n. 部門　　**organization** [͵ɔrgənəˋzeʃən] n. 組織
management [ˋmænɪdʒmənt] n. 管理，（常加 the）公司的管理階層

Questions 16-20

Twins can be classified into two types: identical and non-identical. The difference is whether the twins **develop from** the same fertilized egg. Identical twins, who are formed when a single fertilized egg divide into separate embryos, usually have very similar **appearance**. On the contrary, non-identical twins are the result of two fertilized eggs, and therefore look different.

　　When we talk about twins, it is usually identical twins that come to our mind because their nearly identical look captures our attention and imagination. There are many novels and movies, especially mysterious ones, that **center around**

identical twins. The fact that identical twins look very similar can create confusion in the story and lead to unexpected plot twists when they pretend to be each other or reveal their identity. Also, they are often **portrayed** as having a special or even supernatural connection, adding to the sense of mystery that surrounds them.

第 1 回
第 2 回
第 3 回
第 4 回
第 5 回
第 6 回
第 7 回
第 8 回
第 9 回
第 10 回

字詞解釋

twin [twɪn] n. 雙胞胎　**classify** [ˋklæsə͵faɪ] v. 分類　**identical** [aɪˋdɛntɪkl] adj. 完全相同的　**develop from** 從⋯發育　**fertilize** [ˋfɝtə͵laɪz] v. 使受精　**egg** [ɛg] n. 卵　**embryo** [ˋɛmbrɪ͵o] n. 胚胎　**appearance** [əˋpɪrəns] n. 外觀，外貌　**on the contrary** 相反地　**come to mind** 浮現在腦中　**capture** [ˋkæptʃɚ] v. 捕獲，捕捉　**attention** [əˋtɛnʃən] n. 注意力　**imagination** [ɪ͵mædʒəˋneʃən] n. 想像　**mysterious** [mɪsˋtɪrɪəs] adj. 神祕的　**center around** 圍繞著（某個中心）　**confusion** [kənˋfjuʒən] n. 混淆，困惑　**unexpected** [͵ʌnɪkˋspɛktɪd] adj. 出乎意料的　**plot twist** 突然的情節轉折　**pretend** [prɪˋtɛnd] v. 假裝　**reveal** [rɪˋvil] v. 揭露　**identity** [aɪˋdɛntətɪ] n. 身分　**portray** [porˋtre] v.（用圖像或文字等）描繪　**supernatural** [͵supɚˋnætʃərəl] adj. 超自然的　**connection** [kəˋnɛkʃən] n. 連結，關聯　**mystery** [ˋmɪstərɪ] n. 神祕　**surround** [səˋraʊnd] v. 圍繞

中文翻譯

　　雙胞胎可以分為兩類：同卵（來自相同的受精卵）雙胞胎與異卵雙胞胎。差別在於這對雙胞胎是否從同一個受精卵發育而來。由同一個受精卵分裂成不同胚胎的同卵雙胞胎，通常有非常相似的外貌。相反地，異卵雙胞胎是兩個受精卵（發育）的結果，所以看起來不一樣。

　　當我們談到雙胞胎的時候，我們想到的通常是同卵雙胞胎，因為他們幾乎相同的外表抓住我們的注意力並引起想像。有許多小說和電影，尤其是神祕（類型）的，是圍繞著同卵雙胞胎的。同卵雙胞胎看起來非常相似的事實，可以在情節中造成混淆，並且在他們假裝是彼此或者揭露身分時造成意想不到的情節轉折。而且，他們常常被描繪成有特別甚至超自然的連結，更增添圍繞著他們的神祕感。

答題解說

16. A. carry out　B. develop from　C. account for　D. look up
　　答案：（B）。空格部分的表達方式，動詞的主詞是 the twins（雙胞胎），介系詞的受詞則是 the same fertilized egg（同一個受精卵），後者是前者的來源，所以表示「從⋯發展／發育」的 B. develop from 是正確答案。

字詞解釋

carry out 實行⋯　**account for** 是解釋⋯的原因　**look up** 查詢⋯

17. A. evidence　B. appearance　C. motivation　D. recreation

答案：（B）。這個句子中間夾著很長的關係子句，用來說明開頭的 Identical twins（同卵雙胞胎），所以可能會一時找不到後面 have 的主詞是什麼。如果省略不看中間的關係子句，就可以看出主要的句子結構是 Identical twins usually have very similar...（同卵雙胞胎通常有非常相似的…），所以雙胞胎之間會是一致的 B. appearance（外貌）是正確答案。

字詞解釋

evidence [ˈɛvədəns] n. 證據　**motivation** [ˌmotəˈveʃən] n. 動機　**recreation** [ˌrɛkrɪˈeʃən] n. 娛樂

18. A. Considering the studies 考慮到研究
    B. Since twins are so special 因為雙胞胎如此特別
    C. In spite of their obvious difference 儘管他們有明顯的差異
    D. When we talk about twins 當我們談到雙胞胎的時候

答案：（D）。空格後面接的句子內容是 it is usually identical twins that come to our mind（我們想到的通常是同卵雙胞胎），所以前面應該是「想到同卵雙胞胎」的背景情況敘述。D. 提供了「談到雙胞胎」的情況，這時候可能需要區分同卵或異卵雙胞胎，所以可以銜接後面提到人們傾向於想起其中一種的內容。B.「雙胞胎很特別」並不是「想到同卵雙胞胎（而非異卵雙胞胎）」的原因。C. 意指上一段討論的同卵與異卵雙胞胎差異，但因為使用了 in spite of（儘管有…），所以後面應該要接「其實兩者有共通點」之類的內容才對。their 也不能理解成 identical twins'，因為同卵雙胞胎的差別應該不明顯。

19. A. apply to　B. depend on　C. run through　D. center around
    答案：（D）。空格所在的 that 子句，修飾前面的 novels and movies（小說與電影），而後面的內容都是在討論雙胞胎在小說與電影中的角色與特性，所以能表示創作物「以…為主軸」的 D. center around（圍繞著）是正確答案。

字詞解釋

apply to 適用於…　**depend on** 取決於…　**run through** 穿過…

20. A. displayed　B. portrayed　C. exhibited　D. submitted
    答案：（B）。空格所在的句子，主詞是 They，也就是前面提過的 identical twins（同卵雙胞胎）。句子是被動態，表示主詞＝同卵雙胞胎是「被…」的對象。空格後面則有作為說明的內容 as having a special or even supernatural connection（有特別甚至超自然的連結），所以句子的意思應該是「同卵雙胞胎被小說／電影描寫成…」，B. portrayed（描繪）是正確答案。A. C. 的動詞 display、exhibit 沒有後面接 as 表示「成為…」的用法。

字詞解釋

display [dɪ`sple] v. 陳列　　**exhibit** [ɪg`zɪbɪt] v. 展示　　**submit** [səb`mɪt] 提交

第三部分：閱讀理解

Questions 21-22

中文翻譯

Potter's 園藝

　　如果您對園藝有興趣，但不知道如何開始，Potter's 園藝能夠幫您的忙。我們的員工能夠提供您關於開始建立園地、為空間選擇對的植物及維護園地等方面的寶貴建議與指導。除了諮詢以外，我們也提供澆水、除草、割草地之類的服務，能節省您的時間與麻煩。今天就聯絡我們，了解我們可以如何幫您種出美麗又健康的園地。

特別優惠
僅提供前 100 名顧客！
免費諮詢與其他所有服務 15% 折扣

電話：2222-8888　　電子郵件：pottergarden@premail.com

21. 關於 Potter's 園藝，何者正確？
　　A. 人們可以在那裡買一些植物。
　　B. 它提供園藝課程。
　　C. 它的員工會拜訪客戶的園地並提供建議。
　　D. 它可以幫助減少園藝的麻煩。

22. 關於 Potter's 園藝的特別優惠，何者正確？
　　A. 是定期提供的。
　　B. 人們必須打電話才能享受優惠。
　　C. 它的諮詢服務現在折扣 15%。
　　D. 割草地服務目前以折扣價提供。

字詞解釋

文章　**gardening** [`gɑrdn̩ɪŋ] n. 園藝　　**valuable** [`væljʊəbl] adj. 貴重的　　**guidance** [`gaɪdn̩s] n. 指導，引導　　**in addition to** 除了…以外（還有）　　**water** [`wɔtɚ] v. 澆水

weed [wid] v. 除雜草　　**lawn** [lɔn] n. 草地　　**mow** [mo] v. 割草

第 21 題　**hassle** [`hæsl] n. 麻煩

第 22 題　**discount** [`dɪskaʊnt] n. 折扣

答題解說

21. 答案：（D）。這段文章的正文部分是對 Potter's Gardening 的介紹，最後的 Special Offer 則是介紹特別優惠活動。這一題是問關於 Potter's Gardening 的事實，所以只需要在正文中逐一找出和每個選項有關的部分，核對是否符合選項的敘述。文中提到 we also provide services... which save you time and trouble（我們也提供能節省您的時間與麻煩的服務），其中的 trouble 在選項 D. 改用 hassle（麻煩）來表達，是正確答案。A. B. 在文章中沒有提到。C. 雖然提到 Our staff can provide you with valuable advice（我們的員工能夠提供您寶貴的建議），但並沒有提到會進行實地勘查。

22. 答案：（D）。這一題問的是特價優惠，所以要從最後附註的部分找答案。Free consultation and 15% off on all other services（免費諮詢與其他所有服務 15% 折扣）顯示在這個活動中，諮詢免費，而其他服務項目都有 15% 折扣。至於有哪些服務項目，正文部分提到 watering, weeding, and lawn mowing（澆水、除草、割草地）。從這兩項事實，可以得知 D. 是正確答案。A. 因為是 For the first 100 customers only（僅提供前 100 名顧客），所以這個活動應該不會進行太久，文章中也沒有提到會定期舉辦。B. 沒有規定參加活動要用哪種特定的聯絡方式。C. Free consultation 已經明確顯示諮詢在這個活動中是免費的，而不是打折而已。

Questions 23-25

中文翻譯

Harrisburg 家具公司

亞歷桑那州，鳳凰城 Weldon Parkway 145 號

11 月 21 日

Meyer Caldwell 先生

亞歷桑那州，圖森 Village Central Avenue 809 號

親愛的 Caldwell 先生：

　　我寫這封信是要通知您在 Harrisburg 家具所下的訂單的情況。很遺憾，由於楓木的短缺，您所訂購的櫃子仍然無法供貨，要到二月中才會補貨。

　　您可以等到櫃子重新開始供貨，或者可以考慮由其他種類的木頭製成的同款，

例如橡木和胡桃木。如果您選擇變更材質，您的櫃子將會在三週後準備好。為了表示歉意，我們將提供 20% 的折扣給您，不論您是否決定要不同的材質。如果您想對每種木頭的特徵與性質了解更多，歡迎您來我們的店面諮詢員工。

　　謝謝您對這件事的諒解。對於這件事可能造成的任何不便，請再次接受我們的誠摯歉意。如果您還有問題或擔心，請隨時聯絡我們。

Leanne McMichael
經理，Harrisburg 家具

23. 這封信的主要目的是什麼？
    A. 介紹最新的促銷
    B. 報告訂單的問題
    C. 建議取消訂單
    D. 表達其他種類的木頭比較好

24. 根據這封信，為什麼這項產品無法供貨？
    A. 目前缺少材料。
    B. 它非常受到顧客歡迎。
    C. 它不會再被製造了。
    D. 製造商暫停營業到二月為止。

25. 關於這個問題，McMichael 小姐建議什麼？
    A. 如果材料改變的話，訂單可以比較早履行（完成出貨）。
    B. Caldwell 先生可以藉由改變訂單來獲得折扣。
    C. Caldwell 先生不得不選擇不同款式的櫃子。
    D. 要變更訂單，必須前往店面。

字詞解釋

文章 **incorporation** [ɪnˌkɔrpəˋreʃən] n. 法人組織，公司　**inform** [ɪnˋfɔrm] v. 通知　**place an order** 下訂單　**unfortunately** [ʌnˋfɔrtʃənɪtlɪ] adv. 不幸地，遺憾地　**shortage** [ˋʃɔrtɪdʒ] n. 缺少　**maple** [ˋmepl] n. 楓樹　**cabinet** [ˋkæbənɪt] n. 櫃子　**unavailable** [ˌʌnəˋveləbl] adj. 無法得到的　**restock** [riˋstɑk] v. 重新進貨，補貨　**oak** [ok] n. 橡樹　**walnut** [ˋwɔlnət] n. 胡桃樹　**gesture** [ˋdʒɛstʃɚ] n. 姿態，表示　**apology** [əˋpɑlədʒɪ] n. 道歉　**discount** [ˋdɪskaʊnt] n. 折扣　**characteristic** [ˌkærəktəˋrɪstɪk] n. 特徵　**property** [ˋprɑpɚtɪ] n. 特性　**consult** [kənˋsʌlt] v. 諮詢　**inconvenience** [ˌɪnkənˋvinjəns] n. 不便　**hesitate** [ˋhɛzəˌtet] v. 猶豫

第1回
第2回
第3回
第4回
第5回
第6回
第7回
第8回
第9回
第10回

第 23 題　**promotion** [prə`moʃən] n. 促銷

第 24 題　**manufacture** [͵mænjə`fæktʃə] v.（大量）製造　**manufacturer**
[͵mænjə`fæktʃərə] n. 製造商

第 25 題　**fulfill an order** 履行訂單（執行從進貨、包裝到出貨之間的全部過程）

答題解說

23. 答案：（B）。信件的目的通常在開頭就會表明。開頭的第一句說 I am writing to
inform you about the order（我寫這封信是要通知您訂單的情況），下一句則說
due to the shortage of maple wood, the cabinet you have ordered is still unavailable
（由於楓木的短缺，您所訂購的櫃子仍然無法供貨），所以 B. 是正確答案。D.
雖然第二段提到選用其他木頭的可能性，但這封信並沒有說哪種木頭比較好，所
以這不是恰當的答案。

24. 答案：（A）。在提到櫃子缺貨的那句話，就顯示了缺貨的原因：due to the
shortage of maple wood, the cabinet you have ordered is still unavailable（由於楓木
的短缺，您所訂購的櫃子仍然無法供貨），所以把 shortage 用 lack 重新表達的
A. 是正確答案。

25. 答案：（A）。What does... suggest（某人暗示什麼）和 What is mentioned（提到
了什麼）的題型類似，選項內容可能對應文章中的好幾個部分，需要一一對照選
項與文章內容才能確定答案。這一題主要看的是第二段的內容。第二段的 If you
choose to change the material, your cabinet will be ready in three weeks.（如果您選擇
變更材質，您的櫃子將會在三週後準備好）表示其他材質可以在三週後完成訂
單；如果不改變的話，則是像第一段的 it will not be restocked until mid-February
（它要到二月中才會補貨）所說的一樣，是離今天日期 November 21（11 月 21
日）比較遠的二月中以後才有可能出貨，所以 A. 是正確答案。B. 第二段的 we
will offer you a discount of 20%, no matter you decide on a different material or not
（我們將提供 20% 的折扣給您，不論您是否決定要不同的材質）雖然提到給予
折扣，但和是否改變訂單無關，無論如何都會給，與選項敘述不一致。C. 第二
段開頭就提到 You can wait until the cabinet becomes available again（您可以等到櫃
子重新開始供貨），所以也可以選擇不改變款式，與選項敘述不一致。D. 文中
沒有提到如何變更訂單，只是建議可以到店面諮詢店員而已。

Questions 26-28

中文翻譯

是時候更新您的會員資格了！

非常感謝您對 Franklin Country Club 的奉獻。沒有您的忠誠與支持，我們就不

能持續為會員提供有價值的福利。在下一年，我們有更大的計畫，例如升級我們俱樂部的一些設施。不過，我們需要您幫忙讓它實現！

為了表示我們的感謝，我們很高興在未來一整年提供以下福利給我們的會員：
- ·來自 Spencer Boutique 的特別生日禮物
- ·價值超過 500 美元的優惠券小冊
- ·食物與飲料的 20% 折扣
- ·會員及一名同伴的非會員免費進入我們的設施（額外的非會員將會被收取一般費用）

您可以上我們的網站（franklincountryclub.com）查看更多細節。我們希望您利用這些福利，並且繼續享用 Franklin Country Club 所提供的一切。

寄件者：JoeChapman@geemail.com
收件者：service@franklincountryclub.com
主旨：關於會員資格的問題

親愛的先生／小姐：

我已經是會員了，而我正在考慮也為我的家人取得會員資格。我的兩個孩子最近開始學打網球，我有意讓他們使用俱樂部的網球場來練習並增進技術。我太太和我也想看他們打球，並且在他們的進展過程中協助他們。我應該讓他們都成為會員，或者我們的情況有比較划算的方式呢？

謝謝您花時間處理，我期待很快收到您的回覆。

Joe Chapman

26. 關於 Franklin Country Club，文中暗示什麼？
    A. 它最近更新了設施。
    B. 它的會員費是 500 美元。
    C. 它的會員資格是每年更新的。
    D. 只有會員能使用它的設施。

27. 以下何者不是 Franklin Country Club 會員的福利？
    A. 由俱樂部製作的生日禮物
    B. 特別的優惠券
    C. 以較低的價格購買食物

D. 免費進入它的設施

28. Chapman 先生的家庭應該再多幾個人成為會員，才能避免被收取使用 Franklin Country Club 網球場的一般費用？
    A. 0
    B. 1
    C. 2
    D. 3

字詞解釋

文章 1　**renew** [rɪˋnju] v. 更新　**membership** [ˋmɛmbɚˌʃɪp] n. 會員資格　**dedication** [ˌdɛdəˋkeʃən] n. 奉獻　**loyalty** [ˋlɔɪəltɪ] n. 忠誠　**continuously** [kənˋtɪnjʊəslɪ] adv. 持續地　**benefit** [ˋbɛnəfɪt] n. 福利　**upgrade** [ʌpˋgred] v. 升級　**facility** [fəˋsɪlətɪ] n. 設施　**token** [ˋtokən] n. 象徵，表示　**appreciation** [əˌpriʃɪˋeʃən] n. 感謝　**boutique** [buˋtik] n. 時尚精品店　**voucher** [ˋvaʊtʃɚ] n. 優惠券　**booklet** [ˋbʊklɪt] n. 小冊子　**access** [ˋæksɛs] n. 進入　**accompany** [əˋkʌmpənɪ] v. 陪伴　**additional** [əˋdɪʃənḷ] adj. 額外的　**take advantage of** 利用…

文章 2　**obtain** [əbˋten] v. 取得　**tennis court** 網球場　**good deal** 划算的交易
第 27 題　**coupon** [ˋkupɑn] n. 優惠券

答題解說

26. 答案：（C）。兩篇文章的第一篇是 Franklin Country Club 更新會員資格的廣告，第二篇是會員寫給俱樂部的電子郵件。這一題問的是 Franklin Country Club 的細節資訊，所以要從第一篇文章找答案。在第一篇文章中，出現了 we are pleased to offer the following benefits to our members in the next whole year（我們很高興在未來一整年提供以下福利給我們的會員），表示這些會員福利的適用期間是一年，也就是會員資格為一年，所以 C. 是正確答案。A. 在 In the next year, we have bigger plans, such as upgrading some of the facilities in our club（在下一年，我們有更大的計畫，例如升級我們俱樂部的一些設施）這個句子，雖然提到升級設施，但這是未來的計畫，而不是最近做過的事。B. 在文章中沒有提到。D. 在最後一項福利的括號註解部分，提到 non-members will be charged regular fees（非會員將會被收取一般費用），表示非會員可以付費使用設施，而不是只有會員可以使用。

27. 答案：（A）。因為問的是 benefits（福利）的內容，所以只要看第一篇文章條列會員福利的部分就能找到答案。第一項 a special birthday gift from Spencer Boutique（來自 Spencer Boutique 的特別生日禮物）雖然提到生日禮物，但這是精品店提供的，而不是俱樂部製作的，所以不符合文章內容的 A. 是正確答案。

B. 對應第二項的 voucher booklet（優惠券小冊），C. 對應第三項的 20% discount on food（食物的 20% 折扣），D. 對應第四項的 Free access for the member... to our facilities（會員免費進入我們的設施）。

28. 答案：（B）。Mr. Chapman 是第二篇文章（電子郵件）的寄件人，所以先看這篇文章的內容。關於他和家人使用網球場的需求，他提到 I am already a member（我已經是會員了）、I am interested in having them [= my two children] use the club's tennis court（我有意讓他們〔我的兩個小孩〕使用俱樂部的網球場）、My wife and I would also like to watch them play（我太太和我也想看他們打球），所以總共需要四個人同時使用網球場的權利。雖然他在電子郵件的最後問是否應該讓所有人都成為會員，但從第一篇文章中關於會員福利的敘述就知道並不需要。在第一篇文章列出的第四項福利中，提到 Free access for the member and one accompanying non-member to our facilities（會員及一名同伴的非會員免費進入我們的設施），所以一位會員可以帶一位非會員免費使用設施。Chapman 先生已經是會員了，可以免費帶一位家人進入，而剩下的兩個人只要其中一個加入會員就行了，所以 B. 是正確答案。

Questions 29-31

中文翻譯

　　在 2022 年的年度全國青少年吸菸調查中，14% 的高中生說他們是電子菸使用者。在使用電子菸的人當中，有一半的人每個月有 20 到 30 天「吸電子菸」（即使用電子菸），而四分之一的人每天吸電子菸。去年的同一個調查顯示有 11% 的高中生在使用電子菸，但由於這兩次調查進行時的不同情況，所以不適合馬上做出年輕人使用電子菸的族群正快速成長的結論。2021 年的調查是在許多學校因為疫情而關閉的時候進行的，而 2022 年的調查是在學校大部分開放時進行的。

　　不管是否真的有比較多的年輕人在使用電子菸，電子菸在高中生族群中已經比傳統香菸普遍是事實。他們有些是被電子菸的多種口味吸引，而且他們也以為電子菸對健康的傷害比傳統香菸小。儘管研究已經顯示電子菸可能造成同等的健康風險，電子菸商仍然試圖用「電子菸可以幫助戒菸」、「電子菸無害」、「電子菸不是香菸」之類的標語誤導大眾，這些標語可能導致年輕人對於使用電子菸的風險有錯誤的認知。

29. 這篇文章主要是關於什麼？
    A. 電子菸產業目前的狀況
    B. 進行調查的正確方式
    C. 抽電子菸的健康風險

D. 青少年對電子菸的使用

30. 2021 年和 2022 年的調查為什麼不能直接比較？
    A. 是用不同的方式進行的。
    B. 2021 年的調查沒有足夠的樣本。
    C. 是由不同的組織進行的。
    D. 2021 年的調查結果可能受到疫情影響。

31. 第二段暗示什麼可能是年輕人受到電子菸吸引的原因？
    A. 他們有些同儕在使用電子菸的事實
    B. 一些企業散播的錯誤資訊
    C. 想要反叛威權和規定的渴望
    D. 和電子菸聯想在一起的酷帥印象

字詞解釋

文章 **annual** [ˋænjʊəl] **adj.** 每年的 **tobacco** [təˋbæko] **n.** 菸草（製品） **survey** [ˋsɝve] **n.** 調查 **e-cigarette** 電子菸 **vape** [vep] **v.** 吸電子菸 **conduct** [kənˋdʌkt] **v.** 進行 **appropriate** [əˋproprɪˏet] **adj.** 適當的 **jump to the conclusion** 匆促做出結論 **population** [ˏpɑpjəˋleʃən] **n.** 人口 **pandemic** [pænˋdɛmɪk] **n.** 疾病的大流行 **attract** [əˋtrækt] **v.** 吸引 **flavor** [ˋflevɚ] **n.** 口味 **under the impression that** 誤以為⋯ **harmful** [ˋhɑrmfəl] **adj.** 有害的 **equal** [ˋikwəl] **adj.** 相等的 **vendor** [ˋvɛndɚ] **n.** 販賣者 **mislead** [mɪsˋlid] **v.** 誤導 **slogan** [ˋslogən] **n.** 廣告口號／標語 **harmless** [ˋhɑrmlɪs] **adj.** 無害的 **contribute to** 促成⋯ **incorrect** [ˏɪnkəˋrɛkt] **adj.** 不正確的

第 30 題 **sample** [ˋsæmpl] **n.** （抽樣調查的）樣本 **organization** [ˏɔrgənəˋzeʃən] **n.** 組織（機構）

第 31 題 **peer** [pɪr] **n.** 同儕 **enterprise** [ˋɛntɚˏpraɪz] **n.** 企業 **rebel** [rɪˋbɛl] **v.** 反叛 **authority** [əˋθɔrətɪ] **n.** 權力，當權者 **regulation** [ˏrɛgjəˋleʃən] **n.** 規定 **associate** [əˋsoʃɪˏet] **v.** 聯想

答題解說

29. 答案：（D）。文章分為兩段，第一段討論 2021、2022 兩年的高中生電子菸使用情況調查結果，第二段討論青少年使用電子菸的原因，所以 D. 是正確答案。

30. 答案：（D）。討論 2021、2022 年調查結果的部分是第一段，其中的 due to the different situations in which the two surveys were conducted, it is not appropriate to jump to the conclusion that the young population using e-cigarettes is growing quickly （由於這兩次調查進行時的不同情況，所以不適合馬上做出年輕人使用電子菸的族群正快速成長的結論）表示，因為調查的情況不同，所以不能直接比較兩年的

調查結果。The survey of 2021 was conducted when many schools were closed due to the pandemic（2021 年的調查是在許多學校因為疫情而關閉的時候進行的）進一步說明，2021 年的調查背後有疫情的因素，所以 D. 是正確答案。

31. 答案：（B）。第二段討論青少年使用電子菸的因素，其中提到 they are under the impression that e-cigarettes are less harmful to health than traditional ones（他們以為電子菸對健康的傷害比傳統香菸小），接下來則說明 e-cigarette vendors still try to mislead the public with slogans... which can contribute to young people's incorrect knowledge about the risks of using e-cigarettes（電子菸商仍然試圖用標語誤導大眾，這些標語可能導致年輕人對於使用電子菸的風險有錯誤的認知），表示年輕人以為電子菸對健康傷害不大，可能是電子菸商的錯誤宣傳造成的，所以把 e-cigarette vendors 換成 some enterprises（一些企業）重新表達的 B. 是正確答案。

Questions 32-35

中文翻譯

　　LOHAS，Lifestyles of Health and Sustainability（健康及可持續發展的生活型態）的縮寫，指的是關注健康生活與社會、環境議題的消費者運動。隨著越來越多人擁抱 LOHAS 的概念，有機、天然與環保的產品都顯現出顯著的需求成長。舉例來說，對於有減少廢棄物與保護環境意識的人，以回收材料製成的產品已經變得更加流行了。

　　不過，在 LOHAS 這個詞彙被發明的很久之前，一家叫「Freitag」的公司已經開始用回收材料製造包包了，例如廢棄車輛的安全帶、安全氣囊，甚至建築工地的廢料。對於用過的包包，它也提供修理與回收服務。最近，它開始製造以滑雪靴製成的手機殼，而它的最終目標是將所有通常被認為是廢棄物的東西變成有用的物品。而且，它也藉由利用舊貨櫃建造蘇黎世旗艦店來展現對於永續性的承諾。

　　雖然企業透過產品與其行為實踐，在宣傳 LOHAS 方面扮演重要角色，但也有賴於個人擁抱這種生活型態並做出永續性的選擇。例如，比起購買包裝美麗但過度包裝的產品，消費者可以考慮沒有誘人外表但比較環保的產品。他們也可能想多付錢購買永續性的產品，以支持對環境負責的實踐。做這樣的決定可能看似不便或者昂貴，但這樣能對這個星球有益，並且為將來的世代創造更好的未來。

32. 這篇文章主要是關於什麼？
　　A. LOHAS 的歷史與重要性
　　B. 活出 LOHAS 生活型態的各種方式
　　C. 一間公司可以怎樣藉由實踐 LOHAS 而成功

D. 消費者市場與 LOHAS 的關係

33. 以下何者最能描述 Freitag？
　　A. 廢棄物回收公司
　　B. 位於蘇黎世的選貨店
　　C. 製造永續性產品的公司
　　D. 有環保意識的服務提供業者

34. 關於 Freitag，以下何者正確？
　　A. 它是因為 LOHAS 趨勢而建立的。
　　B. 它幫助顧客修復他們購買的產品。
　　C. 它的產品系列僅限於包包。
　　D. 它位於蘇黎世的旗艦店販售各種容器。

35. 從這篇文章可以推斷什麼？
　　A. 與其說 LOHAS 是真正的消費者趨勢，它比較像是一種行銷策略。
　　B. 人們應該避免購買美麗的產品以對環境負責。
　　C. 永續性的產品在價格上比較有競爭力。
　　D. 消費者應該衡量他們的選擇以實踐 LOHAS。

字詞解釋

文章　**abbreviation** [ə͵brivɪˋeʃən] n. 縮寫　**lifestyle** [ˋlaɪf͵staɪl] n. 生活型態
sustainability [sə͵stenəˋbɪlɪtɪ] n. 永續性　**refer to** 提到，涉及⋯　**consumer**
[kənˋsjumɚ] n. 消費者　**movement** [ˋmuvmənt] n. 運動　**embrace** [ɪmˋbres] v. 擁抱
organic [ɔrˋgænɪk] adj. 有機的　**significant** [sɪgˋnɪfəkənt] adj. 顯著的　**demand**
[dɪˋmænd] n. 需求　**conscious** [ˋkɑnʃəs] adj. 有意識的　**reduce** [rɪˋdjus] v. 減少
preserve [prɪˋzɝv] v. 保存，保護　**term** [tɝm] n. 用語　**airbag** [ˋɛr͵bæg] n. 安全氣囊
retired [rɪˋtaɪrd] adj. 退休的　**construction site** 建設工地　**phone case** 手機（保
護）殼　**ultimate** [ˋʌltəmɪt] adj. 最終的　**demonstrate** [ˋdɛmən͵stret] v. 展現
commitment [kəˋmɪtmənt] n. 獻身，承諾　**construct** [kənˋstrʌkt] v. 建設　**flagship**
store 旗艦店　**container** [kənˋtenɚ] n. 容器；貨櫃　**promote** [prəˋmot] v. 宣傳，促進
be up to 取決於（某人）　**sustainable** [səˋstenəbl] adj. 永續性的　**packaging**
[ˋpækɪdʒɪŋ] n. 包裝　**inviting** [ɪnˋvaɪtɪŋ] adj. 誘人的　**responsible** [rɪˋspɑnsəbl] adj. 負責
任的　**inconvenient** [͵ɪnkənˋvinjənt] adj. 不便的　**benefit** [ˋbɛnəfɪt] v. 對⋯有益
generation [͵dʒɛnəˋreʃən] n. 世代
第 32 題　**significance** [sɪgˋnɪfəkəns] n. 重要性

第 33 題　**select shop** 選貨店

第 34 題　**establish** [əˋstæblɪʃ] **v.** 建立　**restore** [rɪˋstor] **v.** 修復　**carry** [ˋkærɪ] **v.**（商店）備有（貨品）

第 35 題　**marketing** [ˋmɑrkɪtɪŋ] **n.** 行銷　**strategy** [ˋstrætədʒɪ] **n.** 策略　**competitive** [kəmˋpɛtətɪv] **adj.** 有競爭力的　**balance** [ˋbæləns] **v.** 平衡，權衡

答題解說

32. 答案：（D）。這篇文章的第一段先是簡單介紹 LOHAS 的意義，然後說 As more and more people embrace the idea of LOHAS, organic, natural, and eco-friendly products see significant growth in demand（隨著越來越多人擁抱 LOHAS 的概念，有機、天然與環保的產品都顯現出顯著的需求成長）；第二段介紹用回收材料製造產品的 Freitag 公司；第三段開頭說 While companies play an important role in promoting LOHAS through their products and practices, it is also up to individuals to embrace this lifestyle and make sustainable choices（雖然企業透過產品與其行為實踐，在宣傳 LOHAS 方面扮演重要角色，但也有賴於個人擁抱這種生活型態並做出永續性的選擇），然後說明消費者如何選擇比較環保的產品。這些內容都與 LOHAS 產品及消費者有關，所以 D. 是正確答案。

33. 答案：（C）。關於 Freitag 公司的介紹在第二段。其中提到 Long before the term "LOHAS" was invented... a company called "Freitag" already started making bags from recycled materials（在 LOHAS 這個詞彙被發明的很久之前，一家叫「Freitag」的公司已經開始用回收材料製造包包了），以及 Recently, it started making phone cases made from ski boots（最近，它開始製造以滑雪靴製成的手機殼）。這些都是利用回收材料，具有永續性的產品，所以 C. 是正確答案。B. select shop（選貨店）著重於批貨與販賣，但 Freitag 公司是以製造產品為主。D. service provider（服務提供業者）是提供一定程度上非實體的服務，但 Freitag 公司主要販售實體的產品。

34. 答案：（B）。問「何者正確」的題目，需要逐一找到和選項相關的內容並比對，才能確定答案。第二段的 For used bags, it also provides repair... services（對於用過的包包，它也提供修理服務）顯示這家公司有包包修理服務，所以將 repair 改成 restore（修復）重新表達的 B. 是正確答案。A. Long before the term "LOHAS" was invented... a company called "Freitag" already started making bags from recycled materials（在 LOHAS 這個詞彙被發明的很久之前，一家叫「Freitag」的公司已經開始用回收材料製造包包了）顯示它的創立和 LOHAS 風潮無關，不符合選項敘述。C. Recently, it started making phone cases（最近，它開始製造手機殼）顯示除了包包以外，它也製造別的產品，不符合選項敘述。D. 在 constructing its flagship store in Zurich with used shipping containers（利用舊貨櫃

建造蘇黎世旗艦店）中，shipping containers 是指「運貨用的貨櫃」，但選項中說的則是這家店 carries various kinds of containers（販售各種容器），carry 是指店家「備有待售的貨品」，而 container 在選項中變成可以在店裡販賣的東西，所以選項和文章敘述不符。

35. 答案：（D）。最後一段提到，需要個人來做出 sustainable choices（永續性的選擇），並說明永續性產品與一般產品的差別、選擇永續性產品可能要做出的犧牲，最後的結論則是 It may seem inconvenient or costly to make such choices, but it can benefit the planet and create a better future for generations to come（做這樣的決定可能看似不便或者昂貴，但這樣能對這個星球有益，並且為將來的世代創造更好的未來）。所以，要實踐 LOHAS，是需要從好處與壞處中做出取捨的，所以 D. 是正確答案。A. 雖然也有可能是事實，但第一段提到 LOHAS... refers to the consumer movement（LOHAS 指的是消費者運動），文章中也沒有否定 LOHAS 是一種消費趨勢這件事，所以不能選這個答案。

04

GEPT
全民英檢

中級初試
中譯＋解析

本測驗分四部分，全為四選一之選擇題，共 35 題，作答時間約 30 分鐘。

第一部分：看圖辨義

A. **Question 1**

1. **For question number 1, please look at picture A.**

Question number 1: Which description of the picture is correct?（對於這張圖片的敘述，何者正確？）

A. The slimmest person is holding a cup of coffee.（最瘦的人拿著一杯咖啡。）

B. The chubbiest person is talking on the phone.（最胖的人正在講電話。）

C. One man is browsing some books.（一名男子正在瀏覽一些書。）

D. The woman has long curly hair.（女子有長捲髮。）

答題解說

答案：（A）。看到多個人物的圖片時，要快速觀察一下他們的性別、外貌、所持物品、動作等特徵。因為題目問的是 which description（哪個敘述），所以要把每個選項聽清楚，並仔細確認是否符合圖片內容。C. 雖然的確有拿著書的男人，但他並沒有在 browse（瀏覽）書。要注意，只要有任何細節不符合，就不是正確答案。

字詞解釋

slim [slɪm] **adj.** 身材苗條的　**chubby** [ˋtʃʌbɪ] **adj.** 身材圓胖的　**browse** [braʊz] **v.** 瀏覽　**curly** [ˋkɝlɪ] **adj.** （頭髮）捲的

B. **Questions 2 and 3**

Harvest Moon Festival 收穫之月節

Date 日期	Time 時間	Performer 表演者	Place 地點
Sep. 8	20:00	Choppers Folk Guitar Club Choppers 民謠吉他社團	Fossil Ocean 化石海洋
Sep. 15	19:30	Funky Fiona Jazz Band Funky Fiona 爵士樂團	City Park 市公園
Sep. 22	15:00	Greenery High School Chorus Greenery 高中合唱團	City Park 市公園
Sep. 29	20:30	Marvin String Orchestra Marvin 絃樂團	Stella Plaza Stella 廣場

· In case of rainy days, please check our website for updated dates. 萬一遇到雨天，請查看我們的網站，以得知更新過的日期。

performer [pɚˋfɔrmɚ] **n.** 表演者　**folk** [fok] **n.** 民間音樂，民謠　**chorus** [ˋkorəs] **n.** 合唱團　**string orchestra** 絃樂團　**update** [ʌpˋdet] **v.** 更新

2. **For questions number 2 and 3, please look at picture B.**

Question number 2: Which description of Harvest Moon Festival is true?
（關於收穫之月節的敘述，何者正確？）

A. Events are held daily through September.（在整個九月，每天都舉辦活動。）

B. All the performances take place during the night.（所有表演都在晚上進行。）

C. Two events take place at City Park.（兩場活動在市公園舉行。）

D. A performance will be cancelled if it rains.（如果下雨的話，表演會取消。）

答題解說

答案：（C）。除了表格中的日期、時間、地點等細節以外，最後的附註文字也經常是需要注意的重點。A. daily 表示每一天都有活動，所以不對；從日期來看，應該是 weekly（每週）才對。B. 大部分活動都在晚上，但其中一場 15:00 的活動是下午舉行。D. 在表格最後的附註部分，提到如果下雨的話，要查看 updated dates（更新過的日期），表示活動會延期（be postponed），或者說改期（be rescheduled），而不是取消，所以不對。

3.

Question number 3: Please look at picture B again. What kind of events can people attend during this festival?（請再看一次圖片 B。在這個節慶活動期間，人們可以參加什麼活動？）

A. Stage plays.（舞台劇。）

B. Dance performances.（舞蹈表演。）

C. Concerts.（音樂會。）

D. Panel discussions.（座談會。）

答題解說

答案：（C）。從表演者的名稱，可以判斷這個 festival 的性質。因為表演者名稱中有 folk guitar（民謠吉他）、jazz（爵士）、chorus（合唱團）、string orchestra（絃樂團），所以得知答案是 C.。

C. **Questions 4 and 5**

Jimmy's Kitchen 吉米廚房

Food 食物		Drink 飲料	
Hamburger 漢堡	$4.99	Apple Juice 蘋果汁	$2.79
French Fries 薯條	$1.79	Coke 可樂	$1.49
Hot Dog 熱狗堡	$3.99	Milkshake 奶昔	$2.49
Apple Pie 蘋果派	$1.99	Lemon Black Tea 檸檬紅茶	$1.99

4. For questions number 4 and 5, please look at picture C.

Question number 4: What style of food does this restaurant serve?（這家
餐廳供應什麼風格的食物？）

A. American food.（美式食物。）

B. French food.（法式食物。）

C. Italian food.（義式食物。）

D. Taiwanese food.（台式食物。）

答題解說

答案：（A）。從菜單左邊 Food（食物）的部分，可以看到漢堡、薯條、熱狗
堡、蘋果派等美式食物，所以 A. 是正確答案。薯條稱為 French fries，是因為從
法國發跡，但後來在英國、美國更加流行。在這個題目中，因為菜單完全以美式
食物為主，所以不能選 B.。

5.

**Question number 5: Please look at picture C again. Which description of
Jimmy's Kitchen is true?**（請再看一次圖片 C。關於吉米廚房的敘述，何者正確？）

A. Apple juice is the most expensive drink.（蘋果汁是最貴的飲料。）

B. An apple pie costs over 2 dollars.（蘋果派要價超過 2 美元。）

C. It does not serve sodas.（它不供應汽水。）

D. French fries are cheaper than any drink.（薯條比任何飲料都便宜。）

答題解說

答案：（A）。因為題目問的是 which description（哪個敘述），所以要把每個選
項聽清楚，並仔細確認是否符合圖片內容。B. 介系詞 over（超過）很容易漏
聽，必須注意；要是改成 under（低於）或 about（大約），就會變成正確答案。
C. coke（可樂）是一種 soda（汽水），所以不對。D. 薯條比可樂貴，所以不
對。

第二部分：問答

6. **I've heard the typhoon is coming, isn't it?**（我聽說颱風要來了，不是
   嗎？）

A. Yes, my parents will come next week.（對，我的父母下週會來。）

B. Then we need to prepare some food.（那麼我們需要準備些食物。）

C. No, I didn't watch the weather forecast.（沒有，我沒看氣象預報。）

D. I think I'm good. Thanks anyway.（我想我不用了，但還是謝謝。）

答題解說

答案：（B）。附加問句 isn't it?（不是嗎？）是一種 Yes/No 問句，在這裡如果回答 Yes/No，表示颱風會來／不會來。不過，Yes/No 開頭的選項也不一定是正確答案，仍然必須從回答與題目的相關性判斷最恰當的選項是什麼。在四個選項中，只有 B. 是針對對方提到的颱風，建議應對的方式。A. C. 雖然回答了 Yes/No，但分別表示「父母會來」、「沒看氣象預報」，與題意不符。D. I'm good. 是口語中表達「我不用了」的說法，表示不需要對方提供的東西，或者婉拒對方。

字詞解釋

forecast [`for͵kæst] n. 預報

7. **I heard there's a new dessert shop opening around the corner.**（我聽說街角那邊即將開一家新的甜點店。）

A. I prefer desserts over salty snacks.（我偏好甜點勝過鹹點心。）

B. I didn't see anything at the corner.（我在街角沒看到任何東西。）

C. Let's grab a bite next time.（我們下次買點東西來吃吧。）

D. Great! I love shopping for groceries.（太棒了！我愛選購食品雜貨。）

答題解說

答案：（C）。dessert shop 後面用現在分詞 opening 修飾，也就是 a dessert shop which is opening...（即將開放的一家甜點店）。現在分詞／進行式除了表示「現在進行中」以外，在口語中也經常表示「即將…」的意思，在這個題目中就是指甜點店近期將會開幕，所以回應下次（在未來將會營業的店）買點東西來吃的 C. 是正確答案。D. groceries（食品雜貨）是指在雜貨店或超市購買的食品材料，例如生鮮蔬果、米、油、麥片、麵粉等等。

字詞解釋

salty [`sɔltɪ] adj. 鹹的　　**grab a bite** 買一點東西來吃　　**grocery** [`grosərɪ] n. 食品雜貨

8. **I'm reading a novel about dragons and monsters.**（我在讀一本關於龍和怪獸的小說。）

A. I'm scared of watching horror films.（我害怕看恐怖電影。）

B. I just went to the bookstore yesterday.（我昨天剛去了那間書店。）

C. Do you know dragons are fictional?（你知道龍是虛構的嗎？）

D. Can I borrow it after you finish reading?（你讀完之後我可以借嗎？）

答題解說

答案：（D）。重點在於 reading a novel（讀一本小說），所以應該選擇和這本小說有關的答案，提到 borrow it（借這本小說；it = novel）的 D. 是正確答案。A. 類型、媒體形式都和題目無關。B. 雖然提到 bookstore（書店），但完全忽略不談對方提起的小說話題，不是恰當的回應。C. 雖然提到 dragons，但閱讀小說的人，當然知道龍是虛構的，所以這也不是恰當的回應。

字詞解釋

horror film 恐怖電影　　**fictional** [ˋfɪkʃənl] **adj.** 虛構的　　**finish Ving** 做完…這件事

9. **Do you need anything? I'm going to the supermarket.**（你需要什麼東西嗎？我正要去超市。）

A. Sara needs a pair of shoes.（莎拉需要一雙鞋。）

B. The supermarket is open every weekday.（超市每個平日營業。）

C. I think we're running out of milk.（我想我們的牛奶快喝完了。）

D. Yes, we sell many kinds of vegetables.（是的，我們賣很多種蔬菜。）

答題解說

答案：（C）。說話者在去超市之前問是否需要什麼，所以應該回答需不需要，或者回答需要的東西。C. 提到「牛奶快喝完了」，暗示需要牛奶，是恰當的回應。A. 超市通常不賣鞋。B. 提到營業的日子，和需要什麼無關。D. 可能是超市員工會說的話，和需要什麼無關。

字詞解釋

run out of 把…用完

10. **Do you know where the nearest pharmacy is?**（你知道最近的藥局在哪裡嗎？）

A. Turn left and you'll see it.（左轉你就會看到了。）

B. Remember to take medicine on time.（記得準時吃藥。）

C. No pharmacist is on duty now.（現在沒有值班藥劑師。）

D. I've been there once.（我去過那裡一次。）

答題解說

答案：（A）。對於詢問設施地點的問題，可以回答位置或抵達的方法。A. 回答去藥局的方法，是正確答案。B. 提醒準時吃藥，和對方想問的地點無關。C. 對方問 pharmacy（藥局），卻回答 pharmacist（藥劑師），請小心不要看錯了。D. 回答經驗，但沒回答地點，不是恰當的答案。

字詞解釋

pharmacy [ˋfɑrməsɪ] n. 藥局　**pharmacist** [ˋfɑrməsɪst] n. 藥劑師　**on duty** 正在值班的

11. **Last week I visited my grandparents in Tainan.**（我上週拜訪了在台南的祖父母。）

A. Do they live in Southern Taiwan?（他們住在南台灣嗎？）
B. Oh, are they doing well?（噢，他們過得好嗎？）
C. How are your parents recently?（你爸媽最近過得怎樣？）
D. I think we need to go on a trip!（我想我們需要去旅行！）

答題解說

答案：（B）。對方提到拜訪了祖父母，所以反問他們過得好不好的 B. 是正確答案。A. 對方已經提到他們在台南，所以問他們是否住在南台灣是不合理的。C. 對方提到 grandparents（祖父母），這裡問的卻是 parents（父母），請小心不要看錯了。D. 完全忽略不談拜訪祖父母的事，不是恰當的回應。

字詞解釋

Is/Are ... doing well? …最近過得好嗎？

12. **Do you enjoy any kind of sports?**（你喜歡任何種類的運動嗎？）

A. I am really bad at dancing.（我真的很不擅長跳舞）。
B. I play table tennis once in a while.（我偶爾打乒乓球。）
C. He's not good at running.（他不擅長跑步。）
D. I've been jogging for two hours.（我已經慢跑兩小時了。）

答題解說

答案：（B）。對方問是否有喜歡的運動，所以回答自己打乒乓球的 B. 是正確答案。A. C. 回答自己或別人不擅長的活動，都不是對方想要問的。D. 回答目前正在進行中的運動，但沒有提到是否喜歡。不過，如果把 two hours（兩小時）改成 two years（兩年），意思就會變成「維持慢跑的習慣長達兩年」，顯示的確特

別投入這項運動，而能夠成為適當的回答。

字詞解釋

table tennis 乒乓球

13. Is it convenient for you to pick me up at seven?（你七點方便接我嗎？）

A. I don't think I should pick it up.（我不認為我該把它撿起來。）
B. You can come at your convenience.（你可以在你方便的時候來。）
C. Which 7-Eleven do you mean?（你的意思是哪間 7-Eleven？）
D. Sure, where should I go then?（當然，那我應該去哪裡呢？）

答題解說

答案：（D）。重點在於 pick me up（接我），必須聽懂這個部分，才能確定反問「我應該去哪裡（接你）」的 D. 是正確答案。A. 和「pick 人 up」表示「接某人」不同，這裡的受詞是 it，不管解釋成「把東西撿起來」或者「把電話接起來」，都不是恰當的回應。B. 對方要求去接他，卻回答 you can come（你可以來），不是恰當的回應。C. 母語人士並不會把 7-Eleven 便利商店簡稱為 Seven，所以反問「哪間 7-Eleven」是不恰當的。

字詞解釋

pick someone up （駕駛交通工具）接某人　**at one's convenience** 在某人方便的時候

14. When will we have the final exam this semester?（這學期我們什麼時候期末考？）

A. We already did it last year.（我們去年已經考過了。）
B. No, the final score is 7 to 9.（不是，最後分數是 7 比 9。）
C. I've heard it is next week.（我聽説是下禮拜。）
D. The pop-up quiz was so hard!（隨堂考真的很難！）

答題解說

答案：（C）。用 When 詢問期末考的時間，所以回答 next week 的 C. 是正確答案。動詞和問句不一樣，是因為主詞不同的關係：問句用 we have the final exam（我們有〔考〕期末考）來表達，答句則是 it（= final exam）is next week（期末考在下週）。A. 回答去年的經驗，和問句無關。B. 7 to 9 是運動賽事比分的表達方式。D. 回答隨堂考的難度，和問句完全無關。

字詞解釋

pop-up quiz （出其不意的）隨堂考試

15. **I'm stuck in my research project.** （我的研究計畫卡住了。）

A. Have you asked your advisor for help? （你請指導教授幫忙了嗎？）
B. I've done some research about science. （我做過一些關於科學的研究。）
C. I thought the manager approved the project. （我以為經理批准了那個專案。）
D. I definitely need more time on this. （我肯定需要更多時間處理這件事。）

答題解說

答案：（A）。對方提到自己進行研究計畫時遇到困難，所以詢問是否嘗試過解決方法 ask your advisor for help（請指導教授幫忙）的 A. 是正確答案。B. 回應自己做研究的經驗，和對方遇到的困難無關。C. 因為提到 manager（經理），所以是指企業中的 project（專案），意思和 plan（計畫）類似。D. 對方說研究計畫遇到困難，卻回應自己需要更多時間，完全不相關。

字詞解釋

stuck [stʌk] adj. 卡住的   **research** [ˋrisɚtʃ] n. 研究   **project** [ˋprɑdʒɛkt] n. 計畫，專案   **approve** [əˋpruv] v. 批准   **definitely** [ˋdɛfənɪtlɪ] adv. 肯定，當然

第三部分：簡短對話

16.

M: Julie, would you like to go to the concert next Friday?
W: Oh, it's next Friday? I thought it's a month away! What time will the concert begin?
M: I remember it's 6:30 p.m. Can you make it?
W: I think I can finish my work before 4:30, so yeah!
M: Good to hear that. We've been waiting for this for a long time!

Question: What will the woman do next Friday evening?
A. Work in her office.
B. Work from her home.
C. Go to the concert alone.
D. Go to the concert with the man.

英文翻譯

男：Julie，你想去下週五的音樂會嗎？

女：噢，是下週五嗎？我以為是一個月以後！音樂會什麼時候開始？

男：我記得是傍晚 6:30。你能到嗎？

女：我想我可以在 4:30 前完成工作，所以可以！

男：真是好消息。我們等這次音樂會等好久了！

問題：女子下週五傍晚會做什麼？

A. 在辦公室工作。

B. 在家工作。

C. 自己去音樂會。

D. 和男子一起去音樂會。

答題解說

答案：（D）。選項是從事的行為以及方式，所以要注意談話中提到「做什麼」。男子提到 concert next Friday（下週五的音樂會）、it's 6:30 p.m.（是傍晚 6:30），並且問 Can you make it?（你能及時到場嗎？），而女子回答 yeah（可以），再加上男子最後說 We've been waiting for this（我們一直等著這次音樂會），所以 D. 是正確答案。另外，也要注意題問的是 evening（傍晚），因為 evening 通常是指下午 6 點以後，而女子說 4:30 前可以完成工作，所以工作不是正確答案。

字詞解釋

be a month away （預定的事情）在一個月後　**make it** 及時到場　**work from one's home** 在家工作

17.

W: Hello, this is KFS Furniture. How may I help you?

M: Hi, the items I ordered from your store just arrived, but one of them is missing.

W: Oh, I am very sorry. Do you still have your receipt, sir?

M: Yes. Can I go to your store later to get it?

W: Sure, please bring your receipt with you. I'll inform our staff about this.

Question: What will the man do later?

A. Purchase a piece of furniture.

B. Bring the receipt to the store.

C. Search for a missing item.

D. Get a refund.

英文翻譯

女：哈囉，這裡是 KFS 家具。有什麼我能幫您的呢？

男：嗨，我跟你們的店訂購的東西剛送到，但有一樣東西不見了。

女：噢，我很抱歉。您還有收據嗎，先生？

男：有的。我可以稍後到你們的店拿那樣東西嗎？

女：當然，請攜帶您的收據。我會通知我們的員工這件事。

問題：男子之後會做什麼？

A. 購買一件家具。

B. 攜帶收據到商店。

C. 尋找遺失的物品。

D. 取得退款。

答題解說

答案：（B）。問「之後會做什麼」的題目，答案通常是對話後半部的內容。男子先提到送到的物品中，one of them is missing（有一樣東西不見了），然後問 Can I go to your store later to get it?（我可以稍後到你們的店拿那樣東西嗎？），於是女子提醒 please bring your receipt（請攜帶您的收據），由此可知男子將會帶著收據到店裡，要求店家給他遺漏的東西，所以 B. 是正確答案。因為男子已經訂購過了，所以不能選 A.。C. 的 search for 是「設法找出對象的所在位置」的意思，但男子只要到店裡就能拿到東西，不需要找，所以不對。

字詞解釋

receipt [rɪ`sit] n. 收據　**inform** [ɪn`fɔrm] v. 通知　**staff** [stæf] n. （全體）工作人員　**refund** [`rifʌnd] n. 退款

18.

M: How's the preparation for the party going, Holly?

W: Pretty well. I'm sure we will definitely surprise Jack!

M: Great. I'll check with the dessert shop. How old is Jack turning?

W: 28. Please make sure to get the candles right.

M: I will. And have you finished collecting all the presents?

W: Of course. I've put them under the table. Don't worry.

Question: What kind of party are they preparing?

A. A farewell party.

B. A bachelor party.

C. A retirement party.

D. A birthday party.

第1回
第2回
第3回
第4回
第5回
第6回
第7回
第8回
第9回
第10回

英文翻譯

男：派對的準備進行得怎麼樣了，Holly？

女：很順利。我確定我們一定會讓 Jack 很驚喜！

男：很好。我會跟甜點店確認。Jack 要滿幾歲了？

女：28。請務必把蠟燭（的數目）弄對。

男：我會的。你收集完所有禮物了嗎？

女：當然。我把它們放在桌子下了。別擔心。

問題：他們在準備哪種派對？

A. 送別派對。

B. 告別單身派對。

C. 退休派對。

D. 生日派對。

答題解說

答案：（D）。因為選項是派對的類型，所以要注意對話中關於派對類型的內容。因為男子問 How old is Jack turning?（Jack 要滿幾歲了？），而且女子要求男子 get the candles right（把蠟燭〔的數目〕弄對），所以 D. 是正確答案。

字詞解釋

farewell [ˋfɛrˋwɛl] **n.** 告別　**bachelor** [ˋbætʃələ˞] **n.** 單身男子

retirement [rɪˋtaɪrmənt] **n.** 退休

相關補充

How old is Jack turning? 的 turn 是「變成…」的意思，「年紀變成多大」就是指「滿幾歲」。bachelor party 是男人結婚前和男性朋友一起玩樂的「告別單身派對」，女性的版本則稱為 bachelorette party。

19.

M: Hi, I would like to book a ticket to Hamilton.

W: Sure. There's one departing at 5 and another one at 7. Which one would you like?

M: I'll take the one departing at 7. Can I get a window seat? I like the view above the clouds.

W: Let me see... Yes, we still have window seats left. That's $200.

M: Okay. One more question. Do you provide hot meals?

W: Yes, food will be served one hour after takeoff.

Question: What is the man doing right now?

A. Booking a hotel room.

B. Reserving a table at a restaurant.

C. Booking a flight.

D. Buying a train ticket.

英文翻譯

男：嗨，我想要訂一張到 Hamilton 的票。

女：當然可以。有 5 點出發的，還有 7 點出發的。您想要哪個？

男：我要 7 點出發的。我可以訂靠窗的座位嗎？我喜歡雲上的風景。

女：我看看…可以，我們還有剩餘的靠窗座位。價錢是 200 元。

男：好。還有一個問題。你們提供熱的餐點嗎？

女：是的，食物會在起飛一小時後供應。

問題：男子正在做什麼？

A. 訂飯店房間。

B. 預約餐廳桌位。

C. 預訂航班。

D. 買列車車票。

答題解說

答案：（C）。從選項可以得知，題目將會問「正在做什麼」。男子一開始就說要 book a ticket（訂一張票），而選項中有「預訂航班」和「買列車車票」這兩個項目，但從 the view above the clouds（雲上的風景）和 takeoff（起飛）等關鍵詞，可以得知答案是 C. 才對。

字詞解釋

book [buk] v. 預訂　**depart** [dɪˋpɑrt] v. 出發　**takeoff** [ˋtekˏɔf] n. 起飛

20.

W: I've heard you've adopted a cat. Is it true?

M: Yeah. I went by the city hall the other day, and I saw some volunteers from an animal shelter encouraging people to adopt their cats and dogs.

W: Wow! So you first saw your cat there?

M: No, they didn't bring the animals there, so I went to the shelter another day and saw Lily. It was love at first sight.

W: How old is Lily, then?

M: About 9 months.

Question: Where did the man adopt the cat?

A. At an animal shelter.

B. At the city hall.

C. At a volunteer's home.

D. On the street.

英文翻譯

女：我聽說你領養了一隻貓。是真的嗎？

男：是啊。前幾天我路過市政府，看到一些動物收容所的志工鼓勵人們領養他們的貓狗。

女：哇！所以你是在那裡第一次看到你的貓嗎？

男：沒有，他們沒把動物帶到那裡，所以我在另一天去了收容所，並且看到 Lily。我對她一見鍾情。

女：那 Lily 多大呢？

男：大約 9 個月。

問題：男子是在哪裡領養貓的？

A. 在動物收容所。

B. 在市政府。

C. 在志工的家。

D. 在街上。

答題解說

答案：（A）。選項都是地點，所以要注意關於地點的資訊。雖然一開始提到了 city hall（市政府），但男子後面提到 they didn't bring the animals there（他們沒把動物帶到那裡），以及 I went to the shelter（我去了收容所），所以答案是 A.。

字詞解釋

city hall 市政府　　**the other day** 幾天前　　**volunteer** [ˌvɑlənˋtɪr] n. 志工　　**love at first sight** 一見鍾情

21.

W: Have you seen the weather forecast today?

M: No, why?

W: It said there's a typhoon coming.

M: Really? Then we'd better be prepared. The typhoon last time really brought pretty serious damage.

W: Yeah, I'll go to the supermarket later. Do you want to come with me?

M: I think I'll stay home and clear the yard.

W: Good idea. We don't want anything to be blown away.

Question: What is the man going to do next?

A. Go to the supermarket.

B. Clear the yard.

C. Fix the broken window.

D. Check the weather forecast.

英文翻譯

女：你今天看了天氣預報嗎？

男：沒有，為什麼問？

女：它說有颱風要來。

男：真的嗎？那我們最好做準備。上次的颱風真的帶來了相當嚴重的損害。

女：是啊，我稍後會去超市。你想跟我一起來嗎？

男：我想我會留在家，把庭院清乾淨。

女：好主意。我們不希望有任何東西被吹走。

問題：男子接下來會做什麼？

A. 去超市。

B. 把庭院清乾淨。

C. 修好破掉的窗戶。

D. 查看氣象預報。

答案：（B）。這一題除了注意到「接下來會做什麼」以外，也必須聽清楚題目問的是 the man 而不是 the woman，不然就會選錯答案。男人說 I'll stay home and clear the yard（我會留在家，把庭院清乾淨），所以 B. 是正確答案。

22.

M: What is the game that you are playing, Jane?

W: It's called *Fighting Squid*. It's a lot of fun! You should play it with me.

M: I don't know how to play that. Playing video games is not my thing.

W: It's okay. I can show you how to play.

M: Fine. I think I'll give it a try. Don't laugh at me if I play badly.

W: Don't worry. I won't. Games are about fun, not winning.

Question: What is the man worried about?

A. The woman will not teach him.

B. The woman will make fun of him.

C. The video game is expensive.

D. They may have a fight.

英文翻譯

男：你在玩的遊戲是什麼，Jane？

女：這叫做《Fighting Squid》。這很好玩！你應該跟我一起玩。

男：我不知道怎麼玩那個。我不喜歡玩電玩遊戲。

女：沒關係的。我可以教你怎麼玩。

男：好吧。我想我會試試看。如果我玩得很糟，不要笑我。

女：別擔心。我不會的。遊戲是為了好玩，不是為了贏。

問題：男子擔心什麼？

A. 女子不會教他。

B. 女子會取笑他。

C. 這個電玩遊戲很貴。

D. 他們可能會吵架。

答題解說

答案：（B）。因為題目是要問男子擔心的事，所以光看選項不太容易猜到題目是什麼，只能盡量尋找對話中相關的內容。對話開頭就提到 game（遊戲），之

後女子邀請男子一起玩，男子雖然表示 Playing video games is not my thing.（我不喜歡／不擅長玩電玩遊戲），但還是答應試試看。和答案有關的部分是 Don't laugh at me（不要笑我），表示他擔心被女子嘲笑，所以 B. 是正確答案。因為是問男子擔心的事，所以只能從男子的話判斷答案；雖然女子說會教他，但男子並沒有說自己擔心女子不肯教，所以不能選 A.。

字詞解釋

video game 電玩遊戲　**... is not my thing** 我不喜歡／不擅長…　**make fun of** 取笑…

23.

W: What are you doing, Mack?

M: I'm warming up to play badminton.

W: I didn't know you liked to do exercise.

M: I saw the Olympic Games last month and I felt so excited. I want to compete in the Olympics one day.

W: That's a big dream. How long does it take before you start playing?

M: About 15 minutes.

Question: What is the man doing?

A. Preparing to play a sport.

B. Competing in the Olympics.

C. Playing badminton.

D. Watching an Olympic game.

英文翻譯

女：你在做什麼，Mack？

男：我正在為了打羽毛球而暖身。

女：我不知道你喜歡做運動。

男：我上個月看了奧運，覺得很興奮。有一天我想要在奧運會比賽。

女：這是很大的夢想。你開始打之前要花多久的時間（暖身）？

男：大約 15 分鐘。

問題：男子在做什麼？

A. 準備進行體育活動。

B. 參加奧運比賽。

C. 打羽毛球。

D. 看奧運比賽。

答題解說

答案：（A）。從選項可以得知，題目將會問「正在做什麼」。對話中，只有 I'm warming up to play badminton.（我正在為了打羽毛球而暖身）這句話是表達現在正在做的事，所以把 warming up（暖身）改為 preparing to play a sport（準備進行體育活動）的 A. 是正確答案。C. 男子只是在暖身，還沒開始打球。

字詞解釋

compete [kəm`pit] v. 競爭，比賽 **Olympics** [o`lɪmpɪks] n. 奧運會（= **Olympic Games**）

24.

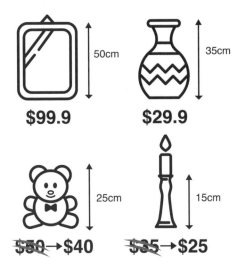

For question 24, please look at the catalog. 第 24 題請看產品目錄。

W: Hello, what are you looking for today, sir?

M: I want to find something that fits in my newly decorated room. Do you recommend anything?

W: This mirror just came in. It's elegant and very popular among our customers.

M: Oh, that's beyond my budget. I want something under $30. Also, it should not be taller than 30cm.

W: Then how about this? It's on sale, and its size meets your requirement.

M: Yeah, and it's beautiful, too. I'll take it.

第1回
第2回
第3回
第4回
第5回
第6回
第7回
第8回
第9回
第10回

Question: What will the man buy?

A. The mirror.

B. The vase.

C. The teddy bear.

D. The candle holder.

英文翻譯

女：哈囉，您今天在找什麼，先生？

男：我想要找適合我新裝潢好的房間的東西。你推薦什麼嗎？

女：這個鏡子剛到貨。它很優雅，而且非常受到我們顧客的歡迎。

男：噢，那超過我的預算了。我想要低於 30 元的東西。而且，它應該不高於 30
　　公分。

女：那這個怎麼樣？它正在特賣中，而且它的尺寸符合您的要求。

男：是啊，而且它也很美。我要買這個。

問題：男子會買什麼？

A. 鏡子。

B. 花瓶。

C. 泰迪熊。

D. 燭台。

答題解說

答案：（D）。圖片中提供了高度、價格等資訊，所以要注意聽關於這些資訊的
內容。男子提到 I want something under $30（我想要低於 30 元的東西）、it
should not be taller than 30cm（它應該不高於 30 公分），所以符合條件的 D. 是正
確答案。另外，女子提到的 It's on sale（它正在特賣中）也可以幫助判斷答案。

字詞解釋

recommend [ˌrɛkəˋmɛnd] **v.** 推薦　**elegant** [ˋɛləgənt] **adj.** 優雅的　**budget** [ˋbʌdʒɪt]
n. 預算　**requirement** [rɪˋkwaɪrmənt] **n.** 要求　**holder** [ˋholdɚ] **n.** 支架

25.

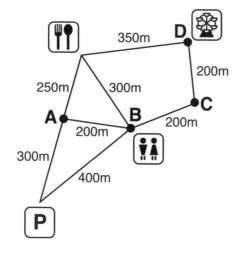

For question 25, please look at the map. 第 25 題請看地圖。

W: I think we're lost, aren't we? Why is the restaurant so far away from the parking lot?

M: Check the sign over here. I think if we keep going, we'll get there soon.

W: Really? But I think I need to go to the bathroom first.

M: Let's see. It's 200 meters away from here.

W: What? I need to walk for another 200 meters? It's killing me.

M: Calm down. After finishing the meal, let's go on the Ferris wheel!

Question: Where are the speakers now?

A. At location A.

B. At location B.

C. At location C.

D. At location D.

英文翻譯

女：我想我們迷路了，不是嗎？為什麼餐廳離停車場這麼遠？

男：看看這邊的指示牌。我想如果我們繼續走的話，我們很快就會到那裡了。

女：真的嗎？但我想我需要先去廁所。

男：我們看看。它離這裡 200 公尺遠。

女：什麼？我需要再走 200 公尺？快把我累死了。

男：冷靜。用完餐之後，我們去搭摩天輪吧！

問題：說話者們現在在哪裡？

A. 地點 A。

B. 地點 B。

C. 地點 C。

D. 地點 D。

答題解說

答案：（A）。選項是 A-D 這四個地點，由此可知題目會問所在的位置，並且需要考慮與設施的鄰近關係與距離來判斷答案。從女子一開始說的 Why is the restaurant so far away from the parking lot?（為什麼餐廳離停車場這麼遠？），可以得知他們正在從停車場到餐廳的途中。之後女子說想去廁所，男子說 It's 200 meters away from here（它離這裡 200 公尺遠）。從以上這兩個線索，可以判斷 A. 是正確答案。

字詞解釋

Ferris wheel 摩天輪

相關補充

It's killing me. 或者 ... is killing me.，字面上是「…要把我殺死了」的意思，實際上是表達某件事讓自己很痛苦、受不了。在這段對話中，可以理解為 Walking so far is killing me.（走這麼遠讓我受不了）。

第四部分：簡短談話

26.

Attention please. We have a lost kid named David, and he's looking for his parents. He's six years old, wearing a yellow shirt, blue pants and white sneakers. You can find him at the babysitting center on the third floor. Thank you for shopping at SOKO department store, and we wish you have a nice day.

Question: What is the purpose of this announcement?

A. To look for a kid.

B. To help a boy find his parents.

C. To promote some children's clothes.

D. To promote child safety.

英文翻譯

請注意。我們有一位叫 David 的小朋友迷路了，他正在找他的爸媽。他 6 歲大，穿著黃襯衫、藍褲子和白色運動鞋。您可以在三樓的托嬰中心找到他。感謝您在 SOKO 百貨購物，祝您有美好的一天。

問題：這段廣播的目的是什麼？
A. 找一個小孩。
B. 幫助男孩找到他的父母。
C. 宣傳童裝。
D. 宣導兒童安全。

答題解說

答案：（B）。公共場所的廣播，會用 Attention please.（請注意）開頭，並且一開始就會表明廣播的目的。開頭就說 We have a lost kid named David, and he's looking for his parents.（我們有一位叫 David 的小朋友迷路了，他正在找他的爸媽），然後是關於這個小朋友的細節，以及他現在所在的地方，所以 B. 是正確答案。要注意小孩已經在確定的地點等待父母了，廣播的目的並不是尋找不知去向的小孩，所以不要誤選 A.。

字詞解釋

babysit [ˋbebɪˏsɪt] v. 臨時代為照顧嬰兒　　**promote** [prəˋmot] v. 宣傳；提升

27.

Hello, this is Kelly. I'm calling to check out the latest situation for the construction project. I hope it isn't behind schedule because I need to move in in August. My rental contract will be due then. Moreover, I'm wondering if you can send the quotation to me again. I can't seem to find it. Also, please send me a notice a week before you finish the project. Thanks.

Question: Who is the speaker calling?
A. A construction company.
B. Her colleague.
C. Her landlord.
D. Her tenant.

英文翻譯

哈囉，我是 Kelly。我打這通電話是為了確認建案最新的情況。我希望它沒有落

後進度，因為我需要在八月搬進去。我的租約那時候會到期。還有，我想知道你們能不能再把報價寄給我一次。我好像找不到。另外，請在建案完工的一週前通知我。謝謝。

問題：說話者現在打電話給誰？
A. 建設公司。
B. 她的同事。
C. 她的房東。
D. 她的房客。

答題解說

答案：（A）。選項是一些人物，所以在聽的時候，要注意說話者和其他對象之間的關係。一開始，說話者用 I'm calling to 表明打電話的目的是 check out the latest situation for the construction project（確認建案最新的情況），並且提到自己 need to move in in August（需要在八月搬進去），所以對方是建設自己新住處的業者，正確答案是 A.。也因為說話者詢問進度的建案是自己要住的，所以不太可能是 B. 請同事回報工作進度的情況。

字詞解釋

construction [kən`strʌkʃən] n. 建設　**behind schedule** 落後進度　**rental** [`rɛntl] n. 租賃　**due** [dju] adj. 到期的　**quotation** [kwo`teʃən] n. 報價；引用　**landlord** [`lænd͵lɔrd] n. 地主，房東　**tenant** [`tɛnənt] n. 承租人，房客

28.

Are you tired of having to bring a charger along with your laptop all the time? Check out our new laptop model iSmart! You can use it for 17 hours after the battery is fully charged, which means you don't need to bring a charger with you or find a socket when you're working on the go. This new model is elegantly designed and on sale now. Come to our store to see this amazing laptop!

Question: What is the main advantage of the laptop model?
A. High speed.
B. Large storage capacity.
C. Light weight.
D. Great battery life.

英文翻譯

你厭倦了隨時跟筆記型電腦一起帶著充電器嗎？看看我們新的筆記型電腦款式「iSmart」！你可以在電池充滿後使用它 17 個小時，這意味著當你在外工作時，不需要攜帶充電器或者尋找插座。這個新的款式設計得很優雅，而且現在正在特賣中。來我們的店裡看看這款令人驚奇的筆記型電腦吧！

問題：這個筆記型電腦款式的主要優點是什麼？
A. 高速。
B. 很大的儲存空間。
C. 重量輕。
D. 很好的電池使用時間。

答題解說

答案：（D）。從選項可以看出，這些是關於某種電器用品（在這裡是筆記型電腦）的特色，所以要特別注意關於特色的敘述。說話者提到 You can use it for 17 hours after the battery is fully charged（你可以在電池充滿後使用它 17 個小時），所以 you don't need to bring a charger（你不需要攜帶充電器），由此可知 D. 是正確答案。要注意 B. 是指硬碟之類的儲存空間大小，而不是電池的大小，所以不對。

字詞解釋

charger [ˋtʃɑrdʒɚ] n. 充電器　**laptop** [ˋlæptɑp] n. 筆記型電腦　**model** [ˋmɑdl] n. 型號，款式　**battery** [ˋbætərɪ] n. 電池　**socket** [ˋsɑkɪt] n. 插座　**on the go** 在旅行中，在移動中　**storage** [ˋstorɪdʒ] n. 儲藏，儲存（空間）

29.

Good morning everyone, we're here to discuss the candidate who came to the interview yesterday. The job opening he's applying for is product manager. He has a bachelor's degree in marketing, and has worked in E-commerce industry for 3 years. He's listed several achievements in his career, and he showed a professional attitude during the interview. However, a concern is that he's never worked in an education company like ours. Therefore, I want to hear your opinions.

Question: What aspect of the applicant does not meet the company's requirement?
A. His education background.

B. His job experience.

C. His achievements.

D. His attitude.

英文翻譯

各位早安，我們在這裡是要討論昨天來參加面試的人選。他應徵的職缺是產品經理。他有行銷學士學位，並且在電商業界工作過三年。他列出了職涯中的幾項成就，並且在面試過程中展現出專業的態度。不過，令人擔心的一點是，他從來沒有在像我們一樣的教育（服務）公司工作過。所以，我想要聽聽你們的意見。

問題：這位應徵者的什麼方面不符合公司的要求？

A. 他的教育背景。

B. 他的工作經驗。

C. 他的成就。

D. 他的態度。

答題解說

答案：（B）。說話者在談論一位應徵者，和四個選項相關的內容，在談話中都有提到。敘述內容大多都是優點，但在最後的部分，說話者用 However 改變語氣，以 a concern is that... 表達這位應徵者令人擔心的一點，這部分提到的 he's never worked in an education company like ours（他從來沒有在像我們一樣的教育公司工作過）就是不符合公司要求的地方，所以 B. 是正確答案。

字詞解釋

candidate [ˈkændədet] **n.** 候選人，人選　**job opening** 職缺　**apply for** 申請，應徵（工作）　**product manager** 產品經理　**bachelor's degree** 學士學位　**marketing** [ˈmɑrkɪtɪŋ] **n.** 行銷　**E-commerce** 電子商務　**achievement** [əˈtʃivmənt] **n.** 成就　**professional** [prəˈfɛʃənl] **adj.** 職業性的，專業的　**attitude** [ˈætətjud] **n.** 態度

30.

Welcome back to Sunshine Radio! What you've just heard was Hot Pink's new single, "How I Hate That". It's so catchy! Be careful not to have it stuck in your head! Now let's focus on tomorrow's weather forecast. There's a hurricane hundreds of miles away from the east coast, but that's not going to affect us at the moment. It will be sunny for most of the cities tomorrow. However, please watch out for strong wind. Let's have a short break and stay tuned!

Question: What should listeners be careful of tomorrow?

A. The catchy song.

B. The hurricane.

C. High temperature.

D. Windy weather.

第1回 第2回 第3回 第4回 第5回 第6回 第7回 第8回 第9回 第10回

英文翻譯

歡迎回到 Sunshine 廣播電台！您剛才聽到的是 Hot Pink 的新單曲〈How I Hate That〉。真是抓耳！小心別讓它在你腦子裡揮之不去哦！現在讓我們聚焦於明天的氣象預報。現在東岸數百英里外有颶風，但目前不會影響我們。明天大部分的城市都會是晴天。不過，請小心強風。我們休息一下，請不要轉台！

問題：聽者明天應該小心什麼？

A. 那首抓耳的歌。

B. 颶風。

C. 高溫。

D. 颳風的天氣。

答題解說

答案：（D）。雖然談話的前半提到 Be careful not to have it stuck in your head!（小心別讓它在你腦子裡揮之不去哦！），但其實是用開玩笑的口吻，表達這首歌真的很洗腦的意思，並不是真的要聽眾「小心」。在談話的最後，提到 please watch out for strong wind（請小心強風），所以把表達方式改為 windy weather 的 D. 是正確答案。

字詞解釋

catchy [ˋkætʃɪ] **adj.** （歌）動聽而易記的　**be stuck in one's head** 在某個人的腦子裡揮之不去　**focus on** 聚焦於，專注於…　**hurricane** [ˋhɝɪˏken] **n.** 颶風　**at the moment** 目前暫時　**watch out for** 小心注意…　**stay tuned** 不轉台

31.

Good evening, residents. Here are some announcements. Please note that the garbage truck schedule has changed. The one that comes at 7:00 p.m. will be coming at 7:20 p.m., and it will stop at City Square instead. Also, recyclable trash will no longer be collected on Mondays. Please be aware of these changes, and thank you for your cooperation.

Question: What will happen on Mondays?

A. Garbage trucks will not come.

B. Garbage trucks will come earlier.

C. Garbage will be dumped on City Square.

D. Recyclable waste will not be accepted.

英文翻譯

各位居民晚安。這裡有一些公告事項。請注意，垃圾車的時間表改變了。晚上 7 點來的垃圾車會改為 7:20 到，停靠的地點也會變成市廣場。還有，每週一將不再收取可回收垃圾。請注意這些改變，也謝謝您的合作。

問題：每週一將會發生什麼事？

A. 垃圾車不會來。

B. 垃圾車會來得比較早。

C. 垃圾會被倒在市廣場上。

D. 可回收垃圾將不會被接受。

答題解說

答案：（D）。從選項的內容，可以預想談話內容和丟垃圾有關。雖然提到了各種細節，但和題目所問的 Mondays 有關的，是 recyclable trash will no longer be collected on Mondays（每週一將不再收取可回收垃圾），所以 D. 是正確答案。另外，談話中提到的 it will stop at City Square instead（停靠的地點會變成市廣場），是指垃圾車停靠的地方，而不是垃圾會被倒（be dumped）在廣場上的意思，所以不能選 C.。

字詞解釋

resident [ˋrɛzədənt] n. 居民，住戶　　**announcement** [əˋnaʊnsmənt] n. 公告
garbage truck 垃圾車　　**recyclable** [rɪˋsaɪkləbl] adj. 可回收的
cooperation [koˏɑpəˋreʃən] n. 合作，協力　　**dump** [dʌmp] v. 傾倒

32.

Good morning! Are you ready to experience the treasure hunt at our zoo? Today, every team needs to find the objects that we've hidden in the zoo. We will distribute the score boards and pens later. From 10 to 12 o'clock, the team that finds the most objects wins. The winning team will receive special tickets, which allow them to enter the zoo for free throughout the year! Before we start, remember not to bother other visitors, and drink plenty of water as it is very hot today.

Question: What is the prize for the competition?

A. Some treasure.
B. Some stationery.
C. A board game.
D. Free admission.

第 1 回
第 2 回
第 3 回
第 4 回
第 5 回
第 6 回
第 7 回
第 8 回
第 9 回
第 10 回

英文翻譯

早安！你們準備好在我們的動物園體驗尋寶活動了嗎？今天，每一隊都需要找到我們藏在動物園裡的物品。稍後我們將會分發計分板和筆。從 10 點到 12 點，找到最多物品的隊伍獲勝。獲勝的隊伍將得到特別門票，可以讓他們一整年免費入園！在我們開始之前，記得不要打擾其他遊客，並且喝許多水，因為今天非常熱。

問題：這場比賽的獎品是什麼？
A. 一些寶藏。
B. 一些文具用品。
C. 圖版遊戲（桌上遊戲）。
D. 免費入場。

答題解說

答案：（D）。介紹尋寶活動的進行方式之後，說話者說 The winning team will receive special tickets, which allow them to enter the zoo for free throughout the year（獲勝的隊伍將得到免費門票，可以讓他們一整年免費入園），但選項中並沒有「門票」這個答案，而是用 free admission（免費入場）重新表達 enter the zoo for free 這件事，所以 D. 是正確答案。如果不知道 admission 這個單字，就很難判斷答案了。另外，雖然這個活動叫 treasure hunt（尋寶），但實際上只是表達這是一場「找東西的比賽」，找到的東西既不是寶藏，也不是最後會得到的獎品，所以不能選 A.。

字詞解釋

treasure hunt 尋寶遊戲　**distribute** [dɪ`strɪbjʊt] v. 分配，分發　**score board** 計分板　**plenty of** 很多的⋯　**competition** [ˌkɑmpə`tɪʃən] n. 比賽　**stationery** [`steʃənˌɛrɪ] n. 文具　**board game** 圖版遊戲（在遊戲板上進行的桌上遊戲）
admission [əd`mɪʃən] n. 入場；入學許可

33.

Ladies and gentlemen, welcome to tonight's banquet. We're here to celebrate the completion of our new headquarters. The whole company has been waiting for this moment for a long time, and thanks to the design of architect Ted Anzley, the building's modern look represents our spirit of keeping up with the times. Now, let's welcome our amazing partner, Ted Anzley.

Question: According to the speaker, what is the duty of Ted Anzley?
A. Designing the building.
B. Raising fund for the building.
C. Giving a speech.
D. Leading the company.

英文翻譯

各位女士先生，歡迎來到今晚的宴會。我們在這裡是要慶祝我們新總部的完工。整間公司已經等待這一刻很久了，也謝謝建築師 Ted Anzley 的設計，使這棟建築物的現代外觀代表我們與時俱進的精神。現在，讓我們歡迎我們很棒的夥伴，Ted Anzley。

問題：根據說話者所說，Ted Anzley 的職責是什麼？
A. 設計建築物。
B. 為建築物籌募資金。
C. 發表演說。
D. 領導公司。

答題解說

答案：（A）。一開始，說話者提到晚宴的目的是 celebrate the completion of our new headquarters（慶祝我們新總部的完工），後面則是感謝 the design of architect Ted Anzley（建築師 Ted Anzley 的設計），並且請他上台。因為有 design 這個關鍵詞，所以很容易判斷答案是 A.，但即使沒有出現 design，也要知道 architect（建築師）的工作就是 designing buildings（設計建築物）。

字詞解釋

banquet [ˋbæŋkwɪt] n. 宴會　**completion** [kəmˋpliʃən] n. 完成　**headquarters** [ˋhɛdˋkwɔrtəz] n. 總部　**architect** [ˋɑrkəˏtɛkt] n. 建築師　**look** [lʊk] n. 外觀　**spirit** [ˋspɪrɪt] n. 精神　**keep up with the times** 與時俱進　**raise fund** 籌募資金

34.

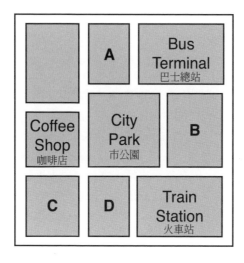

For question 34, please look at the map. 第 34 題請看地圖。

Hi, David. This is Sandra. Can you pick up the products at the supplier's warehouse for me later? I'm stuck in traffic. I'm afraid we may not make it to send them to the customers on time. Their warehouse is right across from City Park, and you'll immediately see it when you go out of the train station. It's also near a coffee shop, so you can get some coffee when you're done. Thanks a lot!

Question: Where is the supplier's warehouse?

A. Location A.

B. Location B.

C. Location C.

D. Location D.

英文翻譯

嗨，David。我是 Sandra。你待會可以幫我到供應商的倉庫收取產品嗎？我遇到塞車了。我怕我們可能會來不及準時把產品送到顧客那邊。他們的倉庫在市公園正對面，你從火車站出來就會馬上看到。它也離咖啡店很近，所以你完成的時候可以買些咖啡。非常感謝！

問題：供應商的倉庫在哪裡？

A. 地點 A。

B. 地點 B。

C. 地點 C。

D. 地點 D。

答題解說

答案：（D）。要從地圖中的 A-D 選擇一個地點，所以要注意聽這個地點和地圖上已知部分的位置關係。關於倉庫的位置，說話者提到 right across from City Park（在市公園正對面）、you'll immediately see it when you go out of the train station（你從火車站出來就會馬上看到），而且 near a coffee shop（離咖啡店很近），所以 D. 是正確答案。因為從火車站出來就會馬上看到，所以距離火車站比較遠的 C. 不是正確答案。雖然 warehouse 是比較難的單字，但就算不知道它的意思，把它當成「叫做 warehouse」的地方，一樣可以透過關於位置的敘述得知正確答案。

字詞解釋

terminal [ˋtɝmən1] n. 總站，終點站　**supplier** [səˋplaɪɚ] n. 供應商　**warehouse** [ˋwɛrˌhaʊs] n. 倉庫　**make it** 成功；完成　**immediately** [ɪˋmidɪɪtlɪ] adv. 立即

35.

	Saturday 星期六	Sunday 星期日
Morning 早上	Sally Kendal	
Afternoon 下午		Bill Mosby
Evening 晚上	John Anderson	Marshal Bradly

For question 35, please look at the schedule. 第 35 題請看時間表。

After a busy week at work, I like to hang out with my friends on the weekend. For this weekend, I'll meet Sally and Bill. We've known each other for a long time, so it feels like they're my family. Besides meeting my friends, I'd also have some spare time to relax and enjoy reading. However, this weekend I'll have dinner with a client, so I can't just relax in the afternoon that day. I'll review the details of the project I've proposed to him, so I can talk about it if he asks.

Question: Who is the speaker's client?

A. Sally Kendal.

B. John Anderson.

C. Bill Mosby.

D. Marshal Bradly.

英文翻譯

在忙碌工作一週後，週末我喜歡和朋友打發時間。在這個週末，我會跟 Sally 和 Bill 見面。我們認識很久了，所以感覺他們就像我的家人。除了見我的朋友以外，我也會有一些空閒時間來放鬆並享受閱讀。不過，這個週末我會和一位客戶吃晚餐，所以我那天下午不能只是放鬆。我會重看我向他提議的專案細節，所以如果他問起的話，我就可以談了。

問題：誰是說話者的客戶？

A. Sally Kendal。

B. John Anderson。

C. Bill Mosby。

D. Marshal Bradly。

答題解說

答案：（B）。要從行程表的人名中選出一個，所以要注意聽關於時間的敘述。除了和人見面的時間以外，這一題比較特別的地方在於還要注意到空閒的時段，才能得到答案。說話者提到 I'd also have some spare time to relax... However, this weekend I'll have dinner with a client, so I can't just relax in the afternoon that day. （我也會有一些空閒時間來放鬆…不過，這個週末我會和一位客戶吃晚餐，所以我那天下午不能只是放鬆），表示在和客戶吃晚餐之前，有空閒的時間，但是這段空閒時間不能放鬆。在行程表中，星期六下午是空白的，所以那天晚上的 John Anderson 是說話者的客戶，正確答案是 B.。

字詞解釋

hang out （例如和朋友）在某個地方消磨時間　　**spare** [spɛr] **adj.** 閒置的，備用的　　**client** [ˋklaɪənt] **n.** 客戶　　**detail** [ˋditel] **n.** 細節　　**propose** [prəˋpoz] **v.** 提出，提議

第一部分：詞彙

1. There are many kinds of _____ we can use to describe our feelings. （有很多種類的措詞可以讓我們用來描述感覺。）

   A. expressions
   B. measurements
   C. conclusions
   D. agreements

   答題解說

   答案：（A）。空格後面省略了關係代名詞 which/that，後面的子句 we can... 修飾空格中要填入的名詞。重點在於 we can use to describe（我們可以用_____來描述），所以可以表示「措詞」的 A. expressions 是正確答案。另外，選項 B. measurements（測量；尺寸）如果改成 measures 的話，則是「措施」的意思。

   字詞解釋

   expression [ɪk`sprɛʃən] n. 表達；措詞；臉部表情　**measurement** [`mɛʒə-mənt] n. 測量；尺寸　**conclusion** [kən`kluʒən] n. 結論　**agreement** [ə`grimənt] n. 協議

2. Mr. Smith enjoys _____ sports a lot, such as bungee jumping and skydiving. （史密斯先生非常喜歡極限運動，例如高空彈跳和高空跳傘）。

   A. extreme
   B. accurate
   C. existing
   D. outstanding

   答題解說

   答案：（A）。這一題的重點在於看出 bungee jumping（高空彈跳）和 skydiving（高空跳傘）屬於什麼類型的運動，所以能構成 extreme sports（極限運動）的 A. extreme 是正確答案。

字詞解釋

bungee jumping 高空彈跳 **skydiving** [ˋskaɪˏdaɪvɪŋ] **n.** 高空跳傘 **extreme** [ɪkˋstrim] **adj.** 極端的，極度的 **accurate** [ˋækjərɪt] **adj.** 精確的 **existing** [ɪgˋzɪstɪŋ] 現存的 **outstanding** [ˋaʊtˋstændɪŋ] **adj.** 傑出的

3. Our new product will be _____ in both physical stores and our online shop.（我們的新產品在實體店面和我們的網路商店都將可以買到。）

   A. frequent
   B. unique
   C. available
   D. regretful

答題解說

答案：（C）。空格後面的 in both physical stores and our online shop（在實體店面和我們的網路商店）表示 new product（新產品）銷售的地方，所以選項中能夠表示在這些地方「可供購買」的 C. available 是正確答案。

字詞解釋

physical [ˋfɪzɪkl] **adj.** 實體的 **frequent** [ˋfrikwənt] **adj.** 頻繁的 **unique** [juˋnik] **adj.** 獨特的 **available** [əˋveləbl] **adj.** 可得的，可以買到的 **regretful** [rɪˋgrɛtfəl] **adj.** 後悔的

4. During the _____ ceremony, each student goes on the stage to receive their diploma.（在畢業典禮上，每位學生上台領取他們的學位證書。）

   A. award
   B. promotion
   C. graduation
   D. retirement

答題解說

答案：（C）。空格表示 ceremony（典禮）的類型，因為是學生 receive their diploma（領取學位證書）的典禮，所以 C. graduation（畢業）是正確答案。

字詞解釋

diploma [dɪˋplomə] **n.** 畢業文憑，學位證書 **award ceremony** 頒獎典禮 **promotion ceremony** 晉升典禮 **graduation ceremony** 畢業典禮 **retirement ceremony** 榮退（退休，退役）典禮

each student（每位學生）是單數，而且性別不確定，依照傳統的文法觀念，代名詞應該是 he or she。但到了近年，對於性別不確定的單數名詞，使用 they 來代表的做法逐漸成為主流。在題目中，their diploma 的 diploma 沒有加 s，因為前面的 their 其實是「性別不確定的單數」的意思。

5. **Those who want to register for this course should _____ this form and submit it to our staff.**（想要登記上這門課的人，應該填好這個表格，並且交給我們的工作人員。）

A. fill out
B. write down
C. sign up for
D. take care of

答題解說

答案：（A）。只要看到空格後面的受詞 form（表格），就可以知道 A. fill out（填好）是正確答案。B. write down 是表示把什麼內容「寫下來」，所以不能接「表格」或「紙張」之類的東西當受詞。

字詞解釋

register [ˈrɛdʒɪstɚ] v. 登記　　**submit** [səbˈmɪt] v. 提交　　**fill out** 填好（表格等）　　**write down** 寫下（內容等）　　**sign up for** 報名參加（課程、俱樂部等）　　**take care of** 照顧…

6. **We encourage every user to _____ the app to the latest version, which has many new features.**（我們鼓勵每一位使用者將應用程式更新至最新版，這個版本有許多新功能。）

A. update
B. extend
C. refresh
D. download

答題解說

答案：（A）。空格部分的動詞，後面接受詞 the app（應用程式），接下來的 to the latest version（到最新的版本）則是受詞補語，表示動作進行後受詞的結果。所以，能造成這個結果的 A. update（更新）是正確答案。C. refresh（刷新）通常

用在 refresh a page（重新整理網頁）的情況，表示為了顯示最即時的資訊而進行重新整理的動作。

字詞解釋

app [æp]（例如行動裝置上的）應用程式（= **applet**）　**version** [ˋvɝʒən] n. 版本　**feature** [fitʃɚ] n. 特徵，功能　**update** [ʌpˋdet] v. 更新　**extend** [ɪkˋstɛnd] v. 延長，延伸　**refresh** [rɪˋfrɛʃ] v. 使恢復活力；刷新　**download** [ˋdaʊn͵lod] v. 下載

7.　The company conducts surveys regularly to understand how it can better
　　_____ customers' needs.（這家公司定期進行調查，以了解如何能夠更滿足顧客的需求。）

　　A.　satisfy
　　B.　qualify
　　C.　simplify
　　D.　intensify

答題解說

答案：（A）。這個句子可以分成兩部分，後半從 to understand...（為了了解…）開始的部分，是前半部分的目的。前半部分提到 conducts surveys regularly（定期進行調查），這是為了了解顧客想法而做的事情，所以適合接 needs、表示「滿足需求」的 A. satisfy（滿足）是正確答案。

字詞解釋

conduct [kənˋdʌkt] v. 進行　**survey** [ˋsɝve] n. 調查　**satisfy** [ˋsætɪs͵faɪ] v. 滿足　**qualify** [ˋkwɑlə͵faɪ] v. 使具有資格　**simplify** [ˋsɪmplə͵faɪ] v. 簡化　**intensify** [ɪnˋtɛnsə͵faɪ] v. 強化

8.　Since this restaurant is very popular, you need to make a reservation
　　_____.（因為這家餐廳很受歡迎，所以你需要事先預約。）

　　A.　by chance
　　B.　in advance
　　C.　by yourself
　　D.　in a hurry

答題解說

答案：（B）。就算沒有空格的部分，這個句子的意義也是完整的，必須思考要加上什麼內容才符合這裡想要表達的情況。因為餐廳很 popular（受歡迎），位

子可能很早就預約滿了，所以 B. in advance（預先）是恰當的答案。其他選項都
和「餐廳很受歡迎」沒有直接的關係。

字詞解釋

reservation [ˌrɛzəˈveʃən] n. 預約　**by chance** 偶然，意外地　**in advance** 預先
by oneself 自己一個人　**in a hurry** 匆忙地（指做事的步調很趕，而不是指時間
早晚）

9. **The country received a huge amount of _____ after being seriously hit
by the earthquake.**（受到地震重創之後，這個國家收到許多捐款。）

A. tensions
B. donations
C. suspicions
D. inspections

答題解說

答案：（B）。在 being seriously hit by the earthquake（受到地震重創）之後，通
常會收到捐款，所以 B. donations（捐款）是正確答案。其他選項和「遇到地震
之後」沒有直接的關係。

字詞解釋

earthquake [ˈɝθˌkwek] n. 地震　**tension** [ˈtɛnʃən] n.（通常當不可數名詞）緊繃，
緊張　**donation** [doˈneʃən] n. 捐獻，捐款　**suspicion** [səˈspɪʃən] n. 懷疑
inspection [ɪnˈspɛkʃən] n. 檢查

10. **You may have a better chance of getting a job if you show more _____
during an interview.**（如果你在面試時展現更多自信，可能會有比較高的機率
獲得工作。）

A. evidence
B. existence
C. innocence
D. confidence

答題解說

答案：（D）。要從四個選項中，選出面試時可能會讓人 have a better chance of
getting a job（有比較高的機率獲得工作）的東西，所以 D. confidence（自信）是
適當的答案。A. evidence（證據）用在這裡的話，語意不完整，應該改為

evidence that you are a qualified candidate（你是有資格的人選的證據）會比較恰當。

第1回

第2回

第3回

第4回

第5回

第6回

第7回

第8回

第9回

第10回

字詞解釋

evidence [ˋɛvədəns] n. 證據　**existence** [ɪgˋzɪstəns] n. 存在　**innocence** [ˋɪnəsəns] n. 天真　**confidence** [ˋkɑnfədəns] n. 自信，信心

第二部分：段落填空

Questions 11-15

When you walk on a beach, you may notice trash here and there. Most of the trash is **carried** to the beach by wind or water. Regular beach cleanups may help, but it is more important to reduce waste at the source. Governments around the world have taken various **measures** to reduce waste. In Taiwan, for example, the government **encourages** people to bring their own cups by offering a discount to those who do so when buying drinks. **Likewise**, there are actions against the use of disposable tableware in restaurants. **By cutting the use of** disposable products, we can reduce the amount of waste and help protect the environment.

字詞解釋

here and there 到處　**beach cleanup** 淨灘　**waste** [west] n. 廢棄物　**source** [sors] n. 來源　**measure** [ˋmɛʒɚ] n. 措施　**likewise** [ˋlaɪk͵waɪz] adv. 同樣地　**disposable** [dɪˋspozəbl] adj. 用完即丟的，拋棄式的　**tableware** [ˋtebl͵wɛr] 餐具（總稱）

中文翻譯

　　當你走在海邊，你可能會注意到四處都有垃圾。這些垃圾大部分是風或（海）水帶到海邊的。定期的淨灘可能有幫助，但更重要的是從源頭減少廢棄物。世界各地的政府已經採取了各種措施來減少廢棄物。例如在台灣，政府藉由提供折扣給買飲料時帶自己的杯子的人，來鼓勵人們這麼做。同樣的，也有抑制餐廳中使用拋棄式餐具的行動。藉由減少拋棄式產品的使用，我們可以減少廢棄物的量，並且幫助保護環境。

答題解說

11. A. blown　B. driven　C. thrown　D. carried
　　答案：（D）。主詞是 trash（垃圾），動詞部分是被動態，後面接表示目的地的 to the beach（到海邊）和表示行為主體的 by wind or water（被風或水）。這裡要

選擇的是風和水如何使垃圾移動到海邊，最適合的答案是 D. carried（運送，帶到…）。A. blown（吹）適合搭配 wind，但不適合 water。B. driven（驅動）的意思是「使本身有能力移動的對象動起來」，但垃圾自己不會動，所以不適合。

12. A. targets B. policies C. measures D. perspectives

答案：（C）。空格後面接表示目的的不定詞片語 to reduce waste（為了減少廢棄物），而且空格是 take 的受詞。選項 C. measures 可以構成 take measures（採取措施），是恰當的答案。A. 和 B. 不適合搭配動詞 take 使用，比較適合的表達方式是 set a target（設定目標）、make a policy（制定政策）。D. 雖然 take perspectives（採取觀點）是適當的表達方式，但只是「採取觀點」，並不能達到「減少廢棄物」的結果。

13. A. forces B. allows C. expects D. encourages

答案：（D）。空格要填入動詞，後面接受詞 people（人們）以及受詞補語 to bring their own cups（帶他們自己的杯子），以及表示方法的 by offering a discount...（藉由提供折扣…）。四個選項都是適合接「受詞 + to 不定詞」結構的動詞，但因為方法是「藉由提供折扣（而使他們帶自己的杯子）」，所以 D. encourages（鼓勵）是最合適的答案。A. force someone to do... 是「強迫某人做…」的意思。C. expects（期望）看起來像是合理的答案，但「期望」這個行為只要用想的就能做到了（不管結果是否符合預期），不需要透過「提供折扣」才能「期望」某件事，所以不對。

14. A. Likewise B. Namely C. Therefore D. Otherwise

答案：（A）。空格部分要填入連接副詞，所以要從前後兩個句子之間的關係來判斷答案。前面的句子提到「鼓勵人們帶自己的杯子」，後面的句子提到「抑制餐廳中使用拋棄式餐具的行動」，是減少廢棄物的兩種方法，所以能表示兩者性質類似的 A. Likewise（同樣地）是正確答案。

字詞解釋

namely [ˈnemlɪ] **adv.** 也就是，也就是說…   **therefore** [ˈðɛr͵for] **adv.** 因此
otherwise [ˈʌðə͵waɪz] **adv.** 否則，不然的話

15. A. By cutting the use of 藉由減少…的使用
    B. To stop manufacturing 為了停止製造…
    C. Considering the contribution of 考慮到…的貢獻
    D. Contrary to conventional views about 和一般關於…的看法相反

答案：（A）。空格的後面接受詞 disposable products（拋棄式產品），逗號後面的部分則說 we can reduce the amount of waste（我們可以減少廢棄物的量），所以空格應該填入減少廢棄物的方法，A. 是最合適的答案。B. 在文法上只能把行

為主體解釋為後面句子的主詞 we，所以意思會變成「為了使『我們』停止製造拋棄式產品，『我們』可以減少廢棄物的量」，把拋棄式產品的生產者和使用者混為一談，不是恰當的答案。

字詞解釋

manufacture [ˌmænjəˈfæktʃɚ] v.（大量）製造　**contribution** [ˌkɑntrəˈbjuʃən] n. 貢獻　**contrary to** 和…相反　**conventional** [kənˈvɛnʃənl] adj. 習慣的，普通的，常規的

Questions 16-20

Sloths are mammals **native** to the rainforests of Central and South America. They are known for moving very slowly, normally at a speed of 4 meters per minute on the tree, and only 2 meters per minute on the ground. **Therefore**, if a sloth falls on the ground, it may be at risk of being **hunted** by jaguars. Sloths are not only slow-moving animals, but they also have a slow digestion process. **After they finish a meal**, it takes them almost a month to digest. Despite being slow in many aspects, sloths are actually good swimmers. **Thanks to** their long arms, they can swim three times faster than they move on the ground.

字詞解釋

sloth [sloθ] n. 樹懶　**mammal** [ˈmæml] n. 哺乳動物　**native** [ˈnetɪv] adj. 產於當地的　**rainforest** [ˈrenˌfɑrɪst] n. 雨林　**be at risk of** 有…的危險　**jaguar** [ˈdʒægwɑr] n. 美洲豹　**digestion** [dəˈdʒɛstʃən] n. 消化　**process** [ˈprɑsɛs] n. 過程　**digest** [daɪˈdʒɛst] v. 消化　**thanks to** 多虧有…

中文翻譯

樹懶是原生於中南美洲雨林的哺乳動物。他們以移動得非常慢聞名，通常在樹上的速度是每分鐘 4 公尺，在地面上只有每分鐘 2 公尺。所以，如果樹懶掉在地上，可能有被美洲豹獵食的危險。樹懶不止是移動得很慢的動物，牠們還有很慢的消化過程。吃完一餐之後，要花牠們幾乎一個月來消化。儘管在許多方面很慢，樹懶其實是不錯的游泳者。多虧有長長的手臂，牠們可以用比在地面上快三倍的速度游泳。

答題解說

16. A. vital　B. loyal　C. native　D. related
　　答案：（C）。四個選項後面都可以接「to 名詞」的結構，但因為 to 後面的資訊是樹懶生活的地區，所以表示「原生於…」的 C. native 是正確答案，這個形容

第1回
第2回
第3回
第4回
第5回
第6回
第7回
第8回
第9回
第10回

詞也可以表示某人「出生於某地」或者「土生土長」。A. vital（不可或缺的）雖然在這個句子裡說得通，但整篇文章都沒有解釋樹懶為什麼對雨林很重要，所以這不是恰當的答案。

字詞解釋

be vital to 對於…不可或缺　**be loyal to** 對…忠誠　**be native to** 原生於…，出生於…　**be related to** 和…有關

17. A. Therefore　B. However　C. Nevertheless　D. Timely
    答案：（A）。空格部分要填入連接副詞，所以要從前後兩個句子之間的關係來判斷答案。前面的句子提到「樹懶以移動得非常慢聞名…在地面上只有每分鐘 2 公尺」，而後面的句子是「如果樹懶掉在地上，可能有被美洲豹獵食的危險」。前面的句子是後面敘述內容的原因，所以表示「因此」的 A. Therefore 是正確答案。

字詞解釋

nevertheless [ˌnɛvəðəˋlɛs] **adv.** 儘管如此　**timely** [ˋtaɪmlɪ] **adv.** 及時地

18. A. tickled　B. hunted　C. nurtured　D. caressed
    答案：（B）。空格要填入「樹懶被美洲豹怎麼樣」，雖然有些比較難的單字，但如果認識這些單字的話，不難判斷答案是 B. hunted（獵捕）。

字詞解釋

tickle [ˋtɪkl] **v.** 搔癢　**nurture** [ˋnɝtʃə] **v.** 養育　**caress** [kəˋrɛs] **v.** 撫摸

19. A. Once they are ready 一旦他們準備好
    B. After they finish a meal 在他們吃完一餐後
    C. Although they move slowly 雖然他們移動得很慢
    D. When they become hungry 當他們變餓時
    答案：（B）。空格要填入適合承接上下文的內容，前面提到「他們有很慢的消化過程」，後面則是「要花牠們幾乎一個月來消化」，所以空格部分的內容應該和「吃東西」有關，正確答案是 B.。

20. A. Despite　B. Thanks to　C. Rather than　D. For the sake of
    答案：（B）。空格後面接 their long arms（他們長長的手臂），這是 they can swim three times faster...（他們可以用快三倍的速度游泳）的原因，所以能表示原因的 B. Thanks to（多虧有…）是正確答案。

字詞解釋

despite [dɪˋspaɪt] **n.** 儘管有…　**rather than** 而不是…　**for the sake of** 為了…

第三部分：閱讀理解

Questions 21-22

中文翻譯

備忘錄

2025 年 9 月 28 日
來自：管理辦公室
收件者：所有住戶
主旨：電梯保養

　　整個十月，1 號和 3 號電梯將會進行保養。在這段時間，只有 2 號和 4 號電梯可以使用。我們知道在只有一半的電梯運作的情況下，您可能必須等待比較久的時間，但請理解定期保養對於電梯的安全是不可或缺的。如果您有任何問題，請撥打 1234-5678 聯絡我們。

21. 這則備忘錄的主要目的是什麼？
    A. 為了鼓勵使用電梯
    B. 為了公告維修工作
    C. 為了和住戶保持聯絡
    D. 為了提升對於電梯安全的意識

22. 根據這則備忘錄，以下何者正確？
    A. 這棟大樓有四部電梯。
    B. 有些住戶反對保養。
    C. 住戶在 10 月不能使用電梯。
    D. 電梯之前有些安全問題。

字詞解釋

文章 **memorandum** [ˌmɛməˈrændəm] **n.** 備忘錄 **management** [ˈmænɪdʒmənt] **n.** 管理 **resident** [ˈrɛzədənt] **n.** 居民，住戶 **elevator** [ˈɛləˌvetɚ] **n.** 電梯 **maintenance** [ˈmentənəns] **n.** 維護，保養 **essential** [ɪˈsɛnʃəl] **adj.** 必要的，不可或缺的
第 21 題 **announce** [əˈnaʊns] **v.** 宣布，公告 **stay in contact** 保持聯絡
awareness [əˈwɛrnɪs] **n.** 意識
第 22 題 **oppose** [əˈpoz] **v.** 反對 **issue** [ˈɪʃʊ] **n.** 議題；問題

21. 答案：（B）。在公告類的文件中，通常開頭第一句就會提到公告的目的。第一個句子提到 Elevators no. 1 and 3 are going to be under maintenance（1 號和 3 號電梯將會進行保養），所以把 maintenance 改用 repair work（維修工作）來表達的 B. 是正確答案。A. 表達得不夠精確，如果改成 To encourage using elevators not under maintenance（鼓勵使用不是在保養中的電梯），就是適當的答案。

22. 答案：（A）。問「何者正確／不正確」的題目，必須在文章中逐一找出和每個選項有關的部分，核對是否符合選項的敘述。A. 備忘錄中提到 Elevators no. 1 and 3 are going to be under maintenance（1 號和 3 號電梯將會進行保養）、elevators no. 2 and 4 will be available（2 號和 4 號電梯可以使用）、only half of the elevators operating（只有一半的電梯運作），從這些線索可以確定總共有四部電梯，選項敘述正確。C. 十月並不是「不能使用電梯」，而是「不能使用一部分的電梯」，所以選項敘述錯誤。B. D. 在文章中沒有提到。在回答這種題目時，不能因為主觀認為選項的敘述有可能是對的，而誤選文章中根本沒有提到的事情。

Questions 23-25

中文翻譯

寄件者：stanleywilson@email.com.tw
收件者：alleystinson@awesomefurniture.com
主旨：採購訂單
附件：purchase_items.pdf

親愛的 Stinson 小姐：

我寫這封電子郵件是要告訴您，我最近買了一棟新房子，並且決定跟你們的店購買一些家具。請查看我附上的文件。我列出了我需要的物品，並且計算了總費用。我也附上了房間的尺寸，所以請檢查這些物品是否適合（空間的尺寸）。我希望貨品可以在 4 月 25 日前送到，因為我在月底有出差行程。請讓我知道是否有可能。

對了，我是你們回饋計畫的會員，所以我想知道這次購買是否能獲得折扣。感謝您的幫忙！

Stanley Wilson

23. Wilson 先生為什麼寫這封電子郵件？

A. 為了購買東西

B. 為了投訴

C. 為了更新會員資格

D. 為了諮詢室內裝潢專家

24. 根據這封電子郵件，以下何者不正確？

A. Wilson 先生想要買些家具，因為他買了新房子。

B. Wilson 先生會在月中出差。

C. Stinson 小姐需要確認 Wilson 先生想買的物品的尺寸。

D. 這家店有供一些顧客利用的回饋計畫。

25. 在附加文件中，沒有提供什麼資訊？

A. 房間尺寸

B. 要購買的物品

C. 訂單的總金額

D. 房子的購買價格

字詞解釋

文章　**purchase order** 採購訂單　**attach** [ə`tætʃ] v. 附上　**calculate** [`kælkjə͵let] v. 計算　**fit in** 適合　**shipment** [`ʃɪpmənt] n. 運送的貨物　**business trip** 出差　**reward program** （商店的）回饋計畫　**discount** [`dɪskaʊnt] n. 折扣

第 23 題　**complaint** [kəm`plent] n. 抱怨，投訴　**renew** [rɪ`nju] v. 更新 **membership** [`mɛmbɚ͵ʃɪp] n. 會員資格　**interior** [ɪn`tɪrɪɚ] adj. 內部的 n. 內部（室內）**professional** [prə`fɛʃənl] n. 專家

第 24 題　**purchasing price** 購買的價格

答題解說

23. 答案：（A）。從前後的 Dear Ms. Stinson 和 Stanley Wilson，可以確認這是 Stanley Wilson 寫給 Stinson 小姐的郵件。信件的目的通常在開頭就會表明，在這封電子郵件的第一句，提到 I... decided to purchase some furniture from your store （我決定跟你們的店購買一些家具），後面接著提到自己附上欲購物品的列表，以及其他和購買家具相關的細節，所以 A. 是正確答案。

24. 答案：（B）。問「何者正確／不正確」的題目，必須在文章中逐一找出和每個選項有關的部分，核對是否符合選項的敘述。A. 在 I recently bought a new house and decided to purchase some furniture 的部分提到「我最近買了一棟新房子，並且決定購買一些家具」，選項敘述正確。B. 在 I have a business trip at the end of the month 的部分提到「我在月底有出差行程」，不是月中，和選項的敘述不符合，

所以是正確答案。**C.** 在 I also included the sizes of the rooms, so please check if the items would fit in 的部分提到「我也附上了房間的尺寸，所以請檢查這些物品是否適合」，意思是要收件者 Stinson 小姐確認家具是否適合房間的尺寸，所以需要確認家具的尺寸，選項敘述正確。**D.** 在 I am a member of your reward program 的部分提到「我是你們回饋計畫的會員」，表示這家店有提供給顧客的回饋計畫，選項敘述正確。

25. 答案：（D）。關於附件的內容，郵件中提到了 the sizes of the rooms（房間的尺寸）、the items I need（我需要的物品）、the total cost（總費用），沒有提到購買房子的價錢，所以 D. 是正確答案。

Questions 26-28

中文翻譯

徵求設計師

Giant Design Group 正在尋找有出色想法的平面設計師。如果您符合以下必要條件，並且對這個機會有興趣，我們鼓勵您應徵。

・藝術／設計／多媒體／資訊科技至少學士等級的學位
・在藝術或設計相關產業至少 2 年經驗
・精通平面設計軟體

除了以上列出的必要條件，以下技能雖非必要，但會是這個職位的加分條件。

・良好的溝通技能，具有與客戶溝通的經驗更佳
・社交媒體管理技能

獲得錄用的人選將負責：

・為出版商、廣告主等等的客戶製作平面圖像內容
・為我們的社交媒體帳戶製作視覺素材

請將您的履歷和作品集寄到 recruits@giantdesign.com。謝謝您考慮加入我們的團隊！

寄件者：chloelin0617@email.com.tw
收件者：recruits@giantdesign.com
主旨：應徵平面設計師職位
附件：resume.pdf, portfolio_chloe.pdf

敬啟者：

嗨，我在貴公司網站上看到徵人廣告，我想要應徵平面設計師的職位。我 2018 年畢業於紐澤西大學藝術與平面設計系，在那之後在兩家設計公司工作過。我也負責維護現任公司的 Facebook 頁面。附件是我的履歷和作品集。如果有任何問題請聯絡我。謝謝。

Chloe Lin

26. 關於這個職缺，何者正確？
    A. 這家公司正在尋找軟體設計師。
    B. 這個職位的應徵者必須要有大學學位。
    C. 在出版商工作過的人有比較高的機率獲得錄用。
    D. 這個工作不涉及與客戶溝通。

27. 關於 Chloe，我們可以推斷什麼？
    A. 她剛從大學畢業。
    B. 她正在 Facebook 工作。
    C. 她是公司的發言人。
    D. 她換過一次工作。

28. 要被認為是有資格的應徵者，Chloe 還需要提供什麼額外的資訊？
    A. 她的教育背景
    B. 她的工作經驗
    C. 她的電腦技能
    D. 她的履歷和作品集

字詞解釋

文章 1 **designer** [dɪˋzaɪnɚ] n. 設計師 **graphic** [ˋgræfɪk] adj. 平面藝術的 **brilliant** [ˋbrɪljənt] adj. 光輝的；傑出的 **requirement** [rɪˋkwaɪrmənt] n. 必要條件 **bachelor's degree** 學士學位 **multimedia** [mʌltɪˋmidɪə] n. 多媒體 **information technology** 資訊科技 **proficiency** [prəˋfɪʃənsɪ] n. 熟練，精通 **preferably** [ˋprɛfərəblɪ] adv. 更可取地 **social media** 社交媒體 **management** [ˋmænɪdʒmənt] n. 管理 **candidate** [ˋkændədet] n. 人選 **content** [ˋkɑntɛnt] n. 內容 **publisher** [ˋpʌblɪʃɚ] n. 出版商，出版社 **advertiser** [ˋædvɚ͵taɪzɚ] （委託刊登廣告的）廣告主 **visual** [ˋvɪʒuəl] 視覺的

résumé [ˌrɛzjuˋme] n. 履歷　　**portfolio** [portˋfolɪˌo] n. 作品集

文章 2　　**agency** [ˋedʒənsɪ] 代理機構

第 27 題　　**infer** [ɪnˋfɝ] v. 推斷　　**spokesperson** [ˋspoksˌpɝsn̩] 發言人

答題解說

26. 答案：（B）。關於這份工作的敘述，要看徵人廣告的內容（第一篇文章）。在提到 following requirements（以下必要條件）的第一段，有 At least bachelor's degree（至少學士學位），所以 B. 是正確答案。A. 廣告徵求的是 graphic designer（平面設計師），不是 software designer（軟體設計師）。C. D. 在文章中沒有提到。

27. 答案：（D）。關於 Chloe 的敘述，要看她所寫的電子郵件（第二篇文章）。她提到自己 have worked in two design agencies（曾經在兩家設計公司工作），而且 responsible for maintaining the Facebook page of my current agency（負責維護現任公司的 Facebook 頁面），可知她曾經從一家設計公司轉職到另一家，所以 D. 是正確答案。A. 在 I graduated... in 2018 and have worked in two design agencies since then 提到「我 2018 年畢業，在那之後在兩家設計公司工作過」，所以她並不是「剛」（just）從大學畢業。B. 她負責 maintaining the Facebook page（維護 Facebook 頁面），而不是「在 Facebook 工作」。C. 在文章中沒有提到。

28. 答案：（C）。這一題需要綜合兩篇文章的內容來判斷答案。比對徵人廣告的 requirements（必要條件）部分列出的事項，以及 Chloe 在電子郵件中提供的資訊，可以發現她提到 graduated from... University（大學畢業），對應徵人廣告中的 bachelor's degree（學士學位）；have worked in two design agencies（在兩家設計公司工作過）對應徵人廣告中的 experience in art or design-related industries（藝術或設計相關產業的經驗）。另外，她也附上了履歷和作品集的檔案。但她沒有說明自己的 Proficiency in graphic design software（熟練平面設計軟體），所以 C. 是正確答案。

Questions 29-32

中文翻譯

　　你對於其他人的情緒與周圍的環境敏感嗎？你在需要你與人交談並社交的擁擠場所感覺不自在嗎？那麼很有可能你是高敏感者（HSP）。這個詞是在 1990 年代中期由 Elaine Aron 和她的丈夫 Arthur Aron 這兩位心理學家發明的。他們已經研究高敏感者很長一段時間了。根據 Aron 夫婦和他們的同事，HSP 佔人口約 15-20%。

　　HSP 的一項特徵是比一般人思考得更深。他們在採取行動前徹底思考後果，但這樣深入思考的過程很容易被認為是「想太多」。另一項特徵是容易因為環境的影響而感到有壓力。舉例來說，當他們感覺到有人在看的時候，進行熟悉的工作可能

有困難。他們一個人在家時做事做得非常好，但在公開場合就會太緊張而無法做好。

　　因為我們偏好積極、活躍人格的文化，身為 HSP 可能被誤解為有疾病或者障礙，但這實際上是他們本性中自然的一部分。就像有內向和外向的人一樣，也有 HSP 和不是 HSP 的人。下次當你發現有人是 HSP，試著更理解並體貼他們的敏感吧。

29. 這篇文章的主要目的是什麼？
　　A. 介紹一種疾病
　　B. 解釋一種人格類型
　　C. 鼓勵人們想得更多
　　D. 教人們如何做研究

30. 關於對 HSP 的研究，何者正確？
　　A. HSP 的概念是在過去十年發展出來的。
　　B. HSP 這個詞是一對心理學家夫妻創造的。
　　C. 距離 HSP 最後一次被研究已經有很長一段時間了。
　　D. 研究者發現 HSP 非常稀少。

31. 根據這篇文章，關於 HSP，何者正確？
　　A. 他們通常在做一件事之前會再三考慮。
　　B. 他們不在乎人們對他們有什麼想法。
　　C. 他們一個人的時候沒辦法把事情做好。
　　D. 他們想要人們的關注。

32. 根據這篇文章，對於 HSP 的常見誤解是什麼？
　　A. 他們天生就是這樣。
　　B. 他們非常有才華。
　　C. 他們的思考缺乏深度。
　　D. 他們只是想太多了。

字詞解釋

文章　**sensitive** [`sɛnsətɪv] adj. 敏感的　**uncomfortable** [ʌn`kʌmfə‧təbl] adj. 不自在的
socialize [`soʃə‧laɪz] v. 社交　**psychologist** [saɪ`kɑlədʒɪst] n. 心理學家　**colleague**
[`kalig] n. 同事　**make up** 佔（部分、比例）　**population** [ˌpɑpjə`leʃən] n. 人口　**trait**
[tret] n. 特性　**average** [`ævərɪdʒ] adj. 平均的，一般的　**consequence** [`kɑnsəˌkwəns]

n. 後果　**thoroughly** [`θɝolɪ] adv. 徹底地　**deem** [dim] 認為⋯　**overthink** [ˌovɚˋθɪŋk] v. 想得太多　**stressed** [strɛst] adj. 感到有壓力的　**perform** [pɚˋfɔrm] v. 表現，執行（工作）　**personality** [ˌpɝsəˋnælətɪ] n. 人格　**disease** [dɪˋziz] n. 疾病　**disorder** [dɪsˋɔrdɚ] n. 失調，（心理的）障礙　**introverted** [`ɪntrəˌvɝtɪd] adj. 內向的　**extroverted** [`ɛkstroˌvɝtɪd] adj. 外向的　**considerate** [kənˋsɪdərɪt] adj. 體貼的　**sensitivity** [ˌsɛnsəˋtɪvətɪ] n. 敏感

第 29 題　**clarify** [`klærəˌfaɪ] v. 澄清，闡明

第 30 題　**decade** [`dɛked] n. 十年

第 31 題　**think twice** 三思，再三考慮

第 32 題　**misunderstanding** [`mɪsʌndɚˋstændɪŋ] n. 誤解　**talented** [`tæləntɪd] adj. 有才華的，有天分的　**depth** [dɛpθ] n. 深度

答題解說

29. 答案：（B）。除了看出這篇文章從頭到尾都在討論高敏感者（HSP）以外，還必須知道這是什麼樣的現象。最後一段提到 being an HSP may be misunderstood as having a disease or disorder, but it is actually a natural part of who they are（身為 HSP 可能被誤解為有疾病或者障礙，但這實際上是他們本性中自然的一部分），所以這不是一種疾病，而是人格特質，所以 B. 是正確答案。

30. 答案：（B）。除了看懂文章內容以外，看懂選項也是正確答題的關鍵。關於 HSP 的研究，主要在第一段討論。這裡提到 This term was invented... by psychologists Elaine Aron and her husband Arthur Aron（這個詞是由 Elaine Aron 和她的丈夫 Arthur Aron 這兩位心理學家發明的），在選項中改用 was created by a psychologist couple（由一對心理學家夫妻創造）來表達，所以 B. 是正確答案。A. 看懂 in the past decade 表示「在過去十年」，就知道和文章中的 This term was invented in the mid-1990s（這個詞在 1990 年代中期被發明）不符合。C. 這個選項很容易被誤讀成「被研究很久了」，要注意 since HSPs were last studied 是「自從 HSP 最後一次被研究之後」的意思，也就是「在那之後已經很久沒人研究了」，不符合文章中的敘述。D. 文章中提到 HSPs make up about 15-20% of the population（HSP 佔人口的 15-20%），幾乎每五個人就有一個，不能說是 very rare（非常稀少）。

31. 答案：（A）。關於 HSP 的特徵，主要在第二段討論。這裡提到 They think about the consequences thoroughly before taking action（他們在採取行動前徹底思考後果），所以在選項中用 think twice（再三考慮）來表達的 A. 是正確答案。

32. 答案：（D）。這一題的關鍵詞是 misunderstanding（誤解），所以要注意文章中如何敘述別人對於 HSP 的看法。其中一個部分是第二段的 They think about the consequences thoroughly... yet such a deep thinking process is easily deemed

"overthinking"（他們徹底思考後果，但這樣深入思考的過程很容易被認為是「想太多」），所以符合這段內容的 D. 是正確答案。

Questions 33-35

中文翻譯

你玩電玩遊戲嗎？如果是的話，你可能已經知道虛擬實境（VR）是什麼了。今日，當我們談到 VR 體驗時，我們的意思通常是戴著 VR 頭戴式裝置。它具有在眼睛前面的螢幕，有時候也包括額外的感應器或控制器，讓使用者能夠和虛擬環境互動。有了這些特點，使用者將會感覺沉浸在虛擬世界中。

在你的印象中，可能認為 VR 技術只和電玩有關，但它也被應用在其他許多領域中。舉例來說，有了 VR 技術，學生可以上虛擬課堂，並且和老師、同學互動，而不用移動到學校。對於身障人士，他們也可以藉著 VR 的幫助看醫生並獲得適當的醫療。VR 的應用已經超越了我們過去所能想像的。

VR 已經證明在我們生活中的許多方面有益。透過持續的研究與開發，我們可以期待 VR 未來在更多領域和產業扮演重要角色。

33. 根據這篇文章，關於 VR 技術，何者正確？
    A. 它最早是由遊戲設計師發明的。
    B. 它需要一些裝置來體驗。
    C. 它在真實生活中並不是真的有用。
    D. 它是完全成熟的技術。

34. 文章中沒有提到哪一項 VR 可以應用的領域？
    A. 電玩
    B. 教育
    C. 觀光
    D. 醫療保健

35. 作者對於 VR 的想法是什麼？
    A. 它的用途非常容易預測。
    B. 它可以改善人類的生活品質。
    C. 人們很有可能會濫用它。
    D. 我們不應該隨時都依賴它。

第1回
第2回
第3回
第4回
第5回
第6回
第7回
第8回
第9回
第10回

文章　**video game** 電玩遊戲　**virtual reality（VR）**虛擬實境　**headset** [ˋhɛdˌsɛt] n. 頭戴裝置；耳機麥克風　**consist of** 由⋯構成　**sensor** [ˋsɛnsɚ] n. 感應器　**controller** [kənˋtrolɚ] n. 控制器　**interact** [ˏɪntəˋrækt] v. 互動　**immerse** [ɪˋmɝs] v. 浸泡，使沉浸　**be under the impression that** 有⋯的印象，以為⋯　**physically challenged** 身體殘障的　**medical** [ˋmɛdɪkl] adj. 醫學的　**application** [ˏæpləˋkeʃən] n. 應用　**beneficial** [ˏbɛnəˋfɪʃəl] adj. 有益的　**aspect** [ˋæspɛkt] n. 方面　**research** [ˋrisɝtʃ] n. 研究　**development** [dɪˋvɛləpmənt] n. 開發；發展

第 33 題　**mature** [məˋtjʊr] adj. 成熟的

第 34 題　**tourism** [ˋtʊrɪzəm] n. 觀光　**health care** 醫療保健

第 35 題　**usage** [ˋjusɪdʒ] n. 用途　**predictable** [prɪˋdɪktəbl] adj. 可預測的　**abuse** [əˋbjus] 濫用

33. 答案：（B）。關於 VR 技術，文中提到 when we talk about VR experience, we usually mean wearing a VR headset（當我們談到 VR 體驗時，我們的意思通常是戴著 VR 頭戴式裝置），之後也提到 VR 裝置讓人能體驗虛擬世界的特徵，所以 B. 是正確答案。

34. 答案：（C）。關於 VR 應用的領域，文章中提到 gaming（電玩）、virtual classes（虛擬課堂）、get proper medical treatment with the help of VR（藉著 VR 的幫助獲得適當的醫療），所以沒有提到的 C. 是正確答案。注意文章中 attend virtual classes... without traveling to school（上虛擬課堂而不用移動到學校）裡面的 travel 只是表示移動到另一個地方，而不是觀光旅遊的意思。

35. 答案：（B）。文章中提到一些 VR 的應用場景，在最後一段的結論也提到 VR has already proved to be beneficial（VR 已經證明有益）、we can expect VR to play a significant role... in the future（我們可以期待 VR 未來扮演重要角色），所以 B. 是正確答案。

05

GEPT
全民英檢

中級初試
中譯＋解析

本測驗分四部分，全為四選一之選擇題，共 35 題，作答時間約 30 分鐘。

第一部分：看圖辨義

A.　**Question 1**

Dallas Restaurant			
Fast Food 速食		**Drinks 飲料**	
BBQ Chicken 烤雞	$18	Grape Soda 葡萄汽水	$10
Honey Chicken 蜂蜜雞肉	$20	Coffee 咖啡	$7.5
Hawaiian Pizza 夏威夷披薩	$25	Orange Juice 柳橙汁	$11

1.　**For question number 1, please look at picture A.**

Question number 1: What is true about Dallas Restaurant?（關於 Dallas 餐廳，何者正確？）

A.　It serves alcoholic drinks.（供應酒精飲料。）

B.　Grape soda is its most expensive drink.（葡萄汽水是它最貴的飲料。）

C.　The two kinds of chicken cost the same.（兩種雞肉的價格相同。）

D.　Hawaiian Pizza is its most expensive dish.（夏威夷披薩是它最貴的菜色。）

答題解說

答案：（D）。圖片是餐廳的菜單，其中有餐點和飲料兩個部分，要注意菜色的內容與價格。A. 菜單上的飲料有汽水、咖啡、果汁，但沒有酒精飲料。B. 飲料菜單中，最貴的是柳橙汁才對。C. BBQ Chicken 和 Honey Chicken 的價格不同。D. Hawaiian Pizza 是菜單上價格最高的項目，所以這是正確答案。

B. **Questions 2 and 3**

FLASH BEATS FESTIVAL
SATURDAY, 18 AUGUST 8 月 18 日星期六
FREE ENTRY 免費入場

Featuring
Rattling Sticks
and many other local bands
演出者包括 Rattling Sticks 與其他許多本地樂團

Location:
Mapleton Public Park
地點：Mapleton 公園

*In case of rain, the event will be canceled.
萬一下雨，活動將會取消。

---

entry [ˋɛntrɪ] n. 進入，入場　**feature** [fitʃɚ] v. 以…為特色，有…演出　**location** [loˋkeʃən] n. 位置，地點　**in case of** 假如發生…

2. **For questions number 2 and 3, please look at picture B.**

Question number 2: What kind of event is advertised on this poster?（這張海報上宣傳的是哪種活動？）

A. A concert.（演唱會。）
B. An exhibition.（展覽。）
C. A dance party.（跳舞派對。）
D. A traditional festival.（傳統節慶。）

答題解說

答案：（A）。關於活動的內容，海報上提到 Featuring Rattling Sticks and many other local bands（演出者包括 Rattling Sticks 與其他許多本地樂團），表示這是樂團表演的活動，也就是演唱會，所以 A. 是正確答案。不要因為活動名稱是 festival 就選 D.。

3.

Question number 3: Please look at picture B again. What is true about the event?（請再看一次圖片 B。關於這場活動，何者正確？）

A. It is a ticketed event.（是售票活動。）

B. It is an outdoor event.（是戶外活動。）

C. It features only one group of artists.（只有一組藝人演出。）

D. It will take place rain or shine.（不管下雨還是出太陽都會舉行。）

答題解說

答案：（B）。注意聆聽每個關於活動的敘述。A. 海報上有 FREE ENTRY（免費入場），不符合選項敘述。B. 活動的 Location（地點）是 Public Park（公園），所以是戶外活動，可知這是正確答案。C. Featuring Rattling Sticks and many other local bands（演出者包括 Rattling Sticks 與其他許多本地樂團）顯示除了 Rattling Sticks 以外，還有許多樂團，不符合選項敘述。D. 海報的最後提到 In case of rain, the event will be canceled（萬一下雨，活動將會取消），表示並不是任何天氣都會舉行，不符合選項敘述。

字詞解釋

ticketed [ˋtɪkɪtɪd] **adj.** （活動）售票的　**outdoor** [ˋautˌdor] **adj.** 戶外的　**rain or shine** 不管下雨還是晴天（不管天氣狀況如何）

C. **Questions 4 and 5**

Billy's Real Estate　Billy 不動產

FOR SALE　待售

	Perfect for families with children and pets
Start Price 底價	非常適合有小孩和寵物的家庭
$700,000	・2 Bedrooms　2 間臥室
	・3 Bathrooms　3 間浴廁
	・1 Guest Room　1 間客房
	・1 Dining Room　1 間飯廳
	・1 Swimming Pool　1 個游泳池

Contact us for further info 聯絡我們獲得進一步資訊

123-456-7890　　　　　　　　service@billysrealestate.com

---

real estate 不動產

4. **For questions number 4 and 5, please look at picture C.**

Question number 4: What is the purpose of this advertisement?（這則廣告的目的是什麼？）

A. To seek buyers.（尋求買家。）
B. To rent out a house.（出租房屋。）
C. To recommend a layout.（推薦室內格局。）
D. To search for properties for sale.（尋找待售的房地產。）

答題解說

答案：（A）。廣告上列出了房地產的價格與細節，而標題是 FOR SALE（待售），表示廣告上的這間房子是要賣的，希望可以找到人來買，所以 A. 是正確答案。

字詞解釋

layout [ˋleˌaʊt] n. 室內佈局　　**property** [ˋprɑpɚtɪ] n. 房地產

5.

Question number 5: Please look at picture C again. What is true about this advertisement?（請再看一次圖片 C。關於這個廣告，何者正確？）

A. The deal will be closed at 700,000 dollars.（會以 700,000 元成交。）
B. The house is not suitable for inviting a friend to stay overnight.（這間房子不適合邀請朋友過夜。）
C. There are multiple ways to contact the advertiser.（有多種方法可以聯絡刊登廣告的人。）
D. People living there should ask for permission to have a pet.（住在那裡的人應該請求養寵物的許可。）

答題解說

答案：（C）。注意聆聽每個關於廣告的敘述。A. 廣告上標註的是 Start Price（起價／底價），表示最後成交的價格可能比 700,000 元高，不符合選項敘述。B. 這間房子有 Guest Room（客房），也就是讓客人過夜的房間，不符合選項敘述。C. 廣告底部提供了電話和電子郵件的聯絡方式，符合選項敘述，所以這是正確答案。D. 在廣告中沒有提到。

字詞解釋

suitable [ˋsutəbl̩] adj. 適合的　　**overnight** [ˋovɚˋnaɪt] adv. 過夜　　**multiple** [ˋmʌltəpl̩] adj. 多種的　　**advertiser** [ˋædvɚˌtaɪzɚ] n. 刊登廣告的人　　**permission** [pɚˋmɪʃən] n. 許可

239

第二部分：問答

6. Did you see the car crash down the street?（你看到路另一頭的車禍了嗎？）

A. Yes. The hat was crushed.（有。帽子被壓扁了。）
B. Of course. It was terrifying.（當然。太可怕了。）
C. No. I didn't see it coming.（沒有。我沒料到會發生這種事。）
D. Did anyone hit you?（有人打你／撞上你嗎？）

答題解說

答案：（B）。說話者用 Did you...? 詢問對方是否看到了一起車禍，回答 Yes 表示有看到，No 表示沒有看到。B. 用 Of course 表示 Yes 的意思，並且用 terrifying（可怕的）表達車禍帶來的感受，是正確答案。A. 使用和 crash 類似的 crush（壓壞），試圖造成混淆。C. 如果只是說 I didn't see it（我沒看到），就是合適的回答，但 didn't see it coming 這個慣用表達方式是「沒有預料到會發生這件事」的意思。D. 說話者問有沒有看到另一個地方的車禍，所以應該不是自己發生車禍，對方也不會問「有人撞到你嗎？」。

字詞解釋

car crash 車禍　　**crush** [krʌʃ] v. 壓壞　　**terrifying** [ˈtɛrəˌfaɪɪŋ] adj. 可怕的

7. A great movie is all I need on a lazy Sunday afternoon.（在慵懶的星期日下午，我只需要一部好電影。）

A. I've seen actors on stage in theaters.（我在戲院看過演員在台上。）
B. A quality film can make my day, too.（一部品質好的電影也能讓我很開心。）
C. I can see the movie is well-received.（我看得出來這部電影得到很好的反應。）
D. Which movie are you talking about?（你在說哪部電影？）

答題解說

答案：（B）。說話者用 ... is all I need 表達自己非常喜歡看好的電影，所以對方應該會針對看電影這件事發表自己的想法。B. 回答品質好的電影可以 make my day（讓我很開心），並且用 too 表示自己（對電影的喜愛）和對方相同，是正確答案。A. 看電影時通常不會看到演員在台上，所以這個選項和題目無關。C. D. 都是用在對方提到某部特定電影的情況，但這個題目的 A great movie 並不是指某部電影，而是任何好的電影。

字詞解釋

quality [ˋkwɑlətɪ] **adj.** 品質好的　　**well-received**（作品）得到的反應很好的

8. **Are you going to meet the new client yourself?**（你會自己和新客戶會面嗎？）

A. Jim will be joining me for the meeting.（Jim 會和我一起去會面。）
B. It was nice to meet him in person.（當面見到他很好。）
C. Yes. She is our new director.（是的。她是我們的新主任。）
D. I guess there are three of them.（我猜他們有三個人。）

答題解說

答案：（A）。說話者用 Are you going to...? 詢問對方是否會 meet the new client yourself（自己和新客戶會面），所以說話者應該回答是自己去會面，或者和別人一起去會面。A. 回答 Jim will be joining me（Jim 會和我一起），表示不是自己去會面，是正確答案。B. 問句是 Are you going to...?，表示會面是未來的事，這裡卻用過去式 was，表示已經見面了，時態不符合。C. 回答 Yes 表示會自己去會面，但後面卻說「她是我們的新主任」，和問句中說那個人是「新客戶」不符合。D. 提到對方的人數，但沒回答自己是否獨自去會面。

字詞解釋

client [ˋklaɪənt] **n.** 客戶

9. **James' idea seems promising to me. Don't you think so?**（James 的想法在我看來很有希望。你不覺得嗎？）

A. He promised to solve the problem.（他承諾要解決問題。）
B. It seems to have a lot of potential.（那看起來有許多潛力。）
C. I have no idea how he feels.（我不知道他覺得怎樣。）
D. I don't think he will like it.（我不認為他會喜歡。）

答題解說

答案：（B）。說話者對於 James' idea（James 的想法）表達意見，認為很 promisinig（有希望的），並且反問對方是否也認同，所以應該回答對於 James' idea 的看法。B. 回答它似乎 have a lot of potential（有許多潛力），意思和 promising 相近，表示認同，是正確答案。A. 使用形態和 promising 類似，但表示「承諾」的 promised，試圖造成混淆。C. 沒有回答自己的想法。D. 回答 he [= James] 可能的想法，同樣沒有回答自己的想法。

字詞解釋

promising [`prɑmɪsɪŋ] **adj.** 前景看好的，有希望的 　**potential** [pə`tɛnʃəl] **n.** 潛力，可能性　**have no idea** 不知道

10. Where can I get a copy of Tyra Swanson's new album?（我可以在哪裡買一張 Tyra Swanson 的新專輯？）

A. There's a record shop on the corner.（街角有一家唱片行。）
B. It's among the best-selling albums.（它是最暢銷的專輯之一。）
C. The convenience store has a copy machine.（便利商店有一台影印機。）
D. You can find it on the street.（你可以在街上找到。）

答題解說

答案：（A）。說話者用 Where 詢問可以買到 Tyra Swanson 新專輯的地方，所以應該回答地點。A. 提到街角的 record shop（唱片行），是販賣音樂專輯的地方，所以是正確答案。B. 意思是它屬於最暢銷的專輯之一，而不是回答地點，所以不對。C. 問句中的 copy 表示版權作品製造出來的「一份」，例如一張專輯、一本書等等，在這裡則是變成「影印」的意思，和問句無關。D. 回答在街上，太過籠統，不是恰當的答案。

字詞解釋

record shop 唱片行

11. You say the assignment is due tomorrow? I thought it's next week.（你說作業的期限是明天？我以為是下禮拜。）

A. Yes. You can start tomorrow.（是的。你可以明天開始。）
B. It takes a week to recover.（恢復要花一個星期。）
C. It's better late than never.（晚做總比不做好。）
D. You'd better hurry up, then.（那你最好趕快。）

答題解說

答案：（D）。說話者用疑問的語氣確認對方說的話，也就是作業明天到期這件事，並且表明自己原本認為是下禮拜到期，所以回應時有可能協助對方確認事實，或者給予建議。D. 因為實際上交作業的期限比說話者認為的早，暗示說話者應該還沒完成作業，所以建議趕快做，是恰當的回應。A. 回答 Yes 表示自己的確說作業的期限是明天，但後面卻說可以明天開始，和作業明天到期的事實互相矛盾。B. 回答恢復要花的時間，和題目無關。C. better late than never 的意思是即

使很晚才做某事，也比完全不去嘗試來得好，但會問作業什麼時候到期的人，應該不會完全不做作業，所以在這裡使用這個說法並不恰當。

字詞解釋

assignment [ə`saɪnmənt] n. 作業　　**due** [dju] adj. 到期的　　**recover** [rɪ`kʌvɚ] v. 恢復

12. **What do you know about your family history?**（關於你的家族歷史，你知道什麼？）

A. History is not my thing.（我不擅長歷史。）
B. We have a family trip every year.（我們每年都進行家族旅行。）
C. My ancestors were from China.（我的祖先來自中國。）
D. I know nothing about theories.（我對理論一無所知。）

答題解說

答案：（C）。說話者用 What do you know about...? 詢問對方對於自己家族的歷史有什麼樣的了解，所以可能會回答家族的淵源等等。C. 回答祖先來自中國，是家族歷史的一部分，是合適的答案。A. 回答自己不擅長歷史，而不是對於家族歷史的了解程度，和題目無關。B. 每年家族旅行是現在進行中的習慣，不能說是比較久遠的家族歷史。D. 表示對理論不熟悉，和題目無關。

字詞解釋

... is not my thing 我不擅長…；我不喜歡…　　**ancestor** [`ænsɛstɚ] n. 祖先
theory [`θiərɪ] n. 理論

13. **I've not been feeling well the last few days.**（我過去幾天都覺得不舒服。）

A. How can I help cheer you up?（我能怎樣幫你開心起來呢？）
B. You don't need much to be happy.（你不需要很多東西才能快樂。）
C. It's fine not to do well sometimes.（有時候表現不好沒關係。）
D. Maybe you should see a doctor.（或許你應該看醫生。）

答題解說

答案：（D）。feeling 後面接的 well 是主詞補語，所以是形容詞而不是副詞。當形容詞用的時候，well 表示「身體健康的」，所以應該針對身體狀況作回應。D. 建議看醫生，對於身體不舒服的狀況而言是合理的建議，所以是正確答案。A. B. 都和心情高興與否有關。C. 重複使用題目中的 well，但這裡的詞性是副詞，表示「良好地」的意思。

第1回
第2回
第3回
第4回
第5回
第6回
第7回
第8回
第9回
第10回

字詞解釋

cheer up 使（某人）開心起來

14. **Would you mind giving me a ride to the drugstore?**（你介意載我去藥妝店嗎？）

A. Can you ride a motorcycle?（你會騎摩托車嗎？）
B. Not at all. You can use my car.（一點也不介意。你可以用我的車。）
C. Of course not. It's my day off today.（當然不介意。今天是我的休假日。）
D. I don't know you're taking drugs.（我不知道你在吸毒。）

答題解說

答案：（C）。Would you mind...?（你介意…嗎？）是詢問對方是否願意幫忙做某件事的句型，否定回答表示不介意，也就是願意做這件事的意思。C. 回答當然不，表示可以幫忙，並且補充說今天休假，也就表示因此而更能幫忙，所以是正確答案。A. B. 說話者要求的是 give me a ride（載我一程），而這兩個選項都表達了由說話者騎車／開車的意思，和 give me a ride 的意思不符合。D. take drugs 是「吸毒」的意思，和去 drugstore（藥妝店）無關。

字詞解釋

drugstore [ˋdrʌɡ͵stor] n. 藥妝店　　**day off** 休假日　　**take drugs** 吸毒

15. **Riley is the only person I know that plays the flute.**（Riley 是我唯一認識會吹長笛的人。）

A. Will he become a musician?（他會成為樂手嗎？）
B. He can act in our stage play.（他可以在我們的舞台劇演戲。）
C. It's too bad he got the flu.（他得了流感真是太糟了。）
D. It's nice he can play games well.（他擅長玩遊戲真好。）

答題解說

答案：（A）。說話者說明 Riley 是自己認識的人當中，唯一會吹長笛的人，所以對方可能針對吹長笛這件事做出相關的回應。A. 反問 Riley 會不會成為樂手，也就是問他會不會把自己演奏長笛的能力變成工作，是合適的答案。B. 把題目中的動詞 play（演奏）當成名詞「戲劇」，試圖造成混淆。C. 使用發音和 flute 類似的 flu（流行性感冒），試圖造成混淆。D. 雖然和題目裡的 play 一樣是動詞，但在這裡是「玩」的意思。

第三部分：簡短對話

16.

W: How was your first day, Jason?

M: Mom, can I transfer to another school?

W: What happened, darling? Is there anything wrong?

M: People made fun of me because of my pronunciation. I don't think I belong here.

W: I think it's brave of you to discuss the matter with me. No worries. I will see to it. Do you have Ms. Chen's number?

Question: What has caused problems for Jason?

A. Being a transfer student.

B. The way he talks.

C. His fear of strangers.

D. His teacher's words.

英文翻譯

女：Jason，你的第一天怎麼樣？

男：媽，我可以轉到其他學校嗎？

女：發生什麼事了，親愛的？有什麼問題嗎？

男：大家因為我的發音而嘲笑我。我覺得我不屬於這裡。

女：我認為你跟我討論這件事很勇敢。別擔心。我會處理這件事。你有 Chen 老師的電話嗎？

問題：什麼對 Jason 造成了問題？

A. 轉學生的身分。

B. 說話的方式。

C. 對陌生人的恐懼。

D. 他的老師說的話。

答題解說

答案：（B）。從選項可以看出，這些選項可能和一名男學生有關，也提到了他的一些特徵，所以要注意核對是否符合關於某位男學生的敘述。對話中的男性被稱為 Jason，他要求 transfer to another school（轉到其他學校）後，被問到是否出了什麼問題。他的問題是 People made fun of me because of my pronunciation（大

家因為我的發音而嘲笑我），所以把「發音」改成 The way he talks（他說話的方式）重新表達的 B. 是正確答案。A. Jason 只是詢問可不可以轉到其他學校，不表示他是轉學生。

字詞解釋

transfer [træns`fɚ] v. 轉移　**make fun of** 取笑…　**pronunciation** [prəˌnʌnsɪ`eʃən] n. 發音　**see to** 照顧，處理…

17.

M: Any idea for Charlie's birthday gift?

W: Not at all. He seems to have everything already.

M: Wait. Remember last Saturday when we three met for dinner?

W: Yeah, why? That was the worst restaurant I've ever been to.

M: Charlie dropped his phone and got the protective case scratched. I guess he'll need a new one.

W: Great! We'll get one with his favorite cartoon character on it. How's that?

M: Cool.

Question: What will the speakers most likely buy?

A. A take-out meal.

B. A cell phone.

C. A phone case.

D. A cartoon character figure.

英文翻譯

男：你對於 Charlie 的生日禮物有任何想法嗎？

女：完全沒有。他好像什麼都有了。

男：等等。記得上週六我們三個人見面吃晚餐嗎？

女：記得，怎麼了？那是我去過最糟糕的餐廳。

男：Charlie 摔了他的手機，讓保護殼被刮到了。我猜他會需要新的。

女：太好了！我們會買一個有他最愛的卡通人物的。怎麼樣？

男：還不錯。

問題：兩位說話者最有可能買什麼？

A. 外點餐點。

B. 手機。

C. 手機殼。

D. 卡通人物公仔。

答題解說

答案：（C）。選項是一些商品，所以要注意對話中提到的商品種類。一開始男子說 Any Idea for Charlie's birthday gift?（對於 Charlie 的生日禮物有任何想法嗎？），表示想要討論該送什麼生日禮物給 Charlie；後來他又說到和 Charlie 一起吃晚餐的時候，Charlie dropped his phone and got the protective case scratched. I guess he'll need a new one.（Charlie 摔了他的手機，讓保護殼被刮到了。我猜他會需要新的。），表示因為保護殼被刮到了，所以 Charlie 可能需要新的保護殼，正確答案是 C. 而不是 B.。

字詞解釋

protective [prə`tɛktɪv] **adj.** 保護的　　**scratch** [skrætʃ] **v.** 刮　　**figure** [`fɪgjɚ] **n.** （人物的）公仔

18.

M: What are your plans this summer?

W: I'm heading south. My husband and I are going to Kenting with some of our friends. What about you?

M: I can't stand hot weather. I don't see why people are so fascinated by all those outdoor activities.

W: Me neither. The kids are the only reason why we plan to go there. I personally want to stay at home.

M: That's news to me. I thought you were a summer person!

Question: Which of the speakers likes outdoor activities?

A. The man.

B. The woman.

C. Both of them.

D. Neither of them.

英文翻譯

男：你今年夏天的計畫是什麼？

女：我要去南部。我丈夫和我要和一些朋友去墾丁。你呢？

男：我受不了熱天氣。我不懂為什麼大家這麼喜歡戶外活動。

女：我也不懂。小孩是我們計畫去那裡的唯一理由。我個人想要待在家。

男：那對我來說是新消息。我還以為你是熱愛夏天的人！

問題：哪位說話者喜歡戶外活動？
A. 男子。
B. 女子。
C. 兩人都喜歡。
D. 兩人都不喜歡。

答題解說

答案：（D）。選項是男子、女子以及兩人的組合，表示這題要問兩人是否符合某個條件，所以必須完整掌握關於兩人的敘述。兩人在討論夏天的計畫，女子說要去墾丁，男子則提到自己受不了熱天氣，以及 I don't see why people are so fascinated by all those outdoor activities（我不懂為什麼大家這麼喜歡戶外活動），暗示自己不喜歡戶外活動。對於男子的敘述，女子回應 Me neither [= I don't see why... neither]（我也不懂），並且補充說 I personally want to stay at home（我個人想要待在家），表示雖然為了小孩而要去墾丁，但她自己是不太想的。從這些內容可以看出，兩人都不喜歡戶外活動，所以 D. 是正確答案。

字詞解釋

head [hɛd] v. 往…方向　**fascinate** [ˋfæsənˏet] v. 使…著迷　**outdoor** [ˋautˏdor] adj. 戶外的　**personally** [ˋpɝsnəlɪ] adv. 就個人而言

19.

M: Mindy, I have a few questions about the project we talked about last week.

W: Sure. Is it about the timeline or something?

M: Exactly. You didn't mention the deadline for each phase of the work. I just want to make sure we're on the same page.

W: I see what you mean. I will send you an updated proposal with a detailed timeline. How's that?

M: Sounds great. Thank you so much.

Question: What does the man want to do?
A. Find a lost file.
B. Revise the proposal.
C. Know about the schedule.
D. Suggest a solution.

英文翻譯

男：Mindy，關於我們上週談的企畫案，我有一些問題。

女：好。是關於時程還是什麼嗎？

男：沒錯。你沒提到每個工作階段的期限。我只是想要確認我們有相同的理解。

女：我明白你的意思。我會寄給你有詳細時程的新版企畫案。那樣如何？

男：聽起來很好。非常感謝你。

問題：男子想要做什麼？

A. 找遺失的檔案。

B. 修訂提案。

C. 了解日程。

D. 建議解決方法。

答題解說

答案：（C）。選項都是以原形動詞表達的行為，而且和公司內部的工作有關，所以可以預期兩人將討論工作，並且要注意對話中是否有和選項相關的內容。男子找女子談話，說要詢問上週談的企畫案。女子問 Is it about the timeline（是關於時程嗎），男子回答 Exactly（正是），並且補充說 You didn't mention the deadline for each phase of the work（你沒提到每個工作階段的期限），所以用 schedule（日程安排）重新表達的 C. 是正確答案。

字詞解釋

timeline [ˋtaɪmˌlaɪn] **n.** 時間軸，時間表　**exactly** [ɪgˋzæktlɪ] **adv.** 確切地，的確　**mention** [ˋmɛnʃən] **v.** 提到　**deadline** [ˋdɛdˌlaɪn] **n.** 截止期限　**phase** [fez] **n.** 階段　**on the same page** 對某事有相同的理解　**update** [ʌpˋdet] **v.** 更新　**proposal** [prəˋpozl] **n.** 提案　**detailed** [ˋdiˋteld] **adj.** 詳細的　**revise** [rɪˋvaɪz] **v.** 修訂

20.

W: Excuse me, sir. Eating is not allowed here.

M: Oh, I'm sorry. I didn't realize that. I'll finish this quickly and clean things up.

W: Thank you. To protect the exhibits, we ask our visitors not to bring any food.

M: I'll be sure not to do that in the future. By the way, where can I get some souvenirs?

W: The souvenir shop is right beside the main entrance. There you can buy some postcards of our most famous paintings.

Question: Where does this conversation most likely take place?

A. At a museum.

B. At a restaurant.

C. At a theme park.

D. At an office building.

英文翻譯

女：不好意思，先生。這裡不允許吃東西。

男：噢，我很抱歉。我不知道。我會很快吃完並且把東西清掉。

女：謝謝。為了保護展示品，我們要求訪客不要帶任何食物。

男：我以後一定不會這麼做。對了，我可以在哪裡買紀念品呢？

女：紀念品店就在正門旁邊。您可以在那裡買一些有我們最知名畫作的明信片。

問題：這段對話最有可能發生在哪裡？

A. 博物館（美術館）。

B. 餐廳。

C. 主題樂園。

D. 辦公大樓。

答題解說

答案：（A）。選項是各種不同的設施，所以這很有可能是問對話場所的題目，要注意對話中和場所相關的關鍵詞。對話中，女子提醒男子這個場所禁止飲食，並且提到 To protect the exhibits（為了保護展示品）、postcards of our most famous paintings（我們最知名畫作的明信片），可知這是展示畫作的地方，也就是博物館或美術館，所以 A. 是正確答案。

字詞解釋

exhibit [ɪgˋzɪbɪt] n. 展示品　　**souvenir** [ˋsuvəˏnɪr] n. 紀念品　　**theme park** 主題樂園

21.

M: I'm feeling really tired today. I think I need to get some rest.

W: Looks like you're not getting enough sleep. Have you been staying up late recently?

M: I know it isn't good for my health, but yeah.

W: Working on the new project?

M: Not really. It hasn't started yet, but I'm too worried about it to fall asleep.

W: Maybe you should drink less coffee.

M: I'm not fond of it personally.

Question: Why cannot the man get enough sleep?
A. He recently works at night.
B. He is feeling anxious.
C. He drinks too much coffee.
D. He does not exercise.

英文翻譯

男：我今天覺得真的很累。我想我需要休息一下。
女：看來你的睡眠不足。你最近熬夜嗎？
男：我知道這對我的健康不好，不過是的。
女：在做新的專案嗎？
男：不是。那還沒開始，但我太擔心它了，所以睡不著。
女：或許你應該少喝點咖啡。
男：我個人並不喜歡咖啡。

問題：男子為什麼無法獲得充足的睡眠？
A. 他最近晚上工作。
B. 他覺得焦慮。
C. 他喝太多咖啡。
D. 他不運動。

答題解說

答案：（B）。選項都是主詞為 He 的句子，所以要注意對話中關於男性說話者
或其他男性的敘述。男子說自己覺得很累，女子問他最近是否熬夜，於是展開了
一段關於熬夜的對話。關於熬夜的原因，女子先是問 Working on the new project?
（在做新的專案嗎？），男子回答 Not really（不是），但補充說 I'm too worried
about it to fall asleep（我太擔心它了，所以睡不著），所以用 feeling anxious 重新
表達「擔心」的 B. 是正確答案。之後女子又建議 you should drink less coffee（你
應該少喝點咖啡），但男子說 I'm not fond of it（我不喜歡咖啡），所以喝咖啡
並不是睡不著的原因。

字詞解釋

be fond of 喜歡⋯　　**anxious** [ˋæŋkʃəs] **adj.** 焦慮的

第1回
第2回
第3回
第4回
第5回
第6回
第7回
第8回
第9回
第10回

22.

M: Britta, did you see my email about the department lunch?

W: Yes, Jack suggested Marcus', but it's too expensive. How about Fryer's? They have beer and fried chicken, and they serve large portions.

M: Some colleagues are dieting. They might want healthier options.

W: In that case, Queens' is a better choice. They have a variety of salads, which are low-fat and low-carb. It's a bit far from our office, but I think it's worth a try.

M: Sounds good.

Question: Which factor plays the most important role when the speakers decided on the restaurant for the department lunch?

A. Prices.

B. Portion sizes.

C. Healthy menus.

D. Distance.

英文翻譯

男：Britta，你看到我關於部門午餐的電子郵件了嗎？

女：有，Jack 建議 Marcus'，但那太貴了。Fryer's 怎麼樣？他們有啤酒和炸雞，而且他們的份量很大。

男：有些同事在節食。他們可能想要比較健康的選擇。

女：那樣的話，Queens' 是比較好的選擇。他們有多種沙拉，低脂肪而且低碳水。那裡離我們的辦公室有點遠，但我想值得一試。

男：聽起來不錯。

問題：兩位說話者決定部門午餐的餐廳時，哪個因素扮演最重要的角色？

A. 價格。

B. 份量大小。

C. 健康的菜單。

D. 距離。

答題解說

答案：（C）。從選項可以看出，這些可能是選擇餐廳時會考慮的條件，所以可以預期對話中應該會討論到餐廳，也要注意他們考慮的重點。關於部門午餐，女子提到 Marcus' 太貴，因而建議 Fryer's，並且說食物份量很大，但男子說 Some colleagues are dieting. They might want healthier options. (有些同事在節食。他們可能想要比較健康的選擇。），於是女子又建議去 Queens'，因為那裡有 a variety of salads, which are low-fat and low-carb（多種沙拉，低脂肪而且低碳水），儘管那裡有點遠。男子對這個建議表示 Sounds good（聽起來不錯），所以他也認同選擇這家餐點比較健康的餐廳，正確答案是 C.。

字詞解釋

portion [`porʃən] n. （食物的）一份   **a variety of** 多種…   **low-carb** 低碳水的
factor [`fæktə-] n. 因素

23.

W: Sunday mornings are always so noisy. Is there a party happening upstairs?
M: It sounds like a large gathering. Should we call the security guy?
W: I tried, but he wasn't helpful. I'm considering calling the police.
M: Before that, let's consider other options.
W: You're right. Maybe we should talk to the building management first or find another solution.

Question: According to the woman, who has she talked about the problem with?
A. The neighbor upstairs.
B. The security guard.
C. The police.
D. The building management.

英文翻譯

女：星期天上午總是這麼吵。樓上是在開派對嗎？
男：聽起來像是大型聚會。我們應該打電話給警衛嗎？
女：我試過了，但他沒幫上什麼忙。我在考慮打電話給警察。
男：在那之前，我們考慮其他選擇吧。
女：你說得對。或許我們應該先和大樓管理部門談，或者找其他解決辦法。

問題：根據女子所說，她曾經和誰討論過這個問題？
A. 樓上的鄰居。
B. 警衛。
C. 警察。

D. 大樓管理部門。

答題解說

答案：（B）。選項是一些人或者單位，所以要特別留意對話中關於涉事對象的討論內容。女子抱怨樓上很吵，於是男子建議 Should we call the security guy?（我們應該打電話給警衛嗎？），女子則回應 I tried, but he wasn't helpful（我試過了，但他沒幫上什麼忙）。之後女子又說考慮打電話給警察，男子建議再考慮其他選擇，女子才說應該先和大樓管理部門談。在這些對象中，女子唯一表示曾經聯絡過的是警衛，所以 B. 是正確答案。

字詞解釋

gathering [ˋgæðərɪŋ] **n.** 聚會　**security** [sɪˋkjʊrətɪ] **n.** 安全，保全　**management** [ˋmænɪdʒmənt] **n.** 管理，管理部門

24.

Bubble Tea Shops Review 手搖飲店評論

	Prices 價格	Drinks 飲料	Desserts 點心
Rando's	✕	★★	★
Bestie	✕	★★	✕
Pop Up	★	★	★
Louise	✕	★	✕

★★ Excellent 優秀　★ Satisfactory 令人滿意　✕ Poor 差勁

For question 24, please look at the table. 第 24 題請看表格。

M: Hi, Maggie. I've read your article about local bubble tea shops.

W: Thank you. Do you like it?

M: Yes, and I compared it to my experience visiting the shop on the Fifth Street. As you said, its milk tea is superb, even though its high price is not very satisfactory.

W: Seems like we have similar opinions.

M: Not exactly. I like the shop's cookies and chocolate cake. I'm wondering why you don't like them.

Question: Which bubble tea shop are the speakers talking about?

A. Rando's.
B. Bestie.
C. Pop Up.
D. Louise.

英文翻譯

男：嗨，Maggie。我讀了你關於本地手搖飲店的評論。

女：謝謝。你喜歡嗎？

男：喜歡，而且我比較了那篇文章和我去第五街那家店的經驗。就像你說（寫）的，它的奶茶很棒，儘管高昂的價格不是很令人滿意。

女：看來我們的意見類似。

男：不完全是。我喜歡那家店的餅乾和巧克力蛋糕。我不知道為什麼你不喜歡。

問題：兩位說話者在討論哪家手搖飲店？

A. Rando's。

B. Bestie。

C. Pop Up。

D. Louise。

答題解說

答案：（B）。選項是四家手搖飲店，表格中對於它們的價格、飲料、點心給予了評分，所以要針對這三方面的評價來判斷答案。首先要注意男子提到 your article about local bubble tea shops（你關於本地手搖飲店的評論），所以這張表是女子製作的，也表示是女子的意見，而不會反映男子的意見。關於男子去的那家第五街的店，他先是提到 As you said, its milk tea is superb, even though its high price is not very satisfactory（就像你說〔寫〕的，它的奶茶很棒，儘管高貴的價格不是很令人滿意），表示女子的文章也提到這家店的飲料很棒，但價格不理想。接著男子又說自己喜歡那裡的餅乾和巧克力蛋糕，並且說 I'm wondering why you don't like them（我不知道為什麼你不喜歡），所以表格上會顯示這家店的點心很差勁（而不是「優秀」或「令人滿意」）。綜合這些內容，可以得知表格上呈現「價格」、「點心」為負面評價，「飲料」為優秀評價的 B. 是正確答案。

字詞解釋

superb [sʊˋpɝb] **adj.** 非常好的　　**satisfactory** [ˌsætɪsˋfæktərɪ] **adj.** 令人滿意的
exactly [ɪgˋzæktlɪ] **adv.** 確切地，正好地

25.

Sam's Habit Tracker　Sam 的習慣追蹤表 / July 七月

Date 日期	1	2	3	4	5
Exercise for 30 minutes 運動 30 分鐘	○	○	●	○	○
Eat enough vegetables 吃足夠的蔬菜	○	●	●	●	○
Learn German 學德語	●	●	○	○	○

For question 25, please look at the table. 第 25 題請看表格。

W: Sam, I haven't seen you going out to the gym today. Haven't you decided to work out every day?

M: I have, but I'm exhausted due to all the meetings today.

W: You always have excuses for not exercising.

M: At least I keep eating sufficient vegetables and did it again today.

W: Alright, but how about your German?

M: It's more difficult than I thought. I stopped learning because I doze off every time I read the book.

Question: On what date did this conversation possibly take place?

A. July 1.

B. July 2.

C. July 3.

D. July 4.

英文翻譯

女：Sam，我今天沒看到你出門去健身房。你不是決定了要每天運動嗎？

男：是啊，但我今天因為一堆會議而筋疲力盡。

女：你總是有不運動的藉口。

男：至少我持續吃足夠的蔬菜，而且今天也吃夠了。

女：好吧，但你的德語呢？

男：那比我想的困難。我停止學德語了，因為我每次讀那本書都打瞌睡。

問題：這段對話可能是在幾月幾日進行的？

A. 7 月 1 日。

B. 7 月 2 日。

C. 7 月 3 日。

D. 7 月 4 日。

答題解說

答案：（D）。選項是 Sam（男性說話者）的習慣追蹤表上的四個日期，要根據每天執行習慣的情況來判斷答案。關於這三項習慣，先是女子提到 I haven't seen you going out to the gym today（我今天沒看到你出門去健身房），表示男子那天沒有運動；接下來，男子提到 I keep eating sufficient vegetables and did it again today（我持續吃足夠的蔬菜，而且今天也吃夠了），表示那天吃了足夠的蔬菜；最後男子提到 I stopped learning [German]（我停止學德語了），也就是那一天沒有學德語。綜合這些內容，可以得知對話應該是發生在 7 月 4 日，正確答案是 D.。

字詞解釋

exhausted [ɪgˋzɔstɪd] **adj.** 筋疲力盡的　　**sufficient** [səˋfɪʃənt] **adj.** 充足的　　**doze off** 打瞌睡

第四部分：簡短談話

26.

I need to talk to you about something serious, Joe. Ms. Garland texted me this morning saying she saw you smoking with a bunch of kids last night, and she mentioned that I should discuss it with you at home. You promised me you'd quit smoking, didn't you? Sorry, I'm afraid you're grounded. Go back to your room. I won't let you meet up with those kids anymore.

Question: Who most likely are the speaker and the listener?

A. Friends.

B. Mother and son.

C. Teacher and student.

D. Employer and employee.

我要跟你談一件嚴肅的事，Joe。Garland 老師今天上午傳訊息給我，說她看到你

昨晚跟一群孩子抽菸，她也提到我應該在家跟你討論這件事。你不是跟我保證會戒菸的嗎？抱歉，你被禁足了。回你的房間。我不會讓你再跟那群孩子見面了。

問題：說話者和聽者最有可能是什麼關係？
A. 朋友。
B. 媽媽和兒子。
C. 老師和學生。
D. 雇主和員工。

答題解說

答案：（B）。選項表達的都是兩個人之間的關係，所以要注意對話中和兩人關係有關的線索。說話者在對 Joe 說話，提到 Garland 老師傳訊息告知 Joe 和一群孩子抽菸的事，並且建議說話者 discuss it with you at home（在家跟你〔Joe〕討論）。為了處理這個問題，說話者最後說 you're grounded（你被禁足了），並且要求 Go back to your room（回你的房間）。因為說話者和聽者是在家裡討論這件事，而且說話者可以禁足、要求回房間，所以 B. 是最合理的答案。

字詞解釋

text [tɛkst] v. 傳（文字）訊息　**a bunch of** 一串，一群…　**mention** [ˈmɛnʃən] v. 提及　**ground** [graʊnd] v. 不准…外出　**employer** [ɪmˈplɔɪɚ] v. 雇主　**employee** [ˌɛmplɔrˈi] n. 受雇者，員工

27.

For today's meeting, we discussed the progress of the new model and made plans for its distribution. The good news is we're ahead of schedule for the launch, and the factory just informed us that production will begin within 7 days. We need better marketing strategies to make it start out strong, but we'll leave it for our next meeting. Any questions?

Question: What is the main topic of the meeting?
A. A product.
B. A factory.
C. Sales performance.
D. Marketing strategies.

在今天的會議，我們討論了新型號的進度，並且制定了它的分銷計畫。好消息是我們領先了上市的時程安排，而且工廠剛剛通知我們，生產將在七天內開始。我

們需要比較好的行銷策略，讓它有個強力的開始，但我們會把這件事留到下次會議。有任何問題嗎？

問題：會議的主題是什麼？
A. 一項產品。
B. 一家工廠。
C. 銷售業績。
D. 行銷策略。

答題解說

答案：（A）。選項是一些和公司業務有關的主題，可以推測將會聽到公司內部的討論，並且判斷可能會問談話的主題是什麼，所以要注意談話中出現的主題關鍵詞。說話者在回顧今天會議的內容，說 we discussed the progress of the new model（我們討論了新型號的進度）、made plans for its distribution（制定了它的分銷計畫），也談到了 the launch（上市）、production will begin（生產將會開始）。這些都和產品上市前的準備有關，所以 A. 是正確答案。B. 只是新產品討論的其中一小部分。D. 是最後才提到的，說話者說 we'll leave it for our next meeting（我們會把這件事留到下次會議），表示下次才會討論。

字詞解釋

distribution [ˌdɪstrəˈbjuʃən] n. 分布；分銷　**ahead of schedule** 進度上領先時程安排的　**launch** [lɔntʃ] n. 發射；（產品的）上市　**inform** [ɪnˈfɔrm] v. 通知　**production** [prəˈdʌkʃən] n. 生產　**marketing** [ˈmɑrkɪtɪŋ] n. 行銷　**strategy** [ˈstrætədʒɪ] n. 策略　**performance** [pəˈfɔrməns] n. 表現，業績

28.
Hi, Maggie. Just so you know, Jason was in a car accident last night. He's okay, but his recovery will take at least a month before he can dance like he did before. The doctor said he doesn't need to stay in hospital, though. Actually, I'm calling to ask you a favor. We're checking out right now. Can you come pick us up in an hour or so?

Question: What does the speaker suggest about Jason?
A. He hit someone when driving.
B. He knows how to dance.
C. He will stay in hospital.
D. He is leaving a hotel.

嗨，Maggie。只是想讓你知道，Jason 昨晚出車禍了。他還好，但他的恢復會花至少一個月，然後才能像以前一樣跳舞。不過，醫生說他不需要住院。事實上，我打電話是要請你幫忙。我們現在正在辦出院手續。你可以大概一小時後來接我們嗎？

問題：關於 Jason，說話者暗示什麼？
A. 他開車撞到別人。
B. 他懂得跳舞。
C. 他會住院。
D. 他正在離開飯店。

答題解說

答案：（B）。選項都是以 He 為主詞的句子，所以要注意說話內容中提到的男性。這裡提到的是 Jason，說話者提到他昨晚出了車禍，而且 his recovery will take at least a month before he can dance like he did before（他的恢復會花至少一個月，然後才能像以前一樣跳舞），暗示他會跳舞，只是因為車禍的影響而暫時不能跳，所以 B. 是正確答案。A. 雖然說他出車禍，但並不清楚他是不是開車，以及是撞到人或者被撞。C. 說話者說 he doesn't need to stay in hospital（他不需要住院），以及 We're checking out right now（我們正在辦理出院手續），所以他不會住院。D. 雖然 check out 常用來表示在飯店辦理退房，但在醫院也會使用這個說法，表示「結算在醫院的費用並且離開」，也就是「辦理出院」。

字詞解釋

recovery [rɪˋkʌvərɪ] n. 恢復　　**ask someone a favor** 請求某人幫忙　　**check out** 結帳離開；辦理退房手續　　**pick up** 駕駛交通工具載（人）

29.

Million World is a revolutionary approach in the field of digital gaming. Players of Million World would need to wear a special VR headset before they enter the game. The VR headset captures every tiny movement of the players, even their facial expressions, and represents them on the virtual characters. People can thus interact with others like they do in the real world.

Question: What is special about Million World?
A. It enhances one's social skills.
B. It does not require any equipment.
C. It encourages real-world interactions.

D. It shows people's real expressions.

Million World 是電子遊戲領域的革命性方式。Million World 的玩家在進入遊戲之前，需要穿戴特別的 VR 頭盔。這種 VR 頭盔會捕捉玩家每個細小的動作，甚至是他們的臉部表情，並且將動作和表情呈現在虛擬人物上。因此人們可以像在真實世界一樣和其他人互動。

問題：Million World 有什麼特別的地方？
A. 它能改善一個人的社交技能。
B. 它不需要任何設備。
C. 它鼓勵真實世界的互動。
D. 它顯示人們的真實表情。

答題解說

答案：（D）。選項都是以 It 為主詞的句子，可能是指某個物品或事情。從說話內容的第一句，可以得知 It 指的應該是叫 Million World 的遊戲或平台。在介紹內容中，提到需要使用 VR 頭盔，而且 The VR headset captures... their facial expressions, and represents them on their virtual characters（這種 VR 頭盔會捕捉他們（玩家）的臉部表情，並且將動作和表情呈現在虛擬人物上），所以 Million World 可以呈現玩家的表情，D. 是正確答案。

字詞解釋

revolutionary [ˌrɛvəˈluʃənˌɛrɪ] **adj.** 革命性的　**approach** [əˈprotʃ] **n.** 接近；方式
digital [ˈdɪdʒɪtl] **adj.** 數位的　**VR**（**virtual reality**）虛擬實境　**headset** [ˈhɛdˌsɛt] **n.** 耳機麥克風；頭戴裝置　**capture** [ˈkæptʃɚ] **v.** 捕捉　**movement** [ˈmuvmənt] **n.** 動作　**facial** [ˈfeʃəl] **adj.** 臉的　**expression** [ɪkˈsprɛʃən] **n.** 表達；表情　**virtual** [ˈvɝtʃuəl] **adj.** 虛擬的　**interact** [ˌɪntəˈrækt] **v.** 互動　**enhance** [ɪnˈhæns] **v.** 提升，改善　**interaction** [ˌɪntəˈrækʃən] **n.** 互動

30.
Hi, I'm calling to ask if you have seen my laptop, the one with stickers on it. I last used it on Monday, but it seems to have gone missing. I believe I can locate it because I haven't taken it outside the office, but I currently need a computer and don't have much time to search for it. If you can't find it either, would it be possible for you to bring me a spare laptop from your office? Thank you.

Question: According to the speaker, what might have happened to his

laptop?

A. It went out of order.

B. It was stolen outside.

C. It was put in some wrong place.

D. It was switched with another.

嗨，我打電話是要問你有沒有看到我的筆電，上面有貼紙的。我上次是星期一用它的，但它似乎不見了。我相信我可以找到它，因為我沒把它拿出辦公室，但我現在需要電腦，沒有很多時間找它。如果你也找不到，你可以從你的辦公拿一台備用的筆電給我嗎？謝謝。

問題：根據說話者的說法，他的筆電可能發生了什麼事？

A. 它故障了。

B. 它在外面被偷了。

C. 它被放錯地方了。

D. 它被調換成別的了。

答題解說

答案：（C）。選項都是 It 開頭的句子，看起來是關於某個東西的敘述，所以要注意對話中關於物品狀況的內容。說話者打電話問有沒有看到他的筆記型電腦，因為不見了。他說 I believe I can locate it because I haven't taken it outside the office （我相信我可以找到它，因為我沒把它拿出辦公室），只是現在沒時間找，並且請對方如果也找不到的話，把備用的筆記型電腦拿給他。因為沒把筆電拿出辦公室，所以應該只是放在辦公室某個想不起來的地方了，所以 C. 是正確答案。

字詞解釋

sticker [ˋstɪkɚ] n. 貼紙　**locate** [loˋket] v. 找出…的位置　**spare** [spɛr] adj. 備用的 **out of order** 故障的　**switch** [swɪtʃ] v. 調換

31.

Here's your weekly entertainment guide. This Saturday at Great River Park, there will be a charity street fair featuring some international artists. The fair and the concert start at noon, and a comedy show begins two hours into the event. Free beer will be in place after the shows. Don't miss out on a fun day out at the park!

Question: Which of the following happens the latest in the event?

A. Comedy performance.
B. Street fair.
C. Offering of free drinks.
D. Concert.

現在為您播報本週娛樂指南。本週六在 Great River 公園，將會舉行有一些國際藝人參與的慈善市集。市集和演唱會中午開始，而喜劇表演會在活動進行兩小時後開始。表演節目結束後，將會準備免費啤酒。不要錯過這個有趣的公園出遊日！

問題：以下何者在活動中發生時間最晚？
A. 喜劇表演。
B. 市集。
C. 提供免費飲料。
D. 演唱會。

答題解說

答案：（C）。選項是一些活動的內容，可以預期說話內容會跟活動有關。關於活動的細節，說話者提到 The fair and the concert start at noon, and a comedy show begins two hours into the event（市集和演唱會中午開始，而喜劇表演會在活動進行兩小時後開始），最後則是 Free beer will be in place after the shows（表演節目結束後，將會準備免費啤酒），表示在演唱會、喜劇表演之後才會有免費啤酒，所以發生得最晚的是 C.。

字詞解釋

entertainment [ˌɛntɚˋtenmənt] n. 娛樂　**charity** [ˋtʃærətɪ] n. 慈善　**street fair**（在街頭聚集擺攤）市集　**comedy** [ˋkɑmədɪ] n. 喜劇　**in place** 準備就位的　**performance** [pɚˋfɔrməns] n. 表演

32.
I wouldn't recommend Lewis'. Their sandwiches are fine, but I am vegetarian, so I always ask them to remove the meat. The last time I went there, though, they forgot to do so, and I didn't realize that until I took a bite. I ended up having to go back and have them remake my sandwich. I would recommend going to a different restaurant if you have specific restrictions on food.

Question: Why wouldn't the speaker recommend Lewis'?

第1回
第2回
第3回
第4回
第5回
第6回
第7回
第8回
第9回
第10回

A. She got a wrong order.
B. Its food is of low quality.
C. It offers few choices.
D. It does not respond to complaints.

我不會推薦 Lewis'。他們的三明治還可以，但我是素食者，所以我總是要求他們去掉肉。但上次我去那裡的時候，他們忘了這麼做，我直到吃了一口才發現。結果我得回去並且請他們重做我的三明治。如果你有特定的飲食限制，我會建議去不同的餐廳。

問題：為什麼說話者不會推薦 Lewis'？
A. 她點餐後拿到錯的餐點。
B. 它的食物品質很低。
C. 它提供的選擇很少。
D. 它不會對投訴做出回應。

答題解說

答案：（A）。選項中出現了 Its food（它的食物），所以錄音內容可能和某個供應食物的地方（例如餐廳）有關。說話者一開始就說不會推薦 Lewis' 這個地方，然後說她在那裡遇到的問題。她說 I am vegetarian, so I always ask them to remove the meat（我是素食者，所以我總是要求他們去掉肉），但上次 they forgot to do so, and I didn't realize that until I took a bite（他們忘了這麼做，我直到吃了一口才發現），所以表達拿到的東西和訂單不符的 A. 是正確答案（除了拿到錯的餐點以外，這句話也可以表達像是網路購物後收到錯誤商品的情況）。C. 除了素食需要特別要求以外，我們並不知道那裡的菜色選擇是多還是少。D. 餐廳重做了三明治，所以是會對投訴做出回應的。

字詞解釋

recommend [ˌrɛkə`mɛnd] **v.** 推薦   **vegetarian** [ˌvɛdʒə`tɛrɪən] **adj.** 素食主義的
take a bite 咬一口   **end up doing** 結果…   **remake** [ri`mek] **v.** 重新製作
specific [spɪ`sɪfɪk] **adj.** 特定的   **restriction** [rɪ`strɪkʃən] **n.** 限制

33.

I'm worried about Nancy. The last time I saw her, she didn't look good. She told me she had been struggling with sadness and had lost interest in things she used to love doing. She also mentioned having problems falling asleep. When it happened, she would turn to alcohol. I think she might need some professional help.

Question: In what aspect is Nancy having a problem?
A. Physical health.
B. Mental well-being.
C. Professional performance.
D. Financial situation.

我很擔心 Nancy。上次我看到她的時候，她看起來不好。她告訴我，她因為悲傷所苦，並且失去了對於以前喜愛做的事的興趣。她也提到很難入睡。當這個情況發生時，她會尋求酒精的幫助。我想她可能需要專業的協助。

問題：Nancy 在什麼方面有問題？
A. 身體健康。
B. 心理健康。
C. 職業表現。
D. 財務狀況。

答題解說

答案：（B）。選項是一些關於個人生活各方面情況的詞語，所以應該注意說話的內容和哪方面有關。說話者提到自己很擔心 Nancy，因為她說自己 had been struggling with sadness（因為悲傷所苦）、had lost interest in things she used to love doing（失去了對於以前喜愛做的事的興趣），以及 having problems falling asleep（很難入睡），這些描述偏向於心理方面的問題，所以 B. 是正確答案。

字詞解釋

struggle with 遭遇⋯的困難　**sadness** [ˋsædnɪs] **n.** 悲傷　**mention** [ˋmɛnʃən] **v.** 提及　**turn to** 向⋯尋求幫助　**alcohol** [ˋælkəˌhɔl] **n.** 酒精　**professional** [prəˋfɛʃənl] **adj.** 專業的；職業上的　**physical** [ˋfɪzɪkl] **adj.** 身體的　**mental** [ˋmɛntl] **adj.** 心理的　**well-being** 健康，幸福　**performance** [pəˋfɔrməns] **n.** 表現　**financial** [faɪˋnænʃəl] **adj.** 財務的

34.

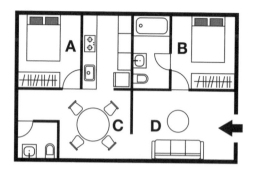

For question number 34, please look at the house plan. 第 34 題請看房屋平面圖。

Darling, this is the apartment I've been talking about. Check out the house plan. The living room and dining room are spacious enough for a 3-seat sofa and a large round table, and I think they're ideal for a house party. Also, each of the two bedrooms has enough space for a queen bed and a closet. My only concern is that one of them doesn't have a bathroom. What do you think?

Question: Which part of the apartment is the speaker not satisfied with?
A. Room A.
B. Room B.
C. Room C.
D. Room D.

親愛的，這是我之前說的那間公寓。你看看房屋平面圖。客廳和餐廳夠寬敞，可以放三人座沙發和大圓桌，我想它們很適合開家庭派對。還有，兩間臥室都有足夠的空間可以放加大雙人床和衣櫃。我唯一擔心的是其中一間沒有浴室。你覺得呢？

問題：說話者對這間公寓的哪個部分不滿意？
A. 房間 A。
B. 房間 B。
C. 房間 C。
D. 房間 D。

答題解說

答案：（A）。圖片是公寓的平面圖，其中的四個空間是題目的選項，分別是兩

間臥室和餐廳、客廳，所以要注意說話者針對這些空間說了什麼。說話者先是提到餐廳和客廳很寬敞，適合開家庭派對，然後又說兩間臥室都有足夠的空間，這些都是這間公寓的優點。至於缺點，只提到 My only concern is that one of them [= the bedrooms] doesn't have a bathroom（我唯一擔心的是其中一間〔臥室〕沒有浴室），所以他不滿意的是沒有浴室的臥室，正確答案是 A.。

字詞解釋

plan [plæn] n. 平面圖　**spacious** [ˋspeʃəs] adj. 寬敞的　**ideal** [aɪˋdiəl] adj. 理想的

相關補充

雖然床的尺寸可以簡單分為 single bed（單人床）和 double bed（雙人床），但近年住宅中普遍使用尺寸更大、睡起來更無拘束的床，其中 queen bed 是指比雙人床更大的「加大雙人床」，king bed 則是一般而言尺寸最大的「特大雙人床」。

35.

	Tue.	Wed.	Thu.	Fri.
Weather	☀	⛈	〰	☂
Temp. (°C)	9-14	20-21	23-27	21-25

For question number 35, please look at the table. 第 35 題請看表格。
Charles, could you please take Point for walks while I'm away? I'll be on a business trip until Friday, so I won't be able to do it during the weekdays. Point prefers warmer weather and loves strong winds, so Thursday seems like a great day, but don't you have a Japanese class on that day? What a pity. Well, Point is okay with rainy days as long as there is no thunder.

Question: On which day will Charles most likely take Point out for a walk?
A. Tuesday.
B. Wednesday.
C. Thursday.
D. Friday.

Charles，我不在的時候，可以請你帶 Point 出門散步嗎？我要出差到星期五，所以平日不能做這件事。Point 喜歡比較溫暖的天氣，而且很愛強風，所以星期四看起來是很棒的日子，但你那天不是有日語課嗎？真可惜。嗯，Point 可以接受雨天，只要沒打雷就行。

問題：Charles 在哪一天最有可能帶 Point 出門散步？

A. 星期二。

B. 星期三。

C. 星期四。

D. 星期五。

答題解說

答案：（D）。圖片呈現星期二到星期五的天氣和溫度預報，而且選項是其中的每一天，所以要從錄音內容中關於天氣和溫度的說明來判斷答案。說話者先是對 Charles 提到 Point prefers warmer weather and loves strong winds（Point 喜歡比較溫暖的天氣，而且很愛強風），所以星期四很好，但又說 don't you have a Japanese class on that day?（你那天不是有日語課嗎？），暗示 Charles 那天沒空，所以排除了星期四的可能性。接著提到 Point is okay with rainy days as long as there is no thunder（Point 可以接受雨天，只要沒打雷就行），表示除了晴天以外，沒打雷的雨天也可以。在剩下的日子中，符合天氣溫暖、沒打雷這兩個條件的是星期五，所以 D. 是正確答案。

字詞解釋

business trip 出差

第一部分：詞彙

1. The manager asked the team members to _____ a strategy at the meeting to beat their competitors.（經理要求團隊成員在會議中構思策略來打敗他們的競爭者。）

A. organize
B. reveal
C. execute
D. devise

答題解說

答案：（D）。空格要填入動詞，而且後面接受詞 a strategy（策略）。這是經理要求團隊成員在會議中做的事，而且後面還有一組 to 不定詞表示目的：to beat their competitors（打敗他們的競爭者），所以 D. devise（構思）是正確答案。A. organize 可以表示「組織團體」或者「籌備活動」，但不能用來表示「制定策略」。B. reveal（揭露）可以表示公開一個先前已經準備好的事物，但這裡要表達的意義應該是從沒有策略的狀態中創造新的策略才對。C. execute「執行策略」應該是透過實務進行，而不是在會議中做這件事。

字詞解釋

strategy [`strætədʒɪ] n. 策略　**competitor** [kəm`pɛtətɚ] n. 競爭者　**organize** [`ɔrgə͵naɪz] v. 組織；安排，籌辦　**reveal** [rɪ`vil] v. 揭露，公開　**execute** [`ɛksɪ͵kjut] v. 執行，實施　**devise** [dɪ`vaɪz] v. 設計，構思

2. Those who are _____ of facts tend to believe fake news and false claims.（對事實無知的人傾向於相信假新聞與錯誤的主張。）

A. aware
B. tolerant
C. convinced
D. ignorant

答案：（D）。句子的主詞是 Those who...（…的人們），而在做修飾的關係子句中，用 be adj. of facts 的結構，表示是「對於事實…」的那些人。因為這樣的人 tend to believe fake news and false claims（傾向於相信假新聞與錯誤的主張），所以說的應該是不知道事實的人，正確答案是 D. ignorant（無知的）。

字詞解釋

tend to do 傾向於… **aware** [ə`wɛr] **adj.** 知道的 **tolerant** [`tɑlərənt] **adj.** 容忍的 **convinced** [kən`vɪnst] **adj.** 確信的 **ignorant** [`ɪgnərənt] **adj.** 無知的

3. This exhibition shows the artist's _____ of style through different periods. （這場展覽呈現出這位藝術家歷經不同時期的風格演進。）

   A. violation
   B. ambition
   C. destination
   D. evolution

   答題解說

   答案：（D）。空格填入的名詞，是 This exhibition shows...（這場展覽呈現出…）的受詞，表示展覽讓人看到的某個面向。空格後面的修飾語是 of style through different periods（歷經不同時期的風格的…），所以有可能是說藝術風格隨著不同的時期而產生的變化。D. evolution（演進）可以表示漸進的改變與發展，是最合適的答案。

   字詞解釋

   exhibition [ˌɛksə`bɪʃən] **n.** 展覽 **violation** [ˌvaɪə`leʃən] **n.** 違反 **ambition** [æm`bɪʃən] **n.** 野心 **destination** [ˌdɛstə`neʃən] **n.** 目的地，目標 **evolution** [ˌɛvə`luʃən] **n.** 演進

4. Many older songs conclude by gradually _____, rather than having a distinct ending. （許多比較老的歌是逐漸淡出結束的，而沒有明顯的結尾。）

   A. taking off
   B. settling down
   C. fading out
   D. slipping away

第1回
第2回
第3回
第4回
第5回
第6回
第7回
第8回
第9回
第10回

答題解說

答案：（C）。空格中的動名詞接在介系詞 by 後面，表示歌曲 conclude（結束）的方式，而且是和 rather than（而不是…）後面的 having a distinct ending（有明顯的結尾）相對，所以用來表示聲音或畫面逐漸變弱、淡出的 C. fading out（淡出）是正確答案。相反地，如果是聲音或畫面逐漸變清楚而進入，則稱為 fade in（淡入）。

字詞解釋

conclude [kən`klud] **v.** 結束　**gradually** [`grædʒʊəlɪ] **adv.** 逐漸地　**distinct** [dɪ`stɪŋkt] **adj.** 明顯的，清晰的　**take off**（飛機）起飛　**settle down**（人或事物的狀況）安頓下來　**fade out**（聲音或畫面）淡出　**slip away** 偷偷溜走；（時間）很快地過去

5. Regularly expressing appreciation for each other can strengthen the emotional _____ between partners.（經常表達對彼此的感謝，可以強化伴侶間的情感連結。）

A. bond
B. dip
C. gap
D. impact

答題解說

答案：（A）。空格要填入被 emotional（情緒的）修飾的名詞，同時也是 Regularly expressing appreciation... can strengthen（經常表達感謝可以強化~）的受詞。伴侶經常表達對彼此的感謝，應該會讓情感的連結更緊密，所以可以表示人與人之間連結的 A. bond（聯繫）是正確答案。partners 除了表示「伙伴」以外，也經常表示有情感關係的「伴侶」。

字詞解釋

regularly [`rɛgjələlɪ] **adv.** 定期地，經常地　**appreciation** [əˌpriʃɪ`eʃən] **n.** 感謝；欣賞　**strengthen** [`strɛŋθən] **v.** 加強　**emotional** [ɪ`moʃənl] **adj.** 情緒的，情感的　**bond** [bɑnd] **n.**（人與人之間的）聯繫，關係　**dip** [dɪp] **n.** 下降，低落　**gap** [gæp] **n.** 間隙；隔閡，分歧　**impact** [`ɪmpækt] **n.** 衝擊，影響

6. The _____ painted the sky with bursts of light and sound, impressing thousands of spectators.（煙火用聲光的爆發在天空中繪畫，讓數千名觀眾印象深刻。）

A. painter

B. opera

C. sunset

D. fireworks

答題解說

答案：（D）。空格是句子的主詞，動詞部分是 painted the sky with bursts of light and sound（用聲光的爆發在天空中繪畫）。這裡的 painted 是一種比喻，並不是用畫筆在天空中畫畫，而是指增添色彩。在選項中，有聲光爆破效果的 D. fireworks（煙火）是正確答案。A. paint the sky 也可以表示「在畫布上把天空畫出來」，但正常情況下 painter（畫家）應該不是用聲光爆破效果來畫畫。C. sunset（日落）也經常使用 paint the sky 這種比喻性的表達方式，但並不符合句中「有聲音」這項描述。

字詞解釋

impress [ɪm`prɛs] v. 使印象深刻　　**spectator** [spɛk`tetɚ] n. 觀眾　　**painter** [`pentɚ] n. 畫家　　**opera** [`ɑpərə] n. 歌劇　　**sunset** [`sʌnˌsɛt] n. 日落　　**firework** [`faɪrˌwɝk] n. 煙火

7. When the earthquake hit, the train was stopped to _____ the safety of all passengers.（當地震發生時，列車被停下以確保所有乘客的安全。）

A. approve

B. ensure

C. stress

D. research

字詞解釋

答案：（B）。空格是 to 不定詞中的動詞，後面有受詞 safety（安全），表示目的。發生地震時停下列車，目的是確保安全，所以 B. ensure（確保）是正確答案。A. approve 是「批准」一件事情，讓它能正式進行的意思。C. stress（強調）是指在談話或者文章中特別著重於某個論點，而不是實際著手去做某件事。

字詞解釋

earthquake [`ɝθˌkwek] n. 地震　　**approve** [ə`pruv] v. 批准　　**ensure** [ɪn`ʃʊr] v. 確保　　**stress** [strɛs] v. 強調　　**research** [rɪ`sɝtʃ] v. 研究

8. A lot of species went _____ because they could not adapt to the sudden change of local climate.（許多物種絕種，因為牠們無法適應當地氣候的突然改變。）

A. resistant
B. productive
C. influential
D. extinct

答題解說

答案：（D）。這個句子裡的動詞 go 屬於連綴動詞的用法，也就是後面接主詞補語，表示主詞變成什麼狀態。句子後半是表示原因的 because 子句，提到「無法適應當地氣候的突然改變」，因而產生的結果可能是物種滅絕，所以 D. extinct（絕種的）是正確答案。

字詞解釋

species [ˋspiʃiz] n. （生物的）物種　**adapt** [əˋdæpt] v. 適應　**resistant** [rɪˋzɪstənt] adj. 抵抗的　**productive** [prəˋdʌktɪv] adj. 多產的，有生產力的　**influential** [ˏɪnfluˋɛnʃəl] adj. 有影響力的　**extinct** [ɪkˋstɪŋkt] adj. 絕種的

9. The government is _____ money, so it cannot but shut down some services.（政府快把錢用完了，所以不得不關閉一些服務。）

A. doing away with
B. running out of
C. looking down on
D. checking up on

答題解說

答案：（B）。空格要填入片語動詞，後面接受詞 money。這個句子後半表示結果的 so 子句提到 cannot but shut down some services（不得不關閉一些服務），而要造成這個結果，原因應該是錢不夠用，所以 B. running out of（用完…）是正確答案。這裡使用進行式，表示「即將用完」的意思。

字詞解釋

do away with 廢除…　**run out of** 用完…　**look down on** 輕視…　**check up on** 調查…

10. I haven't met Cynthia for many years, so I spent some extra time _____ with her at the class reunion.（我很多年沒見到 Cynthia 了，所以我在同學會上多花了一些時間跟她聊近況。）

A. getting even
B. carrying on
C. catching up
D. putting up

答題解說

答案：（C）。空格中的片語動詞使用現在分詞的形式，修飾前面的 spent some extra time，表示多花了一些時間做什麼事情。因為是在同學會上遇到多年沒見的人，所以表示「和久未見面的人聊近況」的 C. catching up [with] 是正確答案。catch up with 本來是「趕上」的意思，這個用法則是引申為「因為對於某人的資訊落後了，而要趕上對於他最新情況的了解」，所以是「聊最近情況」的意思。

字詞解釋

get even with 報復（某人）　　**carry on** 繼續　　**catch up with** 趕上…；和（久未見面的人）聊近況　　**put up with** 忍受…

第二部分：段落填空

Questions 11-15

Crop circles are patterns that are found in fields of crops, often appearing overnight. Many people believe that they are the work of aliens or other supernatural(超自然的) forces, **while** others claim that they are created by humans using ropes and boards. One may be under the impression that **crop circles are rarely found**, but in fact, there are numerous cases reported every year around the world. In 2002, a crop **formation** with over 400 circles was found in a field in the UK. It was so **complex** that many considered it could only be created by some unknown beings. The origin and meaning of crop circles will remain a mystery unless more evidence is revealed to help us **make sense of** them.

字詞解釋

crop [krɑp] n. 作物　　**overnight** [`ovɚ`naɪt] adv. 在一夜間　　**alien** [`elɪən] n. 外星人　　**supernatural** [ˌsupɚ`nætʃərəl] adj. 超自然的　　**be under the impression that** 有…的印象　　**numerous** [`njumərəs] adj. 許多的　　**formation** [fɔr`meʃən] n. 構成物　　**complex**

['kɑmplɛks] **adj.** 複雜的　**unknown** [ʌn'non] **adj.** 未知的　**being** ['biɪŋ] **n.** 生物　**origin** ['ɔrədʒɪn] **n.** 起源　**mystery** ['mɪstərɪ] **n.** 神祕的事物　**evidence** ['ɛvədəns] **n.** 證據　**reveal** [rɪ'vil] **v.** 揭露　**make sense of** 了解…

　　麥田圈是在作物的農地上發現的圖樣，經常是一夜之間出現的。許多人相信它們是外星人或其他超自然力量的作品，而其他人主張它們是由人用繩索和板子創造出來的。有人的印象可能是麥田圈很少被發現，但事實上，全世界每年有許多被報導出來的案例。在 2002 年，一個有超過 400 個圈圈的麥田圈構成圖形在英國被發現。因為它很複雜，而讓許多人認為只有可能是某些未知生物創造的。麥田圈的起源與意義將仍然是個謎，除非有更多證據被揭露而幫助我們了解它們。

答題解說

11. A. while　B. because　C. since　D. if

　　答案：（A）。空格要填入銜接句子前後部分的連接詞，所以要從兩者之間的關係來判斷答案。句子前半說許多人相信是外星人或其他超自然力量創造出麥田圈，而後半說其他人主張是人製造的，所以能表示兩種不同情況互相對照的 A. while（而…）是正確答案。

12. A. crop circles are rarely found 麥田圈很少被發現

　　B. people do not understand crop circles 人們不了解麥田圈

　　C. it takes a lot of effort to make crop circles 製造麥田圈很費力

　　D. crop circles should be discussed case by case 麥田圈應該一件一件個別討論

　　答案：（A）。空格接在 One may be under the impression that（有人可能有…的印象）後面，之後又接 but in fact（但事實上…），所以表示空格的內容是和事實不同的錯誤印象。in fact 後面接的內容是 there are numerous cases reported every year（每年有許多被報導出來的案例），所以空格應該是相反的內容，也就是「麥田圈很少被發現」，所以 A. 是正確答案。

13. A. confusion　B. expansion　C. formation　D. occasion

　　答案：（C）。空格是被名詞 crop（作物）修飾的另一個名詞，而且後面又被 with over 400 circles（有超過 400 個圈圈）修飾，所以名詞指的是由許多麥田圈構成的綜合體。選項中，可以表示「構成物」的 C. formation 是正確答案。

字詞解釋

confusion [kən'fjuʒən] **n.** 混亂；困惑　**expansion** [ɪk'spænʃən] **n.** 擴張　**formation** [fɔr'meʃən] **n.** 形成，構成　**occasion** [ə'keʒən] **n.** 場合

14. A. complex　B. genuine　C. identical　D. obvious

答案：（A）。這裡使用 so... that ~（很…以致於～）的句型，所以空格中填入的形容詞是導致 that 後面內容的原因。that 後面的內容是「許多人認為〔那個麥田圈構成的圖形〕只有可能是某些未知生物創造的」，也就是認為光憑人類的力量無法製造出來。所以，選項中和製造困難度有關的 A. complex（複雜的）是正確答案。

字詞解釋

complex [`kɑmplɛks] **adj.** 複雜的　**genuine** [`dʒɛnjʊɪn] **adj.** 真正的　**identical** [aɪ`dɛntɪkl] **adj.** 完全相同的　**obvious** [`ɑbvɪəs] **adj.** 明顯的

15. A. come up with　B. make sense of　C. look up to　D. be true to
    答案：（B）。句子前後用連接詞 unless（除非…）連接，表示在後面的內容發生之前，The origin and meaning of crop circles will remain a mystery（麥田圈的起源與意義將仍然是個謎）。所以，unless 後面的內容和了解麥田圈的意義有關，而且證據被揭露也有助於了解意義，所以 B. make sense of（了解…）是正確答案。

字詞解釋

come up with 想出…　**make sense of** 了解…　**look up to** 尊敬…　**be true to** 忠實於…

Questions 16-20

Remote work has become part of modern work culture. **Instead of** going to the office, remote workers can work from home, saving time and money spent on commuting(通勤). However, some **challenges** come along with working from home. It can make it hard to separate work from personal life, potentially damaging **relationships**. Also, its nature of **allowing employees to work in different places** can create obstacles for teamwork. Some also feel that it takes more **self-discipline** to stay efficient when there is no one watching.

字詞解釋

remote work 遠距工作　**commute** [kə`mjut] **v.** 通勤　**challenge** [`tʃælɪndʒ] **n.** 挑戰，困難　**potentially** [pə`tɛnʃəlɪ] **adv.** 潛在地，可能地　**damage** [`dæmɪdʒ] **v.** 損害　**relationship** [rɪ`leʃən`ʃɪp] **n.** （人際）關係　**nature** [`netʃɚ] **n.** 性質　**employee** [ˌɛmplɔɪ`i] **n.** 受雇者，員工　**obstacle** [`ɑbstəkl] **n.** 障礙　**teamwork** [`tim`wɝk] **n.** 團隊合作　**self-discipline** 自律　**efficient** [ɪ`fɪʃənt] **adj.** 有效率的

中文翻譯

　　遠距工作已經成為現代工作文化的一部分。遠距工作者不去辦公室，而可以在家工作，節省花在通勤的時間與金錢。然而，有些挑戰也伴隨在家工作而來。它可能使區分工作與個人生活變得困難，而可能傷害人際關係。而且，它允許員工在不同地方工作的性質，也有可能造成團隊合作的障礙。有些人也覺得在沒有人看著的情況下，需要更多自律才能保持有效率。

答題解說

16. A. instead of　B. in addition to　C. before　D. in spite of

　　答案：（A）。空格中填入的介系詞，後面接動名詞 going to the office（去辦公室），兩者構成副詞性質的片語，修飾主要子句。主要子句是 remote workers can work from home（遠距工作者可以在家工作），和「去辦公室」相反，所以空格應該填入能表達「不是…」或者「沒有…」的詞語，正確答案是 A. instead of（取代／而不是…）。

> **字詞解釋**
>
> **in addition to** 除了…還有　　**in spite of** 儘管（有）…

17. A. alternatives　B. challenges　C. equivalents　D. guarantees

　　答案：（B）。空格中填入的名詞，是這個句子的主詞，後面接的敘述是 come along with working from home（伴隨在家工作而來）。因為這個句子用 However 表達和前面內容（遠距工作者可以在家工作）的對比，後面的句子又提到遠距工作的缺點，所以表示「挑戰，困難」的 B. challenges 是正確答案。

> **字詞解釋**
>
> **alternative** [ɔl`tɚnətɪv] n. 替代的選擇　　**equivalent** [ɪ`kwɪvələnt] n. 相等、相當的東西　　**guarantee** [ˌgærən`ti] n. 保證

18. A. neighborhoods　B. professions　C. relationships　D. substances

　　答案：（C）。這個句子的前半說「（在家工作）可能使區分工作與個人生活變得困難」，然後接分詞構句 potentially damaging...（可能傷害…），表示兩者之間有因果關係。這句話的意思是，在家工作可能使得工作侵犯原本屬於個人生活的領域，進而傷害其中的某部分，所以屬於個人生活的 C. relationships（人際關係）是正確答案。

> **字詞解釋**
>
> **neighborhood** [`nebɚ͵hʊd] n. 鄰近地區，街坊　　**profession** [prə`fɛʃən] n. 職業　　**substance** [`sʌbstəns] n. 物質

19. A. reducing time lost to commuting 減少因為通勤而損失的時間

 B. encouraging employees to work longer hours 鼓勵員工工作較長的時數

 C. allowing employees to work in different places 允許員工在不同地方工作

 D. putting emphasis on outcomes rather than work hours

  著重於結果而非工作時數

 答案：（C）。空格以外的部分是 its [working from home's] nature of... can create obstacles for teamwork（在家工作…的性質可能造成團隊合作的障礙），所以要從選項中找出最可能妨礙團隊合作的因素。C. 提到工作場所的分離，暗示員工無法聚在同一個地方，而有可能影響彼此的合作，是正確答案。

20. A. self-awareness   B. self-confidence

 C. self-discipline   D. self-improvement

 答案：（C）。空格所在的句子說 it takes more... to stay efficient when there is no one watching（在沒有人看著的情況下，需要更多…才能保持有效率），意味著因為沒有人監督，所以需要自己督促自己工作，所以選項中表示「自律」的 C. self-discipline 是正確答案。

字詞解釋

self-awareness 自我意識（對自我的認知）　**self-confidence** 自信　**self-improvement** 自我改進（自我提升）

第三部分：閱讀理解

Questions 21-22

中文翻譯

通知

請注意，1 月 16 日至 2 月 28 日市立博物館將暫時關閉，並且預定於 3 月第 1 週重新開放。當市立博物館重新開放時，新空間與餐廳的增設將提升參觀者的體驗。重新開幕的前夜將有一場慶祝活動，受邀的來賓能夠一瞥全新的博物館。欲知更多資訊，請上我們的網站與 Facebook 頁面。

21. 為什麼市立博物館將會關閉？

 A. 為了舉辦特別活動

 B. 為了被改建成餐廳

 C. 為了進行一些維修

D. 為了改善它的設施

22. 關於這場活動，何者正確？
   A. 開放大眾參加。
   B. 將在 3 月 1 日舉行。
   C. 允許一些人看一看博物館。
   D. 餐廳將在活動中供應一些食物。

第 1 回 第 2 回 第 3 回 第 4 回 第 5 回 第 6 回 第 7 回 第 8 回 第 9 回 第 10 回

字詞解釋

文章　**temporarily** [ˋtɛmpəˌrɛrəlɪ] **adv.** 暫時　**schedule** [ˋskɛdʒʊl] **v.** 安排…的時間　**reopen** [riˋopən] **v.** 重新開放　**addition** [əˋdɪʃən] **n.** 增加　**enhance** [ɪnˋhæns] **v.** 提升，改善　**celebration** [ˌsɛləˋbreʃən] **n.** 慶祝　**glimpse** [glɪmps] **n.** 一瞥，看一眼　**brand-new** [ˋbrændˋnu] **adj.** 全新的
第 21 題　**facility** [fəˋsɪlətɪ] **n.** 設施

答題解說

21. 答案：（D）。通知的第一個句子就提到博物館關閉的期間，但沒有提到關閉的原因，而是在第二句間接表示：the addition of new spaces and restaurants will enhance the visitor experience（新空間與餐廳的增設將提升參觀者的體驗）。也就是說，這次關閉是為了增加新的空間和餐廳，希望達到改善的效果，所以 D. 是正確答案。C. 雖然看起來有點接近，但因為並沒有提到什麼東西壞了而需要修理，所以不能選。

22. 答案：（C）。問「何者正確／不正確」的題目，需要找出文章中所有和選項相關的部分來確定答案。關於活動，通知中提到 a celebration event where invited guests can get a glimpse of the brand-new museum（受邀的來賓能夠一瞥全新博物館的慶祝活動），表示受邀的人可以先參觀博物館，所以把 get a glimpse of 改成 take a look at 的 C. 是正確答案。A. 因為可以參加的人是 invited guests（受邀的來賓），所以不能說是「開放大眾參加」。B. 雖然提到是開幕前夜的活動，但文中並沒有明確提到開幕的日期，所以無法確定這個選項是對的。D. 在文章中沒有提到。

Questions 23-25

中文翻譯

親愛的 Legacy Appliances：

　　我寫這封信是要表達對於你們洗衣機的失望。儘管只用了幾個月，但這台機器

已經運作不正常了。有好幾次，我發現這台機器在運作時會發出奇怪的噪音並且劇烈搖晃。停止震動的唯一方法是把插頭拔掉。

　　你們的服務團隊派技術人員來修了三次機器，但問題還是持續。我非常不滿意這個產品的品質，以及它對我造成的不便。對於我一直以來是忠實顧客的這個品牌，我期望的是更好的東西。如果我不能得到退款，至少我想要你們替換機器。

　　謝謝你們對這件事的關注。我希望很快收到你們的回覆。

Jackie Wu

23. 這封信的目的是什麼？
　　A. 取消購買
　　B. 抱怨產品的品質
　　C. 詢問產品
　　D. 對服務團隊表達感謝

24. 洗衣機有什麼問題？
　　A. 很難操作。
　　B. 有些零件不見了。
　　C. 不能正常運作。
　　D. 把放進裡面的衣服弄壞了。

25. 關於吳小姐，何者正確？
　　A. 她以前買過這家公司的其他產品。
　　B. 她希望得到退款而不是替換產品。
　　C. 她是在網路上買這台洗衣機的。
　　D. 她在使用這台洗衣機時受傷了。

字詞解釋

文章　**disappointment** [͵dɪsəˋpɔɪntmənt] n. 失望　**multiple** [ˋmʌltəpl] adj. 多個的　**occasion** [əˋkeʒən] n. 場合　**intensely** [ɪnˋtɛnslɪ] adv. 強烈地　**operation** [͵ɑpəˋreʃən] n. 運轉　**quake** [kwek] n. 震動　**plug** [plʌg] n. 插頭　**technician** [tɛkˋnɪʃən] n. 技術人員，技師　**persist** [pəˋsɪst] v. 持續存在　**extremely** [ɪkˋstrimlɪ] adv. 極度地　**inconvenience** [͵ɪnkənˋvinjəns] n. 不便　**loyal** [ˋlɔɪəl] adj. 忠誠的　**replace** [rɪˋples] v. 取代

第 23 題　**inquiry** [ɪnˋkwaɪrɪ] n. 詢問　**gratitude** [ˋgrætə͵tjud] n. 感謝
第 24 題　**function** [ˋfʌŋkʃən] v. 運作　**properly** [ˋprɑpəlɪ] adv. 適當地，正確地

第 1 回
第 2 回
第 3 回
第 4 回
第 5 回
第 6 回
第 7 回
第 8 回
第 9 回
第 10 回

第 25 題　replacement [rɪˋplesmənt] n. 取代，更換（的東西）

答題解說

23. 答案：（B）。信件的目的通常一開始就會提到，而這封信的第一句話是 I am writing to express my disappointment with your washing machine（我寫這封信是要表達對於你們洗衣機的失望），接下來則是敘述洗衣機運作不正常的情況，所以 B. 是正確答案。C. 是購買產品前，先詢問相關資訊，作為購買時參考的意思。

24. 答案：（C）。關於洗衣機的狀況，文中提到 the machine is not working well（機器運作不正常）、makes strange noises and shake intensely during operation（在運作時會發出奇怪的噪音並且劇烈搖晃），表示運作不正常，所以 C. 是正確答案。A. 是操作方法難以理解，或者操作起來很費力的意思。

25. 答案：（A）。Ms. Wu 是寫這封信的人。問「何者正確／不正確」的題目，需要找出文章中所有和選項相關的部分來確定答案。第二段提到 I expect better from the brand that I have been a loyal customer to（對於我一直以來是忠實顧客的這個品牌，我期望的是更好的東西），其中的 loyal customer 暗示她以前多次購買這個牌子的產品，所以 A. 是正確答案。B. 第二段提到 If I cannot have my money back, at least I want the machine replaced（如果我不能得到退款，至少我想要你們替換機器），表示除了退款以外，她也接受替換作為處理的方式，不符合選項敘述。C. D. 在文章中沒有提到。

Questions 26-28

中文翻譯

邀請

Jeffery Hendrick 先生

誠心邀請您參加我們的感恩節派對。
日期：11 月 23 日
時間：晚上 7 點 – 晚上 10 點
地點：Grand 飯店

我們想要感謝去年參加了我們的國際志工計畫的人，所以我們希望您和同伴前來享用烤火雞與其他感恩節料理。我們也希望您會考慮報名明年從 2 月開始的計畫。

請於 11 月 12 前回覆至 events@oedorganization.org，並註明您將帶來的賓客人

數。

OED 組織

寄件者：jeffery_hendrick@celtmail.com
收件者：events@oedorganization.org
主旨：回覆感恩節派對邀請 - Jeffery Hendrick

親愛的 OED 員工：

非常感謝邀請。我很樂意接受你們的邀請，並且會帶兩個人跟我一起去：我的女朋友 Lisa 和朋友 Luke。Lisa 已經報名了你們明年的計畫，但她以前從來沒當過志工，所以她想要利用這個機會來了解我們做什麼。

順道一提，我以前跟 Luke 談過我參加你們計畫的經驗，而他對貴組織表現出真誠的興趣。Luke 是農業與都市計畫的專家。他目前為政府工作，但他的目標是在非政府組織為更高的目標服務。我想在派對上將他介紹給你們，我相信他幽默的天性會使他成為貴組織很好的新進人員。

Jeffery Hendrick

26. OED 邀請什麼人參加它的感恩節派對？
    A. 志工。
    B. 贊助者。
    C. 客戶。
    D. 員工。

27. 關於 Lisa，何者正確？
    A. 她是 Luke 的女朋友。
    B. 她會獨自出席派對。
    C. 她明年 2 月可以開始進行志願服務。
    D. 她之前和 Jeffery 參加了相同的計畫。

28. Luke 打算做什麼？
    A. 換工作
    B. 當公務員

C. 成為志工

D. 創立自己的事業

字詞解釋

文章 1　**participate** [pɑrˋtɪsəˏpet] v. 參加　**volunteer** [ˏvɑlənˋtɪr] n. 志工 v. 從事志願服務　**roast** [rost] adj. 烤的　**RSVP**（邀請函用語）敬請回覆　**specify** [ˋspɛsəˏfaɪ] v. 具體說明

文章 2　**genuine** [ˋdʒɛnjuɪn] adj. 真正的　**agriculture** [ˋægrɪˏkʌltʃə] n. 農業　**urban planning** 都市計畫　**humorous** [ˋhjumərəs] adj. 幽默的　**nature** [ˋnetʃə] n. 天性　**addition** [əˋdɪʃən] n. 增加的人／事物

第 26 題　**sponsor** [ˋspɑnsə] n. 贊助者　**client** [ˋklaɪənt] n. 客戶

第 28 題　**public servant** 公務員

答題解說

26. 答案：（A）。這一題要看的是感恩節派對邀請函（第一篇文章）。在邀請函中，提到 We would like to thank those who have participated in our international volunteer program in the past year（我們想要感謝去年參加了我們的國際志工計畫的人），所以要邀請計畫參加者去感恩節派對。「國際志工計畫」的參加者自然是志工，所以 A. 是正確答案。社會組織的 employee（員工）不一定會親身參與組織推行的計畫，所以不能選 D.。

27. 答案：（C）。Lisa 是電子郵件（第二篇文章）中出現的名字。在第一段，除了 my girlfriend Lisa（我的女朋友 Lisa）以外，還提到 Lisa has signed up for your program next year, but she has never been a volunteer before（Lisa 已經報名了你們明年的計畫，但她以前從來沒當過志工）。不過，從這些線索還找不到符合的選項，所以還要參考邀請函（第一篇文章）的內容。邀請函中提到 the [volunteer] program next year, which will start from February（明年從二月開始的〔志工〕計畫），由此可知 Lisa 明年要參加的計畫是從 2 月開始，所以她可以從明年 2 月開始當志工，C. 是正確答案。A. 她是電子郵件寄件人 Jeffery 的女朋友。B. Jeffery 會帶 Lisa 一起去派對。D. 她沒當過志工，也就是沒參加過志工計畫的意思。

28. 答案：（A）。Luke 也是電子郵件（第二篇文章）中出現的名字。在第二段，提到 Luke 對 OED 這個組織有興趣，簡單介紹他之後，又提到 He is working for the government at the moment, but he aims to serve a higher purpose in an NGO（他目前為政府工作，但他的目標是在非政府組織為更高的目標服務），言下之意就是想在 OED 工作。最後更直接說 I believe his humorous nature will make him a good addition to your organization（我相信他幽默的天性會使他成為貴組織很好的新進人員），也就是推薦他進入 OED。因此，符合這些敘述的 A. 是正確答案。

283

Questions 29-31

　　《冰雪奇緣》，2013 年由華特迪士尼動畫工作室製作的動畫電影，講述天生具有創造並控制冰雪能力的公主「艾莎」的故事。艾莎的力量帶來快樂，因為她和妹妹安娜在小時候得以享受屬於他們的冰雪世界。然而，隨著這份力量變大而失控，艾莎也苦於在別人面前隱藏她不正常的這一面。最後，她逃離了王國，害怕有一天可能不小心傷害她所愛的人，而這時候安娜踏上了向未知探索的旅程，幫助她的姊姊面對恐懼。

　　《冰雪奇緣》獲得了世界各地的正面意見，並且成為巨大的商業成功，賺進超過 12 億美元的票房，成為史上最高收入的動畫電影之一。兩位主角艾莎與安娜也被視為迪士尼的新偶像。但不知為何，她們並沒有被包括在迪士尼公主的官方名單中；迪士尼公主是一群與皇室有關係，或者以英雄事蹟聞名（例如花木蘭）的女性主角。有些人說艾莎與安娜因為都成為了女王，所以不符合迪士尼公主的資格。其他人主張官方的迪士尼公主需要自己的動物夥伴，而艾莎與安娜的魔法雪人「雪寶（Olaf）」甚至不是生物。還有人的意見是，考慮到商業價值，《冰雪奇緣》本身就是很大的品牌。將艾莎與安娜從其他迪士尼公主分隔出來，會是商業上比較明智的選擇。

29. 以下何者是這篇文章最好的標題？
　　A. 艾莎與安娜：迪士尼撼動世界的新偶像
　　B. 成為迪士尼公主需要什麼條件？
　　C. 接受你自己：《冰雪奇緣》成功背後的價值觀
　　D. 發現《冰雪奇緣》的人生感悟

30. 當魔力變得難以控制時，艾莎覺得怎麼樣？
　　A. 驚訝
　　B. 憤怒
　　C. 沒有信心
　　D. 快樂

31. 根據這篇文章，什麼是迪士尼公主的一項必要條件？
　　A. 出現在受歡迎的迪士尼電影
　　B. 在迪士尼電影中擁有皇室地位
　　C. 在電影最後成為女王
　　D. 產品產生很高的銷售額

字詞解釋

文章　**animate** [`ænə͵met] v. 製作成動畫　**animation** [͵ænə`meʃən] n. 動畫　**studio** [`stjudɪ͵o] n. 工作室　**icy** [`aɪsɪ] adj. 結冰的，冰冷的　**struggle to do** 艱難地做…　**conceal** [kən`sil] v. 隱藏　**abnormal** [æb`nɔrml] adj. 不正常的　**aspect** [`æspɛkt] n. 方面　**accidentally** [͵æksə`dɛntəlɪ] adv. 意外地　**unknown** [ʌn`non] adj. 未知的　**confront** [kən`frʌnt] v. 面對，正視　**commercial** [kə`mɝʃəl] adj. 商業的　**box office**（電影）票房　**gross** [gros] v. 獲得…總收入　**icon** [`aɪkɑn] n. 偶像　**a selection of**（被選出的）一些…　**tie** [taɪ] n. 關聯　**heroic** [hɪ`roɪk] adj. 英雄的　**deed** [did] n. 事蹟　**qualify** [`kwɑlə͵faɪ] v. 具備資格　**magical** [`mædʒɪkl] adj. 魔法的　**be of the opinion that** 意見是…

第 30 題　**manage** [`mænɪdʒ] adj. 管理，駕馭　**furious** [`fjʊrɪəs] adj. 憤怒的　**unsure** [ʌn`ʃʊr] adj. 不確定的，沒有信心的　**delighted** [dɪ`laɪtɪd] adj. 高興的

第 31 題　**requirement** [rɪ`kwaɪrmənt] n. 必要條件　**status** [`stetəs] n. 地位　**generate** [`dʒɛnə͵ret] v. 產生

答題解說

29. 答案：（A）。選擇適當標題的題目，要觀察整篇文章大致上的內容架構來判斷答案。這篇文章的第一段在說《冰雪奇緣》中艾莎與安娜的故事，第二段則是提到《冰雪奇緣》在商業上的成功、艾莎與安娜成為迪士尼的新偶像，並且討論艾莎與安娜沒有被列入迪士尼公主的可能原因。因為討論了艾莎與安娜的故事，以及她們在世界上的影響力，所以 A. 是最能概括整篇文章內容的標題。B. 和 C. 都只是文章中一部分的內容。

30. 答案：（C）。提到「魔力變得難以控制」的部分在第一段：as the power grows out of control, Elsa also struggles to conceal this abnormal aspect of herself in front of others（隨著這份力量變大而失控，艾莎苦於在別人面前隱藏她不正常的這一面），之後還說因為害怕傷害別人而逃出王國，所以她並不認同自己擁有的這份能力，而產生消極逃避的態度。在選項中，C. Unsure 除了表示「不確定的」以外，也可以像 unsure of oneself（對自己沒有信心）一樣，表示「沒有信心的」，是最符合文章內容的答案。

31. 答案：（B）。第二段和迪士尼公主有關的部分，提到 Disney princesses, who are a selection of female main characters that have royal ties or are known for heroic deeds（迪士尼公主，一群與皇室有關係，或者以英雄事蹟聞名的女性主角），所以 B. 是正確答案。A. C. D. 雖然是《冰雪奇緣》符合的項目，但並不是文章中提到的迪士尼公主必要條件。

中文翻譯

線上約會產業在過去五年變得越來越流行。和在實體聯誼中遇見新朋友相比，約會 app 讓人可以比較有效率地過濾並選擇使用者，因此也成為許多人偏好的發展關係方式。

然而，約會 app 也可能造成一些風險。約會 app 一項主要的風險是跟騙子配對在一起的可能性，他們會捏造自己的身分，並且試圖把其他用戶的錢騙走。騙子可能會運用謊言，例如聲稱因為危機而急需金錢，或者提供關於高利潤投資的資訊。如果你上了這些技巧的當而匯錢給他們，你的銀行帳戶可能會被搾乾，然後可能就永遠不會再收到他們的音訊了。

另一個使用約會 app 的風險是，有比較高的機率遇到不恰當或冒犯的行為。雖然大部分的 app 能讓使用者檢舉騷擾或濫用，但這樣的行為背後的根本原因從來沒有獲得解決。因為能夠在手機螢幕後面和其他人互動，所以有些用戶變得以當面交流時不敢嘗試的方式冒犯人。只有當每個人都學習尊重界線，並且在網路上表現禮貌，用戶才會有比較安全的數位環境。

整體而言，在使用約會 app 時，重要的是意識到風險，並且採取措施來保護自己。雖然它們可以是用來遇見新對象時便利且有效率的方式，但要確保安全，小心謹慎並運用常識仍然是很重要的。舉例來說，建議避免向從來沒見過面的人透露敏感的（機密的）個人資訊。在網路上小心謹慎，就可以在使用約會 app 時擁有比較安全的體驗。

32. 根據這篇文章，為什麼許多人開始使用線上約會 app？
    A. 可以避開沒興趣的人。
    B. 可以選擇不要曝露一些個人資訊。
    C. 可以和投資經驗豐富的人交朋友。
    D. 使用這些服務不需要付任何費用。

33. 什麼不是這篇文章提到的網路騙子的特徵？
    A. 捏造自己的身分。
    B. 假裝要解決人們的危機。
    C. 提供假的投資物。
    D. 得到錢之後就消失。

34. 以下何者是文章中提到的約會 app 功能？
    A. 線上匯款

B. 即時偵測詐騙

C. 檢舉不當行為

D. 推薦約會地點

35. 為了安全使用約會 app，作者建議做什麼？

A. 說關於自己身分的謊

B. 嘗試比較攻擊性的互動方式

C. 對於分享私人細節小心謹慎

D. 只和看起來比較不吸引人的人見面

字詞解釋

文章 **popularity** [ˌpɑpjə`lærətɪ] **n.** 受歡迎，流行 **physical** [`fɪzɪkl̩] **adj.** 實體的 **meet-up** 非正式的社交聚會 **filter** [`fɪltə] **v.** 過濾 **efficiently** [ɪ`fɪʃəntlɪ] **adv.** 有效率地 **preferable** [`prɛfərəbl̩] **adj.** 比較好的，比較合意的 **relationship** [rɪ`leʃən͵ʃɪp] **n.** 人際關係 **possibility** [ˌpɑsə`bɪlətɪ] **n.** 可能性 **fraud** [frɔd] **n.** 詐騙；騙子 **fake** [fek] **v.** 偽造 **adj.** 假的 **identity** [aɪ`dɛntətɪ] **n.** 身分 **cheat someone out of** 把某人的…騙走 **urgent** [`ɝdʒənt] **adj.** 緊急的 **profitable** [`prɑfɪtəbl̩] **adj.** 有利的，獲利的 **investment** [ɪn`vɛstmənt] **n.** 投資，投資物 **fall for** 上（事物）的當；迷戀（人） **technique** [tɛk`nik] **n.** 技術，方法 **drain** [dren] **v.** 耗盡 **encounter** [ɪn`kaʊntə] **v.** 遇上 **inappropriate** [ˌɪnə`proprɪɪt] **adj.** 不適當的 **offensive** [ə`fɛnsɪv] **adj.** 冒犯的 **behavior** [bɪ`hevjə] **n.** 行為 **harassment** [hə`ræsmənt] **n.** 騷擾 **abuse** [ə`bjus] **n.** 濫用 **fundamental** [ˌfʌndə`mɛntl̩] **adj.** 根本的 **interact** [ˌɪntə`rækt] **v.** 互動 **boundary** [`baʊndrɪ] **n.** 界線 **exhibit** [ɪg`zɪbɪt] **v.** 展示，表現出 **digital** [`dɪdʒɪtl̩] **adj.** 數位的 **crucial** [`kruʃəl] **adj.** 至關重要的 **ensure** [ɪn`ʃʊr] **v.** 確保 **advisable** [əd`vaɪzəbl̩] **adj.** 可取的，明智的 **expose** [ɪk`spoz] 曝露 **sensitive** [`sɛnsətɪv] **adj.** 敏感的，機密的 **personal** [`pɝsənl̩] **adj.** 個人的

第 33 題 **make up** 編造…

第 34 題 **transfer** [træns`fɝ] **v.** 轉移 **detect** [dɪ`tɛkt] **v.** 偵測到… **recommend** [ˌrɛkə`mɛnd] **v.** 推薦

第 35 題 **aggressive** [ə`grɛsɪv] **adj.** 具有攻擊性的 **attractive** [ə`træktɪv] **adj.** 有吸引力的

答題解說

32. 答案：（A）。關於許多人喜歡用約會 app 的原因，第一段提到 dating apps allow one to filter and select users more efficiently, and have thus become a preferable way of developing relationships for many people（約會 app 讓人可以比較有效率地過濾並選擇使用者，因此也成為許多人偏好的發展關係方式），表示許多人是因為可以

篩選對象而使用，所以 A. 是正確答案。因為問的是「根據這篇文章」，所以即使其他選項有可能是真的，也不能選擇。

33. 答案：（B）。關於「何者不正確」的題目，必須找出所有和選項相關的內容，逐一比對才能確定答案，而這篇文章關於網路騙子特徵的敘述集中在第二段。A. 對應第二段的 fake their identity（捏造自己的身分），C. 對應 use lies such as... offering information about a highly profitable investment（用謊言，例如提供關於高利潤投資的資訊），D. 對應 your bank account could be drained, and then you may never hear from them again（你的銀行帳戶可能會被榨乾，然後可能就永遠不會再收到他們的音訊了）。B. 在文章中沒有提到，所以是正確答案。注意文章中提到的 claiming an urgent need for money due to a crisis（聲稱因為危機而急需金錢）是指謊稱自己遇到危機而需要錢，不是要解決別人的危機。

34. 答案：（C）。在文章的第三段，提到 most apps allow users to report harassment or abuse（大部分的 app 能讓使用者檢舉騷擾或濫用），表示使用者可以檢舉不當行為，所以 C. 是正確答案。

35. 答案：（C）。文章中建議的部分，出現在最後一段 it is advisable... 的部分：it is advisable to avoid exposing sensitive personal information to people you have never met in person（建議避免向從來沒見過面的人透露敏感的〔機密的〕個人資訊），所以改用 sharing private details（分享私人細節）來表達的 C. 是正確答案。

06

GEPT 全民英檢

中級初試
中譯＋解析

本測驗分四部分，全為四選一之選擇題，共 35 題，作答時間約 30 分鐘。

第一部分：看圖辨義

A. **Question 1**

Johnson's Clinic 強森診所
Medical Checkup Packages 健康檢查方案

Item 項目	Basic 基本	Advanced 進階	Premier 高級
Blood pressure 血壓	●	●	●
Chest X-ray 胸部 X 光	●	●	●
Blood sugar 血糖		●	●
Liver function test 肝功能檢查		●	●
Kidney function test 腎功能檢查			●
Printed report 紙本報告	●	●	●
Price 價格	**$119**	**$159**	**$199**

For question number 1, please look at picture A.

Question number 1: Which description of the medical checkup packages is true?（對健康檢查方案的敘述，何者正確？）

A. There are six kinds of tests in total.（總共有六種測試。）

B. The basic package does not involve drawing blood.（基本方案不需要抽血。）

C. People with kidney problems can consider the advanced package.（有腎臟問題的人可以考慮進階方案。）

D. Only the more expensive packages include printed reports.（只有比較貴的兩項方案包括紙本報告。）

答題解說

答案：（B）。在題目播放之前應該快速瀏覽一遍內容。首先可以注意到有三種方案，左邊的項目則是五種健康檢查的項目，以及一個表示「紙本報告」的欄

位，還有一行顯示價格。項目最少的 Basic 方案中，Blood pressure（血壓）和 Chest X-ray（胸部 X 光）都是不需要抽血的檢查項目，所以 B. 是正確答案。A. 請注意 Printed report（〔列印出來的〕紙本報告）並不是檢查的項目，所以總共有五種而不是六種測試。C. Advanced 方案不包括 Kidney function test（腎功能檢查）。D. 在有三種方案的情況下，the more expensive packages 指的是比較貴的兩種方案，但事實是三種方案都有紙本報告。

字詞解釋

draw blood 抽血

B. **Questions 2 and 3**

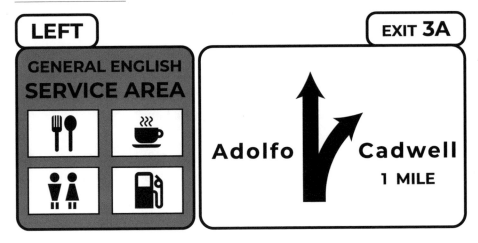

2. **For questions number 2 and 3, please look at picture B.**

Question number 2: Jennifer is driving to Cadwell. What should she do to get there?（Jennifer 正在開車去 Cadwell。她應該做什麼才能到那裡？）

A. Turn left now.（現在左轉。）
B. Keep going straight for one mile.（繼續直走 1 英里。）
C. Take a right after driving for one mile.（開 1 英里後右轉。）
D. Turn right after taking the exit.（從出口離開後右轉。）

答題解說

答案：（C）。首先觀察圖片，左邊是左轉往服務區的指示牌，右邊是往出口的指示牌。因為 Jennifer 要去的是 Cadwell，所以要看的是出口指示牌的右邊。指示牌的意思是再過 1 英里就會到 Cadwell 的右轉出口，所以 C. 是正確答案。這種顯示岔路方向的公路指示牌，是出現在即將分岔的地方。

第 1 回
第 2 回
第 3 回
第 4 回
第 5 回
第 6 回
第 7 回
第 8 回
第 9 回
第 10 回

3.

Question number 3: Please look at picture B again. What can people do in the service area?（請再看一次圖片 B。人們可以在服務區做什麼？）

A. Use a pay phone.（使用公共電話。）
B. Stay overnight.（過夜。）
C. Wash their cars.（洗車。）
D. Fill up the gas tank.（給油箱加滿油。）

答題解說

答案：（D）。在 SERVICE AREA（服務區）的指示牌上，有餐廳、咖啡店、廁所和加油站的圖示，所以 D. 是正確答案。其他選項無法從圖片判斷。

字詞解釋

pay phone（付費的）公共電話　　**gas tank**（汽車的）油箱

C. **Questions 4 and 5**

Global Village Adventure Land
Ticket Prices 票價

Day / Hour 日子／時間	Regular 普通	Children (<12) / Elderly (65+) 兒童（未滿 12 歲）／ 老年人（65 歲以上）	Group of 10+ (per person) 10 人以上團體 （每人）
Weekday 平日	$50	$40	$20
Weekend / Holiday 週末／假日	$90	$60	$30
Late entry (every day after 16:00) 晚進場（每天 16:00 後）	$30	$10	$5

4. **For questions number 4 and 5, please look at picture C.**

Question number 4: When is it the cheapest to enter Global Village Adventure Land?（什麼時候進入 Global Village Adventure Land 最便宜？）

A. On Friday morning.（星期五上午。）
B. On Friday evening.（星期五傍晚。）
C. On Saturday morning.（星期六上午。）

D. On holiday mornings.（假日上午。）

第1回 第2回 第3回 第4回 第5回 第6回 第7回 第8回 第9回 第10回

答題解說

答案：（B）。首先要注意到票價表上身分和日子／時間兩種影響票價的因素，以及票價的高低關係。這一題問的是 When，所以要注意日子／時間的部分。不管是哪種身份，Late entry（every day after 16:00）的票價都是最低的，所以屬於16:00 後的 B. 是正確答案。

5.

Question number 5: Please look at picture C again. Which description about ticket prices is correct?（請再看一次圖片 C。關於票價的描述，何者正確？）

A. Tickets are more expensive before 6 p.m.（下午 6 點前票比較貴。）
B. It costs $30 for ten people to enter on the weekend.（10 個人週末進場要花 30元。）
C. Both children and elderly people can get a discount.（兒童和老人都可以得到折扣。）
D. Students can pay less by showing their ID cards.（學生可以藉由出示身分證明而付少一點。）

答題解說

答案：（C）。四個選項各自描述了不同的細節，只能一一比對圖片內容來確認答案。A. Late entry（晚進場）的部分，顯示適用的時間是 after 16:00，也就是下午 4 點以後，而不是下午 6 點以後。B. Group of 10+ 和 Weekend / Holiday 的票價是 $30，可能讓人誤以為這個選項是對的，但要注意 Group of 10+ 後面標註了（per person），所以是每人 30 元，而不是整個團體 30 元。C. Children（<12）/ Elderly（65+）欄位的價格都比 Regular 來得低，所以這是正確答案。D. 在圖片中沒有提到。

第二部分：問答

6. **I feel so sad that I only get a few likes on Facebook.**（我在 Facebook只得到幾個讚，我覺得很難過。）

A. Don't let likes define your self-worth.（不要讓讚定義你的自我價值。）
B. There really aren't many people like you.（真的沒有很多像你的人。）

C. Spend more time browsing social media. （花更多時間瀏覽社交媒體吧。）

D. Other people's opinions do matter. （別人的意見真的很重要。）

答題解說

答案：（A）。對於非問句的題目，有各種可能的回應方式。如果是像這一題一樣表達因為某件事而難過的情況，通常會告訴對方不要在意，或者提出解決的方法。A. 表達按讚不能定義自我價值，暗示得到的讚數少並不表示沒有價值，不應該為此感到難過，是最好的答案。B. 使用 like 的另一個意思「像是…的」，和題目沒有直接關係。C. D. 說話者因為太過在意社交媒體的回饋而難過，這兩個選項卻建議更投入其中，或者肯定他人的回饋，不是適當的答案。

字詞解釋

define [dɪˋfaɪn] v. 定義　　**self-worth** 自我價值　　**browse** [braʊz] v. 瀏覽　　**matter** [ˋmætɚ] v. 重要

7. **Who is your role model in your workplace?** （誰是你職場上的榜樣？）

A. Grace Stevenson is a famous model. （Grace Stevenson 是有名的模特兒。）

B. We don't do role playing at work. （我們上班時不做角色扮演。）

C. I appreciate my manager's leadership style. （我很欣賞我經理的領導風格。）

D. I respect my mother's attitude toward life. （我尊敬我媽媽對人生的態度。）

答題解說

答案：（C）。題目是 Who 開頭的問句，所以答案應該是人物，但要注意這題問的是 role model（榜樣），而且限定 in your workplace（在你的職場）。C. 提到欣賞經理的領導風格，回答了職場上的人物，是正確答案。A. B. 是用 model 和 role 設計的陷阱選項，如果不知道 role model 是什麼意思，就有可能誤選。D. 雖然回答媽媽，但這通常不是個人職場上的人物。

字詞解釋

role model 榜樣　　**workplace** [ˋwɝkˏples] n. 職場　　**model** [ˋmɑdl] n. 模特兒　　**role playing** 角色扮演　　**appreciate** [əˋpriʃɪˏet] v. 欣賞　　**attitude** [ˋætətjud] n. 態度

8. **Are you in the habit of donating to charity?**
（你有捐款給慈善機構的習慣嗎？）

A. No. I prefer to volunteer my time. （沒有。我比較喜歡花時間當義工。）

B. No. I only do it monthly. （沒有。我只是每個月捐。）

C. Yes. I donate blood regularly. （有。我定期捐血。）

D. Yes. I used to help an orphanage before.（有。我以前都會幫助一所孤兒院。）

答題解說

答案：（A）。這是 be 動詞的問句，可以用 Yes/No 回答是否有捐款給慈善機構的習慣，要注意的是 Yes/No 是否和之後的回答內容相符。A. 回答 No 表示沒有捐款的習慣，並且補充說比較喜歡 volunteer my time（自願提供我的時間→花時間當義工），也就是雖然沒捐錢，但仍然對社會有貢獻，是正確答案。B. 回答 No 表示沒有捐款的習慣，但後面又說每個月做這件事，前後矛盾。C. 題目說的是 donating to charity（捐款給慈善機構），回答卻提到不相關的 donate blood（捐血）。D. 注意題目用的是現在式，這裡回答 Yes 表示現在有捐款的習慣，後面卻使用表示過去習慣的 used to 來表達，前後矛盾。

字詞解釋

be in the habit of 有…的習慣　**donate** [do`net] v. 捐獻　**charity** [`tʃærətɪ] n. 慈善，慈善團體　**volunteer** [ˌvɑlən`tɪr] v. 自願提供…；自願服務　**orphanage** [`ɔrfənɪdʒ] n. 孤兒院

9. **How can I overcome my fear of dogs?**
   （我怎樣才能克服對狗的恐懼呢？）

A. Have you tried the new dog treats?（你試過新的狗點心了嗎？）
B. How can you hate such cute creatures?（你怎麼能討厭這麼可愛的生物呢？）
C. Gradual exposure to them is necessary.（漸進的曝露〔接觸〕是必要的。）
D. You should fight back when they come.（你應該在他們來的時候反擊。）

答題解說

答案：（C）。說話者用 How 詢問解決對狗恐懼的方法，C. 回答 Gradual exposure（漸進的曝露），意思是逐漸增加接觸狗的時間，是正確答案。A. 和克服對狗的恐懼無關。B. 說話者是怕狗，而不是 hate（討厭），兩者之間是有差異的。D. 比較像是遭到攻擊的應對方式，但怕狗並不表示遭到了攻擊，反擊事實上也不是克服恐懼的方法。

字詞解釋

overcome [ˌovə`kʌm] v. 克服　**dog treat** 狗點心　**creature** [`kritʃə] n. 生物　**gradual** [`grædʒuəl] adj. 逐漸的　**exposure** [ɪk`spoʒə] n. 曝露

10. **Is it convenient for you to pick me up after work tomorrow?**（明天你方便下班後載我一程嗎？）

A. Sure, what can I pick for you?（當然，我可以幫你選什麼？）

B. No, it's an inconvenient truth.（不，那是個令人難堪的真相。）

C. Okay, but I need to know when.（好，但我需要知道什麼時候。）

D. Of course, you're right about it.（當然，你對於那件事的說法是對的。）

答題解說

答案：（C）。說話者用形容詞 convenient（方便的）詢問對方在 after work tomorrow（明天下班後）這個時段是否可以載他一程，C. 先回答可以，然後說需要知道什麼時候，也就是詢問比較精確的時間點，是正確答案。A. 是使用 pick 的另一個意思「挑選」製造的陷阱選項。B. 雖然使用了 convenient 的反義詞 incovenient，但在 inconvenient truth 這個慣用語中，意思不是「不便的」，而是「令人難堪的」。D. be right about something 的意思是「對於某件事的判斷／意見正確」。

字詞解釋

pick up 載某人一程　　**inconvenient truth** 令人難堪的真相

11. **What was discussed in the economics class yesterday? I took sick leave.**（昨天的經濟學課討論了什麼？我請了病假。）

A. The effect of financial regulation.（金融管制的影響。）

B. Some economical ways of grocery shopping.（購買食品雜貨的一些經濟〔省錢〕方法。）

C. Actually, it's not my major.（事實上，那不是我的主修。）

D. Why are you sick of economics?（你為什麼對經濟學厭煩了？）

答題解說

答案：（A）。說話者用 What 詢問 economics class（經濟學課）討論的內容，所以答案應該會和經濟學有關。A. 回答了和經濟學有關的內容，是正確答案。B. 雖然和 economic（經濟上的）很像，但 economical（經濟的）是「節約、省錢」的意思，所以這個選項的意思是買食品雜貨省錢的方法，和經濟學比較無關。C. 說話者應該是在知道對方有上這門課的情況下才問的，是否主修經濟學和有沒有上課無關。D. 是用 sick of（對…厭煩的）製造的陷阱選項。

字詞解釋

economics [ˌikəˋnɑmɪks] **n.** 經濟學　　**take sick leave** 請病假　　**financial** [faɪˋnænʃəl] **adj.** 金融的　　**regulation** [ˌrɛgjəˋleʃən] **n.** 管制　　**economical** [ˌikəˋnɑmɪkl] **adj.** 經濟的（節約的，省錢的）　　**grocery** [ˋgrosərɪ] **n.** 食品雜貨　　**major** [ˋmedʒɚ]

n. 主修科目　**be sick of** 對…厭煩

12. **When will the weather change for the better? It's freezing!**（天氣什麼時候會好轉？凍死人了！）

A. I have seen better days.（我的狀況〔和過去相比〕很糟糕。）
B. Yes, you should wear a coat.（是的，你應該穿大衣。）
C. It will begin to rain on Friday.（星期五會開始下雨。）
D. It'll be cold for at least a week.（至少會冷一個星期。）

答題解說

答案：（D）。說話者用 When 詢問天氣 change for the better（好轉）的時間點，並且用 It's freezing!（凍死人了！）抱怨天氣冷。D. 說寒冷會持續至少一週，暗示一週內沒有好轉／變暖的可能，是正確答案。A. 是一個慣用語，用「曾看過比較好的日子」表達「現在的狀況很糟糕」，也常用來表示東西因為舊了而狀況不佳。B. 說話者並沒有問需要回答 Yes/No 的問題，回答的內容也不是說話者要問的。C. 雖然回答了天氣轉變的時間點，但開始下雨是天氣變差而不是好轉。

字詞解釋

change for better 好轉　**freezing** [ˋfrizɪŋ] **adj.** 非常寒冷的　**have seen better days** 現在的狀況很糟糕

13. **Are you ready to deliver the opening speech this evening?**（你準備好今天傍晚進行開幕演說了嗎？）

A. Not really. Audience makes me nervous.（不算準備好了。聽眾讓我緊張。）
B. I'm afraid it's too far to deliver.（恐怕太遠了不能配送。）
C. Sure. I'm ready for tomorrow.（當然。我為明天準備好了。）
D. I have no problem speaking in class.（我在課堂上發言沒問題。）

答題解說

答案：（A）。說話者使用 be 動詞開頭的 Yes/No 問句，問對方是否準備好要 deliver the opening speech（進行開幕演說），而且時間是 this evening（今天傍晚）。除了肯定或否定的回答以外，也要注意回答的內容是否和說話者所說的事情以及時間有關。A. 回答 Not really，表示不是完全準備好了，然後說會因為聽眾而緊張，也就是指自己在心理上的準備不足，是正確答案。B. 是用 deliver 的基本意義「遞送」製造的陷阱選項，這個句子通常會出現在貨運或者外送食物因為某個地方太遠而不送的情況。C. 回答為明天準備好了，和說話者所說的「今

天傍晚」不符合。D. 說話者問的是 opening speech（開幕演說），是比較大型的活動開始前的致詞，所以回答「在課堂上發言沒問題」不恰當。

字詞解釋

deliver a speech 發表演說

14. **How do I behave when traveling abroad?**（我在國外旅行時怎樣行為舉止才恰當呢？）

A. Make a detailed travel plan in advance.（預先做詳細的旅遊計畫。）
B. Try to follow their customs when you can.（試著儘量遵守他們的習俗。）
C. Make sure to wear warm clothes.（一定要穿溫暖的衣服。）
D. Just be yourself and they'll see.（只要做你自己，他們會知道的。）

答題解說

答案：（B）。說話者用 How 詢問對於自己行為的建議，重點在於這裡的 behave 是「行為舉止恰當」（符合禮節）的意思。B. 回答要 follow their customs（遵守他們的習俗），這裡的 their 也就是指外國人，所以是正確答案。A. C. 雖然也是旅遊時會做的事，但和「行為舉止恰當」無關。D. 完全沒有提供相關的答案。

字詞解釋

detailed [ˋdiˋteld] **adj.** 詳細的　　**custom** [ˋkʌstəm] **n.** 習俗

15. **I attended an amazing classical music concert yesterday.**（我昨天去了一場令人驚豔的古典音樂會。）

A. Who did you see perform?（你看到誰表演？）
B. What's your taste in music?（你的音樂喜好是什麼？）
C. I love pop music, too.（我也喜歡流行音樂。）
D. You must be screaming all the time.（你一定一直在尖叫吧。）

答題解說

答案：（A）。說話者說自己昨天去了一場 classical music concert（古典音樂會），應該是希望對方對於音樂會的內容產生興趣。A. 反問看到誰表演，進一步詢問音樂會的演出者，是正確答案。B. 反問音樂方面的喜好，和音樂會的內容較無關係。C. 說話者說的是古典音樂會，這裡卻回答流行音樂，不符合主題。D. 在古典音樂會上通常不會 screaming all the time（一直在尖叫）。

字詞解釋

concert [ˋkansɚt] n. 音樂會；演唱會　　**perform** [pɚˋform] v. 表演　　**taste** [test] 口味；愛好　　**scream** [skrim] v. 尖叫

第三部分：簡短對話

16.

M: Have you decided on the guest list yet?

W: Yes, finally. I made some cuts because our budget is limited.

M: That's fine. Even though we'll serve an outdoor buffet, it'll still be too crowded if there are too many people. By the way, I asked Jeremy to give a toast as well as be the best man. What do you think?

W: That's great! He's an entertaining person.

M: Alright. Now that everything is settled, should we talk about our honeymoon?

Question: What are the two speakers planning?

A. A wedding reception.

B. A farewell party.

C. A business dinner party.

D. An award ceremony.

英文翻譯

男：你決定好賓客名單了嗎？

女：好了，終於。我做了一些刪減，因為我們的預算有限。

男：沒關係。儘管我們會提供戶外自助餐，但如果有太多人的話，還是會太擠。對了，我請 Jeremy 除了當伴郎以外也致詞。你覺得呢？

女：太好了！他是個有趣的人。

男：好。既然一切已經就緒，我們是不是該討論蜜月的事了？

問題：兩位說話者在準備什麼？

A. 婚宴。

B. 歡送派對。

C. 商務晚宴。

D. 頒獎典禮。

答題解說

答案：（A）。從選項可以得知這是詢問場合的題目，所以要特別注意對話中和場合有關的詞彙。從 guest list（賓客名單）、outdoor buffet（戶外自助餐）、give a toast（致詞）可以得知他們在準備宴會，而從 best man（伴郎）可以確定這是一場婚宴，而不是其他類型的宴會，所以 A. 是正確答案。就算不知道 best man 是什麼，也可以從最後提到的 honeymoon（蜜月）推測答案。

字詞解釋

budget [`bʌdʒɪt] **n.** 預算　**give a toast**（簡短致詞並且）敬酒　**entertaining** [ˌɛntə`tenɪŋ] **adj.** 令人感到愉快／有趣的　**honeymoon** [`hʌnɪˌmun] **n.** 蜜月　**reception** [rɪ`sɛpʃən] **n.** 接待；歡迎會；宴會　**farewell** [`fɛr`wɛl] **n.** 告別　**award** [ə`wɔrd] **n.** 獎　**ceremony** [`sɛrəˌmonɪ] **n.** 典禮

17.

M: Can you help me? I don't know what's wrong with my document.

W: What's the problem?

M: Look, only the right part of the screen shows the document. I can't see a complete sentence this way. I don't need the browser to show on the left, but I can't close it.

W: It's the multitasking function of the system. Just drag the black line in the middle to the left, and there you go.

M: Wow, I didn't know it! Thanks a lot.

Question: What does the man have a problem with?

A. The word processing software.

B. The operating system.

C. Fixing a screen.

D. Designing a document.

英文翻譯

男：你可以幫我嗎？我不知道我的文件是怎麼回事。

女：有什麼問題？

男：你看，只有螢幕的右邊部分顯示文件。這樣我看不到完整的句子。我不需要瀏覽器顯示在右邊，但我關不掉。

女：這是系統的多工處理功能。只要把中間的黑線拉到左邊就好了。

男：哇，我不知道耶！太感謝了。

問題：男子對於什麼有問題？

A. 文書處理軟體。

B. 作業系統。

C. 修理螢幕。

D. 設計文件。

答題解說

答案：（B）。選項是一些關於軟體和電腦的詞語，可以推測會聽到一段和使用電腦或電子設備有關的對話，也要注意是否有和選項相關的內容。男子一開始說他的 document（文件）有問題，但我們很快會發現，問題並不在文件本身。男子接下來說 only the right part of the screen shows the document（只有螢幕的右邊部分顯示文件），表示文件的顯示方式不是他想要的，而女子則回答 It's the multitasking function of the system（這是系統的多工處理功能），並且教男子如何用整個螢幕顯示文件，所以 B. 是正確答案。

字詞解釋

browser [ˋbraʊzɚ] **n.** 瀏覽器　**multitasking** [ˏmʌltɪˋtæskɪŋ] **n.** 多工處理（同時進行多個任務）　**word processing** 文書處理　**operating system** 作業系統

18.

M: Hey, what are you reading?

W: It's a book about the events of the Middle Ages. The years after the fall of the Western Roman Empire, you know.

M: Actually, I'm not familiar with that. What sparked your interest?

W: I learned about some important wars when I was traveling in France. The stories of kings and knights make me want to know more about that time.

Question: What are the speakers mainly talking about?

A. History of Europe.

B. Travel to Europe.

C. European literature.

D. A course about Europe.

英文翻譯

男：嘿，你在讀什麼？

女：這是關於中世紀的事件的書。就是西羅馬帝國滅亡後的年代，你知道的。

男：事實上，我不熟悉那個。是什麼激起了你的興趣呢？

第1回
第2回
第3回
第4回
第5回
第6回
第7回
第8回
第9回
第10回

女：我在法國旅遊的時候得知了一些重要的戰爭。國王與騎士的故事讓我想要更了解那個時代。

問題：說話者們主要在討論什麼？
A. 歐洲歷史。
B. 到歐洲旅遊。
C. 歐洲文學。
D. 關於歐洲的課程。

答題解說

答案：（A）。選項是關於歐洲的一些不同方面，可以推測這是關於談話主題的題目，要注意談話中是否有和選項相關的內容。女子說自己在讀關於 Middle Ages（中世紀）的書，然後又提到在旅遊時學到關於 wars（戰爭）的知識，並且說想要 know more about that time（更了解那個時代），所以 A. 是正確答案。雖然對話中也提到旅遊，但並不是主要的內容。

字詞解釋

Middle Ages （歐洲）中世紀　**spark** [spɑrk] v. 點燃；激起　**knight** [naɪt] n. 騎士　**literature** [ˈlɪtərətʃə] n. 文學

19.

W: I'm planning to visit Kenting next month.

M: What do you intend to do there?

W: As you know, I'll definitely go surfing near South Bay. Furthermore, many of my friends recommend me to go snorkeling at Houbihu.

M: You really should. The coral reef there is amazing, and it's impossible to appreciate it if you stay on land.

Question: What do the speakers consider one cannot miss in Kenting?
A. Cave exploration.
B. Beautiful landscape.
C. Souvenir shopping.
D. Water sports.

英文翻譯

女：我正在計畫下個月拜訪墾丁。
男：你打算在那裡做什麼？

第 1 回

第 2 回

第 3 回

第 4 回

第 5 回

第 6 回

第 7 回

第 8 回

第 9 回

第 10 回

女：你知道的，我一定會在南灣附近衝浪。而且，我的很多朋友也推薦我在後壁湖浮潛。

男：你真的該去。那裡的珊瑚礁很令人驚豔，如果你待在陸地上是不可能欣賞到的。

問題：說話者們認為在墾丁不能錯過什麼？

A. 洞穴探索。

B. 美麗的陸地風景。

C. 紀念品選購。

D. 水上運動。

答題解說

答案：（D）。選項是一些旅遊活動，可以預期對話內容和旅遊有關，而且要詢問的可能是他們的討論主題。關於墾丁旅遊的內容，女子提到 I'll definitely go surfing（我一定會去衝浪），以及朋友推薦她 go snorkeling（去浮潛），男子也附和說 it's impossible to appreciate it (coral reef) if you stay on land（如果你待在陸地上，不可能欣賞到〔珊瑚礁〕），所以 D. 是正確答案。B. 的 landscape 是指「陸地的風景」，不包括海裡的珊瑚礁，所以不是正確答案。

字詞解釋

intend [ɪnˋtɛnd] v. 想要，打算　**recommend** [ˏrɛkəˋmɛnd] v. 推薦　**snorkeling** [ˋsnɔrkəlɪŋ] n. 浮潛　**coral reef** 珊瑚礁　**cave** [kev] n. 洞穴　**exploration** [ˏɛkspləˋreʃən] n. 探索　**landscape** [ˋlændˏskep] n. 陸上風景　**souvenir** [ˏsuvəˋnɪr] n. 紀念品

20.

M: Do you still have the contact information of the real estate agent?

W: Yes, but why do you need it?

M: My wife and I have decided to buy a house.

W: Why so suddenly? I thought you said you could never afford buying one.

M: I did, but our agreement with the landlord will end in May, and he intends to raise the rent again. I think it's time we invest in a house instead of throwing our money away.

Question: Why did the man decide to buy a house?

A. The rental agreement cannot be renewed.

B. The rent keeps going higher.

C. He has a higher pay now.

D. It is his long-time dream.

英文翻譯

男：你還有不動產經紀人的聯絡資訊嗎？

女：有，但你為什麼需要呢？

男：我老婆和我決定買房子了。

女：為什麼這麼突然？我以為你說你永遠買不起。

男：我是說過，但我們和房東的契約五月到期，而且他打算再次調高租金。我想我們是時候投資一間房屋，不要再把錢丟到水裡了。

問題：男子為什麼決定買房子？

A. 租約不能續約。

B. 租金持續上漲。

C. 他現在的薪水比較高。

D. 這是他長時間的夢想。

答題解說

答案：（B）。選項中有「租約」和「租金」等詞語，可以推測對話中會有和租房子相關的內容；因為選項都是對於情況的描述，所以應該注意對話中是否有和選項吻合的內容。關於買房子的動機，男子提到 our agreement... will end（我們的契約將會到期）、he (landlord) intends to raise the rent again（房東打算再次調高租金），而後面說的 invest in a house instead of throwing our money away（投資一間房屋，而不把錢丟掉）就是不再付錢給房東的意思，所以 B. 是正確答案。雖然說契約將會到期，但從「房東打算調高租金」這一點來看，如果同意調漲租金的話，租約還是可以續約的，所以 A. 不正確。

字詞解釋

real estate 不動產　**agent** [`edʒənt] n. 代理人，仲介　**agreement** [ə`grimənt] n. 協議　**landlord** [`lænd,lord] n. 地主，房東　**invest** [ɪn`vɛst] v. 投資　**rental** [`rɛntl] adj. 租賃的　**renew** [rɪ`nju] v. 更新

21.

W: Edward, get up right now. You're running late for school again.

M: Mom, I'm sick from the flu shot.

W: There's no point in pretending to be sick.

M: It's true. I'm feeling ill because of the pain and swelling at the injection site.

W: They're normal reactions to the vaccine, and they don't really make you unable to go to school. Don't make it an excuse.

Question: What problem does the man have?

A. He got a flu.

B. He has some side effects.

C. His whole body is aching.

D. He does not do well at school.

英文翻譯

女：Edward，現在就起床。你上學又要遲到了。

男：媽，我打流感疫苗後生病了。

女：裝病是沒用的。

男：是真的。我因為注射位置的疼痛和腫脹而覺得生病了。

女：這些是對疫苗的正常反應，而且不會真的讓你不能上學。不要把那當成藉口。

問題：男子有什麼問題？

A. 他得了流感。

B. 他有一些副作用。

C. 他全身痛。

D. 他在學校表現不好。

答題解說

答案：（B）。選項的主詞都是 He，所以要注意男子的情況如何。男子一開始說他 sick from the flu shot（在打流感疫苗後生病），但之後我們會發現他並不是真的生病了，而是因為 pain and swelling at the injection site（注射位置的疼痛和腫脹）而感覺生病。他的媽媽說這些是 normal reactions to the vaccine（對疫苗的正常反應），也就是副作用的意思，所以 B. 是正確答案。因為只有注射位置痛，而不是全身痛，所以不能選 C.。

字詞解釋

flu shot 流感疫苗接種　**pretend** [prɪ`tɛnd] **v.** 假裝　**swelling** [`swɛlɪŋ] **n.** 腫脹 **injection** [ɪn`dʒɛkʃən] **n.** 注射　**reaction** [rɪ`ækʃən] **n.** 反應　**vaccine** [`væksin] **n.** 疫苗　**side effect** 副作用

22.

W: I launched a new career as a professional organizer.

M: What kind of work do you do exactly?

W: I help my clients tidy up their homes by sorting their stuff and throwing away unnecessary things.

M: Sounds like the kind of service I need. You know, I have many stuffed animals. They take up a lot of space, but I have a hard time saying goodbye to them.

W: I can definitely help you with that.

Question: What does the woman help her clients do?

A. Organize events.

B. Sweep their rooms.

C. Design their homes.

D. Get rid of unneeded things.

英文翻譯

女：我開始了擔任專業整理師的職業。

男：確切來說，你做的是什麼樣的工作？

女：我藉由整理物品並且丟掉不必要的東西，幫助我的客戶把他們的家收拾整齊。

男：聽起來像是我需要的那種服務。你知道的，我有很多填充動物玩偶。它們很佔空間，但我很難跟它們說再見。

女：我一定有辦法幫你處理。

問題：女子幫助她的客戶做什麼？

A. 籌辦活動。

B. 掃房間的地板。

C. 設計他們的家。

D. 丟掉不需要的東西。

答題解說

答案：（D）。選項是四種不同的工作內容，所以要注意聽對話中關於「做什麼」的敘述。女子開頭就提到自己開始了 new career（新職業），接下來她介紹自己的工作內容，是幫客戶 tidy up their homes by sorting their stuff and throwing away unnecessary things（藉由整理物品並且丟掉不必要的東西，把他們的家收拾

整齊），之後男子也提到自己有很多動物玩偶但無法「say goodbye」（說再見→丟掉）的問題，所以 D. 是正確答案。A. 對話中的 organize 是「整理」的意思，但這裡的受詞是 events（活動），所以是「籌辦」的意思，小心不要看到 organize 就選擇這個答案。

字詞解釋

professional [prə`fɛʃənl] **adj.** 職業的，專業的　**organizer** [`ɔrgə,naɪzɚ] **n.** 組織者；整理者　**tidy up** 收拾整齊　**sort** [sɔrt] **v.** 分類，整理　**unnecessary** [ʌn`nɛsə,sɛrɪ] **adj.** 不必要的　**stuffed animal** 填充動物玩偶　**take up** 佔（空間等）　**have a hard time doing** 做⋯很困難　**get rid of** 擺脫，丟掉

23.

W: It's terrible that prices keep going up these days.

M: Yeah, everything got more expensive. What should we do?

W: We'd better eliminate unnecessary expenses. We don't need new clothes every season, and we can watch movies online instead of going to the theater.

M: You've got a point, but what about food? We still need to eat every day.

W: Well, I think it's meaningless that we cut our grocery bill and starve ourselves, but we can eat out less frequently.

Question: What kind of expense does the woman think is still necessary?

A. Movie-going.

B. New clothes.

C. Food ingredients.

D. Eating out.

英文翻譯

女：物價最近一直上漲，真是糟糕。

男：是啊，所有東西都變貴了。我們該怎麼辦？

女：我們最好減少不必要的開支。我們不需要每一季的新衣服，而且可以在網路上看電影，而不是去電影院看。

男：你說得對，但食物呢？我們還是需要每天吃東西。

女：嗯，我認為減少食品雜貨的費用並且餓到我們自己是沒意義的，但我們可以比較少外食。

第1回
第2回
第3回
第4回
第5回
第6回
第7回
第8回
第9回
第10回

問題：女子認為哪種開支還是必要的？

A. 去電影院看電影。

B. 新衣服。

C. 食材。

D. 外食。

答題解說

答案：（C）。選項是一些生活中的消費項目，所以可以預期對話的內容和日常消費有關。關於每種消費的必要性，女子說 We don't need new clothes every season（我們不需要每一季的新衣服）、we can watch movies online instead of going to the theater（我們可以在網路上看電影，而不是去電影院看）、we can eat out less frequently（我們可以比較少外食），分別對應選項 A. B. D.。但唯獨對於食品雜貨的花費，女子說 it's meaningless that we cut our grocery bill and starve ourselves（減少食品雜貨的費用並且餓到我們自己是沒意義的），表示她認為 grocery（食品雜貨）仍然是必要的，所以用 food ingredients 重新表達的 C. 是正確答案。

字詞解釋

eliminate [ɪ`lɪmə͵net] v. 排除　**expense** [ɪk`spɛns] n. 花費　**meaningless** [`minɪŋlɪs] adj. 無意義的　**grocery** [`grosərɪ] n. 食品雜貨　**starve** [stɑrv] v. 挨餓，使挨餓　**frequently** [`frikwəntlɪ] adv. 頻繁地　**ingredient** [ɪn`gridɪənt] n. 原料

24.

Train 列車	Destination 目的地	Time 時間	Expected 預計
1238	Taichung 台中	10:39	On Time 準時
1362	Kaohsiung 高雄	10:45	Delayed 10 min. 晚 10 分鐘
1364	Kaohsiung 高雄	11:08	On Time 準時
1240	Taichung 台中	11:15	Delayed 7 min. 晚 7 分鐘

Time Now 現在時間 10:37

For question 24, please look at the time table. 第 24 題請看時間表。

M: Oh no! We missed the train we wanted to take! We're too late.

W: Don't panic. We can still take the next one to Kaohsiung.

M: But it says it will be delayed.

W: It'll still be OK if the train leaves before 11. We can still make it to the meeting if we take this one.

M: How about the one after it? It'll be on time.

W: It's hard to say. Besides, it'll be past 11.

Question: Which train will the speakers most likely take?

A. Train 1238.

B. Train 1362.

C. Train 1364.

D. Train 1240.

英文翻譯

男：噢不！我們錯過了我們想要搭的列車！我們太晚了。

女：不要驚慌。我們還是可以搭下一班往高雄的列車。

男：但上面說它會延誤。

女：如果列車在 11 點前出發的話，還是 OK 的。我們如果搭這一班，還是可以及時趕上會議。

男：在它之後的那班呢？那班會準時到。

女：很難說。而且那會超過 11 點。

問題：兩位說話者最有可能搭哪班車？

A. 列車 1238。

B. 列車 1362。

C. 列車 1364。

D. 列車 1240。

答題解說

答案：（B）。圖片是列車時間表，所以要注意對話中關於搭哪一輛車的敘述，包括目的地、出發時間等。一開始男子提到兩人錯過了列車，然後女子說 We can still take the next one to Kaohsiung（我們還是可以搭下一班往高雄的列車），可知要從目的地是高雄的列車中選擇。關於往高雄的列車，女子說 It'll still be OK if the train leaves before 11（如果列車在 11 點前出發的話，還是 OK 的），所以即使延誤 10 分鐘仍然會在 11 點前出發的 B. 是正確答案。C. 雖然顯示會準時，但時間超過 11 點，所以不是正確答案。

字詞解釋

panic [ˋpænɪk] **v.** 驚慌　　**make it to** 及時趕上⋯

25.

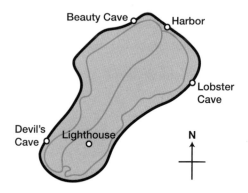

For question 25, please look at the map. 第 25 題請看地圖。

W: I'm going to Xiaoliuqiu Island next week.

M: You should visit the Devil's Cave. It was part of a coral reef very long ago, so you can see very special formations of rock there.

W: I wish I could, but I only have a few hours. It seems too far.

M: You could go and see the Flower Vase Rock, then. It is near the harbor. However, Xiaoliuqiu is famous for its magnificent caves. You could visit the cave on the north side, which is also close to the harbor.

Question: Which attraction would the woman possibly visit?

A. Devil's Cave.

B. Beauty Cave.

C. Lobster Cave.

D. The lighthouse.

英文翻譯

女：我下禮拜要去小琉球島。

男：你應該參觀烏鬼洞。它很久以前是珊瑚礁的一部分，所以你可以在那裡看到非常特別的岩石地形。

女：我希望我可以，但我只有幾個小時。那看起來太遠了。

男：那你可以去看花瓶岩。它在港口附近。不過，小琉球以壯觀的洞穴聞名。你可以參觀北邊的洞穴，它離港口也很近。

問題：女子有可能參觀哪個景點？

A. 烏鬼洞。

B. 美人洞。

C. 龍蝦洞。

D. 燈塔。

答題解說

答案：（B）。圖片是標示景點的地圖，所以要注意對話中關於景點位置的敘述。女子一開始提到自己要去小琉球，男子推薦她去 Devil's Cave，但女子說 It seems too far（那看起來太遠了），所以男子又推薦港口附近的 Flower Vase Rock，但仍然說 Xiaoliuqiu is famous for its magnificent caves（小琉球以壯觀的洞穴聞名），並且建議女子去 the cave on the north side, which is also close to the harbor（北邊的洞穴，它離港口也很近）。地圖上位於北邊，並且接近港口的是 Beauty Cave，所以 B. 是正確答案。

字詞解釋

coral reef 珊瑚礁　　**formation** [for`meʃən] **n.** 形成（的結構）　　**harbor** [`hɑrbɚ] **n.** 港灣　　**magnificent** [mæg`nɪfəsənt] **adj.** 壯觀的

第四部分：簡短談話

26.

I've noticed that my conversation with my partner lacks depth, even though we seem to agree on everything, such as when I ask if he wants to eat out, he would just say "OK" or "fine", but not share his opinions or feelings. We don't really fight, but I'm disappointed that he doesn't talk to me as much as before. Do you have any advice or thoughts on this?

Question: What kind of problem is the speaker talking about?

A. Quarreling with her partner.

B. Lack of communication.

C. Signs of depression.

D. Difference of habits.

英文翻譯

我注意到我和我伴侶的對話缺乏深度，儘管我們好像對每件事都意見一致，例如當我問他想不想外食的時候，他只會說「OK」或「好」，但不會分享他的意見或感受。我們不會真的吵架，但我很失望他對我說的話不如以前多了。你對這個

情況有任何建議或想法嗎？

問題：說話者在談什麼樣的問題？
A. 和伴侶吵架。
B. 缺乏溝通。
C. 憂鬱的徵兆。
D. 習慣的不同。

答題解說

答案：（B）。選項是一些問題的現象，可以推測談話內容會是關於問題的描述，並且要注意內容和哪個問題有關。說話者提到 my conversation with my partner lacks depth（我和我伴侶的對話缺乏深度），具體的情況是 he would just say "OK" or "fine", but not share his opinions or feelings（他只會說「OK」或「好」，但不會分享他的意見或感受），而且 he doesn't talk to me as much as before（他對我說的話不如以前多了），所以說話者抱怨的是伴侶懶得溝通，B. 是正確答案。因為說話者說 We don't really fight（我們不會真的吵架），所以 A. 不是恰當的答案。

字詞解釋

depth [dɛpθ] n. 深度　**disappointed** [ˌdɪsə`pɔɪntɪd] adj. 感到失望的　**quarrel** [`kwɔrəl] v. 爭吵　**communication** [kəˌmjunə`keʃən] n. 溝通　**sign** [saɪn] n. 徵兆　**depression** [dɪ`prɛʃən] n. 沮喪，憂鬱症

27.

After analyzing the data collected from the various locations in Taiwan's mountains, we discovered that the trees and the meadows were actively capturing a remarkable amount of carbon from the air and releasing oxygen into the atmosphere. They do aid in the fight against climate change. Based on our findings, we believe the government should set laws to protect forests.

Question: Who most likely is the speaker?
A. An accountant.
B. A researcher.
C. A consultant.
D. A farmer.

英文翻譯

在分析了從台灣山地許多地點收集的數據之後，我們發現樹和草地從空氣中很活躍地捕捉相當多的碳，並且釋放氧到大氣中。它們的確有助於對抗氣候變遷。根據我們的研究結果，我們認為政府應該制定法律來保護森林。

問題：說話者最有可能是什麼人？
A. 會計師。
B. 研究員。
C. 顧問。
D. 農夫。

答題解說

答案：（B）。選項是一些職業的名稱，所以要注意談話中和職業有關的內容。說話者提到 analyzing the data（分析數據），然後說明數據呈現樹和草地有助於對抗氣候變遷的證據，並且以 Based on our findings...（根據我們的研究結果…）作為結尾，可以得知說話者是這方面的研究者，所以 B. 是正確答案。

字詞解釋

analyze [ˋænə͵laɪz] **v.** 分析 **meadow** [ˋmɛdo] **n.** 草地 **capture** [ˋkæptʃɚ] **v.** 捕捉 **remarkable** [rɪˋmɑrkəbl] **adj.** 值得注意的，相當大／多的 **carbon** [ˋkɑrbən] **n.** 碳 **oxygen** [ˋɑksədʒən] **n.** 氧 **atmosphere** [ˋætməs͵fɪr] **n.** 大氣 **climate change** 氣候變遷

28.

Even though this is your first time participating in river rafting, you can all be safe as long as you follow my instructions. First, pay attention to me throughout the session. Second, you must wear a life jacket as well as a helmet. Third, you must hold the paddle correctly, just like what I do now. Following these simple rules will ensure that you have a safe and enjoyable experience.

Question: What information was mentioned in the short talk?
A. Protective gear.
B. Creatures in the river.
C. The speed of the current.
D. Riverside scenery.

儘管這是你們第一次參加泛舟，但只要你們遵守我的指示，大家都可以很安全。首先，全程都要注意著我。第二，你們必須穿著救生衣和頭盔。第三，你們必須正確握槳，就像我現在做的這樣。遵守這些簡單的規則，會確保你們有安全並且愉快的經驗。

問題：這段簡短談話中提到了什麼資訊？
A. 防護裝備。
B. 河中的生物。
C. 水流的速度。
D. 河邊的風景。

答案：（A）。從選項的內容來看，談話的內容應該和河流有關，在聽的時候要注意內容和這些選項的相關性。說話者談到進行 river rafting（泛舟）的一些注意事項，其中的第二點是 you must wear a life jacket as well as a helmet（你們必須穿著救生衣和頭盔），也就是要穿戴防護裝備，所以 A. 是正確答案。其他選項都沒有提到。

rafting [ˋræftɪŋ] n. 泛舟　**instruction** [ɪnˋstrʌkʃən] n. 指示　**session** [ˋsɛʃən] n. （活動的）一段時間　**life jacket** 救生衣　**paddle** [ˋpædl] n. 槳　**ensure** [ɪnˋʃʊr] v. 確保　**enjoyable** [ɪnˋdʒɔɪəbl] adj. 令人愉快的　**protective** [prəˋtɛktɪv] adj. 保護的　**gear** [gɪr] n. 裝備　**creature** [ˋkritʃɚ] n. 生物　**current** [ˋkɝənt] n. 水流　**riverside** [ˋrɪvɚ͵saɪd] adj. 河邊的

29.

Hurricane Emilia is approaching. Though the system developed in the Atlantic last Saturday, it is rapidly expanding and is expected to arrive in two days. Because of its huge size, the National Weather Service issued an advance warning in the afternoon. Before it hits the land, winds will increase in 24 hours, so please avoid going to the beach.

Question: When will the wind become stronger?
A. This afternoon.
B. This evening.
C. Tomorrow.

D. The day after tomorrow.

第1回 第2回 第3回 第4回 第5回 第6回 第7回 第8回 第9回 第10回

英文翻譯

颶風艾蜜莉亞正在接近。雖然這個系統是上週六在大西洋形成的，但它正迅速擴大，並且被預期將在兩天後登陸。因為它巨大的規模，國家氣象局下午發布了預先警報。在颶風登陸前，風將在 24 小時後增強，所以請避免到海邊。

問題：風什麼時候會變得比較強？
A. 今天下午。
B. 今天傍晚。
C. 明天。
D. 後天。

答題解說

答案：（C）。選項是四個不同的時間，可知題目會問「什麼時候」，所以要注意關於時間的敘述。談話中提到了許多時間，但題目問的「風變強」是在最後一句提到：winds will increase in 24 hours（風將在 24 小時後增強），也就是明天風會變強，所以 C. 是正確答案。請注意「in + 時間長度」是表示「多久以後」的常見說法。

字詞解釋

hurricane [ˋhɝɪˌken] **n.** （大西洋的）颶風　**approach** [əˋprotʃ] **v.** 接近　**expand** [ɪkˋspænd] **v.** 擴強　**advance** [ədˋvæns] **adj.** 預先的　**hit the land** （風暴）登陸

30.

This weekend I'll go camping with my friends. I'll drive my own car to the campsite, and I've bought a new tent since it's my first time. I haven't been a good sleeper, though, so I asked one of my friends how to get a good night's sleep. He said he would usually bring a waterproof blanket along with his sleeping bag. I already have a sleeping bag, but I only have regular blankets, so I'm considering buying one for outdoor use.

Question: What is the speaker most likely going to do next?
A. Rent a car.
B. Buy a tent.
C. Buy a blanket.
D. Buy a sleeping bag.

這個週末我會和朋友們去露營。我會開我自己的車去營地,我也買了新的帳篷,因為這是我的第一次。不過,我不容易入睡,所以我問了一個朋友如何獲得良好的睡眠。他說他通常會帶防水的毯子和睡袋。我已經有睡袋了,但我只有普通的毯子,所以我正在考慮買一條戶外用的。

問題:說話者接下來最有可能做什麼?
A. 租車。
B. 買帳篷。
C. 買毯子。
D. 買睡袋。

答題解說

答案:(C)。選項是野營的準備事項,可以預期談話內容也和這方面有關,而且要注意是否有談到做這些事情,或者即將要做。關於露營的準備,說話者說會 drive my own car(開自己的車),而且 I've bought a new tent(我買了新的帳篷)、I already have a sleeping bag(我已經有睡袋了),所以 A. B. D. 都不是接下來需要做的事情。最後提到 I only have regular blankets, so I'm considering buying one for outdoor use(我只有普通的毯子,所以我正在考慮買一條戶外用的),所以說話者接下來最有可能買戶外用的毯子,C. 是正確答案。

字詞解釋

campsite [ˋkæmp͵saɪt] **n.** 露營地　　**good sleeper** 容易入睡的人　　**waterproof** [ˋwɔtɚ͵pruf] **adj.** 防水的　　**outdoor** [ˋaʊt͵dor] **adj.** 戶外的

31.

When you feel depressed, there are some things you can do to improve your mood. For example, you can try doing some exercise, which helps your brain release chemicals that make you feel good. You can also engage in activities you enjoy, such as reading or listening to music. If you find it tough to deal with the situation yourself, remember you can seek support from others any time.

Question: What is the speaker mainly talking about?
A. Coping with emotions.
B. Doing exercise.
C. Developing hobbies.
D. Communicating with others.

英文翻譯

當你感覺沮喪的時候，為了讓你的心情好轉，有一些事情是你可以做的。例如，你可以試著做些運動，這有助於你的大腦釋放讓你感覺良好的化學物質。你也可以從事你喜歡的活動，例如閱讀或者聽音樂。如果你覺得很難自己處理這個情況，記得你隨時都可以向他人尋求支援。

問題：說話者主要在談什麼？
A. 處理情緒。
B. 做運動。
C. 培養嗜好。
D. 與他人溝通。

答題解說

答案：（A）。選項是一些不同類型的主題，可以推測題目可能會詢問談話的主題。在這段談話中，說話者先是說 When you feel depressed, there are some things you can do to improve your mood（當你感覺沮喪的時候，為了讓你的心情好轉，有一些事情是你可以做的），表示接下來要談一些改善心情的方法，其實從這裡就可以得知談話的主題是 A.。後面提到做運動和從事愛好的活動這兩種方法，最後則是說可以向他人尋求支援，這些也都和第一句話有關。B. C. D. 雖然是談話中提到的內容，但都不能概括表達整段談話的內容。

字詞解釋

depressed [dɪˋprɛst] **adj.** 沮喪的　**mood** [mud] **n.** 心情　**chemical** [ˋkɛmɪkl] **n.** 化學物質　**engage in** 從事（活動）　**tough** [tʌf] **adj.** 艱難的　**cope with** 對付，處理

32.

Welcome to Parker's Hotel. Our free shuttle service is available to all guests. The shuttle runs from the main entrance of our hotel to the train station and back every hour, starting at 9 a.m. and ending at 6 p.m. Just head to the front desk to schedule your ride and reserve a seat. Thank you for choosing to stay with us, and we hope you enjoy your stay.

Question: What do hotel guests have to do if they want to take the shuttle?

A.　Buy a ticket.
B.　Go to the train station.
C.　Bring their own seats.

317

D. Talk to the front desk.

英文翻譯

歡迎來到 Parker 飯店。我們的免費接駁服務提供給所有房客。從上午 9 點到下午 6 點，接駁車每小時往返本飯店大門和火車站之間。只要到櫃台安排乘車時間並預約座位就行了。感謝您選擇住宿本飯店，祝您住宿愉快。

問題：飯店房客如果想搭接駁車的話，必須做什麼？
A. 買票。
B. 去火車站。
C. 帶自己的座位。
D. 和櫃台談。

答題解說

答案：（D）。選項是一些不同的行為，所以要注意是否有談到要做這些事情。談話內容是介紹飯店的接駁服務，先是說明路線的起迄點和營運時間，然後說明搭乘的方法：Just head to the front desk to schedule your ride and reserve a seat（只要到櫃台安排乘車時間並預約座位就行了），所以 D. 是正確答案。A. 因為是 free shuttle service（免費接駁服務），所以不需要買票。

字詞解釋

shuttle [ˈʃʌtl] n. 接駁（車）　　**head to** 前往…　　**front desk** 接待櫃台

33.

Check out our new coffee maker. You can simply insert a capsule and get a cup of coffee immediately, or put in your favorite beans and see them ground into powder before the coffee is done. Furthermore, it can be connected to a water line, so you don't have to refill the tank yourself. Let me show you how easy it is to use.

Question: What can be automatically put in the coffee maker?
A. Coffee capsules.
B. Coffee beans.
C. Water.
D. Sugar.

英文翻譯

來看看我們新的咖啡機。您可以簡單投入膠囊，並且立即得到一杯咖啡，或者放

進您最喜歡的咖啡豆，並且看到它們被磨成粉，然後煮成咖啡。而且，它還可以連接到輸水管線，所以您不必自己重新裝滿水箱。讓我向您展示它有多容易使用。

問題：什麼東西可以被自動放進咖啡機中？
A. 咖啡膠囊。
B. 咖啡豆。
C. 水。
D. 糖。

答題解說

答案：（C）。選項中包括一些會放進咖啡機的材料，可知談話內容應該和咖啡機有關，並且要注意關於咖啡材料的敘述。說話者提到 You can simply insert a capsule... or put in your favorite beans（您可以簡單投入膠囊…或者放進您最喜歡的咖啡豆），但並沒有說咖啡膠囊和咖啡豆是自動放進機器的。下一句則說 it can be connected to a water line, so you don't have to refill the tank yourself（它可以連接到輸水管線，所以您不必自己重新裝滿水箱），表示水可以藉由輸水管線自動注入機器，所以 C. 是正確答案。

字詞解釋

coffee maker （泡咖啡的）咖啡機　**insert** [ɪn`sɝt] v. 插入　**capsule** [`kæpsl] n. 膠囊　**ground** [graʊnd] 被磨碎的（**grind** 的過去分詞）　**water line** 輸水管線　**refill** [ri`fɪl] v. 重新裝滿　**automatically** [ˌɔtə`mætɪkəlɪ] adv. 自動地

34.

ASIA TRAVEL PLANS 亞洲旅遊方案

	Basic 基本		Advanced 進階	
	5 days 天 $20	10 days 天 $30	5 days 天 $40	10 days 天 $60
Free Phone Call 免費通話	×	10 min. 分鐘	20 min. 分鐘	40 min. 分鐘
High Speed Data* 高速傳輸	5GB	10GB	Unlimited 無限	Unlimited 無限

*Internet speed will be limited to 20Mbps when the allowance is used up.
當額度用完時，網路速度將被限制在 20Mbps。

For question number 34, please look at the table. 第 34 題請看表格。

I'll be visiting some friends in Thailand next month. I'll be there for 8 days and will need to use the Internet the entire time. As a heavy Internet user, I need the Internet speed to be fast throughout my trip. I also need to make some calls, and I think that I need an allowance of about 30 minutes.

Question: Which plan will the speaker most likely choose?
A. Basic 5 days.
B. Basic 10 days.
C. Advanced 5 days.
D. Advanced 10 days.

英文翻譯

我下個月會在泰國拜訪一些朋友。我會在那裡 8 天,而且全程都需要使用網路。身為重度網路使用者,我需要網路在整個旅程中都很快。我也需要打些電話,我想我需要大約 30 分鐘的額度。

問題:說話者最有可能選擇哪個方案?
A. 基本 5 天。
B. 基本 10 天。
C. 進階 5 天。
D. 進階 10 天。

答題解說

答案:(D)。圖片中有四種電信方案,天數、價格、免費通話分鐘數和高速傳輸限量各有不同,聽的時候要注意和這些條件有關的敘述。說話者說會在泰國 8 days(8 天),而且需要 use the Internet the entire time(全程使用網路),也需要 the Internet speed to be fast throughout my trip(網路在整個旅程中都很快)。再加上最後說的 I need an allowance of about 30 minutes [of phone calls](我需要大約 30 分鐘的通話額度),可知超過 8 天、免費通話超過 30 分鐘、高速傳輸無限量的 D. 是正確答案。

字詞解釋

allowance [əˋlaʊəns] n. 允許的額度

35.

Movie Schedule 電影時刻表

Mandala	*Air Crush*
Type: Sci-Fi	Type: Horror
類型：科幻	類型：驚悚
6:30 p.m.	6:00 p.m.
9:00 p.m.	8:30 p.m.
Don't Look Down	*You've Got Message*
Type: Comedy	Type: Romantic
類型：喜劇	類型：浪漫
6:30 p.m.	6:00 p.m.
9:00 p.m.	8:30 p.m.

For question number 35, please look at the movie schedule. 第 35 題請看 電影時刻表。

My wife and I plan to see a movie, but we have some limitations. My wife isn't into scary films, and I'm not a fan of Sci-Fi. Additionally, we must leave the theater by 8:30 because our babysitter must leave by nine, so we need to choose a movie that starts before 6:20. We won't have time to have dinner there, but we might order some takeout food.

Question: Which movie will the speaker and his wife mosts likely see?

A. *Mandala*.
B. *Air Crush*.
C. *Don't Look Down*.
D. *You've Got Message*.

英文翻譯

我和我太太打算去看場電影，但我們有一些限制。我太太不喜歡可怕的電影，而我不喜歡科幻電影。另外，我們必須在 8:30 前離開電影院，因為我們的褓姆必須在 9 點前離開，所以我們需要選擇 6:20 前開始的電影。我們沒時間在那裡吃晚餐，但我們可能會點一些外帶食物。

問題：說話者和他的妻子最有可能看哪部電影？

A. 《Mandala》。

B. 《Air Crush》。

C. 《Don't Look Down》。

D. 《You've Got Message》。

答題解說

答案：（D）。電影時刻表上有類型和時間等資訊，所以要注意關於這些方面的敘述。說話者說要和妻子看電影，但 My wife isn't into scary films, and I'm not a fan of Sci-Fi（我太太不喜歡可怕的電影，而我不喜歡科幻電影），所以可以排除 A. 和 B.。之後他又說因為褓姆有必須離開的時間，所以 we need to choose a movie that starts before 6:20 p.m（我們需要選擇 6:20 前開始的電影）。在剩下的電影中，*You've Got Message* 有下午 6 點的場次，所以 D. 是正確答案。

字詞解釋

limitation [ˌlɪməˈteʃən] n. 限制　**babysitter** [ˈbebɪsɪtɚ] n. 褓姆　**takeout** [ˈtekˌaʊt] adj. 外帶的

閱讀 | 全民英檢中級閱讀能力測驗 　　　　TEST 06

第1回
第2回
第3回
第4回
第5回
第6回
第7回
第8回
第9回
第10回

第一部分：詞彙

1. Jennifer slipped on the wet floor and _____ down the stairs.（Jeniffer 在濕地板上滑倒並滾下樓梯。）

A. stepped
B. bounced
C. tumbled
D. knocked

答題解說

答案：（C）。句子的前半說 Jeniffer slipped on the wet floor（Jeniffer 在濕地板上滑倒），而空格中的動詞後面接 down the stairs（往樓梯下面）。因為已經滑倒了，應該是失去平衡的狀態，所以最有可能的情況應該是 C. tumbled（跌倒，滾下）而不是 A. stepped（跨步）。B. bounced（彈跳）比較適合描述球之類的動作。D. knock down 可以表示「拆毀」的意思。

字詞解釋

step [stɛp] v. 跨步　　**bounce** [baʊns] v. 彈跳　　**tumble** [ˋtʌmbl] v. 跌倒，滾下
knock down 拆毀

2. The popular basketball player was suspended for a year after testing positive for a prohibited _____.（那位受歡迎的籃球選手在被檢測出禁止物質的陽性反應之後，被禁賽一年。）

A. formula
B. movement
C. revenge
D. substance

答題解說

答案：（D）。test positive for... 是指某人接受檢測，發現有某種疾病或藥物陽性反應的慣用語，所以選項中能代表藥物的 D. substance（物質）是正確答案。

字詞解釋

suspend [sə`spɛnd] v. 暫時停止，使⋯暫時停賽　**test positive for** （被）檢測出（疾病／藥物）陽性　**prohibit** [prə`hɪbɪt] v. 禁止　**formula** [`fɔrmjələ] n. 公式；配方　**movement** [`muvmənt] n. 運動，動作　**revenge** [rɪ`vɛndʒ] n. 復仇　**substance** [`sʌbstəns] n. 物質

3. **Companies that _____ old business models risk falling behind their competitors.**（緊抓舊商業模式的公司，有落後競爭對手的風險。）

   A. look forward to
   B. hold on to
   C. catch up with
   D. get away with

答題解說

答案：（B）。主詞 Companies（公司）後面用 that 子句「that ... old business models」（⋯舊商業模式的）修飾，句子的主要動詞部分則是 risk falling behind their competitors（有落後競爭對手的風險）。從句意來看，空格應該要填入表示「守舊」的片語動詞，所以 B. hold on to（緊抓⋯不放）是正確答案。

字詞解釋

hold on to 緊抓⋯不放　**business model** 商業模式　**risk** [rɪsk] v. 冒⋯的風險　**fall behind** 落後⋯　**competitor** [kəm`pɛtətɚ] n. 競爭者　**look forward to** 期待⋯　**catch up with** 趕上⋯　**get away with** 做（壞事）而僥倖沒被發現／免於懲罰

4. **Music is a _____ language because it can be understood without translation.**（音樂是世界通用的語言，因為它不用翻譯就能懂。）

   A. universal
   B. gorgeous
   C. continental
   D. regional

答題解說

答案：（A）。空格修飾 language（語言），表示主詞 Music（音樂）是什麼樣的東西。句子後半段有 because 引導的子句作為解釋：「it [music] can be understood without translation」（音樂不用翻譯就能〔聽〕懂）。不需要翻譯，表示跨越了一般語言的界線，也就是世界通用的，所以 A. universal（全世界的；

通用的）是正確答案。

字詞解釋

translation [træns`leʃən] **n.** 翻譯　**universal** [ˌjunə`vɝsl] **adj.** 全世界的；通用的
gorgeous [`gɔrdʒəs] **adj.** 非常漂亮的　**continental** [ˌkɑntə`nɛntl] **adj.** 大陸的
regional [`ridʒənl] **adj.** 地區的

5. Those who have _____ points of view can easily fight, and it takes communication to come to a meaningful resolution.（觀點相反的人容易吵架，要有溝通才能達到有意義的解決。）

A. opposite
B. defensive
C. pessimistic
D. halfway

答題解說

答案：（A）。Those who... 表示「…的人」，這些人 have... points of view（有…的觀點），而動詞部分則說他們 can easily fight（容易吵架）。從句意可以判斷，這些人的觀點應該是不同的，所以 A. opposite（相反的）是正確答案。

字詞解釋

communication [kəˌmjunə`keʃən] **n.** 溝通　**meaningful** [`minɪŋfəl] **adj.** 有意義的
resolution [ˌrɛzə`luʃən] **n.** 決心；決定　**opposite** [`ɑpəzɪt] **adj.** 相反的　**defensive** [dɪ`fɛnsɪv] **adj.** 防禦的　**pessimistic** [ˌpɛsə`mɪstɪk] **adj.** 悲觀的　**halfway** [`hæf`we] **adj.** 中途的

6. Lemon juice and vinegar taste sour because they contain _____.（檸檬汁和醋嚐起來酸是因為含有酸類。）

A. acne
B. atom
C. acid
D. liquor

答題解說

答案：（C）。句子可分為主要子句和 because 引導的從屬子句，前後分別表示現象和原因。前半敘述檸檬汁和醋有酸味，後半則解釋原因是含有某種物質，所以 C. acid（酸）是正確答案。

字詞解釋

vinegar [ˋvɪnɪgɚ] n. 醋　**acne** [ˋæknɪ] n. 面皰（青春痘）　**atom** [ˋætəm] n. 原子
acid [ˋæsɪd] n. 酸　**liquor** [ˋlɪkɚ] n. 烈酒

7. _____-free beer allows people to enjoy the taste of beer even when they drive.（無酒精啤酒讓人們就連在開車的時候都能享受啤酒的味道。）

   A. alcohol
   B. flavor
   C. vapor
   D. moisture

   答題解說

   答案：（A）。空格和 -free 連成一個複合形容詞，表示「沒有…的」，在這裡是形容 beer（啤酒）。這種啤酒在 even when they drive（就連開車的時候）的情況也可以喝，所以可以表達「無酒精」的 A. alcohol（酒精）是正確答案。

   字詞解釋

   alcohol [ˋælkəˏhɔl] n. 酒精　**flavor** [ˋflevɚ] n. 味道　**vapor** [ˋvepɚ] n. 水氣，蒸氣
   moisture [ˋmɔɪstʃɚ] n. 濕氣

8. Jacky turned off his phone and locked his room _____ he wouldn't be disturbed.（Jacky 關掉手機，並且鎖上房間，好讓他不會被打擾。）

   A. as long as
   B. so that
   C. in case
   D. even though

   答題解說

   答案：（B）。空格要填入連接前後兩個子句的連接詞。關掉手機、鎖上房間是讓自己不被打擾的方法，所以表示目的的 B. so that（好讓…，以便…）是正確答案。

   字詞解釋

   disturb [dɪsˋtɝb] v. 打擾　**as long as** 只要…（就…）　**so that** 好讓…，以便…
   in case 以防萬一…，假如…　**even though** 儘管…

相關補充

表示「目的」的從屬連接詞 so that（好讓…）經常省略變成 so。和表示「結果」的 so（所以…）差別在於，so（that）不加逗號，而 so 要加逗號。

Jacky turned off his phone and locked his room so（that）he wouldn't be disturbed.
（Jacky 關掉手機，並且鎖上房間，好讓他不會被打擾。）

Jacky kept getting disturbed, so he turned off his phone and locked his room.
（Jacky 一直被打擾，所以他關掉手機，並且鎖上房間。）

9. Because the main _____ decided to stop funding, the famous marathon is at risk of not being held this year.（因為主要贊助者決定停止提供資金，所以這個知名的馬拉松今年面臨無法舉辦的危機。）

A. interpreter
B. intruder
C. spectator
D. sponsor

答題解說

答案：（D）。空格中的名詞是句子的主詞，動詞部分是 decided to stop funding（決定停止提供資金）。選項中會提供資金的是 D. sponsor（贊助者），而且從後面的內容「有無法被舉辦的危險」，也可以看出是因為贊助者退出的關係。

字詞解釋

fund [fʌnd] v. 為…提供資金　**marathon** [ˋmærəˌθɑn] n. 馬拉松　**at risk of** 有…的危險　**interpreter** [ɪnˋtɝprɪtə] n. 口譯員　**intruder** [ɪnˋtrudə] n. 侵入者　**spectator** [spɛkˋtetə] n. 觀眾　**sponsor** [ˋspɑnsə] n. 贊助者

10. It was _____ of the player to hit his opponent and caused him serious injury in the game.（那位選手在比賽中打他的對手並且造成嚴重傷害，是很野蠻的。）

A. brutal
B. intimate
C. sensitive
D. vigorous

答題解說

答案：（A）。It is... of someone to~ 這個句型表示「某人做~這件事是很…

的」，也就是對於某個行為的評論。to 後面的行為是「打他的對手並且造成嚴重傷害」，最適合形容這種行為的 A. brutal（殘忍的，野蠻的）是正確答案。

字詞解釋

opponent [əˋponənt] n. 對手　**injury** [ˋɪndʒərɪ] n. 傷害　**brutal** [ˋbrutl] adj. 殘忍的　**intimate** [ˋɪntɪmət] adj. 親密的　**sensitive** [ˋsɛnsətɪv] adj. 敏感的　**vigorous** [ˋvɪgərəs] adj: 充滿活力的

第二部分：段落填空

Questions 11-15

Aphasia is a kind of language **disorder**. Patients of aphasia **suffer from** difficulty with speaking and reading. For example, the well-known actor Bruce Willis, who has been diagnosed with aphasia, became unable to remember and **recite** his lines. **Despite the fact** that aphasia affects one's language ability, it does not impact overall intelligence. Therefore, patients of aphasia can feel the pain of not being able to communicate normally. To make them feel more comfortable and to aid their communication abilities, it is advisable to **speak in a clear and simple way** when we talk to them.

字詞解釋

aphasia [əˋfeʒɪə] n. 失語症　**disorder** [dɪsˋɔrdə] n. 失調，（醫學上的）障礙　**suffer from** 受…之苦　**be diagnosed with** 被診斷有…　**recite** [rɪˋsaɪt] v. 背誦　**intelligence** [ɪnˋtɛlədʒəns] n. 智力　**advisable** [ədˋvaɪzəbl] adj. 可取的，明智的

中文翻譯

失語症是一種語言障礙。失語症患者會經歷說話和閱讀上的困難。舉例來說，被診斷有失語症的知名演員布魯斯・威利，變得無法記住並背誦他的台詞。撇開失語症影響語言能力的事實，它並不影響整體的智力。所以，失語症患者能感受到無法正常溝通的痛苦。為了讓他們感覺比較自在，並且幫助他們的溝通能力，我們和他們談話時最好用清楚而簡單的方式說話。

答題解說

11. A. dilemma　B. incident　C. symptom　D. disorder
　　答案：（D）。空格是用來描述 aphasia（失語症）的名詞。後面的內容提到，失語症的情況包括說話和閱讀上的困難，表示這是一種語言障礙，所以 D. disorder

（失調）是正確答案。C. symptom（症狀）是指疾病或障礙造成的問題之一，例如感冒的症狀有發燒、咳嗽等等；而失語症是多種症狀的總稱，所以 symptom 不是最恰當的答案。

字詞解釋

dilemma [dəˋlɛmə] n. 兩難的窘境　**incident** [ˋɪnsədənt] n. 事件　**symptom** [ˋsɪmptəm] n. 症狀

12. A. suffer from　B. inquire about　C. throw out　D. feel for

答案：（A）。空格要填入片語動詞，主詞是 Patients of aphasia（失語症患者），受詞是 difficulty with speaking and reading（說話和閱讀上的困難），所以表示經歷痛苦或疾病的 A. suffer from（受⋯之苦）是正確答案。

字詞解釋

inquire about 詢問關於⋯的事　**throw out** 丟掉⋯　**feel for** 同情（人）

13. A. recite　B. repeat　C. declare　D. clarify

答案：（A）。這一句提到被診斷有失語症的演員布魯斯・威利遇到的情況。空格和前面的動詞 remember（記住）同時接 lines 當受詞，而在戲劇中，lines 是指一個人物所說的台詞，所以能表示講台詞有困難的 A. recite（背誦）是正確答案。B. repeat（複誦）雖然也是表示說話的動詞，但演員演戲並不是別人先唸一遍，自己再跟著複誦一遍，而是自己把台詞說出來，所以這不是最好的答案。

字詞解釋

repeat [rɪˋpit] v. 重複，重說　**declare** [dɪˋklɛr] v. 宣告　**clarify** [ˋklærəˏfaɪ] v. 澄清，說明

14. A. With the consequence 結果是⋯

B. Despite the fact 儘管有⋯的事實

C. In view of the fact 考慮到⋯的事實

D. On top of 除了⋯以外（還有）

答案：（B）。空格部分用來連接前後兩個子句，前面說失語症影響語言能力，後面說它不影響整體的智力，兩者的描述方向是相反的，所以有表讓步（「雖然，儘管⋯」）的連接詞 despite 的 B. 是正確答案。

字詞解釋

consequence [ˋkɑnsəˏkwəns] n. 結果，後果　**in view of** 考慮到⋯

15. A. mock at the way they talk 嘲笑他們說話的方式

B. speak in a clear and simple way 用清楚而簡單的方式說話

C. put up with their negative mood 忍受他們的負面情緒

D. accept the situation and let it be 接受情況並且順其自然

答案：（B）。上一句提到失語症患者會因為溝通困難而感到痛苦，而這一句的開頭有表示目的的 To make them feel more comfortable and to aid their communication abilities（為了讓他們感覺比較自在，並且幫助他們的溝通能力），所以 it is advisable to（做…是明智的）後面的建議應該是能協助失語症患者溝通的方法，正確答案是 B.。C. D. 雖然看起來好像也是合理的應對方式，但和前面提到的「幫助他們的溝通能力」較無關聯，所以不是最好的答案。

字詞解釋

mock at 嘲笑…

Questions 16-20

With more and more people choosing to pay with their phones, digital payment has proven to be **increasingly** popular. One of the reasons is that digital payment can be done by simply tapping the phone or scanning a bar code, while cash and credit cards require **physical** handling, which can be time-consuming. As a result, many retailers and service providers now accept digital payment, further **contributing to** its popularity. Despite the fact that digital payment has been widely accepted, however, **it is not always reliable**. For example, some users have complained about not being able to pay digitally due to Internet connection issues. To gain more users and win their trust, digital payment companies should **sort out** the problem and prevent it from happening again.

字詞解釋

digital payment 數位支付　**prove to** 結果證明…　**increasingly** [ɪnˈkrisɪŋlɪ] adv. 越來越…　**tap** [tæp] v. 輕拍　**scan** [skæn] v. 掃描　**bar code** 條碼　**physical** [ˈfɪzɪkl] adj. 物質的，實體的　**time-consuming** [ˈtaɪmkənˌsjumɪŋ] adj. 費時的　**retailer** [rɪˈtelɚ] n. 零售商　**contribute to** 促成…　**popularity** [ˌpɑpjəˈlærətɪ] n. 普及　**reliable** [rɪˈlaɪəbl] adj. 可靠的　**sort out** 解決（問題）

中文翻譯

越來越多人選擇用手機付款，證明數位支付越來越受歡迎。原因之一是數位支付可以簡單碰一下手機或者掃描條碼就完成，而現金和信用卡需要實體的處理，可能會很花時間。因此，現在有許多零售業者和服務提供者接受數位支付，進一步促成它的普及。儘管事實上數位支付已經獲得廣泛接受，然而它並不是隨時都很可靠。舉例來說，有些使用者曾經抱怨因為網路連線的問題而無法數位支付。為了獲

得更多使用者並且贏得他們的信任，數位支付公司應該解決這個問題，並且預防它再次發生。

答題解說

16. A. essentially　B. properly　C. hopefully　D. increasingly

答案：（D）。句子的前半提到 more and more people choosing to pay with their phones（越來越多人選擇用手機付款），表示數位支付 popular（受歡迎）的程度越來越高，所以 D. increasingly（越來越…）是正確答案。

字詞解釋

essentially [ɪˋsɛnʃəlɪ] **adv.** 本質上　**properly** [ˋprɑpɚlɪ] **adv.** 適當地　**hopefully** [ˋhopfəlɪ] **adv.** 懷抱希望地

17. A. physical　B. critical　C. identical　D. logical

答案：（A）。這個句子的前後部分以表示轉折的連接詞 while（而…）連接。前半部說數位支付 can be done by simply tapping the phone or scanning a bar code（可以簡單碰一下手機或者掃描條碼就完成），對比後半的 cash and credit（現金和信用卡）。所以，相對於數位支付用手機就可以完成，現金和信用卡需要的 handling（處理）可以說是實體上的（攜帶出門、交付、找零等等），所以 A. physical（實體的）是正確答案。

字詞解釋

critical [ˋkrɪtɪkl̩] **adj.** 批評的　**identical** [aɪˋdɛntɪkl̩] **adj.** 完全相同的　**logical** [ˋlɑdʒɪkl̩] **adj.** 邏輯的

18. A. contributing to
    B. corresponding to
    C. disagreeing with
    D. experimenting with

答案：（A）。空格部分是引導分詞構句的現在分詞，表示這個句子的主詞 many retailers and service providers（許多零售業者和服務提供者）的動作或行為，是前半句的結果或同時發生的事。前半句提到有許多零售業者和服務提供者接受數位支付，這應該是促成 its [digital payment's] popularity（數位支付的普及）的原因，所以 A. contributing to（促成…）是正確答案。

字詞解釋

correspond to 符合，對應…　**disagree with** 和…不一致／意見不同
experiment with 用…進行實驗

第1回
第2回
第3回
第4回
第5回
第6回
第7回
第8回
第9回
第10回

19. A. it is not always reliable 它並不是隨時都很可靠

B. some still prefer to use cash 有些人仍然偏好使用現金

C. there are concerns about privacy 有隱私方面的憂慮

D. not everyone knows how to use it 並不是每個人都知道如何使用

答案：（A）。句子開頭有表讓步的 despite（儘管…），表示前後敘述的方向相反。前半說 Despite the fact that digital payment has been widely accepted（儘管事實上數位支付已經獲得廣泛接受），表示接下來要談的是數位支付的問題，而下一句提到的問題則是 not being able to pay digitally due to Internet connection issues（因為網路連線的問題而無法數位支付），這可以說是讓數位支付不可靠的情況，所以意義上能夠銜接前後內容的 A. 是正確答案。

字詞解釋

concern [kən`sɜn] n. 擔心　　**privacy** [`praɪvəsɪ] n. 隱私

20. A. abide by　B. sort out　C. break down　D. come up with

答案：（B）。空格要填入片語動詞，主詞是 digital payment companies（數位支付公司），受詞是 the problem，也就是前面提到因為網路連線而不可靠的問題。選項中能表示「解決」問題的 B. sort out 是最合適的答案。

字詞解釋

abide by 遵守　　**break down** 分解，拆解　　**come up with** 想出（方法等）

第三部分：閱讀理解

Questions 21-22

中文翻譯

如何處理精緻衣物

要讓您的衣服更持久、保持更好的狀態，請查看洗衣標籤，確認是否需要特別照顧。如果需要手洗的話，請採取以下步驟。

1. 在水槽或浴缸中注入水和洗潔劑。絕對不要使用比標籤上所建議還要熱的水。
2. 將衣服浸泡在（水和洗潔劑的）混合液中，並且輕輕刷洗。
3. 排掉水槽或浴缸中的水，重新注入乾淨的水。
4. 沖洗衣服。
5. 重複步驟 3 和 4，直到沒有洗劑殘留為止。

21. 根據這篇文章，在手洗衣服之前應該做什麼？
    A. 注入熱水
    B. 看洗衣標籤
    C. 用洗劑洗水槽
    D. 將衣服浸泡在純的洗劑中

22. 關於文章中介紹的洗衣方法，何者正確？
    A. 是粗暴的洗衣方法。
    B. 用的水比洗衣機少。
    C. 有助於保持衣服的良好狀態。
    D. 可以節省洗衣服的時間

字詞解釋

文章　**wash tag** 洗衣標籤　**sink** [sɪŋk] n. 水槽　**bathtub** [`bæθ͵tʌb] n. 浴缸　**detergent** [dɪ`tɝdʒənt] n. 洗潔劑　**make sure to do** 務必⋯　**recommend** [͵rɛkə`mɛnd] v. 推薦　**soak** [sok] v. 浸泡　**mixture** [`mɪkstʃɚ] n. 混合物　**scrub** [skrʌb] 刷洗　**drain** [dren] v. 排空⋯的水　**refill** [ri`fɪl] v. 重新裝滿　**rinse** [rɪns] v. 沖洗

第 21 題　**pour** [por] v. 倒出，傾注

第 22 題　**harsh** [hɑrʃ] adj. 粗糙的　**in good shape** 狀況良好的　**laundry** [`lɔndrɪ] n. 洗滌的衣服

答題解說

21. 答案：（B）。關於手洗衣服，開頭部分的最後提到 Take the following steps if they [clothes] require hand washing（如果〔衣服〕需要手洗的話，請採取以下步驟），表示這是教導如何手洗衣服的文章，而確認是否需要手洗，則是透過上一句所說的方式來確認：check their wash tags to see if they need special care（請查看洗衣標籤，確認是否需要特別照顧），所以 B. 是正確答案。A. 第 1 步提到 Make sure not to use water hotter than recommended on the tag（絕對不要使用比標籤上所建議的還要熱的水），表示用熱水有可能傷害衣服。C. D. 在文章中沒有提到。

22. 答案：（C）。問「何者正確」的題目，必須在文章中逐一找出和每個選項有關的部分，核對是否符合選項的敘述。文章開頭說 To make your clothes last longer and stay in better condition（要讓您的衣服更持久、保持更好的狀態），表示這篇文章會介紹維護衣物狀態的方法，後面的內容則提到「確認是否需要特別照顧」、「如果需要手洗的話，請採取以下步驟」，所以手洗是一種保持衣服良好狀態的方法，C. 是正確答案，A. 的敘述則正好相反。B. D. 在文章中沒有提到。

中文翻譯

親愛的招生委員會：

　　我寫這封信是要表達對於申請參加貴大學 MBA（企業管理碩士）學程的誠摯興趣。在研究過不同學校提供的 MBA 學程，並且了解你們的名聲與學術成就後，我相信你們的學程對我而言是理想的。

　　身為最近以頂尖學業成績畢業的大學生，我很希望發展我的商業與管理技能，以達成我的職涯目標。目前我在一家重要企業實習，我在那裡得以增進我的金融知識與問題解決能力。然而，我也發現了自己在專業知識上的不足。我相信自己需要進一步增進知識與能力，才能在金融領域成功。

　　你們著重於投資分析與會計的 MBA 學程，正是我為了解決專業上的弱點而在尋找的。你們會看到信中附了我的申請表和所有必要的文書資料。我非常期待你們肯定的回應。感謝你們考慮我的申請。

Lucas Williams

23. Williams 先生為什麼寫這封信？
　　A. 為了展現他的金融知識
　　B. 為了申請實習
　　C. 為了申請在大學學習
　　D. 為了尋求職涯諮詢

24. 關於 Williams 先生，我們可以推知什麼？
　　A. 他被推薦進入這所大學就讀。
　　B. 他研究了許多大學。
　　C. 他是會計系大學畢業生。
　　D. 他沒有先前的工作經驗。

25. Williams 先生想要增進什麼？
　　A. 投資知識
　　B. 客戶管理
　　C. 問題解決能力
　　D. 公關能力

字詞解釋

文章　**admission** [əd`mɪʃən] n.（准許）進入，入學　**committee** [kə`mɪtɪ] n. 委員會
sincere [sɪn`sɪr] adj. 誠摯的　**MBA**（**Master of Business Administration**）企業管理
碩士　**reputation** [ˌrɛpjə`teʃən] n. 名聲　**academic** [ˌækə`dɛmɪk] adj. 學術的
achievement [ə`tʃivmənt] n. 成就　**ideal** [aɪ`diəl] adj. 理想的　**eager** [`igɚ] adj. 熱切的
management [`mænɪdʒmənt] n. 管理　**intern** [`ɪntɚn] n. 實習生　**prominent**
[`prɑmənənt] adj. 卓越的，重要的　**financial** [faɪ`nænʃəl] adj. 財務的，金融的
advance [əd`væns] v. 提高　**investment** [ɪn`vɛstmənt] n. 投資　**analysis** [ə`næləsɪs] n.
分析　**accounting** [ə`kaʊntɪŋ] n. 會計（學）　**precisely** [prɪ`saɪslɪ] adv. 準確地，正好
enclose [ɪn`kloz] v. 隨信附上　**application** [ˌæplə`keʃən] n. 申請　**paperwork**
[`pepɚˌwɝk] n. 書面作業　**await** [ə`wet] v. 等候　**response** [rɪ`spɑns] n. 答覆，回應
第 23 題　**internship** [`ɪntɚnˌʃɪp] n. 實習　**career counseling** 職涯諮詢
第 25 題　**account management**（公司的）客戶管理　**public relations** 公共關係
（公關）

答題解說

23. 答案：（C）。Williams 先生的名字出現在信件的最後，表示他是寫信的人。關
於寫信的目的，通常從開頭就可以看出來。開頭部分說 I am writing to express my
sincere interest in enrolling in the MBA program at your university（我寫這封信是要
表達對於申請參加貴大學 MBA 學程的誠摯興趣），表示這封信是為了申請參加
大學學程而寫的，所以 C. 是正確答案。

24. 答案：（B）。「關於…可以推知什麼」的題目，也需要在文章中逐一找出和每
個選項有關的部分來核對答案。在第一段，Williams 先生提到 After researching
MBA programs provided by different universities（在研究過不同學校提供的 MBA
學程之後），表示他曾經研究過許多學校，所以 B. 是正確答案。C. 在第三段，
提到這所大學的 MBA 學程 emphasizes investment analysis and accounting（著重於
投資分析與會計），而且是 what I am seeking to address my professional weakness
（我為了解決專業上的弱點而在尋找的），所以 Williams 不太可能是在大學已經
主修過會計的學生，而且文中也沒有關於他大學主修科系的資訊。A. D. 在文章
中沒有提到。

25. 答案：（A）。第三段提到這所大學的 MBA 學程 emphasizes investment analysis
and accounting（著重於投資分析與會計），而且是 what I am seeking to address
my professional weakness（我為了解決專業上的弱點而在尋找的），表示他想要
增進這兩方面的知識，所以提到投資的 A. 是正確答案。B. 的 account
management 是指企業的「客戶管理」，其中的 account 是「客戶」的意思，而不
是「帳戶」或者「會計」。

中文翻譯

如何分辨蛋是否新鮮

蛋被認為是最健康的可取得食物之一。它們是蛋白質的良好來源，也是諸如維生素 B6、B12、D 等重要營養素的來源，這些營養素對於腦部發展與骨骼健康很重要。此外，它們也可能對體重管理有幫助，因為它們能讓你感覺飽足的時間較長，並且吃得比較少。然而，如果蛋沒有得到適當的保存，細菌可能入侵並使你生病。以下是一些判定蛋是否可安全食用的方法。

方法	新鮮的跡象
查看有效期限	晚於購買日期
聞蛋的味道	沒有臭味
看蛋殼	乾燥並且沒有受損
放進一碗水	下沉並且側面靠在碗底
敲開蛋之後查看蛋白	透明或者稍微呈黃色，但不是粉紅色

寄件者：CharlotteC@ggmail.com
收件者：service@costcaresuper.com
主旨：懷疑不新鮮的蛋

親愛的先生／小姐：

我寫這封郵件是要通知你們，我最近在 CostCare 超市買了一打蛋，我懷疑它們不新鮮。它們的殼很乾，而當我把它們放進水裡時，它們浮在水面上。還有，當我把它們敲開時，蛋白看起來有點黃。

我想要要求你們儘快處理這個問題，因為我擔心你們產品的品質。如果你們能退款給我，我會很感謝的。謝謝你們關注這件事。

Charlotte Carter

26. 何者不是文章中提到的雞蛋好處？

A. 幫助大腦成長並且成熟

B. 讓骨骼保持良好狀態

C. 預防食物中的脂肪被儲存在體內

D. 減少吃太多的可能性

27. Carter 小姐的蛋在哪方面顯示可能不新鮮？

　　A. 蛋殼的乾燥程度

　　B. 在水裡看起來的樣子

　　C. 蛋白的顏色

　　D. 聞起來的味道

28. Carter 小姐希望 CostCare 超市做什麼來處理問題？

　　A. 把錢還給她

　　B. 提供她新的蛋

　　C. 儘快停售雞蛋

　　D. 幫助顧客注意到這個問題

字詞解釋

文章 1　**protein** [`protin] n. 蛋白質　**nutrient** [`njutrɪənt] n. 營養素　**development** [dɪ`vɛləpmənt] n. 發展　**management** [`mænɪdʒmənt] n. 管理　**store** [stor] v. 貯存　**properly** [`prɑpəlɪ] adv. 適當地　**bacteria** [bæk`tɪrɪə] n. 細菌　**freshness** [`frɛʃnɪs] n. 新鮮　**expiration** [ˌɛkspə`reʃən] n. 到期，期滿　**crack** [kræk] v. 使破裂，砸開　**slightly** [`slaɪtlɪ] adv. 稍微

文章 2　**inform** [ɪn`fɔrm] v. 通知　**dozen** [`dʌzn] n. 一打（12 個）　**suspect** [sə`spɛkt] v. 懷疑　**float** [flot] v. 漂浮　**request** [rɪ`kwɛst] v. 要求　**concerned** [kən`sɜnd] adj. 擔心的　**appreciate** [ə`priʃɪˌet] v. 感謝　**refund** [`riˌfʌnd] n. 退款

第 26 題　**mature** [mə`tjʊr] v. 成熟　**condition** [kən`dɪʃən] n. 狀態　**reduce** [rɪ`djus] v. 減少　**possibility** [ˌpɑsə`bɪlətɪ] n. 可能性　**over-eating** 吃得太多

第 27 題　**dryness** [`draɪnɪs] n. 乾燥

答題解說

26. 答案：（C）。兩篇文章前面寫著 Questions 26-28 are based on information provided in the following article and email，所以第一篇是 article，第二篇是 email。因為這一題問的是「article 中沒有提到的好處」，所以要從第一篇文章尋找答案。文章中的 They are a good source of... nutrients... which are important for brain development and bone health（它們是對腦部發展與骨骼健康很重要的營養素的良好來源）對應 A. 和 B.，make you feel full for longer and eat less（讓你感覺飽

足的時間較長，並且吃得比較少）對應 D.。C. 在文章中沒有提到，所以是正確答案。

27. 答案：（B）。這一題要參考兩篇文章的內容來回答。在 Carter 小姐所寫的電子郵件中，她說她懷疑自己買到的蛋不新鮮，並且提到 Their shells are quite dry（它們的殼很乾）、they float on the surface（它們浮在水面上）、the egg white looks kind of yellow（蛋白看起來有點黃）這幾個現象，但並非全部都是蛋不新鮮的證據，所以還要參考文章中判斷雞蛋新鮮度的方式。文章裡的表格顯示 [egg shell is] Dry and not damaged（蛋殼乾燥並且沒有受損）、[egg white is] Clear or slightly yellow but not pink（蛋白透明或者稍微呈黃色，但不是粉紅色）是 Sign of Freshness（新鮮的跡象），所以 A. 和 C. 不對。至於「蛋浮在水面上」，和表格中所說的 Sinking and laying on the side（下沉並且側面靠在碗底）不同，表示這可能是蛋不新鮮的證據，所以 B. 是正確答案。D. 在電子郵件中沒有提到。

28. 答案：（A）。在電子郵件中，她提出的一項要求是 I would appreciate it if you could provide me with a refund（如果你們能退款給我，我會很感謝的），所以把 refund 改用 money back 來表達的 A. 是正確答案。

Questions 29-31

中文翻譯

　　裁員通常是事業相關的原因驅動的，例如預算限制、銷售額減少，或者市場狀況的改變。這些原因通常和個別員工的表現無關。考慮到裁員對於個人與更大的社會的衝擊，公司在裁減員工前謹慎考慮所有選擇是很重要的。

　　如果公司決定裁員是必要的，那麼適當處理這個過程非常重要。雇主應該諮詢勞動與雇用關係專家相關的法律議題，並且了解管理裁員與集體談判協議的法律與規定。除了檢視並決定受影響的部門以外，遵循公平且透明的過程來選定被裁員的員工也很重要。

　　雖然合法處理裁員很重要，但最大的挑戰或許是管理受裁員影響的員工在情緒上受到的衝擊。知道自己將會失去工作，員工可能會感受到焦慮或恐慌。所以，雇主應該藉由事先通知以及提供諸如遣散費及職涯諮詢之類的支援，努力將衝擊降到最低。藉著以尊重對待受影響的員工，雇主可以維持負責任與關心（員工）的名聲。

29. 這篇文章主要是關於什麼？
　　A. 裁員的潛在問題
　　B. 政府的裁員相關政策
　　C. 處理裁員的理想方法
　　D. 裁員時溝通的重要性

30. 何者不是文章中提到的裁員原因？
   A. 沒有足夠的錢支付薪水
   B. 公司業績比以前差
   C. 商業環境和過去不同
   D. 員工的行為令人不滿意

31. 作者認為裁員時最困難的是什麼？
   A. 諮詢專家
   B. 了解法律與規定
   C. 決定將誰裁員
   D. 預防對於員工的心理衝擊

字詞解釋

文章　**layoff** [ˈleˌɔf] n. 裁員　**typically** [ˈtɪpɪkəlɪ] adv. 典型地，通常　**drive** [draɪv] v. 驅動　**budget** [ˈbʌdʒɪt] n. 預算　**constraint** [kənˈstrent] n. 限制　**decline** [dɪˈklaɪn] n. 下降，減少　**unrelated** [ˌʌnrɪˈletɪd] adj. 無關的　**employee** [ˌɛmplɔɪˈi] n. 受雇者，員工　**performance** [pəˈfɔrməns] n. 表現，業績　**impact** [ˈɪmpækt] n. 衝擊，影響　**community** [kəˈmjunətɪ] n. 社區，社會　**option** [ˈɑpʃən] n. 選項，選擇　**crucial** [ˈkruʃəl] adj. 至關重要的　**employer** [ɪmˈplɔɪɚ] n. 雇主　**consult with** 諮詢…　**labor and employment relations** 勞動與雇用關係　**regulation** [ˌrɛgjəˈleʃən] n. 規定　**govern** [ˈgʌvɚn] v. 統治，管理　**transparent** [trænsˈpɛrənt] adj. 透明的　**challenge** [ˈtʃælɪndʒ] n. 挑戰　**manage** [ˈmænɪdʒ] v. 管理　**emotional** [ɪˈmoʃən̩l] adj. 情緒的　**anxiety** [ænˈzaɪətɪ] n. 焦慮　**panic** [ˈpænɪk] n. 恐慌　**minimize** [ˈmɪnəˌmaɪz] v. 最小化　**advance** [ədˈvæns] adj. 預先的　**reputation** [ˌrɛpjəˈteʃən] n. 名聲　**caring** [ˈkɛrɪŋ] adj. 關愛的
第 29 題　**potential** [pəˈtɛnʃəl] adj. 潛在的　**ideal** [aɪˈdiəl] adj. 理想的　**communication** [kəˌmjunəˈkeʃən] n. 溝通
第 30 題　**salary** [ˈsælərɪ] n. 薪水　**unsatisfactory** [ˌʌnsætɪsˈfæktərɪ] adj. 不令人滿意的
第 31 題　**mental** [ˈmɛnt̩l] adj. 心理的，精神上的

答題解說

29. 答案：（C）。這篇文章的第一段討論裁員的原因，第二段是 handle the process properly（適當處理這個過程）的方法，第三段則聚焦於 managing the emotional impact on employees（管理對員工的心理衝擊）。因為三段中有兩段在討論處理裁員的方式，所以 C. 是正確答案。D. 只和第三段的 providing advance notice（預先通知）有關，不能說是整篇文章的主旨。

30. 答案：（D）。裁員的原因出現在第一段的 reasons such as...（例如…的理由）後

面，其中的 budget constraints（預算限制）對應 A.，a decline in sales（銷售額減少）對應 B.，changes in market conditions（市場狀況的改變）對應 C.。D. 在文章中沒有提到，而且第一段也有 These reasons are generally unrelated to individual employees' performance（這些原因通常和個別員工的表現無關）這樣的內容，所以是正確答案。

31. 答案：（D）。在第二段說明裁員的程序之後，第三段提到 perhaps the greatest challenge is managing the emotional impact on employees who are affected by the layoff（最大的挑戰或許是管理受裁員影響的員工在情緒上受到的衝擊），所以將 managing the emotional impact 改寫成 Preventing mental shock（預防心理上的衝擊）的 D. 是正確答案。

Questions 32-35

中文翻譯

外型有吸引力的人，例如細腰或者五官有魅力的人，通常比較受到社會認可，而這樣的現象在這個社交媒體的時代甚至更加普遍。網路上大量展現理想身體意象的照片和影片，影響了青少年看待自己的方式，並且經常使他們對於自己的外貌感到自卑。

舉例來說，看到小臉和直鼻梁是現在流行的，那些不符合這個標準的人可能會尋求「改善」外貌的方法，例如接受整型手術。因為要符合某些美的標準的壓力，整型手術近年來呈現急劇成長的態勢。

許多選擇透過手術來重塑自己身體部位的青少年，似乎關心別人如何看他們多過他們看待自己。有些人是因為他們的外貌遭到同儕的負面評斷而決定接受手術，並且期望藉由改變外貌來贏得一點尊重。然而，追求理想是無止境的，而結果是其中有些人從來不會對（整型的）結果滿意，並且一直想要更多。

雖然整型手術可以提供對於外型的快速解決方法，但認知到所有手術都有一定程度的風險是很重要的。整型對於身體還在發育並且成熟中的年輕人風險更高。父母應該教育小孩在年輕時接受整型手術的潛在風險，並且鼓勵他們謹慎考慮用手術改造身體所造成的長期後果。

32. 以下何者是這篇文章最好的標題？
   A. 整型手術與青少年對美的追求
   B. 社交媒體如何鼓勵身體自愛
   C. 整型手術對青少年的好處
   D. 美的標準為何對青少年很重要

33. 何者是文章中提到青少年尋求整型手術的理由？
   A. 受到同儕的鼓勵
   B. 沒有受到父母稱讚
   C. 因為自己的身體特徵而被嘲笑
   D. 心理上比別人早熟

34. 根據這篇文章，以下何者不正確？
   A. 細腰的人被認為擁有理想的體型。
   B. 整型手術可以讓青少年長時間對自己滿意。
   C. 年輕人接受整型手術比成人危險。
   D. 社交媒體對於年輕人的自我意象有重大的影響。

35. 關於整型，何者是作者建議父母告訴孩子的事？
   A. 可能有法律問題。
   B. 他們負擔不起手術。
   C. 他們的身體還沒有完全發育。
   D. 接受整型手術太痛苦了。

字詞解釋

文章　**physically** [ˋfɪzɪkəlɪ] **adv.** 在身體方面　**attractive** [əˋtræktɪv] **adj.** 有吸引力的　**appealing** [əˋpilɪŋ] **adj.** 有魅力的　**feature** [fitʃɚ] **n.** 特徵，（臉部）五官　**recognize** [ˋrɛkəgˏnaɪz] **v.** 認可　**phenomenon** [fəˋnɑməˏnɑn] **n.** 現象　**prevalent** [ˋprɛvələnt] **adj.** 盛行的，普遍的　**overwhelming** [ˏovɚˋhwɛlmɪŋ] **adj.** 壓倒性的　**ideal** [aɪˋdiəl] 理想的　**body image** 身體意象（對身體美學的想法）　**inferior** [ɪnˋfɪrɪɚ] **adj.** （相較之下）低等的　**in trend** 流行中的　**nowadays** [ˋnaʊəˏdez] **adv.** 現今　**plastic surgery** 整型手術　**dramatic** [drəˋmætɪk] **adj.** 戲劇性的　**pressure** [ˋprɛʃɚ] **n.** 壓力　**reshape** [riˋʃep] **v.** 重新塑造　**negatively** [ˋnɛgətɪvlɪ] **adv.** 負面地　**peer** [pɪr] **n.** 同儕　**pursue** [pɚˋsu] **v.** 追求　**quick fix** 快速的解決方法　**risk** [rɪsk] **n.** 風險　**potential** [pəˋtɛnʃəl] **adj.** 潛在的　**limitation** [ˏlɪməˋteʃən] **n.** 限制　**long-term** [ˋlɔŋˏtɝm] **adj.** 長期的　**surgically** [ˋsɝdʒəkəlɪ] **adv.** 用手術方式

第 32 題　**pursuit** [pɚˋsut] **n.** 追求　**body positivity** 身體自愛（接納每個人自己外型特徵的社會運動）

第 33 題　**tease** [tiz] 取笑

第 34 題　**significant** [sɪgˋnɪfəkənt] **adj.** 重大的　**self image** 自我意象（對於自己形象的概念）

第 35 題　**afford** [əˋford] **v.** 負擔得起

341

32. 答案：（A）。文章的內容大致如下：第一段談到社會上的身體意象如何影響青少年，第二段提到青少年為了符合美的標準而尋求整型，第三段進一步討論青少年整型的同儕因素與難以讓人完全滿足的現象，最後一段則是青少年整型的風險。綜合這些內容，可以判斷提到整型與青少年追求美麗之間關係的 A. 是正確答案。

33. 答案：（C）。青少年尋求整型的其中一個原因，是第三段的 Some of them decide to do so because their appearance is negatively judged by their peers（有些人是因為他們的外貌遭到同儕的負面評斷而決定接受手術），所以把 is negatively judged 換成 Being teased（被取笑）來表達的 C. 是正確答案。A. 的 encourage 是「推薦」的意思，是以正面的口吻建議別人做一件可能有利的事情，而因為負面的言論而讓人產生做某事的意志則不符合 encourage 的概念。

34. 答案：（B）。詢問選項中何者正確／不正確的題目，必須找到文章中各自對應的內容才能判斷答案。本文第一段的 Physically attractive individuals, such as those with slender waists... tend to be more recognized by society（外型有吸引力的人，例如細腰的人，通常比較受到社會認可）對應選項 A.，最後一段的 The risks [of plastic surgery] are higher for young people（整型對於年輕人的風險更高）對應 C.，第一段的 [in this age of social media] The overwhelming amount of photos and videos online showing ideal body images have influenced the way teenagers see themselves（網路上大量展現理想身體意象的照片和影片，影響了青少年看待自己的方式）對應 D.。至於選項 B.，在第三段提到 it turns out that some of them [teenagers who get plastic surgeries] are never satisfied with the results and keep wanting more（結果是有些接受整型的青少年從來不會對結果滿意，並且一直想要更多），表示整型可能無法產生長期的滿足感，選項和文章的敘述不一致，所以是正確答案。

35. 答案：（C）。作者建議父母告訴孩子的事，出現在最後一段的 Parents should educate their children on the potential risks of getting plastic surgery at a young age（父母應該教育小孩在年輕時接受整型手術的潛在風險），而之所以會有風險，是因為上一句提到的 The risks are higher for young people, whose bodies are still developing and maturing（整型對於身體還在發育並且成熟中的年輕人風險更高），所以 C. 是正確答案。

07

GEPT
全民英檢

中級初試
中譯＋解析

本測驗分四部分，全為四選一之選擇題，共 35 題，作答時間約 30 分鐘。

第一部分：看圖辨義

A. **Question 1**

For question number 1, please look at picture A.

Question number 1: Which of the following descriptions is correct?（以下
敘述何者正確？）

A. Pears are cheaper than apples.（西洋梨比蘋果便宜。）

B. Oranges are sold by the dozen.（柳橙是一打一打〔12 個〕賣的。）

C. A watermelon costs more than four apples do.（一顆西瓜的價錢比四顆蘋果
    貴。）

D. An apple costs the same as an orange does.（一顆蘋果的價錢和一顆柳橙一樣。）

答題解說

答案：（C）。圖片中的資訊很簡單，就只有四種水果和它們的價錢，所以很容易推測將會聽到關於價錢的描述，但要注意每種水果的數量是不一樣的。一顆西瓜的 120 元，比四顆蘋果 100 元貴，所以正確描述這個事實的 C. 是正確答案。

B. **Questions 2 and 3**

> **Welcome to Teleport Plaza**（歡迎來到 Teleport Plaza）
> ↑ Men's Fashion（男性時裝）
> ↑ Movie Theater（電影院）
> → Silky Beauty Salon（Silky 美容沙龍）
> ← Ichiban Japanese Restaurant（Ichiban 日式餐廳）
> ↶ Amazing Western Diner（Amazing 西部式餐廳）

diner [ˋdaɪnɚ] n. 小餐廳

2. **For questions number 2 and 3, please look at picture B.**

Question number 2: What is Teleport Plaza most likely to be?（Teleport Plaza 最有可能是什麼？）

A. A food court.（美食街。）
B. A shopping mall.（購物中心。）
C. An office building.（辦公大樓。）
D. An amusement park.（遊樂園。）

答題解說

答案：（B）。看到指示牌，應該先注意上面有哪些項目。除了餐廳以外，這裡還有 movie theater（電影院）和 beauty salon（美容沙龍），而 Men's Fashion 則是指百貨公司、購物中心之類的地方販賣男性服裝的部門，所以 B. 是正確答案。

3.

Question number 3: Please look at picture B again. Sam is facing the sign. What should he do if he wants to eat sushi?（請再看一次圖片 B。Sam 正面對這個看板。如果他想要吃壽司，應該做什麼？）

A. Go straight. (直走。)

B. Turn right. (右轉。)

C. Turn left. (左轉。)

D. Turn back. (回頭。)

答題解說

答案：（C）。因為圖片上顯示了各種設施的位置，所以必然有一題和設施的位置有關，要注意每個設施是直走、左轉、右轉還是回頭才會到達。因為題目問的是「吃壽司」，應該去的地方是 Japanese Restaurant（日式餐廳），前面標示的符號是「←」，所以 C. 是正確答案。

C. **Questions 4 and 5**

Sally's Weekly Planner
Sally 的一週計畫

Monday 星期一	Tuesday 星期二	Wednesday 星期三	Thursday 星期四
	weekly photography class 每週攝影課	play badminton 打羽毛球	do the groceries 採買食品雜貨

Friday 星期五	Saturday 星期六	Sunday 星期日	Notes 備註
	yoga class 瑜伽課	see a movie 看電影	

planner [ˋplænɚ] n. 計畫表   **photography** [fəˋtɑgrəfɪ] n. 攝影   **grocery** [ˋɡrosərɪ] n. 食品雜貨

4. **For questions number 4 and 5, please look at picture C.**

Question number 4: What do we know about Sally's weekly plan?（關於 Sally 的一週計畫，我們知道什麼？）

A. She will go to a movie theater on Saturday.（她會在星期六去電影院。）

B. She has something to do on every weekday.（她每個平日都有事做。）

C. She does yoga twice a week.（她每週做兩次瑜伽。）

D. She has photography class once a week.（她每週有一次攝影課。）

答題解說

答案：（D）。圖片是一週計畫表，在聽題目前應該先快速瀏覽每一天有什麼活動，這樣在聽選項的時候就不用急忙尋找對應的內容。A. 看電影是星期日做的事才對。B. weekday（平日）是指星期一到星期五的日子，而這個表格中的星期一和星期五沒有計畫，並不是每天都有安排事情。C. 出現 yoga（瑜伽）的日子只有星期六這一天而已。D. once a week 是指每一週都有一次，而星期二的攝影課前面有形容詞 weekly（每週的），可知的確是每週上一次的課，所以這是正確答案。

相關補充

看電影可以說 see a movie 或 watch a movie，但兩者的意義是不一樣的。see a movie 指的是去電影院用大銀幕看電影，watch a movie 則是在家裡的電視或電腦螢幕上看。

5.

Question number 5: Please look at picture C again. What might Sally do on Thursday?（請再看一次圖片 C。Sally 星期四可能做什麼？）

A. Buy some vegetables.（買一些蔬菜。）
B. Do some research.（做一些研究。）
C. Wash clothes.（洗衣服。）
D. Work out.（運動。）

答題解說

答案：（A）。這比較像是考詞彙知識的題目。星期四做的事情是 do the groceries，表示 shop for groceries（選購食品雜貨）的意思。所以，在選項中屬於「選購食品雜貨」的 A. 是正確答案。

第二部分：問答

6. **Have you heard Taylor's new folk album yet?**（你聽過 Taylor 新的民謠專輯了嗎？）

A. That sounds like a great idea.（那聽起來像是很棒的主意。）
B. Yeah. I think it's fantastic.（有。我認為它很棒。）
C. No. I haven't heard the news report.（沒有。我沒聽過新聞報導。）
D. No. What is the album's genre?（沒有。這張專輯的類型是什麼？）

答案：（B）。說話者用 Have you... 詢問是否聽過一張專輯，回答 Yes(/Yeah) 表示有聽過，No 表示沒聽過。B. 回答聽過，並且說自己認為這張專輯很棒，是正確答案。A. 通常是別人提議做某件事時，會給予的回應。C. 回答 No 表示沒聽過，但後面卻說「沒聽過新聞報導」，和問題無關。D. 回答 No 表示沒聽過，並且詢問專輯的類型，看起來似乎合理，但對方其實已經說這是一張 folk（民謠）專輯了，所以詢問專輯類型不是適當的回應。

字詞解釋

folk [fok] **n.** 民謠（音樂類型）　　**genre** [ˋʒɑnrə] **n.** 作品的類型

---

7. I heard that there is an abstract painting exhibition that just opened.（我聽說有一個剛開幕的抽象畫展覽。）

A. I'd like to, but I don't have time.（我很想，但我沒有時間。）
B. I'm not really into abstract art.（我對抽象藝術沒什麼興趣。）
C. When will the exhibition start?（展覽什麼時候會開始？）
D. They must be very realistic.（它們一定非常寫實。）

答題解說

答案：（B）。說話者提到剛開幕的抽象畫展覽，想用這個話題引起興趣，而對方可以針對抽象藝術或展覽本身做回應。B. 回應自己對抽象藝術沒興趣，暗示不太可能會去看這個展覽，是恰當的答案。A. 這是回應 Do you want to...? 或 Would you like to...?（你想要…嗎？）的慣用句型，用在這個題目則會產生問題，因為說話者並沒有說出對方可以採取的行動，所以 I'd like to 後面的動詞是不能省略的，不然就無法確切得知是想要做什麼了。C. 說話者已經說這個展覽 just opened（剛開幕），所以問「什麼時候會開始」是不切題的。D. 不知道 They 是指什麼，就算理解成「抽象畫」，也不可能用 very realistic（非常寫實）來形容。

字詞解釋

abstract [ˋæbstrækt] **adj.** 抽象的　　**exhibition** [͵ɛksəˋbɪʃən] **n.** 展覽　　**be into** 對…很有興趣　　**realistic** [rɪəˋlɪstɪk] **adj.** 實際的，寫實的

---

8. How do you keep yourself entertained when you're alone at home?（當你獨自在家的時候，你如何持續娛樂自己？）

A. I like to watch movies.（我喜歡看電影。）
B. I'm afraid of being alone.（我怕獨自一個人。）

C. I keep myself in shape. （我保持自己的健康。）

D. This game is really interesting. （這個遊戲真的很有趣。）

答題解說

答案：（A）。說話者用 How 詢問 keep yourself entertained（持續娛樂你自己）的方式，所以答案應該會表達一種方法。A. 回答喜歡看電影，也就是喜歡用看電影的方式娛樂自己，是正確答案。B. 沒有回答方法。C. 「保持自己的健康」不能說是一種娛樂自己的方法，至少要說「做運動」之類的才是比較合理的答案。D. 雖然玩遊戲是一種娛樂自己的方法，但這個句子只是描述遊戲很有趣而已，而不是表達娛樂自己的方法，應該改成 I like to play this game（我喜歡玩這個遊戲）才切題。

字詞解釋

entertain [ˌɛntɚˋten] **v.** 娛樂　　**in shape** 健康狀況良好的

9. **I thought you said you were going to do the laundry today.** （我以為你說你今天要洗衣服。）

A. Where can I find a laundry? （我可以在哪裡找到洗衣店？）

B. I always like to do the chores. （我一直都喜歡做家事。）

C. I got busy and didn't have time. （我變得很忙而沒有時間了。）

D. Yes. I'm doing the laundry now. （是的。我現在在洗衣服。）

答題解說

答案：（C）。這一題的困難點在於掌握說話者的意圖。I thought...（我以為…）表示說話者原本料想的狀況，同時也暗示實際情況和預期不同。「我以為你說你今天要洗衣服」的意思就是「你沒有照你所說的去洗衣服」，並且有質問對方為什麼沒洗衣服的意味。C. 表示沒洗衣服的原因是太忙而沒時間，是正確答案。A. 把題目中表示「要洗的衣服」的不可數名詞 laundry，改成可數的 a laundry（洗衣店）。B. 和題目無關。D. 說話者暗示對方沒洗衣服，這裡卻回答正在洗衣服，彼此互相矛盾。

字詞解釋

laundry [ˋlɔndrɪ] **n.** 要洗的衣服；洗衣店　　**chore** [tʃor] **n.** 家事

10. **What should I do when an earthquake hits?** （當地震來襲時，我應該怎麼辦？）

A. You need to hide under a table. （你需要躲在桌子下。）

第1回 第2回 第3回 第4回 第5回 第6回 第7回 第8回 第9回 第10回

B. Take the elevator and go outside. （搭電梯並且出去外面。）

C. You should be careful next time. （你下次應該小心。）

D. It's better safe than sorry. （確保安全總比後悔好。）

答題解說

答案：（A）。這算是測驗常識的題目。說話者用 What should I...? 詢問地震時應該做的事，其實用 You should...、You need to... 或者祈使句型回答都可以，但這一題重要的是採取什麼行動才正確，所以 A. 是正確答案。B. 電梯可能因為地震停止運作，是錯誤的逃生方式。C. 是在對方不小心犯錯的時候，輕微責備並且提醒對方注意的說法。D. 是建議別人採取某種預防性安全措施的意思，例如騎機車戴安全帽、在有重要約會當天設定鬧鐘等等。

字詞解釋

earthquake [ˋɝθˏkwek] n. 地震　　**elevator** [ˋɛləˏvetɚ] n. 電梯

11. **John is exhausted after a demanding day at work.** （John 在一整天吃力的工作之後感到精疲力盡。）

A. He feels at ease at work. （他在職場上感到很自在。）

B. Maybe he's tired of complaining. （或許他懶得抱怨了。）

C. He can't just keep asking for more. （他不能一直要求更多。）

D. No wonder he went to bed early. （難怪他提早上床睡覺了。）

答題解說

答案：（D）。說話者在描述 John 的情況，其中的關鍵詞語是 exhausted（精疲力盡的）和 a demanding day at work（一整天吃力的工作），簡單來說就是他今天工作完之後很累。D. 在得知 John 很累之後，補充說他提早上床睡覺，並且用 No wonder（難怪）表示自己現在能理解他提早上床睡覺的原因，是適當的答案。A. 和說話者表達的是相反的意思。B. 比較適合用來回應「他工作很累，卻不跟別人說」之類的敘述。C. 是表示某個人總是有很多要求，已經到了不合理的程度。

字詞解釋

exhausted [ɪgˋzɔstɪd] adj. 精疲力盡的　　**demanding** [dɪˋmændɪŋ] adj. （人）苛求的；（事情）吃力的　　**at ease** 自在　　**no wonder** 難怪

12. **I'm sorry, but Mr. Davidson is not available this afternoon.** （很抱歉，Davidson 先生今天下午沒有空。）

A. Can I leave a message for him?（我可以留言給他嗎？）

B. Should I cancel my appointment?（我應該取消我的會面約定嗎？）

C. What is the problem with him?（他有什麼毛病？）

D. When did he leave his position?（他什麼時候離開他的職位的？）

答題解說

答案：（A）。說話者說 I'm sorry，表示正在回應對方的某個要求，後面則說 Davidson 先生目前 is not available（沒有空）。這有可能是電話中的談話內容，也有可能是親自到 Davidson 先生的辦公室，但並不影響解題。A. 因為沒辦法和 Davidson 先生談話或者見面，所以要求留言給他，是合適的答案。B. 要是有會面的約定，那麼應該能和 Davidson 先生見面才對，而不是得到「他沒有空」的回應。C. 表示無法理解某個人奇怪的行為或表現，是很不客氣、有點像在發洩情緒的說法。D. position 在這裡是「職位」的意思，所以這是指「他離開職位了」，和說話者表達的「他沒有空」意思不同。

字詞解釋

appointment [ə`pɔɪntmənt] n. 會面的約定　**position** [pə`zɪʃən] n. 職位

13. If the weather allows, Susan and I will go cycling tomorrow.（如果天氣允許的話，Susan 和我明天會去騎單車。）

A. I knew the weather would be nice.（我早就知道天氣會很好了。）

B. Make sure to check the forecast.（記得查看〔氣象〕預報。）

C. Don't forget to bring a tent.（別忘了帶帳篷。）

D. Where will you go hiking?（你們會去哪裡健行？）

答題解說

答案：（B）。說話者說明天會和 Susan 一起 go cycling（騎單車），並且用 If the weather allows（如果天氣允許的話）表達天氣是成行與否的條件。B. 針對天氣這一點，提醒應該查看氣象預報，是合適的答案。A. I knew... would...（我早就知道…會…）這個句型，意思是過去預料到某件事，而這件事的確成為了事實。但這個題目的說話者在意的是明天的天氣，而不是已經出現的天氣，所以這不是恰當的回應。C. 只是騎單車的話，不需要攜帶帳篷。D. 提到健行，和說話者所說的騎單車不符合，但如果沒聽清楚活動的名稱而憑感覺選，就有可能選錯。

字詞解釋

cycle [`saɪkl] v. 騎單車　**forecast** [`for͵kæst] n. 預報

14. I don't know what to do. I always spend all my income for the month.
（我不知該怎麼辦。我總是把當月的薪水都花光。）

A. How long have you spent on it?（你花了多少時間在那上面？）
B. You can come again next month.（你可以下個月再來。）
C. You should track your expenses.（你應該追蹤你的支出。）
D. Money can't buy everything.（錢不能買到一切。）

答題解說

答案：（C）。說話者有困擾的事想要尋求建議，也就是 spend all my income for the month（把當月的薪水都花光）的情況。C. 建議 track your expenses（追蹤你的支出），也就是審視所有支出的內容，是控制支出的合理方式。A. 雖然使用了 spend 這個動詞，但問句的開頭是 How long，變成詢問「花了多少時間」，與題目內容不符。B. 是把 income 變成 come，並且重覆使用 month，但意思和題目無關的陷阱選項。D. 這句話是指有些事物，例如幸福、健康等等，是無法用金錢換取的，也就是說除了金錢之外，人生中還有一些更寶貴的東西。但這一題的說話者已經花了太多錢，正需要減少開支的建議，這時候說這句話就像是風涼話了。

字詞解釋

income [ˈɪnˌkʌm] n. 收入　　**expense** [ɪkˈspɛns] n. 支出

15. How come you haven't planned a party to celebrate Bill's promotion?
（為什麼你沒計畫派對來慶祝 Bill 的升職？）

A. He will promote it himself.（他會自己宣傳。）
B. He doesn't like to pay attention.（他不喜歡關注〔某件事〕。）
C. He's not a fan of big gatherings.（他不喜歡大型聚會。）
D. He can be easily satisfied.（他很容易滿足。）

答題解說

答案：（C）。說話者用口語說法 How come（為什麼）來詢問對方 haven't planned a party to celebrate Bill's promotion（沒計畫派對來慶祝 Bill 的升職）的理由。C. 的 is not a fan of 是口語中表示「不喜歡…」的說法，並且用 big gathering（大型聚會）代替 party，也就是說 Bill 不喜歡派對這種大型聚會場合，是適當的答案。A. 是把題目中的 promotion（升職）變成動詞 promote（宣傳）的陷阱選項，和說話者要問的事情完全無關。B. 如果改成 get attention（受到關注），就會是合適的答案了。D. 和題目完全無關。

字詞解釋

promotion [prə`moʃən] n. 升職；宣傳，促進　**promote** [prə`mot] v. 使升職；宣傳，促進　**be not a fan of** 不喜歡…　**gathering** [`gæðərɪŋ] n. 聚會

第三部分：簡短對話

16.

M: Ahem, ahem! Oh, I can't stop coughing.

W: Have you seen a doctor yet?

M: No. I thought it wasn't a big deal and tried to control it by taking some cold pills.

W: Seems like it didn't help much, though. It could be the flu that is going around. Maybe you should get a rapid test.

M: I will. What else should I do?

W: Wear a mask to prevent spreading.

M: Sorry, I forgot about it.

Question: What has the man done to deal with his situation?

A. Seeing a doctor.

B. Taking medicine.

C. Getting a rapid test.

D. Wearing a mask.

英文翻譯

男：咳、咳！噢，我咳得停不下來。

女：你看醫生了嗎？

男：沒有。我以為沒什麼大不了的，就試圖靠著吃感冒藥來控制它。

女：但那似乎沒什麼幫助。這有可能是正在流行的流感。或許你應該接受快篩。

男：我會的。我還應該做什麼？

女：戴口罩預防傳染。

男：抱歉，我忘了。

問題：男子做了什麼來應付他的狀況？

A. 看醫生。

B. 吃藥。

C. 接受快篩。

D. 戴口罩。

答題解說

答案：（B）。選項是一些生病時會做的事，所以可以推測對話內容和生病有關，並且要注意對話中的人物有沒有做這些事。在對話中，除了男子自己提到的 I... tried to control it by taking some cold pills（我試圖靠著吃感冒藥來控制它）以外，其他的事情都沒有做／還沒做，所以把 cold pills（感冒藥片）概略稱為 medicine 的 B. 是正確答案。

字詞解釋

cold pill 感冒藥片　**go around**（傳染病）流行　**rapid test** 快篩

17.

W: Have you heard? Tom Cruise's new movie is coming soon!

M: It's an action movie again, I guess?

W: Yeah. He took the opportunity to take on scenes that are more difficult and intense than he ever tried.

M: What else makes it a must-see?

W: For me, it's the fact that he still looks great in his 60s. How about we see it together?

M: I'm not interested in action movies, but I want to see how he challenges himself.

Question: Why does the man want to see the movie?

A. It is an action movie.

B. Tom Cruise tried some difficult scenes.

C. Tom Cruise looks great at his 60s.

D. The woman wants to see it.

英文翻譯

女：你聽說了嗎？湯姆克魯斯的新電影快要上映了！

男：我猜又是動作電影吧？

女：是啊。他利用這個機會，挑戰了比以前嘗試過的還要困難、緊張的場面。

男：還有什麼讓它成為必看的電影呢？

女：對我來說，是他 60 幾歲還看起來很帥這一點。我們一起看這部電影怎麼樣？

男：我對動作電影沒興趣，但我想看他如何挑戰自己。

問題：為什麼男子想看這部電影？
A. 這是一部動作電影。
B. 湯姆克魯斯嘗試了一些困難的場面。
C. 湯姆克魯斯 60 幾歲看起來還很帥。
D. 女子想看這部電影。

答題解說

答案：（B）。選項是一些關於湯姆克魯斯電影的敘述，可以預期對話內容當然和這些有關。不過，聽完對話之後，我們會發現這四個選項都是事實，聽到題目才會知道要問的是「男子想看這部電影的理由」。所以，只是注意對話中有沒有出現這些內容，是無法解題的，必須注意到兩人在乎的重點才行。在對話的最後，女子邀請男子一起看這部電影，男子回答 I'm not interested in action movies, but I want to see how he challenges himself（我對動作電影沒興趣，但我想看他如何挑戰自己），而這裡的 how he challenges himself 則是指前面女子提過的 He took the opportunity to take on scenes that are more difficult and intense than he ever tried（他利用這個機會，挑戰了比以前嘗試過的還要困難、緊張的場面），所以 B. 是正確答案。

字詞解釋

action movie 動作電影　**take on** 承擔，接受（挑戰）　**intense** [ɪn`tɛns] **adj.** 強烈的，緊張的　**must-see** 一定要看的東西　**challenge** [`tʃælɪndʒ] **v.** 挑戰

18.

M: Have you tried the new restaurant around the corner?
W: I had dinner there last weekend, but I wasn't impressed.
M: Why? I see so many people posting pictures of themselves dining there.
W: I guess it's because it has many luxurious decorations. Not to my taste, though.
M: How about their service?
W: The servers are polite and very helpful, but its food feels rather ordinary, especially considering its high-end prices.

Question: What aspect of the restaurant is the woman satisfied with?
A. Its decorations.

B. Its service staff.

C. Its food.

D. Its prices.

英文翻譯

男：你試過街角的那間新餐廳了嗎？

女：我上週末在那裡吃了晚餐，但我覺得不怎麼樣。

男：為什麼？我看到好多人貼出在那裡用餐的照片。

女：我猜是因為它有許多奢華的裝潢。不過，那不符合我的品味。

男：那服務怎麼樣？

女：服務人員禮貌又很樂意幫忙，但那裡的食物感覺很普通，尤其是考慮到它高檔的價位。

問題：女子滿意這家餐廳的什麼方面？

A. 裝潢。

B. 服務人員。

C. 食物。

D. 價格。

答題解說

答案：（B）。選項中出現了服務人員、食物、價格，而且所有格都是 Its，可以推測兩人將會討論一家餐廳，而其中某方面應該是和其他方面不太一樣的（也意味著會是正確答案）。男子一開始就問 Have you tried the new restaurant（你試過那間新餐廳了嗎），帶出關於餐廳的討論。於是女子分享自己的意見，說 I wasn't impressed（我覺得不怎麼樣），理由有 [its decorations are] Not to my taste（〔裝潢〕不符合我的品味），以及 its food feels rather ordinary, especially considering its high-end prices（那裡的食物感覺很普通，尤其是考慮到它高檔的價位）。她唯一稱讚的是 The servers are polite and very helpful（服務人員禮貌又很樂意幫忙），所以 B. 是正確答案。D. 雖然女子用 high-end（高檔的）形容價格，但用高檔價格換取很普通的食物，意味著花這麼多錢並不划算，所以不能說她對價格滿意。

字詞解釋

impressed [ɪm`prɛst] **adj.** 感到印象深刻的（感覺驚豔、感動等等）　　**dine** [daɪn] **v.** 用餐　**luxurious** [lʌɡ`ʒʊrɪəs] **adj.** 奢華的　**decoration** [ˌdɛkə`reʃən] **n.** 裝飾，裝潢　**to one's taste** 符合某人的口味／品味　**server** [`sɝvɚ] **n.** 上菜的服務員（＝ **waiter/waitress**）　**high-end** 高檔的

19.

W: I've cut out junk food for quite some time, but it seems like my waist is still expanding.

M: Do you eat enough vegetables?

W: Yes, plenty of. I've also quit late-night snacking.

M: Then you should try keeping a food diary. It can help you keep count of the calories you've consumed.

W: That sounds good. I'll try it.

Question: What method has the woman not tried yet?

A. Stopping eating junk food.

B. Eating a lot of vegetables.

C. Quitting having food late at night.

D. Recording what she eats.

英文翻譯

女：我不吃垃圾食物好一段時間了，但我的腰好像還是在變粗。

男：你吃的蔬菜夠嗎？

女：有，我吃很多。我還戒掉了吃宵夜。

男：那你應該試著寫食物日記。這能幫助你記錄攝取的卡路里數字。

女：聽起來不錯。我會試試看。

問題：女子還沒試過什麼方法？

A. 停止吃垃圾食物。

B. 吃許多蔬菜。

C. 戒掉深夜吃東西。

D. 記錄自己吃的東西。

答題解說

答案：（D）。選項是一些減重的方法，而且其中一個選項出現了 she，可以推測談話內容可能和女子減重的方法有關。關於女子嘗試過的方法，她提到 I've cut out junk food（我已經不吃垃圾食物）、Yes, [I eat] plenty of [vegetables]（我吃很多蔬菜）、I've also quit late-night snacking（我還戒掉了吃宵夜），分別對應選項 A. B. C.。最後，男子建議她 try keeping a food diary（試著寫食物日記），女子回答 I'll try it（我會試試看），表示現在還沒做，所以 D. 是正確答案。

字詞解釋

junk food 垃圾食物　**expand** [ɪk`spænd] v. 擴大　**plenty of** 很多的…　**snack** [snæk] v. 吃點心　**keep count of** 得知…的數目　**calorie** [`kælərɪ] n. 卡路里　**consume** [kən`sjum] v. 消耗；吃

20.

W: You lost again? I thought you were skilled at this game.

M: I am, but I have no clue what my teammates are doing.

W: Or maybe it's just that luck isn't on your side. Winning requires some luck too.

M: Actually, what makes me mad is they can't even seize the opportunity when we're given exceptional advantage in the beginning.

W: Have you tried to direct them?

M: Of course, but they can't follow my words very well.

Question: Why does the man keep losing?

A. He is not skilled enough.

B. His teammates are weak.

C. He has no luck at all.

D. He cannot give directions.

英文翻譯

女：你又輸了？我以為你很擅長這個遊戲。

男：我是啊，但我不知道我的隊友在搞什麼。

女：又或許只是運氣不站在你這邊。贏也是需要一些運氣的。

男：事實上，讓我生氣的是，就連我們開局得到特別好的優勢時，他們也沒辦法抓住機會。

女：你試過指揮他們嗎？

男：當然，但他們不太能好好照我所說的去做。

問題：男子為什麼一直輸？

A. 他技術不夠好。

B. 他的隊友很弱。

C. 他完全沒有好運。

D. 他不會下指令。

答題解說

答案：（B）。選項是一些用 He 或 His 開頭的敘述，所以要問的可能是男性說話者或某個男性第三者的情況，聽錄音時要注意選項內容和這個人的情況是否符合。女子開頭問 You lost again?（你又輸了？），對男子打遊戲連輸的情況表示好奇，於是男子抱怨 I have no clue what my teammates are doing（我不知道我的隊友在搞什麼），後面又說 they can't even seize the opportunity when we're given exceptional advantage（就連我們得到特別好的優勢時，他們也沒辦法抓住機會）、they can't follow my words very well（他們不太能好好照我所說的去做），可知他認為問題在於他的隊友，所以 B. 是正確答案。

字詞解釋

skilled [skɪld] **adj.** 熟練的，有技術的　**have no clue** 毫無頭緒，完全不知道
teammate [ˋtim͵met] **n.** 隊友　**seize** [siz] **v.** 抓住，掌握　**exceptional** [ɪkˋsɛpʃənl]
adj. 例外的，特別好的　**advantage** [ədˋvæntɪdʒ] **n.** 優勢

21.

W: What happened, Ted? You look down.

M: I didn't do well on my math test.

W: Was it difficult? Some teachers like to give tricky questions.

M: I don't think so. Most of my classmates said it was a breeze for them.

W: Well, in that case, it must be that you're not well-prepared.

M: I can't deny that. I kept reading comic books even though I knew the test was coming in a few days.

W: Don't repeat the same mistake next time.

Question: Why did the man do badly on the test?

A. The test was difficult.

B. He did not work hard.

C. He was not aware of the test.

D. He did not learn from his mistakes.

英文翻譯

女：發生什麼事了，Ted？你看起來心情低落。

男：我數學考試沒考好。

女：很難嗎？有些老師喜歡出困難的題目。

男：我想不是。我大部分的同學說對他們而言很簡單。

女：嗯，這樣的話，那一定是你沒準備好了。

男：我不能否認。即使我知道再過幾天就要考試了，我還是一直看漫畫書。

女：下次別再犯同樣的錯誤了。

問題：男子為什麼考試表現不好？

A. 考試很困難。

B. 他沒有努力（準備）。

C. 他不知道有這場考試。

D. 他沒有從錯誤中學習。

答題解說

答案：（B）。和上一題類似，選項大多是以 He 開頭的內容，所以要注意選項內容和男性說話者或者其他男性的情況是否符合。對話中的男性 Ted 說 I didn't do well on my math test（我數學考試沒考好），接下來兩人就討論沒考好的原因。在接近結尾的部分，女子說 it must be that you're not well-prepared（一定是你沒準備好），男子則回答 I can't deny that（我不能否認），並且補充 I kept reading comic books even though I knew the test was coming in a few days（即使我知道再過幾天就要考試了，我還是一直看漫畫書），表示他並沒有做好準備，所以 B. 是正確答案。A. 女子問 Was it difficult?（考試很難嗎？），男子回答 I don't think so（我想不是），選項敘述不正確。C. 男子最後說的 even though I knew the test was coming（即使我知道要考試了）顯示他並不是不知道有考試，選項敘述不正確。D. 從對話中無法得知男子以前是否也有因為看漫畫書而沒有好好準備考試的情況，所以不能說「沒有從錯誤中學習」。

字詞解釋

tricky [ˋtrɪkɪ] **adj.** 難處理的，困難的　　**breeze** [briz] **n.** 微風；輕而易舉的事

22.

W: I'm planning to go hiking if the weather cooperates.

M: I didn't know you liked hiking.

W: I started going hiking several months ago. It's good for health and not as difficult as mountain climbing.

M: It seems too much effort for me, though. What other activities do you participate in?

W: I also play badminton. Compared to tennis, it's relatively easy to get started with.

M: Perhaps I can join you sometime and have a match.

Question: What might the man do with the woman in the near future?
A. Go hiking.
B. Go mountain climbing.
C. Play badminton.
D. Play tennis.

第1回

第2回

第3回

第4回

第5回

第6回

第7回

第8回

第9回

第10回

英文翻譯

女：如果天氣配合的話，我打算（上山）健行。
男：我不知道你喜歡健行。
女：我是幾個月前開始健行的。它對健康有益，而且沒有登山那麼難。
男：但是對我而言似乎太吃力了。你還參與什麼其他的活動？
女：我也打羽毛球。跟網球比起來，它相對容易入門。
男：或許我改天可以跟你一起打並且進行比賽。

問題：男子在不久的將來可能和女子一起做什麼？
A. 去健行。
B. 去登山。
C. 打羽毛球。
D. 打網球。

答題解說

答案：（C）。選項是一些休閒活動，可以預期對話中會提到這些活動，要注意關於這些活動的特色說明，以及兩人對於活動的偏好程度等等。一開始女子提到自己準備要去健行，並且提到它對健康有益。男子回應說 It seems too much effort for me（對我而言似乎太吃力了），然後接著問女子還參與什麼活動。女子回答 I also play badminton（我也打羽毛球），並且說它容易入門，於是男子說 Perhaps I can join you sometime（或許我改天可以跟你一起打），表示有意跟女子一起打羽毛球，所以 C. 是正確答案。要注意 D. 的網球是出現在 Compared to tennis, it's [= badminton is] relatively easy to get started with（和網球比起來，羽毛球相對容易入門），是說羽毛球容易入門，而不是網球，所以接下來男子說有興趣一起打的也是羽毛球才對。

字詞解釋

cooperate [ko`ɑpəˌret] **v.** 合作，配合　　**participate** [pɑr`tɪsəˌpet] **v.** 參加，參與
in the near future 在不久的將來

361

23.

M: Have you learned any skills as a child?

W: I've learned ballet for several years.

M: I didn't know you could dance ballet. Can you show some steps for me?

W: It's been too long since I stopped practicing. Because of a knee injury, I had to give up when I was ten.

M: I'm sorry to hear that. You must be very sad at that time.

W: Yeah, especially because my instructor said I was very talented.

Question: Why didn't the woman continue to dance ballet?

A. She got hurt.

B. She does not like practicing.

C. Her instructor left.

D. She has no talent.

英文翻譯

男：你小時候學過什麼才藝嗎？

女：我學過幾年的芭蕾。

男：我不知道你會跳芭蕾舞。你可以秀幾個舞步給我看嗎？

女：我停止練習太久了。因為膝蓋受傷的關係，我不得不在 10 歲的時候放棄。

男：我很遺憾聽到這件事。你當時一定非常難過。

女：是啊，尤其是因為我的老師說我很有天分。

問題：女子為什麼不再繼續跳芭蕾舞？

A. 她受傷了。

B. 她不喜歡練習。

C. 她的老師離開了。

D. 她沒有天分。

答題解說

答案：（A）。選項提到了練習、老師、天分等等，可以推測對話內容可能和某種技藝有關。因為選項的開頭都是 She 或 Her，所以要注意女性說話者或其他女性是否符合選項的描述。女子提到自己小時候學過芭蕾，但在男子請她秀幾個舞步的時候，她提到 Because of a knee injury, I had to give up when I was ten（因為膝蓋受傷的關係，我不得不在 10 歲的時候放棄），也就是因為受傷而不再繼續跳芭蕾舞了，所以用 got hurt（受傷）來表達 [had an] injury 的 A. 是正確答案。

字詞解釋

ballet [ˋbæle] n. 芭蕾舞　**instructor** [ɪnˋstrʌktɚ] n. 教師，教練　**talented** [ˋtæləntɪd] adj. 有天分的

24.

Art Museums in Tokyo 東京的美術館

Museum 博物館	Exhibits 展示品	Closed 關閉
Museum of Contemporary Art 東京都現代美術館	Modern art 現代藝術	Monday 週一
Museum of Modern Art 東京國立近代美術館	Modern art 現代藝術	Tuesday 週二
Nezu Museum 根津美術館	Traditional art and crafts 傳統藝術與工藝	Monday 週一
Suntory Museum 三得利美術館	Traditional art and crafts 傳統藝術與工藝	Tuesday 週二

contemporary [kənˋtɛmpəˌrɛrɪ] adj. 當代的

For question 24, please look at the table. 第 24 題請看表格。

M: Where are we going to visit during our Tokyo trip?

W: I plan to visit Odaiba on Sunday and Disneyland on Monday. I haven't planned for Tuesday, though.

M: How about we go to an art museum downtown?

W: Great idea. What kind of art are you interested in?

M: I'm more drawn to the delicate and beautiful works in the past eras.

Question: Which museum would the speakers most likely go to?

A. Museum of Contemporary Art.

B. Museum of Modern Art.

C. Nezu Museum.

D. Suntory Museum.

男：我們的東京旅行要去哪裡？

女：我打算星期日去台場，星期一去迪士尼樂園。不過，我星期二還沒有計畫。

男：我們去市中心的美術館怎麼樣？

女：好主意。你對哪種藝術有興趣？

男：過往時代精緻而美麗的作品比較吸引我。

問題：兩位說話者最有可能去哪間美術館？

A. 東京都現代美術館。

B. 東京國立近代美術館。

C. 根津美術館。

D. 三得利美術館。

答題解說

答案：（C）。表格中有三個項目，其中的 Museum（博物館）是選項的名稱，所以應該從後面的 Exhibits（展示品）和 Closed（關閉）的內容來判斷答案。這裡要特別注意的是，Closed 這一欄是關閉的日子，而不是開放的日子。女子說 I haven't planned for Tuesday（我星期二還沒有計畫），後面便開始討論這一天要去的美術館，所以要先排除星期二閉館的 B. 和 D.。男子提議去美術館，女子問他喜歡的藝術類型，他回答 I'm more drawn to the delicate and beautiful works in the past eras（過往時代精緻而美麗的作品比較吸引我），所以他偏好的是過去而不是現代的藝術，正確答案是 C.。

字詞解釋

be drawn to 被⋯吸引　　**delicate** [ˋdɛləkət] **adj.** 精美的，雅緻的

25.

Leadership and Teamwork Workshop 領導與團隊合作工作坊

	Wednesday 週三	Thursday 週四
9:00-12:00	Session 1: Introduction to Leadership and Teamwork 領導與團隊合作簡介	Session 3: Building High-Performing Teams 建立高業績團隊
12:00-14:00	Lunch Break 午餐休息時間	
14:00-17:00	Session 2: Effective Leadership and Decision-Making 有效領導與決策	Session 4: Cooperating with Colleagues the Right Way 以正確方式和同事合作

leadership [ˈlidɚʃɪp] n. 領導　**teamwork** [ˈtimˌwɝk] n. 團隊合作
workshop [ˈwɝkˌʃɑp] n. 工作坊　**session** [ˈsɛʃən] n. （一段）時間
introduction [ˌɪntrəˈdʌkʃən] n. 介紹　**cooperate** [koˈɑpəˌret] v. 合作
colleague [ˈkɑlig] n. 同事

For question 25, please look at the schedule. 第 25 題請看時間表。

W: Are you going to attend the workshop?

M: You mean the one on leadership and teamwork?

W: Right. I'm considering participating in one of the sessions, but I hope you can come with me.

M: OK, but I have to meet with one of my clients every morning these days, so only sessions in the afternoon will do.

W: I'm fine with that. Which one do you prefer?

M: I think we both need to know how to work together with our teammates.

Question: Which session would the speakers most likely attend?

A. Session 1.

B. Session 2.

C. Session 3.

D. Session 4.

英文翻譯

女：你會參加工作坊嗎？

男：你是說關於領導與團隊合作的那個嗎？

女：對。我在考慮參加其中一場，但我希望你可以和我一起去。

男：OK，但我最近每天上午都要和一位客戶開會，所以只有下午的場次可以。

女：我沒關係。你比較想要哪一場？

男：我想我們都需要知道如何和我們的團隊成員合作。

問題：兩位說話者最有可能參加哪個場次？

A. 場次 1。

B. 場次 2。

C. 場次 3。

D. 場次 4。

答題解說

答案：（D）。選項是時間表中的四個工作坊場次，它們的星期、時段和主題都有可能是判斷答案的關鍵。關於參加工作坊，女子說她考慮參加，但希望男子能一起去，於是男子的選擇就成為決定場次的關鍵。男子說 only sessions in the afternoon will do（只有下午的場次可以），而女子問他比較想要哪一場時，男子則回答 we both need to know how to work together with our teammates（我們都需要知道如何和我們的團隊成員合作）。所以，在下午場次中，和同事間合作有關的 D. 是正確答案。

字詞解釋

participate [pɑrˋtɪsəˌpet] v. 參加　　**client** [ˋklaɪənt] n. 客戶　　**teammate** [ˋtimˌmet] n. 隊友，同團隊成員

第四部分：簡短談話

26.

Good morning, ladies and gentlemen. Welcome aboard Melon Airline. This flight is E730, departing from Taipei at 10:30 a.m., and scheduled to arrive at Singapore at 2:25 p.m. Our flight duration is estimated to be approximately four hours. We are about to take off in ten minutes. For your safety, please fasten your seatbelts and turn off your electronic devices. We hope you enjoy your flight. Thank you.

Question: What is the current state of the airplane?

A. It is preparing to fly.
B. It is taking off.
C. It is flying.
D. It is landing.

英文翻譯

早安，各位女士先生。歡迎搭乘 Melon 航空。本次航班是 E730，上午 10:30 從台北出發，預定下午 2:25 抵達新加坡。我們的飛行時間預計大約 4 小時。我們 10 分鐘後即將起飛。為了您的安全，請繫好安全帶，並且關閉電子設備。我們希望您享受這次飛行。謝謝。

問題：這架飛機目前的狀態是什麼？
A. 正準備要飛行。
B. 正在起飛。
C. 正在飛行。
D. 正在降落。

答題解說

答案：（A）。選項是從準備起飛到降落的四個階段，所以要特別注意關於飛行階段的敘述。在這段機內廣播中，說話者提到 We are about to take off in ten minutes（我們 10 分鐘後即將起飛），表示還沒起飛、正在準備飛行，所以 A. 是正確答案。

字詞解釋

depart [dɪ`pɑrt] v. 出發，離開　**schedule** [`skɛdʒʊl] v. 安排⋯的時間　**duration** [djʊ`reʃən] n. 持續時間　**estimate** [`ɛstə͵met] v. 估計　**approximately** [ə`prɑksəmɪtlɪ] adv. 大約　**take off** 起飛　**fasten** [`fæsn̩] v. 繫好　**seatbelt** [`sitbɛlt] n. 安全帶　**electronic device** 電子設備

27.

Hi, Cindy, this is Joanne. I hope you're feeling better! I'm calling to tell you that we have a Spanish test tomorrow, and it would be great if you can make it to school. Also, the science project needs to be submitted by the end of today. The teacher mentioned that you can submit it online. And don't forget to bring watercolors if you're coming tomorrow, as you'll need them in the art class.

Question: What does Cindy have to do today?

A. Take a Spanish test.

B. Submit her science project.

C. Paint a watercolor painting.

D. Go to school.

英文翻譯

嗨，Cindy，我是 Joanne。我希望你覺得好一點了！我打電話是要告訴你，我們明天有西班牙語考試，要是你能來學校就太好了。還有，科學專題作業必須在今天結束前交。老師提到你可以上網交。還有，如果你明天會來的話，別忘了帶水彩，因為你在藝術課會需要。

問題：Cindy 今天必須做什麼？

A. 參加西班牙語考試。

B. 交科學專題作業。

C. 畫水彩畫。

D. 上學。

答題解說

答案：（B）。選項是一些和上學有關的事項，聽錄音內容時必須注意說話者對於這些事情做了什麼說明。說話者 Joanne 打電話／留言給 Cindy，說 I hope you're feeling better（我希望你覺得好一點了），表示 Cindy 可能正在請病假。Joanne 提到的其中一件事，是 the science project needs to be submitted by the end of today（科學專題作業必須在今天結束前交），而且 The teacher mentioned that you can submit it online（老師提到你可以上網交），所以今天交作業的義務不因為 Cindy 的病假而改變，正確答案是 B.。其他選項都是明天有可能做的事。

字詞解釋

watercolor [ˋwatɚˏkʌlɚ] n. 水彩

28.

We have been receiving some customer complaints recently, and it is crucial for us to address this issue promptly. For example, one customer expressed dissatisfaction with our latest update, mentioning performance issues such as lagging when opening projects and difficulty in finding frequently used functions. Therefore, we should work together to find solutions and push a new update as soon as possible.

Question: What kind of product does the speaker's company provide?

A. Software.

B. Machinery.

C. Home appliances.

D. Consulting service.

英文翻譯

我們最近收到一些顧客的抱怨，而我們快速解決這個問題是很重要的。舉例來說，一位顧客對於我們最近的更新表達不滿，並且提到開啟專案時卡頓之類的效能問題，以及很難找到常用的功能。所以，我們應該一起尋找解決方法，並且儘快推送新的更新。

問題：說話者的公司提供什麼種類的產品？

A. 軟體。

B. 機械。

C. 家電。

D. 諮詢服務。

答題解說

答案：（A）。選項是一些產品的類型，可知題目將會問談話內容和哪種產品有關，聽的時候要特別注意與這些產品有關的詞語。說話者提到最近收到 customer complaints（顧客的抱怨），其中一位顧客提到，latest update（最近的更新）有 lagging when opening projects（開啟專案時卡頓）、difficulty in finding frequently used functions（很難找到常用的功能）等問題，最後說話者則提到要 push a new update as soon as possible（儘快推送新的更新）。從這項產品可以更新、會卡頓、能開啟專案、需要尋找內部的功能等特徵，可以得知 A. 是正確答案。

字詞解釋

complaint [kəm`plent] n. 抱怨　**crucial** [`kruʃəl] adj. 至關重要的　**address** [ə`drɛs] v. 處理（問題）　**issue** [`ɪʃʊ] n. 問題　**promptly** [`prɑmptlɪ] adv. 迅速地　**dissatisfaction** [ˌdɪssætɪs`fækʃən] n. 不滿　**update** [`ʌpdet] n. 更新　**mention** [`mɛnʃən] v. 提到　**performance** [pɚ`fɔrməns] n. 性能　**lag** [læg] v. 卡頓　**frequently** [`frikwəntlɪ] adv. 頻繁地

29.

Introducing the PRO version of our UltraGlide vacuum cleaner! Setting it apart from the original model, the PRO version now offers the convenience of cordless operation. Experience unlimited freedom as you clean every corner of your home without the hassle of power cords. The long-lasting battery ensures continuous cleaning power, allowing you to clean your home without interruption. Try it in our stores today!

Question: How is the PRO version of the UltraGlide vacuum cleaner different from the original model?
A. It allows for cord-free operation.
B. It can transfer data wirelessly.
C. Its vacuuming power is stronger.
D. It detects dirt automatically.

英文翻譯

為您介紹我們 UltraGlide 吸塵器的 PRO 版本！和原本的款式不同，PRO 版本現在提供無線運作的便利。您可以體驗無限的自由，清潔家裡每個角落而沒有電線的麻煩。長續航的電池確保持續的清潔能力，讓您清掃家裡不中斷。今天就在我們的店面試用吧！

問題：UltraGlide 吸塵器的 PRO 版本和原本的款式有什麼不同？
A. 它可以無線（在不連接電源的情況下）運作。
B. 它可以無線傳輸資料。
C. 它的吸力比較強。
D. 它會自動偵測灰塵。

答題解說

答案：（A）。選項顯示某個產品的功能，所以要注意錄音內容中對於產品功能的描述是否和選項所說的吻合。說話者一開始就說自己在介紹 the PRO version of our UltraGlide vacuum cleaner（我們 UltraGlide 吸塵器的 PRO 版本），也就是舊款式的新版。關於新版的差別，說話者提到 Setting it apart from the original model, the PRO version now offers the convenience of cordless operation（和原本的款式不同，PRO 版本現在提供無線運作的便利），接下來也說 clean every corner of your home without the hassle of power cords（清潔家裡每個角落而沒有電線的麻煩），所以 A. 是正確答案。要小心的是，錄音內容所說的 cordless operation 是指「充電後不用插著電線也可運作」，而選項 B. 的 transfer data wirelessly 則是像手機之類的電子設備「無線傳輸資料」。

字詞解釋

vacuum [ˋvækjʊəm] **n.** 真空（吸塵器）　**convenience** [kənˋvinjəns] **n.** 便利　**cordless** [ˋkɔrdlɪs] **adj.** 無電線的　**operation** [ˏɑpəˋreʃən] **n.** 運作　**unlimited** [ʌnˋlɪmɪtɪd] **adj.** 無限的　**hassle** [ˋhæsl] **n.** 麻煩　**power cord** 電源線　**ensure** [ɪnˋʃʊr] **v.** 確保　**continuous** [kənˋtɪnjʊəs] **adj.** 連續的　**interruption** [ˏɪntəˋrʌpʃən] **n.** 打斷，中斷

30.

Welcome back to the live broadcast of the baseball game between the Tigers and the Lions! You're tuned into GPTV. Currently, the Tigers are leading by three runs. We invite you to participate by predicting the final scores on our website, and as an added bonus, those who perfectly predict the scores will have the opportunity to meet their favorite players in person! Now, let's get back to the game.

Question: How can one compete for the chance to meet their favorite player?

A. By watching GPTV.

B. By visiting GPTV's website.

C. By answering the result after the game.

D. By going to the stadium in person.

英文翻譯

歡迎回到虎隊與獅隊的棒球賽現場轉播！您現在收看的是 GPTV。目前虎隊領先 3 分。我們邀請您加入，在我們的網站上預測最後比數，而且作為額外獎勵，完美預測比數的人將有機會當面和最喜愛的球員見面！現在，讓我們回到比賽。

問題：要怎樣競爭和最愛球員見面的機會？

A. 收看 GPTV。

B. 上 GPTV 的網站。

C. 在比賽後回答結果。

D. 親自到體育場（棒球場）。

答題解說

答案：（B）。選項是一些以 By + 動名詞開頭，表示方法的內容，所以要特別注意錄音內容中對於方法的說明。錄音內容是轉播棒球比賽時順便公告的事項，中間提到 We invite you to participate by predicting the final scores on our website（我

們邀請您加入，在我們的網站上預測最後比數），而對於預測成功的人，則提到 those who perfectly predict the scores will have the opportunity to meet their favorite players in person（完美預測比數的人將有機會當面和最喜愛的球員見面）。所以，和球員見面的方法是上電視台的網站預測比數，正確答案是 B.。因為這個活動是「predicting」the final scores（預測最後比數），所以應該要提前猜分數，而不是像選項 C. 那樣可以「在比賽後回答結果」。

字詞解釋

live broadcast 現場轉播　**be tuned into** 正在收看（頻道）　**participate** [pɑrˋtɪsəˏpet] v. 參加　**predict** [prɪˋdɪkt] v. 預測　**bonus** [ˋbonəs] n. 額外獎勵　**in person** 當面，親自

31.
Hello, Ms. Danton. This is Daphne from Yama Boutique. I'm delighted to inform you that the purse you ordered three months ago has arrived and is now ready for pick-up. When you visit the boutique, kindly remember to bring your receipt for us to confirm. Our staff will assist you in inspecting your purse. If it's intended as a gift, we offer wrapping services, too. We look forward to seeing you soon!

Question: Why does Daphne call Ms. Danton?
A.　To recommend ordering a purse.
B.　To invite her to see new stuff.
C.　To report the status of an order.
D.　To help her exchange a bag.

英文翻譯

哈囉，Danton 小姐。我是 Yama 精品店的 Daphne。我很高興通知您，您三個月前訂購的手提包已經到店，現在可以取貨了。當您來店的時候，請記得帶您的收據讓我們確認。我們的員工會協助您檢查您的包包。如果這是要當作禮物的，我們也提供包裝服務。期待很快見到您！

問題：Daphne 為什麼打電話給 Danton 小姐？
A. 為了推薦訂購手提包。
B. 為了邀請她看看新東西。
C. 為了報告訂購貨品的狀況。
D. 為了幫助她進行包包的換貨。

答題解說

答案：（C）。選項是一些用 To 不定詞開頭、表示目的的內容，而且看起來和顧客購買的東西（包包）有關，所以要注意的是與顧客溝通的目的。Yama 精品店的 Daphne 打電話／留言給 Danton 小姐，說 the purse you ordered three months ago has arrived（您三個月前訂購的手提包已經到店），接下來則是說明到店取貨的注意事項。在選項中，可以表達這個情況的是 C.，其中的 order 可以解釋成「訂單」或者「訂購的物品」，而說這個訂購的物品「已經到了」，也就是在報告訂單進行的狀況。

字詞解釋

boutique [bu`tik] n. 精品店　**delighted** [dr`laɪtɪd] adj. 高興的　**inform** [ɪn`fɔrm] v. 通知　**purse** [pɝs] n. （美式英語）女用手提包　**receipt** [rɪ`sit] n. 收據　**assist** [ə`sɪst] v. 協助　**inspect** [ɪn`spɛkt] v. 檢查　**intend** [ɪn`tɛnd] v. 打算讓…作為…

32.

In the upcoming English workshop, you will have a chance to practice English with fellow participants. Through engaging activities and discussions, you can improve your pronunciation, fluency, and overall communication skills. Regardless of your ability, this workshop can help you progress in your English journey. Don't miss out on this opportunity to take your English skills to the next level!

Question: What kind of English skills does the workshop focus on?
A. Listening.
B. Speaking.
C. Reading.
D. Writing.

英文翻譯

在即將到來的英語工作坊，你將有機會和一起參加的人練習英語。透過吸引人的活動與討論，你可以改善發音、流暢度與整體溝通技巧。不管你的能力如何，這場工作坊都能幫你在英語的旅程中進步。別錯過這個讓你的英語能力更上一層樓的機會！

問題：這場工作坊著重於哪一種英語能力？
A. 聽。
B. 說。

C. 讀。

D. 寫。

答題解說

答案：（B）。選項是語言能力的四個方面，所以要注意說話內容主要在談哪一方面。說話者在介紹即將到來的 English workshop（英語工作坊），其中有比較具體內容的是 Through engaging activities and discussions, you can improve your pronunciation, fluency, and overall communication skills（透過吸引人的活動與討論，你可以改善發音、流暢度與整體溝通技巧）。discussions（討論）、pronunciation（發音）、fluency（流暢度）都和口說能力有關，所以 B. 是正確答案。

字詞解釋

upcoming [ˋʌpͺkʌmɪŋ] **adj.** 即將到來的　　**workshop** [ˋwɝkͺʃɑp] **n.** 工作坊　　**fellow** [ˋfɛlo] **adj.** 同伴的　　**participant** [pɑrˋtɪsəpənt] **n.** 參加者　　**engaging** [ɪnˋgedʒɪŋ] **adj.** 吸引人的　　**pronunciation** [prəͺnʌnsɪˋeʃən] **n.** 發音　　**fluency** [ˋfluənsɪ] **n.** 流暢　　**communication** [kəͺmjunəˋkeʃən] **n.** 溝通　　**regardless of** 不管…　　**progress** [prəˋgrɛs] **v.** 進步　　**journey** [ˋdʒɝnɪ] **n.** 旅程

33.

Good evening, friends and family. On this beautiful occasion, I have the honor of raising a toast to Ann and Jack. When we were in the same university, I witnessed their connection growing stronger each year. While Jack is calm and thoughtful, Ann's bright and outgoing personality balances his coolness, making them a perfect match. Let's raise our glasses and wish them a lifetime of happiness. Cheers!

Question: Who are Ann and Jack?

A. Award winners.

B. Bride and groom.

C. Childhood friends.

D. University students.

英文翻譯

晚安，朋友和家人們。在這個美麗的場合，我很榮幸向 Ann 和 Jack 敬酒致辭。當我們在同一所大學的時候，我見證他們的關係一年一年變得更堅定。Jack 是平靜而考慮周到的人，而 Ann 開朗外向的性格則平衡了他的冷靜，讓他們成為完

美的一對。讓我們舉杯祝他們一輩子幸福。乾杯！

問題：Ann 和 Jack 是什麼人？
A. 得獎者。
B. 新娘和新郎。
C. 兒時朋友。
D. 大學生。

答題解說

答案：（B）。選項是一些和身分有關的名詞，所以要注意錄音內容中和身分有關的線索。說話者說 I have the honor of raising a toast to Ann and Jack（我很榮幸向 Ann 和 Jack 敬酒致辭），從這裡已經可以知道是某個慶祝的場合。接下來又提到 I witnessed their connection growing stronger（我見證他們的關係變得更堅定）、a perfect match（完美的一對），最後還祝他們 a lifetime of happiness（一輩子幸福），從這些都可以知道他們應該是結婚宴會上的新娘和新郎，所以 B. 是正確答案。要小心不要誤選 C.，因為說話者只提到和他們在同一所大學，我們無從得知他們是否在還是小孩的時候就認識了。D.「在同一所大學」已經是過去的事了。

字詞解釋

honor [ˋɑnɚ] **n.** 榮譽，榮幸   **toast** [tost] **n.** 敬酒，祝酒   **witness** [ˋwɪtnɪs] **v.** 目擊，見證   **connection** [kəˋnɛkʃən] **n.** 連結，關係   **thoughtful** [ˋθɔtfəl] **adj.** 考慮周到的   **outgoing** [ˋaʊtˏɡoɪŋ] **adj.** 外向的   **personality** [ˏpɝsənˋælətɪ] **n.** 個性   **balance** [ˋbæləns] **v.** 平衡   **coolness** [ˋkulnɪs] **n.** 冷靜   **lifetime** [ˋlaɪfˏtaɪm] **n.** 一生，一輩子   **happiness** [ˋhæpɪnɪs] **n.** 幸福，快樂

34.

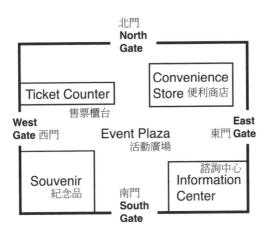

For question number 34, please look at the floor plan. 第 34 題請看樓層平面圖。

Hello, David. I was trying to collect our tickets for Taoyuan at the station, but I forgot to bring my ID card. Can you bring it when you come here? I'm in front of the ticket counter and close to one of the gates. By the way, are you interested in buying some gifts for our friends in America? I see some T-shirts and crafts in the store nearby. We can check them out and maybe buy some when we've got our tickets.

Question: Where most likely is the speaker?
A. At the north gate.
B. At the east gate.
C. At the south gate.
D. At the west gate.

英文翻譯

哈囉，David。我剛才試著在車站領取我們到桃園的車票，但我忘了帶我的身分證。你來的時候可以帶來嗎？我在售票櫃台前面，接近其中一道門。對了，你有興趣買一些禮物給我們在美國的朋友嗎？我在近處的商店看到一些 T 恤和工藝品。我們拿到車票的時候，可以去看看並且買一些。

問題：說話者最有可能在哪裡？
A. 在北門。
B. 在東門。
C. 在南門。
D. 在西門。

答題解說

答案：（D）。選項是樓層平面圖上的四個門，所以要注意這些門和其他設施的位置關係。說話者說 I'm in front of the ticket counter and close to one of the gates（我在售票櫃台前面，接近其中一道門），又提到 I see some T-shirts and crafts in the store nearby（我在近處的商店看到一些 T 恤和工藝品）。有 T 恤和工藝品的應該是圖片中標示為 Souvenir（紀念品）的部分，所以在紀念品店附近，而且在售票櫃台前面的 D. 是正確答案。

字詞解釋

craft [kræft] **n.** 工藝品

35.

Game 遊戲	Price 價格	Availability 是否可購買	Release Date 發行日期
Super Sports	NT$1530	In stock 有庫存	February 3
Maria's Cart	NT$1230	In stock 有庫存	February 10
Star Playground	NT$1800	In stock 有庫存	May 1
Poke the Monster	NT$2200	Sold out 售完	May 15

availability [əˌvelə`bɪlətɪ] n. 可得性

For question number 35, please look at the table. 第 35 題請看表格。

I'm a big fan of video games, and I'm again considering buying something new. There are some titles that were released earlier this year, and they're also cheaper, but I'm not interested in sports or action games. Therefore, I have to choose from the newer ones. The monster game is so popular and out of stock at the moment, so I think I'll go for the other one and enjoy it now.

Question: Which game would the speaker most likely buy?

A. Super Sports.
B. Maria's Cart.
C. Star Playground.
D. Poke the Monster.

英文翻譯

我非常喜歡電玩遊戲,而我現在又在考慮買新的東西(遊戲)了。今年稍早的時候發行了一些遊戲,它們也比較便宜,但我對體育遊戲和動作遊戲沒興趣。所以,我必須從比較新的遊戲中選擇。怪獸遊戲很受歡迎,而且目前沒有存貨,所以我想我會選擇另一個,並且現在就享受遊戲。

問題:說話者最有可能買哪個遊戲?

A. Super Sports。
B. Maria's Cart。
C. Star Playground。
D. Poke the Monster。

答案：（C）。選項是表格中的四種遊戲，所以要注意後面的價格、是否可購買、發行日期等資訊，並且用這些資訊判斷答案。說話者一開始提到 some titles that were released earlier this year（今年稍早的時候發行的一些遊戲），但又說對這些遊戲沒有興趣，I have to choose from the newer ones（我必須從比較新的遊戲中選擇），也就是從兩個 5 月發行的遊戲中選擇。說話者最後提到 The monster game is so popular and out of stock at the moment, so I think I'll go for the other one and enjoy it now（怪獸遊戲很受歡迎，而且目前沒有存貨，所以我想我會選擇另一個，並且現在就享受遊戲），所以會選擇的不是 Poke the Monster，而是另一個五月的遊戲 Star Playground，C. 是正確答案。

字詞解釋

title [ˋtaɪtl] n. 標題；作品　　**release** [rɪˋlis] v. 發行

第 1 回
第 2 回
第 3 回
第 4 回
第 5 回
第 6 回
第 7 回
第 8 回
第 9 回
第 10 回

第一部分：詞彙

1. We conduct regular customer surveys to ensure our products live up to their _____.（我們進行定期的顧客調查，以確保我們的產品達到他們的期望。）

   A. expectations
   B. generations
   C. implications
   D. limitations

   答題解說

   答案：（A）。空格部分要填入名詞，而且是 products live up to（產品達到⋯）的受詞。live up to 的意思是某個事物和期望或者承諾的一樣好，後面常接 standard（標準）、expectation（期望）等名詞，所以 A. expectations（期望）是正確答案。

   字詞解釋

   conduct [kənˋdʌkt] v. 進行　**survey** [ˋsɝve] n. 調查　**ensure** [ɪnˋʃʊr] v. 確保　**live up to** 和（期望、標準）的程度一樣好　**expectation** [ˏɛkspɛkˋteʃən] n. 期望　**generation** [ˏdʒɛnəˋreʃən] n. 世代　**implication** [ˏɪmplɪˋkeʃən] n. 暗示　**limitation** [ˏlɪməˋteʃən] n. 限制

2. _____ government data, average manufacturing salary has been rising these years.（根據政府數據，平均製造業薪水最近幾年上升中。）

   A. According to
   B. Regardless of
   C. In return for
   D. In case of

   答題解說

   答案：（A）。空格要填入介系詞的表達方式，後面接 government data（政府數據）和數據顯示的現象，所以表示「根據（資訊來源）」的 A. According to 是正確答案。

average [`ævərɪdʒ] **adj.** 平均的 **manufacturing** [ˌmænjəˈfæktʃərɪŋ] **n.** 製造業 **salary** [`sælərɪ] **n.** 薪水 **according to** 根據… **regardless of** 不管… **in return for** 為了回報… **in case of** 萬一發生…

3. **The price of natural gas went up when Russia stopped _____ to European countries.** （當俄羅斯停止出口給歐洲國家時，天然氣價格上漲了。）

   A. extending
   B. exporting
   C. exposing
   D. expanding

   答題解說

   答案：（B）。空格要填入動詞 stopped 後面的動名詞，表示「停止做…」。俄羅斯是出產天然氣的重要國家，停止供應天然氣會造成價格上升，所以表示出售給其他國家的 B. exporting（出口）是正確答案。

   字詞解釋

   natural gas 天然氣 **extend** [ɪkˈstɛnd] **v.** 延伸 **export** [ɪksˈport] **v.** 出口 **expose** [ɪkˈspoz] **v.** 暴露 **expand** [ɪkˈspænd] **v.** 擴展

4. **The new company building is more convenient because it is _____ in the central business district.** （新的公司大樓比較方便，因為它位於中心商業區。）

   A. captured
   B. located
   C. observed
   D. installed

   答題解說

   答案：（B）。空格要填入被動態中的過去分詞，而且後面接表示位置的介系詞片語。因為這個句子是在說明公司大樓的地理位置便利性，所以能構成表示位置的 be located（位於…）的 B. located 是正確答案。

   字詞解釋

   central business district 中心商業區 **capture** [`kæptʃɚ] **v.** 捕捉 **locate** [loˈket]

v. 使…位於，設置…　**observe** [əbˋzɝv] **v.** 觀察　**install** [ɪnˋstɔl] **v.** 安裝

第1回
第2回
第3回
第4回
第5回
第6回
第7回
第8回
第9回
第10回

5. If we try to put ourselves _____, we can better understand their decisions.（如果我們試著設身處地，我們就更能理解別人所做的決定。）

   A. ahead of others
   B. on others' behalf
   C. out of others' league
   D. in others' shoes

   答題解說

   答案：（D）。空格要填入有 others（別人）的慣用表達方式，而且因為在 If 子句中，所以是 we can better understand their decisions（我們更能理解他們〔別人〕所做的決定）的條件。在選項中，D. in others' shoes 可以和前面的 put ourselves 構成慣用語 put oneself in others' shoes（設身處地為別人著想），是正確答案。

   字詞解釋

   ahead of 領先…　**on someone's behalf** 代表某人　**out of someone's league** 水準高出某人很多（高不可攀）　**put oneself in someone's shoes** 設身處地，用某人的角度思考

6. Mr. Kitagawa is so _____ that everyone feels at home when visiting him.（Kitagawa 先生很好客，所以每個人拜訪他的時候都覺得很自在。）

   A. intellectual
   B. productive
   C. hospitable
   D. favorable

   答題解說

   答案：（C）。這個句子使用了 so... that...（很…以致於…）的句型，that 前後的內容有因果關係。要讓來訪的人感覺 at home（自在），好好待客是一個方法，所以表示「好客的」的 C. hospitable 是正確答案。D. favorable 通常表示天氣或整體環境對某個人／某些人是「有利的」，或者某個人事物帶給人的印象「很好，很正面」，而不能直接描述一個人本身。

   字詞解釋

   at home（像在家一樣）自在的　**intellectual** [ˌɪntəˋlɛktʃʊəl] **adj.** 智力發達的

productive [prə`dʌktɪv] adj. 有生產力的　**hospitable** [`hɑspɪtəbl] adj. 好客的　**favorable** [`fevərəbl] adj. 有利的；討喜的

7. Balanced _____ and sufficient exercise can significantly contribute to the recovery after an illness.（均衡的營養與充足的運動能夠明顯幫助疾病後的恢復。）

A. application
B. nutrition
C. recognition
D. starvation

答題解說

答案：（B）。空格要填入被 Balanced（均衡的）修飾的名詞，而且和 sufficient exercise（充足的運動）一樣，可以 contribute to the recovery after an illness（幫助疾病後的恢復），所以表示「營養」的 B. nutrition 是最合適的答案。

字詞解釋

balanced [`bælənst] adj. 均衡的　**sufficient** [sə`fɪʃənt] adj. 充足的　**significantly** [sɪg`nɪfəkəntlɪ] adv. 顯著地　**contribute to** 促成，幫助…　**recovery** [rɪ`kʌvərɪ] n. 恢復　**illness** [`ɪlnɪs] n. 疾病

8. Researchers should conduct their studies and arrive at conclusions _____ evidence rather than subjective opinions.（研究者應該根據證據來進行研究並得到結論，而不是依照主觀的意見。）

A. prior to
B. based on
C. at odds with
D. at the expense of

答題解說

答案：（B）。從空格到句尾的部分，修飾前面的 conduct their studies and arrive at conclusions（進行研究並得到結論），其中要填入的片語介系詞，後面接受詞 evidence rather than subjective opinions（證據而不是主觀的意見）。研究是「根據」證據進行的，所以 B. based on（根據…）是正確答案。

字詞解釋

researcher [ri`sɜtʃə] n. 研究者　**arrive at a conclusion** 得到結論　**evidence**

[`ɛvədəns] n. 證據　**subjective** [səb`dʒɛktɪv] adj. 主觀的　**prior to** 在…之前
based on 根據…　**at odds with** 和…不一致　**at the expense of** 以…為代價

9. After thoroughly investigating the accident, it became _____ that one
of the cars was not functioning properly. (在仔細調查事故之後，其中一輛
車沒有正常運作的事實就很明顯了。)

A. distant
B. formal
C. peculiar
D. obvious

答題解說

答案：（D）。空格所在的子句使用了虛主詞，真正的主詞是 that one of the cars
was not functioning properly（其中一輛車沒有正常運作），而空格中的形容詞是
主詞補語。因為是 After thoroughly investigating the accident（在仔細調查事故之
後），所以這個事實應該是因為調查而變得明顯了，D. obvious（明顯的）是正
確答案。

字詞解釋

thoroughly [`θɝolɪ] adv. 徹底地　**investigate** [ɪn`vɛstə‚get] v. 調查　**function**
[`fʌŋkʃən] v. 運作　**properly** [`prɑpɚlɪ] adv. 正確地，適當地　**distant** [`dɪstənt] adj.
遙遠的　**formal** [`fɔrml] adj. 正式的　**peculiar** [pɪ`kjuljɚ] adj. 奇怪的　**obvious**
[`ɑbvɪəs] adj. 明顯的

10. Ben lied about his score to avoid being _____ by his mother. (為了避免
被媽媽罵，Ben 對於自己的分數說了謊。)

A. skipped
B. charged
C. hired
D. scolded

答題解說

答案：（D）。這個句子可以分成兩個部分，主要的部分是 Ben lied about his
score（Ben 對於自己的分數說了謊），後面的 to 不定詞片語 to avoid being
p.p.（為了避免被…）作為修飾，表示說謊的目的。選項中，D. scolded（罵）是
最合理的答案。B. charged（控告）是指法律上或者正式的指控。

skip [skɪp] v. 跳過　　**charge** [tʃɑrdʒ] v.（正式）控告，指控　　**hire** [haɪr] v. 雇用
scold [skold] v. 罵

第二部分：段落填空

Questions 11-15

During the pandemic years, **the method of school education changed significantly**. To prevent the spread of virus, distance learning became a widely adopted **alternative** to traditional in-person education. However, the requirement for equipment such as computers and a reliable Internet connection formed a **barrier** for some students, limiting their access to online classes. **Therefore**, some schools provided tablets and recorded lessons to students to help close the technology gap and ensure no one is left behind. After all, technological progress in education has little meaning if it is available only to a **privileged** few.

字詞解釋

pandemic [pæn`dɛmɪk] n. 疾病的大流行　　**significantly** [sɪg`nɪfəkəntlɪ] adv. 顯著地
virus [`vaɪrəs] n. 病毒　　**distance learning** 遠距學習　　**alternative** [ɔl`tɜnətɪv] n. 替代的選擇　　**requirement** [rɪ`kwaɪrmənt] n. 需要，要求　　**equipment** [ɪ`kwɪpmənt] n. 設備
reliable [rɪ`laɪəbl] adj. 可靠的　　**connection** [kə`nɛkʃən] n. 連接，連線　　**barrier** [`bærɪr]
n. 障礙　　**access** [`æksɛs] n. 進入，存取　　**tablet** [`tæblɪt] n. 平板電腦　　**technology**
[tɛk`nɑlədʒɪ] n. 技術，科技　　**ensure** [ɪn`ʃʊr] v. 確保　　**technological** [tɛknə`lɑdʒɪkl] adj.
技術的，科技的　　**privileged** [`prɪvɪlɪdʒd] adj. 享有特權的

中文翻譯

　　在疫情的那幾年，學校教育的方式大幅改變了。為了預防病毒的傳播，遠距學習成為了廣受採用的傳統面對面教學替代方案。不過，對於電腦之類的設備與可靠的網路連線的要求，對一些學生形成了障礙，限制了他們上線上課的權利。所以，一些學校提供平板電腦與錄影課程給學生，藉以幫助消除科技的落差，並且確保沒有人被丟下。畢竟，如果只有一些有特權的人可以使用的話，教育方面的科技進步就幾乎沒有意義了。

答題解說

11. A. the method of school education changed significantly
　　 學校教育的方式大幅改變了

B. the education industry was almost completely destroyed
　教育業幾乎完全被摧毀了
C. every student benefited from the evolution of education
　每位學生都受益於教育的進化
D. learning became impossible for most students
　學習對於大部分的學生變得不可能

答案：（A）。因為在段落的開頭，所以空格填入的內容應該是整段內容的主題。整段的內容大致上是學校在疫情期間採用線上教學、線上教學對於設備的要求造成某些學生上課有困難，以及一些學校的解決辦法，最符合這些內容的是A.，其他選項的內容都不是事實。

字詞解釋

destroy [dɪ`strɔɪ] v. 摧毀　**benefit** [`bɛnəfɪt] v. 受益　**evolution** [ˌɛvə`luʃən] n. 演化，進化

12. A. apology　B. admission　C. alternative　D. agreement

答案：（C）。空格是 distance learning became（遠距學習成為…）的補語，而且後面還被 to traditional in-person education（對於傳統面對面教學的）修飾。因為遠距教學替代了面對面教學，所以表示「替代的選擇」的 C. alternative 是正確答案。

字詞解釋

apology [ə`pɑlədʒɪ] n. 道歉　**admission** [əd`mɪʃən] n. 進入的許可，准許入學
agreement [ə`grimənt] n. 意見一致，協議

13. A. barrier　B. disorder　C. judgment　D. reaction

答案：（A）。這個句子使用分詞構句的結構，主要子句是 the requirement for equipment... formed a _____ for some students（對設備的要求，對一些學生形成了 _____），分詞構句的內容是 limiting their access to online classes（限制他們上線上課的權利），後者是前者的詳細說明。因為對設備的要求造成某些學生無法上線上課，所以可以說形成了一種「障礙」，正確答案是 A. barrier。

字詞解釋

disorder [dɪs`ɔrdɚ] n. 混亂，失調　**judgment** [`dʒʌdʒmənt] n. 判斷，評判
reaction [rɪ`ækʃən] n. 反應

14. A. Moreover　B. However　C. Otherwise　D. Therefore

答案：（D）。空格要填入連接副詞，所以要依照前後句子的邏輯關係來判斷答案。前面提到設備要求造成某些學生無法上線上課，而空格所在的句子則說一些

學校提供平板電腦與錄影課程給學生，消除科技的落差。因為空格後面的內容是考慮到前面的狀況採取的行動，所以表示因果關係的 D. Therefore（所以）是正確答案。A. Moreover（而且）表示追加訊息，B. However（然而）表示語意轉折，C. Otherwise（否則）表示沒有滿足某個條件時會發生的情況。

15. A. devoted　B. enclosed　C. fascinated　D. privileged
答案：（D）。空格中的（過去分詞形式的）形容詞，修飾 a few（一些人）之中的 few。因為前面提到為了消除科技落差，讓每個學生都能使用遠距學習的努力，所以這一句說「只有一些人可以使用的話，科技進步就沒有意義」。就算空格中不填入任何東西，句子的意義也成立，但如果要形容這一部分可以使用的人，D. privileged（有特權的）是最適合的答案。

字詞解釋

devoted [dɪ`votɪd] **adj.** 投入的　**enclosed** [ɪn`klozd] **adj.** 隨信附上的；被圍住的
fascinated [`fæsə͵netɪd] **adj.** 著迷的

Questions 16-20

As living spaces shrink, it is now less favored to own every book physically. In contrast, e-books do not take up physical space and can be conveniently accessed anywhere using mobile devices. However, reading on a tablet or computer screen for extended periods can be uncomfortable, so e-readers with e-paper technology are becoming more and more popular among enthusiastic readers. Unlike traditional screens, e-paper does not need to be lit from the back. As a result, it provides a reading experience similar to reading from a printed page, making it gentler on the eyes. As e-readers become more cost-effective and within financial reach for a broader population, it is expected that e-books will be accepted by more people in the future.

字詞解釋

shrink [ʃrɪŋk] **v.** 縮小　**physically** [`fɪzɪkəlɪ] **adv.** 以實體方式　**in contrast** 相對地
take up 佔（空間）　**physical** [`fɪzɪk!] **adj.** 實體的　**mobile device** 行動裝置
extended [ɪk`stɛndɪd] **adj.** 延長的，長期的　**uncomfortable** [ʌn`kʌmfə·təbl] **adj.** 不舒服的　**enthusiastic** [ɪn͵θjuzɪ`æstɪk] **adj.** 熱情的　**cost-effective** 成本效益好的，划算的
within reach 伸手可及，在可以達到的範圍　**financial** [faɪ`nænʃəl] **adj.** 財務的

中文翻譯

隨著居住空間縮小，以實體方式擁有每本書，在現今已經不是那麼讓人喜歡的

方式了。相對地，電子書不佔實體空間，而且可以用行動裝置在任何地方便利地存取。不過，長時間在平板或電腦螢幕上閱讀可能很不舒服，所以使用電子紙技術的電子書閱讀器在熱愛讀書的人之間越來越受歡迎。不像傳統螢幕，電子紙不需要從背後打光。所以，它提供類似於閱讀印刷頁面的閱讀經驗，使得它對於眼睛比較柔和。隨著電子書閱讀器變得比較划算，而且達到更多人財務能力可及的範圍，預期電子書在未來將會獲得更多人的接納。

答題解說

16. A. choke　B. drain　C. loosen　D. shrink
    答案：（D）。空格是 living spaces（居住空間）的動詞，而且是「以實體方式擁有每本書不讓人喜歡」的原因。再加上下一句提到「電子書不佔實體空間」，所以空格的內容應該是描述居住空間受限，表示「縮小」的 D. shrink 是最適合的答案。

    字詞解釋

    choke [tʃok] v. 窒息　**drain** [dren] v. 流乾，瀝乾　**loosen** [ˋlusn̩] v. 鬆開

17. A. add to　B. turn in　C. take up　D. set off
    答案：（C）。空格所在的句子用 In contrast（相對地）和上一句產生語意上的連接，表示 e-books（電子書）和上一句所說的 own every book physically（以實體方式擁有每本書）相反。相對於居住空間縮小、實體書變得不受歡迎，電子書的特色就是「不佔空間」了，所以表示「佔（空間）」的 C. take up 是正確答案。

    字詞解釋

    add to 增加（情感或狀況的程度）　**turn in** 繳交（上層的人要求的東西）　**set off** 引發

18. A. energetic　B. pessimistic　C. enthusiastic　D. sympathetic
    答案：（C）。這一句提到「長時間在平板或電腦螢幕上閱讀可能很不舒服」的問題，而這是電子紙閱讀器受到某種讀者歡迎的原因。這種讀者有長時間閱讀的需求，在選項中能表示閱讀量很大的 C. enthusiastic（熱情的）是恰當的答案。

    字詞解釋

    energetic [ˌɛnɚˋdʒɛtɪk] **adj.**（運動或社會生活方面）精力旺盛的　**pessimistic** [ˌpɛsəˋmɪstɪk] **adj.** 悲觀的　**sympathetic** [ˌsɪmpəˋθɛtɪk] **adj.** 同情的

19. A. making it gentler on the eyes 使得它對於眼睛比較柔和
    B. providing greater visual impact 提供比較大的視覺衝擊

C. proving the value of physical books 證明實體書的價值

D. causing a mixed reaction among people 造成人們好壞參半的反應

答案：（A）。空格所在的句子，開頭有 As a result，表示這個句子是上個句子的結果。上一句說電子紙不像傳統螢幕一樣，需要從後面打光，而結果是這一句所說的「提供類似於閱讀印刷頁面的閱讀經驗」。空格是分詞構句，表示進一步的說明。考慮到更前面的內容還提到「在平板或電腦螢幕上閱讀不舒服」，可知這裡要說的應該是電子紙看起來比較舒服，所以 A. 是最合適的答案。

字詞解釋

visual [ˈvɪʒuəl] **adj.** 視覺的　　**mixed reaction** （有好有壞的）各種不同的反應

20. A. financial　B. essential　C. potential　D. commercial

答案：（A）。這個句子的前後用連接詞 As 連接，雖然是「當…時」的意思，但實際上表示前半句是後半句的條件。後半句說「預期電子書會獲得更多人的接納」，得到這個結果的條件則是電子書閱讀器變得 more cost-effective（比較有成本效益→比較划算）以及 within _____ reach for a broader population（在更多人 _____ 可及的範圍）。在選項中，A. financial（財務的）可以接續前面說的「比較划算」，進一步表達是以一般人的財務能力而言，電子書閱讀器變得伸手可及了，是最適當的答案。

字詞解釋

essential [ɪˈsɛnʃəl] **adj.** 必要的　　**potential** [pəˈtɛnʃəl] **adj.** 潛在的　　**commercial** [kəˈmɝʃəl] **adj.** 商業的

第三部分：閱讀理解

Questions 21-22

中文翻譯

通知

　　有鑒於我們內部網路系統的新功能在最近推出，我們為所有員工安排了星期五下午的訓練課。課程將包含詳細的示範，以及問答時間，我們也提供實體和線上的出席選擇。如果你當天在辦公室，請到 416 室加入我們。或者，對於遠距工作的人，我們會在預定時間的 30 分鐘前寄出線上會議連結。如果你有任何詢問，請聯絡資訊部。謝謝大家的合作。

21. 這則通知的主要目的是什麼？

A. 介紹新的功能

B. 鼓勵使用內部網路

C. 通知教育性質的課程

D. 推薦上網開會

22. 根據這則通知，以下何者正確？

　　A. 內部網路的新功能還沒有推出。

　　B. 每位員工星期五都應該到辦公室。

　　C. 參加者可以在課程中詢問如何使用新功能。

　　D. 員工會在線上會議開始時得到連結。

字詞解釋

文章　**in light of** 有鑒於　**release** [rɪ`lis] n. 發行　**intranet** [`ɪntrənɛt] n. 內部網路　**schedule** [`skɛdʒʊl] v. 安排⋯的時間　**detailed** [`di`teld] adj. 詳細的　**demonstration** [ˌdɛmən`streʃən] n. 示範操作　**attendance** [ə`tɛndəns] n. 出席　**alternatively** [ɔl`tɝnə͵tɪvlɪ] adv. 或者（也可以）　**remotely** [rɪ`motlɪ] 遠距離地　**prior to** 在⋯之前　**inquiry** [ɪn`kwaɪrɪ] n. 詢問　**cooperation** [ko͵apə`reʃən] n. 合作，協力

第 21 題　**inform of** 通知（某事）　**recommend** [ˌrɛkə`mɛnd] v. 推薦

第 22 題　**be yet to do** 還沒有⋯　**employee** [ˌɛmplɔɪ`i] n. 員工　**participant** [par`tɪsəpənt] n. 參加者

答題解說

21. 答案：（C）。文章的目的通常一開始就會提到，而這則通知的第一句則說有鑒於內部網路系統的新功能在最近推出，所以 we have scheduled a training session（我們安排了訓練課），接下來則是說明訓練課的實施細節，所以把 training session 改成 educational session 來表達的 C. 是正確答案。

22. 答案：（C）。問「何者正確／不正確」的題目，需要逐一找出文章中和選項相關的部分來確定答案。通知中的 It [training session] will include... time for questions and answers（訓練課程將包含問答時間）顯示訓練課程中會有一段時間可以提出問題並獲得答案，而這個訓練課是針對 the recent release of the new function（最近的新功能推出）而開設的，所以 C. 是正確答案。A. the recent release of the new function（最近的新功能推出）的意思應該是新功能最近已經推出了，而不是還沒推出。B. 雖然通知說這是 a training session to all employees on Friday afternoon（星期五下午給所有員工的訓練課），但也提到 we are offering both physical and online attendance options（我們提供實體和線上的出席選擇），表示不一定要為了參加訓練課而到公司。D. 通知中提到 we will send the online meeting link 30 minutes prior to the scheduled time（我們會在預定時間的 30 分鐘前

寄出線上會議連結），而不是在開始的同時才提供連結。

Questions 23-25

中文翻譯

寄件者：Emilia Dallas <emiliadallas@joyeducation.com>
收件者：Janice Wang <janicewang@geemail.com>
主旨：您的訂閱
附件：Subscription_detail.pdf; plans.pdf

親愛的 Wang 小姐：

我是 Joy Education 的業務經理 Emilia Dallas。我想要感謝您過去一年參加我們的課程。我寫這封信是要通知您，您在 Joy Education 的訂閱將在下個月到期。在到期日之前，您有機會決定是要升級目前的方案，還是維持現有的方案。我們也很樂意提供只有升級的人可以獲得的折扣。

關於您訂閱的完整細節，請參閱附加檔案。另外，我也附上了介紹我們方案的文件讓您參考。

我們非常重視您的回饋意見，並且相信要持續改善我們的服務。您過去一整年的上課經驗對我們而言非常寶貴。我們想請您分享回饋意見與建議。在 Joy Education，我們致力於傾聽與處理每位學生的需求與擔心。

感謝您持續支持並信任 Joy Education。我們期盼在未來一年服務您。

Emilia Dallas
業務經理
Joy Education

23. Dallas 小姐為什麼寫這封電子郵件？
    A. 為了吸引潛在的顧客
    B. 為了鼓勵更新訂閱
    C. 為了處理顧客的抱怨
    D. 為了提供帳單明細

24. 根據這封電子郵件，Wang 小姐可以做什麼？
    A. 以折扣價升級方案
    B. 用比較低的價格繼續目前的方案
    C. 推薦朋友以獲得福利
    D. 取消訂閱並獲得退款

25. 根據這封電子郵件，以下何者正確？
    A. Dallas 小姐是她部門的新進人員。
    B. Dallas 小姐提供了服務方案的列表。
    C. Wang 小姐對於服務不滿意。
    D. Wang 小姐以前寫過信給 Dallas 小姐。

字詞解釋

文章　**subscription** [səbˋskrɪpʃən] n. 訂閱，定期付費使用服務　**gratitude** [ˋgrætəˌtjud] n. 感謝　**participation** [pɑrˌtɪsəˋpeʃən] v. 參加　**due** [dju] adj. 到期的　**upgrade** [ʌpˋgred] v. 升級　**discount** [ˋdɪskaʊnt] n. 折扣　**detail** [ˋditel] n. 細節　**regarding** [rɪˋgɑrdɪŋ] prep. 關於…　**refer to** 參考…　**attach** [əˋtætʃ] v. 附加　**reference** [ˋrɛfərəns] n. 參考　**feedback** [ˋfidˌbæk] n. 回饋意見　**continuously** [kənˋtɪnjʊəslɪ] adv. 持續地　**valuable** [ˋvæljʊəbl] adj. 寶貴的　**request** [rɪˋkwɛst] v. 要求，請求　**suggestion** [səˋdʒɛstʃən] n. 建議　**committed** [kəˋmɪtɪd] adj. 盡心盡力的　**address** [əˋdrɛs] v. 處理　第 23 題　**attract** [əˋtrækt] v. 吸引　**potential** [pəˋtɛnʃəl] adj. 潛在的，可能的　**renew** [rɪˋnju] v. 更新　**complaint** [kəmˋplent] n. 抱怨　**billing statement** 帳單明細　第 24 題　**refer** [rɪˋfɚ] 把某人轉介到…　**refund** [ˋriˌfʌnd] n. 退款

答題解說

23. 答案：（B）。雖然信件的目的通常會在開頭提到，但這封電子郵件一直到第一段的第三句才表達真正的目的。I am writing to do...（我寫這封信是為了…）是表明寫信目的的常用句型，句子裡提到她要 inform you that your subscription with Joy Education will be due next month（通知您在 Joy Education 的訂閱將在下個月到期）。除了這一句以外，接下來也提到可以升級或維持現有方案，所以 B. 是正確答案。A. 的 potential customer 是指「現在還不是顧客，但有機會成為顧客的人」，但收件人 Wang 小姐已經訂閱了一年，所以不能說她是 potential customer。

24. 答案：（A）。關於更新訂閱的選擇，第一段的最後提到 We are also pleased to offer a discount that is only available to those who upgrade（我們也很樂意提供只有升級的人可以獲得的折扣），所以從現有方案升級才能得到折扣，正確答案是 A.；如果只是維持目前的方案，就不適用折扣，所以 B. 不正確。其他選項在文

章中沒有提到。

25. 答案：（B）。請注意 Dallas 小姐是這封郵件的寄件者，而 Wang 小姐是收件者。Dallas 小姐在信件的第二段提到，I have included a document introducing our plans for your reference（我附上了介紹我們方案的文件讓您參考），也就是連同這封郵件一起寄了服務方案的列表，所以 B. 是正確答案。其他選項在文章中沒有提到。

Questions 26-28

中文翻譯

歡迎來到玩具博覽會！

召集所有玩具收藏家，以及為孩子尋找最酷玩具的父母！準備好在一年一度、有成千上萬玩具的玩具博覽會感受驚豔吧。今年的活動在 Central Culture Plaza 舉行，包括許多知名玩具製造商與零售商。準備好發現最新的全球玩具趨勢，並且現場購買*你最愛的玩具！

這場博覽會保證能讓大人和小孩都享受。在月曆上記下 4 月 19 到 23 日，確保你不會錯過這個很棒的機會！

*部分受邀藝術家的作品供展示用，不提供販售。

寄件者：Jack Chen <jackchen87@geemail.com>
收件者：inquiry@thetoyexpo.com
主旨：關於玩具博覽會的抱怨

親愛的主辦單位：

我寫這封信是要分享我對於玩具博覽會複雜的心情。雖然我覺得這場博覽會大多令人滿意，但我很失望地得知某些玩具不提供購買。不能買我愛上的作品，感覺很糟糕。不過，我必須稱讚這場博覽會展出玩具的多樣性。身為沒有小孩的大人，我通常不好意思進入玩具店，但這場博覽會提供了舒適的環境，讓我能探索並欣賞以大人為目標、種類廣泛的玩具。所以，我希望你們持續舉辦這個博覽會，並且在未來處理我所提到的問題。

Jack Chen

26. 關於玩具展，何者正確？

    A. 每年舉行一次。

    B. 主要是讓小孩參觀的。

    C. 公司在那裡販售舊庫存。

    D. 博覽會展出的玩具不供出售。

27. Chen 先生覺得博覽會的什麼方面令人滿意？

    A. 地點與日期

    B. 可以買玩具

    C. 讓小孩看的玩具

    D. 展出玩具的數目

28. Chen 先生在博覽會的什麼部分遇到了問題？

    A. 在藝術家的展位

    B. 在零售商的展位

    C. 在製造商的展位

    D. 在展示玩具零件的展位

字詞解釋

文章 1 **expo** [ˋɛkspo] n. 博覽會（＝ **exposition**） **collector** [kəˋlɛktɚ] n. 收藏者 **amaze** [əˋmez] v. 使驚奇 **annual** [ˋænjʊəl] adj. 一年一度的 **numerous** [ˋnjumərəs] adj. 許多的 **manufacturer** [͵mænjəˋfæktʃərɚ] n. 製造商 **retailer** [ˋritelɚ] n. 零售商 **trend** [trɛnd] n. 趨勢 **on-the-spot** 當場的，在現場的 **purchase** [ˋpɝtʃəs] n. 購買 **enjoyment** [ɪnˋdʒɔɪmənt] n. 享受 **incredible** [ɪnˋkrɛdəbl] adj. 難以置信的；很棒的 **intend** [ɪnˋtɛnd] v. 打算使…（作為…） **exhibition** [͵ɛksəˋbrɪʃən] n. 展示；展覽

文章 2 **complaint** [kəmˋplent] n. 抱怨 **disappointed** [͵dɪsəˋpɔɪntɪd] adj. 失望的 **nevertheless** [͵nɛvɚðəˋlɛs] adv. 儘管如此 **commend** [kəˋmɛnd] v. 稱讚 **variety** [vəˋraɪətɪ] n. 多樣性 **display** [dɪˋsple] n. 陳列 **typically** [ˋtɪpɪkəlɪ] adv. 典型地 **explore** [ɪkˋsplor] v. 探索 **selection** [səˋlɛkʃən] n. 選擇（的範圍） **target** [ˋtargɪt] v. 以…為目標對象 **mention** [ˋmɛnʃən] v. 提及

第 26 題 **stock** [stɑk] n. 庫存 **exhibit** [ɪgˋzɪbɪt] v. 展示

第 27 題 **aspect** [ˋæspɛkt] n. 方面 **location** [loˋkeʃən] n. 位置 **possibility** [͵pɑsəˋbɪlətɪ] n. 可能性

第 28 題 **booth** [buθ] n. 博覽會分隔出來的展位

答題解說

26. 答案：（A）。關於玩具博覽會的介紹，主要在廣告中，所以要用廣告（第一篇

393

文章）的內容和選項比對。廣告中出現的 the annual Toy Expo，顯示玩具博覽會是一年一度的活動，所以 A. 是正確答案。B. 廣告中的 The expo promises enjoyment for both adults and kids alike（這場博覽會保證能讓大人和小孩都享受），表示大人和小孩都能享受這個活動，不符合選項敘述。C. 在文章中沒有提到。D. 廣告中提到 on-the-spot purchases（當場購買），表示現場有商品可供購買，不符合選項敘述。

27. 答案：（D）。Chen 先生是電子郵件（第二篇文章）的寄件者，所以要從這篇文章找出和選項有關的部分來判斷答案。關於他感到滿意的地方，是在 I must commend the expo for（我必須稱讚這場博覽會的…）之後的部分：its variety of toys on display（展出玩具的多樣性）。後面也再次提到 the wide selection of toys（種類廣泛的玩具），所以他感到滿意的是展出的玩具很多，正確答案是 D.。

28. 答案：（A）。和上一題一樣，先從 Chen 先生所寫的電子郵件中尋找線索。他提到的問題是 I was disappointed to learn that some of the toys were not available for purchase（我很失望地得知某些玩具不提供購買），但這裡沒有提到是哪裡的玩具不能買，所以要從廣告中尋找額外的線索。在廣告最後的附註部分，提到 Some of the invited artists' works are... not for sale（部分受邀藝術家的作品不提供販售），所以 Chen 先生遇到的問題應該是在藝術家的展位不能購買展示品，正確答案是 A.。

Questions 29-31

中文翻譯

　　你晚上很難睡著嗎？根據最近的研究，估計全世界有 2 億 3700 萬人有失眠的問題。失眠可以由多種因素造成，而情緒問題是最常見的。壓力、焦慮和沮喪會造成失眠已經為人所知。此外，家族的失眠病史可能增加遭遇類似症狀的機率。你的飲食選擇也有可能影響你的睡眠。攝取太多酒精或咖啡可能影響你的睡眠模式，就像深夜吃得太多也有可能一樣。

　　有幾個可能有幫助的對策。基本的第一步是建立一貫的睡眠時程。要維持規律的睡覺時間與起床時間，就連在週末也是一樣。睡前限制電子設備的使用，包括手機，也是個好主意。這些設備會讓大腦保持活躍，並且妨礙放鬆。同樣地，睡前練習冥想可以增進平靜的感覺，這種感覺對於一夜好眠是不可或缺的。這些簡單的步驟可以顯著改善你的睡眠品質。

29. 以下何者是這篇文章最好的標題？
　　A. 關於失眠的最新發現與新的事實
　　B. 改正關於失眠的常見誤解

C. 改善睡眠品質的有效策略

D. 為什麼睡好覺對於你的健康很重要

30. 根據這篇文章，關於失眠，何者正確？

A. 本質上是心理問題。

B. 如果父母失眠，自己就會失眠。

C. 喝酒可以幫助我們睡得比較好。

D. 失眠有可能和吃得太多有關。

31. 以下何者不是失眠的解決方法？

A. 避免喝咖啡

B. 努力在固定的時間上床睡覺、起床

C. 睡前用手機

D. 睡前冥想

字詞解釋

文章 **research** [ˋrɪsɝtʃ] n. 研究 **estimate** [ˋɛstəˏmet] v. 估計 **worldwide** [ˋwɝldˏwaɪd] adv. 在全世界 **suffer from** 受…之苦 **insomnia** [ɪnˋsɑmnɪə] n. 失眠 **emotional** [ɪˋmoʃənl] adj. 情緒的 **anxiety** [æŋˋzaɪətɪ] n. 焦慮 **depression** [dɪˋprɛʃən] n. 沮喪 **contribute to** 促成… **sleeplessness** [ˋsliplɪsnɪs] n. 失眠 **additionally** [əˋdɪʃənəlɪ] adv. 此外 **impact** [ɪmˋpækt] v. 衝擊，影響 **consume** [kənˋsjum] v. 消耗，吃，喝 **alcohol** [ˋælkəˏhɔl] n. 酒精 **strategy** [ˋstrætədʒɪ] n. 策略 **fundamental** [ˏfʌndəˋmɛntl] adj. 根本的 **establish** [əˋstæblɪʃ] v. 建立 **consistent** [kənˋsɪstənt] adj. 一貫的 **bedtime** [ˋbɛdˏtaɪm] n. 就寢時間 **electronic device** 電子設備 **interfere with** 妨礙… **relaxation** [ˏrilæksˋeʃən] n. 放鬆 **meditation** [ˏmɛdəˋteʃən] n. 冥想 **promote** [prəˋmot] v. 促進 **essential** [ɪˋsɛnʃəl] adj. 不可或缺的

第 29 題 **misunderstanding** [ˋmɪsʌndɚˋstændɪŋ] n. 誤解

第 30 題 **psychological** [ˏsaɪkəˋlɑdʒɪkl] 心理學的，心理的

第 31 題 **meditate** [ˋmɛdəˏtet] v. 冥想

答題解說

29. 答案：（C）。問適當標題的題目，要從整體的內容來判斷答案。這篇文章的第一段介紹失眠的原因，第二段提供克服失眠的方法，所以著重於解決方法的 C. 是正確答案。A. 雖然文章一開始提到「根據最近的研究，世界上 2 億 3700 萬人有失眠的問題」，但整篇文章並沒有提到關於失眠的新發現。B. D. 在文章裡沒有提到。

30. 答案：（D）。問「何者正確」的問題，需要在文章中找到選項各自對應的內容

來判斷答案。第一段的最後提到 ... can affect your sleep patterns, as can eating heavily late in the evening（…可能影響你的睡眠模式，就像深夜吃得太多也有可能一樣），後半是採用把 can 移到主詞 eating heavily... 前面的倒裝句型，並且省略了重複的 affect your sleep patterns，所以後半的意思是 just like eating heavily late in the evening can affect your sleep patterns（就像深夜吃得太多可能影響你的睡眠模式一樣），由此可知 D. 是正確答案。A. 雖然第一段提到 emotional issues being the most common [factors]（情緒問題是最常見的因素），但文章中也提到飲食這種並非心理方面的因素，所以選項敘述不完全正確。B. 第一段提到 a family history of insomnia can increase the chance of experiencing similar symptoms（家族的失眠病史可能增加遭遇類似症狀的機率），表示家族病史會讓失眠機率增加，但選項的描述方式是指「父母失眠必然會造成子女失眠」，所以不正確。C. 第一段提到 Consuming too much alcohol... can affect your sleep patterns（攝取太多酒精可能影響你的睡眠模式），表示酒類會影響睡眠，和選項敘述相反。

31. 答案：（C）。解決失眠的方法主要在第二段介紹，其中的 establish a consistent sleep schedule（建立一貫的睡眠時程）對應 B.，practicing meditation before bedtime（睡前練習冥想）對應 D.。limit the use of electronic devices, including cell phones, before going to bed（睡前限制電子設備的使用，包括手機）則是和選項 C. 相反，所以 C. 是正確答案。A. 則可以從第一段的 Consuming too much... coffee can affect your sleep patterns（攝取太多咖啡可能影響你的睡眠模式）推知，避免喝咖啡也是解決失眠的一個方法。

Questions 32-35

中文翻譯

　　石虎，一種小型的野貓，在台灣正面臨消失的威脅。石虎主要在中台灣被發現，尤其是苗栗、南投和台中。2016 年進行的一項研究估計，石虎族群大約有 468-669 個個體。然而，到了 2022 年，數字就降到了 340-363。

　　歷史上，石虎在全台灣都可以發現。然而，過去 50 年快速的經濟發展與人口成長，造成石虎族群的減少達到驚人的 80%。石虎減少的主要原因之一是由於土地開發而導致的棲息地減少。人類活動，例如開發山區的天然土地，入侵了石虎的棲息地。結果，牠們遭遇了基因多樣性的減少，導致降低的繁殖率與對疾病較弱的抵抗力。

　　殺蟲劑的使用與「路殺」事件也對石虎族群造成重大的威脅。雖然殺蟲劑是為了對抗害蟲而用在作物上的，但有可能被老鼠攝取，間接對石虎造成威脅，因為牠們依賴老鼠作為食物來源。此外，路殺事件，也就是野生動物被車輛撞上，成為了造成石虎死亡的主要因素。在鄉間地區快速駕駛的性質，使得駕駛很難迅速作出反

應並避免撞上野生動物。

　　要處理石虎面臨的狀況，提高（大眾）對於牠們瀕危狀態的意識是不可或缺的。當有更多人知道並且被教育保護這個物種的重要性，就是為更多協助以及實施更多保護措施鋪路。

32. 這篇文章主要是關於什麼？
　　A. 最近關於石虎這個物種的研究
　　B. 影響石虎分布的因素
　　C. 石虎瀕危的狀況
　　D. 拯救石虎免於消失的努力

33. 根據這篇文章，關於石虎，何者正確？
　　A. 在台灣顯著減少中。
　　B. 可以在全台灣被發現。
　　C. 常常是一生下來就有疾病。
　　D. 可能因為吃了有殺蟲劑的作物而中毒。

34. 根據這篇文章，以下何者不是威脅石虎的因素？
　　A. 土地開發
　　B. 無限制的繁殖
　　C. 殺蟲劑的使用
　　D. 路上的車輛

35. 作者認為什麼對於拯救石虎是基本的？
　　A. 促進山區觀光
　　B. 對不小心的駕駛人罰款
　　C. 提高人們的意識
　　D. 實施保護政策

字詞解釋

文章　**species** [`spiʃiz] n. 物種　**threat** [θrɛt] n. 威脅　**primary** [`praɪ͵mɛrɪ] adj. 主要的　**estimate** [`ɛstə͵met] v. 估計　**population** [͵pɑpjə`leʃən] n. 人口；生物族群的總數　**decline** [dɪ`klaɪn] v. n. 下降，減少　**historically** [hɪs`tɔrɪkəlɪ] adv. 歷史上　**economic** [͵ikə`nɑmɪk] adj. 經濟上的　**alarming** [ə`lɑrmɪŋ] adj. 驚人的，令人擔憂的　**habitat** [`hæbə͵tæt] n. 棲息地　**exploit** [ɪk`splɔɪt] v. 剝削；開發　**intrude** [ɪn`trud] v. 侵入　**reduction** [rɪ`dʌkʃən] n. 減少　**genetic diversity** 基因多樣性　**breed** [brid] 繁殖

resistance [rɪˋzɪstəns] n. 抵抗，抵抗力　　disease [dɪˋziz] n. 疾病　　pesticide [ˋpɛstɪˏsaɪd] n. 殺蟲劑　　roadkill [ˋrodkɪl] n. 路殺（動物在路上被撞死）　　incident [ˋɪnsədn̩t] n. 事件　　crop [krɑp] n. 作物　　combat [ˋkɑmbæt] v. 戰鬥；對抗　　pest [pɛst] n. 害蟲；有害的動物　　indirectly [ˏɪndəˋrɛktlɪ] adv. 間接地　　emerge [ɪˋmɝdʒ] v. 浮現，出現　　prominent [ˋprɑmənənt] adj. 突出的，顯著的　　rural [ˋrʊrəl] adj. 鄉村的　　wildlife [ˋwaɪldˏlaɪf] n. 野生動物（總稱）　　crucial [ˋkruʃəl] adj. 至關重要的　　awareness [əˋwɛrnɪs] n. 意識，體認　　endangered [ɪnˋdendʒəd] adj. 瀕臨絕種的　　status [ˋstetəs] n. 狀態　　inform [ɪnˋfɔrm] v. 通知，告知　　pave [pev] v. 鋪（路）　　protective [prəˋtɛktɪv] adj. 保護的　　implement [ˋɪmpləmənt] v. 實施

第 32 題　distribution [ˏdɪstrəˋbjuʃən] n. 分布
第 34 題　unlimited [ʌnˋlɪmɪtɪd] adj. 無限的
第 35 題　fundamental [ˏfʌndəˋmɛntl] adj. 基礎的，根本的　　tourism [ˋtʊrɪzəm] n. 觀光

答題解說

32. 答案：（C）。關於文章的主題，通常可以從第一段觀察，必要時則參考其他部分大致上的內容。文章第一段提到 The leopard cat... is currently facing the threat of disappearing in Taiwan（石虎在台灣正面臨消失的威脅），第二和第三段說明石虎受到威脅的原因，最後一段則建議提高大眾對這個問題的意識作為解決方法。綜合這些內容，可以判斷 C. 是正確答案。A.「最新研究」並不是這篇文章的主要內容。B. 注意這個選項說的是地理上的 distribution（分布），而不是個體數的增減。D. 這篇文章並沒有確切說明為了保護石虎而做了什麼努力。

33. 答案：（A）。第一段的最後提到石虎的總數從 2016 年的 468-669 下降到 2022 年的 340-363，第二段也提到 rapid economic development and population growth over the past 50 years have resulted in an alarming 80% decrease in the leopard cat population（過去 50 年快速的經濟發展與人口成長，造成石虎族群的減少達到驚人的 80%），所以 A. 是正確答案。和 B. 有關的部分是 Historically, leopard cats could be found throughout Taiwan（歷史上，石虎在全台灣都可以發現），所以「可以在全台灣被發現」已經是過去的事了。C. 在文章中沒有提到。和 D. 有關的部分是第三段的 pesticides... can be consumed by mice, indirectly posing a threat to leopard cats as they rely on mice as a food source（殺蟲劑有可能被老鼠攝取，間接對石虎造成威脅，因為牠們依賴老鼠作為食物來源），這裡是說老鼠吃了有殺蟲劑的作物，而使得吃老鼠的石虎受到威脅，而不是石虎直接去吃有殺蟲劑的作物。

34. 答案：（B）。關於石虎受到威脅的因素，第二段提到的 exploiting natural lands（開發天然土地）對應 A.，第三段的 The use of pesticides and "roadkill" incidents also pose significant threats to the leopard cat population（殺蟲劑的使用與「路殺」

事件也對石虎族群造成重大的威脅）對應 C. 和 D.，所以沒有提到的 B. 是正確答案。

35. 答案：（C）。關於拯救石虎的方法，是在最後一段討論的。最後一段說 To address the situation faced by leopard cats, it is crucial to raise awareness about their endangered status（要處理石虎面臨的狀況，提高對於牠們瀕危狀態的意識是不可或缺的），所以 C. 是正確答案。因為題目問的是 fundamental（基本的）的方法，所以就像最後一句話所說的，When there are more people informed and educated about the importance of protecting the species, it paves the way for greater support and more protective measures to be implemented（當有更多人知道並且被教育保護這個物種的重要性，就是為更多協助以及實施更多保護措施鋪路），先提高大眾對於問題的意識，才更有機會實施保護措施，所以 D. 不是正確答案。

08

GEPT
全民英檢

中級初試
中譯＋解析

本測驗分四部分,全為四選一之選擇題,共 35 題,作答時間約 30 分鐘。

第一部分:看圖辨義

A. **Question 1**

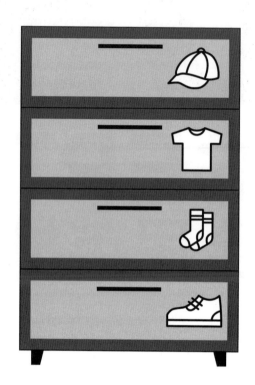

For question number 1, please look at picture A.

Question number 1: Which description of this dresser is correct? (關於這個衣物櫃的描述,何者正確?)

A. Shoes are in the highest drawer. (鞋子在最高的抽屜裡。)
B. Socks are stored below the shoes. (襪子存放在鞋子的下面。)
C. T-shirts are placed above the socks. (T 恤放在襪子的上面。)
D. Caps are in the bottom drawer. (帽子在最底下的抽屜裡。)

答題解說

答案:(C)。圖片中的資訊很簡單,就只有四個高低不同的抽屜,以及各層不

同的衣物，所以很容易推測將會聽到關於位置關係的描述。T 恤放在襪子的上面，所以正確描述這個事實的 C. 是正確答案。

B. **Questions 2 and 3**

HOME FOR RENT 房屋出租
・3 bedrooms, 2 bathrooms, 1 kitchen 三間臥室，兩間浴室，一間廚房
・Near Kendrick Park and City Library 接近 Kendrick 公園與市立圖書館
・$ 2,500 / month 每月 2,500 元
・No pets, No smoking 不可養寵物，不可抽菸
・Date Available: Sat., July 7 可入住日期：7 月 7 日星期六

123-456-7890
---

2. **For questions number 2 and 3, please look at picture B.**

Question number 2: Who most likely posted this advertisement?（誰最有可能貼出這則廣告？）

A. A landlord.（房東。）
B. A housekeeper.（管家。）
C. An architect.（建築師。）
D. A salesperson.（銷售員。）

答題解說

答案：（A）。HOME FOR RENT 顯示這是房屋出租的廣告，下面列出這間房屋的特色，以及住宿條件規定。這一題與其說是看圖回答的題目，其實更像是在考單字知識，必須知道每個選項的單字意義才能回答。A. 的 landlord 雖然本來是「地主」的意思，但如果是出租房屋的情況，則是指「房東」，所以是正確答案。B. 是陷阱選項，housekeeper 並不是「有房子的人」，而是「維持房子（打掃、煮飯等等）的人」，也就是「管家」。

字詞解釋

landlord [ˈlændˌlɔrd] **n.** 地主，房東　　**housekeeper** [ˈhaʊsˌkipɚ] **n.**（常指女性）管家　　**architect** [ˈɑrkəˌtɛkt] **n.** 建築師　　**salesperson** [ˈselzˌpɚsən] **n.** 銷售員

3.

Question number 3: Please look at picture B again. Which description of this home is true?（請再看一次圖片 B。對於這間房子的敘述，何者正確？）

A. It has three living rooms.（它有三間客廳。）

B. It is close to a school.（它接近學校。）

C. It is for sale until this Saturday.（它開放出售到這週六為止。）

D. Dogs and cats are not allowed.（狗和貓不能進入。）

答題解說

答案：（D）。在兩題之中，必然有一題會問到房屋的細節資訊，所以最好能先把重點大略看一遍。A. 廣告上寫的是 3 bedrooms（三間臥室），沒提到客廳有幾間。B. 廣告中只有提到 Near Kendrick Park and City Library（接近 Kendrick 公園與市立圖書館），沒有提到學校。C. Date Available: Sat., July 7 顯示的是可以開始出租的日期，而且標題寫著租屋廣告，所以聽到 for sale（供出售）就可以確定這個選項是錯的。D. No pets 表示「不能在這間房子養寵物」，所以貓狗不能進入，可知這是正確答案。

C. Questions 4 and 5

WE'RE HIRING! 我們在徵人！

Job Title 職稱	Process Engineer 製程工程師
	Manufacturing 製造
Requirements 必要條件	· 1-year experience 一年經驗 · Master's degree in engineering 工程碩士學位
Responsibilities 職責	· Improve manufacturing process 改善製程 · Calculate and analyze equipment performance 計算並分析設備性能

engineering [ˌɛndʒəˈnɪrɪŋ] n. 工程學　　**process** [ˈprɑsɛs] n. 過程　　**calculate** [ˈkælkjəˌlet] v. 計算　　**analyze** [ˈænəˌlaɪz] v. 分析　　**equipment** [ɪˈkwɪpmənt] n. 設備　　**performance** [pəˈfɔrməns] n. 表現；（機器的）性能

4. **For questions number 4 and 5, please look at picture C.**

Question number 4: What might be the text covered by the stain?（被汙漬覆蓋的文字可能是什麼？）

A. Location.（地點。）

B. Department.（部門。）

C. Benefits.（福利。）

D. Qualifications.（資格。）

答題解說

答案：（B）。看到表格中出現缺少的內容，就知道應該會有一題問這個部分。在徵人廣告中，職稱是 Process Engineer（製程工程師），也就是制定產品製程並加以優化的人，而汙漬旁邊的 Manufacturing（製造）可以說是他的工作領域。在聽到的四個選項中，概念上最接近「領域」的 B. 是正確答案。

字詞解釋

text [tɛkst] n. 文字　**stain** [sten] n. 汙漬　**location** [lo`keʃən] n. 地點　**benefit** [`bɛnəfɪt] n. 福利　**qualification** [ˌkwɑləfə`keʃən] n. 資格

5.

Question number 5: Please look at picture C again. Which description of the job is true?（請再看一次圖片 C。關於這份工作的敘述，何者正確？）

A. Previous job experience is not necessary.（先前的工作經驗是不必要的。）
B. A Master of Business Administration can apply.（企業管理碩士可以應徵。）
C. It involves designing and building equipment.（涉及設計與建造設備。）
D. The successful candidate will need to analyze data.（成功應徵上的人選將需要分析數據。）

答題解說

答案：（D）。和上一組題目一樣，當圖片內容條列一些細節時，應該快速看過重點，這樣在聽選項的時候就不用急忙尋找對應的內容。A. Requirements（必要條件）的部分有 1-year experience（一年經驗），所以必須要有經驗才行。B. Requirements 部分要求的是 Master's degree in engineering（工程碩士學位），所以企管碩士不符合資格。C. Responsibilities（職責）的部分只有提到 Calculate and analyze equipment performance（計算並分析設備性能），沒有提到要設計或建造設備。D. Calculate and analyze equipment performance（計算並分析設備性能）的時候，必然涉及數據的分析，所以這是正確答案。

字詞解釋

previous [`priviəs] adj. 先前的　**Master of Business Administration**（MBA）企業管理碩士　**involve** [ɪn`vɑlv] v. 涉及　**candidate** [`kændədet] n. 人選

第二部分：問答

6. **How often do you go camping in the mountains?**（你多常在山上露營？）

A. On Saturday or Sunday.（在星期六或星期日。）
B. At least twice a month.（至少每個月兩次。）
C. I often go by bicycle.（我常常騎腳踏車去。）
D. I sometimes go mountain climbing.（我有時去爬山。）

答題解說

答案：（B）。說話者用 How often 詢問去露營的頻率，所以應該選擇表達頻率的答案。B. 回答每個月至少兩次，是正確答案。A. 雖然回答了星期幾，但並沒有表達頻率（在一段時間中有幾次，或者每隔多久一次）。C. 出現了問句中也有的 often 和 go，但回答的是交通方式，如果只因為出現了聽到的單字而考慮這個選項，就有可能答錯。D. 雖然回答「有時去爬山」，但對方問的是露營，所以答非所問。

7. **Do you know why the movie theater is closed?**（你知道為什麼電影院沒開嗎？）

A. Yes, it should have opened now.（是的，它現在應該開了才對。）
B. Because it is close to a mall.（因為它離購物中心很近。）
C. A popular movie is released today.（一部受歡迎的電影今天發行了。）
D. They've changed their opening hours.（他們改變了營業時間。）

答題解說

答案：（D）。雖然是 Do 開頭的問句，但 Do you know... 這種問題的重點並不是「你知不知道」，而是後面的疑問詞引導的子句。所以，比起回答 Yes/No，更自然的回答方式是針對 why 回答電影院沒開的理由。D. 回答改變了營業時間，暗示本來這個時間是開著的，但因為營業時間改變而沒開，是正確答案。A. 回答 Yes 表示「我知道為什麼」，但後面的 it should have opened now 表達的卻是「現在應該開了才對」，表示自己預期現在應該是開著的，事實卻相反，前後內容矛盾。B. 把題目中的 closed（關閉的）變成 close（接近的），試圖造成混淆。C. 並不構成電影院不營業的理由。

字詞解釋

release [rɪ`lis] v. 發行　**opening hours** 營業時間（總稱）

8. **The school set up a new cafeteria in front of the science building.**（學校在科學大樓前面開了新的自助餐廳。）

A. Have you tried having lunch there?（你試過在那裡吃午餐嗎？）
B. It'll be easy to meet the criteria.（符合標準會很容易。）
C. Where can I find it then?（那我可以在哪裡找到它呢？）
D. I used to grab some food there.（我以前都會在那裡買些東西來吃。）

答題解說

答案：（A）。說話者提到 new cafeteria（新的自助餐廳），表示他認為對方可能不知道這件事，想引起對方的興趣並開啟話題。可能的回應方式有很多，例如表示自己不知道、反問對方是否去過、對這件事的看法，也有可能說自己已經去過、感想如何等等。A. 反問對方是否曾經在新的自助餐廳吃午餐，藉此獲得更多關於新餐廳的資訊，是正確答案。B. 使用和 cafeteria 相似的 criteria（標準），試圖造成混淆。C. 雖然反問位置也是合理的反應，但這個題目已經說明位置是 in front of the science building（在科學大樓前面）了，再問一次位置就變得不恰當了。D. 因為是新開的，所以用 used to（以前總是…）來表達過去在這間餐廳用餐的習慣並不合理。

字詞解釋

cafeteria [ˌkæfəˋtɪrɪə] n. 自助餐廳　**criteria** [kraɪˋtɪrɪə] n. 標準（**criterion** 的複數）
grab [græb] v. 抓（口語中可指「買東西來吃」）

9. **Who will take part in Mr. Johnson's farewell party?**（誰會參加 Johnson 先生的歡送派對？）

A. Barbie organized the party.（Barbie 籌劃了這場派對。）
B. Everyone in the Sales Department.（業務部的每個人。）
C. The party is on next Friday.（派對是在下週五。）
D. Jeremy likes to go to parties.（Jeremy 喜歡參加派對。）

答題解說

答案：（B）。說話者用 Who 詢問會參加歡送派對的人，所以回答人物的選項有可能是正確答案，但也要注意回答人物但內容與問題無關的情況。B. 回答業務部的每個人都會參加，是正確答案。A. 雖然回答了 Barbie，但內容說她「籌劃」而不是「參加」派對，所以答非所問。C. 回答派對舉行的日子，與問題無關。D. 「Jeremy 喜歡參加派對」並不意味著他會參加派對，所以這也是答非所問的選項。

字詞解釋

take part in 參加… **farewell** [ˋfɛrˋwɛl] n. 送別 **organize** [ˋɔrgəˏnaɪz] v. 組織，安排

10. **Why hasn't the old copying machine been replaced yet?**（為什麼舊的影印機還沒被換掉？）

A. I forgot to load paper into the machine.（我忘記把紙裝進機器了。）
B. There isn't enough room to place it.（沒有足夠的空間放它。）
C. The supervisor hasn't approved it.（主管沒有批准。）
D. The copying machine is out-of-style.（這台影印機的風格過時了。）

答題解說

答案：（C）。這是 Why 開頭的問句，而且是否定疑問句，所以事實是舊的影印機沒被換掉，而說話者在問它沒被換掉的原因，選擇答案時要考慮理由是否合理。C. 回答「主管沒有批准」，也就是影印機是否可以更換，取決於主管的決定，而主管的態度是否定的，是正確答案。這裡的 it 是指 replacing the copying machine（更換影印機）。A. B. D. 忘了裝紙、沒有足夠的空間放它、風格過時都不是不換掉舊影印機的理由。注意 B. 的句子中，it 是指 old copying machine，而不能指新的影印機，因為先前並沒有具體提到新的影印機。

字詞解釋

replace [rɪˋples] v. 替換 **load** [lod] v. 裝載 **supervisor** [ˋsupəˏvaɪzə] n. 主管
approve [əˋpruv] v. 批准 **out-of-style** 風格過時的

11. **Do you want to take the music theory course with me? I heard that it's interesting.**（你想跟我一起上音樂理論課嗎？我聽說很有趣。）

A. I don't want to play music.（我不想演奏音樂。）
B. Sorry, but my schedule is full.（抱歉，但我的課表滿了。）
C. When will the first course be served?（第一道菜什麼時候會上？）
D. Yes, I can take it for granted.（是的，我可以把它當成理所當然。）

答題解說

答案：（B）。說話者用 Do you want to...? 詢問對方是否有意願上音樂理論課。除了表達意願以外，如果不想的話，通常都會說明沒意願的理由。B. 先用 Sorry 表達不和對方一起上課的歉意，然後說明原因是課表滿了，是正確答案。另外，雖然 schedule 是「時間表」的意思，但在安排課程的情境下，則是指「課表」。

A. 因為這是「音樂理論課」，是研究音樂的法則而不是演奏音樂，所以「不想演奏音樂」並不是不上這門課的理由。C. 把題目中的 course 換成另一個意思「一道菜」來使用，和題目無關。D. 如果只是說 Yes, I can take it（是的，我可以上）的話，可以是正確答案，但 take for granted 是表示「把⋯當成理所當然」的慣用語，意思就變得和題目無關了。

字詞解釋

theory [ˋθiərɪ] n. 理論　**course** [kors] n. 課程；一道菜　**take for granted** 把⋯當成理所當然

12. **What is your opinion about traveling on public transportation?**（你對於搭乘大眾運輸的意見是什麼？）

A. It's not suitable for heavy items.（不適合重的物品。）
B. I don't like traveling abroad.（我不喜歡出國旅行。）
C. It's efficient for shipping goods.（對於運送貨品很有效率。）
D. It's beneficial to the environment.（對環境有益。）

答題解說

答案：（D）。說話者用 What is your opinion about... 詢問對於搭乘大眾運輸的看法，只要找出回答和問題相關，而且合邏輯的答案就行了。D. 回答大眾運輸對於環境的好處，是正確答案。A. public transportation（大眾運輸）是指人的交通方式，所以說不適合 heavy items（重的物品）是不符合主題的。如果改成 It's not suitable for passengers with heavy items（不適合帶重的物品的乘客）的話，就是恰當的答案。B. 搭乘大眾運輸和出國並沒有直接的關聯，要小心不要因為有和題目相同的 traveling 這個單字就選錯。C. 運送貨品並不是大眾運輸的主要目的。

字詞解釋

public transportation 大眾運輸　**suitable** [ˋsutəb!] adj. 合適的　**efficient** [ɪˋfɪʃənt] adj. 效率高的　**beneficial** [͵bɛnəˋfɪʃəl] adj. 有益的

13. **Have you tried to contact the new manufacturer we've just found?**（你試過聯絡我們剛找到的新製造商了嗎？）

A. I've sent an email to them.（我寄電子郵件給他們了。）
B. We've been in contact for a year.（我們保持聯絡一年了。）
C. I'll attend the meeting with her.（我會和她一起出席會議。）

D. I can't seem to find the menu.（我好像找不到菜單。）

答題解說

答案：（A）。說話者用 Have you... 詢問是否做了聯絡製造商這件事，但選項都沒有回答 Yes/No，要看內容是否提到聯絡廠商的行為來判斷答案。A. 回答寄了電子郵件，是一種聯絡的方式，所以是正確答案。B. 既然是 new（新的）而且是 we've just found（我們剛找到的）的製造商，那麼說「保持聯絡一年了」就不合理了。C. her 在這個對話中不知道指的是誰，所以不是恰當的答案。D. 使用發音和 manufacturer 類似的 menu，試圖造成混淆。

字詞解釋

manufacturer [ˌmænjəˈfæktʃərə] n. 製造商

14. It seems that our flight has been delayed.（我們的航班好像延誤了。）

A. I'm sorry for being late.（我很抱歉遲到了。）
B. It's really not your fault.（那真的不是你的錯。）
C. How long do we have to wait?（我們必須等多久？）
D. Where can we fly to instead?（我們可以改飛到哪裡？）

答題解說

答案：（C）。說話者提到 our flight has been delayed（我們的航班延誤了），提醒對方出發時間可能受到影響，同時也期待對方對這件事做出反應。C. 反問延誤可能造成他們要等多久（才能搭上飛機出發），是正確答案。A. 使用發音和意義都和 delayed 類似的 late，試圖造成混淆。B. 這兩位乘客不太可能是造成飛機延誤的原因，所以說「不是你的錯」是不恰當的。D. 反問可以考慮的其他航班目的地，但因為飛機延誤就改飛到其他地方並不合理。

15. This is Jane Lewis. I'd like to postpone my appointment with Dr. Jones on Wednesday night.（我是 Jane Lewis。我想要延後星期三晚上和 Jones 醫師的預約。）

A. You can come this Tuesday, then.（那您可以這禮拜二來。）
B. Dr. Jones is currently on vacation.（Jones 醫師目前在假期中。）
C. Sorry, we can't make it earlier.（抱歉，我們不能讓它提早。）
D. When would it be convenient for you?（什麼時候對您而言方便？）

答題解說

答案：（D）。說話者先用 This is 介紹自己，顯示這是電話交談的內容。她要求

postpone（延後）在 Wednesday night（星期三晚上）的看診預約，所以要看選項中是否對於延後的要求做出了適當的應對。D. 用 convenient 詢問方便看診的其他時間，是恰當的答案。A. C. 分別建議了比較早的時間、表達不能提早時間，但說話者要求的是「延後」，所以這兩個選項都沒有針對要求做出恰當的回應。B. 既然星期三和 Jones 醫師已經有約，那麼 Jones 醫師現在應該不是在度假，就算是也和要求延後預約沒有關係。

字詞解釋

postpone [post`pon] **v.** 延後　　**appointment** [ə`pɔɪntmənt] **n.** 會面的約定
on vacation 假期中，度假中

第三部分：簡短對話

16.

W: Hey, Peter. Where were you last night?

M: I was at home, most of the time. What's up?

W: I had trouble contacting you.

M: When did you call me? Maybe I was taking a shower.

W: Well, I guess it was around nine o'clock.

M: Oh, no wonder you couldn't reach me. I was having a snack outside with my friends, but I forgot to take my phone.

Question: Why didn't the man pick up the phone?

A. He was taking a shower.

B. He was having dinner.

C. He was in a meeting.

D. He left his phone at home.

英文翻譯

女：嘿，Peter。你昨晚在哪裡？

男：我大部分時間在家。發生什麼事了？

女：我沒辦法聯絡到你。

男：你什麼時候打電話給我的？或許我在洗澡。

女：嗯，我想大約是 9 點。

男：噢，難怪你找不到我。我當時在外面和朋友吃宵夜，但我忘了帶手機。

第1回
第2回
第3回
第4回
第5回
第6回
第7回
第8回
第9回
第10回

問題：為什麼男子沒有接電話？
A. 他正在洗澡。
B. 他正在吃晚餐。
C. 他正在開會。
D. 他把手機留在家裡了。

答案：（D）。選項是一些主詞為 He 的過去式句子，可知題目會問男性說話者或其他男性過去的情況，要特別注意這方面的敘述。女子提到自己昨晚聯絡不到男子，並且在男子的詢問之下回答是 9 點左右打的電話，於是男子回答 I was having a snack outside with my friends, but I forgot to take my phone（我當時在外面和朋友吃宵夜，但我忘了帶手機），所以 D. 是正確答案。B. C. 吃 snack（在此指宵夜）不算是晚餐，也不能說是在開會。

字詞解釋

no wonder 難怪　　**late-night snack** 宵夜

17.

W: Sally and I are going to a picnic this weekend.

M: Really? But it's been kind of cold recently.

W: I know. The temperature has dropped below nine degrees Celsius.

M: Yeah. The weather forecast says the colder days are just beginning, and it will continue to be cold for at least one week. There will also be some rain on the weekend.

W: Oh, no. That will make it even colder.

Question: How can the weather on the weekend best be described?
A. Sunny but humid.
B. Cloudy and cold.
C. Chilly and rainy.
D. Rainy and windy.

英文翻譯

女：Sally 和我這週末要去野餐。

男：真的嗎？但是最近有點冷。

女：我知道。溫度降到了低於攝氏 9 度。

男：是啊。氣象預報說比較冷的天氣才剛開始，天氣會保持寒冷至少一週。週末

也會有一些雨。

女：噢，不。那會讓天氣更冷。

問題：怎樣形容週末的天氣最恰當？

A. 晴朗但潮濕。

B. 多雲且寒冷。

C. 有些冷而且下雨。

D. 下雨並且颳風。

答題解說

答案：（C）。選項是一些關於天氣的形容詞，所以要注意關於氣溫、降雨的敘述。女子提到週末要和 Sally 野餐，於是男子說明氣象預報的內容：The weather forecast says the colder days are just beginning, and it will continue to be so for at least one week. There will also be some rain on the weekend.（氣象預報說比較冷的天氣才剛開始，天氣會保持寒冷至少一週。週末也會有一些雨。）所以週末仍然會是比較冷的天氣，而且會下雨，所以 C. 是正確答案。

字詞解釋

Celsius [ˋsɛlsɪəs] adj. 攝氏的　　**chilly** [ˋtʃɪlɪ] adj. 有些冷的

18.

M: Do you have any plans for the summer vacation?

W: I need to take care of my younger sister while my parents are at work.

M: Oh, that's a pity. It seems that you don't have time to join a summer camp with me.

W: You mean the summer camp that will be held in the sports center?

M: Yeah, I've heard they have activities like rock climbing, boxing, and bowling.

W: That sounds interesting! But I think there is little chance that my parents will let me attend the camp.

Question: What is the woman's attitude toward the summer camp?

A. She will sign up for it.

B. She has no interest in it.

C. She may not join it.

D. She wants to confirm its dates.

413

男：你這個暑假有什麼計畫嗎？

女：我需要在我爸媽上班的時候照顧我的妹妹。

男：噢，真可惜。你好像沒有時間跟我一起參加夏令營。

女：你是指會在運動中心舉辦的夏令營嗎？

男：是啊，我聽說他們有攀岩、拳擊和保齡球之類的活動。

女：聽起來很有趣！但我想我爸媽不太可能讓我參加夏令營。

問題：女子對於夏令營的態度是什麼？
A. 她會報名夏令營。
B. 她對夏令營沒有興趣。
C. 她可能不會參加夏令營。
D. 她想要確認夏令營的日期。

答題解說

答案：（C）。選項都是 She 開頭的敘述，所以題目應該是問女性說話者或某個女性人物的狀況，而且和某件可以 sign up（報名）、join（參加）的事情有關，所以他們應該會談到某個活動。男子問女子的暑假計畫，女子說 I need to take care of my younger sister（我需要照顧我的妹妹），男子則感嘆 It seems that you don't have time to join a summer camp with me（你好像沒有時間跟我一起參加夏令營）。中間兩人談論了夏令營的細節，但最後女子還是說 there is little chance that my parents will let me attend the camp（我爸媽不太可能讓我參加夏令營），所以 C. 是正確答案。B. 女子說了 That sounds interesting（聽起來很有趣），所以她並不是對夏令營沒有興趣。

字詞解釋

rock climbing 攀岩　　**chance** [tʃæns] n. 機率，可能性　　**attitude** [`ætətjud] n. 態度

19.

W: Hi, Johnny. I was wondering if you could help me.

M: What's the matter?

W: I'm having trouble accessing the sales figures for my presentation tomorrow.

M: Have you called Technical Support?

W: Yes, I've called Stella, but she hasn't found the problem yet.

M: Well, I might still have that data. I can email it to you.

Question: What does the man offer to do?

A. Make a phone call.

B. Send some information.

C. Prepare a presentation.

D. Contact Stella.

英文翻譯

女：嗨，Johnny。我想知道你能不能幫我。

男：怎麼回事？

女：我沒辦法存取明天簡報要用的銷售數字。

男：你打電話給技術支援部了嗎？

女：有，我打電話給 Stella 了，但她還沒找到問題。

男：嗯，我可能還有那份數據。我可以用電子郵件寄給你。

問題：男子提議幫忙做什麼？

A. 打電話。

B. 傳送資訊。

C. 準備簡報。

D. 聯絡 Stella。

答題解說

答案：（B）。選項是一些看起來和辦公室有關的動詞片語，可以推測可能會問辦公室的某人接下來會做什麼。在對話的一開始，女子請求男子幫忙，然後說明 I'm having trouble accessing the sales figures（我沒辦法存取銷售數字）。之後談到雖然打了電話給技術支援部，但還沒找到問題，於是男子說 I might still have that data. I can email it to you.（我可能還有那份數據。我可以用電子郵件寄給你。）題目問的是男子要幫忙做的事，所以把 email、data 改成 send information 來表達的 B. 是正確答案。

字詞解釋

access [ˈæksɛs] **v.** 存取（資料）　　**figure** [ˈfɪɡjɚ] **n.** 數字

presentation [ˌprɛzənˈteʃən] **n.** 簡報　　**technical** [ˈtɛknɪkl] **adj.** 技術的

20.

M: Hello, this is Jackson Pitt calling from the Chemistry Department. Is Professor Benson in his office now?

W: Sorry, but he is on an academic trip until Wednesday.

第1回
第2回
第3回
第4回
第5回
第6回
第7回
第8回
第9回
第10回

M: When will he be back in the office?

W: He's expected to come back here on Thursday afternoon. Would you like to leave a message for him?

M: Yes. I need to confirm the meeting time with him for next Monday.

W: OK, I'll pass your message on to him, and you can also call again when he is back in the office.

Question: When does the woman suggest the man to call again?

A. Tomorrow.

B. This Wednesday.

C. This Thursday.

D. Next Monday.

英文翻譯

男：哈囉，我是化學系的 Jackson Pitt。Benson 教授在辦公室嗎？

女：抱歉，但他到星期三為止都在（學術性的）出差。

男：他什麼時候回辦公室？

女：他預計星期四下午回來。您想要留言給他嗎？

男：是的。我需要確認下週一和他會面的時間。

女：OK，我會轉達您的留言給他，您也可以在他回辦公室的時候再打一次電話。

問題：女子建議男子什麼時候再打電話？

A. 明天。

B. 這個星期三。

C. 這個星期四。

D. 下星期一。

答題解說

答案：（C）。選項是一些日子，所以可以預期對話內容會討論到日期，也要特別注意這方面的敘述。男子打電話找 Benson 教授，女子說他在出差。關於日期，女子提到 he is on an academic trip until Wednesday（他到星期三為止都在出差）、He's expected to come back here on Thursday afternoon（他預計星期四下午回來），而男子提到 I need to confirm the meeting time with him for next Monday（我想要確認下週一和他會面的時間）。最後女子建議 you can also call again when he is back in the office（您也可以在他回辦公室的時候再打一次電話），也就是前面提到的星期四下午，而這就是題目要問的，所以 C. 是正確答案。

字詞解釋

academic [ˌækəˈdɛmɪk] **adj.** 學術的

21.

W: Excuse me. Do you have any eggs?

M: Eggs are near the dairy section.

W: But I don't see any fresh eggs there, just some century eggs.

M: Well, maybe we've run out of fresh eggs. The recent bird flu outbreak has greatly influenced the amount of eggs being produced.

W: Then when will you have eggs in stock again?

M: Maybe on Wednesday morning. You can leave your phone number so we can let you know when eggs are back in stock.

Question: Why can't the woman find fresh eggs?

A. She does not know their location.

B. There is a supply shortage.

C. The store does not sell eggs.

D. She did not call to reserve eggs.

英文翻譯

女：不好意思。你們有蛋嗎？

男：蛋在乳製品區附近。

女：但我在那裡沒看到任何鮮蛋，只有一些皮蛋。

男：嗯，或許我們的鮮蛋賣完了。最近的禽流感爆發大大影響了蛋的產量。

女：那你們的蛋什麼時候會補貨？

男：或許星期三上午。您可以留下您的電話號碼，讓我們可以在蛋補貨的時候讓您知道。

問題：為什麼女子找不到鮮蛋？

A. 她不知道位置。

B. 有供應短缺的情況。

C. 這家店不賣蛋。

D. 她沒有打電話預訂蛋。

答題解說

答案：（B）。選項中有「不賣蛋」、「沒有打電話預約蛋」等內容，看起來都

是買不到蛋的原因，可以推測這段對話要問的就是為什麼買不到蛋。女子向男子反應在店裡沒看到鮮蛋，男子回答 maybe we've run out of fresh eggs（或許我們的鮮蛋賣完了），並且說明 The recent bird flu outbreak has greatly influenced the amount of eggs being produced（最近的禽流感爆發大大影響了蛋的產量），意味著產量的減少導致蛋賣到缺貨的情況，所以 B. 是正確答案。C. 這個句子是現在簡單式，意味著從過去、現在到未來持續的事實，也就是「這家店從來都不賣蛋，以後也不會賣蛋」的意思，但這家店實際上有擺放蛋的區域，並不是不賣蛋，選項敘述不正確。D. 雖然男子最後建議 You can leave your phone number so we can let you know when eggs are back in stock（您可以留下您的電話號碼，讓我們可以在蛋補貨的時候讓您知道），但並沒有說可以預約確保雞蛋的購買權。

字詞解釋

dairy [ˋdɛrɪ] n. 乳製品　**century egg** 皮蛋　**run out of** 把…用完　**bird flu** 禽流感　**in stock** 有存貨　**location** [loˋkeʃən] n. 位置　**shortage** [ˋʃɔrtɪdʒ] n. 短缺　**reserve** [rɪˋzɝv] v. 預約，預訂

22.

W: City Lights, how may I help you today?

M: Hi, I think I left my jacket in your store this morning.

W: Could you provide me with a more detailed description?

M: Well, it's blue with white stripes.

W: We do have a jacket matching your description. When would you like to come by to get it?

M: I have to work overtime today, so maybe tomorrow evening.

Question: Why does the man call the store?

A. To retrieve a lost item.

B. To make an appointment.

C. To order some clothes.

D. To ask about business hours.

英文翻譯

女：City Lights，今天有什麼可以幫您的呢？

男：嗨，我想我今天上午把我的外套留在你們店裡了。

女：您可以提供我比較詳細的描述嗎？

男：嗯，是上面有白色條紋的藍色外套。

女：我們的確有符合您描述的外套。您想要什麼時候來拿？

男：我今天必須加班，所以或許明天傍晚。

問題：男子為什麼打電話給這家店？

A. 為了取回弄丟的東西。

B. 為了約定會面。

C. 為了訂購衣服。

D. 為了詢問營業時間。

答題解說

答案：（A）。選項都用 to 不定詞表示目的，所以要注意說話者在對話中表達的動機。男子打電話給 City Lights 這家店，說 I left my jacket in your store this morning（我今天上午把我的外套留在你們店裡了）。接下來店家向他確認外套的特徵，並且問他會到店裡拿外套的時間，所有內容都和拿回外套有關，所以 A. 是正確答案。B. make an appointment 是指正式約定和某人會面，而不能描述去店裡拿一下東西就走的情況。C. 如果沒聽到 I left my jacket in your store（我把我的外套留在你們店裡了），只聽到後面的內容，的確也可以解讀成是要買衣服，所以聽清楚對話中的每句話是很重要的。

字詞解釋

detailed [ˋdiˋteld] **adj.** 詳細的　**description** [dɪˋskrɪpʃən] **n.** 描述　**stripe** [straɪp] **n.** 條紋　**overtime** [ˋovɚˏtaɪm] **adv.** 加班地　**retrieve** [rɪˋtriv] **v.** 取回　**appointment** [əˋpɔɪntmənt] **n.** 會面的約定

23.

W: I think Betty is a nice person. She is very helpful.

M: Really? But I don't like her. Even though she looks attractive, she seldom smiles or talks to others.

W: No, she loves to chat with people. Are we talking about the same Betty?

M: I thought you were talking about my neighbor.

W: No, I'm talking about the Betty in our class. Her grades aren't very good, but she has a great personality.

Question: What is true about the speakers' classmate Betty?

A. She looks attractive.

B. She seldom talks to others.

C. She loves to chat with people.

D. Her grades are very good.

英文翻譯

女：我認為 Betty 是個好人。她很樂於幫忙。

男：真的嗎？但我不喜歡她。儘管她看起來很有魅力，但她很少笑，也很少跟別人交談。

女：不，她很愛和人聊天。我們在討論的是同一個 Betty 嗎？

男：我以為你說的是我的鄰居。

女：不，我說的是我們班上的 Betty。她的成績不太好，但她的個性很好。

問題：關於兩位說話者的同學 Betty，何者正確？

A. 她看起來很吸引人。

B. 她很少和別人交談。

C. 她很愛和人聊天。

D. 她的成績非常好。

答題解說

答案：（C）。選項是一些 She 或 Her 開頭的句子，所以要注意關於女性說話者或其他某個女性的敘述。對話開頭就提到一個叫 Betty 的人，男子說 Even though she looks attractive, she seldom smiles or talks to others（儘管她看起來很有魅力，但她很少笑，也很少跟別人交談），但女子卻說 she loves to chat with people（她很愛和人聊天）。從女子說的 Are we talking about the same Betty?（我們在討論的是同一個 Betty 嗎？），可以得知兩人可能有些誤會，後面才知道男子說的是他的鄰居，而女子說 I'm talking about the Betty in our class（我說的是我們班上的 Betty）。題目問的是他們的同學 Betty，所以 C. 才是正確答案，A. B. 都是男子的鄰居 Betty 的特質。D. 關於同學 Betty，女子最後說 Her grades aren't very good（她的成績不太好），如果沒有聽清楚 n't 的部分，可能就會以為這是正確答案了。

字詞解釋

helpful [ˈhɛlpfəl] **adj.** 樂於幫忙的　　**attractive** [əˈtræktɪv] **adj.** 有吸引力的
personality [ˌpɝsənˈælətɪ] **n.** 個性

24.

Today's Appointments 今天的預約

Patient Name 患者名稱	Time 時間	Treatment 治療
Ms. Johnson	1:00 p.m.	Checkup 檢查
Mr. Norwood	1:30 p.m.	Teeth cleaning 牙齒清潔
Ms. Tanner	2:20 p.m.	Checkup 檢查
Mr. Hoffman	3:00 p.m.	Teeth cleaning 牙齒清潔

inspection [ɪn`spɛkʃən] n. 檢查

For question 24, please look at the table. 第 24 題請看表格。

M: How many appointments do we have this afternoon?

W: Let me check. There are only four.

M: Great, that should be manageable.

W: Oh, I nearly forgot. There's a change in the schedule.

M: What is the change?

W: One of the appointments for a checkup will be moved back 20 minutes.

M: Is it the first appointment?

W: No, it's the other one. There will only be 20 minutes until the next appointment, so we'll need to be as efficient as possible.

Question: Whose appointment time has been changed?

A. Ms. Johnson.

B. Mr. Norwood.

C. Ms. Tanner.

D. Mr. Hoffman.

英文翻譯

男：我們今天下午有多少預約？

女：讓我看看。只有四個。

男：很好，應該應付得來。

女：噢，我差點忘了。時程有變化。

男：是什麼變化？

第1回
第2回
第3回
第4回
第5回
第6回
第7回
第8回
第9回
第10回

女：其中一個做檢查的預約會被移到 20 分鐘後。

男：是第一個預約嗎？

女：不是，是另一個。到下個預約之前只會有 20 分鐘，所以我們必須儘量有效率。

問題：誰的預約時間被改變了？

A. Johnson 小姐。

B. Norwood 先生。

C. Tanner 小姐。

D. Hoffman 先生。

答題解說

答案：（C）。表格中有三個項目，其中的 Patient Name（患者名稱）是選項的名稱，所以應該從後面的 Time（時間）和 Treatment（治療）內容來判斷答案。在對話中間，女子提到 There's a change in the schedule（時程有變化），之後說明 One of the appointments for a checkup will be moved back 20 minutes（其中一個做檢查的預約會被移到 20 分鐘後）。男子問 Is it the first appointment?（是第一個預約嗎？），女子回答 No, it's the other one（不是，是另一個），所以在表格中尋找治療項目是檢查，而且不是第一個（也就是第二個）的預約，可知時間改變的是 Tanner 小姐的預約，所以 C. 是正確答案。

字詞解釋

manageable [ˋmænɪdʒəbl] **adj.** 可處理的　　**efficient** [ɪˋfɪʃənt] **adj.** 效率高的

25.

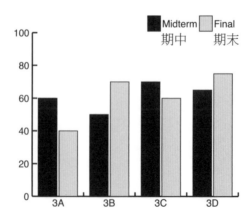

For question 25, please look at the chart. 第 25 題請看圖表。

第 1 回
第 2 回
第 3 回
第 4 回
第 5 回
第 6 回
第 7 回
第 8 回
第 9 回
第 10 回

W: What is the chart?

M: It shows the average scores of all classes' midterm and final exams.

W: I didn't expect that one class to make such progress.

M: Which one do you mean? There are two classes that have made progress.

W: Oh, I'm talking about the one that performed worse in the midterm.

M: I heard that they attended a science competition before the midterm exam.

W: Maybe it's the reason that they didn't do well at that time.

Question: Which class are the speakers mainly talking about?

A. Class 3A.

B. Class 3B.

C. Class 3C.

D. Class 3D.

英文翻譯

女：這張圖表是什麼？

男：它顯示所有班級的期中與期末考平均分數。

女：我沒料到那一班進步這麼多。

男：你的意思是哪一班？有兩個班進步。

女：噢，我說的是期中考表現比較差的那班。

男：我聽說他們在期中考之前參加了科學競賽。

女：或許那是他們那時候表現不好的原因。

問題：兩位說話者主要在討論哪一班？

A. 3A 班。

B. 3B 班。

C. 3C 班。

D. 3D 班。

答題解說

答案：（B）。圖表中呈現了四個班級在期中、期末考的平均分數。每個班級是
進步或者退步，以及班級之間的分數高低關係，都有可能是判斷答案的線索，所
以要注意觀察，並且在聽錄音時留意相關的細節。在對話中，女子提到 I didn't
expect that one class to make such progress（我沒料到那一班進步這麼多），從這
裡開始了對某一班的討論。男子想要確認她說的是哪一班，並且說 There are two
classes that have made progress（有兩個班進步），而女子回答 I'm talking about
the one that performed worse in the midterm（我說的是期中考表現比較差的那

班）。從圖表可以看出，成績進步的是 3B 和 3D 兩班，其中 3B 的期中考表現比較差，所以 B. 是正確答案。

字詞解釋

average [ˋævərɪdʒ] **adj.** 平均的　　**perform** [pəˋfɔrm] **v.** 表現
competition [ˌkɑmpəˋtɪʃən] **n.** 競賽

第四部分：簡短談話

26.

Food Technique is a restaurant run by a former engineer. He studied cooking for years before quitting his job and opening his own restaurant, but he was not doing well at first. He learned from his customers that even though the food was delicious, the portions were too small for the prices. By changing his menu and doing promotions on social media, he brought the restaurant out of the difficult situation and made it a success.

Question: Why was Food Technique not successful at first?
A. The owner didn't learn cooking.
B. Its food did not taste good.
C. The portions were not satisfying.
D. It was not advertised on TV.

英文翻譯

「Food Technique」是一間由前工程師經營的餐廳。他在辭職並且開自己的餐廳之前，研究了烹飪許多年，但他一開始經營得並不好。他從顧客那裡得知，儘管食物很美味，但份量對價格而言太小了。藉由改變菜單並且在社交媒體上宣傳，他使餐廳脫離困境，並且讓它變得成功。

問題：為什麼「Food Technique」一開始不成功？
A. 老闆沒有學烹飪。
B. 食物不好吃。
C. 食物份量不令人滿意。
D. 沒有在電視上廣告宣傳。

答題解說

答案：（C）。選項是一些餐廳可能不受歡迎的原因，可以推測這會是談話主要討論的內容，也會是要問的問題。關於「Food Technique」這家餐廳，談話中提到 he [the owner] was not doing well at first（他〔老闆〕一開始經營得不好），之後說明失敗的原因是 even though the food was delicious, the portions were too small for the prices（儘管食物很美味，但份量對價格而言太小了），所以用 not satisfying（不令人滿意）重新表達的 C. 是正確答案。

字詞解釋

former [`fɔrmɚ] **adj.** 以前的　**portion** [`pɔrʃən] **n.**（食物的）份量　**promote** [prə`mot] **v.** 宣傳　**satisfying** [`sætɪs͵faɪɪŋ] **adj.** 令人滿意的　**advertise** [`ædvɚ͵taɪz] **v.** 廣告宣傳

27.

English was like a big headache because it was my worst subject in the second year of junior high school, but that changed after I met Ms. Watson. Last semester, she started giving me extra classes after school. She always encouraged me to speak up and ask questions, which helped me become more confident in speaking. Not only did my English grades improve, but I also started to enjoy communicating in English.

Question: What method did the speaker use to improve her English?
A. Oral practice.
B. English writing.
C. Listening to the radio.
D. Studying past questions.

英文翻譯

英語曾經像是很頭痛的事，因為那是我國中第二年最差的科目，但情況在我遇到 Watson 老師後改變了。上學期，她開始幫我放學後補課。她總是鼓勵我大聲說並且問問題，這些方法幫助我變得對口說更有信心。不止是我的英語成績進步了，我也開始享受用英語溝通。

問題：說話者用了什麼方法來改善英語能力？
A. 口說練習。
B. 英文寫作。
C. 聽廣播。

D. 研究考古題。

答案：（A）。選項中有一些學習英語的方法，所以要注意談話中和英語學習法有關的內容。說話者談到，英語本來是自己最差的科目，但遇到 Watson 老師，情況就改變了。關於她的教導內容，說話者提到 She always encouraged me to speak up and ask questions, which helped me become more confident in speaking（她總是鼓勵我大聲說並且問問題，這些方法幫助我變得對口說更有信心），所以表示「口說練習」的 A. 是正確答案。

字詞解釋

communicate [kəˋmjunəˌket] **v.** 溝通　　**oral** [ˋorəl] **v.** 口頭的

28.

Now, let's see what the weather is like in Ocean Town today. It will be cloudy today, with temperatures ranging from a low of 10°C to a high of 15°C. There is a chance of some rain, too, so don't forget to take your umbrella or raincoat when you go to work or school. By the way, a storm is forming at sea, but it is still far away from us. We will keep you updated in the next few days.

Question: How will the weather be today?

A. It will be sunny.

B. There will only be a few clouds.

C. It could possibly rain.

D. A storm will arrive.

英文翻譯

現在，我們來看看 Ocean Town 今天的天氣如何。今天會是陰天，氣溫最低 10 度，最高 15 度。也有可能下一點雨，所以上班或上學時不要忘記帶雨傘或雨衣。對了，有風暴正在海上形成，但還離我們很遠。我們會在未來幾天持續為您報告最新消息。

問題：今天天氣會怎麼樣？

A. 會是晴天。

B. 只會有一點雲。

C. 有可能下雨。

D. 風暴會到達。

答題解說

答案：（C）。選項都是描述未來的天氣狀況，所以要注意談話中對這方面的說明。說話者說 It will be cloudy today（今天會是陰天）、There is a chance of some rain（有可能下一點雨），所以 C. 是正確答案。B. 的 only a few clouds（只有一點雲）是指大致晴朗，只是有少許雲的狀況，而 cloudy 是指天空大部分被雲層覆蓋，所以描述不正確。D. 說話者提到 a storm is forming at sea, but it is still far away from us（風暴正在海上形成，但還離我們很遠），表示風暴短期之內還不會來。

字詞解釋

update [ʌpˋdet] **v.** 告知最新消息

29.

To make an egg sandwich, start by boiling two eggs. Next, peel the eggs and roughly chop them up. And then, put the chopped eggs into a bowl and add salt, pepper, and mustard paste. After mixing them well, spread the egg mixture over one piece of toast. Lastly, cover it up with another piece of toast, and your sandwich is done. You can cut the sandwich into four triangles to make it more convenient to eat.

Question: What is true about the sandwich?

A. It contains fried eggs.

B. Its filling is seasoned.

C. It is made using fresh white bread.

D. It is more convenient not to cut it.

英文翻譯

要製作蛋三明治，首先要煮兩顆蛋。接下來，剝掉蛋殼並且粗略地切碎。然後，把切碎的蛋放進碗裡，並且加入鹽、胡椒和芥末醬。均勻混合之後，把蛋的混合物塗在一片烤吐司上。最後，用另一片烤吐司覆蓋，你的三明治就完成了。你可以把三明治切成四塊三角形，讓食用更方便。

問題：關於這個三明治，何者正確？

A. 裡面有炒蛋。

B. 內餡是有調味的。

C. 是用新鮮白麵包製作的。

D. 不要切比較方便。

答案：（B）。選項看起來是關於一種食物的敘述，所以要注意聽這種食物是否有選項所說的特徵。談話開頭就說 To make an egg sandwich，表示這是製作蛋三明治的說明，其中的步驟包括 boiling two eggs（煮兩顆蛋）、put the chopped eggs into a bowl and add salt, pepper, and mustard paste（把切碎的蛋放進碗裡，並且加入鹽、胡椒和芥末醬）、spread the egg mixture over one piece of toast（把蛋的混合物塗在一片烤吐司上）等等。水煮蛋是內餡的主要成分，並且加了鹽、胡椒和芥末醬調味，所以 B. 是正確答案。A. 的 fried egg 是指用煎鍋炒的蛋，和說明中用 boil（水煮）的蛋不同。C. 談話中的 toast 是指「烤過的麵包片」，而fresh white bread（新鮮白麵包）則是指沒烤過的麵包。

字詞解釋

peel [pil] v. 剝皮，去殼　**chop** [tʃɑp] v. 切碎　**roughly** [ˋrʌflɪ] adv. 粗糙地
mustard [ˋmʌstəd] n. 黃芥末　**mixture** [ˋmɪkstʃə] n. 混合物　**toast** [tost] n. 烤麵包片　**filling** [ˋfɪlɪŋ] n. 內餡　**season** [ˋsizən] v. 調味

30.

Hi, this is Patrick Copper calling. I bought a sofa at your store last Wednesday. However, when it was delivered to my house today, I found it was too big for my living room. I want to ask if I can get a smaller one instead. If so, what should I do with the sofa in my house? Thank you.

Question: Why does the speaker make the phone call?
A. To exchange a product.
B. To get his money back.
C. To confirm a delivery.
D. To place an order.

英文翻譯

嗨，我是 Patrick Copper。我上週三在你們的店買了沙發。不過，今天沙發送到我家的時候，我發現它對我的客廳來說太大了。我想問我是否可以改買比較小的。如果可以的話，我該怎麼處裡家裡的沙發呢？謝謝。

問題：說話者為什麼打這通電話？
A. 為了更換產品。
B. 為了獲得退款。
C. 為了確認貨物送達。

D. 為了下訂單。

答案：（A）。選項是一些以 to 不定詞表示「目的」的內容，而且和買東西有關，所以可以預期會有這方面的內容，也要注意談話中和行為動機有關的線索。說話者打電話給家具行，說 I bought a sofa（我買了沙發）、it was delivered to my house today（今天它送到我家），但因為 it was too big for my living room（它對我的客廳來說太大了），所以他說 I want to ask if I can get a smaller one instead（我想問我是否可以改買比較小的）。改買比較小的，就是「換貨」的意思，所以 A. 是正確答案。

字詞解釋

exchange [ɪksˋtʃendʒ] v. 交換　**delivery** [dɪˋlɪvərɪ] n. 送貨，送達　**place an order** 下訂單

31.

Thank you for purchasing the Cyclone Wash S30 washing machine. My name is Teresa, and I'll be your cleaning specialist today. I'll show you a video first, and then I'll demonstrate how to operate the washing machine. Before we start, I strongly recommend you register your machine on our Web site so you get extra benefits. You can also learn more about our products on the site.

Question: What can customers do on the company's Web site?
A. Hire a cleaning specialist.
B. Watch some videos.
C. Get some benefits.
D. Purchase its products.

英文翻譯

謝謝各位購買 Cyclone Wash S30 洗衣機。我的名字是 Teresa，你們今天的清潔專家。我會先讓你們看一支影片，然後我會示範如何操作洗衣機。在我們開始之前，我強烈建議各位在我們的網站上登錄您的機器，好得到額外福利。你們也可以在網站上進一步了解我們的產品。

問題：顧客可以在公司的網站上做什麼？
A. 雇用清潔專家。
B. 看影片。

第1回 第2回 第3回 第4回 第5回 第6回 第7回 第8回 第9回 第10回

C. 獲得福利。

D. 購買它的產品。

答題解說

答案：（C）。選項是一些行為，但不太能預測會考什麼題目，所以更要注意聽錄音的內容。開頭說 Thank you for purchasing the ... washing machine（謝謝各位購買洗衣機），表示這是對買了洗衣機的顧客所說的內容。說話者提到會播放影片、示範操作洗衣機，但在開始之前，又說 I strongly recommend you register your machine on our Web site so you get extra benefits（我強烈建議在我們的網站上登錄您的機器，好得到額外福利）。所以，用 longer 代替 extended 重新表達的 C. 是正確答案。

字詞解釋

specialist [ˋspɛʃəlɪst] n. 專家　**demonstrate** [ˋdɛmən͵stret] v. 示範操作

recommend [͵rɛkəˋmɛnd] v. 推薦　**register** [ˋrɛdʒɪstɚ] v. 登記

32.

Attention, employees. I want to make a few announcements before today's meeting. The Sales Presentation Skills Workshop will be held this Friday from 9 to 11. The presenter, Ashely Nelson, the sales manager of Haynes Corporation, will teach you tips to reduce your stress and anxiety when delivering a speech or presentation. The workshop is required for all employees, and those who cannot attend will have to participate in the make-up session on April 23.

Question: What is true about the time when the workshop will be held?

A. The session will begin at noon.

B. The schedule has been changed.

C. Everyone should attend on April 23.

D. There is an alternative date.

英文翻譯

各位員工注意。我想在今天的會議開始前公告一些事情。銷售簡報技巧工作坊將在本週五 9 點到 11 點舉行。主講人 Ashely Nelson，Haynes 公司的業務經理，會教你們在演說或簡報時減少壓力和焦慮的訣竅。所有員工都必須參加工作坊，不能出席的人必須參加 4 月 23 日的補課。

問題：關於工作坊舉行的時間，何者正確？

A. 課會在中午開始。

B. 時程被更改了。

C. 每個人都應該在 4 月 23 日出席。

D. 有替代的日期。

答題解說

答案：（D）。選項都和某個活動的時間有關，所以要特別注意關於時間的敘述。說話者提到 The Sales Presentation Skills Workshop will be held this Friday from 9 to 11（銷售簡報技巧工作坊將在本週五 9 點到 11 點舉行），最後又補充 The workshop is required for all employees, and those who cannot attend will have to participate in the make-up session on April 23（所有員工都必須參加工作坊，不能出席的人必須參加 4 月 23 日的補課）。因為幫不能出席的人準備了另一個日期，所以 D. 是正確答案。B. 在談話中沒有提到。C. 只有不能出席本週五工作坊的人才參加 4 月 23 日的補課。

字詞解釋

announcement [ə`naʊnsmənt] n. 公告　**presentation** [͵prɛzən`teʃən]　**presenter** [prɪ`zɛntə] n. 主持人，主講人　**anxiety** [æn`zaɪətɪ] n. 焦慮　**deliver** [dɪ`lɪvə] v. 發表（演說等）　**required** [rɪ`kwaɪrd] adj. 必需的　**make-up** 彌補的　**session** [`sɛʃən] n.（課堂、會議等的）一段時間　**alternative** [ɔl`tɜ·nətɪv] adj. 替代的，可供選擇的

33.

Good morning, everyone. I'd like to introduce our new marketing manager for online sales, Michelle Wilson. She has been working at Miracle Beauty as a brand manager for the past six years. She has been named the employee of the year for her positive attitude, commitment to work, and record-breaking sales. I believe her impressive career makes her an excellent addition to Stellar Cosmetics. Let's welcome Ms. Wilson.

Question: What do we know about Michelle Wilson?

A. She just got a promotion.

B. She just changed jobs.

C. She has won an advertising award.

D. She has been a salesperson.

大家早安。我想要介紹我們線上銷售的新任行銷經理 Michelle Wilson。她過去 6 年在 Miracle Beauty 公司擔任品牌經理。她曾經因為積極的態度、對工作的投入、破紀錄的銷售額而獲選為年度員工。我相信她令人印象深刻的職業經歷，會使她成為 Stellar Cosmetics 公司的優秀新人。讓我們歡迎 Wilson 小姐。

問題：關於 Michelle Wilson，我們知道什麼？
A. 她剛獲得升職。
B. 她剛換工作。
C. 她曾經獲得廣告獎項。
D. 她曾經當過業務員。

答題解說

答案：（B）。選項都以 She 開頭，內容和工作經歷有關，所以要注意對於某個女性工作經歷的描述。說話者介紹新任行銷經理 Michelle Wilson，並且說她 has been working at Miracle Beauty as a brand manager for the past six years（過去 6 年在 Miracle Beauty 公司擔任品牌經理）。最後又說 her impressive career makes her an excellent addition to Stellar Cosmetics（她令人印象深刻的職業經歷，會使她成為 Stellar Cosmetics 公司的優秀新人），表示她從 Miracle Beauty 公司轉職到現在的 Stellar Cosmetics 公司，所以 B. 是正確答案。D. 她過去的職位是 brand manager（品牌經理），不是業務員。

字詞解釋

marketing [`mɑrkɪtɪŋ] n. 行銷　**brand manager** 品牌經理　**attitude** [`ætətjud] n. 態度　**commitment** [kə`mɪtmənt] n. 投入　**record-breaking** 破紀錄的　**impressive** [ɪm`prɛsɪv] adj. 令人印象深刻的　**addition** [ə`dɪʃən] n. 增加的人或事物　**cosmetics** [kɑz`mɛtɪks] n. 化妝品　**promotion** [prə`moʃən] n. 升職　**advertising** [`ædvɚˌtaɪzɪŋ] n. 廣告業　**salesperson** [`selzˌpɚsən] n. 業務員；銷售員

34.

Model 型號	Facial Recognition 臉部辨識	Screen Size 螢幕尺寸	Weight 重量	Battery Life 電池續航
F20	✓	6.7 inches	240g	22 hours
F10	✓	6.1 inches	200g	20 hours
S500	✗	6.1 inches	175g	25 hours
S300	✗	5.5 inches	140g	23 hours

facial [ˋfeʃəl] **adj.** 臉部的　**recognition** [ˏrɛkəgˋnɪʃən] **n.** 辨識

For question number 34, please look at the table. 第 34 題請看表格。
Hi, I'd like to buy a new cell phone, and I only have some basic requirements. First of all, I would like it to have facial recognition. I don't care much about screen size or weight, but I do care about battery life. The longer, the better. It's because I spend a lot of time watching YouTube and Netflix, and I also like playing mobile games. Can you give me some suggestions?

Question: Considering the speaker's requirements, which model is the most suitable?
A. F20.
B. F10.
C. S500.
D. S300.

英文翻譯

嗨，我想買一支新手機，我只有一些基本的要求。首先，我希望它有臉部辨識。我不太在乎螢幕尺寸和重量，但我在乎電池續航，越長越好。這是因為我花很多時間看 YouTube 和 Netflix，也喜歡玩手機遊戲。你可以給我一些建議嗎？

問題：考慮說話者的要求，哪個型號最適合？
A. F20。
B. F10。
C. S500。
D. S300。

答案：（A）。選項是四種不同的手機型號，而表格中有臉部辨識、尺寸、重量、續航力等資訊，必須考慮對於這些條件的要求來選擇答案。說話者提到 I would like it to have facial recognition（我希望它有臉部辨識），然後說 I don't care much about screen size or weight, but I do care about battery life. The longer, the better（我不太在乎螢幕尺寸和重量，但我在乎電池續航，越長越好），所以需要考慮的只有「具有臉部辨識」和「電池續航越長越好」這兩個條件。在表格中，有臉部辨識的是 F20 和 F10，其中又以 F20 的續航較長，所以 A. 是正確答案。

字詞解釋

requirement [rɪˋkwaɪrmənt] **n.** 必要條件　　**mobile** [ˋmobaɪl] **adj.** 行動裝置的
suggestion [səˋdʒɛstʃən] **n.** 建議　　**suitable** [ˋsutəbl] **adj.** 適合的

35.

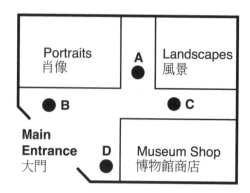

For question number 35, please look at the floor plan. 第 35 題請看樓層平面圖。

Everyone, please direct your attention to your right side. Exhibited in this area are landscape paintings by European artists. On your left-hand side, you can see portraits of many historical figures. I will guide you through both collections and provide some background information. If you want to buy some souvenirs, you can find the museum shop right next to the main entrance. Lastly, don't forget to gather at the entrance at 4 o'clock.

Question: At which spot are the listeners currently standing?
A. Spot A.
B. Spot B.

C. Spot C.
D. Spot D.

英文翻譯

各位請注意您的右邊。這個區域展出的是歐洲藝術家的風景畫。在您的左手邊，您可以看到許多歷史人物的肖像畫。我會帶領各位看這兩個系列的收藏，並且提供一些背景資訊。如果您想要買一些紀念品，可以在正門旁邊找到博物館商店。最後，不要忘了 4 點整在門口集合。

問題：聽者目前站在哪個點？
A. A 點。
B. B 點。
C. C 點。
D. D 點。

答題解說

答案：（A）。地圖上標示四個地點，以及一些可以作為位置參考的區域名稱，所以要注意談話中關於靠近哪些區域的敘述。說話者先請聽者注意 your right side（您的右邊），說 Exhibited in this area are landscape paintings（這個區域展出的是風景畫），然後又說 On your left-hand side, you can see portraits（在您的左手邊，您可以看到肖像畫），所以聽者是在 Landscapes 和 Portraits 兩個區域之間，A. 是正確答案。

字詞解釋

exhibit [ɪgˋzɪbɪt] v. 展示　**landscape** [ˋlændˏskep] n. 風景　**portrait** [ˋportret] n. 肖像　**historical figure** 歷史人物　**souvenir** [ˋsuvəˏnɪr] n. 紀念品　**entrance** [ˋɛntrəns] n. 入口

第一部分：詞彙

1. Terry _____ the success of this project, but the idea actually came from Jessica.（Terry 把這個企畫案的成功當作自己的功勞，但想法其實來自 Jessica。）

   A. brought up
   B. tucked in
   C. took credit for
   D. dropped out of

   答題解說

   答案：（C）。空格部分要填入片語動詞，主詞是 Terry，後面接受詞 the success of this project（這個企畫案的成功）。後面則出現了表示語意轉折的內容 but the idea actually came from Jessica（但想法其實來自 Jessica），表示一開始並不是 Terry 出的主意，所以空格應該要填入「Terry 認為企畫案是因為自己而成功」（但其實不是）之類的內容。C. took credit for 本身的意思是中性的，可以表示的確「有功勞」，但也可以像這個句子的使用情況一樣，表示「沒有功勞卻要居功」，所以是正確答案。A. 的 bring up 是「養育（孩子）」或「提起（話題）」的意思，而不能表示「帶來成功」。

   字詞解釋

   bring up 養育（孩子），提起（話題）　**tuck in** 塞好（襯衫的下襬到褲子裡）**take credit for** 對於⋯有功勞；把⋯當成自己的功勞　**drop out of** 從⋯退出／輟學

2. Jane headed to the kitchen _____ when her mom told her to stop playing games and do the dishes.（媽媽叫她別再玩遊戲並且去洗碗時，Jane 不情願地往廚房去。）

   A. reluctantly
   B. remotely
   C. remarkably
   D. relatively

答題解說

答案：（A）。空格要填入修飾 headed to the kitchen（往廚房去）的副詞，而這件事發生的情況是 when her mom told her to stop playing games and do the dishes（當媽媽叫她別再玩遊戲並且去洗碗時）。因為是玩遊戲到一半被叫去洗碗，所以不是自願的，選項中能表示「不願意但勉強去做」的 A. reluctantly（不情願地）是正確答案。

字詞解釋

head to 往…去　**do the dishes** 洗碗盤　**reluctantly** [rɪ`lʌktəntlɪ] **adv.** 不情願地　**remotely** [rɪ`motlɪ] **adv.** 遙遠地　**remarkably** [rɪ`mɑrkəblɪ] **adv.** 明顯地，非常…（修飾形容詞）　**relatively** [`rɛlətɪvlɪ] **adv.** 相對地

3. **Sally has strong determination in everything. Once she has made up her mind, she will _____ herself to a task until the end.**（Sally 對每件事都有很強的決心。只要她下定決心，就會投入一項工作直到最後。）

   A. resign
   B. devote
   C. educate
   D. surrender

答題解說

答案：（B）。空格是動詞，後面接反身代名詞 herself 和作為補充的介系詞片語 to a task。這裡要表達的是 Sally has strong determination in everything（Sally 對每件事都有很強的決心），所以應該要填入表示「投入」一件事的動詞。B. 可以構成 devote oneself to（投入…這件事）這個慣用表達方式，是正確答案。A. D. 用在「動詞 + oneself + to + 名詞」的結構中，分別表示「順從…」和「聽任…的擺佈」，to 後面的受詞是某種難以抗力的情況，不符合這個句子「Sally 努力做她決心要做的事」的意味。

字詞解釋

determination [dɪ,tɜmə`neʃən] **n.** 決心　**make up one's mind** 下定決心　**resign oneself to** 順從…　**devote oneself to** 投入…　**educate oneself** 自學　**surrender oneself to** 聽任…的擺佈

4. **The exchange student from Japan is trying his best to overcome the language _____ in order to adapt to life in France.**（那位來自日本的交換學生盡全力克服語言的障礙，好適應在法國的生活。）

A. abuse

B. barrier

C. clash

D. decay

答題解說

答案：（B）。空格和 language（語言）結合成複合名詞，而且是 overcome（克服）的受詞，而「克服語言…」的目的是 in order to adapt to life in France（為了適應在法國的生活）。因為主詞是 The exchange student from Japan（來自日本的交換學生），所以要克服的是語言上的障礙，B. barrier（障礙）是正確答案。

字詞解釋

exchange student 交換學生　**overcome** [ˌovəˈkʌm] v. 克服　**adapt to** 適應…
abuse [əˈbjus] n. 濫用　**barrier** [ˈbærɪr] n. 障礙　**clash** [klæʃ] n. 衝突　**decay**
[dɪˈke] n. 衰落，衰退

5. The maximum _____ of this elevator is 500 kilograms or 8 adults, and it
would be unsafe to exceed this limit.（這部電梯的最大容量是 500 公斤或 8
位成人，超過這個限制是不安全的。）

A. consideration

B. coincidence

C. capability

D. capacity

答題解說

答案：（D）。空格被 maximum（最大的）修飾，而從 500 kilograms or 8 adults
（500 公斤或 8 位成人）可以看出，這裡要表達的是電梯的載客容量，所以 D.
capacity（容量）是正確答案。除了表示容器的容量以外，這個單字也可以表示
某個場所可以容納多少人。

字詞解釋

elevator [ˈɛləˌvetə] n. 電梯　**unsafe** [ʌnˈsef] adj. 不安全的　**exceed** [ɪkˈsid] v. 超過
consideration [kənsɪdəˈreʃən] n. 考慮　**coincidence** [koˈɪnsɪdəns] n. 巧合
capability [ˌkepəˈbɪlətɪ] n. 能力　**capacity** [kəˈpæsətɪ] n. 容量

6. People who are color-blind cannot make a _____ between certain
colors.（色盲的人不能區分某些顏色。）

A. prediction
B. distinction
C. conclusion
D. reservation

答題解說

答案：（B）。空格是 make 的受詞，表示做某件事，而且後面接 between certain colors（在某些顏色之間）作為補充。因為主詞是 People who are color-blind（色盲的人），所以可以確定這裡要表達的是「區分顏色」，B. distinction（區分）是正確答案。

字詞解釋

color-blind 色盲的　**prediction** [prɪˋdɪkʃən] n. 預測　**distinction** [dɪˋstɪŋkʃən] n. 區分　**conclusion** [kənˋkluʒən] n. 結論　**reservation** [ˌrɛzɚˋveʃən] n. 預訂

7. The electricity _____ by the new power plant is expected to meet the daily need of 2000 households.（新的發電廠產生的電，被預期將滿足 2000 個家庭的每日需求。）

A. registered
B. withdrawn
C. generated
D. overthrown

答題解說

答案：（C）。空格要填入修飾 electricity（電）的過去分詞，而且後面接表示行為者的 by the new power pant（由新的發電廠），所以過去分詞使用的動詞，是表示發電廠對電所做的行為。發電廠會「產生」電，所以表示「產生」的 C. generated 是正確答案，這是表示「電廠發電」時習慣上會使用的動詞。

字詞解釋

electricity [ˌilɛkˋtrɪsətɪ] n. 電　**power plant** 發電廠　**household** [ˋhaʊsˌhold] n. 一家人，家庭　**register** [ˋrɛdʒɪstɚ] v. 登記，註冊　**withdraw** [wɪðˋdrɔ] v. 取回，提取（存款等）　**generate** [ˋdʒɛnəˌret] v. 產生　**overthrow** [ˋovɚˌθro] v. 推翻（政權）

8. The government's policies aimed at promoting industrial development have led to a significant increase of new _____ facilities.（政府以促進工業發展為目標的政策，促成了新製造設施的顯著增加。）

第1回
第2回
第3回
第4回
第5回
第6回
第7回
第8回
第9回
第10回

A. recreation

B. educational

C. commercial

D. manufacturing

答題解說

答案：（D）。選項中有一個名詞、兩個形容詞、一個現在分詞，但在這裡都是用來修飾空格後面的 facilities，表示某種類型的設施。因為這個句子說的是政府以 promoting industrial development（促進工業發展）為目的的政策產生的效果，所以選項中和工業最相關的 D. manufacturing（製造）是正確答案。

字詞解釋

promote [prə`mot] v. 促進　**industrial** [ɪn`dʌstrɪəl] adj. 工業的　**development** [dɪ`vɛləpmənt] n. 發展　**lead to** 導致，促成…　**significant** [sɪg`nɪfəkənt] adj. 顯著的　**facility** [fə`sɪlətɪ] n. 設施　**recreation** [ˌrɛkrɪ`eʃən] n. 娛樂　**educational** [ˌɛdʒʊ`keʃənl] adj. 教育的　**commercial** [kə`mɝʃəl] adj. 商業的　**manufacture** [ˌmænjə`fæktʃə] v. 製造

9. **With this e-banking app, you can easily check your account balance and investment performance _____.**（用這個網路銀行 app，你可以一眼輕鬆查看你的帳戶餘額與投資績效。）

A. on the rise

B. on short notice

C. at all costs

D. at a glance

答題解說

答案：（D）。空格要填入修飾 check your account balance and investment performance（查看你的帳戶餘額與投資績效）的副詞性質慣用語。因為要表達的是網路銀行 app 能夠帶來的便利，所以能表達「看一眼就能掌握情況」的 D. at a glance 是正確答案。

字詞解釋

e-banking 網路（電子）銀行業務　**account balance** 帳戶餘額　**investment performance** 投資績效　**on the rise** 上升中　**on short notice** 在臨時通知的情況下　**at all costs** 不惜任何代價　**at a glance** 一瞥

10. _____ materials should not be stored near sources of heat or open flames.（爆炸性物質不可以存放在熱源或明火附近。）

A. aggressive
B. defensive
C. explosive
D. offensive

答題解說

答案：（C）。空格要填入修飾 materials（材料，物質）的形容詞。因為 should not be stored near sources of heat or open flames（不可以存放在熱源或明火附近），所以選項中必須避開熱源和火的 C. explosive（爆炸性的）是正確答案。

字詞解釋

material [mə`tɪrɪəl] n. 材料，物質　　**flame** [flem] n. 火焰　　**aggressive** [ə`grɛsɪv] adj. 侵略的，好鬥的　　**defensive** [dɪ`fɛnsɪv] adj. 防禦的　　**explosive** [ɪk`splosɪv] adj. 爆炸性的　　**offensive** [ə`fɛnsɪv] adj. 冒犯的

第二部分：段落填空

Questions 11-15

    With real-name social media sites such as Facebook, it is now easy to find a friend we have **lost contact** with for a long time. However, this kind of sites may also be used as a tool for "doxing". Doxing means finding and spreading private information about someone online, such as their name and address, usually **intended** as a kind of punishment or revenge. For example, when someone posts an opinion on a controversial topic, those who disagree may try to find out the person's real name or even workplace on social media sites. By revealing the person's **identity**, they may attract more people to harass him or her, both online and in real life. The **victim** may feel unsafe or frightened, and their relationships and professional reputation may be negatively affected. Even though social media sites **make it easy to improve our social connections**, such convenience can also be abused to invade someone's privacy.

字詞解釋

social media 社交媒體　　**lose contact with** 和…失去聯絡　　**doxing** [`dɑksɪŋ] n. 人肉搜索（尋找並公開某個人的私人資訊）　　**intend** [ɪn`tɛnd] v. 意圖使…（成為…）

punishment [ˈpʌnɪʃmənt] n. 懲罰   **revenge** [rɪˈvɛndʒ] n. 報仇   **controversial** [ˌkɑntrəˈvɝʃəl] adj. 爭議性的   **disagree** [ˌdɪsəˈgri] adj. 不同意，意見不一致   **workplace** [ˈwɝkˌples] n. 工作場所   **reveal** [rɪˈvil] v. 揭露   **identity** [aɪˈdɛntətɪ] n. 身分   **attract** [əˈtrækt] v. 吸引   **harass** [həˈræs] v. 騷擾   **victim** [ˈvɪktɪm] n. 受害者   **unsafe** [ʌnˈsef] adj. 不安全的   **frightened** [ˈfraɪtn̩d] 受驚的   **relationship** [rɪˈleʃənˈʃɪp] n. （人際）關係   **professional** [prəˈfɛʃənl] adj. 職業上的   **reputation** [ˌrɛpjəˈteʃən] n. 名聲   **social connection** 社交連結   **convenience** [kənˈvinjəns] n. 便利   **abuse** [əˈbjus] v. 濫用   **invade** [ɪnˈved] v. 侵略   **privacy** [ˈpraɪvəsɪ] n. 隱私

中文翻譯

　　有了 Facebook 之類的實名社交媒體網站，現在要找到失去聯絡許久的朋友很容易。不過，這種網站也有可能被當成「人肉搜索」的工具。人肉搜索的意思是在網路上尋找並散播某個人的私人資訊，例如他們的名字和地址，通常是意圖作為一種懲罰或者報仇。舉例來說，當某人針對爭議性話題發表意見時，不同意的人可能會試圖在社交媒體網站找到這個人的真實姓名甚至工作場所。藉由揭露這個人的身分，他們可能吸引更多人在網路或真實生活中騷擾他／她。受害者可能感覺不安全或害怕，而他們的人際關係和工作上的名聲可能受到負面影響。儘管社交媒體網站使得增進我們的社交連結變得容易，但這樣的便利也可能被濫用來侵犯某人的隱私。

答題解說

11. A. lost contact   B. caught up   C. closed a deal   D. come to terms
　　答案：（A）。we have _____ with for a long time 是修飾 a friend 的關係子句，因為關係代名詞（who = a friend）是受格，所以被省略了。這裡要注意的是，空格中填入的動詞片語搭配 with 使用，而 with 的受詞是被省略的關係代名詞 who = a friend。整體的意思是「現在很容易找到我們…很久的朋友」，因為前面提到 With real-name social media sites such as Facebook（有了 Facebook 之類的實名社交媒體網站），所以是說社交媒體網站能幫我們找到某種朋友。選項中的 A. 可以構成 lost contact with（和…失去聯絡），是最合理的答案。

字詞解釋

catch up with 趕上…   **close a deal with** 和…達成交易協議   **come to terms with** 順從於，接受（某種難以接受的情況）

12. A. intended   B. provided   C. qualified   D. specified
　　答案：（A）。這句話在表達 doxing（人肉搜索）的意義，而最後一個逗號之後、以空格中的過去分詞為核心的部分，是修飾 finding and spreading private information...（尋找並散播私人資訊）這些行為。空格後面的 as a kind of

punishment or revenge（作為一種懲罰或報仇），表示人肉搜索行為的意圖，所以常以 intended as（或者 intended to do）形式使用、表示「背後的意圖／用途或目的是…」的 A. 是正確答案。

字詞解釋

provide [prə`vaɪd] **v.** 提供　**qualified** [`kwɑlə,faɪd] **adj.** 有資格的
specify [`spɛsə,faɪ] **v.** 具體說明，明確指出

13. A. reality　B. identity　C. property　D. personality
答案：（B）。By revealing the person's ＿＿＿（藉由揭露這個人的＿＿＿）是 attract more people to harass him or her, both online and in real life（吸引更多人在網路或真實生活中騷擾他／她）的方法。因為前面提到人肉搜索是尋找並散播某個人的私人資訊，包括 name and address（姓名和地址），而空格前面的句子則提到 find out the person's real name or even workplace（找到這個人的真實姓名甚至工作場所），所以選項中最相關的 B. identity（身分）是正確答案。

字詞解釋

reality [rɪ`ælətɪ] **n.** 現實（通常指整體環境的狀況）　**property** [`prɑpɚtɪ] **n.** 財產；特性　**personality** [,pɝsən`ælətɪ] **n.** 個性

14. A. victim　B. civilian　C. refugee　D. spectator
答案：（A）。前面的內容討論到，人肉搜索導致許多人在網路或者實際生活中騷擾一個人，而空格所在的句子表示「某個人」may feel unsafe or frightened（可能感覺不安全或害怕），這個人就是人肉搜索的受害者，所以 A. victim（受害者）是正確答案。

字詞解釋

civilian [sɪ`vɪljən] **n.** 平民　**refugee** [,rɛfju`dʒi] **n.** 難民
spectator [spɛk`tetɚ] **n.** 觀眾

15. A. allow people to share their thoughts 讓人們能夠分享自己的想法
 B. make it easy to improve our social connections
 使得增進我們的社交連結變得容易
 C. have changed the way we consume information 改變了我們消費資訊的方式
 D. can be used by businesses to reach their customers
 可以被企業用來觸及顧客
答案：（B）。這個句子以表讓步的 even though（儘管…）連接前後的內容，所以應該是以關於社交媒體網站的正反面敘述構成對比。注意後半句提到 such convenience（這樣的便利），是指前半句陳述的某種便利性，而這種便利性 can

第1回
第2回
第3回
第4回
第5回
第6回
第7回
第8回
第9回
第10回

also be abused to invade someone's privacy（也可能被濫用來侵犯某人的隱私）。因為這篇文章中提到，實名社交網站可以讓人找到失聯許久的朋友，也有可能被當成人肉搜索的工具，所以能表示在社交網站找到朋友的 B. 是正確答案，而在網站上很容易找到某人，也的確有可能成為隱私被侵犯的原因。

字詞解釋

consume [kənˋsjum] **v.** 消費，消耗　　**reach** [ritʃ] **v.**（例如透過廣告）觸及（目標群眾）

Questions 16-20

Emotional eating **refers to** the behavior of using food to cope with negative emotions or stress. The reasons behind such behavior are mostly **related to** the difficulty in managing one's emotions. When we are emotionally troubled, we may see eating things as a way to comfort ourselves and stop giving attention to our bad feelings. **Such feelings can be caused by various reasons.** For example, anxiety, **disappointment** in relationships, and shame about size or weight, can all contribute to our mood decline. Even though eating may relieve our stress for a while in such a situation, it cannot solve the problem itself. What is worse, if we do not feel comforted enough, we may continue eating in an attempt to find relief, which can lead to overeating and cause more self-blame and guilt. Therefore, we should **recognize** and deal with our emotional problem instead of trying to forget about it by eating.

字詞解釋

emotional eating 情緒性進食　　**refer to** 指的是…　　**behavior** [bɪˋhevjɚ] **n.** 行為　　**cope with** 應付　　**be related to** 和…有關　　**difficulty** [ˋdɪfəˌkʌltɪ] **n.** 困難　　**manage** [ˋmænɪdʒ] **v.** 管理　　**troubled** [ˋtrʌbld] **adj.** 煩惱的，不安的　　**comfort** [ˋkʌmfɚt] **v.** 安慰　　**various** [ˋvɛrɪəs] **adj.** 各種各樣的　　**anxiety** [æŋˋzaɪətɪ] **n.** 焦慮　　**disappointment** [ˌdɪsəˋpɔɪntmənt] **n.** 失望　　**relationship** [rɪˋleʃənˌʃɪp] **n.**（人際）關係　　**shame** [ʃem] **n.** 羞恥感　　**contribute to** 促成…　　**decline** [dɪˋklaɪn] **n.** 下降　　**relieve** [rɪˋliv] **v.** 緩和　　**situation** [ˌsɪtʃʊˋeʃən] **n.** 情況　　**in an attempt to do** 試圖做到…　　**relief** [rɪˋlif] **n.** 緩和　　**overeat** [ˋovɚˋit] **v.** 吃得過量　　**self-blame** 自責　　**guilt** [gɪlt] **n.** 罪惡感　　**recognize** [ˋrɛkəgˌnaɪz] **v.** 認出，承認

中文翻譯

　　情緒性進食指的是用食物來應付負面情緒或壓力的行為。這種行為背後的原因大多和難以管理情緒有關。當我們在情緒上不安的時候，我們可能會把吃東西看成

444

安慰自己並且不去注意壞心情的一種方法。壞心情可能由各種原因造成。舉例來說，焦慮、關係中的失望、對身材尺寸或體重的羞恥感，都有可能造成我們的心情低落。儘管吃東西在這種情況中可能暫時緩和我們的壓力，但不能解決問題本身。更糟的是，如果我們覺得沒被安慰夠，可能會為了尋求緩解而繼續吃，而這可能導致進食過量並造成更多自責與罪惡感。所以，我們應該承認並處理我們的情緒問題，而不是試圖藉由吃來忘掉它。

答題解說

16. A. takes up　B. refers to　C. makes up for　D. works out
    答案：（B）。空格要填入片語動詞，它的主詞是 Emotional eating（情緒性進食），受詞是 the behavior of using food to cope with negative emotions or stress（用食物來應付負面情緒或壓力的行為），後者是對前者的說明。在選項中，可以表示某個名稱「指的是…」什麼的 B. refers to 是最合適的答案。

    字詞解釋

    take up 開始從事（某種活動），佔（時間或空間）　**make up for** 彌補…
    work out 解決（問題）

17. A. covered with　B. compared with　C. related to　D. subject to
    答案：（C）。空格要填入一個過去分詞／形容詞和一個介系詞，其中的過去分詞會和前面的 be 動詞 are 構成被動態，而介系詞則是接後面的 the difficulty in managing one's emotions（管理情緒方面的困難）做補充說明。主詞是 The reasons behind such behavior（這種行為〔情緒性進食〕背後的原因），這裡要表達的應該是這些原因和「管理情緒方面的困難」的相關性，所以能構成 be related to（和…有關）的 C. related to 是正確答案。D. 構成的 be subject to（受到…的影響）是指某個主體受到外部情況的影響而遭受不便或受害等等，以這篇文章的內容而言，應該是「人」（而不是「原因」）be subject to the difficulty in managing one's emotions（受到管理情緒方面的困難所影響）才對。

    字詞解釋

    be covered with 被…覆蓋　**be compared with** 被和…比較　**be subject to** 受到…的支配／影響

18. A. They can also have some positive effects 它們也可能有一些正面的影響
    B. Many people turn to food for stress relief 許多人向食物尋求壓力的緩解
    C. Such feelings can be caused by various reasons
       這種感覺可能由各種原因造成
    D. Some find it helpful for cheering themselves up
       有些人覺得這有助於讓自己高興

答案：（C）。空格要填入完整的句子，必須觀察前後內容之間的關係來判斷答案。上一句提到「把吃東西看成安慰自己並且不去注意壞心情的一種方法」，下一句則是舉出「焦慮、關係中的失望、對身材尺寸或體重的羞恥感」當作例子，至於這些是什麼的例子，顯然就是空格中提到的內容了。考慮到前後的文意連結，用 Such feelings（這種心情）指稱上一句句尾的 bad feelings（壞心情），提到這些壞心情可能由 various reasons（各種原因）造成，而且能使下一句的 anxiety（焦慮）等等內容成為這些原因的例子的 C. 是正確答案。

字詞解釋

turn to 向…尋求幫助　　**cheer someone up** 使某人高興起來

19. A. achievement　B. commitment　C. disappointment　D. encouragement
答案：（C）。空格所在的句子是舉出「造成壞心情的原因」的例子，所以表示負面情緒的 C. disappointment（失望）是正確答案。B. commitment 正確的使用方式應該是 commitment to something（投入某件事）才對。

字詞解釋

achievement [ə`tʃivmənt] **n.** 成就　　**commitment** [kə`mɪtmənt] **n.** 投入
encouragement [ɪn`kɝɪdʒmənt] **n.** 鼓勵

20. A. criticize　B. memorize　C. recognize　D. sympathize
答案：（C）。這個句子開頭是 we should（我們應該…），最後是 instead of trying to forget about it by eating（而不是試圖藉由吃來忘掉它），所以整體要表達的意思應該是「不要迴避問題，而是要面對它」，選項中的 C. recognize（承認）是最適當的答案。D. sympathize（同情）是不及物動詞，而且同情的對象應該是人才對，所以 sympathize with someone（同情某人）才是正確的使用方式。

字詞解釋

criticize [`krɪtɪˌsaɪz] **v.** 批評　　**memorize** [`mɛməˌraɪz] **v.** 記憶　　**sympathize** [`sɪmpəˌθaɪz] **v.** 同情

第三部分：閱讀理解

Questions 21-22

中文翻譯

Summer Heaven
特別優惠
7 月 1 日－8 月 31 日
我們今年唯一的特賣

　　水在呼喚著，泳裝的季節就快接近了，使得現在成為給你的衣櫥添加一些新泳裝的完美時機！

　　Summer Heaven 很高興提供特別折扣給所有顧客。我們現在提供許多比基尼、連身裙泳裝、一件式泳裝和更多款式。利用這個機會用低上許多的價格來購買各種泳裝吧！

＊折扣在線上和線下都有提供。要查看我們的折扣商品，請到我們在 Sunshine 路 709C 號的商店，或者在 summerheavenltd.com 線上購物。

21. 這則廣告的主要目的是什麼？
    A. 發表新的產品系列
    B. 宣布特賣活動
    C. 宣傳新的泳裝店
    D. 提供禮物給特定的顧客

22. 關於折扣，文中提到什麼？
    A. 是為了回頭客準備的。
    B. 只適用於網路購物。
    C. 只在 2 個月的期間提供。
    D. 今年稍晚的時候還會再提供。

字詞解釋

文章　**wardrobe** [ˋwɔrdˌrob] **n.** 衣櫥；擁有的全部衣服　**delighted** [dɪˋlaɪtɪd] **adj.** 高興的　**discount** [ˋdɪskaʊnt] **n.** 折扣 [dɪsˋkaʊnt] **v.** 打折　**selection** [səˋlɛkʃən] **n.** 選擇　**bikini** [bɪˋkinɪ] **n.** 比基尼（兩件式泳裝）　**swimwear** [ˋswɪmˌwɛr] **n.** （總稱）泳裝類　**offline** [ˋɔfˌlaɪn] **adv.** 離線地（不在網路上，或者以實體方式）

447

第 21 題　**launch** [lɔntʃ] v. 開辦，使開始　**campaign** [kæm`pen] n. 活動　**advertise** [`ædvə͵taɪz] 用廣告宣傳

第 22 題　**returning customer** 回頭客（再次消費的顧客）

答題解說

21. 答案：（B）。文章的標題部分就寫著 Special Offer（特別優惠）和 Our only sale of the year（我們今年唯一的特賣），內容則是介紹 offer special discounts（提供特別折扣）的活動內容，所以意思相同的 B. 是正確答案。C. 雖然這也可以說是宣傳泳裝店的廣告，但我們無法確定這家店是不是新的。

22. 答案：（C）。問「文中提到什麼」的題目，需要逐一找出文章中和選項相關的部分來確定答案。標題部分顯示特賣活動的期間是 July 1 – August 31，也就是整整 2 個月，所以 C. 是正確答案。A. 廣告的第二段提到 offer special discounts for all customers（提供特別折扣給所有顧客），而不是為了特定種類的顧客所準備的。B. 附註部分提到 Discounts are offered both online and offline（折扣在線上和線下都有提供），並不是只適用於網路購物。D. 標題部分的 Our only sale of the year（我們今年唯一的特賣）表明今年只有這次特賣，所以應該不會再次提供。

Questions 23-25

中文翻譯

寄件者：Richard Sanchez <ricsaz@geemail.com>
收件者：Jenna Lawton <jenltt@coldmail.com>
主旨：2 月 13 日的會議

親愛的 Lawton 小姐：

我代表 Gerald 外燴公司，想要感謝您選擇和我們合作。我們期待和您與您的賓客分享我們的食物與服務。

我寫這封信是要再次確認您為 2 月 13 日會議所做的訂購。您訂購了 13 份烤雞肉、15 份奶油蔬菜和 10 份海鮮義大利麵。如果有任何更改，請讓我知道。

至於飲料，對於您 20 人的團體，我推薦我們的飲料特別套裝方案，它目前以折扣價提供。我們有多種咖啡、果汁、茶和汽水可以選擇。您可以在我們的網站查看菜單。請在 1 月 20 日前確認您的選擇的最終細節。

您也可以在我們的網站 www.geraldcatering.com 查看我們的其他優惠與折扣。再次感謝您選擇 Gerald 外燴公司來滿足您的外燴需求。

Richard Sanchez
活動協調人，Gerald 外燴公司

23. 這封電子郵件的目的是什麼？
    A. 安排活動的時間
    B. 宣傳新的活動
    C. 確認一些資訊
    D. 提供配送折扣

24. 預計有多少人參加會議？
    A. 10
    B. 13
    C. 15
    D. 20

25. Lawton 小姐被要求做什麼？
    A. 在網站上註冊
    B. 選擇一些種類的飲料
    C. 下次前往實體店面
    D. 確認出席會議

字詞解釋

文章 **on behalf of** 代表（人或團體） **catering** [`ketərɪŋ] n. 外燴服務 **collaborate** [kə`læbə͵ret] v. 合作 **look forward to** 期待… **double-check** 再次確認 **a variety of** 多種的… **detail** [`ditel] n. 細節 **selection** [sə`lɛkʃən] n. 選擇 **coordinator** [ko`ɔrdən͵etə] n. 協調者
第 23 題 **schedule** [`skɛdʒʊl] v. 安排時間 **promote** [prə`mot] v. 宣傳 **confirm** [kən`fɝm] v. 確認 **delivery** [dɪ`lɪvərɪ] n. 配送，送貨
第 25 題 **physical** [`fɪzɪkl] adj. 實體的 **attendance** [ə`tɛndəns] n. 出席

答題解說

23. 答案：（C）。雖然信件的目的通常會在開頭提到，但這封電子郵件的第一段是感謝對方選擇自己公司的服務，到了第二段以後才表明主要的目的。I am writing to do...（我寫這封信是為了…）是表明寫信目的的常用句型，第二段開頭就提到

449

I am writing to double-check your order for your meeting on February 13th（我寫這封信是要再次確認您為 2 月 13 日會議所做的訂購），接下來則是敘述訂購的食物種類與數量，並且提到 If there are any changes, please let me know（如果有任何更改，請讓我知道），所以 C. 是正確答案。

24. 答案：（D）。關於人數，第三段提到 for your group of twenty people（對於您 20人的團體），由此可知 D. 是正確答案。

25. 答案：（B）。Lawton 小姐是這封電子郵件的收件者，而寄件者是外燴公司。電子郵件的第三段提到建議的 drinks package（飲料套裝方案），以及可以選擇的飲料種類，最後則要求 Lawton 小姐 Please confirm the final details of your selection（請確認您的選擇的最終細節），所以 Lawton 小姐被要求做的事情是選擇飲料種類，正確答案是 B.。

Questions 26-28

中文翻譯

Taysom's Kitchen

課程	老師
美味的泡菜鍋 （8 月 8 日，2:00 – 4:30 p.m.）	Jason Lee
正統法式料理 （8 月 12 日，6:00 – 8:30 p.m.）	Anthony Brooks
實際動手做披薩 （8 月 23 日，2:30 – 4:00 p.m.）	Marco Rossi

　　您有興趣學習如何烹飪，但不知道從何開始嗎？我們優秀的老師提供容易了解的方法與技巧，讓您創造美味的菜餚。在我們的課堂上，您也會了解到營養學、食物安全，以及在食品雜貨上省錢的方法。在每堂課後，參加者會收到一包材料，讓他們重新創造出已經學會製作的菜餚。今天就選擇吸引您的課並且報名吧！

報名請撥打 376-000-0000 或者上 taysomskitchen.com

寄件者：Laura Parkinson <laupn27@mail.ndusa.com>
收件者：Elizabeth Schultz <elibshz@mailgun.org>
主旨：Taysom's Kitchen 的烹飪課

親愛的 Schultz 小姐：

您報名的課改期了，因為那位義大利料理老師在原本的日期必須處理急事。新的日期會是 8 月 30 日，時刻和地點仍然相同。如果您無法上課，請打電話給我們安排退款。謝謝您的諒解。

Laura Parkinson
Taysom's Kitchen

26. 什麼不是在 Taysom's Kitchen 上課的好處？
    A. 學到更多關於食物的知識
    B. 了解最新的飲食趨勢
    C. 學習如何省錢
    D. 收到烹調用的食品雜貨

27. Schultz 小姐報名了什麼課？
    A. 美味的泡菜鍋
    B. 正統法式料理
    C. 實際動手做披薩
    D. 她還沒有報名上課。

28. 關於改期的課，何者正確？
    A. 將由另一位義大利料理老師上課。
    B. 將會比原本安排的時間早。
    C. 將在不同的地方舉行。
    D. 允許學生取消報名。

字詞解釋

文章 1　**kimchi** [ˋkɪmtʃɪ] n. 韓國泡菜（辛奇）　　**stew** [stju] n. 燉煮的食物　　**hands-on** 親自動手的　　**technique** [tɛkˋnik] n. 技巧，技術　　**nutrition** [njuˋtrɪʃən] n. 營養，營養學　　**grocery** [ˋgrosərɪ] n. 食品雜貨　　**participant** [parˋtɪsəpənt] n. 參加者　　**ingredient** [ɪnˋgridɪənt] n. （烹調的）原料　　**be drawn to** 被…吸引

文章 2　**reschedule** [riˋskɛdʒʊl] v. 重新安排時間　　**attend to** 處理…　　**urgent** [ˋɝdʒənt] adj. 緊急的　　**location** [loˋkeʃən] n. 位置，地點

第 26 題　**acquire** [əˋkwaɪr] v. 習得（知識等）　　**trend** [trɛnd] n. 趨勢　　**economical** [ˏikəˋnɑmɪkl̩] adj. 節約的，經濟的

451

答題解說

26. 答案：（B）。題目問在 Taysom's Kitchen 上課的好處，所以要看介紹這個地方的傳單（第一篇文章）。因為屬於「提到／沒有提到什麼」的題型，所以要逐一比對文章中和選項有關的部分來判斷答案。A. 對應文章中的 you'll also learn about nutrition, food safety（您也會了解到營養學、食物安全），C. 對應 learn about... ways to save money on your groceries（學到在食品雜貨上省錢的方法），D. 對應 participants will receive a bag of ingredients for them to re-create the dishes they've learned to make（參加者會收到一包材料，讓他們重新創造出已經學會製作的菜餚）。沒有提到的是 B.，因為文章中沒有和 latest trend（最新趨勢）相關的內容。

27. 答案：（C）。Schultz 小姐是電子郵件（第二篇文章）的收件者，所以先看這篇文章的內容。郵件的開頭提到 The class you signed up for has been rescheduled because the Italian food teacher has to attend to an urgent matter on the original date（您報名的課改期了，因為那位義大利料理老師在原本的日期必須處理急事），從這裡可以得知 Schultz 小姐報名了義大利料理的課。在傳單（第一篇文章）列出的課程中，屬於義大利料理的是 Hands-on Pizza（實際動手做披薩），所以答案是 C.。

28. 答案：（D）。提到課程改期的是電子郵件（第二篇文章），所以要從這篇文章找出和選項有關的部分來判斷答案。因為郵件中提到 If you are unable to attend, please call us to arrange for your money back（如果您無法上課，請打電話給我們安排退款），表示可以取消報名，所以 D. 是正確答案。A. 在文章中沒有提到。B. 從上一題得知，改期的課是原本在 8 月 23 日的「Hands-on Pizza」，而郵件中提到 The new date will be August 30（新的日期會是 8 月 30 日），新的日期比原本的日期晚，不符合選項敘述。C. 郵件中提到 the time and location remain the same（時刻和地點仍然相同），表示地點沒變，不符合選項敘述。

Questions 29-31

中文翻譯

　　伊波拉病毒一開始是 1976 年在剛果和蘇丹發現的。伊波拉病毒傳染的主要目標是人以及猴子之類的靈長類動物。目前，水果蝙蝠被認為是伊波拉病毒的天然宿主。

　　伊波拉病毒可以透過接觸受感染者或死亡患者的體液傳染。研究顯示，伊波拉病毒無法透過水或蚊子叮咬傳播，而且也沒有透過空氣傳播的病例報告。

一旦受到感染，患者會有一些症狀，包括突然發高燒、頭痛與肌肉痛，之後會有嘔吐、腹瀉以及內出血和外出血。在嚴重的情況下，可能發生肝損傷、腎衰竭、休克、多重器官衰竭。所以，伊波拉患者可能死亡的機率很高。

　　不幸的是，現在還沒有完全有效的伊波拉病毒治療藥物，而大部分情況下醫師能提供的幫助就是確保患者攝取足夠的水，以及讓他們和其他人隔離開來。

29. 關於伊波拉病毒感染，何者正確？
    A. 只感染人類。
    B. 不可能透過接觸死亡的患者感染。
    C. 受到感染後很有可能會死。
    D. 沒有任何用來治療的藥物。

30. 什麼是感染伊波拉病毒的可能途徑？
    A. 喝不乾淨的水
    B. 被蚊子咬
    C. 和患者談話
    D. 接觸患者的血

31. 作者在最後一段暗示什麼？
    A. 藉由供應充足的藥物來消滅這種疾病是可能的。
    B. 人們可以藉由接種疫苗來預防這種疾病。
    C. 喝水無助於患者維持狀態。
    D. 患者應該在分別的房間接受治療。

字詞解釋

文章　**virus** [ˋvaɪrəs] n. 病毒　**infection** [ɪnˋfɛkʃən] n. 感染　**primate** [ˋpraɪmɪt] n. 靈長類動物　**host** [host] n. （寄生蟲、病毒的）宿主　**body fluid** 體液　**infect** [ɪnˋfɛkt] v. 感染　**transmit** [trænsˋmɪt] v. 傳播　**symptom** [ˋsɪmptəm] n. 症狀　**muscle** [ˋmʌsl] n. 肌肉　**vomit** [ˋvɑmɪt] v. 嘔吐　**diarrhea** [͵daɪəˋriə] n. 腹瀉　**internal** [ɪnˋtɝnl] adj. 內部的　**external** [ɪkˋstɝnl] adj. 外部的　**bleed** [blid] v. 流血　**severe** [səˋvɪr] adj. 嚴重的　**liver** [ˋlɪvɚ] n. 肝　**kidney** [ˋkɪdnɪ] n. 腎　**failure** [ˋfeljɚ] n. 衰竭　**shock** [ʃɑk] n. 休克　**multiple** [ˋmʌltəpl] adj. 多個的　**organ** [ˋɔrgən] n. 器官　**unfortunately** [ʌnˋfɔrtʃənɪtlɪ] adv. 不幸地，遺憾地　**cure** [kjʊr] n. 治療（的藥物）　**ensure** [ɪnˋʃʊr] v. 確保　**isolate** [ˋaɪsə͵let] v. 隔離

第 31 題　**wipe out** 徹底消滅…　**sufficient** [səˋfɪʃənt] adj. 充足的　**vaccine** [ˋvæksin] n. 疫苗　**condition** [kənˋdɪʃən] n. 狀況

453

29. 答案：（C）。關於「何者正確」的問題，必須對照文章中和每個選項有關的部分來判斷答案，而和這一題相關的內容分布在整篇文章的各個段落。第三段的最後提到 there is a high chance that an Ebola patient may die（伊波拉患者可能死亡的機率很高），也就是感染後很有可能死亡，所以 C. 是正確答案。和 A. 有關的部分是第一段的 The main targets of Ebola virus infection are humans and primates such as monkeys（伊波拉病毒感染的主要目標是人以及猴子之類的靈長類動物），表示伊波拉病毒不止感染人，不符合選項敘述。B. 第二段提到 Ebola can spread through contact with body fluids of an infected person or dead patient（伊波拉病毒可以透過接觸受感染者或死亡患者的體液傳染），表示與死者的接觸傳染也是有可能的，不符合選項敘述。D. 最後一段的 there is not a totally effective cure for the Ebola virus yet（現在還沒有完全有效的伊波拉病毒治療藥物）只是說沒有完全有效的藥，而不是說完全無法用藥物治療。

30. 答案：（D）。伊波拉病毒的傳染途徑主要在第二段討論。Ebola can spread through contact with body fluids of an infected person or dead patient（伊波拉病毒可以透過接觸受感染者或死亡患者的體液感染）表示這種病毒透過接觸體液傳染，而血是一種體液，所以 D. 是正確答案。A. B. C. 第二段的 Studies have shown that the Ebola virus cannot be transmitted through water or mosquito bites, and there has been no case report of spreading through air（研究顯示，伊波拉病毒無法透過水或蚊子叮咬傳播，而且也沒有透過空氣傳播的病例報告）顯示，水和蚊子叮咬都不是感染的途徑，而「和患者談話」雖然沒有提到，但「沒有透過空氣傳播的病例報告」也表示說話時的飛沫傳染是不太可能的。

31. 答案：（D）。最後一段提到 the only help a doctor can give is to ensure patients take in enough water and keep them isolated from others（醫師能提供的幫助就是確保患者攝取足夠的水，以及讓他們和其他人隔離開來），表示把患者和其他人隔離開來是有幫助的，所以 D. 是正確答案。

Questions 32-35

中文翻譯

雖然許多組織提供餐點和衣服給無家者，但需要幫助的人對於收到的東西沒有什麼表示意見的權力。不過，開普敦一家廣告公司創始的倡議「The Street Store」，提供不同的方式來幫助無家者。

The Street Store 的目標是改變無家者很少有機會選擇想要的東西的情況。與其用由上而下的方式分發二手衣物給有需要的人，它鼓勵人們收集捐來的衣服並開設「街頭快閃店」。儘管被稱為商店，它的「顧客」，也就是無家者，是不會被收費

的。藉由允許無家者用像是購物的方式選擇需要的物品，這樣的「商店」給予他們比較多的尊嚴。

　　只要有一些捐來的衣服和街頭的地點，世界上任何人都可以在當地社區主辦街頭商店。The Street Store 提供展示如何主辦這種活動的指南，以及可以印出來並且陳列在店頭的海報與其他材料。到了 2023 年，已經有 1,000 場活動被舉辦，造福了全世界超過一百萬人。

　　除了街頭商店活動的設計以外，志工的態度也扮演重要的角色，讓這些活動如此成功。他們用善意對待每個人，不管他們的情況如何。對於來店的無家者而言，他們從志工那裡得到的情感支持和得到的衣服一樣有價值。

32. 「街頭商店」做什麼？
　　A. 販賣二手衣物
　　B. 分發捐贈的衣服給需要的人
　　C. 展示衣服讓無家者選擇
　　D. 在街上捐款給無家者

33. 關於 The Street Store，何者正確？
　　A. 是全球性的組織。
　　B. 是一家廣告公司的企畫。
　　C. 收集捐來的衣服。
　　D. 已經自己舉辦了 1,000 場活動。

34. 舉辦街頭商店活動前，需要做什麼？
　　A. 準備一些捐來的衣服
　　B. 設計一些要展示的海報
　　C. 在大樓租一個店面
　　D. 雇用一些收銀員

35. 作者在最後一段想要強調什麼？
　　A. 只靠志工的態度就足以使街頭商店活動成功。
　　B. 志工是出於同情而對無家者很好。
　　C. 給無家者的衣服能促進他們的情緒健康。
　　D. 無家者不止需要物質上的照顧，也需要情感上的照顧。

字詞解釋

文章　**homeless** [`homlɪs] **adj.** 無家的　**have little say in** 在⋯方面沒有什麼表示意

455

見的權力（←→ **have a say in**） **initiative** [ɪˋnɪʃətɪv] n. 倡議（為了達成某個目標的新計畫） **found** [faʊnd] v. 創立 **advertising agency** 廣告公司 **approach** [əˋprotʃ] n. 方法 **shelter** [ˋʃɛltɚ] n. 庇護所；居所 **rarely** [ˋrɛrlɪ] adv. （頻率）很少 **distribute** [dɪˋstrɪbjut] v. 分發 **top-down** （例如制度上）由上往下的 **donate** [ˋdonet] v. 捐贈，捐款 **pop-up store** 快閃店（營業期間很短的店鋪） **namely** [ˋnemlɪ] adv. 即，也就是 **dignity** [ˋdɪgnətɪ] n. 尊嚴 **poster** [ˋpostɚ] n. 海報 **display** [dɪˋsple] v. 陳列，展示 **benefit** [ˋbɛnəfɪt] v. 對…有益 **attitude** [ˋætətjud] n. 態度 **volunteer** [ˌvɑlənˋtɪr] n. 志工 **kindness** [ˋkaɪndnɪs] n. 仁慈，好意 **regardless of** 不管… **circumstance** [ˋsɝkəmˌstæns] n. 狀況 **emotional** [ɪˋmoʃənl] adj. 情緒的，情感的 **valuable** [ˋvæljʊəbl] adj. 貴重的

第 33 題 **global** [ˋglobl] adj. 全球的
第 34 題 **cashier** [kæˋʃɪr] n. 收銀員
第 35 題 **well-being** 安康，幸福

答題解說

32. 答案：（C）。關於街頭商店所做的事情，主要在第二段介紹。第二段提到 Even though it is called a store, its "customers", namely the homeless, will not be charged （儘管被稱為商店，它的「顧客」，也就是無家者，是不會被收費的），以及 allowing the homeless to choose the items they need in a way like shopping（允許無家者用像是購物的方式選擇需要的物品），從這些部分可以知道「街頭商店」實際上是不收錢的，只是讓無家者用像購物一樣的方式選擇物品而已。這樣的「商店」仍然有展示和選擇的要素，所以 C. 是正確答案。

33. 答案：（B）。關於大寫的 The Street Store，第一段提到 The Street Store, an initiative founded by an advertising agency in Cape Town（開普敦一家廣告公司創始的倡議「The Street Store」），表示這是一家廣告公司創造的計畫，所以 B. 是正確答案。A. C. 在文章中沒有提到。D. 第二段提到 it encourages people to gather donated clothes and open a "pop-up store on the street"（它鼓勵人們收集捐來的衣服並開設「街頭快閃店」），表示 The Street Store 並不是自己開店，而是讓有意願的人開店。

34. 答案：（A）。開設街頭商店的條件，主要在第三段討論。第三段提到 With some donated clothes and a street location, anyone in the world can host a street store in their local community（只要有一些捐來的衣服和街頭的地點，世界上任何人都可以在當地社區主辦街頭商店），表示只要有衣服和地點就可以舉辦，所以 A. 是正確答案。B. 第三段提到 The Street Store provides... posters and other materials that can be printed out（The Street Store 提供可以印出來的海報與其他材料），所以不需要自己設計海報，不符合選項敘述。C. 因為是「街頭的地點」，所以不

需要租大樓的實體店面。D. 第二段提到 its "customers", namely the homeless, will not be charged（它的「顧客」，也就是無家者，是不會被收費的），所以不需要負責收錢的 cashier（收銀員）。

35. 答案：（D）。最後一段提到 the attitude of volunteers also plays a role（志工的態度也扮演重要的角色）、They treat everyone with kindness（他們用善意對待每個人）。更重要的是最後一句 For the homeless visiting the stores, the emotional support they receive from the volunteers is just as valuable as the clothes they get（對於來店的無家者而言，他們從志工那裡得到的情感支持和得到的衣服一樣有價值），表示除了衣服帶來的物質滿足以外，在情感上因為志工的善意而得到支持也很重要，所以 D. 是正確答案。

第1回
第2回
第3回
第4回
第5回
第6回
第7回
第8回
第9回
第10回

09

GEPT
全民英檢

中級初試
中譯＋解析

本測驗分四部分，全為四選一之選擇題，共 35 題，作答時間約 30 分鐘。

第一部分：看圖辨義

A. **Question 1**

Rose 公寓
Rose Apartment
廚餘收集點
Food Waste Collection Spot

	Sun.	Mon.	Tue.	Wed.	Thu.	Fri.	Sat.
12 a.m.–11 a.m.	✕	○	○	○	✕	○	○
11 a.m.–5 p.m.	✕	✕	✕	✕	✕	✕	✕
5 p.m.–12 a.m.	○	○	○	✕	○	○	✕

- Leave food waste here only during time slots marked "○". 只在標示「○」的時段將廚餘丟在這裡。
- Hard materials, such as bones and coconut shells, are not accepted. 不接受硬的物質，例如骨頭和椰子殼。

For question number 1, please look at picture A.

Question number 1: What is true about food waste collection at Rose Apartment?（關於 Rose 公寓的廚餘收集，何者正確？）

A. Food waste is not collected on Sunday and Thursday.（週日和週四不收廚餘。）

B. Residents are not allowed to take out food waste at noon.（居民不被允許在中午時丟廚餘。）

C. Crab shells can be left at the collection spot.（螃蟹殼可以丟在收集點。）

D. Every resident is given a schedule about the time food waste is collected.（每位居民都收到一張廚餘收集時間表。）

答題解說

答案：（B）。圖片中有廚餘收取的時間表，以及一些附註事項，如果可以先閱讀一下是最好的。另外，也要注意標記的意義：Leave food waste here only during time slots marked "○"（只在標示「○」的時段將您的廚餘丟在這裡），不要把收取的時段看錯了。A. 星期日和星期四從半夜 12 點到下午 5 點不收廚餘，但下午 5 點以後收。B. 每天上午 11 點到下午 5 點都不收廚餘，所以這是正確答案。C. 附註提到 Hard materials, such as bones..., are not accepted（不接受硬的物質，例如骨頭），而螃蟹殼是硬的，所以不接受。D. 在圖片中沒有提到。

字詞解釋

resident [ˋrɛzədənt] **n.** 居民

B. **Questions 2 and 3**

TRICK OR TREAT! 不給糖就搗蛋！
YOU ARE INVITED TO A 你受邀參加
Halloween Costume Party 萬聖節變裝派對

SUNDAY, 30 OCTOBER | 7-11 p.m.
10 月 30 日星期日 | 晚上 7-11 點
Free Entry 免費入場

Wear your scariest costume at 穿著你最嚇人的服裝
The Pitts 在 The Pitts
and get a chance to win a prize! 就有機會贏得獎品！

---

scary [ˋskɛrɪ] **adj.** 嚇人的　　**costume** [ˋkɑstjum] **n.** 服裝；戲服

2. For questions number 2 and 3, please look at picture B.

Question number 2: What are guests expected to do to attend this event?
（賓客被期望做什麼來參加這場活動？）
A. Send an application.（寄出報名表。）
B. Reserve a seat.（預約座位。）
C. Pay a fee.（支付費用。）
D. Wear special clothes.（穿特別的衣服。）

答題解說

答案：（D）。從 Halloween Costume Party 可以得知這是萬聖節變裝派對的通知，也要注意日期、時間等細節。關於這場活動的要求，在圖片下面的部分提到 Wear your scariest costume... and get a chance to win a prize（穿著你最嚇人的服裝，就有機會贏得獎品），所以 D. 是正確答案。A. B. 沒有提到。C. 因為提到了 Free Entry（免費入場），表示不收費用，所以這個選項不對。

3.

Question number 3: Please look at picture B again. What is true about the event?（請再看一次圖片 B。關於這場活動，何者正確？）
A. It will take place at the end of the month.（會在月底舉行。）
B. It will be held until midnight.（會舉行到半夜。）
C. Its location has not been decided yet.（地點還沒決定。）
D. Everyone will be given a prize.（每個人都會得到獎品。）

答題解說

答案：（A）。注意聆聽每個和活動有關的敘述。A. 活動日期是 30 October，的確在月底，所以這是正確答案。B. 活動時間是 7-11 p.m.，但 midnight 指的是晚上 12 點。C. 圖片中提到 Wear your scariest costume at The Pitts，表示活動在 The Pitts 舉行，而不是還沒決定。D. 圖片中提到 get a chance to win a prize，表示有機會得到獎品，但不是每個人都會得到獎品。

C. **Questions 4 and 5**

> **To-Do List 待辦事項**
> ☑ Shop for groceries 買食品雜貨
> ☐ Mend the hole in John's pants 補 John 的褲子上的洞
> ☑ Go to the handcraft class 去手工藝課
> ☐ Clean the kitchen and bathroom 清理廚房和浴室
> ☐ Pick up the kids after school 放學後接小孩

grocery [ˈɡrosərɪ] n. 食品雜貨 **mend** [mɛnd] v. 縫補 **handcraft** [ˈhændˌkræft] n. 手工藝 **pick up** 用車載別人

4. **For questions number 4 and 5, please look at picture C.**

Question number 4: Who most likely wrote this to-do list?（誰最有可能寫了這一張待辦清單？）

A. A grocery store owner.（雜貨店店主。）
B. A stay-at-home parent.（家庭主夫／主婦。）
C. A cleaner.（清潔工。）
D. A school teacher.（學校老師。）

答題解說

答案：（B）。圖片是 To-Do List（待辦清單），所以注意每一件事大致上的內容即可。這一題問寫這張清單的人是誰，所以要從每件事的內容綜合判斷答案。清單上包括了買食材、做家事、上興趣課程、接小孩等內容，所以選項中最合理的 B. 是正確答案。

5.

Question number 5: Please look at picture C again. What might have the person already done?（請再看一次圖片 C。這個人可能已經完成了什麼事？）

A. Gone to a supermarket.（去超級市場。）
B. Fixed damaged clothes.（修復受損衣物。）
C. Cleaned the home.（清理家裡。）
D. Gone to the school.（去學校。）

答題解說

答案：（A）。在待辦清單上，打勾表示完成的項目有 Shop for groceries（買食品雜貨）和 Go to the handcraft class（去手工藝課）。在選項中，A. 通常和買食

品雜貨有關，所以是正確答案。

字詞解釋

sew [so] **v.** 縫

第二部分：問答

6. **Mary will take ten days off to travel to Korea.**（Mary 會請 10 天假去韓國旅遊。）

A. Who will handle her duties?（誰會處理她的職務？）
B. I've never been there either.（我也沒去過那裡。）
C. Oh, really? How was her trip?（噢，真的嗎？她的旅行怎麼樣？）
D. She is good at speaking Japanese.（她擅長說日語。）

答題解說

答案：（A）。說話者提到 Mary 要為了韓國旅遊請假，對方可以針對旅遊或者請假其中一方面做回應。A. 反問「誰會處理她的職務？」，表示他們可能是 Mary 的同事，因為 Mary 請假時工作需要由其他人處理，所以關心將由誰代理職務，是正確答案。B. 看起來很像是合理的回應，但問題在於最後有 either（也〔不〕），所以這個句子必然是在回應「某人沒去過韓國」的敘述（→我也沒去過），但題目並沒有說 Mary 沒去過韓國。C. 用 was 詢問過去的旅行怎麼樣，不符合題意。D. 說日語和去韓國沒什麼關係。

字詞解釋

take a day off 請一天假

7. **Would you mind turning off the air conditioner for a while?**（你介意暫時把冷氣關掉嗎？）

A. It's been broken since last Saturday.（它從上週六就壞了。）
B. It's very quiet when turned on.（它被打開的時候非常安靜。）
C. Is it too cold in the room?（房間裡太冷了嗎？）
D. I can't stand the hot weather, either.（我也受不了炎熱的天氣。）

答題解說

答案：（C）。說話者用 Would you mind...? 詢問對方是否「介意」關冷氣，我們可能會想到學校常考的「回答 Yes 表示『介意』，回答 No 表示『不介意』」，

但這一題的回答都沒有 Yes 或 No，必須從每個回答和題目的相關性判斷是否正確。C. 反問是否太冷了，確認對方希望關冷氣的理由，是正確答案。A. 回答冷氣早就壞了，但說話者請求關冷氣，表示冷氣應該是正常運作中才對，兩者互相矛盾。B. 說話者請求關冷氣，卻回答冷氣很安靜，沒理會說話者遇到的問題，不是恰當的回應。D. 這裡用了 eiher（也〔不〕），意味著對方同樣受不了炎熱的天氣，但如果是這樣的話，應該不會要求關冷氣才對，所以這個選項也和題目矛盾。

字詞解釋

air conditioner 空調（冷氣）　　**stand** [stænd] **v.** 忍受

8. **What was the weather like when you were camping in the mountains?**（你們在山裡露營的時候，天氣怎麼樣？）

A. I don't go camping very often.（我不是很常去露營。）
B. Rain or shine, we will be there.（不管下雨或晴天，我們都會在那裡。）
C. We could see the stars in the sky.（我們可以看到天上的星星。）
D. It was like a candle in the wind.（它就像風中的燭火。）

答題解說

答案：（C）。說話者用 What was... like? 詢問對方過去露營時天氣怎麼樣，露營應該是已經確定的事實，所以回答天氣是最重要的。C. 回答可以看到星星，表示天氣晴朗，是正確答案。A. 沒有回答天氣。B. Rain or shine 這個慣用表達方式是「不管下雨或出太陽」的意思，也就是不管天氣怎樣都會做某件事，表示假設的情況，但這個選項仍然沒有回答過去的天氣如何。D. like a candle in the wind 是指某個事物像風中的燭火一樣，非常脆弱或容易消失，和天氣沒有關係。

字詞解釋

secure [sɪ`kjʊr] **v.** 弄到，獲得 **adj.** 安全的　　**concert** [`kɑnsɚt] **n.** 音樂會，演唱會
look forward to 期待…

9. **It looks like you had a rough night. What's up?**（你看起來沒睡好。怎麼回事？）

A. I usually go to bed early.（我通常很早上床睡覺。）
B. I watched a TV series until four.（我看影集看到 4 點。）
C. Actually, I didn't have anything.（事實上，我沒吃任何東西。）
D. Do I look like a lazy person?（我看起來像是懶惰的人嗎？）

答案：（B）。這一題的重點在於聽到 had a rough night（睡不好覺）。說話者關心對方看起來沒睡好的原因，所以應該選擇適合作為原因的答案。B. 表達因為看 series（影集）到 4 點而很晚睡，是正確答案。A. 不是沒睡好的原因。C. 把題目中使用的動詞 have 當成「吃」的意思來用。D. 重複使用題目中的 look like，試圖造成混淆的選項。

字詞解釋

rough night 睡不好覺的夜晚　　**series** [ˋsiriz] n. 影集

10. **You said you would be at the station by now, but I don't see you here.**（你說你現在會到車站的，但我在這裡沒看到你。）

A. The train was a bit delayed.（火車有點延誤了。）
B. I'm sorry, but it's not the case.（抱歉，但情況不是這樣。）
C. I don't see what you mean.（我不懂你的意思。）
D. I can't seem to find my passport.（我好像找不到我的護照。）

答題解說

答案：（A）。說話者用 You said you would 表達對方曾經說過，但事實上沒做的事。在這裡是表達對方沒有依約準時到車站，所以要選擇適當的理由。A. 雖然到車站不一定是搭火車，但火車延誤確實是沒準時到的理由之一，所以是正確答案。B. 開頭先說 I'm sorry，看起來好像有可能是對的，但後面用的 It's not the case 是表示對方對某事的理解不正確，並且準備詳細說明理由；然而如果是這個題目的話，應該更直接地說 I didn't say that（我沒那樣說）或者 I've already arrived（我已經到了）會比較好。C. 把題目中的 don't see 當成「不明白」的意思來使用。D. 找不到護照應該不會是晚到車站的理由，就算是的話，在時間已到、對方聯絡的時候才說自己找不到護照，並不符合常理。

字詞解釋

passport [ˋpæsˌport] n. 護照

11. **The water in the aquarium should be changed every two weeks.**（水族箱裡的水應該每兩週換一次。）

A. I'm afraid of deep water.（我害怕深水。）
B. I don't like changes.（我不喜歡改變。）
C. How much each time?（每次換多少？）

D. Can you imagine how?（你可以想像怎麼做嗎？）

答題解說

答案：（C）。說話者提到水族箱換水的頻率，對方有可能表達是否能夠做到，或者進一步詢問細節。C. 是 How much water should be changed each time?（每次應該換多少水？）省略重複資訊之後的形態，對於說話者沒提到的換水量進一步詢問，是正確答案。A. 換水不需要進入深水裡。B. 是表達「不喜歡發生在自己身上的情況改變」，和水族箱換水無關。D. 如果改成 Can you tell me how?（你可以告訴我怎麼做〔怎麼換水〕嗎？）就是合適的答案了，

字詞解釋

aquarium [əˋkwɛrɪəm] n. （比較大型的）水族箱；水族館

12. **How did you spend your wedding anniversary?**（你們是怎麼度過結婚週年的？）

A. It's on last Saturday.（那是在上週六。）
B. It feels wonderful being married.（結婚感覺很棒。）
C. We spent $200 on it.（我們花了 200 元在上面。）
D. We had a date at a café.（我們在咖啡店約會。）

答題解說

答案：（D）。說話者用 How 詢問度過結婚週年的方式，所以應該回答有什麼慶祝活動。D. 回答在咖啡店約會，是夫妻合理的慶祝方式，所以是正確答案。A. 說話者詢問方式，卻回答日期，不是恰當的回答。B. 用和 wedding 相關的 being married，試圖造成混淆。C. 題目中的 spend 是「度過」的意思，在這裡卻當成「花費（金錢）」的意思來使用。

字詞解釋

anniversary [͵ænəˋvɝˏsərɪ] n. 週年紀念　　**have a date** 約會

13. **The little girl crying over there seems to be lost.**（在那邊哭的小女孩好像迷路了。）

A. She's so brave to come here by herself.（她自己來這裡真是勇敢。）
B. Let's take her to the information desk.（我們帶她到服務台吧。）
C. My daughter's wearing a pink dress, though.（但我女兒穿的是粉紅色洋裝。）
D. It's no use being a cry baby.（當個愛哭鬼是沒用的。）

第1回
第2回
第3回
第4回
第5回
第6回
第7回
第8回
第9回
第10回

答題解說

答案：（B）。說話者提到附近某個小女孩看起來迷路了，所以應該回答幫助她的方法。B. 提議帶她到 information desk（服務台），暗示著可以由這個場所的服務人員廣播公告或者聯絡家長，是正確答案。A. 不是解決問題的方法，小女孩也不見得是自己來的。C. 比較像是小孩走丟的家長會說的話，但如果是這個情況的話，應該是回應 The little girl seems to be your daughter（那個小女孩看起來像是你的女兒）之類的句子才對。D. 對於解決問題也沒有幫助。

字詞解釋

information desk 服務台　　**cry baby** 愛哭鬼

14. **I'm surprised you decided not to buy that purse. It suits you well.**（我很驚訝你決定不買那個〔女用〕手提包。它很適合你。）

A. I've spent a lot on the purse.（我花了很多錢在那個手提包上。）
B. I already have one similar to it.（我已經有一個類似的了。）
C. I can settle for the second best.（我可以退而求其次。）
D. I needed to exchange it for another one.（我當時需要換貨。）

答題解說

答案：（B）。說話者用 I'm surprised 表達因為對方決定不買某個手提包而感到驚訝，所以應該回答不買那個手提包的理由。B. 回答已經有類似的，是合理的答案。A. 這裡如果說 the purse，就是指那個決定不買的手提包，所以說 I've spent a lot on the purse 表示「花很多錢在決定不買的包上」，邏輯上是矛盾的；如果要說「已經花很多錢買〔其他的〕包包了」，則應該把 the purse 改成表示非特定多數的 purses 才對。C. settle for the second best 的意思是「勉強接受第二好〔不是最好〕的東西」，但說話者使用的表達方式是 decided not to buy（決定不買），意味著應該也可以買才對，然而在這個回答中並沒有說明沒買的根本原因。D. exchange it for another one 是表達已經買了某個東西，但因為某種問題而請店家換成另一個。

字詞解釋

settle for 勉強接受…　　**second best** 第二好（不是最好）的東西

15. **Ben was one hour late for the movie due to traffic jam yesterday.**（Ben 昨天因為塞車而晚到一小時看電影。）

A. He must have missed a lot of scenes.（他一定錯過了很多場景。）

B. I love going to the movies, too.（我也很愛去〔電影院〕看電影。）

C. It's never too late to apologize.（道歉永遠不嫌晚。）

D. What can we do to help him?（我們可以做什麼來幫他？）

答題解說

答案：（A）。說話者提到 Ben 昨天看電影晚到的事，期待對方針對這件事表達
意見。A. 用 must have done 表達對過去的推測，說 Ben 的晚到一定使得他錯過了
許多 scenes（場景），是合理的回應。B. 雖然也提到電影，但和晚到或塞車一點
關係也沒有。C. 說話者並沒有提到道歉這件事。D. 比較適合用在某人遇到某種
負面狀況，例如出了車禍的情況。

第三部分：簡短對話

16.

M: Jennifer must be the one who killed the police officer.

W: I can't believe you think she is the killer!

M: Trust me. Her suspicious behavior throughout the episode points to her guilt.

W: I see your point. But honestly, I'm not sure who to believe anymore. It's their excellent acting skills that make me question everything!

M: I agree. They bring so much depth to their characters, which keeps us guessing until the end.

Question: What are the speakers most likely doing?

A. Watching TV.

B. Reading a novel.

C. Investigating a case.

D. Making a police report.

英文翻譯

男：Jennifer 一定是那個殺了警察的人。

女：我不敢相信你認為她是殺人兇手！

男：相信我。她在這整集裡可疑的行為指向她有罪。

女：我明白你的意思。但老實說，我已經不確定要相信誰了。他們優秀的演技讓
　　我懷疑每件事！

男：我同意。他們為各自的角色帶來許多深度，讓我們一直猜到最後。

問題：說話者們最有可能正在做什麼？
A. 看電視。
B. 讀小說。
C. 調查案件。
D. 報警。

答題解說

答案：（A）。選項都是以動名詞表達的行為，所以要注意對話中關於正在做什麼的線索。雖然對話的一開始提到 killed the police officer（殺了警察），但從 episode（〔戲劇的〕一集）、acting skills（演技）、characters（角色）等詞語，我們可以發現他們並不是在討論實際發生的事件，而是影集中演出的角色，所以 A. 是正確答案。

字詞解釋

suspicious [sə`spɪʃəs] **adj.** 可疑的　　**behavior** [bɪ`hevjɚ] **n.** 行為　　**episode** [`ɛpə,sod] **n.** （例如影集的）一集　　**guilt** [gɪlt] **n.** 有罪　　**depth** [dɛpθ] **n.** 深度

17.

W: I don't feel like cooking today. Let's order some food for delivery.
M: Actually, I'd prefer not to have delivery food.
W: Why not?
M: Well, last Friday night, I was home alone and decided to order delivery. Unfortunately, I ended up waiting for almost an hour, but the delivery never arrived.
W: Oh no, that's frustrating. Did you find out what happened?
M: My order was mysteriously canceled, and what's worse, the delivery person didn't even bother to call and inform me about it.

Question: What happened to the man's order?
A. He canceled it.
B. It arrived too late.
C. It was not prepared at all.
D. It was delivered to the wrong place.

第 1 回
第 2 回
第 3 回
第 4 回
第 5 回
第 6 回
第 7 回
第 8 回
第 9 回
第 10 回

英文翻譯

女：我今天不想煮東西。我們點外送食物吧。

男：事實上，我比較希望不要吃外送食物。

女：為什麼不要呢？

男：嗯，上週五晚上，我獨自在家，決定點外送。倒楣的是，我最後等了幾乎一個小時，但外送都沒有來。

女：噢不，真讓人洩氣。你了解到發生什麼事了嗎？

男：我的訂單被神祕地取消了，而且更糟的是，外送員根本沒打電話通知我這件事。

問題：男子的訂單發生了什麼事？

A. 他取消了。

B. 太晚送到了。

C. 根本沒有被準備。

D. 被送到錯的地方。

答題解說

答案：（C）。從選項中包括取消、履行、送到等內容，可以推測錄音內容將和送貨的訂單有關，並且要注意聽訂單發生了什麼狀況。男子說不想吃外送食物，在女子詢問原因後，男子談到上週五點外送的情況。他說 the delivery never arrived（外送都沒有來），而且 My order was mysteriously canceled（我的訂單被神祕地取消了），所以 C. 是正確答案。A. 對話中的 was mysteriously canceled 表示連男子也不知道為什麼被取消了，所以訂單不是他取消的。B. 雖然男子提到 waiting for almost an hour（等了幾乎一小時），但結果外送並沒有到，所以不能說是「晚送到」。

字詞解釋

delivery [dɪ`lɪvərɪ] n. 配送　　**frustrating** [`frʌstretɪŋ] adj. 令人洩氣的
mysteriously [mɪs`tɪrɪəslɪ] adv. 神祕地　　**bother to do** 費心思去做…
inform [ɪn`form] v. 通知　　**fulfill** [fʊl`fɪl] v. 履行

18.

M: Mom, can I stay home from school today?

W: What's the matter?

M: I've had a headache and felt a bit dizzy since last night.

W: Really? But it seemed like you were playing computer games with your brother all night long. You'd better be telling the truth.

M: Okay, well, I completely forgot to do my math exercises, and our math teacher is really strict. I can already imagine how mad he'll be.

W: Well, you need to take responsibility for your actions.

Question: What is the real reason for the male speaker's request to take a day off?

A. He is sick.

B. He did not do his homework.

C. He is not good at math.

D. He did not sleep well last night.

英文翻譯

男：媽，我今天可以留在家不上學嗎？

女：怎麼了？

男：我從昨晚就一直頭痛，覺得有點暈。

女：真的嗎？但你好像整晚都在跟你哥哥玩電腦遊戲。你最好說實話。

男：好，嗯，我完全忘記要做我們最嚴格的老師分派的數學練習題了。我已經能想像他會有多生氣了。

女：嗯，你必須為自己的行為負責。

問題：男性說話者請假的要求，真正的原因是什麼？

A. 他生病了。

B. 他沒有做家庭作業。

C. 他不擅長數學。

D. 他昨晚沒睡好。

答題解說

答案：（B）。選項的主詞都是 He，所以要注意對話中的男性或者被提到的男性第三者，實際上發生了什麼情況。對話中的兩人是母子關係，小孩（男性）開頭要求留在家不上學，最初的理由是頭痛、頭暈；媽媽提到小孩昨晚在玩電腦遊戲，並且要求說實話之後，小孩才說 I completely forgot to do my math exercises（我完全忘記要做數學練習題了），所以用 homework（家庭作業）來表達的 B. 是正確答案。

字詞解釋

strict [strɪkt] adj. 嚴格的　responsibility [rɪ͵spɑnsə`bɪlətɪ] n. 責任

19.

W: Now you're admiring the masterpiece created by one of Italy's most famous artists. Every visitor who passes by is amazed by this sculpture.

M: Can you tell me the price so I can consider if I'll buy it?

W: Unfortunately, unlike other exhibits, his works are not for sale.

M: Why is that?

W: He intends to share his creations with those who can truly appreciate them, rather than to pursue profit.

Question: Where most likely does this conversation take place?

A. At a historic site.

B. At an art school.

C. At a gallery.

D. At a trading company.

英文翻譯

女：現在您正在欣賞義大利最知名藝術家之一所創作的傑作。每位經過的訪客都對這座雕塑感到驚豔。

男：您可以告訴我價錢，讓我可以考慮要不要買嗎？

女：很遺憾，和其他展示品不同，他的作品是非賣品。

男：為什麼？

女：他希望把他的創作和能夠真正欣賞它們的人分享，而不是追求獲利。

問題：這段對話最有可能發生在哪裡？

A. 在歷史古蹟。

B. 在藝術學校。

C. 在藝廊。

D. 在貿易公司。

答題解說

答案：（C）。選項都是地點，所以要注意對話中和地點有關的線索。女子一開始提到了 masterpiece（傑作）、artists（藝術家）、sculpture（雕塑），而男子問 Can you tell me the price so I can consider if I'll buy it?（您可以告訴我價錢，讓我可以考慮要不要買嗎？），可以得知這裡是販賣藝術品的地方，所以 C. 是正確答案。B. 雖然有 art 這個單字，但 art school 通常不是進行藝術品交易的地方。

masterpiece [ˈmæstəˌpis] n. 傑作　**amaze** [əˈmez] v. 使感到驚奇　**sculpture** [ˈskʌlptʃə] n. 雕塑品　**exhibit** [ɪɡˈzɪbɪt] n. 展示品　**intend** [ɪnˈtɛnd] v. 意圖，打算⋯ **creation** [krɪˈeʃən] n. 創造，創作品　**pursue** [pəˈsu] v. 追求　**profit** [ˈprɑfɪt] n. 利潤，利益

20.

M: How was your meal today?

W: Overall, everything tasted good except for the shrimp pasta.

M: Oh, I see. Was the shrimp not fresh?

W: It's not so much about the freshness. The entire dish was too salty. I think there was something wrong with the seasoning.

M: I apologize for that. We will try to improve it. To show our apology, we will provide you with a 10%-off coupon for your next meal. We would be honored to serve you again.

W: Thank you. I appreciate that.

Question: What aspect of the shrimp pasta did the woman find disappointing?

A. Its freshness.

B. Its flavor.

C. Its price.

D. Its portion size.

英文翻譯

男：您今天的餐點如何？

女：整體上，每樣東西都很好吃，除了鮮蝦義大利麵以外。

男：噢，我明白了。蝦子不新鮮嗎？

女：跟新鮮度沒什麼關係。整道料理太鹹了。我想調味有點問題。

男：我為此致歉。我們會努力改善。為了表示我們的歉意，我們會提供您下次用餐的 10% 折扣優惠券。如果能再次為您服務，我們會很榮幸的。

女：謝謝。我很感激。

問題：女子覺得鮮蝦義大利麵的什麼方面令人失望？

A. 新鮮度。

B. 口味。

C. 價格。

D. 份量。

答題解說

答案：（B）。選項是評價料理的一些方面，所以要注意對話中關於這些方面的評價。女子說 everything tasted good except for the shrimp pasta（每樣東西都很好吃，除了鮮蝦義大利麵以外），表示鮮蝦義大利麵是唯一有問題的料理。於是男子問 Was the shrimp not fresh?（蝦子不新鮮嗎？），但女子說 It's not so much about the freshness（跟新鮮度沒什麼關係），表示不是新鮮度的問題，接著提到 too salty（太鹹）、there was something wrong with the seasoning（調味可能有點問題），所以 B. 是正確答案。

字詞解釋

overall [ˌovɚˈɔl] **adv.** 整體上　**freshness** [ˈfrɛʃnɪs] **n.** 新鮮　**seasoning** [ˈsizənɪŋ] **n.** 調味　**apology** [əˈpɑlədʒɪ] **n.** 道歉　**coupon** [ˈkupɑn] **n.** 優惠券　**honored** [ˈɑnɚd] **adj.** 感到榮幸的

21.

M: The next Route 60 bus won't come until ten. Let's take Route 80 instead.

W: No, we still have to take Route 60.

M: Why? Route 80 arrives earlier, and it also goes to Citizen Park.

W: Route 80 stops at the north gate of the park, but we need to reach the south gate. It's around a 15-minute walk.

M: Ah, you're right. Walking for that long on a hot day doesn't seem like a good idea.

Question: Why do the speakers decide not to take the Route 80 bus?

A. It will not arrive immediately.

B. It does not come very often.

C. It does not stop at Citizen Park.

D. Its stop is far from their destination.

英文翻譯

男：下一班 60 路公車要 10 點才會來。我們改搭 80 路吧。

女：不，我們還是必須搭 60 路。

男：為什麼？80 路比較早來，而且它也到市民公園。

女：80 路停靠公園的北門，但我們需要到南門。這樣會需要走 15 分鐘。

男：啊，你說得對。在大熱天走那麼久似乎不是個好主意。

問題：為什麼兩位說話者決定不要搭 80 路？
A. 不會馬上來。
B. 班次頻率不是很高。
C. 不停靠市民公園。
D. 停靠站離他們的目的地很遠。

答題解說

答案：（D）。從選項可以看出，可能是關於某種大眾運輸工具的敘述，而且表達的是使用時會遇到的不便，所以要注意對話中和大眾運輸工具問題點有關的內容。在對話的開頭，男子建議不要搭 60 路公車，改搭 80 路，但女子堅持要搭 60 路，理由是 Route 80 stops at the north gate of the park, but we need to reach the south gate（80 路停靠公園的北門，但我們需要到南門），接著又補充 It's around a 15-minute walk（這樣會需要走 15 分鐘），表示 80 路停靠的公園北門和他們要去的南門距離很遠，所以 D. 是正確答案。

字詞解釋

immediately [ɪˋmidɪɪtlɪ] **adv.** 立即地　　**destination** [ˌdɛstəˋneʃən] **n.** 目的地

22.

M: Hey! Water is dripping from your backpack.
W: What? Oh, my goodness!
M: Is it raining outside now?
W: The sky is bright and clear.
M: Maybe something inside the backpack is leaking?
W: Let me check. Oh, here it is. My water bottle wasn't properly closed.
M: Is anything inside the backpack damaged?
W: Luckily, only a few items got wet. I'll need to dry them when I get home.

Question: Why is the woman's backpack wet?
A. It is raining outside.
B. It is not waterproof.
C. Her water bottle was not closed well.
D. Her water bottle was squeezed in it.

英文翻譯

男：嘿！水從你的背包滴出來了。

女：什麼？噢，我的天啊！

男：外面在下雨嗎？

女：天空明亮又晴朗。

男：或許背包裡有什麼東西在漏水？

女：讓我看看。噢，找到了。我的水瓶沒有關緊。

男：背包裡有什麼受損了嗎？

女：幸運的是，只有幾樣東西濕掉。我回家的時候得把它們弄乾。

問題：女子的背包為什麼濕了？

A. 外面在下雨。

B. 它不是防水的。

C. 她的水瓶沒有關好。

D. 她的水瓶在背包裡被擠壓了。

答題解說

答案：（C）。選項裡提到了一些和水有關的問題，所以要注意對話中和這方面相關的內容。男子開頭先提醒女子的背包在滴水，他先問是否在下雨，女子回答 The sky is bright and clear（天空明亮又晴朗），否認了這個原因。接著男子又問是否有東西在漏水，女子查看之後，回答 My water bottle wasn't properly closed（我的水瓶沒有關緊），所以用 not closed well 重新表達的 C. 是正確答案。B.「背包不防水」雖然是事實，但背包不防水這件事本身並不足以使背包濕掉，還是要有水才會造成「濕掉」的結果。

字詞解釋

drip [drɪp] v. 滴　　leak [lik] v. 滲漏　　properly [ˋprɑpə·lɪ] adv. 適當地

23.

M: Hurry up! We're running late!

W: Wait a minute, let me turn off the stove first. Why are we running late?

M: We're going out for dinner with friends, remember?

W: Oh, I completely forgot! I was just in the middle of making some fried noodles. I need to wash and put away the pan.

M: Alright, make it quick. We don't want to keep our friends waiting.

W: I'm almost done. I just have to put these sliced carrots back in the fridge,

477

and I'll be ready to leave.

Question: What was the woman originally planning to do?
A. Eat out.
B. Clean up.
C. Cook dinner.
D. Have a party.

男：快點！我們要遲到了！
女：等一下，讓我先關掉爐子。我們為什麼要遲到了？
男：我們要出去和朋友吃晚餐，記得嗎？
女：噢，我完全忘了！我剛才正在做炒麵。我需要洗平底鍋並且把它收起來。
男：好吧，快點。我們不想讓朋友們等。
女：我快好了。我只要把一些切片的胡蘿蔔放回冰箱，就準備好出門了。

問題：女子原本打算做什麼？
A. 外食。
B. 打掃。
C. 煮晚餐。
D. 開派對。

答題解說

答案：（C）。選項是一些用原形動詞表達的行為，所以要注意對話中關於情境的細節。男子叫女子趕快，說快要遲到了，而女子回應要先 turn off the stove（關掉爐子），又問為什麼要遲到了，表示她忘了和朋友吃飯的約定。在急著出門之前的過程中，女子又提到 I was just in the middle of making some fried noodles（我剛才正在做炒麵）、I need to wash and put away the pan（我需要洗平底鍋並且把它收起來）、I just have to put these sliced carrots back in the fridge（我只要把一些切片的胡蘿蔔放回冰箱），表示她本來要煮東西，而且因為男子說 We're going out for dinner（我們要出去和朋友吃晚餐），所以她要煮的是晚餐，正確答案是 C。

字詞解釋

put away 收拾　　**slice** [slaɪs] v. 切片　　**fridge** [frɪdʒ] n. 冰箱（= **refrigerator**）

24.

✈Departures 離境			
Time 時間	Destination 目的地	Flight 航班	Remarks 備註
09:00	San Francisco	GU148	Canceled 取消
09:20	San Francisco	TA1107	Canceled 取消
09:50	Los Angeles	GU256	On Time 準時
10:10	Los Angeles	TA2046	On Time 準時

For question 24, please look at the table. 第 24 題請看表格。

W: I've booked a ticket on flight GU148 with your airline, but I found that all flights to San Francisco are canceled today. What happened?

M: The airport is closed due to the wildfires.

W: What should I do then?

M: You can choose to change your destination to Los Angeles.

W: That's not too far from San Francisco, but can I use my existing ticket for that?

M: Yes, absolutely. Just pick one of our flights to L.A. instead.

W: How do I know if a flight is yours?

M: All our flight numbers begin with the same letters.

Question: Which flight will the woman most likely take?

A. GU148.

B. TA1107.

C. GU256.

D. TA2046.

英文翻譯

女：我訂了你們航空公司的 GU148 航班，但我發現今天所有到舊金山的航班都被取消了。發生了什麼事？

男：機場因為野火而關閉了。

女：那我該怎麼辦呢？

男：您可以選擇變更您的目的地到洛杉磯。

女：那離舊金山不會太遠，但我可以用我現有的票變更目的地嗎？

男：可以，當然。只要改選我們我們往洛杉磯的航班之一就行了。

女：我怎麼知道航班是不是你們的呢？

男：我們的航班號碼都是相同的字母開頭。

問題：女子最有可能搭哪個航班？

A. GU148。

B. TA1107。

C. GU256。

D. TA2046。

答題解說

答案：（C）。表格中有時間、目的地、航班號碼、備註（取消或準時）等資訊。這一題比較特別的地方，在於航班號碼也是判斷答案的關鍵。女子開頭提到 I've booked a ticket on flight GU148（我訂了 GU148 航班），並且說 I found that all flights to San Francisco are canceled today（我發現今天所有到舊金山的航班都被取消了），表示她的航班受到影響，想要知道原因。男子回答是因為野火的關係，並且建議 change your destination to Los Angeles（變更您的目的地到洛杉磯）、Just pick one of our flights to L.A. instead（只要改選我們我們往洛杉磯的航班之一就行了）。至於如何判別是否為同一家航空公司，男子說 All our flight numbers begin with the same letters（我們的航班號碼都是相同的字母開頭）。所以，開頭字母和女子原本訂的 GU148 相同，而且是往洛杉磯的 C. GU256 是正確答案。

字詞解釋

departure [dɪˋpɑrtʃɚ] n. 出發　**destination** [ˌdɛstəˋneʃən] n. 目的地　**wildfire** [ˋwaɪldˌfaɪr] n. 野火

25.

第 1 回
第 2 回
第 3 回
第 4 回
第 5 回
第 6 回
第 7 回
第 8 回
第 9 回
第 10 回

Edith Yoga School Edith 瑜伽學校
July 7 月

Yin Yoga 陰瑜伽
All levels / become more flexible and energetic
所有程度 / 變得更有柔軟度而且有活力

Power Yoga 力量瑜伽
Intermediate / challenge your strength and endurance
中級 / 挑戰你的力量與耐力

Restorative Yoga 修復瑜伽
All levels / relax deeply and reduce your stress
所有程度 / 深度放鬆並減少你的壓力

Pilates 皮拉提斯
Intermediate / strengthen your core and be more flexible
中級 / 強化你的核心並且變得更有柔軟度

Call 000-0000 for more information
撥打 000-0000 洽詢更多資訊

---

flexible [`flɛksəbl] **adj.** 有彈性的；柔軟度好的　**energetic** [ˌɛnɚ`dʒɛtɪk] **adj.** 精力充沛的　**intermediate** [ˌɪntɚ`midɪət] **adj.** 中等的　**challenge** [`tʃælɪndʒ] **v.** 挑戰　**strength** [strɛŋθ] **n.** 力量　**endurance** [ɪn`djʊrəns] **n.** 耐力　**restorative** [rɪ`storətɪv] **adj.** 促進康復的　**Pilates** [pə`lɑtiz] **n.** 皮拉提斯　**strengthen** [`strɛŋθən] **v.** 強化　**core** [kor] **n.** 核心

For question 25, please look at the advertisement. 第 25 題請看廣告。

M: I've been thinking about taking a yoga class, but I don't know which one to choose.

W: We have classes to meet everyone's needs, so there must be one suitable for you. Have you tried yoga before?

M: Actually, I've never done it before.

W: That won't be a problem. There are classes for both beginners and more experienced students. Do you have any goals in mind that you want to achieve?

M: I feel like my muscles are really stiff, so I'd like to fix that if possible.

Question: Which class will the man most likely choose?

A. Yin yoga.

B. Power yoga.

C. Restorative yoga.

D. Pilates.

英文翻譯

男：我一直想上瑜伽課，但我不知道該選哪個。

女：我們有針對每個人需求的課，所以一定有一個適合您。您以前嘗試過瑜伽嗎？

男：事實上，我以前從來沒做過。

女：不會有問題的。我們有適合初學者和比較有經驗的學生的課。您有想要達成的目標嗎？

男：我覺得我的肌肉很僵硬，所以可能的話，我想解決這個情況。

問題：男子最有可能選哪門課？

A. 陰瑜伽。

B. 力量瑜伽。

C. 修復瑜伽。

D. 皮拉提斯。

答題解說

答案：（A）。選項是四種不同的瑜伽／皮拉提斯課，圖片中有各自適合的程度、效果等方面的資訊，所以要注意聽和這兩方面有關的內容來判斷答案。男子想上瑜伽課，而向女子諮詢。女子問男子是否有經驗，男子回答 I've never done it before（我以前從來沒做過），所以他應該選擇標示「All levels（所有程度）」的課。然後女子問男子想達成什麼目標，男子回答 I feel like my muscles are really stiff（我覺得我的肌肉很僵硬），所以應該選擇說明中有 be/become more flexible（變得更有柔軟度）的課。符合這兩個條件的 A. 是正確答案。

字詞解釋

suitable [`sutəbl] adj. 合適的    **muscle** [`mʌsl] n. 肌肉   **stiff** [stɪf] adj. 僵硬的

第四部分：簡短談話

26.

Now that the project has ended, I'm taking two days off to fulfill my daughter's birthday wish for a trip to Disneyland. Though her birthday was a month ago, I couldn't make it happen due to the demanding workload then. I believe it'll be more difficult to strike a balance between work and life after my promotion, so I have to seize this chance to create some happy memories for her.

Question: Why didn't the speaker take her daughter to Disneyland?
A. She forgot her daughter's birthday.
B. She was on a business trip.
C. She was busy working on a project.
D. She got a promotion then.

英文翻譯

既然專案已經結束了，我要請兩天假來實現我女兒到迪士尼樂園一遊的生日願望。雖然她的生日是一個月前，但因為當時繁重的工作量，我沒辦法讓願望實現。我相信在我升職之後，要在工作和生活之間取得平衡會更困難，所以我必須把握這個機會為她創造一些快樂的回憶。

問題：為什麼說話者沒有帶女兒去迪士尼樂園？
A. 她忘了女兒的生日。
B. 她當時在出差。
C. 她當時忙著做專案。
D. 她當時獲得了升遷。

答題解說

答案：（C）。選項是四個以 She 開頭的句子，而且看起來似乎是要解釋為什麼沒做好另一件事的理由，所以要注意可能是女性的說話者，或者其他女性遭遇的狀況。開頭第一句話用 Now that（既然…）連接兩個句子，表示先有了 the project has ended（專案已經結束了）的前提，才能 fulfill my daughter's birthday wish for a trip to Disneyland（實現我女兒到迪士尼樂園一遊的生日願望）。之後說話者又提到 I couldn't make it happen due to the demanding workload then（因為當時繁重的工作量，我沒辦法讓它〔願望〕實現），而繁重的工作量應該就是專案造成的，所以 C. 是正確答案。雖然後面也提到 promotion（升職），但用的是

483

未來式 it'll be more difficult...，所以升職造成更難平衡工作與生活是未來會發生的情況，而不是一個月前沒帶女兒去迪士尼樂園的原因。

字詞解釋

fulfill [fʊlˋfɪl] **v.** 滿足　**demanding** [dɪˋmændɪŋ] **adj.** 苛求的；吃力的　**workload** [ˋwɝkˌlod] **n.** 工作量　**strike a balance** 達到平衡　**promotion** [prəˋmoʃən] **n.** 升職　**seize** [siz] **v.** 掌握

27.

When I was little, I had a frightening encounter with a large dog. It happened on a Friday afternoon while I was walking home from school. I noticed a black dog resting by the side of the road. As soon as our eyes met, it started to bark and chase me. Perhaps I had approached its territory without knowing. Since then, I've been careful to maintain a safe distance from dogs on the street.

Question: According to the speaker, what might be the reason that the dog barked and chased him?
A. He was walking too fast.
B. He entered the dog's space.
C. He was too careful.
D. He woke up the dog.

英文翻譯

在我小的時候，我有個遭遇大狗的可怕經驗。它發生在一個星期五下午，在我放學走路回家的時候。我注意到一隻黑狗在路邊休息。我們一對上眼，牠就開始吠叫並且追我。或許我不知不覺中接近了牠的領域。自從那時候，我就一直小心和街上的狗保持安全距離。

問題：根據說話者的說法，那隻狗吠叫並且追他的原因可能是什麼？
A. 他走得太快了。
B. 他進入了狗的空間。
C. 他太小心了。
D. 他把狗弄醒了。

答題解說

答案：（B）。選項都是 He 開頭，而且提到狗，表示可能會聽到男性說話者或者其他男性和一隻狗的經驗。說話者說自己小時候 had a frightening encounter with a large dog（有個遭遇大狗的可怕經驗），發生的情況是 As soon as our eyes met, it started to bark and chase me（我們一對上眼，牠就開始吠叫並且追我）。至於發生這件事的原因，說話者自己的想法是 Perhaps I had approached its territory（或許我接近了牠的領域），所以選項中最接近的 B. 是正確答案。說話者只有說那隻狗是 resting（休息中的），而沒有說在睡覺，所以不能選 D.。

字詞解釋

frightening [ˋfraɪtənɪŋ] **adj.** 嚇人的　**approach** [əˋprotʃ] **v.** 接近　**territory** [ˋtɛrəˌtorɪ] **n.** 領土，地盤

28.

To celebrate the 30th birthday of our brand, we are having our largest sale in recent years. Enjoy a 15% discount on T-shirts in section A, while sweaters and coats in section B are all marked down by 20%. What's more, you can purchase one item from our out-of-season clothing in section C and receive another item free! If you have any questions, please visit our service center, where our friendly staff will be happy to assist you.

Question: What kind of clothes qualify for the offer where you can get an extra item free of charge?
A. Off-season clothes.
B. Coats.
C. Sweaters.
D. T-shirts.

英文翻譯

為了慶祝我們品牌的 30 歲生日，我們正在舉辦近年來最大型的特賣活動。享受 A 區 T 恤的 15% 折扣，而 B 區的毛線衣和大衣全都折扣 20%。除此之外，您可以購買 C 區的一件過季衣服並免費再獲得一件！如果您有任何問題，請造訪我們的服務中心，我們友善的員工會很樂意協助您。

問題：哪種衣服有資格參加免費多得到一件的優惠？
A. 過季衣服。
B. 大衣。
C. 毛線衣。
D. T 恤。

答題解說

答案：（A）。選項是衣服的種類，可以預期錄音內容將提到不同種類的衣服，並且要注意對於各種衣服的敘述。錄音的內容談到服飾品牌的特賣活動，包括 15% discount on T-shirts（T 恤的 15% 折扣）、sweaters and coats... are all marked down by 20%（毛線衣和大衣全都折扣 20%），以及 purchase one item from our out-of-season clothing... and receive another item free（購買一件過季衣服並免費再獲得一件）。題目問的是 the offer where you can receive an extra item without charge（你可以免費多得到一件的優惠），所以把 out-of-season 改用 off-season 表達的 A. 是正確答案。

字詞解釋

discount [`dɪskaʊnt] n. 折扣　**mark down** 減價　**out-of-season**（= **off-season**）過季的　**assist** [ə`sɪst] v. 協助

29.

Kelly and I were classmates in high school, but we had lost touch for some years. She found out that I didn't sent her an invitation to my 19th birthday party, so she decided not to talk to me anymore. The truth is that I wanted to invite her in person, but I didn't have a chance to explain that to her. It was not until several years ago when we crossed paths in a café that we clarified the situation and made up.

Question: Why did the speaker lose touch with Kelly?
A.　They went to different high schools.
B.　She refused to see Kelly.
C.　She argued with Kelly in a café.
D.　There was a misunderstanding.

英文翻譯

Kelly 跟我是高中同學，但我們有一些年失去了聯絡。她發現我沒有寄 19 歲生日派對的邀請給她，所以她決定不再跟我說話。事實是我想要當面邀請她，但我沒有任何解釋的機會。要等到幾年前我們在一家咖啡店偶遇的時候，我們才澄清了情況並且和好。

問題：為什麼說話者和 Kelly 失去了聯絡？
A. 他們上不同的高中。
B. 她拒絕見 Kelly。

C. 她和 Kelly 在一家咖啡店吵架。

D. 發生了誤會。

答題解說

答案：（D）。選項內容提到 She 和 Kelly，而且似乎都在敘述某個問題發生的原因，所以要注意女性說話者或其他女性和 Kelly 之間發生的事情。說話者一開始提到自己和 Kelly 是高中同學，卻有一些年失去了聯絡，接下來就解釋這件事發生的原因：She found out that I didn't sent her an invitation to my 19th birthday party（她發現我沒有寄 19 歲生日派對的邀請給她）。不過，說話者也解釋這並不是事實的全貌：The truth is that I wanted to invite her in person（事實是我想要當面邀請她），也就是想當面邀約而沒寄出邀請的決定，使得 Kelly 誤會說話者不想邀請她，所以 D. 是正確答案。

字詞解釋

lose touch 失去聯絡　**in person** 當面，親自　**cross paths** 偶遇
clarify [ˈklærəˌfaɪ] v. 澄清　**make up** 和好

30.

Want to enjoy a hassle-free outdoor experience without carrying multiple items? Introducing Super Watch! It's not just for checking the time anymore. With Super Watch, you can send messages, make calls, and even make payments, eliminating the need for your phone and wallet. Say goodbye to too many belongings and embrace convenience in your life with Super Watch!

Question: What is a main selling point of Super Watch?

A. Activity tracking.

B. Health monitoring.

C. Mobile communication.

D. Travel planning.

英文翻譯

想要享受不帶多種物品、省麻煩的戶外體驗嗎？為您介紹 Super Watch！它不再只是看時間用的了。有了 Super Watch，您可以傳送訊息、打電話，甚至付款，減少您對電話和錢包的需求。向太多的隨身物品說再見，用 Super Watch 擁抱您生活中的便利吧！

問題：Super Watch 的一項主要賣點是什麼？

A. 活動追蹤。
B. 健康監測。
C. 行動通訊。
D. 旅行計畫。

答題解說

答案：（C）。選項包括一些行動裝置可能會有的功能，所以要注意錄音內容中對於這種裝置的說明。說話者介紹一種叫 Super Watch 的裝置，提到 With Super Watch, you can send messages, make calls, and even make payments（有了 Super Watch，您可以傳送訊息、打電話，甚至付款），而在選項中，C. 可以概括前兩項，所以是正確答案。

字詞解釋

hassle [ˈhæsl] n. 麻煩　**outdoor** [ˈaʊtˌdor] adj. 戶外的　**multiple** [ˈmʌltəpl] adj. 多樣的　**eliminate** [ɪˈlɪməˌnet] v. 減少　**belongings** [bəˈlɔŋɪŋz] n. 個人攜帶物品　**embrace** [ɪmˈbres] v. 擁抱　**monitor** [ˈmɑnətə] v. 監控　**mobile** [ˈmobɪl] adj. 可移動的，行動的　**communication** [kəˌmjunəˈkeʃən] n. 溝通

31.

Lily, I need your help. I left the house without my key and couldn't find our spare key under the flower pot by the door. The landlord can't help because she's traveling abroad. If you receive this, please call me. I know you're supposed to sleep at your aunt's place tonight, but I'll have nowhere to stay if you don't come back.

Question: Who most likely is Lily?
A. The speaker's co-worker.
B. The speaker's landlord.
C. The speaker's aunt.
D. The speaker's roommate.

英文翻譯

Lily，我需要你的幫忙。我出門沒帶鑰匙，也找不到我們門旁邊花盆底下的備用鑰匙。房東沒辦法幫忙，因為她正在國外旅行。如果你收到這個留言，請打電話給我。我知道你今晚應該在阿姨家睡，但如果你不回來的話，我就沒有地方可以住宿了。

問題：Lily 最有可能是什麼人？

A. 說話者的同事。

B. 說話者的房東。

C. 說話者的阿姨。

D. 說話者的室友。

第 1 回 第 2 回 第 3 回 第 4 回 第 5 回 第 6 回 第 7 回 第 8 回 第 9 回 第 10 回

答題解說

答案：（D）。選項都表示某個人和說話者的關係，所以要注意和身分有關的線索。說話者打電話給 Lily，提到自己出門沒帶鑰匙，而且找不到 "our" spare key（我們的備用鑰匙），表示備用鑰匙是說話者和 Lily 都會使用的。另外，也提到 landlord（房東），表示說話者住的地方是租的。最後則說 I'll have nowhere to stay if you don't come back（如果你不回來的話，我就沒有地方可以住宿了），意味著說話者的住處也是 Lily 會「回去」的地方。也就是說，Lily 是說話者的室友，才能幫說話者開門，所以 D. 是正確答案。

字詞解釋

spare [spɛr] **adj.** 備用的　**landlord** [ˋlændˏlɔrd] **n.** 房東　**co-worker** [ˋkoˋwɝkɚ] **n.** 同事　**roommate** [ˋrumˏmet] **n.** 室友

32.

Thank you for calling AB Sports Center. Our facility is currently closed. You can visit our website at ABsportscenter.com, where you can check our class schedules and order our products. You can also leave a message, and our staff will get back to you as soon as possible. If you need to sign up for a class, please call back during our business hours so we can gather more details and assist you.

Question: What cannot be done at the moment?

A. Checking class schedules.

B. Ordering some products.

C. Leaving a message.

D. Signing up for a class.

英文翻譯

感謝您致電 AB 運動中心。我們的設施目前休息中。您可以上我們的網站 ABsportscenter.com，在網站上您可以查看我們的課程時間表，以及訂購我們的產品。您也可以留言，我們的員工會儘快回覆您。如果您需要報名課程，請在我們

的營業時間再次來電，讓我們能收集更多細節資訊並且協助您。

問題：目前不能做什麼？
A. 查看課程時間表。
B. 訂購產品。
C. 留言。
D. 報名課程。

答題解說

答案：（D）。選項是一些以動名詞表達的行為，所以要特別注意錄音內容中和這些行為有關的敘述。這是打電話到 AB 運動中心後聽到的內容，錄音開頭表明 Our facility is currently closed（我們的設施目前休息中），所以建議聽者 You can visit our website（您可以上我們的網站），並且告知可以在網站上 check our class schedules（查看我們的課程時間表）、order our products（訂購我們的產品）、leave a message（留言），分別對應前三個選項。但最後一句的說明和前面不同，提到 If you need to sign up for a class, please call back during our business hours（如果您需要報名課程，請在我們的營業時間再次來電），表示報名這件事是要等到營業時間才能做的，所以目前不行，正確答案是 D.。

字詞解釋

facility [fə`sɪlətɪ] n. 設施　**get back to** 之後回覆（某人）

33.

Yesterday afternoon, my husband called me and said we were going to eat out that evening, and that I didn't need to prepare dinner. He didn't tell me why, so I got a little frustrated because I thought he didn't enjoy my cooking. It was at the restaurant that he reminded me it was my birthday. I totally forgot! He said I was too busy with chores, so he asked me out to give me a break.

Question: Why did the speaker's husband decided they should eat out?
A. He did not want to prepare dinner.
B. He did not like the speaker's cooking.
C. He wanted the speaker to take a rest.
D. He forgot the speaker's birthday.

英文翻譯

昨天下午，我的丈夫打電話給我，說我們那天晚上要外食，還有我不需要準備晚

餐。他沒告訴我為什麼，所以我有點洩氣，因為我以為他不喜歡我的料理。在餐廳他才提醒我，那天是我的生日。我完全忘了！他說我做家事太忙了，所以他約我出去，讓我休息一下。

問題：為什麼說話者的丈夫決定外食？
A. 他不想準備晚餐。
B. 他不喜歡說話者的料理。
C. 他希望說話者休息一下。
D. 他忘了說話者的生日。

答題解說

答案：（C）。選項都是 He 開頭的句子，所以要注意男性說話者或錄音中提到的另一位男性相關的資訊。在這一題，說話者是女性，而提到的男性是她的丈夫。根據錄音內容，他打電話給說話者，說他們晚上要一起外食。說話者說丈夫一開始 didn't tell me why（沒告訴我為什麼），還以為原因是 he didn't enjoy my cooking（他不喜歡我的料理），到了餐廳才知道 He said I was too busy with chores, so he asked me out to give me a break（他說我做家事太忙了，所以他約我出去，讓我休息一下），所以用 take a rest（休息一下）來表達的 C. 是正確答案。

字詞解釋

frustrated [ˋfrʌstretɪd] **adj.** 感到洩氣的 **chore** [tʃor] **n.** 家庭雜務 **ask someone out** 約某人出門約會

34.

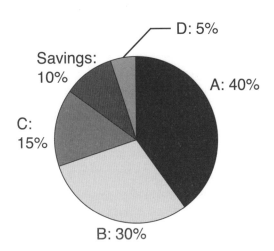

For question number 34, please look at the chart. 第 34 題請看圖表。

I plan to buy a house before marrying my girlfriend. While reviewing my monthly expenses, I realized I save only 10% of my salary, and spend about 40% on food, which is the largest part. Additionally, 30% goes to my student loan payment. As for the rest of my spending, the majority is used to pay bills, while the smaller portion is for entertainment, which seems to be the only area where I can save.

Question: Which section of the chart represents paying bills?
A. Sector A.
B. Sector B.
C. Sector C.
D. Sector D.

英文翻譯

我打算在跟女朋友結婚前買一間房子。在回顧我的每月支出時，我發現我只存 10% 的薪水，而花費大約 40% 在食物上，那是最大的部分。另外，30% 用來付學生貸款。至於我支出的其他部分，大部分用來付帳單，而比較小的部分是娛樂用，這看起來是我唯一可以省錢的領域。

問題：圖表的哪個部分代表付帳單？
A. 扇形 A。
B. 扇形 B。
C. 扇形 C。
D. 扇形 D。

答題解說

答案：（C）。選項是圓餅圖中的四個部分，除了注意它們所佔的百分比以外，也要注意唯一明確標示為 Savings（存款）的部分，可能也是解題的線索。說話者說明自己的每月支出：I save only 10% of my salary, and spend about 40% on food（我只存 10% 的薪水，而花費大約 40% 在食物上）、30% goes to my student loan payment（30% 用來付學生貸款），也就是圖表中的 savings、A 和 B。接下來提到 As for the rest of my spending（至於我支出的其他部分），也就是 C 和 D：the majority is used to pay bills, while the smaller portion is for entertainment（大部分用來付帳單，而比較小的部分是娛樂用），所以佔比較高的 C 是付帳單、較低的 D 是娛樂。正確答案是 C。

第1回
第2回
第3回
第4回
第5回
第6回
第7回
第8回
第9回
第10回

字詞解釋

salary [ˋsælərɪ] n. 薪水　　**majority** [məˋdʒɔrətɪ] n. 大多數
entertainment [ˌɛntəˋtenmənt] n. 娛樂　　**sector** [ˋsɛktə] n. 扇形

35.

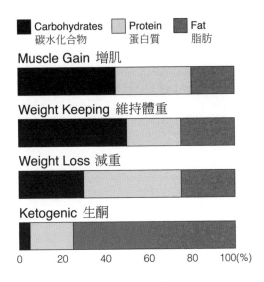

For question number 35, please look at the chart. 第 35 題請看圖表。

I've decided it's time to change my diet. I was just maintaining my weight in the past, so nearly half of my diet consisted of carbohydrates, but I'm determined to shift that balance. To achieve my goal, I'm reducing my intake of carbs by nearly half and trying to get more protein. It's a significant adjustment, but I think it is important to take control of my diet and become a healthier me.

Question: Which type of diet is the speaker going to adopt?

A. Muscle gain diet.
B. Weight keeping diet.
C. Weight loss diet.
D. Ketogenic diet.

英文翻譯

我已經決定是時候改變我的飲食了。以前我只是維持我的體重,所以將近一半的飲食是碳水化合物構成的,但我下定了決心要改變這個平衡。為了達成我的目標,我正在減少我的碳水攝取將近一半,並且試圖獲得更多蛋白質。這是很大的調整,但我認為控制我的飲食並且變得更健康是很重要的。

問題：說話者將採用哪種飲食？

A. 增肌飲食。

B. 維持體重飲食。

C. 減重飲食。

D. 生酮飲食。

答題解說

答案：（C）。選項是圖表中的四種飲食，要注意每種飲食的碳水化合物、蛋白質、脂肪比率，並且在聽錄音的時候找出相關的部分。說話者表明自己要改變飲食，並且提到 I was just keeping my weight in the past, so nearly half of my diet consisted of carbohydrates（以前我只是維持我的體重，所以將近一半的飲食是碳水化合物構成的），所以過去他採用的是圖表中的 Weight Keeping 飲食比例。接著他說明自己要做出的改變，是 I'm reducing my intake of carbs by nearly half and trying to get more protein（我正在減少碳水攝取將近一半，並且試圖獲得更多蛋白質）。和 Weight Keeping 比起來，碳水減少快一半、蛋白質較多的是 Weight Loss 這種飲食法，所以正確答案是 C.。

字詞解釋

consist of 由…構成　**carbohydrate** [ˌkɑrbəˈhaɪdret] n. 碳水化合物（= **carb**）　**determined** [dɪˈtɝmɪnd] adj. 下定決心的　**intake** [ˈɪnˌtek] n. 攝取　**protein** [ˈprotiɪn] n. 蛋白質　**significant** [sɪɡˈnɪfəkənt] adj. 重大的　**adjustment** [əˈdʒʌstmənt] n. 調整

第一部分：詞彙

1. All of the classmates were invited, but only a _____ of them attended Sally's birthday party.（所有同學都被邀請，但只有少數人出席 Sally 的生日派對。）

   A. crowd
   B. handful
   C. bundle
   D. quantity

   答題解說

   答案：（B）。空格要填入 only a ... of 中代表數量的名詞。這個句子用 but 連接兩個意思相反的子句，相對於前半的 All（所有），後半接在 only 後面的詞應該表示「一些」或「很少」，所以 B. handful（少數）是正確答案。C. bundle 雖然可以表示「一大堆」的意思，但不適合用來代表人。D. 只是表示「數量」，而不是「某個數量的人／事物」，所以不能當作 attended 的主詞。

   字詞解釋

   crowd [kraʊd] n. 一大群人　**handful** [ˋhændfəl] n. 少數，少量　**bundle** [ˋbʌndl̩] n.（事物）一大堆　**quantity** [ˋkwɑntətɪ] n. 數量

2. Marching bands and colorful floats with performers filled the streets during the annual summer _____.（在一年一度的夏季遊行中，街上充滿了行進樂隊和載著表演者、色彩繽紛的花車。）

   A. parade
   B. concert
   C. convention
   D. demonstration

   答題解說

   答案：（A）。空格是被 annual（一年一度的）和 summer（夏季）修飾的名詞，而且是介系詞 during（在…期間）的受詞，表示句子前面內容發生的場合。因為

提到了 marching bands（行進樂隊）和 floats with performers（載著表演者的花車），而且是出現在 streets（街道），所以 A. parade（遊行）是正確答案。

march [mɑrtʃ] v. 行進　　**float** [flot] n. （遊行活動的）花車
performer [pɚˋformɚ] n. 表演者　　**annual** [ˋænjʊəl] adj. 一年一度的
parade [pəˋred] n. （節慶活動的）遊行　　**concert** [ˋkɑnsɚt] n. 音樂會
convention [kənˋvɛnʃən] n. 大會　　**demonstration** [ˏdɛmənˋstreʃən] n. 示威遊行

3. Some consider that _____ power plants are not safe because they could release dangerous levels of radiation in the event of an accident.（有些人認為核電廠不安全，因為萬一發生意外事故，它們可能釋放出危險水準的幅射。）

   A. solar
   B. nuclear
   C. efficient
   D. industrial

答題解說

答案：（B）。空格要填入修飾 power plants（發電廠）的形容詞。有些人認為這種發電廠 not safe（不安全），後面由 because 引導的子句則說明原因：they could release... radiation（它們可能釋放幅射）。有釋放幅射危險性的是核電廠，所以 B. nuclear（核能的）是正確答案。

字詞解釋

power plant 發電廠　　**radiation** [ˏredɪˋeʃən] n. 幅射　　**in the event of** 萬一發生…
solar [ˋsolɚ] adj. 太陽的　　**nuclear** [ˋnjuklɪɚ] adj. 原子核的，核能的　　**efficient** [ɪˋfɪʃənt] adj. 有效率的　　**industrial** [ɪnˋdʌstrɪəl] adj. 工業的

4. Although the twins look _____, their personalities are complete opposites.（雖然那對雙胞胎看起來完全一樣，但他們的個性完全相反。）

   A. imaginative
   B. ignorant
   C. ironic
   D. identical

答題解說

答案：（D）。空格是接在 look（看起來）後面的形容詞，也是表示主詞性質的主詞補語。句子前後以連接詞 Although（雖然）連接，表示兩個子句敘述的是相反的面向。後面的子句說他們的個性完全相反，那麼前面的子句應該是說他們看起來相同，所以 D. identical（完全相同的）是正確答案。

字詞解釋

personality [ˌpɝsənˈælətɪ] n. 個性　**opposite** [ˈɑpəzɪt] n. 相反的人／事物
imaginative [ɪˈmædʒəˌnətɪv] adj. 有想像力的　**ignorant** [ˈɪgnərənt] adj. 無知的
ironic [aɪˈrɑnɪk] adj. 諷刺的　**identical** [aɪˈdɛntɪkl̩] adj. 完全相同的

5. Since Aaron _____ to become a doctor, he has been showing great passion for his chosen path by reading medical textbooks every day.（自從 Aaron 下定決心成為醫師，他就每天閱讀醫學教科書，對自己選擇的道路展現出很大的熱情。）

   A. stood in others' shoes
   B. called it off
   C. made up his mind
   D. lost his head

答題解說

答案：（C）。這個句子用連接詞 Since（自從…）連接前後兩個子句，表示在第一個子句的行為發生之後，持續進行第二個子句的行為。第二個子句說 Aaron 每天閱讀醫學教科書，對於成為醫師這條路展現出很大的熱情，所以第一個子句應該是說 Aaron 決定要成為醫師（於是之後一直很努力），正確答案是 C. made up his mind（下定決心）。

字詞解釋

medical [ˈmɛdɪkl̩] adj. 醫學的　**stand in others' shoes** 站在別人的立場著想
call off 取消…　**make up one's mind** 下定決心　**lose one's head** 驚慌失措

6. After spending hours _____ the criminal, the police finally caught him in an abandoned garage.（花了好幾個小時追趕罪犯之後，警方終於在廢棄的車庫抓到他。）

   A. pursuing
   B. investigating

C. searching

D. charging

答題解說

答案：（A）。_____ the criminal 修飾前面的 spending，表示「花好幾個小時對罪犯做某事」。這個句子以 After（…之後）連接前後兩個子句，表示事件發生的順序：在對罪犯做某事長達幾個小時之後，才抓到他。所以，在抓到罪犯之前會發生的 A. pursuing（追趕）是正確答案。C. searching 是一個陷阱，因為只有當不及物動詞的用法 search for 才能表示「搜尋」的意思，但這裡的空格後面直接接受詞 the criminal，所以會變成及物動詞的用法「（對人）搜身」。

字詞解釋

criminal [ˋkrɪmən!] n. 罪犯　**abandon** [əˋbændən] v. 拋棄，遺棄　**pursue** [pɚˋsu] v. 追趕　**investigate** [ɪnˋvɛstəˏget] v. 調查　**search** [sɝtʃ] v. 搜查（場所），（對人）搜身　**charge** [tʃɑrdʒ] v. 指控

7. **Due to frequent power failures, the factory could not _____ goods efficiently, resulting in production delays and financial losses.**（由於頻繁的停電，這家工廠無法有效率地製造商品，造成生產延誤與財務損失。）

A. accommodate

B. manufacture

C. distinguish

D. stimulate

答題解說

答案：（B）。空格要填入動詞，它的主詞是 factory（工廠）、受詞是 goods（商品）。觀察整個句子的結構，會發現除了開頭表示原因的 Due to（由於…）以外，最後還有現在分詞 resulting（造成…）引導的分詞構句，所以由逗號隔開的三個部分表示一系列有因果關係的事件：「頻繁停電」→「無法對商品做什麼」→「造成生產延誤與財務損失」，正確答案是 B. manufacture（製造）。

字詞解釋

frequent [ˋfrikwənt] adj. 頻繁的　**power failure** 停電　**efficiently** [ɪˋfɪʃəntlɪ] adv. 有效率地　**financial** [faɪˋnænʃəl] adj. 財務的　**accommodate** [əˋkɑməˏdet] v. 使適應　**manufacture** [ˏmænjəˋfæktʃɚ] v. 製造　**distinguish** [dɪˋstɪŋgwɪʃ] v. 區別　**stimulate** [ˋstɪmjəˏlet] v. 刺激

第 1 回
第 2 回
第 3 回
第 4 回
第 5 回
第 6 回
第 7 回
第 8 回
第 9 回
第 10 回

8. Several _____ ago, when mobile phones were not yet common, people relied on telephones and face-to-face communication to exchange information.（幾十年前，當行動電話還不普遍的時候，人們依賴電話與面對面溝通來交流資訊。）

    A. ages
    B. quarters
    C. centuries
    D. decades

答題解說

答案：（D）。空格要填入表示時間長度的名詞，表示「多久之前」。後面的內容提到「行動電話還不普遍」，以及「依賴電話」，而行動電話的普及大約發生在 1990 年代末，所以和 several 連用時表示「幾十年」的 D. decades（十年）是正確答案。如果選 C. centuries（世紀）的話，表示至少 200 年以前，但那時候就連電話都還沒發明出來（電話是 19 世紀後半發明的）。

字詞解釋

rely [rɪˋlaɪ] v. 依靠，依賴　　**exchange** [ɪksˋtʃendʒ] v. 交換　　**age** [edʒ] n. 時代
quarter [ˋkwɔrtɚ] n. 季度　　**century** [ˋsɛntʃʊrɪ] n. 世紀　　**decade** [ˋdɛked] n. 十年

9. The weather in summer afternoons _____ take a turn for the worse, so I always carry an umbrella with me just in case it starts raining.（夏天下午的天氣傾向於變壞，所以我總是攜帶雨傘以防開始下雨。）

    A. used to
    B. tends to
    C. intends to
    D. cannot but

答題解說

答案：（B）。空格後面接原形動詞片語 take a turn for the worse（變壞），而空格的主詞是 weather（天氣）。這裡要表達的是夏天下午往往會下雨的現象，所以表示「傾向於…」的 B. tends to 是正確答案。A. used to 表示「以前經常…」，同時也暗示著現在不再像以前一樣了，但題目中描述的天氣傾向從過去到現在並沒有發生改變。C. intends to（意圖…）只能用有意志的人當主詞。D. cannot but（不得不）表示因為情況所迫而不得不做某事。

字詞解釋
take a turn for the worse 變壞　**in case** 以防萬一⋯

10. **Just a small amount of _____ can negatively affect your judgment and physical control while driving.**（只要少量的酒精，就能在開車時負面影響你的判斷與身體控制能力。）

A. alcohol
B. carbon
C. fragrance
D. moisture

答題解說
答案：（A）。空格填入的某個東西，會在開車時對判斷能力與身體控制能力造成負面影響，所以選項中最合理的 A. alcohol（酒精）是正確答案。

字詞解釋
judgment [ˋdʒʌdʒmənt] n. 判斷　**physical** [ˋfɪzɪkl] adj. 身體的　**alcohol** [ˋælkə͵hɔl] n. 酒精　**carbon** [ˋkɑrbən] n. 碳　**fragrance** [ˋfregrəns] n. 香氣　**moisture** [ˋmɔɪstʃɚ] n. 濕氣

第二部分：段落填空

Questions 11-15

Eros, the Greek God of love, possessed the power to blind people with his control over their **affections**. When struck by Eros' golden arrow, people would deeply fall in love. **Conversely**, those hit by lead arrows would become uninterested in love.

One day, when Apollo claimed that he was superior, Eros was offended and shot Apollo with a golden arrow. Instantly, Apollo fell in love with a passing nymph named Daphne, who was **later on** struck by a lead arrow and swiftly fled. After a long chase, Daphne became **exhausted** and unable to run any further, so she prayed to her father Peneus to be transformed into a laurel tree. **Despite witnessing this transformation**, Apollo's love remained the same. Amazingly, the laurel tree retains green leaves around the year since then.

字詞解釋

possess [pə`zɛs] v. 擁有  **affection** [ə`fɛkʃən] n. 愛情 **arrow** [`æro] n. 箭  **conversely** [kən`vɝslɪ] adv. 相反地 **lead** [lɛd] n. 鉛 **uninterested** [ʌn`ɪntərɪstɪd] adj. 不感興趣的  **superior** [sə`pɪrɪɚ] adj. 比較高等的 **offend** [ə`fɛnd] v. 冒犯  **later on** 稍後  **swiftly** [`swɪftlɪ] adv. 迅速地 **fled** [flɛd] v. 逃跑（**flee** 的過去式） **exhausted** [ɪg`zɔstɪd] adv. 筋疲力竭的  **transform** [træns`fɔrm] v. 改變形態 **laurel** [`lɔrəl] n. 月桂  **witness** [`wɪtnɪs] v. 目睹，見證 **transformation** [ˌtrænsfɚ`meʃən] n. 變化  **retain** [rɪ`ten] v. 保持

中文翻譯

　　希臘神話的愛神 Eros 靠著對人們愛情的操控能力，擁有讓人們為愛盲目的力量。被 Eros 的金箭射中時，人們會深深陷入愛情中。相反地，被鉛箭射中的人會對愛不感興趣。

　　有一天，當 Apollo 聲稱他比較優秀時，Eros 感到被冒犯而用金箭射了 Apollo。Apollo 立刻愛上了路過的仙女 Daphne，而 Daphne 稍後被鉛箭射中而迅速逃跑了。在漫長的追逐之後，Daphne 筋疲力盡而無法再跑下去，所以她祈求她的父親 Peneus，讓她變成月桂樹。儘管看到這個變化，Apollo 的愛情仍然維持不變。令人驚訝的是，月桂樹在那之後就一年四季都保有綠葉。

答題解說

11. A. affections　B. communications　C. expectations　D. imaginations
　　答案：（A）。空格填入的名詞，表示 Eros 在人身上可以操控的層面。因為後面提到 Eros 的箭可以讓人 fall in love（陷入愛情）或者 become uninterested in love（對愛不感興趣），所以 A. affections（愛情）是正確答案。

字詞解釋

communication [kəˌmjunə`keʃən] n. 溝通  **expectation** [ˌɛkspɛk`teʃən] n. 預期 **imagination** [ɪˌmædʒə`neʃən] n. 想像

12. A. Conversely　B. Dramatically　C. Suspiciously　D. Unexpectedly
　　答案：（A）。空格剛好在兩個句子之間，前面的句子說被金箭射中的人會陷入愛情，後面的句子則說被鉛箭射中的人會對愛不感興趣，兩種情況剛好相反，所以 A. Conversely（相反地）是最適當的答案。

字詞解釋

dramatically [drə`mætɪkəlɪ] adv. 戲劇性地  **suspiciously** [sə`spɪʃəslɪ] adv. 懷疑地；可疑地 **unexpectedly** [ˌʌnɪk`spɛktɪdlɪ] adv. 意料之外地

13. A. later on　B. in particular　C. for the moment　D. as a result

501

答案：（A）。空格要填入一個修飾 was (struck) 的副詞性質表達方式，表示「被鉛箭射中」的情況。這一題可以用刪去法判斷：Daphne 被鉛箭射中這件事，並不是相對於什麼而要特別強調的事情，所以不適合填入 B. in particular（尤其）；這個句子也不是要表達暫時性、稍後可能恢復原狀的情況，所以不能用 C. for the moment（暫時，目前）；Daphne 被銀箭射中也不能說是「因為 Apollo 被金箭射中」而造成的，所以不能選 D. as a result（結果…）。因為 Daphne 被銀箭射中只是時間順序上比較晚發生的事，而不是「Apollo 被金箭射中」直接產生的結果，所以 A. later on（稍後）是最適當的答案。

14. A. concentrated　B. determined　C. exhausted　D. frustrated

答案：（C）。空格是 became 的補語，表示在 a long chase（漫長的追逐）之後，Daphne 變成怎樣的狀態。因為後面提到她 unable to run any further（無法再跑下去），所以和「無法再跑」最有邏輯關係的 C. exhausted（筋疲力竭的）是正確答案。D. frustrated（感到洩氣的）表示心理上受挫的狀態，但這裡要表達的是因為被追了很久，體能上無法再跑下去，所以這不是最恰當的答案。

字詞解釋

concentrated [ˋkɑnsənˌtretɪd] **adj.** 專注的　**determined** [dɪˋtɜˑmɪnd] **adj.** 下定決心的
frustrated [ˋfrʌstretɪd] **adj.** 感到洩氣的

15. A. Contrary to popular belief 和普遍的看法相反
B. Because of his continuous effort 因為他持續的努力
C. Surprised by such a sudden change 因為對這樣突然的改變感到驚訝
D. Despite witnessing this transformation 儘管看到這個變化

答案：（D）。空格在兩個句子中間，所以必須考慮前後句子的關係來判斷答案。前面說 Daphne 因為跑不動而讓自己變成月桂樹，後面則說 Apollo 的愛情仍然不變，表示 Apollo 的行為並沒有因為 Daphne 的改變而受影響，所以用 Despite 表達讓步的意義「儘管…還是…」的 D. 是正確答案。B. 這裡要表達的是愛情自發性地持續下去，而不是「努力使自己的愛情持續」（暗示如果不努力就會停止），所以這不是適當的答案。

字詞解釋

contrary to 和…相反　**continuous** [kənˋtɪnjʊəs] **adj.** 持續的

Questions 16-20

Imprinting is a learning behavior commonly observed in animals such as birds, chickens, geese, and ducks. It involves young animals **developing a conscious connection to** the first moving object they see after birth, typically their parents.

For example, baby ducks are well-known for being sensitive to imprinting. Once a duck **hatches** from its egg, it recognizes and imitates anything it sees in its immediate environment, considering the first moving object it encounters **as** its mother. **As long as** the object has certain characteristics, it can make imprinting happen, even if it is a human being.

字詞解釋

imprinting [ɪmˋprɪntɪŋ] n. 銘印現象　**behavior** [bɪˋhevjɚ] n. 行為　**observe** [əbˋzɝv] v. 觀察　**involve** [ɪnˋvɑlv] v. 牽涉　**conscious** [ˋkɑnʃəs] adj. 有意識的　**connection** [kəˋnɛkʃən] n. 連繫　**typically** [ˋtɪpɪkəlɪ] adv. 典型地　**sensitive** [ˋsɛnsətɪv] adj. 敏感的　**hatch** [hætʃ] v. 孵化　**recognize** [ˋrɛkəɡˏnaɪz] v. 認出，認識　**imitate** [ˋɪməˏtet] v. 模仿　**immediate** [ɪˋmidɪət] adj. 立即的；最接近的　**encounter** [ɪnˋkaʊntɚ] v. 遭遇，遇到　**characteristic** [ˏkærəktəˋrɪstɪk] n. 特性

中文翻譯

　　銘印現象是在諸如鳥、雞、鵝、鴨等動物中經常觀察到的學習行為。它涉及年幼的動物對於出生後看到的第一個會動的對象發展出有意識的連結，而這個對象通常是牠們的父母。舉例來說，小鴨以對於銘印敏感而聞名。鴨子一從蛋孵化出來，就會認識並模仿在最接近的環境中看到的任何事物，並且認為遇到的第一個會動的對象是母親。只要這個對象具有特定的特性，就可以讓銘印現象發生，就算那是人類也一樣。

答題解說

16. A. being easily confused by 很容易因為…而困惑
    B. showing curiosity toward 對…表現出好奇
    C. becoming overly cautious about 變得對…太過小心
    D. developing a conscious connection to 對於…發展出有意識的連結
    答案：（D）。這一句是說明銘印現象的效果，後面接受詞 the first moving object they see after birth（他們出生後看到的第一個會動的對象），要考慮整篇文章對於銘印現象的說明，對它有所了解才能作答。文章後面剛好有一個地方也提到「看到第一個會動的對象」：considering the first moving object it [= a duck] encounters as its mother（認為遇到的第一個會動的對象是母親）。認為一個對象是母親，表示和這個對象產生了心智層面的連結，所以最合適的答案是 D.。

字詞解釋

curiosity [ˏkjʊrɪˋɑsətɪ] n. 好奇心　**cautious** [ˋkɔʃəs] adj. 小心謹慎的

17. A. At first　B. However　C. Fortunately　D. For example

答案：（D）。空格在句首的副詞位置，除了引導句子以外，也有可能表示和上一句的關係，所以要看前後的內容來判斷答案。上一句在說明銘印現象，這一句和之後的內容則舉出小鴨做具體的解說，是為前面的內容舉例，所以 D. For example（舉例來說）是正確答案。

字詞解釋

at first 一開始　**fortunately** [ˋfɔrtʃənɪtlɪ] adv. 幸運地

18. A. escapes　B. hatches　C. launches　D. vanishes
    答案：（B）。空格後面接 from its egg（從蛋〔出來〕），而且主詞是 a duck（鴨子），所以最適合用來表達這個過程的 B. hatches（孵化）是正確答案。

字詞解釋

escape [əˋskep] v. 逃跑　**launch** [lɔntʃ] v. 開始，發動　**vanish** [ˋvænɪʃ] v. 消失

19. A. for　B. as　C. with　D. in
    答案：（B）。空格要填入介系詞，前面有現在分詞 considering（認為）的受詞 the first moving object it encounters（牠遇到的第一個會動的對象），後面又接 its mother（牠的媽媽），而這裡要表達的意思是「把遇到的第一個會動的對象當成媽媽」，所以表示「作為⋯」的 B. as 是正確答案。

20. A. If only　B. As long as　C. By the time　D. In order that
    答案：（B）。空格要填入連接詞，所以要從兩個子句的關係來判斷答案。前面的子句說「這個對象具有特定的特性」，後面的子句說「它可以讓銘印現象發生」，所以前者表示後者發生的條件。在選項中，可以表示條件的 B. As long as（只要⋯）是正確答案。A. 雖然使用了 If，但 If only 是「要是⋯就好了」的意思，所以後面應該接與事實相反的假設才對。

字詞解釋

if only 要是⋯就好了　**by the time** 到⋯的時候　**in order that** 為了⋯

第三部分：閱讀理解

Questions 21-22

中文翻譯

點亮下雨天的雨傘
日本公司 Mabu 用他們創新的「雨傘燈籠」獲得注目。藉由在普通雨傘上安裝 LED

燈，他們創造出像是燈籠的裝置，而能在黑暗中照亮四周。這個引人注目的發明不止看起來獨特，也因為讓使用者更容易被汽車駕駛人看見，而能確保他們在夜晚行走時的安全。

21. 這篇文章介紹了什麼樣的產品？
    A. 有額外功能的雨傘
    B. 雨傘形狀的燈籠
    C. 改良過的一種 LED 燈
    D. 正在變得流行的時尚單品

22. 根據這篇文章，關於這個產品，何者正確？
    A. 只能在日本買到。
    B. 看起來比較像燈籠而不是雨傘。
    C. 吸引時尚產業的注意。
    D. 有助於預防車禍。

字詞解釋

文章　**innovative** [ˈɪnoˌvetɪv] **adj.** 創新的　**equip** [ɪˈkwɪp] **v.** 使…配備　**conventional** [kənˈvɛnʃənl] **adj.** 常規的，普通的　**lantern** [ˈlæntɚn] **n.** 燈籠　**device** [dɪˈvaɪs] **n.** 設備　**surroundings** [səˈraʊndɪŋz] **n.** 四周環境　**eye-catching** 引人注目的　**invention** [ɪnˈvɛnʃən] **n.** 發明　**ensure** [ɪnˈʃʊr] **v.** 確保　**visible** [ˈvɪzəbl] **adj.** 可見的
第 21 題　**popularity** [ˌpɑpjəˈlærətɪ] **n.** 普及，流行

答題解說

21. 答案：（A）。雖然這個產品的名稱是 Umbrella Lantern，但標題仍然稱它為 Umbrella，而且文章的第二個句子明確提到，創造這把傘的方式是 equipping a conventional umbrella with LED lights（在普通雨傘上安裝 LED 燈），所以它的外型仍然是雨傘，而不是燈籠，只是多了照明的功能，A. 是正確答案。

22. 答案：（D）。問「何者正確／不正確」的題目，需要找出文章中和選項相關的部分來確定答案。文章的最後提到 ensures its users' safety when they walk in the night by making them more visible to car drivers（因為讓使用者更容易被汽車駕駛人看見，而能確保他們在夜晚行走時的安全），暗示著因為這把傘的照明讓使用者變得醒目，容易讓汽車駕駛注意到，而不會不小心撞上，所以 D. 是正確答案。A. B. C. 在文章中沒有提到。

第1回
第2回
第3回
第4回
第5回
第6回
第7回
第8回
第9回
第10回

Questions 23-25

中文翻譯

親愛的 Winnie：

　　我很高興邀請你參加 Kevin 和我最重要的日子。從我們小學的時候到現在，你一直是很珍貴的朋友。當我因為沒上我第一志願的大學而心情低落的時候，你在我身邊鼓勵我，並且告訴我永遠不要放棄夢想。那就是我開始學習平面設計，最終創辦現在的事業的原因。我也感謝你幫我建立客戶群，讓我能幫助許多公司宣傳他們的產品與服務。

　　除了這些以外，當然，我最感謝的是在我痛苦的分手之後，你介紹我認識你的堂哥 Kevin。Kevin 和我一起找到了愛情，現在我們即將開始人生的新篇章。你讓我們在一起的角色真的非常重要，所以如果你能加入我們，一起參加這個特別的場合，我一定會很高興。請把這一天空出來！

Lesley

23. Lesley 最有可能是邀請 Winnie 到什麼場合？
    A. 婚禮
    B. 週年紀念
    C. 頒獎典禮
    D. 開幕典禮

24. Lesley 擁有哪種事業？
    A. 藝人經紀公司
    B. 廣告公司
    C. 不動產公司
    D. 製造公司

25. 根據這封信，關於 Kevin 何者正確？
    A. 他是 Lesley 的事業伙伴。
    B. 他即將和 Lesley 分手。
    C. 他是 Lesley 的親戚。
    D. 他是由 Winnie 介紹給 Lesley 認識的。

字詞解釋

文章 **significant** [sɪg`nɪfəkənt] **adj.** 重大的　**valuable** [`væljʊəbl] **adj.** 貴重的
graphic design 平面設計　**eventually** [ɪ`vɛntʃʊəlɪ] **adv.** 最終　**establish** [ə`stæblɪʃ] **v.**
建立，創辦　**client base** 客戶層，客戶群　**promote** [prə`mot] **v.** 宣傳，推銷
breakup [`brek`ʌp] **n.** 分手　**priceless** [`praɪslɪs] **adj.** 無價的，貴重的　**absolutely**
[`æbsə͵lutlɪ] **adv.** 絕對，完全　**delighted** [dɪ`laɪtɪd] **adj.** 高興的　**occasion** [ə`keʒən] **n.**
場合

第 23 題 **anniversary** [͵ænə`vɝsərɪ] **n.** 週年紀念　**award** [ə`wɔrd] **n.** 獎項
ceremony [`sɛrə͵monɪ] **n.** 典禮

第 24 題 **talent** [`tælənt] **n.** 天分；有才華的人，藝人　**agency** [`edʒənsɪ] **n.** 代理機構
real estate 不動產　**manufacture** [͵mænjə`fæktʃə] **v.** 製造

答題解說

23. 答案：（A）。Lesley 是寫信的人，而 Winnie 是收件者。關於這封信的主旨，開
　　頭第一句提到 invite you to be part of the most significant day for Kevin and me（邀
　　請你參加 Kevin 和我最重要的日子），但並沒有明確說出是什麼場合，可能是因
　　為對方多少知道自己的近況。比較明顯的線索在第二段，其中提到了 Kevin and I
　　have found love together, and now we are beginning a new chapter of our lives（Kevin
　　和我一起找到了愛情，現在我們即將開始人生的新篇章），暗示著他們即將結
　　婚，所以 A. 是正確答案。

24. 答案：（B）。business（事業）這個關鍵詞出現在第一段，Lesley 提到自己
　　established my current business（創辦了我現在的事業），之後又提到 you helped
　　me build a client base so I can help many companies promote their products and
　　services（你幫我建立客戶群，讓我能幫助許多公司宣傳他們的產品與服務），
　　所以幫企業宣傳產品與服務是她的工作內容，例如廣告就是其中一種方式，所以
　　B. 是正確答案。

25. 答案：（D）。關於 Kevin 的細節，主要出現在第二段，其中提到 you introduced
　　me to your cousin, Kevin（你介紹我認識你的堂哥 Kevin），表示 Winnie 介紹
　　Kevin 和 Lesley 兩人認識，所以 D. 是正確答案。C. 他是收件人 Winnie 的親戚才
　　對。A. B. 在信件中沒有提到。

Questions 26-28

中文翻譯

加入我們的聖誕老人團隊！

你充滿了節日精神，準備好要散播歡樂了嗎？加入我們，在 Marcy 百貨公司扮演聖誕老人吧！您將有機會應對小孩與家庭，讓他們的聖誕假期格外特別。

日期：12 月 19-25 日（選擇你偏好的值班日）
時間：中午 12 點 – 晚上 10 點（每天）
地點：Marcy 百貨公司
酬勞：每天 150 美元

必要條件：
- 溫暖而友善的態度
- 能夠應對各種年齡的小孩並且和他們互動
- 對於穿著聖誕老人服裝感到自在
- 能夠整天值勤

要表達您的興趣，請寄 recruit@marcydepstore.com 聯絡我們。

寄件者：nicholas_barry@sanatmail.com
收件者：recruit@marcydepstore.com
主旨：聖誕老人團隊應徵

親愛的招聘經理：

我寫這封信，是對於在即將到來的聖誕假期加入 Marcy 百貨公司的聖誕老人團隊表達興趣。在我之前在幼稚園與小朋友互動的經驗中，我展現了吸引小孩的注意力與興趣的能力。我認為這是因為小孩會自然受到我熱情的個性吸引。而且，我偶爾也有機會在那裡穿著服裝扮演人物，這使我很適合聖誕老人的角色。

我 12 月 19 到 25 日每天下午到 6 點為止都有空。如果您需要任何額外資訊，或者進一步討論我的應徵，請在您方便的時候隨時聯絡我。

Nicholas Barry

26. 廣告的目的是什麼？
    A. 雇用全職員工
    B. 填補臨時的職缺
    C. 宣傳聖誕促銷活動
    D. 宣傳角色扮演比賽

27. Barry 先生以前最有可能做過什麼工作？
    A. 護理師
    B. 演員
    C. 老師
    D. 街頭藝人

28. Barry 先生的哪方面可能是他不會被考慮的理由？
    A. 他的個性
    B. 他和小孩的互動
    C. 他先前的工作經驗
    D. 他有空的時間

文章 1 **engage** [ɪn`gedʒ] **v.** 處理，應付 **holiday season** 聖誕假期 **requirement** [rɪ`kwaɪrmənt] **n.** 必要條件 **interact** [ˌɪntə`rækt] **v.** 互動 **costume** [`kɑstjum] **n.** 服裝，戲服 **availability** [əˌvelə`bɪlətɪ] **n.** 可得性；有空 **commitment** [kə`mɪtmənt] **n.** 投入

文章 2 **upcoming** [`ʌpˌkʌmɪŋ] **adj.** 即將來臨的 **preschool** [`priˌskul] **n.** 幼稚園 **demonstrate** [`dɛmənˌstret] **v.** 展現 **capture** [`kæptʃə] **v.** 捕捉，引起（注意）**welcoming** [`wɛlkəmɪŋ] **adj.** 熱情友好的 **personality** [ˌpɝsən`ælətɪ] **n.** 個性 **well-suited** 適合的 **additional** [ə`dɪʃənl] **adj.** 額外的 **application** [ˌæplə`keʃən] **n.** 申請；應徵 **reach out to** 聯絡上… **at one's convenience** 在某人方便的時候

第 26 題 **temporary** [`tɛmpəˌrɛrɪ] **adj.** 臨時的 **promote** [prə`mot] **v.** 宣傳 **advertise** [`ædvɚˌtaɪz] **v.** 宣傳 **role-playing** 角色扮演

第 28 題 **interaction** [ˌɪntə`rækʃən] **n.** 互動

答題解說

26. 答案：（B）。advertisement（廣告）指的是第一篇文章，標題是 Join Our Santa Claus Team（加入我們的聖誕老人團隊），內容則說明是要 play Santa at Marcy Department Store（在 Marcy 百貨公司扮演聖誕老人）。下面列出了一些 Requirements（必要條件），而且標明日期 December 19-25，所以可以知道這是找人在這幾天臨時扮演聖誕老人的徵人訊息，正確答案是 B. 而不是 full-time

第1回 第2回 第3回 第4回 第5回 第6回 第7回 第8回 第9回 第10回

（全職）的 A.。

27. 答案：（C）。Barry 先生是電子郵件（第二篇文章）的寄件者。關於他以前的工作經驗，他在第一段提到 my previous experience working with children in a preschool（我之前在幼稚園與小朋友互動的經驗），所以他可能曾經擔任幼稚園老師，正確答案是 C.。

28. 答案：（D）。這一題要對照徵人通知列出的條件，以及 Barry 先生在電子郵件中對自己的介紹來判斷答案。徵人通知的 Requirements（必要條件）中，列出了幾項對於應徵者的要求，其中 Warm and friendly manner（溫暖而友善的態度）和電子郵件中的 my welcoming personality（我熱情的個性）符合、Ability to engage and interact with children of all ages（能夠應對各種年齡的小孩並且和他們互動）對應 the ability to capture the attention and interest of children（吸引小孩的注意力與興趣的能力）、Comfortable wearing the Santa Claus costume（對於穿著聖誕老人服裝感到自在）對應 I have had the opportunity to play characters by wearing costumes（我有機會穿著服裝扮演人物）。這幾個條件對應選項中的 A. B. C.。至於不符合的地方，則是徵人通知要求 full-day commitment（整天投入＝值勤），但 Barry 先生寫道 I am available every afternoon until six（我每天下午到 6 點為止都有空），暗示他晚上無法值勤，不符合工作時間的要求，所以 D. 是正確答案。

Questions 29-32

中文翻譯

　　有時候，尋求環保與確保民眾健康之間的平衡可能很困難。這個困難的一個例子可以在食品包裝上的日期標示明顯看到。過去，食品包裝通常有「在此日期前使用」的標籤，表示在這個日期之後食物會腐壞而不再適合飲食。但現在，比較常遇到的是「在此日期前最佳」的標籤。「在此日期前最佳」標示比「在此日期前使用」較早的日期，暗示著食物在這個特定日期之後可能失去最新鮮的狀態，而不是對於飲食而言變得不安全。

　　有些環保運動人士主張，改成「在此日期前最佳」的變化，導致了食品廢棄物的增加，因為大部分的人並沒有正確理解它的意思。當食品超過「在此日期前最佳」的日期時，人們會把它當成壞掉了並且丟掉，而不是在它還可食用的時候吃掉。諷刺的是，製造商可能對這種情況感到滿意，因為對它們產品的需求可能因為浪費而增加，結果使利潤提高。

　　為了處理這個問題，美國食品藥物管理局（FDA）已經建議使用兩種不同的標籤：「如果在此日期前使用最佳」表示新鮮度（的期限），「在此日期前使用」則用於容易腐壞的產品。這個方式的目標是提供消費者容易懂並且解讀的標籤。

29. 根據這篇文章，以下敘述何者正確？
    A. FDA 建議所有食品都要標示「在此日期前使用」。
    B. 過去，大部分的食品都標示「在此日期前最佳」。
    C. 以前食品被認為在「在此日期前使用」的日期後還可以吃。
    D. 大部分的人認為食品在「在此日期前最佳」的日期後會腐壞。

30. 以下何者的意義最接近第 2 段的「Ironically」這個單字？
    A. 理想上
    B. 奇怪地
    C. 有名地
    D. 尤其

31. 為什麼食品製造業者對於「在此日期前最佳」被誤解的情況感到滿意？
    A. 消費者會買更多他們的產品。
    B. 他們可以用比較高的價格販賣產品。
    C. 他們被允許付比較少的稅給政府。
    D. 他們可以藉由減少浪費而更環保。

32. 「如果在此日期前使用最佳」是什麼意思？
    A. 如果在…之前飲食最新鮮
    B. 在…之前保留比較多營養
    C. 在…之後比較不健康
    D. 在…之後不適合飲食

字詞解釋

文章 **ensure** [ɪn`ʃʊr] v. 確保　**challenging** [`tʃælɪndʒɪŋ] adj. 挑戰性的，困難的　**challenge** [`tʃælɪndʒ] n. 挑戰，困難　**evident** [`ɛvədənt] adj. 明顯的　**label** [`lebl] n. 標籤 v. 貼標籤　**suitable** [`sutəbl] adj. 適合的　**consumption** [kən`sʌmpʃən] n. 消耗；吃，喝　**peak** [pik] adj. 最高的　**freshness** [`frɛʃnɪs] n. 新鮮　**specific** [spɪ`sɪfɪk] adj. 特定的　**activist** [`æktəvɪst] n. 積極分子　**lead to** 導致　**spoil** [spɔɪl] v. 腐壞　**consume** [kən`sjum] v. 消耗；吃，喝　**edible** [`ɛdəbl] adj. 可食用的　**ironically** [aɪ`rɑnɪkəlɪ] adj. 諷刺地　**manufacturer** [ˌmænjə`fæktʃərə] n. 製造業者　**demand** [dɪ`mænd] n. 需求　**in an effort to do** 為了努力做到…　**issue** [`ɪʃʊ] n. 問題，爭議　**administration** [ədˌmɪnə`streʃən] n. 管理；行政當局　**recommend** [ˌrɛkə`mɛnd] v. 推薦　**distinct** [dɪ`stɪŋkt] adj. 有區別的，不同的　**tend to do** 傾向於…，容易…　**interpret** [ɪn`tɝprɪt] v. 解讀

第1回
第2回
第3回
第4回
第5回
第6回
第7回
第8回
第9回
第10回

511

第 30 題　**ideally** [aɪˋdɪəlɪ] **adv.** 理想上　**strangely** [ˋstrendʒlɪ] **adv.** 奇怪地　**famously** [ˋfeməslɪ] **adv.** 有名地　**particularly** [pɚˋtɪkjələlɪ] **adv.** 特別，尤其
第 31 題　**misunderstand** [͵mɪsʌndɚˋstænd] **v.** 誤解　**consumer** [kənˋsjumɚ] **n.** 消費者
第 32 題　**retain** [rɪˋten] **v.** 保留　**nutrition** [njuˋtrɪʃən] **n.** 營養

`答題解說`

29. 答案：（D）。關於「何者正確」的問題，要對照文章中和選項相關的部分來判斷答案。A. 最後一段的 the Food and Drug Administration（FDA）has recommended the use of two distinct labels（美國食品藥物管理局（FDA）已經建議使用兩種不同的標籤）和 "use by" for products that tend to spoil（「在此日期前使用」用於容易腐壞的產品）顯示，在 FDA 建議的兩種標籤中，後面提到的 use by 標籤用在容易腐壞的產品，所以只是用在特定類型的產品，而不是所有食品。B. 第一段的 In the past, food packages usually had a "use by" label（過去，食品包裝通常有「在此日期前使用」的標籤），顯示過去用的是 use by 而不是 best before 標籤，不符合選項敘述。C. 文中沒有提到過去人們對於 use by 的理解，選項中的敘述也和第一段的 "use by" label, indicating that the food would spoil... after that date（「在此日期前使用」的標籤，表示在這個日期之後食物會腐壞）不同。D. 第二段提到 When a food product is past its "best before" date, people would take it as spoiled（當食品超過「在此日期前最佳」的日期時，人們會把它當成壞掉了），符合選項敘述，所以 D. 是正確答案。

30. 答案：（B）。第二段的 Ironically 表示「諷刺地」，因為前面提到大部分的人對對於 best before 的誤解，本來應該是造成浪費的負面情況，但後面卻說製造商感到滿意，所以用 Ironically 來表達結果和預期不同。在選項中，表示「奇怪地」的 B. 同樣可以表現出結果不同於預期的心情，所以是正確答案。

31. 答案：（A）。在第二段的 Ironically 後面，提到 manufacturers might be satisfied with such a situation, as the demand for their products might increase because of the waste（製造商可能對這種情況感到滿意，因為對它們產品的需求可能因為浪費而增加），表示食品的浪費造成需求增加，而食品的浪費又是前面提到消費者誤解 best before 而造成的。所以，用 buy more of their products（買更多他們的產品）表示需求增加的 A. 是正確答案。

32. 答案：（A）。best if used by 出現在最後一段："best if used by" for indicating freshness and "use by" for products that tend to spoil（「如果在此日期前使用最佳」表示新鮮度（的期限），「在此日期前使用」則用於容易腐壞的產品），它表示相對於 use by、表示新鮮度而非是否會壞掉的概念，其實本質上和 best before 相同（對應第一段最後提到的 peak freshness〔最新鮮的狀態〕），所以 A. 是正確答案。

中文翻譯

　　「每週四天工作制」的概念,目前是受到熱議的主題。它指的是將每週工作天數減少到四天,同時又維持生產力與薪資水平的想法。這個概念在幾十年前就已經存在,但在 COVID-19 疫情期間才獲得廣泛的關注。隨著各組織適應了遠距工作,人們開始質疑傳統的工作制度,並且考慮藉由減少工作天數來改善工作與生活平衡的可能性。

　　儘管人們對於每週四天工作制的興趣正在增加,但值得注意的是,並非每位勞工都支持這種工作型態。根據研究,雖然 92% 的勞工對於每週四天工作制的概念持開放的態度,但 55% 擔心可能造成顧客或事業伙伴的負面反應。而且,有 46% 的勞工擔心每週四天工作制可能影響公司的獲利,而多達 73% 的勞工害怕它可能導致每天工作時數變長。

　　即使每週四天工作制只在少數國家小規模實驗過,例如愛爾蘭、加拿大、英國,但隨著它的優勢在不久的將來變得明顯,預期將會有更多組織採用。

33. 這篇文章主要是關於什麼?
　　A. 疫情對於工作制度的影響
　　B. 遠距工作如何幫助改善工作與生活的平衡
　　C. 成長中的減少工作天數趨勢
　　D. 關於工作新觀念的擔心

34. 關於「每週四天工作制」,以下何者不正確?
　　A. 還沒有國家要求必須採用。
　　B. 在這種工作型態,薪水會被減少。
　　C. 會為勞工創造更多假日。
　　D. 理想上,不會使勞工比較沒有生產力。

35. 根據這篇文章,以下何者在勞工中引起最多擔心?
　　A. 他們每天可能需要工作更多小時。
　　B. 顧客和事業伙伴可能不滿意。
　　C. 公司的獲利可能減少。
　　D. 人們還沒準備好接受新的想法。

字詞解釋

文章　**concept** [`kɑnsɛpt] n. 概念　**workweek** [`wɝk͵wik] n. 每週工作時間　**intense** [ɪn`tɛns] adj. 強烈的，激烈的　**debate** [dɪ`bet] n. 辯論　**refer to** 指的是⋯　**reduce** [rɪ`djus] v. 減少　**preserve** [prɪ`zɝv] v. 保存，維持　**productivity** [͵prodʌk`tɪvətɪ] n. 生產力　**salary** [`sælərɪ] n. 薪水　**decade** [`dɛked] n. 十年　**pandemic** [pæn`dɛmɪk] n.（疾病的）大範圍流行　**widespread** [`waɪd͵sprɛd] adj. 分布廣的，普遍的　**attention** [ə`tɛnʃən] n. 注意　**adapt to** 適應　**remote work** 遠距工作　**arrangement** [ə`rendʒmənt] n. 安排　**structure** [`strʌktʃə] n. 結構　**possibility** [͵pɑsə`bɪlətɪ] n. 可能性　**enhance** [ɪn`hæns] v. 提升，改善　**workday** [`wɝk͵de] n. 工作日　**concerned** [kən`sɝnd] 擔心的　**potentially** [pə`tɛnʃəlɪ] adv. 潛在地，可能地　**response** [rɪ`spɑns] n. 反應　**impact** [ɪm`pækt] v. 衝擊，影響　**profit** [`prɑfɪt] n. 利潤　**significant** [sɪg`nɪfəkənt] adj. 重大的，顯著的　**experiment** [ɪk`spɛrəmənt] v. 實驗

第 33 題　**trend** [trɛnd] n. 趨勢

第 34 題　**requirement** [rɪ`kwaɪrmənt] n. 必要條件　**ideally** [aɪ`diəlɪ] adv. 理想上　**productive** [prə`dʌktɪv] adj. 有生產力的

答題解說

33. 答案：（C）。關於這篇文章的主題，第一段開頭的主題句是 The concept of the "four-day workweek" is currently a subject of intense debate（「每週四天工作制」的概念，目前是受到熱議的主題），接下來介紹每週四天工作制的意思與發展背景，第二段則是針對這種制度的意見調查結果，而最後一段表示未來推廣的前景看好，全都圍繞著這種新的工作制度。因為第一段介紹這種概念是 reducing the workweek to four days（將每週工作天數減少到四天），所以 C. 是正確答案。A. D. 雖然在文章中有提到，但並不是最主要的內容。

34. 答案：（B）。關於「何者不正確」的題目，必須找出所有和選項相關的內容，逐一比對才能確定答案。A. 最後一段提到，four-day workweek has only been experimented with on a limited scale in a few countries（每週四天工作制只在少數國家小規模實驗過），顯示這個制度只是小規模的實驗，而不是政府全面要求實施，符合選項敘述。B. 第一段提到 It refers to the idea of reducing the workweek... while preserving... salary levels（它指的是將每週工作天數減少，同時維持薪資水平），表示它的目的也包括不讓薪水受到影響，不符合選項敘述，所以 B. 是正確答案。C. 減少每週工作天數，表示休假日增加，所以選項敘述正確。D. 在第一段 It refers to... 這句話中，也提到 preserving productivity（維持生產力）這個目標，符合選項敘述。

35. 答案：（A）。這一題要參照文章第二段的研究調查結果作答。因為題目問的是 raises the highest level of concern（引起最多擔心）的項目，所以要看數字最高的

項目是什麼。注意 92% 代表的是 open to the idea of a four-day workweek（對於每週四天工作制持開放的態度），其他數字才是代表對於各方面的擔心人數比例，所以要從其他數字中找答案。在剩下的三個數字中，最高的是 73%，代表 fear that it could lead to longer working hours per day（害怕它可能導致每天工作時數變長），所以用 work for more hours a day（每天工作更多小時）來表達的 A. 是正確答案。

第1回
第2回
第3回
第4回
第5回
第6回
第7回
第8回
第9回
第10回

學習筆記欄

10

GEPT
全民英檢

中級初試
中譯＋解析

本測驗分四部分，全為四選一之選擇題，共 35 題，作答時間約 30 分鐘。

第一部分：看圖辨義

A. **Question 1**

Honey Bookstore
BUSINESS HOURS

MON	10:00 TO 21:00
TUE	Closed TO Closed
WED	10:00 TO 21:00
THU	10:00 TO 21:00
FRI	10:00 TO 21:00
SAT	9:00 TO 22:00
SUN	9:00 TO 22:00

For question number 1, please look at picture A.

Question number 1: About Honey Bookstore, which of the following descriptions is correct?（關於 Honey 書店，以下敘述何者正確？）

A. It is not open on Mondays.（每週一不營業。）

B. It has the same business hours every day.（每天營業時間相同。）

C. It opens at 9 o'clock on Fridays.（每週五 9 點開始營業。）

D. It extends its business hours on weekends.（週末延長營業時間。）

答題解說

答案：（D）。圖片中的資訊很簡單，就只是每天的營業時間而已，所以能預期必然會聽到和營業時間有關的敘述，也要注意每天時間的差別，以及不營業的日子。A. 不營業的日子是星期二才對。B. 平日和週末的營業時間是不同的。C. 星期五開始營業的時間是 10 點才對。D. 週末提早一小時開門，晚一小時打烊，營業時間比較長，所以這是正確答案。

字詞解釋

extend [ɪk`stɛnd] v. 延長

B. **Questions 2 and 3**

2. **For questions number 2 and 3, please look at picture B.**

Question number 2: This is Jennie's schedule. Where will she most likely be at 3 o'clock?（這是 Jennie 的行程表。她在 3 點的時候最有可能在哪裡？）

A. At a gym.（在健身房。）

B. In the office.（在辦公室。）

C. At a movie theater.（在電影院。）

D. At an open-air café.（在露天咖啡店。）

答題解說

答案：（A）。因為是行程表，所以要先瀏覽一下每個時段做的事情，以及時間的長度。題目問是 3 點會在哪裡，對應的是下午 2 點半到 3 點半的 Work out（運動）。雖然並沒有直接寫出場所，但因為是「運動」的關係，所以 A. 是最合理的答案。不要誤以為 Work out 是「工作」的意思而誤選 B.。

3.

Question number 3: Please look at picture B again. What is true about Jennie's schedule today?（請再看一次圖片 B。關於 Jennie 今天的行程，何者正確？）

A. She will have lunch with Lisa at 10 o'clock.（她 10 點會和 Lisa 吃午餐。）

B. She will watch a movie with Rosie at 12 o'clock at night.（她晚上 12 點會和 Rosie 看電影。）

C. Her knitting class is two hours long.（她的編織課長度是 2 小時。）

D. She will cook dinner in the evening.（她晚上會煮晚餐。）

答題解說

答案：（C）。注意聆聽每個和行程有關的敘述。A. 她們要吃的是 brunch（早午餐）而不是 lunch（午餐）。B. 看電影是從中午開始，而不是半夜 12 點。C. 編織課從 4 點到 6 點，正好 2 小時，所以這是正確答案，注意 knit 的 k 不發音。D. 她晚上要 Dine out（外食），所以不會煮晚餐。

C. **Questions 4 and 5**

Jimmy's Diner
Menu

Combo A $10
Spaghetti + Drink（義大利麵＋飲料）
Combo B $20
Hamburger + Fries + Drink（漢堡＋薯條＋飲料）
Combo C $15
Fried Rice + Drink（炒飯＋飲料）
Combo D $8
Cake + Drink（蛋糕＋飲料）
Drink Menu（飲料菜單）
Coffee (Americano/Latte) / Tea /
Juice* (Orange/Apple/Grape)

咖啡（美式／拿鐵）／茶／果汁*（柳橙／蘋果／葡萄）
*Upgrade to juice for an extra $2（加 2 美元升級至果汁）

4. **For questions number 4 and 5, please look at picture C.**

Question number 4: What is true about the food served in Jimmy's Diner?
（關於 Jimmy's Diner 供應的食物，何者正確？）

A. Desserts are not available.（不供應點心。）

B. All meal combos come with a drink.（所有套餐都附有飲料。）

C. Only Western food is served here.（這裡只供應西式食物。）

D. All the combos are over 10 dollars.（所有套餐都超過 10 美元。）

答題解說

答案：（B）。圖片是菜單，而且有套餐和飲料兩個部分。除了注意價格、品項以外，還要注意附註部分的說明。A. 套餐 D 的 Cake（蛋糕）是一種點心。B. 所有套餐都包含 Drink（飲料），所以這是正確答案。C. 套餐 C 的 Fried Rice（炒飯）是亞洲的菜色。D. over 10 dollars 是「超過 10 美元」的意思，10 美元的套餐 A 和 8 美元的套餐 D 不符合。

5.

Question number 5: Please look at picture C again. What is true about the drinks served in Jimmy's Diner?（請再看一次圖片 C。關於 Jimmy's Diner 供應的飲料，何者正確？）

A. All the drinks are free.（所有飲料都是免費的。）

B. There are two types of coffee to choose from.（有兩種咖啡可以選擇。）

C. One can choose green tea here.（在這裡可以選擇綠茶。）

D. One can pay an extra 2 dollars to upgrade their juice.（可以額外付 2 美元把果汁升級。）

答題解說

答案：（B）。注意後半部的飲料菜單。A. 備註提到 Upgrade to juice for an extra $2（加 2 美元升級至果汁），所以不是所有飲料都免費。B. Coffee 的後面有括號註明 Americano/Latte（美式／拿鐵），表示有兩種咖啡可選，所以這個選項是正確答案。C. 菜單中只有 Tea，通常是紅茶的意思，沒有辦法從這張菜單確定有供應綠茶。D. 注意選項的敘述和菜單有細微的差別：菜單上寫的是 Upgrade to juice（升級至果汁），表示從咖啡或茶變成果汁，但選項說的是 upgrade their juice

（把果汁升級），也就是把果汁變得比較高級，或者增加份量的意思，所以選項的敘述不符合菜單內容。

字詞解釋

upgrade [ʌpˋgred] v. 升級

第二部分：問答

6. **I heard there's a coffee shop that just opened around the corner.**（我聽說有間剛在街角開幕的咖啡店。）

A. I drink coffee at home.（我在家喝咖啡。）
B. Why don't we check it out?（我們何不去看看呢？）
C. It really tastes very good.（它真的很好吃／好喝。）
D. Why not? Count me in.（為什麼不呢？算我一份。）

答題解說

答案：（B）。說話者提到有一家新開幕的咖啡店，可能的回應包括表達對於這家店的興趣，或者實際去這家店的經驗等等。B. 建議兩個人一起去這家店看看，表達對於這家店的興趣，是正確答案。A. 在家喝咖啡的習慣，和新咖啡店開幕的消息沒有太大的關係。C. It 應該是指某種食物或飲料，但說話者只提到咖啡店，而沒有提到食物或飲料。D. 說話者並沒有開口邀請或建議去這家咖啡店，所以回應 Why not? 並不恰當。

字詞解釋

count someone in 算某人一份（讓某人加入）

7. **I noticed you were sneezing and coughing earlier.**（我注意到你稍早之前在打噴嚏和咳嗽。）

A. You are really cold to me.（你真的對我很冷淡。）
B. I am sick of everything.（我對一切都感到厭惡。）
C. I think I caught a cold.（我想我感冒了。）
D. I don't feel comfortable.（我覺得不自在。）

答題解說

答案：（C）。說話者提到對方的感冒症狀，所以應該回應自己的身體狀況，但要小心選項中有些看似表達身體狀況，但其實不是的陷阱。C. 回答認為自己感

冒了，是正確答案。A. be cold to someone 這個表達方式中，cold 表示「冷淡的」。B. 在 be sick of 這個表達方式中，sick 不是指「生病的」，而是「厭惡的」。D. comfortable 修飾椅子、棉被之類的物品時，翻譯成中文是「舒適的」，但如果一個人說自己覺得 comfortable，則是指心理上「自在的」。

字詞解釋

sneeze [sniz] v. 打噴嚏　**be cold to someone** 對某人冷淡　**be sick of** 厭惡…
catch a cold 感冒

8. **Have you secured a ticket to the Neo Genes concert?**（你買到 Neo Genes 演唱會的門票了嗎？）

A. I don't feel secure here.（我在這裡覺得不安全。）
B. I'm still trying to find one.（我還在努力找門票。）
C. I'm looking forward to it.（我很期待演唱會。）
D. I didn't get what you mean.（我不懂你的意思。）

答題解說

答案：（B）。說話者用 Have you...? 詢問對方是否已經 secured（弄到，獲得）演唱會門票。雖然是 Yes/No 問句，但選項都沒有 Yes/No，必須從內容是否回答了獲得門票的狀況來判斷答案。B. 回答還在找（句中的 one 表示 ticket），表示沒有買到，可能正在尋求轉讓或轉賣的門票，是正確答案。A. 題目中的 secure 是動詞，這裡則是形容詞的用法「安全的」。C. 回答「期待演唱會」而不是有沒有買到票，答非所問。D. 通常用在對方的敘述有點複雜的時候，而不是像題目這樣很簡單明白的問句。如果是沒聽清楚，可以說 I didn't quite hear what you said（我聽不太清楚你說什麼）或者 I didn't hear you clearly（我沒聽清楚你說的）。

字詞解釋

secure [sɪˋkjʊr] v. 弄到，獲得 adj. 安全的　**concert** [ˋkɑnsɚt] n. 音樂會，演唱會
look forward to 期待…

9. **Guess what? Jerry is going to be promoted to a senior manager!**（你猜怎麼回事？Jerry 要被升為資深經理了！）

A. Finally, his talents are being recognized.（他的才華終於得到認可了。）
B. I didn't know he's changing jobs.（我不知道他要換工作。）
C. He told me about the sales promotion.（他告訴了我關於促銷活動的事。）
D. Time management is very important.（時間管理非常重要。）

答題解說

答案：（A）。說話者提到別人升職的消息，通常對方會祝賀或者說這是他應得（deserve）的。A. 提到 Jerry 的才華獲得認可，表示他認為 Jerry 的才華本來就有資格獲得升職，是正確答案。B. change jobs（換工作）表示到不同的地方工作，而不是升職的情況。C. 是使用 promote 的名詞形 promotion，並且表示另一種意思「宣傳，促銷」的陷阱選項。D. 使用和 manager 類似的 management（管理）的陷阱選項。

字詞解釋

promote [prə`mot] v. 使升職；宣傳　**senior** [`sinjə] adj. 年長的；（職位）資深的　**recognize** [`rɛkəg͵naɪz] v. 承認，認可　**promotion** [prə`moʃən] n. 升職；宣傳，促銷　**management** [`mænɪdʒmənt] n. 管理

10. **Have you ever attended the annual film festival?**（你參加過那個一年一度的電影節嗎？）

A. Yes. I attended the anniversary.（有。我參加了週年紀念。）
B. Yes. It's a harvest festival.（有。那是豐收節。）
C. No. I'm not interested in movies.（沒有。我對電影沒興趣。）
D. No. It didn't meet my expectation.（沒有。那沒有達到我的期望。）

答題解說

答案：（C）。說話者用 Have you ever...? 詢問對方是否有參加電影節的經驗，回答 Yes 表示參加過，No 表示沒參加過。C. 回答 No，並且說明自己對電影沒興趣，是沒參加電影節的合理原因，所以是正確答案。注意 see a movie 是在電影院看電影，watch a movie 則是用電視、電腦螢幕等等看電影。A. 說話者問的是電影節，卻回答參加了週年紀念，答非所問。B. harvest festival 是秋季慶祝作物豐收的節慶。D. 回答 No 表示沒參加過，但 It didn't meet my expectation 的使用情況應該是實際體驗了某個事物，發現不如自己預期的好。在這一題的情境就表示「去了電影節，卻發現沒有預期的好」，所以應該用在 Yes, but... 之後，而不是在表示沒參加過的 No 之後。

字詞解釋

annual [`ænjʊəl] adj. 一年一度的　**film festival** 電影節　**anniversary** [͵ænə`vɝsərɪ] n. 週年紀念　**harvest** [`hɑrvɪst] n. 收獲　**expectation** [͵ɛkspɛk`teʃən] n. 期待

11. **What do you think about using public transportation to go to work?**（你對於利用大眾運輸上班的想法是什麼？）

A. It's less convenient than driving a car.（比開車不便。）
B. It takes concentration to ride.（搭乘起來需要專注力。）
C. It's too crowded in the square.（廣場上太擁擠了。）
D. It contributes to climate change.（它促成氣候變遷。）

答題解說

答案：（A）。說話者用 What do you think about...? 詢問對於搭大眾運輸有什麼想法，這時候應該回答大眾運輸的優點或者缺點等等。A. 回答跟開車比起來 less convenient（比較不便），表示大眾運輸在時間或空間方面比較受限，是正確答案。B. 雖然除了用 take 以外，也可以用 ride 表示搭乘大眾運輸，但並不像自己駕駛交通工具那麼需要專注力。C. 如果只是說 It's too crowded.（太擁擠了）的話，就是合理的回答，但這裡提到了 in the square（在廣場上），就變得答非所問了。D. contribute to 是「促成」的意思，不論結果好壞。相較於個人運具，公共運輸對氣候變遷的影響比較小，所以這不是合理的回答。

字詞解釋

public transportation 大眾運輸　　**concentration** [ˌkɑnsənˋtreʃən] n. 專注，專心
contribute to 促成　　**climate change** 氣候變遷

12. **What discouraged you from pursuing a career in medicine?**（是什麼讓你打消從事醫療業的念頭？）

A. I really hate to take medicine.（我真的很討厭吃藥。）
B. I realized I'm more into creative arts.（我了解到自己比較喜歡創意藝術。）
C. Becoming a doctor has been my dream.（成為醫師一直是我的夢想。）
D. It's a career that involves saving people.（這是一份救人的職業。）

答題解說

答案：（B）。這一題重要的是聽懂 discouraged 這個單字。discourage someone from doing... 是「使某人打消做…的念頭」的意思，所以說話者要問的是對方為什麼不再考慮從事醫療業。另外，雖然 medicine 是「藥」的意思，但如果表示行業的話，則是包括醫師執業在內的「醫學」，而不只是圍繞著藥物本身。B. 提到自己發現比較喜歡的領域，所以放棄了醫學，是正確答案。A. 吃藥並不是醫療從業人員必須做的事。C. 如果沒聽懂 discouraged 的意思，以為是問「是什麼讓你從事醫療業」，就有可能誤選。D. 如果要回答放棄醫療業的原因，應該

提出醫療業的缺點，而不是這種正面的敘述。

字詞解釋

discourage [dɪsˋkɝɪdʒ] v. 使打消念頭　**pursue** [pɚˋsu] v. 追求　**medicine** [ˋmɛdəsn̩] n. 藥；醫學　**creative** [krɪˋetɪv] v. 有創意的　**involve** [ɪnˋvɑlv] v. 牽涉

13. **Maybe you can explore photography in your leisure time.**（或許你可以在閒暇時間探索攝影。）

A. I'm afraid I'm not very artistic.（恐怕我不是很有藝術細胞。）
B. I feel awkward in front of a camera.（我在鏡頭前覺得尷尬。）
C. Isn't it expensive to buy a photo?（買一張照片不是很貴嗎？）
D. I'll give it a try to get fit.（我會嘗試這個方法來變健康。）

答題解說

答案：（A）。說話者用 Maybe you can... 提出給對方的建議，用 explore photography 表示 try taking photos（嘗試拍照）的意思。對於這項建議，可以表達感謝，也可以說明自己可能不會做這件事的原因。A. 說自己並不 artistic（有藝術性的），表示自己可能無法拍出有美感的照片，意味著可能不會嘗試攝影，是正確答案。B. 是表達「被拍攝的時候覺得尷尬」，和說話者的建議無關。C. 如果改成 buy a camera（買相機）就會是合理的答案了。D. get fit（變健康）通常是指透過運動的方式，和拍照無關。

字詞解釋

explore [ɪkˋsplor] v. 探索　**photography** [fəˋtɑgrəfɪ] n. 攝影，照相　**leisure** [ˋliʒɚ] n. 閒暇　**artistic** [ɑrˋtɪstɪk] adj. 有藝術性的　**awkward** [ˋɔkwɚd] adj. 笨拙的，尷尬的

14. **What did you do during the Lunar New Year?**（你在農曆新年做了什麼？）

A. I stayed up late on Christmas Eve.（我在聖誕夜熬夜到很晚。）
B. I played with fireworks with my cousins.（我和我的堂／表兄弟姊妹玩煙火。）
C. My parents gave me red envelopes.（我爸媽給了我紅包。）
D. It's usually during winter vacation.（它通常在寒假期間。）

答題解說

答案：（B）。說話者用 What did you... 詢問對方在農曆新年做過的事情，要注意應該回答「我」做了什麼，而不是其他人或事物的情況。B. 回答玩了煙火，

是正確答案。play with fireworks 通常是指玩仙女棒之類危險性低的煙火。A. 說話者問農曆新年，卻回答聖誕夜，答非所問。C. 是別人做的事。D. 完全沒提到做了什麼事。

字詞解釋

Lunar New Year 陰曆／農曆新年（因為除了中國以外，越南、韓國等國家也有過陰曆新年的習俗，所以近年傾向於用這個說法取代 Chinese New Year）

firework [ˈfaɪrˌwɜk] n. 煙火

15. **I think this blue dress looks good on you.**（我認為這件藍色洋裝在你身上很好看。）

A. It's so nice of you to address it.（你處理那件事，你人真好。）
B. Great! I'll look for something else.（太好了！我會找別的東西。）
C. Thanks. I feel great wearing it, too.（謝謝。我穿起來也感覺很好。）
D. Really? I thought blue suited me well.（真的嗎？我以為藍色很適合我。）

答題解說

答案：（C）。說話者用 I think 表達自己對於對方衣著的想法，某件衣服 look good on someone 就是穿在某人身上很好看的意思。C. 先感謝對方的稱讚，然後說自己穿起來也有同樣的感覺，是正確答案。A. It's nice of someone to do 是稱讚某人「很好心做某事」，如果後面接 to say so 就是合理的回答，但這裡的 address it（處理它）並不清楚是處理什麼事情。B. Great 應該是表達對方的稱讚是件好事，但後面說「我會找別的東西」卻意味著要改買其他衣服，前後矛盾。D. I thought 表示「我以為…」，也就是自己原本認為的情況，和實際上不同，所以 I thought blue suited me well 應該是「雖然我以為藍色很適合我，但實際上並不是」的意思。但在這個題目中，因為說話者稱讚藍色洋裝好看，所以如果回應 Really? I thought... 的話，後面的句子應該是 I thought blue didn't suit me（我以為藍色不適合我→其實很適合）才對。

字詞解釋

address [əˈdrɛs] v. 處理

第三部分：簡短對話

16.

M: Ah! This laptop is driving me crazy!

W: What's wrong?

M: It keeps crashing. I can't finish my monthly report!

W: You can ask the technical support department to take a look for you.

M: Really? How should I do that?

W: Just fill out the form online. They'll take care of it.

M: Thanks. I owe you one.

Question: What will the man probably do next?

A. Write his report.

B. Fix the laptop.

C. Report the problem online.

D. Go to the maintenance department.

英文翻譯

男：啊！這部筆記型電腦要把我搞瘋了！

女：有什麼問題？

男：它一直當機。我不能完成我的每月報告！

女：你可以請技術支援部門幫你看看。

男：真的嗎？我應該做什麼？

女：只要在網路上填表單就好。他們會處理。

男：謝謝。我欠你個人情。

問題：男子接下來可能會做什麼？

A. 寫報告。

B. 修理筆記型電腦。

C. 在網路上報告問題。

D. 去維護部門。

答題解說

答案：（C）。選項中有「修理筆記型電腦」、「報告問題」、「去維護部門」等內容，可以推測對話中應該會談到某個問題和解決的方法，尤其要注意問題應該如何解決。男子提到筆記型電腦當機，女子回應可以請 technical support department（技術支援部門）幫忙看看。男子接著詢問找技術支援部門的方法，女子回答 Just fill out the form online（只要在網路上填表單就好），所以改用 report the problem online 表達的 C. 是正確答案。

字詞解釋

drive someone crazy （比喻）把某人搞瘋　**crash** [kræʃ] **v.** 當機　**technical** [ˋtɛknɪkl] **adj.** 技術的　**fill out** 填好（表單）　**take care of** 照顧，處理…　**owe someone one** 欠某人一個人情

17.

W: Did you know Jackie Gosling just published her latest novel?

M: Wow! I'm a fan of her. I'll buy one copy immediately.

W: I like her writing style. You never know what will happen on the next page.

M: She really knows how to invent plots that no one would expect. She can be the next J. K. Rowling.

W: You're right. Maybe someday her novel will be adapted into a movie, too.

M: Then we must see it together!

Question: What do the speakers think about Jackie Gosling?

A. She is a productive novelist.

B. She is famous worldwide.

C. Her movies are worth seeing.

D. She is very creative.

英文翻譯

女：你知道 Jackie Gosling 剛出版最新的小說嗎？

男：哇！我是她的書迷。我會馬上買一本。

女：我喜歡她的寫作風格。你永遠不知道下一頁會發生什麼事。

男：她真的很懂得如何發明沒有人會預料到的情節。她有可能成為下一個 J. K. 羅琳。

女：你說得對。或許有一天她的小說也會被改編成電影。

男：那我們一定要一起看！

問題：兩位說話者覺得 Jackie Gosling 怎麼樣？

A. 她是多產的小說家。

B. 她在全世界都很有名。

第1回
第2回
第3回
第4回
第5回
第6回
第7回
第8回
第9回
第10回

C. 她的電影很值得看。

D. 她很有創意。

答案：（D）。選項都是以 She 或 Her 開頭，應該是關於女性說話者或者其他女性的描述。在對話的一開始，女子說 Jackie Gosling 剛出版最新的小說，可知這段對話主要是在討論這位女性小說家。女子在對話中提到 You never know what will happen on the next page（你永遠不知道下一頁會發生什麼事），男子也附和 She really knows how to invent plots that no one would expect（她真的很懂得如何發明沒有人會預料到的情節），所以他們都認為 Jackie Gosling 所寫的內容總是出人意料。在選項中，最能表達這一點的 D. 是正確答案。A. 的 productive（有生產力的，多產的）表示產出很多作品，但在對話中無法得知。B. 在對話中沒有提到。C. 女子提到 Maybe someday her novel will be adapted into a movie（或許有一天她的小說會被改編成電影），暗示著現在她還沒有改編成電影的作品。

字詞解釋

immediately [ɪˋmidɪɪtlɪ] adv. 立刻，馬上　　**plot** [plɑt] n. 情節　　**adapt** [əˋdæpt] v. 改編　　**productive** [prəˋdʌktɪv] adj. 有生產力的，多產的　　**worldwide** [ˋwɜˍldˏwaɪd] adv. 在全世界　　**creative** [krɪˋetɪv] adj. 有創造力的，有創意的

18.

M: Have you heard that Tony is going to study abroad?

W: Really? I remember he's always wanted to study in England.

M: Yeah, he applied to the economics departments at various colleges in England, and he was granted admission by one of them.

W: That's good news. When will he leave? We should throw a farewell party for him.

M: He's leaving next January.

W: Great. I'll take care of it.

Question: What do we know about Tony's studies abroad?

A. It will start next year.

B. It was decided suddenly.

C. Tony was admitted by multiple colleges.

D. Tony has found a place to live.

第1回

第2回

第3回

第4回

第5回

第6回

第7回

第8回

第9回

第10回

英文翻譯

男：你聽說 Tony 要出國留學了嗎？

女：真的嗎？我記得他一直想要在英格蘭念書。

男：是啊，他申請了英格蘭多所大學的經濟系，並且獲得其中一所的錄取。

女：真是好消息。他什麼時候會離開？我們應該為他辦一場道別派對。

男：他明年一月會離開。

女：很好。我會處理（派對）的。

問題：關於 Tony 的海外留學，我們知道什麼？

A. 會在明年開始。

B. 是突然決定的。

C. Tony 獲得多所大學的錄取。

D. Tony 已經找到住處了。

答題解說

答案：（A）。選項中的主詞有 It 和 Tony，可以推測對話應該是討論 Tony 的某件事，所以要注意和 Tony 有關的細節。男子在對話的開頭提到 Tony 要出國留學的消息，之後說他獲得英格蘭一所大學的錄取。女子聽到消息，打算辦道別派對，因而詢問 Tony 什麼時候離開，於是男子回答 He's leaving next January（他明年一月會離開），由此可知 Tony 的留學是從明年一月開始，所以 A. 是正確答案。B. D. 在對話中沒有提到。C. 注意對話中男子說的是 he applied to the economics departments at various colleges（他申請了多所大學的經濟系）、he was granted admission by one of them（他獲得其中一所的錄取），而不是獲得多所大學的錄取，所以這個選項的敘述不正確。

字詞解釋

economics [ˌikəˈnɑmɪks] **n.** 經濟學　　**grant admission** 准許進入／入學
farewell [ˈfɛrˈwɛl] **n.** 告別

19.

M: Hey, Sally. How have you been recently?

W: I've caught a stomach virus, so I haven't come to school for two weeks.

M: Oh, no. How have you been feeling?

W: At first, I had a fever. After a while, I started to have the runs and throw up.

M: That sounds terrible.

W: It was. It's different from anything I've experienced before.

M: Is there anything I can do to help?

W: Thank you for your concern. I'm getting better now, but I appreciate your kindness.

Question: What happened to the woman?

A. She caught a cold.

B. She had some spoiled food.

C. She has a long-term health problem.

D. She had to take sick leave from school.

英文翻譯

男：嘿，Sally。你最近怎麼樣？

女：我得了胃病毒，所以我有兩個星期沒來學校。

男：噢，不。你前陣子覺得怎樣？

女：一開始我發燒。一陣子之後，我開始拉肚子並且嘔吐。

男：聽起來很糟。

女：是啊。這跟我以前經歷過的任何情況都不同。

男：我可以做什麼來幫你嗎？

女：謝謝你的關心。我現在比較好了，但還是謝謝你的好心。

問題：女子發生了什麼事？

A. 她感冒了。

B. 她吃了一些壞掉的食物。

C. 她有長期的健康問題。

D. 她不得不跟學校請病假。

答題解說

答案：（D）。選項都是以 She 或 Her 開頭，應該是關於女性說話者或者其他女性的描述。另外，因為內容看起來跟生病有關，所以能推測對話內容將會討論生病的情況。女子說 I've caught a stomach virus, so I haven't come to school for two weeks（我得了胃病毒，所以我有兩個星期沒來學校），由此可知她跟學校請了病假，所以 D. 是正確答案，而 A. 不符合實際情況。B. C. 在對話中沒有提到。

字詞解釋

have the runs 拉肚子　**throw up** 嘔吐　**spoiled** [spɔɪld] **adj.**（食物）腐壞的
take sick leave 請病假

20.

W: I visited my grandparents in Nantou during winter vacation.

M: I've never been to Nantou. What did you do there?

W: I visited Sun Moon Lake and Qingjing Farm. The natural scenery was amazing.

M: Did you buy any souvenirs?

W: Of course. I bought some wine and tea leaves.

M: I don't drink alcohol, but I do know Nantou is famous for its tea industry.

W: It is. If you come to Nantou, I can recommend you some manufacturers that provide quality products.

M: Thanks. I'll let you know if I go there.

Question: What does the woman offer to do?

A. Introduce some tea companies.

B. Buy the man some tea.

C. Recommend some kinds of wine.

D. Go to Nantou with the man.

英文翻譯

女：我在寒假的時候拜訪了我在南投的祖父母。

男：我從來沒去過南投。你在那裡做了什麼？

女：我參觀了日月潭和清境農場。自然風景很令人驚豔。

男：你買了什麼紀念品嗎？

女：當然。我買了一些酒和茶葉。

男：我不喝酒，但我知道南投以茶產業聞名。

女：是啊。如果你來南投，我可以推薦你一些提供高品質產品的製造商。

男：謝謝。如果我去那裡，我會讓你知道。

問題：女子提議幫忙做什麼？

A. 介紹一些製茶公司。

B. 買一些茶給男子。

C. 推薦幾種酒。

D. 和男子一起去南投。

答題解說

答案：（A）。選項中有一些提到為了男子或者和男子一起做的事，可以猜測題

目或許會問女子會做的事。在對話中，女子提到自己去了南投，參觀了日月潭和清境農場，以及 bought some wine and tea leaves（買了一些酒和茶葉）。男子回應 I don't drink alcohol, but I do know Nantou is famous for its tea industry（我不喝酒，但我知道南投以茶產業聞名），表達自己對酒沒興趣，但想針對茶繼續討論下去。女子回答 It is，表示「南投的茶產業的確很有名」，所以後面的 I can recommend you some manufacturers（我可以推薦你一些製造商）是指推薦製茶業者，A. 是正確答案。

字詞解釋

souvenir [`suvə͵nɪr] n. 紀念品　**alcohol** [`ælkə͵hɔl] n. 酒精；酒類　**recommend** [͵rɛkə`mɛnd] v. 推薦　**manufacturer** [͵mænjə`fæktʃərə] n. 製造業者　**quality** [`kwɑlətɪ] adj. 品質好的

21.

W: What are you doing on the computer, Peter?

M: I'm currently listening to some of the latest songs online.

W: What type of music do you typically enjoy?

M: My music tastes range from American pop songs to K-pop, and from heavy metal to jazz.

W: That's quite a variety! By the way, do you still purchase physical albums?

M: Yes. Even though I mostly listen online, I still buy CDs as a way to show support for the artists.

W: That's admirable! I respect that.

Question: What is true about the man's music listening habits?

A. He only listens to pop songs.

B. He mainly listens to domestic music.

C. He does not listen to CDs.

D. He buys albums to support musicians.

英文翻譯

女：Peter，你在用電腦做什麼？

男：我正在網路上聽一些最新的歌曲。

女：你通常喜歡聽什麼種類的音樂？

男：我的音樂嗜好範圍從美國流行樂到韓國流行樂，從重金屬到爵士都有。

女：真是多樣化！對了，你還買實體專輯嗎？

男：對。儘管我大多在網路上聽，但我仍然買 CD 作為對藝人表現支持的方式。

女：真是令人敬佩！我很敬重這樣的行為。

問題：關於男子聽音樂的習慣，何者正確？

A. 他只聽流行歌曲。

B. 他主要聽國內音樂。

C. 他不聽 CD。

D. 他買專輯來支持音樂人。

答題解說

答案：（D）。選項都以 He 開頭，而且和聽音樂有關，可以推測對話內容應該會討論男性說話者或其他男性聽音樂的習慣，並且要注意對話是否符合選項的敘述。男子在最後說 I still buy CDs as a way to show support for the artists（我仍然買 CD 作為對藝人表現支持的方式），所以把 artists 改成 musicians 來表達的 D. 是正確答案。A. B. 男子提到 My music tastes range from American pop songs to K-pop, and from heavy metal to jazz（我的音樂嗜好範圍從美國流行樂到韓國流行樂，從重金屬到爵士都有），表示他聽的地區和音樂類型都很廣泛，不符合選項敘述。C. 男子並沒有說自己不聽 CD。

字詞解釋

typically [ˋtɪpɪkəlɪ] **adv.** 典型地，通常　　**variety** [vəˋraɪətɪ] **n.** 多樣性　　**physical** [ˋfɪzɪkl] **adj.** 物質的，實體的　　**admirable** [ˋædmərəbl] **adj.** 令人欽佩的

22.

M: I heard you're traveling to Japan next month. Is that correct?

W: Yes, that's right. What's up?

M: I was wondering if you could do me a favor and pick something up for me.

W: Of course. What do you need?

M: There's an incredible cheesecake I bought last time in Kyoto, and it was absolutely delicious.

W: That sounds amazing. I'll do my best to find it. I'm curious to try it myself as well.

M: I'm confident it won't disappoint. Thanks a lot for helping me out.

Question: What does the man ask the woman to do?

A. Introduce some souvenirs.

B. Choose something in his place.

C. Buy something for him.

D. Try the cheesecake he bought.

英文翻譯

男：我聽說你下個月要去日本旅行，對嗎？

女：對啊。怎麼了？

男：我想知道你能不能幫我帶個東西。

女：當然。你需要什麼？

男：我上次在京都買了一種很棒的起司蛋糕，它非常美味。

女：聽起來很棒。我會盡力找的。我自己也很想試試看。

男：我相信不會讓你失望的。很謝謝你幫我的忙。

問題：男子請女子做什麼？

A. 介紹一些紀念品。

B. 代替他選某個東西。

C. 為他買某個東西。

D. 試吃他買的起司蛋糕。

答題解說

答案：（C）。選項敘述一些為男性做的行為，可以猜測可能是要問女子為男子做什麼。關於男子請女子做的事，男子在前面提到 I was wondering if you could do me a favor and pick something up for me（我想知道你能不能幫我帶個東西），其中的 pick up 在這裡是指到某個地方買東西。於是女子問他需要什麼，男子便回答是在京都買過的起司蛋糕。所以，正確答案是 C.。

字詞解釋

incredible [ɪn`krɛdəbl] **adj.** 難以置信的，很棒的　**cheesecake** [`tʃiz͵kek] **n.** 起司蛋糕　**absolutely** [`æbsə͵lutlɪ] **adv.** 絕對地，完全地，非常　**disappoint** [͵dɪsə`pɔɪnt] **v.** 令人失望　**in someone's place** 代替某人

23.

W: I'm heading to the supermarket now. Is there anything you need?

M: Could you please grab some soft drinks and potato chips?

W: OK. What else do we need from the supermarket?

M: We're running low on milk. I can't imagine a day without it.

W: I'm not sure if I can manage all of it by myself. Would you mind coming along?

M: Of course not. I don't mind grocery shopping at all.

W: Thank you. We can treat ourselves to some ice cream later when we get back home.

Question: What kind of food or drink does the man consume every day?

A. Soft drinks.

B. Potato chips.

C. Milk.

D. Ice cream.

英文翻譯

女：我現在要去超市。有什麼你需要的嗎？

男：你可以買些汽水和洋芋片嗎？

女：OK。我們還需要從超市買什麼？

男：我們的牛奶快沒了。我不能想像沒有牛奶的一天。

女：我不確定我能不能自己應付這些。你介意一起來嗎？

男：當然不。我一點也不介意去買食品雜貨。

女：謝謝。我們回家後可以吃冰淇淋慰勞自己。

問題：男子每天吃或喝哪種食物或飲料？

A. 汽水。

B. 洋芋片。

C. 牛奶。

D. 冰淇淋。

答題解說

答案：（C）。選項是一些食物和飲料，雖然看不出來會問什麼，但可以確定對話中對於這些食物會有各自不同的敘述，並且要根據這些敘述判斷答案。女子說要去超市，問男子需要什麼，他先回答了汽水和洋芋片。女子再問還需要什麼的時候，男子則回答 We're running low on milk. I can't imagine a day without it.（我們的牛奶快沒了。我不能想像沒有牛奶的一天。），除了表達家裡的牛奶即將喝完以外，也暗示自己每天都會喝牛奶，所以 C. 是正確答案。最後女子問男子可不可以一起去超市，男子表示願意，於是女子提議回家後可以吃冰淇淋。除了牛奶以外，對話中並沒有提到每天吃或喝其他食物。

第1回
第2回
第3回
第4回
第5回
第6回
第7回
第8回
第9回
第10回

head to 前往⋯　**run low on** 快要把（日用品或常吃的食物等）用完了
manage [ˋmænɪdʒ] v. 管理；應付　**grocery** [ˋgrosərɪ] n. 食品雜貨　**treat oneself to** 用（食物或某種享受）慰勞自己　**consume** [kənˋsjum] v. 消耗，吃或喝

24.

STATIONS 車站	TRAIN No. 車次			
	709	809	711	811
Oakmont	8:30	9:00	9:30	10:00
Sunnydale	|	9:23	|	10:23
Ashford	9:11	|	10:11	|
Rosewood	9:47	|	10:47	|
Davidtown	10:20	10:40	11:20	11:40

" \| ": pass through 過站不停

For question 24, please look at the table. 第 24 題請看表格。

W: I need to take a train tomorrow. Which station is closest to here?

M: You should go to Oakmont Station. Where are you going?

W: To Rosewood Station. Actually, I'm not familiar with taking trains, so I'm not sure which train I should take.

M: You need to take a train heading to Davidtown. When do you need to arrive there?

W: By 11 a.m.

M: Let me check the time table... If you take this train, you will arrive 13 minutes beforehand.

W: What about the previous one?

M: You'll arrive too early because it gets in one hour earlier.

Question: Which train will the woman most likely take?

A. Train No. 709.

B. Train No. 809.

C. Train No. 711.

D. Train No. 811.

英文翻譯

女：我明天需要搭火車。哪個車站離這裡最近？

男：你應該去 Oakmont 站。你要去哪裡？

女：到 Rosewood 站。事實上，我不熟悉搭火車，所以我不確定應該搭哪班車。

男：你應該搭往 Davidtown 的車。你什麼時候需要到那裡？

女：上午 11 點前。

男：讓我看看時刻表⋯如果你搭這班車，就會提早 13 分鐘到。

女：前一班呢？

男：你會太早到，因為它早一小時。

問題：女子最有可能搭哪班列車？

A. 709 車次。

B. 809 車次。

C. 711 車次。

D. 811 車次。

答題解說

答案：（C）。圖片是顯示各站到達時間的列車時刻表，除了注意車站名稱與時刻以外，也要注意有些車站過站不停的情況。女子說她明天需要搭火車，男子告訴他應該去 Oakmont 站，並且詢問目的地，而女子回答 To Rosewood Station（到 Rosewood 站），所以停靠 Rosewood 站的 709、711 車次是可能的答案。男子接著又問幾點需要到那裡，女子回答 By 11 a.m.（上午 11 點前），於是男子指著時刻表上的某班車，說 If you take this train, you will arrive 13 minutes beforehand（如果你搭這班車，就會提早 13 分鐘到），也就是 10:47 到 Rosewood 的 711 車次。女子又問 What about the previous one?（前一班呢？），也就是 709 車次，男子則說 You'll arrive too early（你會太早到），表示不建議。所以，正確答案是 711 車次，也就是 C.。

字詞解釋

previous [ˈprivɪəs] **adj.** 先前的

25.

Jogging Shoes 慢跑鞋

Model 款式	M300	M500	S1000	S2000
Type 類型	Basic 基本	Basic 基本	Advanced 進階	Advanced 進階
Cushioning 避震	★	★★	★★	★★★
Light weight 輕量	★★	★	★★★	★★

For question 25, please look at the table. 第 25 題請看表格。

W: I'm considering buying a pair of jogging shoes. Do you have any recommendations?

M: This is our lightest model. You'll feel like you're jogging with bare feet.

W: Sounds cool, but I'm just beginning, so I think I'd prefer something more basic. Are the basic models less expensive?

M: Absolutely. We have two models for beginners. Which one catches your eye?

W: I'm curious about what "cushioning" means.

M: Cushioning refers to the shoe's ability to absorb the impact during your run.

W: I think I'll go for the one that offers better cushioning.

Question: Which model will the woman most likely buy?
A. M300.
B. M500.
C. S1000.
D. S2000.

英文翻譯

女：我在考慮買一雙慢跑鞋。你有任何推薦嗎？

男：這是我們最輕的款式。您會覺得像是赤腳慢跑一樣。

女：聽起來不錯，但我才剛開始，所以我想我會偏好比較基本的款式。基本款比較便宜嗎？

男：一點也沒錯。我們有兩款給初學者的款式。哪一款吸引您呢？

女：我好奇「避震」是什麼意思。

男：避震是指鞋子在您跑步時吸收衝擊的能力。

女：我想我會選避震性比較好的款式。

問題：女子最有可能買哪個款式？

A. M300。

B. M500。

C. S1000。

D. S2000。

答題解說

答案：（B）。選項是四種不同的鞋款，它們的類型（基本或進階款）、避震性和輕量性都有可能是判斷答案的關鍵。這是想要買慢跑鞋的女子和男店員的對話，一開始男子推薦最輕的款式，但女子說 I think I'd prefer something more basic（我想我會偏好比較基本的款式），於是男子請她從兩個給初學者的鞋款中選擇，也就是 M300 或 M500。女子問「cushioning」是什麼意思，男子解釋之後，她說 I'll go for the one that offers better cushioning（我會選避震性比較好的款式），所以兩個基本鞋款中避震性比較好的 B. 是正確答案。

字詞解釋

recommendation [ˌrɛkəmɛnˋdeʃən] **n.** 推薦　**bare** [bɛr] **adj.** 裸露的　**cushion** [ˋkuʃən] **v.** 緩和（衝擊）　**absorb** [əbˋsɔrb] **v.** 吸收　**impact** [ˋɪmpækt] **n.** 衝擊

第四部分：簡短談話

26.

Hello Sabrina, It's Ken. I've been trying to get in touch with you regarding our trip to visit you next month. I'll be picking up Sandra, and we'll be taking the train together. Could you please let me know when and where we should meet? We're planning to stay overnight, so I'll take care of booking the hotel. If you receive this message, please give me a call back. Thank you!

Question: What is the purpose of this voicemail?

A. To arrange a meet-up.

B. To ask for a favor.

C. To ask about train information.

D. To confirm a reservation.

英文翻譯

哈囉，Sabrina，我是 Ken。我剛才嘗試聯絡你，想討論我們下個月拜訪你的旅行。我會載 Sandra，我們會一起搭火車。你可以告訴我，我們應該什麼時候、在哪裡見面嗎？我們打算過夜，所以我會處理飯店訂房。如果你收到這個訊息，請回我電話。謝謝！

問題：這則語音留言的目的是什麼？

A. 安排碰面。

B. 請求幫忙。

C. 詢問列車資訊。

D. 確認預約。

答題解說

答案：（A）。選項是四個表示目的的 to 不定詞片語，所以要特別注意說話者打算做什麼。說話者 Ken 打電話給 Sabrina，提到下個月旅行去拜訪她的事，中間提到和 Sandra 一起搭火車、會處理飯店訂房等等，但需要對方幫忙的是 Could you please let me know when and where we should meet?（你可以告訴我，我們應該什麼時候、在哪裡見面嗎？），也就是請對方安排見面的地點和時間，所以 A. 是正確答案。

字詞解釋

get in touch with 聯絡上…　**regarding** [rɪˋgɑrdɪŋ] **prep.** 關於…　**overnight** [ˋovəˏnaɪt] **adv.** 過夜　**take care of** 照顧，處理…　**meet-up** 非正式的會面　**reservation** [ˏrɛzəˋveʃən] **n.** 預約

27.

Thank you for joining today's emergency meeting. We have gathered to discuss the necessary steps we are taking in response to the declining sales of the previous quarter. We have decided to stop any further staff recruitment and temporarily suspend the monthly bonus. However, please be assured that once our sales bounce back, we will resume the bonus. Your cooperation and understanding are greatly appreciated.

Question: What kind of measures is the company going to take?

A. Process improvement.
B. Performance evaluation.
C. Cost reduction.
D. Staff expansion.

英文翻譯

謝謝大家加入今天的緊急會議。我們聚集在這裡，是要討論我們為了應對上一季下降的銷售額而即將採取的必要措施。我們決定停止任何進一步的員工招募，並且暫時停止每月獎金。不過請放心，只要我們的銷售額回復，我們就會恢復獎金。非常感謝大家的配合與諒解。

問題：這家公司即將採取什麼樣的措施？
A. 流程改善。
B. 表現評估。
C. 成本縮減。
D. 員工擴編。

答題解說

答案：（C）。選項是企業會採取的一些政策，所以要注意聽和政策相關的內容。說話者是緊急會議的主持人，他提到為了應對銷售額下降，所以 We have decided to stop any further staff recruitment and temporarily suspend the monthly bonus（我們決定停止任何進一步的員工招募，並且暫時停止每月獎金）。停止雇用員工和發放獎金，都是減少支出的方式，所以最能代表這些政策的 C. 是正確答案。

字詞解釋

emergency [ɪ`mɝdʒənsɪ] n. 緊急情況　**in response to** 回應，應對…　**decline** [dɪ`klaɪn] v. 下降，減少　**previous** [`priviəs] adj. 先前的　**quarter** [`kwɔrtɚ] n. 季度　**recruitment** [rɪ`krutmənt] n. 招募（新成員）　**suspend** [sə`spɛnd] v. 使中止　**bonus** [`bonəs] n. 獎金　**be assured** 感到放心　**bounce back** 恢復，重振　**resume** [rɪ`zjum] v. 繼續，恢復　**cooperation** [ko͵apə`reʃən] n. 合作　**improvement** [ɪm`pruvmənt] n. 改善　**performance** [pɚ`fɔrməns] n. 表現　**evaluation** [ɪ͵vælju`eʃən] n. 評估　**reduction** [rɪ`dʌkʃən] n. 減少　**expansion** [ɪk`spænʃən] 擴大

28.

Ladies and gentlemen, welcome aboard train number 127. This train is bound for Taipei, stopping at Taoyuan and Banqiao. Meal boxes are available on this train. Our crew members will be moving through the train, offering a selection of delicious meal boxes for purchase. We accept both cash and credit cards. Thank you for choosing our service, and we hope you have a pleasant and comfortable journey.

Question: What should passengers do to buy meal boxes?

A. Go to the dining car.

B. Order in advance.

C. Show their tickets.

D. Wait for the service staff.

英文翻譯

各位女士先生，歡迎搭乘 127 車次。本列車開往台北，沿途停靠桃園、板橋。本列車提供便當。我們的列車人員將會在列車中移動，提供一些美味的便當供購買。我們接受現金與信用卡。謝謝您選擇我們的服務，我們希望您有一趟愉快且舒適的旅程。

問題：乘客要買便當應該做什麼？

A. 去餐車。

B. 預先訂購。

C. 出示車票。

D. 等待服務人員。

答題解說

答案：（D）。選項是一些行為，所以要注意錄音內容中對於行為的提示。這是一段列車上的廣播，除了告知車次與停靠車站以外，也提到 Meal boxes are available on this train（本列車提供便當），而且 Our crew members will be moving through the train, offering a selection of delicious meal boxes for purchase（我們的列車人員將會在列車中移動，提供一些美味的便當供購買），所以乘客只要等販賣便當的人員過來就好了，D. 是正確答案。

字詞解釋

aboard [əˋbord] **adv.** 在船、飛機或列車上 　**be bound for** （列車等）目的地是…
crew [kru] **n.** （總稱）全體工作人員 　**a selection of** 一些種類的… 　**dining car**

（列車中的）餐車　**in advance** 預先

29.

Good morning, everyone! Welcome to Accounting 101. I'm glad that you have chosen this course. Throughout this semester, I will provide you with a complete introduction to accounting. Instead of a midterm exam and assignments, you will have a written report to complete, and there will be a final exam at the end of the semester. Additionally, active participation in class discussions will contribute to your overall grade. Do you have any questions?

Question: What will be considered when evaluating a student?
A. Midterm exam performance.
B. Assignments.
C. Class presentation.
D. In-class interaction.

英文翻譯

大家早安！歡迎來到「會計 101」。我很高興你們選了這門課。在整個學期中，我會提供會計的完整介紹。這門課沒有期中考和作業，但你們有一份書面報告要完成，而學期末會有一次期末考。此外，在課堂討論中的積極參與也會對整體成績有幫助。你們有任何問題嗎？

問題：評價學生的時候，會考慮什麼？
A. 期中考的表現。
B. 作業。
C. 課堂簡報。
D. 上課時的互動。

答題解說

答案：（D）。選項是學生在課程中會做的一些事，所以要注意對於學生義務的說明。說話者是 Accounting 101 這門課的老師，簡單說明教學內容後，提到 Instead of a midterm exam and assignments, you will have a written report... and there will be a final exam（這門課沒有期中考和作業，但你們有一份書面報告，而且會有一次期末考），所以排除了 A. 和 B.，而 written report（書面報告）也和需要口頭報告的 C. 不同。最後提到 active participation in class discussions will contribute to your overall grade（在課堂討論中的積極參與會對整體成績有幫助），所以改用 In-class interaction（上課時的互動）來表達的 D. 是正確答案。

字詞解釋

accounting [ə`kaʊntɪŋ] **n.** 會計（學） **introduction** [ˌɪntrə`dʌkʃən] **n.** 介紹，入門 **midterm** [`mɪdˌtɝm] **adj.** 期中的 **assignment** [ə`saɪnmənt] **n.** 分派的工作，作業 **participation** [pɑrˌtɪsə`peʃən] **n.** 參與 **contribute** [kən`trɪbjut] **v.** 貢獻 **overall** [`ovəˌɔl] **adj.** 總體的 **presentation** [ˌprɛzən`teʃən] **n.** 簡報 **interaction** [ˌɪntə`rækʃən] **n.** 互動

30.

Hello, this is Vicky Chen. I recently visited your store and wanted to express my gratitude to one of your clerks. Unfortunately, I cannot recall her name, but she helped me when I fell down the stairs. She quickly called 911 to ensure I received necessary medical attention. If possible, please let me know the information about the clerk so I can thank her in person. Thank you.

Question: What is the purpose of this voicemail?
A. To find a person.
B. To thank for recommending a service.
C. To ask for medical care.
D. To file a complaint.

英文翻譯

哈囉，我是 Vicky Chen。我最近去了你們的店，想要表達我對其中一位店員的謝意。可惜的是，我記不起她的名字，但她在我從樓梯摔下來的時候幫了我。她迅速打電話給 911，確保我得到必要的醫療照顧。如果可能的話，請讓我知道這位店員的資訊，讓我可以當面感謝她。謝謝。

問題：這則語音留言的目的是什麼？
A. 找一個人。
B. 感謝推薦服務。
C. 要求醫療照顧。
D. 提出投訴。

答題解說

答案：（A）。選項是一些以 to 不定詞片語表示的目的，所以要特別注意掌握說話內容的目的。這是顧客給店家的語音留言，說 I wanted to express my gratitude to one of your clerks（我想要表達我對你們其中一位店員的謝意），但 I cannot recall her name（我記不起她的名字）。所以顧客最後說 If possible, please let me know the information about the clerk（如果可能的話，請讓我知道這位店員的資訊），意思就是想要找到這位店員，正確答案是 A.。

第1回 第2回 第3回 第4回 第5回 第6回 第7回 第8回 第9回 第10回

字詞解釋

gratitude [ˋgrætəˌtjud] **n.** 謝意 　**recall** [rɪˋkɔl] **v.** 想起　**ensure** [ɪnˋʃʊr] **v.** 確保
medical [ˋmɛdɪkl̩] **adj.** 醫療的　**in person** 親自，當面

31.

Welcome back to Hero's channel! Today we're going to show you an incredible companion for your house. Look! Isn't it stylish? With this model, you can enjoy a freshly made cup of coffee by simply pressing the button. Its slim and fashionable design will also enhance the beauty of your kitchen. Click the link below and buy it today with a 20% off discount!

Question: What is the speaker trying to sell?
A. A home appliance.
B. A piece of furniture.
C. A kitchen cabinet.
D. A coffee mug.

英文翻譯

歡迎回到 Hero 的頻道！今天我們要展示很適合您家中的良伴。看！是不是很時尚？有了這款產品，您只要按個按鈕就能享受一杯現煮咖啡。它纖薄又時尚的設計也會提升您廚房的美感。點擊下面的連結，在今天用 20% 的折扣購買！

問題：說話者試圖賣出什麼？
A. 家電。
B. 家具。
C. 廚房櫃。
D. 咖啡用的馬克杯。

答題解說

答案：（A）。選項是一些物品的種類，可以猜測說話內容應該是在描述一種物品，並且要注意這種物品的性質。說話者在展示某樣物品，並且提到 With this model, you can enjoy a freshly made cup of coffee by simply pressing the button（有了這款產品，您只要按個按鈕就能享受一杯現煮咖啡），所以要賣的應該是煮咖啡的機器。因為咖啡機是一種家電，所以正確答案是 A.。

companion [kəmˋpænjən] n. 同伴　**stylish** [ˋstaɪlɪʃ] adj. 時髦的　**fashionable** [ˋfæʃənəbl] adj. 流行的　**enhance** [ɪnˋhæns] v. 提升　**home appliance** 家電　**mug** [mʌg] n. 馬克杯

32.

Alright, let's begin our meeting today. The manager has asked us to come up with some creative promotion proposals for our latest product. Do you have any good ideas? The manager hopes that this campaign can be unique and impressive at the same time. Additionally, we should plan some marketing events on social media. I'd love to hear your thoughts and suggestions.

Question: What is the speaker discussing?
A. A creative team.
B. Product development.
C. Advertising strategies.
D. Foreign markets.

英文翻譯

好，我們開始今天的會議。經理已經要求我們為最新產品想出一些有創意的宣傳提案。你們有任何好主意嗎？經理希望這次活動可以同時是獨特又令人印象深刻的。另外，我們應該計畫一些社交媒體上的行銷活動。我很想聽到你們的想法與建議。

問題：說話者在討論什麼？
A. 創意團隊。
B. 產品開發。
C. 廣告策略。
D. 外國市場。

答題解說

答案：（C）。選項是一些企業內的議題，可以推測說話內容應該和公司有關，並且也要注意提到了哪方面的關鍵詞。說話者提到，經理要他們想出 creative promotion proposals for our latest product（我們最新產品有創意的宣傳提案），還提到 marketing events on social media（社交媒體上的行銷活動），這些都和產品宣傳有關，所以用 Advertising（廣告宣傳）來表達的 C. 是正確答案。A. 是指負責創意發想的團隊（人），但這段話討論的是宣傳方法，所以這不是正確答案。

第 1 回
第 2 回
第 3 回
第 4 回
第 5 回
第 6 回
第 7 回
第 8 回
第 9 回
第 10 回

字詞解釋

come up with 想出… **creative** [krɪ`etɪv] adj. 創造的，有創意的 **promotion** [prə`moʃən] n. 宣傳，促銷 **proposal** [prə`pozl] n. 提案 **campaign** [kæm`pen] n. 活動，運動 **impressive** [ɪm`prɛsɪv] adj. 令人印象深刻的 **marketing** [`mɑrkɪtɪŋ] n. 行銷 **social media** 社交媒體 **suggestion** [sə`dʒɛstʃən] n. 建議 **development** [dɪ`vɛləpmənt] n. 開發 **advertise** [`ædvɚˌtaɪz] v. 廣告，宣傳 **strategy** [`strætədʒɪ] n. 策略

33.

Welcome to this year's Summer Sensation Festival! Prepare for an incredible selection of live concerts and dance to the beat on our energetic dance floor. During the night, you can also enjoy fascinating light shows accompanied by the hottest tunes. This is the place where artists and fans can come together and create lasting memories. Get ready to be amazed!

Question: What kind of occasion is this?
A. A traditional festival.
B. A dance competition.
C. A fireworks show.
D. A musical event.

英文翻譯

歡迎來到今年的 Summer Sensation Festival！準備迎接一系列很棒的現場演唱會，並且在我們充滿活力的舞池跟著節拍舞動。在晚上，您也可以享受伴隨最熱門歌曲的迷人燈光秀。這是藝人和粉絲可以在一起創造長久回憶的地方。準備好感到驚豔吧！

問題：這是什麼場合？
A. 傳統慶典。
B. 舞蹈比賽。
C. 煙火秀。
D. 音樂活動。

答題解說

答案：（D）。選項是一些活動的類型，所以要注意錄音內容中關於活動內容的敘述。說話者歡迎大家來到 Summer Sensation Festival，他提到活動內容有 live concerts（現場演唱會）和 energetic dance floor（充滿活力的舞池），最後也提到

This is the place where artists and fans can come together（這是藝人和粉絲可以在一起的地方），所以最接近這些敘述的 D. 是正確答案。雖然 musical 當名詞時是「音樂劇」的意思，但在這裡是形容詞，表示「音樂的」。

字詞解釋

concert [ˋkɑnsɚt] n. 音樂會，演唱會　**energetic** [ˌɛnɚˋdʒɛtɪk] adj. 活力充沛的　**dance floor** 舞池　**fascinating** [ˋfæsəˌnetɪŋ] adj. 迷人的　**accompany** [əˋkʌmpənɪ] v. 伴隨　**tune** [tjun] 曲調，歌曲　**occasion** [əˋkeʒən] n. 場合　**competition** [ˌkɑmpəˋtɪʃən] n. 比賽　**musical** [ˋmjuzɪkl̩] adj. 音樂的

34.

For question number 34, please look at the sign. 第 34 題請看指示牌。

Hey, how about we grab lunch at the new café on campus? I've been there several times, and their curry rice is absolutely delicious. We can take the path that leads to the library. Once we pass by the Humanities Building, just take a right at the next corner, and the café will be right there at the end of the path. It might be a little hard to locate, but it's totally worth it. It has quickly become my favorite spot to chill out.

Question: At which location is the café?

A. Location A.

B. Location B.

C. Location C.

D. Location D.

第1回

第2回

第3回

第4回

第5回

第6回

第7回

第8回

第9回

第10回

英文翻譯

嘿，我們在學校新開的咖啡館吃午餐怎麼樣？我去過那裡幾次，他們的咖哩飯非常美味。我們可以走往圖書館的路。我們經過人文學科大樓之後，只要在下個路口右轉，咖啡館就在路的盡頭。可能有點難找，但絕對值得。它已經成為我最愛的放鬆地點了。

問題：這家咖啡館在哪裡？
A. 地點 A。
B. 地點 B。
C. 地點 C。
D. 地點 D。

答題解說

答案：（ B ）。選項是地圖上的四個地點，所以要注意錄音內容中關於位置的說明。說話者提議到校區新開的咖啡館吃午餐，接著說明到那裡的方式。首先是 We can take the path that leads to the library（我們可以走往圖書館的路），也就是從標示「You are here」的位置往圖書館的方向走。接下來則是 Once we pass by the Humanities Building, just take a right at the next corner, and the café will be right there at the end of the path（我們經過人文學科大樓之後，只要在下個路口右轉，咖啡館就在路的盡頭），而在人文學科大樓之後、下一個路口往右的盡頭處是「B」，所以 B. 是正確答案。

字詞解釋

grab [græb] 抓；買、吃（食物）　　**campus** [ˋkæmpəs] n. 校園，校區
absolutely [ˋæbsəˌlutlɪ] adv. 絕對地　　**humanities** [hjuˋmænətɪz] n. 人文學科
totally [ˋotəlɪ] adv. 完全地　　**chill out** 放鬆

35.

Item 品項	Price 價格	Color 顏色
Floor lamp 立燈	$150	Gray, Black 灰色，黑色
Wall lamp 壁燈	$120	Yellow, White, Blue 黃色，白色，藍色
Table lamp 桌燈	$90	White, Black 白色，黑色
Bedside lamp 床頭燈	$70	Gray, Blue 灰色，藍色

For question number 35, please look at the table. 第 35 題請看表格。

Hello, I'm calling to inquire about lamps for my newly decorated room. Since I've painted the walls off-white, I was wondering if you have any lamps available in gray. I believe gray would fit the room's color scheme perfectly. Also, I'm on a budget, so I hope the lamp costs no more than a hundred dollars. If you have any options that meet my needs, please call me back with the details. Thank you.

Question: What might the listener recommend?

A. The floor lamp.
B. The wall lamp.
C. The table lamp.
D. The bedside lamp.

英文翻譯

哈囉，我打電話是要詢問我新裝潢的房間要用的燈。因為我把牆壁漆成了米白色，所以我想知道你們有沒有提供可選擇灰色的燈。我相信灰色和這個房間的配色會非常搭。另外，我預算有限，所以我希望這盞燈的價格不超過 100 美元。如果你們有任何符合我需求的選擇，請回電話告訴我細節。謝謝。

問題：聽者可能會推薦什麼？
A. 立燈。

B. 壁燈。

C. 桌燈。

D. 床頭燈。

答題解說

答案：（D）。選項是表格中的四種燈，而且表格中有價格和顏色等細節，所以需要注意和這兩者相關的細節來判斷答案。說話者先表明自己要找新裝潢的房間使用的燈，並且說明牆壁的顏色，然後說 I was wondering if you have any lamps available in gray（我想知道你們有沒有提供可選擇灰色的燈），表示想要灰色的燈。關於價格，則提到 I hope the lamp costs no more than a hundred dollars（我希望這盞燈的價格不超過 100 美元）。在表格中，提供灰色而且不超過 100 美元的是床頭燈，所以 D. 是正確答案。

字詞解釋

inquire [ɪnˋkwaɪr] **v.** 詢問　　**decorate** [ˋdɛkəˌret] **v.** 裝潢　　**off-white** 米白色的

fit in 適合⋯　　**scheme** [skim] **n.**（顏色的）組合，配置　　**on a budget** 預算有限

第1回
第2回
第3回
第4回
第5回
第6回
第7回
第8回
第9回
第10回

第一部分：詞彙

1. It is hard to believe they are already celebrating their 10th _____. They still show a lot of affection for each other after so many years. （很難相信他們已經在慶祝〔結婚〕10 週年了。這麼多年之後，他們仍然對彼此表現許多愛意。）

   A. decade
   B. demonstration
   C. anniversary
   D. achievement

   答題解說

   答案：（C）。空格要填入被序數 10th 修飾的名詞。第二句提到「這麼多年之後，他們仍然對彼此表現許多愛意」，顯示「他們」有維持多年的感情關係。在選項中，C. anniversary（週年紀念）可以單獨用來表示「結婚週年」，符合題目中關於感情關係與時間長度的敘述，所以是正確答案。

   字詞解釋

   affection [əˋfɛkʃən] n. 感情，愛情　　**decade** [ˋdɛked] n. 十年　　**demonstration** [͵dɛmənˋstreʃən] n. 表露，表達　　**anniversary** [͵ænəˋvɝsərɪ] n. 週年紀念　　**achievement** [əˋtʃivmənt] n. 成就

2. Smoking causes _____ damage to your lungs, so its negative effects can persist even after quitting. （抽菸會對你的肺造成永久的傷害，所以它的負面影響甚至可能在戒菸後也持續下去。）

   A. permanent
   B. consistent
   C. persuasive
   D. productive

   答題解說

   答案：（A）。空格要填入修飾名詞 damage（傷害）的形容詞。句子的中間用 so

連接，表示前半是後半的原因；後半說 its [= smoking's] negative effects can persist even after quitting（抽菸的負面影響甚至可能在戒菸後也持續下去），所以前面的內容應該表達「傷害是會持續下去的」，A. permanent（永久的）是正確答案。B. consistent（一貫的）的意思是「始終保持著不變的行為或性質」，如果用這個單字的話，或許可以解釋成「抽菸不論何時、在什麼情況下都會造成傷害」，但並不能成為解釋「戒菸後仍然有負面影響」的理由。

字詞解釋

lung [lʌŋ] n. 肺　**persist** [pɚˋsɪst] v. 持續存在　**permanent** [ˋpɝmənənt] adj. 永久的　**consistent** [kənˋsɪstənt] adj. 一貫的，不變的　**persuasive** [pɚˋswesɪv] adj. 有說服力的　**productive** [prəˋdʌktɪv] adj. 有生產力的

3. If you ＿＿＿＿＿ with your colleagues, it is more likely they will support you when you face challenges.（如果你和同事相處和睦的話，當你面臨挑戰的時候，他們比較有可能支援你。）

   A. go well
   B. get along
   C. put up
   D. get away

答題解說

答案：（B）。空格要填入搭配 with 的表達方式。這個句子的開頭使用連接詞 If，表示前半是後半發生的條件。句子的後半說「他們（同事）比較有可能支援你」，要得到這個結果，可能的條件是和同事關係良好，所以能構成 get along with（和…相處和睦）的 B. 是正確答案。

字詞解釋

colleague [ˋkɑlig] n. 同事　**challenge** [ˋtʃælɪndʒ] n. 挑戰，困難　**go well with**（例如衣服、食物）和…很搭配　**get along with** 和…相處和睦　**put up with** 忍受…　**get away with** 做了…卻逃過懲罰

4. The boss often assigns important tasks and projects to Peter because he is such a ＿＿＿＿＿ person.（老闆經常把重要的工作和專案分派給 Peter，因為他是個很可靠的人。）

   A. restless
   B. resistant

C. reliable

D. relieved

答案：（C）。空格要填入形容人的形容詞。這個句子中間用 because 連接，表示後半是前半的原因。前半提到「老闆把重要的工作和專案分派給 Peter」，而之所以有這樣的結果，應該是因為 Peter 通常可以把工作做得很好，而讓老闆感到信賴。在選項中，C. reliable（可靠的）最能表現這樣的特質，是正確答案。要注意 A. restless（焦躁不安的）並不是指「不休息」，不能從字面上亂猜它的意思。

字詞解釋

assign [əˋsaɪn] v. 分派　**restless** [ˋrɛstlɪs] adj. 焦躁不安的　**resistant** [rɪˋzɪstənt] adj. 抵抗的　**reliable** [rɪˋlaɪəbl] adj. 可靠的　**relieved** [rɪˋlivd] adj. 感到放心、鬆了一口氣的

5. **Once you have set up your objectives, what you should do next is to think about how to _____ them.**（一旦設定了你的目標，接下來你該做的就是思考如何實現。）

A. surrender

B. overlook

C. motivate

D. fulfill

答題解說

答案：（D）。once 當連接詞，表示「一旦…」，也就是時間上接連發生的關係。在這個句子裡，前半的「設定了你的目標」發生之後，後半就是接著要做的事，選項中最合理的 D. fulfill（實現）是正確答案。

字詞解釋

objective [əbˋdʒɛktɪv] n. 目標　**surrender** [səˋrɛndə] v. 放棄，交出…　**overlook** [͵ovəˋluk] v. 眺望；忽略　**motivate** [ˋmotə͵vet] v. 給…動機，激勵　**fulfill** [fulˋfɪl] v. 履行，實現

6. **Jenna resembles her mother. She _____ her mother's big blue eyes and curly hair.**（Jenna 很像她的媽媽。她遺傳了媽媽大大的藍眼睛和捲髮。）

A. inherited

B. acquired

C. realized

D. exploited

答題解說

答案：（A）。這個題目有兩個句子，第一句說「Jenna 像她的媽媽」，第二句則是說明她如何像她媽媽。空格要填入的動詞，後面接媽媽的外貌特徵（眼睛、頭髮）當受詞。在選項中，A. inherited 是從「繼承（遺產等）」引申出「因為遺傳而得到（特徵等）」的意思，是最恰當的答案。B. acquired 表示「取得」某樣事物，用在這裡的感覺比較像是「把媽媽的東西拿過來」，所以比較不適合。

字詞解釋

resemble [rɪ`zɛmbl] v. 像，類似⋯ **curly** [`kɝlɪ] adj. （頭髮）捲的 **inherit** [ɪn`hɛrɪt] v. 繼承；因為遺傳而獲得⋯ **acquire** [ə`kwaɪr] v. 取得 **realize** [`rɪə͵laɪz] v. 實現 **exploit** [ɪk`splɔɪt] v. 剝削，濫用

7. **This area of the factory is _____ guarded to keep out people who are not allowed.**（工廠的這個區域受到嚴格看守，以防止沒有獲得允許的人進入。）

A. anxiously

B. vaguely

C. passively

D. strictly

答題解說

答案：（D）。空格修飾 is guarded，表示工廠區域受到看守的方式、情況。這個句子的後面用 to 不定詞表示「工廠區域受到看守」的目的，是防止沒有獲得允許的人進入，所以能表示看守滴水不漏的 D. strictly（嚴格地）是正確答案。A. anxiously（焦慮地）表示做某件事的人的情緒，但用怎樣的情緒看守，和能否防止有人進入並沒有邏輯上的關係。

字詞解釋

anxiously [`æŋkʃəslɪ] adv. 焦慮地 **vaguely** [`veglɪ] adv. 模糊地 **passively** [`pæsɪvlɪ] adv. 被動地 **strictly** [`strɪktlɪ] adv. 嚴格地

8. **_____ insurance can help reduce the financial burden associated with hospital stays, surgeries, and other treatments.**（醫療保險可以幫助減少和

住院、手術及其他治療相關的財務負擔。）

A. Mental
B. Medical
C. Oral
D. Radical

答題解說

答案：（B）。這個句子是在說明某種 insurance（保險）的功用，提到可以減少 hospital stays, surgeries, and other treatments（住院、手術及其他治療）的相關財務負擔。這些開銷都是醫療方面的，所以 B. Medical（醫療的）是正確答案。

字詞解釋

insurance [ɪnˋʃʊrəns] **n.** 保險　**reduce** [rɪˋdjus] **v.** 減少　**financial** [faɪˋnænʃəl] **adj.** 財務的　**burden** [ˋbɝdn] **n.** 負擔　**associated** [əˋsoʃɪ͵etɪd] **adj.** 關聯的　**surgery** [ˋsɝdʒərɪ] **n.** 外科手術　**mental** [ˋmɛntl] **adj.** 精神的，心理的　**medical** [ˋmɛdɪkl] **adj.** 醫學的，醫療的　**oral** [ˋorəl] **adj.** 口部的，口腔的　**radical** [ˋrædɪkl] **adj.** 極端的

9. **Wearing face masks is a good way to prevent catching the flu because the virus can be _____ through the air.**（戴口罩是預防得到流感的好方法，因為病毒有可能透過空氣傳播。）

A. cultivated
B. extended
C. commissioned
D. transmitted

答題解說

答案：（D）。句子前半段說戴口罩可以預防得到流感，後半則用 because 開頭，解釋其中的原因。後半的 through the air（透過空氣）是表達病毒的傳播途徑，所以在被動態的結構中，表示「（被）傳播」的 D. transmitted 是正確答案。

字詞解釋

virus [ˋvaɪrəs] **n.** 病毒　**cultivate** [ˋkʌltə͵vet] **v.** 栽培，培養　**extend** [ɪkˋstɛnd] **v.** 延長，延伸　**commission** [kəˋmɪʃən] **v.** 委任，委託　**transmit** [trænsˋmɪt] **v.** 傳播

10. **The dance performance is _____ popular songs, making it easy to enjoy for a wide range of audience.**（這個舞蹈表演伴隨著流行歌曲，使它讓

廣泛的觀眾很容易享受。）

A. demonstrated by
B. accompanied with
C. eliminated to
D. identified as

答題解說

答案：（B）。這個句子使用了分詞構句，句子後半以現在分詞 making 開頭，表示前半敘述的內容造成後半的結果。後半說這個舞蹈表演讓廣泛的觀眾很容易享受，而前半的空格後面接 popular songs（流行歌曲）當受詞，所以空格的內容應該是說舞蹈表演使用了流行歌曲，讓觀眾容易享受。選項中的 B. 可以構成 is accompanied with（伴隨著…），是最合適的答案。

字詞解釋

performance [pə`fɔrməns] n. 表演　**be demonstrated by** 由…表現出來　**be accompanied with** 伴隨著…　**be eliminated to** 被減少到…　**be identified as** 被認為是…

第二部分：段落填空

Questions 11-15

　　Taylor Swift made music history in October 2022. **Following** the release of her tenth studio album, *Midnights*, Swift became the first artist to **take over** the entire top 10 on the Billboard Hot 100 chart. This achievement proves that she has an **intense** fan base. The secret to the continual increase of her fans lies in the songs she has created, which are mostly about relationships. Many people, especially young women, find her songs easy to **relate to**. Swift is also famous for interacting with her fans in person, **making them feel seen and valued**, further strengthening the bond between her and the community she has cultivated.

字詞解釋

make history 創造歷史　**following** [`fɑləwɪŋ] prep. 在…之後　**release** [rɪ`lis] n. 發行　**studio album** 錄音室專輯　**take over** 佔據…　**achievement** [ə`tʃivmənt] n. 成就　**intense** [ɪn`tɛns] adj. 強烈的；熱情的，熱烈的　**fan base** 粉絲群　**continual** [kən`tɪnjʊəl] adj. 持續的　**relationship** [rɪ`leʃən`ʃɪp] n.（感情）關係　**relate to** 對於…感到有共鳴　**interact** [ˌɪntə`rækt] v. 互動　**value** [`vælju] v. 重視　**strengthen**

[ˋstrɛŋθən] v. 強化，增強　　**bond** [bɑnd] n. 聯繫，關係　　**community** [kəˋmjunətɪ] n. 社群　　**cultivate** [ˋkʌltəˏvet] v. 培養

中文翻譯

　　Taylor Swift 在 2022 年 10 月創造了音樂界的歷史。在她的第 10 張錄音室專輯《Midnights》發行之後，Swift 成為了第一位完全佔據 Billboard 百大熱門單曲榜單前 10 名的藝人。這項成就證明她擁有很熱情的粉絲群。她的歌迷持續增加的祕密，在於她所創造的歌曲，它們大多和感情關係有關。許多人，尤其是年輕女性，覺得很容易對她的歌曲有共鳴。Swift 也以當面和歌迷互動聞名，這使他們感覺被看見並且受到重視，也進一步強化了她和她所培養的社群之間的關係。

答題解說

11. A. Regarding　B. Following　C. Considering　D. Including
　　答案：（B）。空格在這個句子的開頭，是介系詞性質的成分，並且和後面所接的 the release of her tenth studio album, *Midnights*（她的第 10 張錄音室專輯《Midnights》的發行）構成修飾整個句子的副詞性質成分。這裡要表達的是「在發行專輯後，她成為首位完全佔據榜單前 10 名的藝人」，所以表達時間順序「在…之後」的 B. Following 是正確答案。

字詞解釋

　　regarding [rɪˋgɑrdɪŋ] prep. 關於…　　**considering** [kənˋsɪdərɪŋ] prep. 考慮到…　　**include** [ɪnˋklud] v. 包括…

12. A. break into　B. bring about　C. take over　D. drop behind
　　答案：（C）。空格中要填入的片語動詞，後面接受詞 the entire top 10 on the Billboard Hot 100 chart（Billboard 百大熱門單曲榜單前 10 名的全部名次）。這裡要表達的意思是 Taylor Swift 佔據了 1 到 10 名的所有名次，所以 C. take over（佔據…）是正確答案。

字詞解釋

　　break into 強行進入（某處）　　**bring about** 導致…　　**drop behind** 落後…

13. A. apparent　B. efficient　C. intense　D. unconscious
　　答案：（C）。空格修飾 fan base（粉絲群），表示 Taylor Swift 的粉絲群是怎樣的人。這個句子的前面說 This achievement proves that...（這項成就證明…），其中的 achievement 是指佔據前 10 名這件事，而這項成就必須要有許多歌迷經常收聽歌曲才能達成，所以能表示粉絲群「熱情、熱烈」的 C. intense 是正確答案。

字詞解釋

apparent [ə`pærənt] **adj.** 明顯的；表面上的　　**efficient** [ɪ`fɪʃənt] **adj.** 有效率的

unconscious [ʌn`kanʃəs] **adj.** 無意識的

14. A. relate to　B. cheer up　C. deal with　D. hear about

答案：（A）。這個句子說 Many people... find her songs easy to _____ （許多人覺得她的歌曲很容易_____），空格中的片語動詞表示「人對歌曲做什麼」。因為上一個句子提到「她的歌迷持續增加的祕密，在於她所創造的歌曲」，表示她的歌曲很有吸引力，而能夠解釋這種吸引力的是 A. relate to（對於⋯感到有共鳴）。relate 原本是「有關」的意思，但如果是「人 relate to...」的話，則是「某人感覺自己和⋯有關」，引申為「對於⋯有同感、有共鳴」的意思。

字詞解釋

cheer up 使⋯振作　　**deal with** 處理⋯　　**hear about** 聽說（消息）

15. A. causing confusion in society 造成社會上的混亂
    B. trying to get the best of them 試圖佔他們的上風
    C. making them feel seen and valued 使他們感覺被看見並且受到重視
    D. reflecting the trend of social isolation 反映社交孤立的趨勢

答案：（C）。這個句子使用了兩個分詞構句，第一個是空格的內容，第二個是空格後的 further strengthening the bond between her and the community she has cultivated（進一步強化 Swift 和她所培養的社群之間的關係），這些內容和主要子句有因果關係。也就是說，主要子句「Swift 以當面和歌迷互動聞名」產生第一個分詞構句（空格內容）的結果，而第一個分詞構句又產生第二個分詞構句「強化和社群之間的關係」的結果。在選項中，能夠表示當面互動的結果，並且進一步強化社群關係的 C. 是正確答案。B. 的 get the best of 是「佔⋯的上風，（心理上）壓倒⋯」的意思，經常指在情緒上或氣勢上壓過對方，光從字面上很難猜到這個慣用表達方式的意思。

字詞解釋

confusion [kən`fjuʒən] **n.** 混亂；困惑　　**get the best of** 佔⋯的上風，（心理上）壓倒⋯　　**reflect** [rɪ`flɛkt] **v.** 反映　　**trend** [trɛnd] **n.** 趨勢　　**isolation** [ˌaɪsə`leʃən] **n.** 孤立

Questions 16-20

In the past, the singular method of making a purchase was by using cash. However, since the introduction of credit and debit cards, people have grown to accept the concept of cashless payment. As technology continued to evolve,

561

though, people started seeking more advanced payment methods **beyond the use of plastic cards**. This led to the development of mobile payment, which involves **transferring** value from one payment account to another using mobile devices, particularly smartphones. **Due to** its convenience, mobile payment is expected to play a major role in the future as the primary method of payment.

字詞解釋

singular [ˈsɪŋɡjələ˞] **adj.** 單一的　**introduction** [ˌɪntrəˈdʌkʃən] **n.** 引進，採用　**debit card** 簽帳金融卡　**grow to do** 漸漸…　**concept** [ˈkɑnsɛpt] **n.** 概念　**cashless** [ˈkæʃlɪs] **adj.** 無現金的　**payment** [ˈpemənt] **n.** 支付　**technology** [tɛkˈnɑlədʒɪ] **n.** 技術，科技　**evolve** [ɪˈvɑlv] **v.** 進化，發展　**advanced** [ədˈvænst] **adj.** 先進的　**development** [dɪˈvɛləpmənt] **n.** 發展　**mobile** [ˈmobaɪl] **adj.** 行動的　**involve** [ɪnˈvɑlv] **v.** 涉及　**transfer** [trænsˈfɚ] **v.** 轉移　**account** [əˈkaʊnt] **n.** 帳戶　**device** [dɪˈvaɪs] **n.** 設備　**due to** 由於…　**convenience** [kənˈvinjəns] **n.** 便利　**primary** [ˈpraɪˌmɛrɪ] **adj.** 主要的

中文翻譯

　　在過去，支付的唯一方式是使用現金。然而，自從推行信用卡和簽帳金融卡之後，人們漸漸接受了無現金支付的概念。但隨著科技持續演進，人們開始尋求比使用塑膠卡片更先進的支付方式。這促成了行動支付的開發，這種支付方式是使用行動裝置，尤其是智慧型手機，將金額從一個付款帳戶轉到另一個。由於它的便利性，行動支付被預期將作為主要的支付方式，而在未來扮演重要的角色。

答題解說

16. A. obvious　B. singular　C. financial　D. sensitive

答案：（B）。空格是修飾 method of making a purchase（支付的方式）的形容詞。這一句是說過去以現金支付，而後面的內容則提到信用卡、簽帳金融卡的推行，以及行動支付的開發，要表達的是相對於後來的時代，過去「只有」現金支付這個選擇，所以 B. singular（單一的）是最合適的答案。

字詞解釋

obvious [ˈɑbvɪəs] **adj.** 明顯的　**financial** [faɪˈnænʃəl] **adj.** 財務的，金融的　**sensitive** [ˈsɛnsətɪv] **adj.** 敏感的

17. A. application　B. convention　C. introduction　D. recognition

答案：（C）。空格位於 since（自從…）引導的介系詞片語中，而這個介系詞片語修飾主要的句子 people have grown to accept the concept of cashless payment（人們漸漸接受了無現金支付的概念），表達「接受無現金支付」這件事開始的時間點。一項新技術或制度開始獲得採用，是用 introduction（採用，引進）這個單字

來表達，所以 C. 是正確答案。

字詞解釋

application [ˌæpləˋkeʃən] **n.** 申請；用途；（規定等的）適用　**convention** [kənˋvɛnʃən] **n.** 大會；慣例　**recognition** [ˌrɛkəgˋnɪʃən] **n.** 認可；認出

18. A. instead of paying by cash 取代用現金支付
    B. rather than relying on others 而不是依賴別人
    C. beyond the use of plastic cards 超越塑膠卡片的使用
    D. to get more rewards and benefits 為了得到更多回饋與福利
    答案：（C）。空格所在的句子中，要注意的是中間插入的 though（然而），表示這個句子和上個句子之間有意義上的轉折。上一句提到「信用卡和簽帳金融卡的推行」，而空格所在的句子說 As technology continued to evolve... people started seeking more advanced payment methods（隨著科技持續演進，人們開始尋求比較先進的支付方式），也就是追求比信用卡、簽帳金融卡更進步的支付方法（後面介紹的行動支付）。在選項中，C. 的 plastic cards（塑膠卡片）就是指信用卡和簽帳金融卡，而 beyond 表示「超越⋯的水準」，能夠表達「尋求比信用卡、簽帳金融卡更好的方法」，所以是正確答案。

字詞解釋

rely [rɪˋlaɪ] **v.** 依賴　**reward** [rɪˋwɔrd] **n.** 回報　**benefit** [ˋbɛnəfɪt] **n.** 利益，福利

19. A. translating　B. transferring　C. transporting　D. transforming
    答案：（B）。空格後面接受詞 value（價值），而且後面有兩個介系詞片語 from one payment account to another（從一個付款帳戶到另一個），所以這裡要表達的是在帳戶之間轉移金額，B. transferring（轉移）是正確答案。

字詞解釋

translate [trænsˋlet] **v.** 翻譯　**transport** [trænsˋport] **v.** 運輸，運送　**transform** [trænsˋform] **v.** 改變，轉變

20. A. Due to　B. Except for　C. In spite of　D. By means of
    答案：（A）。空格要填入片語介系詞，後面接受詞 its [= mobile payment's] convenience（行動支付的便利性），構成修飾句子主要部分的副詞性成分。句子的主要內容是 mobile payment is expected to play a major role in the future（行動支付被預期在未來扮演重要的角色），而「便利性」應該是這個事實的一個原因，所以表示原因的 A. Due to（由於⋯）是正確答案。

字詞解釋

except for 除了⋯（表示排除）　　**in spite of** 儘管有⋯　　**by means of** 藉由（具
體的方法）

第三部分：閱讀理解

中文翻譯

寄件者：jennalin@greatagency.com
收件者：helenchen@wondermusic.com
主旨：Demo（樣本錄音）
附件：kimmyklein_demo.zip

親愛的 Chen 小姐：

我是 Jenna，Great Agency 的音樂經紀人，為了推薦我們最近贏得今年最佳新藝人
獎、才華洋溢的歌手 Kimmy Klein 而聯絡您。Kimmy 從 12 歲開始寫歌，並且因為
她的作品而持續獲得正面回饋。她的音樂以獨特的風格與優雅的歌詞聞名，而我也
附上了她的音樂讓您聆聽。如果您對她的才華表達意見，我會很感謝的。謝謝您花
時間讀這封信。

Jenna Lin
音樂經紀人
Great Agency

21. 這封電子郵件的意圖是什麼？
　　A. 應徵職位
　　B. 推廣新藝人
　　C. 介紹新的音樂趨勢
　　D. 推薦某人作為獎項候選人

22. 關於 Kimmy Klein，何者正確？
　　A. 她目前是最成功的藝人。
　　B. 她在小時候開始做音樂。
　　C. 她穿衣服有獨特的風格。
　　D. 她還沒有發行任何音樂。

字詞解釋

文章 **demo** [ˋdɛmo] **n.** 樣本錄音（在正式製作前，示範歌曲雛形的錄音） **agent** [ˋedʒənt] **n.** 代理人，經紀人 **agency** [ˋedʒənsɪ] 代理機構，經紀公司 **recommend** [ˌrɛkəˋmɛnd] **v.** 推薦 **talented** [ˋtæləntɪd] **adj.** 有天分的，才華洋溢的 **consistently** [kənˋsɪstəntlɪ] **adv.** 一貫地 **feedback** [ˋfidˌbæk] **n.** 回饋意見 **elegant** [ˋɛləgənt] **n.** 優雅的 **attach** [əˋtætʃ] **v.** 附上… **talent** [ˋtælənt] **n.** 天分，才華
第 21 題 **intention** [ɪnˋtɛnʃən] **n.** 意圖 **promote** [prəˋmot] **v.** 宣傳，推銷 **talent** [ˋtælənt] **n.** 有才能的人，藝人 **trend** [trɛnd] **n.** 趨勢

答題解說

21. 答案：（B）。信件開頭通常會表明寫信的意圖。在這封信的開頭，寄件者寫道 I am Jenna... reaching out to recommend Kimmy Klein, our talented singer（我是 Jenna，為了推薦我們才華洋溢的歌手 Kimmy Klein 而聯絡您），接下來則是接紹這位歌手，並且表示附上了 demo 帶可聆聽，所以用意思相近的 promote 來表達的 B. 是正確答案。

22. 答案：（B）。問「何者正確／不正確」的題目，需要找出文章中和選項相關的部分來確定答案。信件中的 Kimmy has been writing songs since the age of 12（Kimmy 從 12 歲開始寫歌）表示她從小時候開始製作音樂，所以 B. 是正確答案。A. C. D. 在文章中沒有提到。

Questions 23-25

中文翻譯

備忘錄

　　從 7 月起生效，為了遵循修訂過的勞動法，工作超過連續 4 天的員工必須在下次值班前休假 1 天。所以，有連續 5 個工作日的員工，必須在經理的同意下和同事換班。要申請值班時間變更，請上公司內部網站，並且找到「值班時間」的頁面。在頁面的右邊，提交希望變更（內容）的申請，然後就會收到確認申請的電子郵件。

　　另外，我們前陣子也一再收到顧客對於特定店員提供的差勁服務的抱怨。所以，收到三次以上重大投訴的員工，將必須在總部參加訓練。如果有任何問題，請詢問你的經理。

23. 以下何者不是這則備忘錄的目的之一？
　　A. 為了公告新的工作排程政策
　　B. 為了說明如何申請值班時間變更

C. 為了讓員工注意到顧客的抱怨

D. 為了鼓勵全體員工參加訓練

24. 員工應該做什麼來變更值班時間？
    A. 線上申請
    B. 跟行政主管談
    C. 寫電子郵件
    D. 請病假

25. 在總部的訓練，目標是改善什麼？
    A. 銷售技巧
    B. 時間管理
    C. 員工士氣
    D. 與顧客的互動

字詞解釋

文章 **effective** [ɪˋfɛktɪv] **adj.** 有效的 **labor** [ˋlebɚ] **n.** 勞動，勞工 **in a row** 連續 **day off** 休息日 **shift** [ʃɪft] **n.** 輪班時間 **employee** [ˌɛmplɔɪˋi] **n.** 員工 **be required to do** 必須… **exchange** [ɪksˋtʃendʒ] **v.** 交換 **colleague** [ˋkɑlig] **n.** 同事 **approval** [əˋpruvl] **n.** 批准，同意 **request** [rɪˋkwɛst] **v.** 要求，請求 **access** [ˋæksɛs] **v.** 存取，進入 **internal** [ɪnˋtɝnl] **adj.** 內部的 **submit** [səbˋmɪt] **v.** 提交 **application** [ˌæpləˋkeʃən] **n.** 申請 **repeated** [rɪˋpitɪd] **adj.** 重複的，一再的 **complaint** [kəmˋplent] **n.** 抱怨 **headquarters** [ˋhɛdˋkwɔrtɚz] **n.** 總部 **consult** [kənˋsʌlt] **v.** 諮詢

第 23 題 **announce** [əˋnaʊns] **v.** 宣布 **schedule** [ˋskɛdʒʊl] **n.** 日程安排

第 24 題 **take sick leave** 請病假

第 25 題 **technique** [tɛkˋnik] **n.** 技術 **management** [ˋmænɪdʒmənt] **n.** 管理 **motivation** [ˌmotəˋveʃən] **n.** 動機，積極性 **interaction** [ˌɪntɚˋrækʃən] **n.** 互動

答題解說

23. 答案：（D）。問「何者不正確」的題目，需要找出文章中和選項相關的部分一一比對，才能確定答案。在文章中，employees who have five work days in a row are required to exchange shifts with their colleagues（有連續 5 個工作日的員工，必須和同事換班）對應 A.，To request a shift change...（要申請值班時間變更…）之後的說明對應 B.，we have been receiving repeated complaints from customers（我們前陣子一再收到顧客的抱怨）對應 C.。至於員工訓練，這裡提到的是 employees who have received three or more major complaints will be required to attend training（收到三次以上重大投訴的員工，將必須參加訓練），表示只有被投訴三

次以上的人要參加訓練，而不是全體員工參加訓練，所以不符合內容的 D. 是正確答案。

24. 答案：（A）。關於變更值班時間的方法，是在第一段 To request a shift change...（要申請值班時間變更…）之後說明的 please access the company's internal website and find the "shift" page（請上公司內部網站，並且找到「值班時間」的頁面）。因為要在（內部）網路上申請，所以用 online（在網路上）表達的 A. 是正確答案。

25. 答案：（D）。第二段提到 employees who have received three or more major complaints will be required to attend training at the headquarters（收到三次以上重大投訴的員工，將必須在總部參加訓練），所以在總部的訓練是為了改善這些人對顧客的服務，選項中最接近的 D. 是正確答案。

Questions 26-28

中文翻譯

Burgundy Café：盛大開幕！

　　跟我們一起慶祝 Burgundy Café 第 30 家分店的開幕！從 2008 年以來，我們一直致力於供應最好的咖啡給我們敬重的顧客。請來體驗讓我們成為咖啡愛好者熱門地點的絕佳風味。在 2 月 28 日出示下方折價券，享受所有品項 10% 折扣。另外，Burgundy Café 會員當天享有甜點 20% 的特別折扣。我們等不及要為您服務了！

-10%
・僅限 2 月 28 日於 Burgundy Café 的 Blue Street 分店有效
・每件品項只能使用一種折扣

寄件者：jefflarison@dontlook.com
收件者：customerservice@burgundycafe.com
主旨：折扣適用的錯誤
附件：receipt.jpg

敬啟者：

我寫這封信，是要讓你們注意到我在 Blue Street 新開的 Burgundy Café 開幕當天遇到的問題。我購買了兩杯卡布其諾和一份三明治，就如同您可以在附上的收據看到的一樣。儘管我出示了你們廣告上的折價券以及我的會員卡，店員卻只打了 10% 的

折扣，而不是 20%。請您協助修正這個錯誤，把超收的 10% 還給我。謝謝你們對這件事的關注。

Jeff Larison

26. 關於 Burgundy Café，何者正確？
    A. 正在慶祝 30 週年。
    B. 提供了為期一天的特別優惠。
    C. 它的店只供應咖啡。
    D. 向會員收取年費。

27. Larison 先生為什麼寄了這封電子郵件？
    A. 為了得到一點退款
    B. 為了確認訂單
    C. 為了更新會員資格
    D. 為了抱怨一位店員的態度

28. Larison 先生只得到 10% 折扣而不是 20% 的主要原因是什麼？
    A. 他去了錯誤的 Burgundy Café 分店。
    B. 他的折價券超過到期日了。
    C. 他的購買沒有獲得較高折扣的資格。
    D. 不同的折扣不能併用。

字詞解釋

文章 1　**branch** [bræntʃ] n. 分店　**be commited to** 致力於…　**valued** [ˋvæljud] adj. 寶貴的，受敬重的　**exceptional** [ɪkˋsɛpʃənl] adj. 優異的　**present** [prɪˋzɛnt] v. 出示　**coupon** [ˋkupɑn] n. 折價券　**discount** [ˋdɪskaʊnt] n. 折扣　**valid** [ˋvælɪd] adj. 有效的

文章 2　**application** [ˌæpləˋkeʃən] n. 應用，適用　**receipt** [rɪˋsit] n. 收據　**encounter** [ɪnˋkaʊntɚ] v. 遇到　**cappuccino** [ˌkɑpəˋtʃino] n. 卡布奇諾咖啡　**membership** [ˋmɛmbɚˌʃɪp] n. 會員資格　**request** [rɪˋkwɛst] v. 要求，請求　**assistance** [əˋsɪstəns] n. 協助　**overcharge** [ˋovɚˋtʃɑrdʒ] v. 收費過多

第 26 題　**annual** [ˋænjʊəl] adj. 一年一度的

第 27 題　**renew** [rɪˋnju] v. 更新　**attitude** [ˋætətjud] n. 態度

第 28 題　**qualify** [ˋkwɑləˌfaɪ] v. 符合資格　**combine** [kəmˋbaɪn] v. 結合，合併

答題解說

26. 答案：（B）。關於 Burgundy Café 的介紹，主要出現在廣告（第一篇文章）

中。廣告提到 Present the coupon below on February 28th to enjoy a 10% discount on all items（在 2 月 28 日出示下方折價券，享受所有品項 10% 折扣），折價券旁邊也寫著 Valid only on February 28（僅限 2 月 28 日有效），所以他們提供的是一日限定的優惠，B. 是正確答案。另外，要注意廣告開頭的 celebrate the opening of our 30th Burgundy Café branch 是指「慶祝 Burgundy Café 第 30 家分店的開幕」，而不是指慶祝 30 週年，如果看錯就有可能誤選 A.。

27. 答案：（A）。這一題要看 Larison 先生所寫的電子郵件（第二篇文章）來判斷答案。電子郵件的標題是 Error in discount application（折扣適用的錯誤），內文提到 the clerk only applied a 10% discount instead of 20%（店員只打了 10% 的折扣，而不是 20%），所以 Larison 先生要求 your assistance in correcting this error by giving me back the 10% you have overcharged（藉由把超收的 10% 還給我，協助修正這個錯誤），正確答案是 A.。

28. 答案：（C）。和上一題一樣，先從 Larison 先生所寫的電子郵件中尋找線索。除了上一題的解說中提到的「只有 10% 折扣而不是 20%」，我們也要從他的消費情況來看看可能發生了什麼問題。他提到 I purchased two cups of cappuccino and a sandwich（我購買了兩杯卡布其諾和一份三明治），以及 presenting a coupon from your advertisement and my membership card（出示你們廣告上的折價券以及我的會員卡），但只看電子郵件無法得知哪裡有問題，所以要從廣告中尋找額外的線索。廣告中提到 Burgundy Café members enjoy a special 20% off on desserts on that day [= February 28th]（Burgundy Café 會員當天〔2 月 28 日〕享有甜點 20% 的特別折扣），由此可知 Larison 先生想爭取的 20% 折扣有兩個條件：是 Burgundy Café 的會員，以及購買甜點。他出示了會員卡，但買的卡布其諾和三明治都不是甜點，所以 C. 是正確答案。D. 雖然符合折價券右邊所寫的 Only one discount can be applied to each item（每件品項只能使用一種折扣），但 Larison 先生購買的品項都不符合 20% 折扣的條件，所以也沒有必須從 10% 和 20% 之中選擇一種的問題。

Questions 29-31

中文翻譯

　　華人新年的一項傳統是給小孩紅包。這些裝了錢的信封象徵好運以及對未來一年的願望。儘管有些人只在乎裡面的錢，但紅包其實有大多數人沒有注意到的深層意義。

　　根據民間傳說，名為「祟」的妖怪會驚嚇在除夕睡著的小孩。為了保護他們，父母會讓小孩整晚醒著。在一個故事中，有個男孩拿到 8 個硬幣，讓他可以玩並且保持清醒，但他最後睡著了，讓硬幣掉在枕頭上。男孩因為硬幣強大的光芒把妖怪

「祟」嚇跑而得救。所以，紅包象徵這些保護性的硬幣，並且以「壓歲錢」（意為「壓制『祟』的錢」）的名稱為人所知。今日，這項傳統已經演變為包括送紅包給家人、親戚和朋友，象徵著分享好運。

29. 這篇文章主要是關於什麼？
    A. 給紅包的適當方式
    B. 紅包代表的意義
    C. 華人民間傳說的歷史意義
    D. 吸引好運的方式

30. 根據這篇文章，紅包一開始的用意是什麼？
    A. 保護小孩免於危險
    B. 獲得明年的財富
    C. 教導小孩如何使用金錢
    D. 強化家庭內的情感連結

31. 根據這篇文章，以下何者不正確？
    A. 紅包象徵好運與願望。
    B. 不是很多人知道紅包的深層意義。
    C. 小孩以前被建議在除夕早點上床睡覺。
    D. 人們現在不只給小孩，也給大人紅包。

字詞解釋

文章　**symbolize** [ˋsɪmbəˌlaɪz] v. 象徵　**significance** [sɪgˋnɪfəkəns] n. 意義　**folklore** [ˋfokˌlor] n. 民間傳說　**demon** [ˋdimən] n. 惡魔，惡鬼　**eventually** [ɪˋvɛntʃʊəlɪ] adv. 最終　**frighten** [ˋfraɪtn̩] v. 驚嚇　**represent** [ˌrɛprɪˋzɛnt] v. 代表　**protective** [prəˋtɛktɪv] adj. 保護的　**suppress** [səˋprɛs] v. 壓制　**evolve** [ɪˋvɑlv] v. 演化

第 29 題　**proper** [ˋprɑpɚ] adj. 適當的　**stand for** 代表…　**historical** [hɪsˋtɔrɪkl̩] adj. 歷史的　**attract** [əˋtrækt] v. 吸引

第 30 題　**intend A for B** 意圖讓 A 達到 B 的目的　**fortune** [ˋfɔrtʃən] n. 財富　**strengthen** [ˋstrɛŋθən] v. 強化　**bond** [bɑnd] n. 連結，關係

答題解說

29. 答案：（B）。問文章主要是關於什麼的題目，要從整體的內容來判斷答案。這篇文章的第一段簡單介紹華人新年給紅包的意義，其中使用了 symbolize（象徵）和 significance（意義）等表示意義的詞語。第二段則是藉由壓歲錢的民間傳說，說明紅包最初的用意。因此，B. 是正確答案。

30. 答案：（A）。首先要注意題目中的 in the very beginning（一開始），所以題目要問的是紅包最初的意義，而不是現代的意義。第二段關於民間傳說的敘述最後，提到 The boy was saved by the coins' powerful light, which frightened away the demon Sui（男孩因為硬幣強大的光芒把妖怪「祟」嚇跑而得救），接下來又說 the red envelope represents these protective coins（紅包象徵這些保護性的硬幣），所以紅包一開始被認為可以保護小孩不受妖怪侵擾，正確答案是 A.。

31. 答案：（C）。關於「何者錯誤」的問題，要對照文章中所有和選項相關的部分來判斷答案。在文章中，第一段的 These envelopes filled with money symbolize good luck and wishes for the year ahead（這些裝了錢的信封象徵好運以及對未來一年的願望）對應 A.，red envelopes actually have deeper significance that most people do not notice（紅包其實有大多數人沒有注意到的深層意義）對應 B.；第二段的 Today, this tradition has evolved to include gifting red envelopes to family, relatives, and friends（今日，這項傳統已經演變為包括送紅包給家人、親戚和朋友）對應 D.。和 C. 相關的部分則是第二段的 To protect them, parents would keep their children awake throughout the night（為了保護他們，父母會讓小孩整晚醒著），和選項敘述相反，所以 C. 是正確答案。

Questions 32-35

中文翻譯

　　你對社交媒體上癮了嗎？當你沒有使用社交媒體的時候，你會經歷焦慮感嗎？如果是的話，你可能正在經歷稱為「FOMO」，或者說「錯失恐懼症」的現象。

　　FOMO 是指人在感覺錯過可能改善生活的資訊、體驗、活動或者人生決定時，會產生的焦慮感。它經常來自害怕後悔，以及對於錯過社交互動的擔心。如果你發現自己一直擔心別人在做什麼，你可能就有 FOMO 了。

　　近年來，社交媒體的興起造成了 FOMO 的擴散。隨著人們花更多時間在線上，分享自己的生活並且和別人的生活比較，就更擔心在別人似乎充分活出人生的時候，自己卻錯過一些正面的經驗。

　　FOMO 也有可能在社交媒體之外的地方產生。想要利用 FOMO 的品牌，經常運用「飢餓行銷」的技巧，例如提供限量的貨品，或者限制產品可以買到的時間，而創造出催促消費者儘快購買的狀況。結果，消費者最後可能會因為害怕很快就沒有庫存，而購買既不需要、也不是真的想要的東西。

32. 以下何者最能形容 FOMO？
　　A. 因為犯了某些錯而感到後悔
　　B. 擔心沒有滿足其他人的期待

C. 害怕朋友在背後議論自己
D. 擔心沒有經歷值得做的事

33. 為什麼社交媒體會造成 FOMO？
    A. 它鼓勵我們分享感受。
    B. 它讓我們能評論社會議題。
    C. 它使我們比較自己和他人的生活。
    D. 它讓尋找我們真實生活中的朋友變得容易。

34. 根據這篇文章，關於 FOMO，何者正確？
    A. 是一種心理現象。
    B. 被認為是疾病。
    C. 只發生在社交媒體上。
    D. 可能傷害消費者經濟。

35. 「飢餓行銷」的目的是什麼？
    A. 創造急迫的渴望感
    B. 限制產品產生的收入
    C. 用比較真誠的方式和消費者溝通
    D. 使一項產品在各種不同的消費者群體中受歡迎

字詞解釋

文章 **addicted** [ə`dɪktɪd] adj. 上癮的　**social media** 社交媒體　**anxiety** [æŋ`zaɪətɪ] n. 焦慮　**phenomenon** [fə`namə͵nan] n. 現象　**miss out on** 錯過…　**enhance** [ɪn`hæns] v. 提高　**interaction** [͵ɪntə`rækʃən] n. 互動　**constantly** [`kanstəntlɪ] adv. 不斷地　**contribute** [kən`trɪbjut] v. 貢獻　**make the most of** 充分利用…　**emerge** [ɪ`mɝdʒ] v. 浮現，出現　**be looking to do** 想做…　**take advantage of** 利用…　**marketing** [`markɪtɪŋ] n. 行銷　**technique** [tɛk`nik] n. 技巧　**stock** [stak] n. 庫存　**urge** [ɝdʒ] v. 催促　**consumer** [kən`sjumɚ] n. 消費者　**consequently** [`kansə͵kwɛntlɪ] adv. 結果　**run out** 耗盡

第 32 題　**anxious** [`æŋkʃəs] adj. 焦慮的　**expectation** [͵ɛkspɛk`teʃən] n. 期待　**talk behind one's back** 背地裡議論某人　**rewarding** [rɪ`wordɪŋ] adj. 值得做的，有回報的

第 34 題　**psychological** [͵saɪkə`ladʒɪkl̩] adj. 心理（學）的　**consumer economy** 消費者經濟

第 35 題　**urgent** [`ɝdʒənt] adj. 緊急的　**generate** [`dʒɛnə͵ret] v. 產生

答題解說

32. 答案：（D）。關於 FOMO 的定義，主要在文章前半介紹。第二段提到 FOMO refers to the anxiety that arises when one feels they are missing out on information, experiences, events, or life decisions that could enhance their lives（FOMO 是指人在感覺錯過可能改善生活的資訊、體驗、活動或者人生決定時，會產生的焦慮感），大致上可以理解為害怕錯過一些可能的正面經驗，所以把 enhance their lives 用 rewarding（值得做的，有回報的）重新表達的 D. 是正確答案。

33. 答案：（C）。第三段的主題句（第一句）The rise of social media has contributed to the spread of FOMO in recent years（近年來，社交媒體的興起造成了 FOMO 的擴散）提到了社交媒體和 FOMO 的相關性，後面的內容則進一步說明原因：sharing their lives and comparing with others', they get more concerned that they may miss out some positive experiences while others seem to be making the most of their lives（他們〔人們〕分享自己的生活並且和別人的生活比較，而更擔心在別人似乎充分活出人生的時候，自己卻錯過一些正面的經驗），表示是因為在網路上和別人的生活比較而造成 FOMO，所以 C. 是正確答案。

34. 答案：（A）。關於 FOMO 的特徵，第一段和第二段都提到 anxiety（焦慮），第二段還有 fear of regret（害怕後悔）、concerns（擔心），這些都是心理上的現象，所以 A. 是正確答案。因為第四段開頭提到 FOMO can also emerge outside social media（FOMO 也有可能在社交媒體之外的地方產生），表示並不是只有在社交媒體上才會產生 FOMO，所以 C. 不正確。

35. 答案：（A）。hunger marketing（飢餓行銷）是在第四段討論的。除了提到它利用人們的 FOMO 以外，也提到它 creating a situation that urges consumers to buy as soon as possible（創造出催促消費者儘快購買的狀況），也就是讓消費者迫切想要買某個東西，所以 A. 是正確答案。文章中提到的 providing limited stock（提供限量的貨品）只是限制貨品的數量，不見得表示產品產生的收入比較少，所以 B. 不正確。

學習筆記欄

正確答案 Answer Key

TEST 01 Listening					TEST 01 Reading				
1. B	2. D	3. B	4. C	5. A	1. D	2. A	3. C	4. C	5. B
6. C	7. C	8. A	9. C	10. D	6. C	7. A	8. D	9. A	10. D
11. B	12. B	13. A	14. C	15. D	11. A	12. D	13. B	14. B	15. A
16. C	17. A	18. B	19. D	20. C	16. A	17. B	18. A	19. B	20. A
21. C	22. B	23. A	24. C	25. B	21. C	22. D	23. B	24. C	25. C
26. A	27. C	28. A	29. D	30. B	26. B	27. C	28. C	29. D	30. D
31. D	32. D	33. B	34. D	35. C	31. A	32. B	33. C	34. C	35. B

TEST 02 Listening					TEST 02 Reading				
1. A	2. C	3. C	4. D	5. B	1. B	2. D	3. C	4. D	5. B
6. B	7. A	8. D	9. C	10. A	6. B	7. D	8. B	9. B	10. B
11. B	12. D	13. D	14. A	15. B	11. A	12. B	13. B	14. B	15. D
16. D	17. C	18. B	19. A	20. C	16. C	17. D	18. B	19. A	20. D
21. A	22. C	23. C	24. C	25. D	21. A	22. C	23. C	24. A	25. C
26. D	27. D	28. D	29. A	30. A	26. C	27. C	28. A	29. C	30. C
31. A	32. D	33. C	34. B	35. B	31. B	32. C	33. C	34. C	35. A

TEST 03 Listening					TEST 03 Reading				
1. B	2. B	3. B	4. D	5. D	1. A	2. C	3. B	4. B	5. C
6. C	7. C	8. D	9. A	10. B	6. A	7. B	8. A	9. D	10. B
11. C	12. B	13. C	14. B	15. D	11. B	12. A	13. B	14. C	15. D
16. B	17. C	18. A	19. D	20. C	16. B	17. B	18. D	19. D	20. B
21. A	22. C	23. C	24. C	25. D	21. D	22. D	23. B	24. A	25. A
26. C	27. D	28. A	29. D	30. C	26. C	27. A	28. B	29. D	30. D
31. C	32. D	33. A	34. D	35. C	31. B	32. D	33. C	34. B	35. D

TEST 04 Listening					TEST 04 Reading				
1. A	2. C	3. C	4. A	5. A	1. A	2. A	3. C	4. C	5. A
6. B	7. C	8. D	9. C	10. A	6. A	7. A	8. B	9. B	10. D
11. B	12. B	13. D	14. C	15. A	11. D	12. C	13. D	14. A	15. A
16. D	17. B	18. D	19. C	20. A	16. C	17. A	18. B	19. B	20. B
21. B	22. B	23. A	24. D	25. A	21. B	22. A	23. A	24. B	25. D
26. B	27. A	28. D	29. B	30. D	26. B	27. D	28. C	29. B	30. B
31. D	32. D	33. A	34. D	35. B	31. A	32. D	33. B	34. C	35. B

TEST 05 Listening

1. D	2. A	3. B	4. A	5. C
6. B	7. B	8. A	9. B	10. A
11. D	12. C	13. D	14. C	15. A
16. B	17. C	18. D	19. C	20. A
21. B	22. C	23. B	24. B	25. D
26. B	27. A	28. B	29. D	30. C
31. C	32. A	33. B	34. A	35. D

TEST 05 Reading

1. D	2. D	3. D	4. C	5. A
6. D	7. B	8. D	9. B	10. C
11. A	12. A	13. C	14. A	15. B
16. A	17. B	18. C	19. C	20. C
21. D	22. C	23. B	24. C	25. A
26. A	27. C	28. A	29. A	30. C
31. B	32. A	33. B	34. C	35. C

TEST 06 Listening

1. B	2. C	3. D	4. B	5. C
6. A	7. C	8. A	9. C	10. C
11. A	12. D	13. A	14. B	15. A
16. A	17. B	18. A	19. D	20. B
21. B	22. D	23. C	24. B	25. B
26. B	27. B	28. A	29. C	30. C
31. A	32. D	33. C	34. D	35. D

TEST 06 Reading

1. C	2. D	3. B	4. A	5. A
6. C	7. A	8. B	9. D	10. A
11. D	12. A	13. A	14. B	15. B
16. D	17. A	18. A	19. A	20. B
21. B	22. C	23. C	24. B	25. A
26. C	27. B	28. A	29. C	30. D
31. D	32. A	33. C	34. B	35. C

TEST 07 Listening

1. C	2. B	3. C	4. D	5. A
6. B	7. B	8. A	9. C	10. A
11. D	12. A	13. B	14. C	15. C
16. B	17. B	18. B	19. D	20. B
21. B	22. C	23. A	24. C	25. D
26. A	27. B	28. A	29. A	30. B
31. C	32. B	33. B	34. D	35. C

TEST 07 Reading

1. A	2. A	3. B	4. B	5. D
6. C	7. B	8. B	9. D	10. D
11. A	12. C	13. A	14. D	15. D
16. D	17. C	18. C	19. A	20. A
21. C	22. C	23. B	24. A	25. B
26. A	27. D	28. A	29. C	30. D
31. C	32. C	33. A	34. B	35. C

TEST 08 Listening

1. C	2. A	3. D	4. B	5. D
6. B	7. D	8. A	9. B	10. C
11. B	12. D	13. A	14. C	15. D
16. D	17. C	18. C	19. B	20. C
21. B	22. A	23. C	24. C	25. B
26. C	27. A	28. C	29. B	30. A
31. C	32. D	33. B	34. A	35. A

TEST 08 Reading

1. C	2. A	3. B	4. B	5. D
6. B	7. C	8. D	9. D	10. C
11. A	12. A	13. B	14. A	15. B
16. B	17. C	18. C	19. C	20. C
21. B	22. C	23. C	24. D	25. B
26. B	27. C	28. D	29. C	30. D
31. D	32. C	33. B	34. A	35. D

TEST 09 Listening

1. B	2. D	3. A	4. B	5. A
6. A	7. C	8. C	9. B	10. A
11. C	12. D	13. B	14. B	15. A
16. A	17. C	18. B	19. C	20. B
21. D	22. C	23. C	24. C	25. A
26. C	27. B	28. A	29. D	30. C
31. D	32. D	33. C	34. C	35. C

TEST 09 Reading

1. B	2. A	3. B	4. D	5. C
6. A	7. B	8. D	9. B	10. A
11. A	12. A	13. A	14. C	15. D
16. D	17. D	18. B	19. B	20. B
21. A	22. D	23. A	24. B	25. D
26. B	27. C	28. D	29. D	30. B
31. A	32. A	33. C	34. B	35. A

TEST 10 Listening

1. D	2. A	3. C	4. B	5. B
6. B	7. C	8. B	9. A	10. C
11. A	12. B	13. A	14. B	15. C
16. C	17. D	18. A	19. D	20. A
21. D	22. C	23. C	24. C	25. B
26. A	27. C	28. D	29. D	30. A
31. A	32. C	33. D	34. B	35. D

TEST 10 Reading

1. C	2. A	3. B	4. C	5. D
6. A	7. D	8. B	9. D	10. B
11. B	12. C	13. C	14. A	15. C
16. B	17. C	18. C	19. B	20. A
21. B	22. B	23. D	24. A	25. D
26. B	27. A	28. C	29. B	30. A
31. C	32. D	33. C	34. A	35. A

台灣廣廈 國際出版集團
Taiwan Mansion International Group

國家圖書館出版品預行編目（CIP）資料

新制全民英檢中級聽力&閱讀題庫大全 / 國際語言中心委員會, 許秀芬著. --
初版. -- 新北市：國際學村出版社, 2023.11
　　面；　公分
　　ISBN 978-986-454-312-0(平裝)
　　1.CST: 英語 2.CST: 讀本

805.1892　　　　　　　　　　　　　　　　112015790

 國際學村

NEW GEPT 新制全民英檢中級聽力&閱讀題庫大全

作　　者／國際語言中心委員會、　　編輯中心編輯長／伍峻宏
　　　　　　許秀芬　　　　　　　　　編輯／賴敬宗
撰稿協力／林以捷、莊硯翔　　　　　封面設計／林珈仔・內頁排版／菩薩蠻數位文化有限公司
　　　　　　　　　　　　　　　　　　製版・印刷・裝訂／皇甫・秉成

行企研發中心總監／陳冠蒨　　　　　線上學習中心總監／陳冠蒨
媒體公關組／陳柔彣　　　　　　　　數位營運組／顏佑婷
綜合業務組／何欣穎　　　　　　　　企製開發組／江季珊、張哲剛

發 行 人／江媛珍
法律顧問／第一國際法律事務所 余淑杏律師・北辰著作權事務所 蕭雄淋律師
出　　版／國際學村
發　　行／台灣廣廈有聲圖書有限公司
　　　　　地址：新北市235中和區中山路二段359巷7號2樓
　　　　　電話：（886）2-2225-5777・傳真：（886）2-2225-8052
讀者服務信箱／cs@booknews.com.tw

代理印務・全球總經銷／知遠文化事業有限公司
　　　　　地址：新北市222深坑區北深路三段155巷25號5樓
　　　　　電話：（886）2-2664-8800・傳真：（886）2-2664-8801
郵政劃撥／劃撥帳號：18836722
　　　　　劃撥戶名：知遠文化事業有限公司（※單次購書金額未達1000元，請另付70元郵資。）

■出版日期：2023年11月　　　　ISBN：978-986-454-312-0
版權所有，未經同意不得重製、轉載、翻印。

Complete Copyright ©2023 by Taiwan Mansion Books Group. All rights reserved.